잠중록 3

Hairpin 3

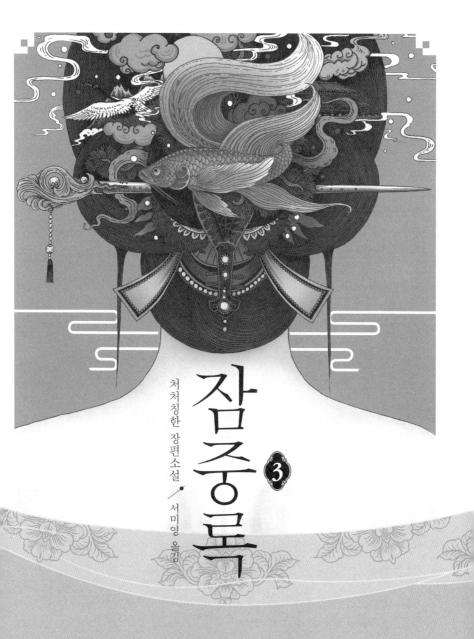

처처칭한 장편소설 / 서미영 옮김

잠중록

3

arte

주요 등장인물

황재하(양숭고) 촉 지방 형부 시랑의 딸. 어릴 적부터 영특하기로 소문난 소녀. 온 가족을 독살했다는 누명을 쓰고 장안으로 도망왔다가, 기왕 이서백 곁에서 환관 '양숭고'로 변장하고 지내며 복수의 때를 기다린다.

이서백(기왕 이자) 당나라 황제의 넷째 동생. 명철하고 기억력이 대단히 뛰어나며 냉정한 성격. 장안의 기이한 사건들을 해결하는 데 황재하의 도움을 받고 그녀의 보호자가 되어준다.

왕온 황후의 가문인 낭야 왕 가의 후계자. 황재하와 정혼한 사이였으나, 그녀의 가족 살해 사건으로 크나큰 모욕과 충격을 받는다.

주자진 주 시랑의 막내아들. 넉살 좋고 엉뚱한 성격의 한량이지만, 시체 검시에 관해서는 따라올 자가 없다. 황재하를 몹시 좋아해 숭배하다시피 한다.

우선 뛰어난 용모에 맑은 기운을 지닌 청년. 학식 또한 뛰어나다. 황재하의 아버지가 고아였던 그를 거둬, 어린 시절 황재하와 가족처럼 지냈다.

공손연 기예가 뛰어난 기녀 의자매 '운소육녀'의 맏이. 빼어난 검무 실력을 지녔다. 막내 부신원(아원)의 혼례에 참석하러 성도에 왔다가 그녀와 온양의 정사(情死) 소식을 듣게 된다.

제등 서천 절도부 신임 판관. 주자진의 동생 주자연의 약혼자. 우선이 황재하 일가를 독살로 잃고 낙담해 자살을 시도했을 때 그의 목숨을 구해줬다.

목선 법사 도력이 깊기로 유명한 성도의 고승.

차
례

1장   꿈인 듯 실제인 듯_7

2장   깊은 숲속 오랜 벗_32

3장   맑은 샘이 돌 위로 흐르다_55

4장   임과 함께 고사리를 따다_72

5장   검기가 춤을 추다_94

6장   얼음장처럼 차가운 낯빛_114

7장   흐릿한 달빛에 의지하여 나루터를 건너다_138

8장   흠이 있으면 어떠하리_167

9장   푸른 나무 시들어지다_196

10장   혼백을 불러 다스리다_220

11장   휘몰아치는 화염_251

12장   옛 사귐이 꿈만 같아라_273

13장   붉은 입술과 단아한 자태_287

14장   비단 바른 문 너머_307

15장   다시 찾을 곳 없어라_327

16장   꽃이 다 떨어졌으니_349

17장   복숭아와 자두가 무르익다_373

18장   밤비와 세찬 바람_403

19장   물고기 한 쌍이 훤히 비치다_428

20장   눈 위에 남겨진 그 사람의 흔적_449

21장   눈부신 연꽃_483

22장   영원토록_514

일러두기

주석은 모두 옮긴이의 것이며,
본문 하단에 각주로 표기했다.

1장

꿈인 듯
실제인 듯

눈앞의 세상이 환한 빛으로 눈부셨다.

봄날의 작은 누각. 반쯤 열린 창밖으로 벚꽃이 가지마다 풍성하게 피었다. 가는 바람에도 우수수 꽃잎을 떨어뜨려 주위를 온통 분홍빛으로 물들이고는 금방이라도 사라질 듯한 풍경이었다.

황재하는 창문을 열어 앞쪽을 내다보았다. 이른 아침의 맑은 공기가 훅 끼쳐왔다. 하지만 황재하는 머릿속이 하얘, 자신이 무엇을 보고 있는지조차 알지 못했다.

눈앞에 보이는 것은 황재하 가족의 거처인 사군부였다. 부모님과 오라버니는 전원(前院)에서 지냈고, 황재하는 화원에 한창 피어난 벚꽃이 좋아 화원에 있는 작은 누각으로 며칠 전에 옮겨왔다.

화원 하나를 사이에 두고 전원을 바라보면 처마가 높이 솟은 층층 지붕이 보였다. 뜰을 총총히 오가는 사람들의 분주한 발소리가 희미하게 들려왔다.

'무슨 일로 갑자기 저렇게 많은 사람이 찾아왔지?' 황재하는 의아한 마음에 곧바로 옷을 걸치고 화장대에서 은비녀 하나를 집어 들어

머리를 틀어 올렸다. 그리고 손목에 팔찌도 끼웠다.

작년에 우선에게서 받은 팔찌였다. 과거에 합격하고 첫 녹봉을 받은 날 우선은 백옥 한 덩이를 사서 수공 장인에게 맡겨 팔찌를 만들었다. 돈이 많지 않아 옥의 질은 그다지 좋지 않았다. 우선과 황재하는 한참을 고민한 끝에 머리와 꼬리가 맞닿은 물고기 두 마리를 조각하기로 했다. 백옥의 순도가 좋지 않아 불순물을 제거하려면 팔찌 안쪽을 텅 비게 조각해야 했다. 그래서 물고기 모양을 조각하면서 불순물도 제거하고, 팔찌 속을 텅 비워 물고기의 선이 수려하게 비쳐 보이는 효과도 냈다.

물고기의 눈은 쌀알 크기의 진주를 박아 넣어 독특하면서도 생동감이 넘쳤다. 백옥 위의 하얀 진주는 언뜻 잘 눈에 띄지 않았지만 자세히 보면 서로 다른 광택이 느껴졌다. 황재하의 단짝 친구들이 굉장히 부러워했지만, 안타깝게도 이와 똑같은 팔찌를 만들 수 있는 옥은 이 세상에 더는 없었다.

팔찌를 끼운 손을 다시 내려놓기도 전에 사방에서 짙은 안개가 엄습해 와 주위가 온통 흐릿해졌다. 황재하는 자신이 어디에 있는지조차 분간되지 않았다. 평생을 그 안개에 휩싸여 벗어나지 못할 것만 같은 기분이었다.

황급히 주위를 두리번거리며 앞으로 나아갔지만, 자신이 어디에서 왔는지, 어디로 가려는지 알지 못했다.

귓가에서 누군가가 부르는 소리가 들려왔다. "황재하…… 황재하……."

고개를 들었지만 아무도 보이지 않았다. 이 암흑 속에서 황재하 홀로 출구를 찾아 나아갈 뿐이었다.

황재하는 어두운 사방을 두리번거리다가 막연히 허공을 향해 물었다. "누구세요……?"

"이제부터 넌 혼자다……."

머리끝에서부터 차가운 기운이 서서히 스며들더니 온몸이 부들부들 떨렸다. 황재하는 그저 기계적으로 그 목소리를 따라 말했다. "제가…… 혼자라고요?"

"네 아버지, 어머니, 오라비, 그리고 할머니와 숙부까지…… 모두 다 죽었다……."

황재하는 멍하니 서 있었다. 머릿속이 웅웅 울려대며 어지럽다가 이내 텅 비어버렸다.

머리에서 펑 하는 폭발음이 들리고, 다리가 더 이상 몸을 지탱하지 못해 황재하는 바닥에 털썩 주저앉고 말았다. 눈앞에 펼쳐진 어둠 속에 수많은 선홍빛이 흘렀다. 마치 몸속의 피가 천천히 휘몰아치면서 오장육부를 모조리 산산조각 내고 있는 것만 같았다.

극심한 고통에 황재하는 가슴을 부여잡고서 허리를 굽히며 거친 숨을 헐떡였다. 그 순간 어떤 생각이 머리를 스쳤다. '꿈이야, 이건 꿈이야. 또 악몽을 꾸는 것뿐이야!'

지금껏 수없이 느껴온 극심한 고통이었다.

가족이 세상을 떠난 후 반복해서 같은 악몽을 꾸었다. 꿈속에서 황재하는 늘 그날로 돌아갔다. 아름다운 봄날은 그렇게 산산조각 났고, 그날 이후 황재하의 인생은 두 번 다시 회복되지 않았다.

꿈을 꾸고 있다는 사실을 깨닫자 눈앞에 드리운 어둠이 이내 사라졌다.

황재하는 이미 전원에 서 있었다. 주위가 온통 소란스러웠다. 황재하는 그 무리 속에 서서 부모님의 시신을 보았다.

부모님은 흰 천에 덮인 채 전원의 푸른 돌바닥에 놓인 침대 위에 조용히 누워 있었다.

열두 살 이후로 지금껏 숱한 시체를 보아온 황재하는 가족의 시신 앞에서도 별다른 느낌이 없었다. 어쨌든 세상의 모든 것은 소멸하게 되어 있다고 생각하니, 아무런 느낌이 들지 않는 것도 그다지 이상하게 생각되지는 않았다.

성도의 최고참 검시관 장송림의 목소리가 들려왔다. 그 음성은 마치 아득히 먼 곳에서 들려오는 환청 같으면서도, 귓가에 대고 말하는 것처럼 선명하고 뚜렷하게 들렸다.

"검시 결과를 발표한다. 사군 황민, 부인 양 씨, 장자 황언, 사군 모친 황 노부인, 사군의 사촌 아우 황균, 모두 독살되었음. 사망자는 총 다섯. 황언과 황균의 기관지에 구토 흔적이 있으며, 다섯 모두 하복부에서 미음 형태의 설사물이 발견되었고, 양 씨는 혈변이 있었음. 사망 전 모두 복통과 경련이 있었던 것으로 보이며, 그간의 경험으로 보아 비상 중독이 확실함."

눈앞의 악몽이 순식간에 산산조각 나더니 날카로운 파편이 되어 황재하의 눈과 심장을 마구 찔러댔다. 극심한 고통과 함께 다시 어둠이 몰려와 황재하를 뒤덮었다.

황재하는 침대에서 벌떡 일어나 앉았다. 두려움으로 숨을 헐떡이며 주위를 둘러보았다.

창밖으로 검푸른 하늘이 보였다. 곧 여명이 찾아올 어둠 속에서 황재하는 놀란 얼굴을 한 채 홀로 앉아 있었다. 얼굴에는 뜨거운 눈물이 가득했다.

자신이 지금 어디에 있는지, 어디로 가고 있는지 아무것도 인식할 수 없었다.

한참이 지나서야 머릿속에 드리운 어둠의 장막이 서서히 걷히면서, 자신이 지금 한주(漢州)의 어느 역참에 있다는 사실을 깨달았다.

가족이 죽은 후, 황재하는 일가족을 독살한 범인으로 몰려 수배를 받는 몸이 되었고, 살아남기 위해 변복을 하고 촉을 도망쳐 나와야 했다. 누명을 벗고 가족의 원한을 풀기 위해서는 장안으로 가서 조정에 사건의 재조사를 요청하는 길밖에 없었다.

그 과정에 기왕 이서백을 만났다.

지금 황재하의 신분은 기왕부의 소환관 양숭고이다.

황재하는 이서백과 함께 장안을 출발하여 성도부가 있는 서남쪽을 향해 가고 있었다. 한주에서 성도부까지는 하룻길 거리에 불과했다.

성도부가 가까워올수록 두려움도 커져만 갔다.

어둠 속에서 한참을 앉아 있던 황재하는 얼굴을 적신 눈물이 다 마른 뒤에야 다시 침대에 몸을 누였다. 그렇게 누워 점점 밝아오는 바깥 하늘을 멍하니 보았다.

반년 동안 떠돈 끝에 드디어 촉으로 돌아갈 기회를 얻었다. 정말 먼 길을 돌아왔다. 가족이 죽은 지도 이미 반년의 세월이 흐른 지금, 하늘에 있는 가족들의 영혼에 굳게 맹세한 일을 정말로 해낼 수 있을지 황재하 스스로도 알 수 없었다.

운명이 완전히 뒤바뀐 그날, 황재하는 감당하기 어려운 슬픔과 고통을 느꼈다. 그 후 꿈에서 그날의 일이 반복되었고, 그때마다 매번 똑같은 무게의 무력과 고통을 맛봐야 했다. 황재하는 그 일에 숨어 있을 법한 모든 가능성을 끊임없이 추론해보았지만 결국 근거 없는 상상에 불과할 뿐이었으므로, 반드시 사건 현장에 돌아가서 모든 정황을 재조사해야만 했다.

모든 진상이 명백히 밝혀지는 날, 황재하 또한 자유의 몸이 될 터였다.

황재하는 몸을 웅크리며 팔에 볼을 묻은 채 멍하니 창밖을 바라보았다.

짙푸르던 하늘빛이 서서히 연해졌다. 벌써부터 눈을 찌르는 햇살이 오늘도 무더운 날씨가 될 것임을 예고했다. 팔딱팔딱 뛰는 관자놀이를 손으로 꾹꾹 누르며 몸을 일으킨 황재하는 얼굴을 씻고 나가서 간단히 요기를 했다.

한주의 역참은 원래도 묵어가는 관원들이 많았는데, 오늘은 기왕 이서백까지 묵었던 터라 관리들 한 무리가 몰려와 정성껏 모셨다. 그 덕에 기왕 곁의 소환관 황재하도 덩달아 극진한 대접을 받았다.

문을 나서자 정원에 작은 대나무 오솔길이 나 있고, 그 옆으로는 온통 접시꽃이 만개했다. 사람 키를 훌쩍 넘는 줄기 위로 비단을 붙여놓은 듯한 꽃송이들이 빼곡히 달려 무척 아름다웠다. 색이 선명하고 아름다워 일장홍(一丈紅)이라고도 부르는 접시꽃은 촉 지방에서 특히 많이 심는 꽃이었다.

당시 사군부에도 접시꽃이 많이 심겨 있었다. 한여름 이른 아침이면 황재하가 일어나기도 전에 우선이 황재하 방의 창문을 두드려 접시꽃 한 송이를 건네주곤 했다.

어느 때는 분홍색, 또 어느 때는 연보라색이었고, 홀꽃잎일 때도, 겹꽃잎일 때도 있었다. 황재하는 우선이 준 꽃을 머리에 꽂고서 꽃과 잘 어울리는 옷을 골라 입었다. 한 해 여름은 그렇게 흘러갔다. 구체적으로 어느 시절의 일인지 정확히 기억하지 못한다 해도, 그때의 시간은 늘 짙은 붉은색과 연한 노란색으로 기억 속에 남아 있었다.

황재하는 무심코 손을 들어 꽃잎을 어루만졌다. 꽃송이 너머 대나무 오솔길 쪽으로 눈을 돌리니 이서백이 경영에게 장검을 건네는 모습이 보였다. 이서백이 황재하를 향해 고개를 돌렸다. 접시꽃의 빛깔과 대조되어 이서백의 청명하고 푸른 비단옷이 유난히 더 선명하게 보였다. 주위 모든 색깔 중 이서백만이 유일하게 차가운 빛을 띠어 보는 이의 마음을 뒤흔들었다.

황재하는 이서백을 보며 절로 감탄이 흘러나왔다. 장안에서 성도까지는 수많은 산을 넘고 강을 건너는 험난한 여정이었다. 게다가 지나는 모든 지역의 관청에서 연회를 열어 이서백을 맞았다. 황재하는 일개 소환관이라는 핑계로 술자리를 피할 수 있었지만 이서백은 그럴 수 없었다. 그런데도 얼마나 자기 관리가 철저한 사람인지, 전날 여정이 아무리 고되어도, 전날 술자리가 아무리 늦게까지 이어졌어도 항상 황재하보다 먼저 일어나 단련을 했다. 비바람이 몰아치는 날도 예외는 아니었다.

이서백은 경양이 건넨 수건으로 이마에 송골송골 맺힌 땀을 닦으며 황재하를 향해 다가왔다.

황재하는 이서백을 향해 급히 예를 취했다. "전하……. 기침하셨습니까."

"그래." 이서백은 황재하에게 눈길 한번 주지 않고 옆을 스쳐지나갔다.

황재하도 그 뒤를 따라 걸었다. 몇 걸음 가지 않아 이서백이 발을 멈추더니 들고 있던 수건을 건넸다.

영문도 모르고 수건을 건네받으려 손을 내밀던 황재하는 자신의 손끝에 묻은 샛노란 꽃가루를 보았다.

황재하는 얼른 고개를 숙이고 수건을 건네받아 손을 깨끗이 닦았다.

이미 날이 많이 밝아 역참에서 준비한 아침을 먹고 다시 이동할 채비를 했다.

황재하는 나푸사에 올라 이서백 뒤를 따랐다. 디우가 나푸사 곁으로 다가와 목덜미를 비벼대는 바람에 말 위에 있던 황재하와 이서백 또한 자신들의 의지와는 상관없이 서로의 어깨가 닿았다 떨어졌다를 반복했다.

이서백은 황재하의 눈 밑이 거무스름한 것을 보고는 미간을 살짝 찌푸리며 디우를 멈춰 세우고 물었다. "잠을 잘 못 잤느냐?"

"네." 황재하는 가만히 고개를 끄덕였다.

"길을 재촉하면 오늘 안에 성도부에 도착할 수 있을 것이다. 미리 너무 많은 생각은 말거라. 가서 상황을 살펴보고 그때 다시 생각해도 늦지 않다."

황재하는 고개를 들어 이서백을 보았다. 이서백도 지척의 거리에서 고개를 살짝 숙여 황재하를 바라보고 있었다. 서로의 숨소리가 들릴 정도로 가까운 거리였다. 황재하는 감히 그 맑은 눈동자를 마주 볼 용기가 나지 않아 다시 고개를 숙이고 대답했다. "네, 전하."

황재하를 바라보던 시선을 거둔 이서백은 다시 말을 차 앞으로 나아갔다.

황재하도 말을 재촉해 그 뒤를 따랐다. 두 사람은 앞뒤로 말을 나란히 한 채 평평한 관도(官道) 위를 달렸다.

한주에서 성도로 가는 길은 행상과 행인의 발길이 끊이지 않았다. 황재하는 고개를 숙인 채 말을 몰았다. 행인이 뜸한 곳에 이르렀을 때 이서백의 목소리가 들렸다.

"사실 최근 며칠간 마음이 영 편치 못하구나."

황재하는 고개를 들어 이서백을 보며 물었다. "그 부적 때문에 그러십니까?"

"그래." 이서백은 말을 차서 앞으로 나아가며 생각에 잠긴 얼굴로 말했다. "그 부적엔 '환잔고독폐질' 여섯 글자가 적혀 있지. 모친께서 돌아가신 날 '고' 자 위에 동그라미가 그려졌고, 서주에서 자객을 만나 팔을 다쳤다가 치료한 후에는 '잔' 자 위에 동그라미가 그려졌다가 사라졌지. 그런데 이번엔……."

장안을 떠나기 직전 부적 위에 다시 핏빛 동그라미가 나타난 것이다. 바로 '폐' 자 위에 말이다.

시들고 쇠하여 생기 없음을 의미하는 '폐'.

대당 기왕 이서백. 여섯 살에 왕에 봉해진 뒤 열세 살 나이에 궁을 나왔다. 7년간의 칩거 후 조정의 가장 큰 위협이었던 방훈 일당을 일거에 섬멸한 동시에 각 지역의 절도사들을 제압하여 그 권력과 위세가 하늘 높은 줄 모르고 치솟았다.

하지만 순식간에 높이 오른 인생이 얼마나 오래갈 수 있겠는가.

스물세 살, 그의 운명이 흔들리기 시작했다. 앞날을 미리 보여주는 듯한 부적의 불길한 글자들 위로 붉은 동그라미가 하나씩 하나씩 그려졌다.

황재하는 터무니없는 일이라 여겼지만, 아니라고 단언할 단서도 딱히 없었기에 그저 위로의 말을 건넬 수밖에 없었다.

"세상 모든 일엔 반드시 원인이 있지 않습니까. 저도 그 부적이 어떻게 전하의 앞날을 예고하는 것인지는 알지 못하지만, 그래도 저는 이 세상에 귀신이 있다는 말은 믿지 않습니다. 전하도…… 그런 건 믿지 않으실 테지요."

이서백은 고개를 돌려 황재하를 바라보았다. 모든 것을 꿰뚫는 듯한 눈빛이었다. "아무것도 모르는 척하지 말거라, 황재하. 사실 그 진상이 어떠한지 너나 나나 이미 마음속으로 어느 정도는 알고 있지 않느냐?"

황재하는 가만히 고개를 숙인 채 그의 시선을 피했다. "제가 어찌 감히 함부로 추측하겠습니까."

"어찌되었든 결국 올 일은 어떻게든 오게 마련이니, 어디 한번 지켜봐주지." 이서백은 입꼬리를 올리며 살짝 미소를 지어 보이고는 곧바로 다시 말을 차며 앞으로 달려 나갔다.

촉도(蜀道)는 비록 험하긴 했으나 교통의 요지여서, 대당 이래 수년에 걸쳐 넓은 대로로 확장되었다. 디우와 나푸사는 보기 드문 준마들이었기에, 경육 등의 무리는 둘을 따라잡지 못하고 한참이나 뒤처지고 앞쪽에는 이서백과 황재하만이 나란히 달렸다.

도로 한쪽으로는 짙푸른 산이 길게 펼쳐지고, 다른 한쪽으로는 굽이진 강이 끊임없이 이어졌다. 길가에는 배산임수의 민가와 그곳에 사는 사람들이 드문드문 보였다. 여름의 끝자락인지라 화려한 빛깔의 접시꽃들이 눈부시게 피어 있었다. 붉은색, 흰색, 노란색, 보라색, 갖가지 빛깔의 꽃들이 줄기 가득 피어, 말을 달리는 두 사람의 눈에는 집집마다 마당에 아름다운 비단을 걸어놓은 것처럼 보였다.

마당에서 뻗어 나온 나뭇가지마다 자두, 배, 유자 등 과일도 대롱대롱 매달려 있었는데, 먹음직스럽게 익은 것도 있고 아직 설익은 것도 있었다. 길가 숲 산초나무 열매는 이미 다 익어서 마치 수많은 붉은 산호 구슬을 초록 잎사귀에 장식해놓은 것 같았다. 맞은편에서 불어오는 바람을 맞으니 은은하게 퍼지는 매운 향이 코끝에 느껴졌다.

디우와 나푸사는 걸음을 늦추었다. 아름다운 빛깔과 은은한 향기로 감싸인 길에 들어서자 두 마리 말은 나란히 걸으며 수시로 서로의 목을 비벼댔다. 그 바람에 이서백과 황재하 또한 가까이 붙었다 떨어졌다를 반복했다.

경육 일행이 너무 뒤처질까 봐 이서백은 절벽 옆에 말을 세우고 기다렸다. 멀리서 바람이 강하게 불어 와 구름이 파도처럼 만 리 강산을 뒤덮어, 하늘가 햇살도 흐려졌다 밝아졌다를 반복하며 대지 위를 불안하게 내리비췄다.

이서백은 한참 동안 먼 하늘을 바라보다가 긴 한숨을 내쉬며 황재하를 향해 고개를 돌렸다.

황재하는 살짝 창백해진 낯빛으로 조금씩 가쁜 숨을 내쉬고 있었다. 이서백을 따라 뒤처지지 않고 먼 길을 달려온 탓이다. 경육 등도

때로는 힘들어하며 견디지 못하는데 뜻밖에도 황재하는 줄곧 잘 버텼다. 먼 길을 달리는 여정 가운데 시종일관 이서백의 곁을 따른 사람은 황재하가 처음이었다.

황재하를 돌아보던 이서백은 순간적으로 미소를 지었다. 마치 바람이 물 위를 스치며 가벼운 물결을 일으키듯, 입꼬리가 살짝 올라갔다가 금세 내려왔다.

황재하는 자신을 향해 미소 짓는 이서백을 당황한 듯 멍한 얼굴로 쳐다보았다. 이서백의 얼굴에 미소가 드리운 순간, 그 눈 속에 수천수만의 아름다운 빛깔이 형형히 반짝이는 것처럼 보였다. 말을 너무 빨리 달린 탓일까, 황재하의 얼굴이 뜨겁게 달아올랐다.

이서백은 시선을 거두더니 디우 위에 실린 상자 속에서 작은 꾸러미 하나를 꺼내 황재하에게 던져주었다.

황재하는 한 손으로 말고삐를 잡은 채 다른 한 손으로 꾸러미를 받았다. 하얀 꾸러미 안에는 눈꽃사탕이 고이 싸여 있었다.

황재하는 영문을 몰라 의아한 눈빛으로 이서백을 보았다.

이서백은 그대로 서서 불어오는 바람을 맞고 있었다. 바람에 흩날리는 옷자락과 머리카락처럼 그의 목소리도 바람을 타고 들려왔다.

"지난번에 네가 쓰러졌을 때 의원에게 물어보니, 여인들은 혈기가 부족할 때가 많다고 하더구나. 피로할 때 단것을 먹어주면 조금이라도 완화시킬 수 있다고 하였다."

안 그래도 황재하는 피로를 느끼던 참이었다. 계속해서 이서백 곁을 따라 달리다가는 지난번처럼 쓰러지지나 않을까 걱정이 됐던 터라 묵묵히 담황색 눈꽃사탕 하나를 집어 입에 넣은 뒤 이서백에게도 내밀었다.

이서백은 단것을 좋아하지 않았지만 그래도 작은 것을 하나 골라 입에 넣었다.

푸른 산과 맑은 물이 눈 닿지 않는 곳까지 멀리 이어졌고, 두 사람 주위로는 늦여름 들꽃이 무성하게 피어 있었다. 이서백과 황재하는 같은 경치를 보면서, 같은 달콤함을 느끼며, 같은 바람 소리 속에 묵묵히 서 있었다.

고개를 숙인 채 사탕 꾸러미를 들고 있던 황재하는 한참을 망설이다가 자신의 품속에 꾸러미를 집어넣었다. 하지만 날이 너무 더워 사탕이 품안에서 녹을 수도 있겠다는 생각이 들어 다시 꺼내 나푸사 등에 실린 작은 상자에 넣었다.

역시나 늦여름 무더위에 사탕이 벌써 조금 녹아 하얀 종이에 노랗게 흔적을 만들었다. 마치 황재하의 가슴속에서 녹아내린 달콤함이 어찌해야 좋을지 모를 흔적을 남긴 것처럼.

디우와 나푸사는 들꽃을 밟으며 서로를 향해 조금씩 다가갔다.

강물은 졸졸 한시도 쉬지 않고 흐르며, 급류는 험한 여울을 넘는다. 그렇게 동으로 흘러 마침내는 바다에서 하나로 합쳐진다. 하지만 디우와 나푸사는 그저 서로의 몸을 스칠 뿐이었다. 말 위의 두 사람 또한 어깨를 스치며 옷자락과 머리카락만이 닿았다 떨어졌다.

이서백과 황재하는 산길을 따라 천천히 나아갔다.

정오 가까이 되어서야 뒤처졌던 경육 등도 두 사람을 따라잡았다. 30리마다 역참이 세워져 있어 휴식을 취하며 말도 쉬게 할 수 있었으나, 쉬지 않고 60여 리를 달려오느라 중간에 역참 하나를 건너뛴 참이었다. 디우와 나푸사는 괜찮아 보였으나 다른 말들은 온몸이 땀으로 흠뻑 젖은 채 거친 콧김을 뿜어댔다. 그래서 이번 역참에서 반드시 쉬어가야 했다.

역참 관리는 기왕의 행차에 어쩔 줄 몰라 하며 일행을 영접하고 다과를 내왔다. 이서백과 황재하는 당상에 앉아 차를 마셨다. 그때 갑자기 바깥에서 낭랑한 방울 소리가 들려오더니, 창 너머로 복도를 따라 걸어오는 한 여인의 모습이 보였다. 황재하는 곧바로 자리에서 일어났다. 소환관의 신분으로 이서백과 함께 앉아 있는 모습을 보일 수는 없었다.

노란 비단옷을 입은 여인은 미소 띤 얼굴로 복도를 따라 사뿐사뿐 걸어와, 문 앞에 이르러 이서백을 향해 활짝 웃어 보였다. 대나무가 무성한 뜰에 노란 비단옷이 흩날리니 마치 원추리 꽃이 활짝 피어난 듯 아름다웠다.

황재하는 여인을 향해 예를 갖추었다. "군주님을 뵈옵니다."

느닷없이 역참에 나타난 여인은 바로 기악 군주였다.

이서백은 의아한 표정으로 일어나 기악 군주를 맞았다. "군주께서 어인 일로?"

"전하께서 성도로 가신다는 말씀을 듣고 미리 내려와 이곳에서 기다리고 있었습니다." 기악 군주는 안으로 들어와 이서백을 향해 허리 숙여 예를 갖추었다. 그리고 살구 씨 모양의 맑고 빛나는 눈을 들어 이서백을 보았다. 뜻밖의 만남을 준비한 것에 으스대는 표정이 역력했으나, 입으로는 용서를 구하는 말을 했다.

"전하께서는 부디 개의치 마시옵소서. 저는 그저…… 지난 몇 년간 선천적 질병을 앓아온 터라, 이번 기회에 아름다운 자연 경관을 보고 싶어 달려온 것뿐입니다. 게다가 장안에는 더 이상 제가 믿고 의지할 수 있는 사람이 없지요. 기왕 전하만은…… 분명 저를 내치지 않으실 거라 생각했습니다."

황재하는 몰래 이서백의 표정을 살폈으나 그는 평온하기 그지없는 얼굴로 기악 군주에게 자리를 권했다. 황재하가 황급히 두 사람을 향해 이만 물러가겠다고 고하고 막 발을 떼는데 이서백의 눈빛이 날아들었다. 황재하는 하는 수 없이 곁에 꿇어앉아 기악 군주에게 차를 따라주며 시중을 들었다. 기악 군주는 잔을 들어 차향을 맡고는 이서백을 향해 옅은 미소를 지어 보였다.

기악 군주가 이서백에게 연정을 품고 있다는 사실은 장안 내에 모르는 사람이 없었다. 왕의 딸로서 제후국이 있는 시절이었다면 공주로 불렸을 귀한 신분의 여인이 이렇게 작은 역참에서 이서백을 기다린 것이다. 게다가 활짝 웃는 얼굴로 자신도 함께 데려가 달라고 청하니 이서백은 단칼에 거절하기도 어렵고 달리 할 수 있는 말도 없었다.

"군주는 어찌 그리 경솔하십니까."

"전하께서는 제가 무모하고 경솔하며 제멋대로인 것을 모르셨습니까!" 기악은 입술을 삐죽이며 말하기는 했으나, 이서백의 목소리에서 난처해하는 기색을 읽어내고는 자신을 매몰차게 거절하지는 않으리라 확신했다. 그 기쁨을 감추지 못하고 기악의 입가에 절로 미소가 지어졌다. "어쨌든 저는 가족도 없이 혈혈단신이니, 전하를 따라 이 넓은 천지를 다닌다 해도 누가 저를 간섭하겠습니까?"

황재하는 그 말의 의미를 대번에 알아차렸다. 계속해서 이서백을 따라다니겠다는 뜻이었다. 황재하는 자신도 모르게 속으로 씁쓸한 미소를 지었다. 또 한편으로는 남의 집 불구경하듯 고소해하며 이서백을 힐긋 쳐다보았다.

익왕은 황실의 먼 종친으로, 지금의 황제와는 혈연관계가 그다지 깊지 않았다. 익왕이 세상을 떠난 후에는 기악 군주만이 그 혈통을 지켜왔다. 황실에서 일찍이 그 혈통을 이을 후계자를 세워준 적이 있으나 그 후계자조차 몇 년 뒤 갑자기 요절하는 바람에 다들 이 가문은 더 이상 가망이 없다 여겼고, 황실에서도 더는 신경 쓰지 않아 기악 군주 홀로 왕부를 지켰다. 왕부를 보좌하는 이들도 어려서부터 고집 세고 제멋대로 자란 여자아이를 단속하기가 쉽지 않았다. 그렇다 보니 자연히 기악은 하고 싶은 것은 뭐든 제멋대로 하는 사람으로 자라났다.

이서백은 기악의 남은 생이 길지 않은 것을 안타까이 여겨 근래 들어 더 친밀하게 대해주었다. 황재하는 이서백이 했던 말을 기억했다. 이서백이 가장 힘들었던 때 손을 잡아준 유일한 사람이 기악 군주였다고 말이다.

황재하는 난처한 듯 미간을 찌푸리고 있는 이서백을 바라보며 생각했다. '거 보십시오, 이제 기악 군주님을 어찌 하시렵니까?'

이서백이 기악 군주에게 말했다. "군주께서 아름다운 경관을 감상하고자 하신다면 저도 성심껏 도와드렸겠으나, 이번에 촉에 온 것은 중요한 일이 있어서입니다. 아무래도 군주와 함께 좋은 경치를 구경하며 유람할 수 있는 시간은 갖지 못할 것 같습니다."

기악 군주는 아리따운 눈에 억울함을 가득 담아 입을 삐죽거렸다. "저도 전하께서 바쁘시다는 사실은 잘 압니다. 다만 저는 성도부에 아는 사람도 없고 낯선 것투성이라 전하께서 저를 데리고 함께 성도에 들어가주시기를 바랄 뿐 다른 뜻은 없습니다. 그것이 그리 어려운 일인지요?"

이서백은 눈살을 찌푸렸다. "저는 이곳에 공무로 온 것이라, 다른 사람을 데리고 들어가기가 마땅치 않습니다. 게다가 지금 제 곁은 그리 안전하지 않으니, 혹여 군주께 무슨 일이라도 생긴다면 제가 무슨 낯으로 군주의 가문을 대하겠습니까?"

"저도 수십 명의 호위를 이끌고 나왔으니 저 한 몸은 지킬 수 있습니다. 그리고 혹시 또 모르는 일이지요. 전하께 무슨 일이라도 생기면 저나 제 수하들이 도울 수 있을지도요."

이서백은 하는 수 없다는 듯 말했다. "저는 촉의 지리에 익숙지 않아 군주께 이곳을 유람시켜드릴 수 없을 것이니 이렇게 하는 게 어떻습니까. 일단 저와 함께 성도부에 들어가시지요. 그 뒤에는 성도부 관원이 기꺼이 군주의 여정을 돌봐줄 것입니다."

기악 군주는 뭔가 더 하고 싶은 말이 있어 보였지만 이서백이 한발 앞서 황재하에게 무언의 신호를 보냈다. 황재하는 그 뜻을 알아채고는 낯 두껍게 입을 열었다.

"전하, 최근 며칠간 보시지 못한 공문이 100건 넘게 쌓여 있습니다. 그리고 주 사군께서 부임한 이후 사천 절도사 범응석 장군과 만남을 가지셨는지 잘 모르겠습니다만, 성도부의 크고 작은 일들이 산더미같이 쌓여 있으니 전하께서도 신경 쓰셔야 하는 것이 아닌가 생각되옵……."

황재하의 말이 채 끝나기도 전에 기악 군주가 눈을 부릅뜨고 황재하를 쨰려보며 성난 목소리로 말했다.

"전하의 시중을 드는 일개 소환관이 어찌 감히 전하와 내가 나누는 대화를 끊고 끼어드는 것인가?"

황재하는 급히 머리를 조아려 용서를 구하고는 다시 고개를 들어 불쌍한 눈빛으로 이서백을 보았다. '이런 나쁜 역할은 정말 제 적성에 맞지 않는다고요!'

이서백도 표정으로 황재하에게 답했다. '얌전히 잘 견뎌내거라!'

한참을 쉬고 나니 햇볕이 가장 뜨거운 시간은 지나갔다. 기악 군주와 함께 가려니 말을 타고 갈 수는 없어, 이서백과 황재하도 마차로 바꿔 타고 길을 나서는 수밖에 없었다. 기악 군주의 마차가 그 뒤를 따랐다.

전반적으로 간소화한 행차이기는 했으나, 기악 군주가 데리고 온 호위병도 족히 70~80명은 되었고, 기왕부 시위병 또한 200명이 넘었다. 이 무리가 위풍당당하게 관도를 지나노라니 뿌옇게 이는 흙먼지가 해를 가릴 정도였다. 이서백과 황재하는 흔들리는 마차 안에 앉아 반 이상 느려진 속도를 느끼며 아무 말 없이 서로 시선만 마주쳤다.

마차 안에 걸려 있던 유리병 또한 마차와 함께 이리저리 흔들렸다. 붉은 물고기는 마치 장거리 여행에 진절머리가 난 듯 물속을 불안하게 오갔다.

황재하는 손을 들어 유리병이 최대한 덜 흔들리도록 붙잡아주며 나지막하게 물었다. "이리 긴 여정에 어찌 물고기를 데려오셨습니까? 유리병이 부딪혀서 깨지기라도 하면 어쩌시려고요. 왕부에 두는 것이 더 낫지 않습니까?"

이서백은 물고기를 슬쩍 쳐다보며 답했다. "이젠 익숙해서 말이다."

'익숙하다고? 뭐가? 물고기가 전하를 따라다니는 데 익숙해져서 괜찮다는 말인가? 아님 전하가 물고기를 데리고 다니면서 잠깐씩 쳐다보는 것이 익숙해져서 없으면 허전하다는 말인가?'

황재하는 아가십열을 바라보며 순간 10년 전에 있었다던 일을 떠올렸다. 선황이 각혈하며 토해낸 핏속에서 발견한 물고기. 당시 세상 물정 모르는 어린아이였던 이서백은 지금 명성 높은 기왕이 되었다. 그리고 그 10년의 세월 동안 물고기는 조금도 자라지 않고, 조금도 변함없이, 줄곧 침묵하며 이서백의 곁을 지켰다. 마치 이 물고기만은 이서백이 열세 살이던 그날 밤에 영원히 머물러 있는 듯, 조금도 변하지 않았다.

황재하는 붙잡고 있던 유리병을 놓으며 속으로 한숨을 쉬었다. '무엇이든 10년을 곁에 두었다면 그것은 익숙함을 넘어, 없어서는 안 될 소중한 존재가 되었겠지?'

붉은 해가 뉘엿뉘엿 서쪽으로 넘어가려 했으나 아직 성도부에 도착할 기미는 보이지 않았다.

경육이 말을 타고 달려와 창밖에서 작은 소리로 보고했다. "전하, 군주께서 몸이 편치 않아 마차에서 내려 잠시 휴식을 취하고 계십니다."

이서백의 마차도 멈춰 설 수밖에 없었다. 이서백은 창문 너머로 기악 군주를 살폈으나, 나무에 기댄 기악의 얼굴에 피곤한 기색은 전혀 보이지 않았다. 그저 좌우를 두리번거리다가 접시꽃을 꺾어 손에 들고는 순진한 얼굴로 들여다보고 있었다.

이서백이 슬쩍 눈빛을 보내자 황재하는 재깍 그 뜻을 알아차리고는 박하수(薄荷水)를 들고 마차에서 내렸다. 그러고는 기악 군주에게 다가가 안부를 물으며 박하수를 건넸다. "전하께서 박하수를 전해드리라 하셨습니다. 길이 편치 않으시면 이 박하수 향을 많이 맡으십시오. 답답함이 좀 풀리고 훨씬 편해지실 것입니다."

기악 군주는 기분 좋게 박하수를 받아 코 밑에 대고서 향을 맡았다. "전하께서는 참 세심도 하시지. 그저 가슴이 좀 답답했던 것뿐인데."

황재하는 고개를 들어 주위를 둘러보았다. 저녁 구름이 사방에서 모여들고, 새들은 이리저리 둥지를 향해 분주히 날았다. 이따금 소나무 숲이 바람에 흔들리며 내는 스산한 소리가 무섭게 들렸다.

"군주님, 어서 마차에 오르시는 것이 좋겠습니다. 날이 더 저물기 전에 길을 재촉해 성도부에 도착해야 합니다."

"괜찮을 것이야. 고작 20리 정도 길이라 하니 초경 전에는 도착하겠지." 기악 군주는 주위를 둘러보며 웃는 얼굴로 말했다. "좀 둘러보게. 참으로 매혹적인 절경이지 않은가. 산골짜기마다 꽃이 만발한 이 풍경을 감상하고픈 마음이 들지 않는단 말이야?"

황재하는 어쩔 수 없이 에둘러 대답했다. "역시 군주님은 풍류를 아시는 분입니다. 다만 오늘은 날이 늦었으니, 내일 이른 시간에 다시 오셔서 하루 종일 여유롭게 둘러보심이 어떠신지요?"

"다들 기왕 전하 곁에 있는 양 공공이 기품이 남다르다고 하던데, 이리도 풍류를 이해하지 못하는 사람인 줄은 내 미처 몰랐군." 기악 군주는 손에 들고 있던 꽃을 던져버리고는 곧바로 자신의 마차로 향했다.

황재하는 그제야 한숨을 돌리며 속히 이서백에게 돌아가 임무를 완수했음을 전하려 했다. 그때 뒤에서 기악 군주의 목소리가 들려왔다. "잠시만 기다리게."

뒤를 돌아보니 기악 군주가 작은 상자 하나를 내보였다. "하마터면 잊을 뻔했어. 이건 기왕 전하께 드리는 것이네."

황재하가 상자를 받으려 고개를 숙이고 팔을 내밀었으나, 기악 군주는 상자를 치켜들며 말했다. "다른 사람의 손을 거칠 수는 없지. 내가 직접 전해드릴 것이야."

황재하는 둥지를 찾아 날아가는 새들을 보며 부득이한 표정으로 말했다. "그러시면 성도부에 도착한 후에 드려도 늦지 않으실 것입니다. 지금은 서둘러 마차에 올라 성도부로 가시는 게 좋겠습니다."

"내 모를 줄 아는가? 성도부에 도착하면 분명 주 사군이 연회를 열어 밤새도록 가무와 함께 술자리가 이어지겠지. 그리고 내일이 되면 전하께서는 공무가 바빠서 얼굴 한번 뵙기 어려워질 테고." 기악 군주는 그리 말하면서 치맛자락을 들고 무성하게 자라난 풀을 밟으며 이서백의 마차 앞으로 걸어갔다. 그러고는 마차 안 이서백을 향해 웃으며 말했다. "전하께 선물을 드린다는 걸 깜빡했지 뭡니까."

이서백은 보고 있던 공문을 내려놓고 손을 들어 웃으며 선물을 건네받았다. "마음 써주신 것 감사히 받겠습니다."

"아이 참, 어찌 열어보지도 않으십니까?" 기악은 아예 치맛자락을 들고 마차에 올라타서는 이서백 옆에 앉았다. 그러고는 활짝 웃는 얼굴로 상자를 다시 가져갔다가 이서백 얼굴 앞으로 들이밀며 말했다. "무엇이 들었을지 맞혀보십시오."

이서백은 상자를 보며 미간을 살짝 찡그렸다. "그걸 제가 어찌 알겠습니까."

"아이 정말, 그저 적당히 맞히는 시늉만 해주셔도 될 것을." 기악은 얼굴을 찌푸리며 자물쇠를 풀고는 뚜껑을 열면서 말했다. "제가 부처님께 여러 달 기도하여 얻은 것이란 말입니다. 보살님께서 말씀하시길, 이것이 제 소원을 이루어줄 거라고 하셨어요. 결코 이룰 수 없을 것 같던 제 바람을 들어줄 거라고 말씀……."

기악의 말이 다 끝나기도 전에 상자 뚜껑이 들렸고, 그 속에 무엇이 들었는지 확인하기도 전에 번쩍하며 섬광이 일었다.

이서백은 그 순간 엄청나게 빠른 속도로 반응하며 옆에 있던 조그만 상을 집어 들어 상자 위로 내리치며 말했다. "열지 마십시오!"

하지만 이미 기악 군주의 손이 뚜껑을 열어젖혔고, 쉭쉭 하는 가벼운 소리와 함께 미세한 기류가 상자 안에서 공중으로 솟구쳤다.

아니, 그것은 기류가 아니었다. 소털보다 가는 침이었다. 족히 100개는 될 듯한 침이 상자 안에 들어 있다가 세찬 바람처럼 뿜어져 나왔다. 마차 안 작은 공간은 딱히 몸을 피할 곳도 없었다.

다행히 작은 상이 기악 군주의 손을 비스듬히 때려 상자는 곧바로 마차 바닥에 떨어지며 뒤집혔다. 상자에 남아 있던 침들은 바닥에 깔린 두꺼운 융단에 그대로 박혔다.

하지만 적지 않은 침이 이미 발사된 뒤였다.

이서백은 아무 말 없이 손을 들어 왼팔에 꽂힌 소털같이 가는 침을 뽑아냈다. 코앞에서 직접 상자를 연 기악 군주는 가슴과 어깨에 침이 박혀 찢어질 듯한 비명을 내질렀다.

이서백은 즉시 기악 군주의 팔을 붙들고 마차 밖으로 뛰어내렸다.

기악 군주는 정신이 혼미한 중에도 마지막으로 이서백을 향해 시선을 주었으나, 그 눈은 이미 초점을 잃은 뒤였다.

이서백은 기악 군주를 부축하고서 무거운 목소리로 외쳤다. "경육,

화살 대형을 갖추어라! 경양, 엄호하라!"

먹구름이 사방에서 몰려와 하늘빛이 점점 어두워졌다. 멀리서 불어오는 바람이 산 사이를 통과하며 내는 소리가 마치 무섭게 밀려드는 파도 소리 같았다.

그때 날카로운 소리와 함께 사방에서 하늘을 가르며 화살이 쏟아졌다.

마차 행렬을 조준한 화살은 기왕부와 기악 군주의 호위병을 구분하지 않고 어지러이 날아들었다.

기악 군주 호위병들은 우왕좌왕하다 화살에 맞거나 도망치는 병사가 태반으로, 순식간에 뿔뿔이 흩어져버렸다.

하지만 훈련이 잘된 기왕부 호위병들은 경육 등의 지휘 아래, 이내 한곳에 모여 나무와 말과 마차를 방패 삼아 신속하게 전투 대형을 갖추었다. 이미 활을 들어 반격을 시작한 병사도 있었다.

비가 내리듯 계속해서 화살이 쏟아졌다. 화살에 맞은 병사들이 내는 비명과 말들의 울부짖는 소리가 끊이지 않았다. 마차 뒤로도 날아든 화살이 하마터면 기악 군주의 다리에 맞을 뻔했다.

이서백은 기악 군주를 마차 아래에 기대 앉힌 뒤 코에 손을 갖다 대 호흡을 확인하고는 다시 손을 거두었다. 위급한 상황 속에서 황재하는 이서백의 표정이 어떤지 전혀 살피지 못하고 그저 마차 너머의 동정만을 주시했다.

기왕부 호위병들이 아무리 용맹하다 하여도 앞뒤로 적이 매복한 상황에서는 열세를 면키 어려웠다. 황재하는 몸을 지킬 무기 하나 지니고 있지 않아 그저 몸을 돌려 이서백을 바라볼 뿐이었다.

이서백은 지니고 있던 비수 하나를 황재하에게 던져주며 나직이 말했다. "조금 있다가 나푸사에 올라타거라. 동남쪽으로 빠져나갈 것이다."

황재하는 비수를 손에 꼭 쥐고서 황급히 대답했다. "저들의 공세가 빈틈이 없어 화살을 피해 빠져나갈 수 있을지 모르겠습니다."

"저들이 사용하는 활은 구연노(九連弩)이다. 한 번에 세 발씩 아홉 번을 연사할 수 있는데, 그 후에는 총 스물일곱 개의 화살을 다시 장착해야 한다. 교대로 발사하겠지만 일정한 속도로 움직이지는 못한다. 특히 동남 방향 구석 쪽은 합이 잘 맞지 않는 것으로 보아 나중에 틈이 생길 것이다. 구연노에 쓰이는 화살은 무게가 반 냥이나 나가니, 산길을 행군하는 자들이 가져왔으면 얼마나 가져왔겠느냐? 이렇게 밀집된 공세를 그리 오래 유지하진 못할 것이다."

과연 이서백의 예상이 맞았다. 처음 한 번의 공세가 끝나자 비처럼 쏟아지던 화살의 기세가 크게 약해졌다. 경육과 경양 등은 즉시 말에 올라 포위망을 뚫겠다고 신호를 보냈다.

황재하는 나푸사에 올라타 이서백에게로 말 머리를 돌렸다.

디우는 더 이상 지체하고 싶지 않다는 듯 투레질하며 앞발을 들고 앞으로 나와 있었다.

이서백은 생사를 알 수 없는 기악 군주를 한 번 내려다본 뒤, 결국 홀로 말에 올라탔다. 기악 군주의 옆을 지나쳐 말과 호위병의 시체 더미를 그대로 둔 채, 살아남은 이들을 통솔하여 동남 방향으로 질주했다.

마침 활이 떨어진 적들은 갑자기 포위망이 뚫리리라고는 생각도 못 하고 있다가 신속하게 공격 태세를 갖췄다. 하지만 워낙 창졸간인지라 필사적인 반격 앞에서 적수가 되지 못했다. 선두에서 방어하던 이들이 경육 등에게 베여 쓰러지자, 뒤에 있던 기마병들이 빠른 속도로 달려왔다. 말 등 위에서 칼을 들고 막아선 그들 역시 경육 등에게 무참히 베여 참혹한 비명을 내질렀다. 이를 본 적들은 간담이 서늘해졌는지 순간 사방으로 뿔뿔이 흩어져버렸다.

이서백이 선두로 치고 나가며 말을 달리자 수십 명이 그 뒤를 따라 일거에 포위망을 뚫은 뒤, 곧 여러 갈래로 흩어져 달렸다.

한주에서 성도부로 가는 길은 거친 들판과 울창한 숲으로 둘러싸여 있었다. 숲속으로 날아 들어가는 새들처럼 일단 흩어지면 적들도 더 이상 그들을 섬멸할 길이 없었다.

점점 어두워지는 숲속에서 황재하는 이서백의 뒤를 바싹 따라 달렸다. 두 필의 준마가 앞뒤로 나란히 산속 깊은 곳을 향해 내달렸다.

그때 갑자기 뒤에서 화살 소리가 들려오더니 불덩이 하나가 바람을 가르며 황재하의 귓가를 스쳐 곧장 이서백을 향해 날아갔다.

황재하는 무의식중에 소리쳤다. "조심하십시오!"

황재하의 목소리가 들리기 전에 이미 바람을 가르는 소리를 들은 이서백은 미리 몸을 숙였고 디우 또한 그의 자세를 따라 오른쪽으로 펄쩍 뛰어 화살을 피했다. 불화살은 아슬아슬하게 디우를 스쳐지나가 바로 옆에 있던 소나무 위에 박혔다.

껍질이 바싹 마른 데다가 송진이 잔뜩 흘러 있던 소나무는 순식간에 불길에 휩싸였다. 어두컴컴해지던 깊은 산속이 대낮처럼 환해지며 두 사람의 모습이 밝히 드러났다.

"가자!" 이서백은 활활 타오르는 소나무에도 전혀 아랑곳하지 않고 낮은 목소리로 황재하에게 외쳤다.

황재하는 나푸사를 재촉하며 불타는 나무 옆을 질주했다.

누군가가 뒤에서 크게 고함치는 소리가 들렸다. "흑마와 백마를 탄 두 사람은 반드시 죽여야 한다!" 말투에서 서주 억양이 묻어났다.

바람 가르는 소리와 함께 화살이 날아들었으나, 조금 전에 쏟아졌던 화살의 기세에는 크게 못 미쳤다. 어두컴컴한 산속에서 두 사람은 오직 뛰어난 준마에 의지해 도망쳤다. 소나무 숲을 빠져나오니 앞쪽은 가파른 낭떠러지였다. 절벽 가장자리를 따라 건너편에 보이는 산

비탈 쪽으로 방향을 꺾는 수밖에 없었다. 몸을 숨길 나무 하나 없고, 말들은 관목 수풀을 계속해서 달리느라 말발굽에 풀이 걸린 상태였으며, 둘을 엄호하는 병사도 없었다. 등 뒤의 적들은 점점 더 가까이 추격해왔다.

이서백은 아무 말 없이 앞쪽의 잡목림을 가리켰다. 황재하가 말을 재촉하며 이서백을 따라 달려 나가는데, 갑자기 나푸사가 고통스럽게 신음하더니 휘청였다. 뒷다리에 화살을 맞은 나푸사는 그대로 땅 위에 고꾸라지고 말았다.

황재하도 함께 내동댕이쳐져 땅 위를 굴렀다. 눈앞에 가시덩굴이 보였다. 미처 비명을 내지르기도 전에 갑자기 몸이 들어 올려지는가 싶더니 공중에서 누군가에게 꼭 감싸 안겨 간신히 가시덩굴을 피할 수 있었다.

황재하를 품에 안은 이서백은 한 손으로 고삐를 잡고, 다른 한 손으로 황재하를 보호하며 말을 몰았다. 디우는 계속해서 어두컴컴한 산속을 미친 듯이 질주했다.

황재하는 고개를 돌려 구슬프게 울고 있는 나푸사를 보았다. 그리고 조금 전 죽어간 많은 시위병들을 생각했다. 절로 간담이 서늘해졌다. 이번에는 고개를 들어 자신을 품안에 보호하고 있는 이서백을 보았다. 날이 점점 어두워지는 가운데 이서백은 흐트러지지 않고 줄곧 전방을 주시했다. 그 눈 속에는 강한 집념과 의연함이 서려 있었고, 황재하를 안고 있는 팔에는 힘이 있었다. 두렵고 떨리던 마음이 조금씩 진정되고 황재하는 깊은 평안을 느꼈다.

이서백이 반드시 자신을 데리고 안전하게 탈출하리라는 사실을 황재하는 알고 있었다. 뒤에서 날아오던 화살은 이제 더 이상 그들에게 미치지 못했다. 사정거리를 벗어나 적들의 소리도 점점 멀어졌다. 어느덧 밤의 장막이 숲속을 완전히 뒤덮었다. 디우처럼 강하고 용맹한 말도 끝내 힘을 다 쓰고 말았는지 걸음이 많이 느려졌다.

밝은 달이 숲속을 비추어 주위를 은백색으로 물들였다. 온 세상이 고요히 잠들었다.

조금 전 생사를 넘나든 싸움이 마치 한바탕 꿈처럼 느껴졌다.

황재하를 안은 이서백의 팔에서 조금씩 힘이 풀리더니 황재하에게 기대오는 몸이 점점 무거워졌다. 황재하는 긴장으로 숨을 죽였다. 두 사람을 태운 디우가 발길 가는 대로 느릿느릿 한참을 걸었다. 그제야 황재하가 나지막이 이서백을 불렀다.

"전하……."

이서백은 황재하의 어깨 위에 고개를 기댄 채 아무런 말이 없었다. 무겁고 거친 숨소리만이 들려올 뿐이었다. 억눌린 듯한 숨결이 황재하의 목덜미로 뿜어졌다. 무언가 잘못된 것이 틀림없었다.

황재하는 몸을 돌려 이서백의 허리를 안은 뒤 고개를 들어 그를 보았다.

축축하고 끈적한 무언가가 손에 느껴졌다. 따뜻한 온기까지. 황재하는 그것이 무엇인지 잘 알았다.

이서백은 눈을 감으며 떨리는 목소리로 말했다. "황재하, 이제 남은 길은 네게 맡기겠다."

황재하는 옆으로 비스듬히 쓰러지는 이서백의 몸을 부축하며 눈앞에 펼쳐진 어두운 숲을 보았다. 지금 있는 곳이 어디인지, 어느 방향으로 가야 하는지 도무지 알 수 없었다. 앞에는 길이 없고, 뒤로는 적들이 쫓아왔다. 게다가 황재하의 유일한 버팀목이었던 이서백이 쓰러졌다.

황재하는 이를 악물고 작은 소리로 대답했다. "네, 전하. 염려 마십시오."

2장

깊은 숲속 오랜 벗

눈앞에 개울이 보였다. 주변은 무성한 수풀이어서 몸도 숨길 수 있고, 여차하면 빠르게 도망칠 수도 있는 지형이었다.

황재하는 일단 말에서 내려 디우의 머리를 토닥여주었다. 성격이 불같은 디우도 이때만큼은 황재하의 손길에 순응하며 무릎을 꿇고 털썩 주저앉았다.

황재하는 정신을 잃은 이서백을 말에서 내려 땅에 뉘였다. 어깨에 화살이 박힌 것을 보았지만 섣불리 뽑을 수 없어, 일단 물가 풀숲으로 가서 한련초와 꼭두서니를 찾아 왔다. 그런 뒤에야 비수로 상처 부위의 옷을 베어내고 화살이 꽂힌 자리를 살펴보았다.

쓸쓸한 달빛이 두 사람을 비추었다. 달빛을 받아 이서백의 피부가 더욱 창백하게 보여, 피부 위 검붉은 혈흔이 한층 더 무시무시하게 느껴졌다.

황재하는 아랫입술을 깨물었다. 이서백의 옷깃을 잡은 손이 미세하게 떨렸다. 남자의 벗은 어깨에 손을 대는 것은 처음인지라, 얼굴에 미세한 열이 오르는 것 같았다. 달빛이 조금만 더 밝았더라면, 누군가가 황재하의 얼굴을 봤더라면, 분명 붉게 달아오른 얼굴을 들켰으리라.

황재하는 순간 망설였다. 마음속에 두려움이 몰려오기 시작했다. 낮에만 해도 자신에게 사탕 꾸러미를 던져주었던 이 사람이, 지금은 중상을 입고 누워 있다는 사실이 믿기지 않았다. 오늘 자신을 돌아보며 보여주었던 그 따뜻한 미소를 이제 더 이상 볼 수 없게 될까 봐 무서웠다.

크게 심호흡을 하고서 상처를 들여다보았다. 다행히 상처가 검게 변하지 않았고, 화살촉에 갈고리도 없는 것을 확인한 뒤 안도의 한숨을 쉬었다.

먼저 자신의 겉옷을 찢어 준비해두고, 깨끗이 씻어온 약초를 입에 넣어 잘게 씹었다. 그러고는 비수로 상처 부위의 살을 절개한 후 재빨리 화살을 뽑아내고 그 위에 약초를 발랐다.

상처가 작지 않아 엄청난 양의 피가 쏟아져 나왔다. 피와 함께 약초도 도로 흘러나오는 건 아닌지 걱정됐지만, 천으로 상처 부위를 꽁꽁 싸매는 수밖에 달리 방법이 없었다.

모든 처치를 끝내고 나니 이미 달이 중천에 떠 있었다. 길게 한숨을 내쉬던 황재하는 그제야 자신의 온몸이 땀으로 흥건한 것을 알았다. 땀을 닦으며 풀숲에 누워 있는 이서백을 보았다. 위중한 부상을 입은 채 달빛 아래 누워 있는 그의 입술은 혈색이라고는 찾아볼 수 없이 창백했다.

순간 머릿속이 멍했다. 늘 황재하의 뒤에 든든하게 서 있던, 만사에 불가능이라고는 찾아볼 수 없던 기왕 이서백도 원래는 이렇게 약하고 무력할 수도 있는 사람이라는 사실을 처음 깨달은 것이다.

황재하는 한참 동안 이서백을 바라보다가 그의 옷을 추슬러 엉터리로 묶어놓은 붕대를 가렸다. 그러고는 몸을 일으켜 개울가로 가 손을 씻었다. 달빛을 받은 손에 거뭇거뭇한 자국이 보였다.

'설마 화살에 독이 묻어 있었던 건 아니겠지?' 황재하는 순간 크게 놀랐다. 하지만 이내 고개를 저었다. '아까 약초 즙 색깔이 검었던 것 같아. 그게 손에 물들었을 뿐이야.'

그래도 안심이 되지 않아 일단 이서백 곁에 쪼그리고 앉아 그를 살펴보았다. 등에도 상처가 있어 풀숲 위에 엎드린 자세로 눕혀두었는데 숨소리는 안정적이었다. 그런데 얼굴 가까이 다가가 낯빛을 자세히 살펴보니, 피부 안쪽으로 확실히 검은 기운이 감돌고 있었다.

순간 가슴이 덜컹 내려앉았다. 달빛 아래라서 그렇게 보였을 수 있다고 생각하며 이번에는 소매를 걷어 올려 살펴보았다. 하지만 팔꿈치에도 검게 변한 자국이 있었고 침이 꽂혔던 미세한 구멍도 보였다.

'독침이다. 언제 맞은 거지? 도망칠 때는 아니었을 텐데, 그렇다면…….' 이서백이 기악 군주를 붙잡고 마차에서 뛰어내리던 장면이 떠올랐다. 당시 기악 군주의 가슴과 목에 여러 개의 침이 꽂혀 있었다. 기악 군주가 가져온 물건 안에서 침이 발사된 게 틀림없었다.

기악 군주는 어찌 되었을까, 살아 있을까?

황재하는 나무에 몸을 기대며 생각했다. 이서백이 기악 군주를 그 자리에 내버려둔 채 말에 오른 사실이 떠올랐다. 만약 살아 있었다면 절대 그렇게 버려두고 오지 않았을 것이다. 하지만 황재하는 지푸라기라도 잡는 심정으로 계속해서 생각했다. 이서백은 적들이 기악 군주와 관계있을 것이라 여겼고, 상대가 기악 군주를 죽게 내버려두지 않을 거라 판단해 그 자리에 내버려두고 왔는지도 모른다. 그런 거라면 기악 군주는 당시 살아 있는 상태였을 것이고, 그렇다면 그렇게 치명적인 독은 아닐지도 모른다.

하지만 무엇도 확신할 수 없었다. 적들의 포위망을 뚫고 도망치면서 꿋꿋이 황재하를 보호한 이서백은 사실 처음부터 독침을 맞은 상태로 위급한 상황에 놓여 있었던 것이다. 그 먼 길을 달려오면서 독이 어디까지 퍼졌는지 알 길이 없었다.

더 이상 지체할 수 없었다. 황재하는 이서백의 팔을 잡아 힘을 다해 상처 부위를 눌러 속에 든 독혈을 빼내려 했다. 하지만 아무리 눌러도 피는 나오지 않았다. 하는 수 없이 이서백이 준 비수를 들어 그의 팔꿈치를 십자 모양으로 절개했다. 그러고는 몸을 굽혀 상처에 입을 대고 힘껏 피를 빨아들였다.

그렇게 빨아들인 피를 풀숲에 뱉고 보니, 달빛 아래 보이는 피의 색깔이 아무래도 선명하지 않고 어두웠다. 이서백의 몸이 싸늘해진 것 같아 더 피를 뽑아낼 엄두도 나지 않았다. 황재하는 그저 맥없이 이서백 곁에 누워 하늘에 떠 있는 달만 멍하니 올려다보았다. 맑고 깨끗한 하늘에 하현달이 걸려 있었다.

숲을 스치는 세찬 바람 소리가 여기저기 메아리쳐 울려 사방이 더 춥게 느껴졌다. 윙윙 울부짖는 바람 소리에 갑자기 무서워진 황재하는 자신도 모르게 이서백 곁으로 바짝 다가갔다. 이서백의 어깨 위에 얼굴을 묻고 가늘게 들려오는 그의 숨소리를 들었다.

숨소리는 가늘고 불안정했으나, 끊어지지 않고 계속 이어졌다.

황재하는 안도의 한숨을 내쉬며 다시 머리를 들고 멍하니 달빛 아래 앉았다. 그러다가 벌떡 일어나 피곤이 극에 달한 몸을 이끌고 강가로 가서 약초가 없는지 찾았다.

마땅히 이렇다 할 풀은 보이지 않았다. 한참을 찾아보아도 반변련 몇 포기와 용담초 두 줄기가 다였다. 황재하는 지푸라기라도 잡는 심정으로 그것들을 으깨어 간신히 즙을 낸 뒤 이서백의 입 안에 한 방울씩 떨어뜨려주었다. 이서백이 삼키고 있는지 알 수 없어 그의 입을 막고 한참을 기다렸다. 그리고 남은 약초는 팔꿈치 상처 위에 발라주었다.

자신이 무엇을 얼마나 더 할 수 있을지 알 수 없었다. 그저 이서백 곁에서 무릎을 끌어안고 앉아 가만히 그를 지켜볼 뿐이었다. 이서백은 혼수상태에 빠져 있었다. 차가운 달빛을 받은 그 얼굴은 마치 실력 좋은 장인이 정교한 솜씨로 아름답게 조각한 옥석 같았다. 그리고 옥석처럼 생기도 없고 혈색도 없었다.

순간 참기 힘든 두려움이 엄습해 온 황재하는 이서백의 심장이 계속 뛰고 있는지 확인하려고 떨리는 손을 들어 그의 품안에 넣어보았다. 그때 얇은 종이 하나가 손끝에 닿았다. 의아한 마음에 종이를 꺼내 차가운 달빛 아래서 펼쳐 보았다.

종이 위에는 조충서로 이서백의 사주팔자가 적혀 있고, 그 위에 여섯 개의 글자가 커다랗게 쓰여 있었다. '환잔고독폐질'.

차가운 달빛이 여섯 개의 글자를 비추는 가운데 '폐' 자 위에 그려진 붉은 동그라미가 유난히 밝고 선명하게 보였다.

'시들고 쇠하여 생기 없음을 뜻하는 '폐'. 지금 이대로라면 되돌리기 어려울지도 모른다!'

황재하는 정신없이 부적을 다시 이서백의 옷 속에 쑤셔 넣었다. 순간 머릿속이 쿵 하고 울리며 날카로운 칼날 수천수만 개가 심장을 베는 것 같은 느낌이 들었다. 자신도 모르게 온몸이 떨리며 등에 식은땀이 흘렀다. 참을 수 없이 무서웠다. 오늘 오후에 이 종이에 대한 이야기를 나누었는데, 같은 날 밤에 벌써 현실이 되어 나타나다니!

설마, 정말로 정해진 운명이란 말인가? 결코 벗어날 수 없단 말인가?

알 수 없는 운명에 대한 두려움이 엄습해오자 캄캄한 숲이 뿜어내는 기운도 한층 더 음산하게 느껴졌다. 이 깊은 산속, 알 수 없는 미래가 눈앞에 닥쳐오는 이때, 황재하가 유일하게 의지했던 한 사람은 이미 힘을 잃고 쓰러져 있었다.

이서백의 목소리가 귓가에 맴돌았다. '황재하, 이제 남은 길은 네게

맡기겠다…….'

그리고 황재하는 이렇게 답하지 않았던가. '네, 전하. 염려 마십시오.'

황재하는 속으로 그 대답을 다시 한 번 반복했다. 계속 이서백의 곁을 지키며 그의 숨이 느껴지는지, 피부의 온기가 남아 있는지 수시로 확인했다. 그러고 나면 잠시 안도했다. 그렇게 얼마나 오래 앉아 있었는지, 허리가 아프고 등이 쑤셔왔다. 황재하는 천천히 몸을 웅크리며 이서백 곁에 누웠다. 그의 손목을 붙잡고 미약하게 뛰고 있는 맥박을 한참 느낀 뒤에야 겨우 눈을 감을 수 있었다.

이미 새벽이 가까웠다. 황재하는 너무 피곤했으나 깊이 잠들지 못하고 수시로 놀라 깨어났다. 서늘한 밤바람에 이서백의 피부가 차가워지는 것을 느낄 때마다 두려웠다. 많은 피를 흘린 뒤라 온몸에 오한이 들 텐데, 숨은 곳이 적들에게 노출될까 봐 불을 피울 수도 없었다.

아무리 생각해도 달리 방법이 없어 이서백에게 더 가까이 다가가 조심스럽게 허리를 끌어안았다. 그리고 이서백의 가슴에 얼굴을 대고 자신의 체온이 조금이라도 전달되기를 바랐다. 이런 외진 곳에서 이렇게 친밀한 자세로 있다가 혹여나 다른 사람 눈에 띄기라도 하면 감당하기 어려운 큰 오해를 불러일으킬는지도 몰랐지만, 그래도 이서백을 꺼안은 팔을 풀지 않았다.

황재하는 다시 이서백의 손목을 확인했다. 미약하나마 맥박이 끊이지 않고 계속 뛰고 있었다. 잠시 마음을 놓고 멍하니 있는데 순간 이상한 낌새가 느껴졌다. 귀를 땅에 바짝 붙여보니, 땅을 울리는 말발굽 소리가 들렸다. 지친 듯 어지럽고 무질서한 소리였다. 밤새 쉬지 않고 두 사람을 찾아다닌 모양이었다. 그리고 드디어 여기까지 찾아온 것이다.

말발굽 소리로 판단하건대 다행히 무리는 숲에서 여러 갈래로 흩어졌고 이쪽으로는 두세 필 정도의 말이 달려오는 듯했다.

하지만 아무리 세 사람밖에 되지 않는다 해도 황재하와 이서백이 어찌 상대할 수 있겠는가? 지금 이서백의 상태로는 다시 말에 올라 험한 산골짜기를 달리는 것은 불가능했다.

황재하는 벌떡 일어나 디우의 엉덩짝을 매섭게 때렸다. 나무에 기대 쉬고 있던 디우는 순간 히힝 울부짖고는 분노의 콧김을 뿜으며 황재하를 향해 달려들려 했다.

황재하는 손가락을 들어 한쪽 방향을 가리키며 소리 죽여 말했다. "달려! 어서!"

디우는 아픔을 참으며 쏜살처럼 달려 나가더니 개울을 건너 칠흑같이 어두운 숲속으로 뛰어들었다.

황재하는 바닥에 누운 이서백을 힘겹게 끌어당겨 관목 수풀 속으로 옮겨 뉘였다. 그러고는 그 곁에 앉아 숨을 고른 뒤 두 눈을 크게 뜨고서 동정을 살폈다.

뒤쪽 산에서 달려 내려온 두 필의 말이 관목 수풀을 지나쳐 디우가 달려간 방향으로 추격해갔다. 한 사람은 앞장서서 달려 나갔고 다른 한 사람은 그 뒤를 따르며 전방을 향해 화살을 쏘아 올렸다. 불빛 하나가 어두운 밤하늘을 갈랐다. 환한 광선이 마치 커다란 만도(彎刀)[1]가 어둠을 가르는 듯 곡선을 그리며 날다가 금세 사라졌다.

황재하는 관목 수풀 속에서 한참을 숨죽이고 기다렸다. 말발굽 소리가 더 이상 들리지 않고 주위에 다시 적막이 내려앉은 뒤에야 안심할 수 있었다. 하지만 수풀 밖으로 나갈 엄두는 나지 않아 이서백 곁에 앉았다. 조금 전에 급히 옮기느라 흐트러진 환부의 약초를 다시 꽉 묶어주고, 등에서도 더 이상 피가 흐르지 않는 것을 확인한 뒤에야 마음을 놓으며 수풀 바깥 작은 개울을 향해 고개를 돌렸다.

---

1 날이 휘어진 칼.

그때 무언가가 눈에 들어와 황재하는 화들짝 놀랐다.

검은 그림자 하나가 두 사람이 숨어 있는 관목 숲 앞에 가만히 서 있었다.

말을 끌고 있는 걸 보니 추격자 중 한 사람인 듯했다. 그런데 왜 일행을 쫓아가지 않고 여기 혼자 남아 있단 말인가.

남자는 달빛 아래 서서 미동도 않고 황재하를 응시했다.

이미 서쪽으로 기운 달빛이 남자의 등 뒤에서 비추었다. 남자는 검은 천으로 얼굴을 가린 채 빛나는 두 눈으로 무섭게 황재하를 노려보고 있었다. 황재하는 순간 심장이 멎는 것 같았다. 그저 꼼짝도 않고 조금 전 자세 그대로 혼미한 상태의 이서백 곁에 가만히 앉아 있었다.

한참 후 남자의 시선이 황재하에게서 이서백에게로 옮겨갔다. 그리고는 낮게 깔린 음성으로 천천히 입을 열었다. "기왕 이서백."

쉬어 있는 그 목소리에서 서주 억양이 느껴졌다. 아까 두 사람을 추격하라고 소리쳤던 그 목소리였다. 아마 우두머리이리라. 황재하는 벌떡 일어나려 했으나 겁을 먹은 탓인지 다리에 힘이 풀려 도로 이서백 옆에 풀썩 주저앉고 말았다.

남자는 허리춤에서 검을 빼들고 한 걸음 한 걸음 다가왔다. 달빛을 가리고 서서히 다가오는 남자의 형체가 시커먼 그림자가 되어 압박해와 황재하는 거의 숨도 쉬지 못할 지경이었다.

남자는 여전히 이서백에게 시선을 향한 채 손에 든 검을 높이 쳐들어 이서백의 심장을 겨냥했다.

"네놈의 정체를 알고 있다!" 황재하는 남자의 동작을 멈추게 하려고 일단 말을 내뱉었다.

남자는 멈칫했다. 하지만 냉랭한 눈빛으로 황재하를 흘끔 쳐다볼 뿐 아무 말도 하지 않았다.

"일부러 서주 억양을 쓰는 것은 방훈의 잔당이 옛 주인을 위해 기왕 전하를 죽이려 한다고 오해하게 만들려는 속셈이지. 그렇지 않은가?"

남자는 여전히 아무 말 없었다. 이서백을 향했던 검이 황재하의 목으로 옮겨왔다.

황재하의 가슴이 마구 요동치기 시작했다. 목에 겨눠진 칼끝을 보며 숨이 턱 막혀 목소리도 급격하게 가라앉았다.

"하지만 장안 사람이라는 사실을 알고 있다. 아마 장안의 십사(十司) 출신이겠지. 왜냐하면……."

공포에 질려 목소리가 잘 나오지 않아, 황재하의 목소리는 점점 낮아지다가 거의 우물거리는 소리에 가까워졌다. 남자는 황재하의 목소리를 더 자세히 듣기 위해 허리를 굽혀 황재하 쪽으로 고개를 가까이했다.

"왜냐하면 칼을 뽑을 때 엄지손가락을 습관적으로 옆으로 비틀어……." 황재하가 여기까지 말했을 때 남자는 깜짝 놀라며 무심코 검을 든 자신의 오른손으로 시선을 옮겼다.

바로 그 순간, 남자는 눈앞으로 무언가 날아드는 것을 느꼈다. 황재하가 순식간에 수풀 뒤에서 뛰쳐나오며 손에 쥔 모래를 남자의 눈을 향해 뿌린 것이다.

남자는 제법 민첩하게 몸을 돌리며 피하려 했지만, 워낙 거리가 가까웠던 탓에 눈을 깜빡이는 그 짧은 순간에 왼쪽 옆구리를 칼날에 베였다. 비록 급소는 비켜갔지만 칼에 베인 옆구리에서 피가 뿜어져 나왔다. 남자는 자신의 옆구리를 틀어막고서 믿을 수 없다는 듯 뒤로 몇 걸음 물러났다. 눈도 뜨지 못한 채 한 손엔 검을 들고 또 다른 한 손으로는 상처 부위를 틀어막고 있느라, 이 상황에서 남자가 할 수 있는 것이라고는 검을 마구 휘둘러 상대가 다가오지 못하게 막는 것밖에 없었다.

황재하의 목소리가 이어졌다. "장안 십사가 허리에 차고 다니는 칼집에는 고리가 하나씩 달려 있지. 도심 한복판에서 칼집이 흘러내리는 것을 막는 동시에 무분별하게 검을 뽑는 걸 경계하기 위함이기도 하다. 그래서 십사 사람들은 검을 뽑을 때면 일단 무의식적으로 엄지손가락으로 고리를 풀지. 서주에서 온 방훈의 옛 부하라면 어떻게 그런 습관을 가질 수 있겠느냐?"

남자는 한마디 말도 내뱉지 못했다. 극심한 통증이 느껴지는 옆구리를 부여잡은 채 더 이상 서 있을 힘도 없는 듯 나무에 몸을 기댔다. 그러고는 온 힘을 다해 피를 막으며 미동도 않고 황재하를 노려보았다. 손에는 여전히 검을 쥐고 있었으나 이미 힘이 다 빠져 온몸을 심하게 떨었다.

황재하는 자신의 겉옷을 길게 찢어서 남자에게 다가갔다.

남자는 황재하를 노려볼 뿐 여전히 말이 없었다. 반면 그의 눈에는 복잡한 감정이 드러났다. 그것은 두려움도, 원망도 아닌, 일종의 허탈과 당황 같은 것이었다.

황재하는 상대의 눈빛을 살필 여유 따위 없었다. 남자 앞에 가까이 다가간 황재하는 일단 한 발로 검 끝을 밟고 다른 한 발로는 남자의 손목을 매섭게 걷어찼다. 아무리 강한 자객이라 할지라도 이런 상황에서는 어찌할 도리가 없었다. 남자는 낮은 신음을 내뱉으며 쥐고 있던 검을 놓쳤다.

황재하는 남자의 양손을 붙잡아 옷을 찢은 천으로 단단히 묶은 뒤, 남자의 얼굴을 가린 검은 복면을 벗겨냈다. 웬만해서는 기억에 남지 않을 지극히 평범하고 낯선 얼굴이었다. 황재하는 곧바로 복면을 남자의 입에 쑤셔 넣었다.

그런 뒤에야 바닥에 떨어진 검을 주워 챙기고 남자 앞에 웅크리고 앉아 상처를 살펴보았다. 확실히 공격이 세게 들어갔는지 옆구리가 크게 베였다. 남자의 반응이 조금만 더뎠더라면 그대로 배 전체를 베여 치명상을 입었을 것이다.

황재하는 이서백에게 받은 비수를 들어 이리저리 살펴보았다. 그제야 칼 위에 새겨진 '어장(魚腸)'[2]이라는 글자를 발견했다. 황재하는 저도 모르게 감탄하듯 중얼거렸다. "역시."

황재하는 남자의 옷자락을 찢어 상처 부위를 옷 위로 대충 싸매어 주었다. 남자의 생사에는 조금도 관심 없었다. 몸을 일으키던 황재하는 남자의 눈이 여전히 자신을 노려보고 있자 하는 수 없이 입을 열었다. "걱정 마라. 지금 네놈을 죽이지는 않을 거니까. 혹시나 네놈 일당이 이곳을 찾아낸다면 인질로 쓸 생각이거든."

다사다난했던 밤이 지나고 하늘가가 희부예졌다. 곧 여명이 밝을 터였다. 황재하는 개울가로 가 얼굴을 씻었다. 차가운 물을 끼얹었으니 정신이 번쩍 들었다. 물에 젖은 손을 털어 말린 후 자객의 말을 끌고 와 묶여 있는 작은 자루를 뒤져보았다.

활 외에 돈 몇 꿰미와 소금 몇 덩이, 금창약(金創藥) 몇 병, 그리고 뭔지 알 수 없는 가루약 한 병이 있었다. 가루약 병을 열어 냄새를 맡아보니, 생지황과 대황 냄새가 났다. 황재하는 곧바로 약병을 들고 남자에게 다가갔다. 피를 많이 흘린 남자는 몽롱한 눈빛으로 황재하를 보았다.

황재하는 비수를 들어 남자의 목에 가볍게 갖다 댄 뒤 입에 물려둔 천을 빼내고 물었다. "이게 뭐지?"

남자는 병을 힐끔 쳐다보고는 이를 악물고 말했다. "내게 두통이 있어 간혹 병이 도지면 그때 먹는 약이다."

---

2 춘추시대 월나라 사람이자 최고의 대장장이 구야자가 만들었다는 다섯 자루의 명검 중 하나.

황재하는 냉소하며 말했다. "생지황과 대황을 두통에 쓰는 사람이 어디 있지? 이건 분명 해독약일 것이다!"

남자는 눈을 감아버렸다. 황재하를 쳐다보지도, 무어라 더 말하지도 않았다.

"기악 군주가 어떻게 네놈들에게 이용되었는지는 모르겠지만, 군주도 어쨌든 황실의 종친이니 네놈들도 독침을 쓰면서 틀림없이 해독약을 준비해뒀을 것이다. 만일의 사태가 발생하면 군주를 살려서 데려가야 할 테니까. 하지만 안타깝게도 군주는 이미 해독약을 쓸 수 없는 상태였겠지. 네놈이 가진 이것이 바로 그 해독약이지 않느냐?"

결국 남자는 다시 입을 열어 쉰 목소리로 말했다. 여전히 서주의 억양을 썼다. "한 번에 반 순갈씩 물에 타서 먹는 것이다."

황재하의 비수가 다시 남자의 목을 압박했다. "만약 그 말이 거짓이어서 기왕 전하께 무슨 변고라도 생긴다면, 네놈도 곱게 죽진 못할 것이다. 나 같은 환관이 제일 좋아하는 게 뭔 줄 아느냐? 다른 사람을 자신과 똑같이 만드는 거지. 만약 네놈 말이 거짓이라면……."

황재하의 비수가 남자의 아랫도리로 향했다. 남자는 이미 피를 많이 흘린 탓에 호흡이 가쁘고 정신도 살짝 흐려진 듯했으나, 눈빛만은 황재하를 똑바로 향해 있었다.

남자가 낮은 목소리로 느릿느릿 말했다. "이렇게 예쁘게 생긴 여인이…… 할 일이 없어 환관 행세를 하는 것인가?"

황재하는 당황했다. 남자가 자신의 진짜 모습을 간파했을 줄은 꿈에도 생각지 못했다. 순간 화도 나고 초조한 마음에 다시 남자의 입을 검은 천으로 틀어막았다. 그러고는 간밤에 이서백의 독혈을 뱉었던 곳을 찾아 비수에 그 독혈을 묻힌 뒤, 독이 묻은 비수를 남자의 종아리에 그대로 찔러 넣었다. 점점 의식이 흐려지고 있던 남자는 순간 온몸을 고통스럽게 비틀며 눈을 크게 뜨고 황재하를 노려보았다. 남자의 목에서 흐느끼는 듯한 소리가 터져 나왔다. 황재하는 곧바로 상처 부위의 옷을 찢고는 상처를 중심으로 피부가 빠르게 잿빛으로 변하는 것을 지켜보았다. 그런 뒤 남자의 입에서 천을 빼내고 입 안에 가루약을 약간 떨어뜨렸다.

"일단 네놈에게 한번 시험해보지. 혹여 이대로 죽는다 해도 날 원망하진 마라."

남자가 매섭게 황재하를 노려보며 어쩔 수 없다는 듯 입 안에 든 가루약을 꿀꺽 삼키자마자 황재하는 다시 남자의 입을 틀어막았다. 남자는 황재하를 노려보는 것 외에는 아무것도 할 수 없었다.

황재하가 한참을 그 옆에 쭈그리고 앉아 지켜보자니 상처 주위의 거뭇거뭇한 기운이 서서히 사라졌다. 황재하는 그제야 안심하고 재빨리 이서백에게로 가서 약병을 열었다. 숟가락 같은 것은 구할 수 없는 상황인지라 그저 짐작만으로 적당량을 이서백의 입 안에 떨어뜨렸다. 그리고 약을 삼킬 수 있도록 큰 잎을 하나 따다가 통처럼 말아서 그 안에 물을 담아 이서백의 입에 조금씩 떨어뜨려주었다.

이서백은 아직 혼미한 상태이긴 했으나 다행히도 무의식중에 입 안의 약을 삼키는 것 같았다. 황재하는 이서백의 옷을 풀어 지난밤에 붙여놓았던 약초를 버리고 금창약을 바른 다음 다시 꼼꼼하게 싸맸다. 그리고 나니 이미 날이 환히 밝았다. 옅은 안개가 깔린 깊은 숲속으로 찬란한 햇살이 나뭇가지 틈을 뚫고 조금씩 쏟아졌다.

황재하가 몸을 일으키며 보니 남자는 의식이 혼미한 중에도 여전히 황재하에게서 눈을 떼지 않고 있었다. 황재하는 그런 남자를 못 본 체하며 남자의 뒤로 돌아가 물가에서 손을 씻었다. 그제야 머리카락이 풀려서 이미 산발이 되어 있는 자신의 모습을 발견했다. 숱 많은 검은 머리카락이 창백한 얼굴 위로 드리워져 있었으니 어찌 여자의 모습을 숨길 수 있었으랴.

황재하는 재빨리 머리를 다시 묶어 올렸다. 그러고는 남자의 자루에서 찾아낸 화살 두 개를 들고 와서는 물속으로 들어가 가만히 서서 기다렸다.

얕은 개울 속 물고기들은 작고 마르긴 했지만 수가 많은 데다 어수룩해 사람을 피할 줄 몰랐다. 황재하는 돌을 옮겨 작은 포위망을 만들고는 다시 돌을 옮겨가며 서서히 그 범위를 좁혀갔다. 결국 물고기 몇 마리가 얕은 물에 갇혀 나갈 곳을 찾지 못하고 있을 때 화살을 들어 물고기를 향해 냅다 찔렀다. 단번에 손바닥만 한 물고기 두 마리가 화살에 꽂혀 파닥였다.

황재하는 잡은 물고기를 들고 개울가로 올라왔다. 그때 문득 어린 황재하에게 이렇게 물고기 잡는 법을 가르쳐준 사람이 오라버니였다는 사실이 떠올랐다.

그때는 오라버니도 어린 소년이었고, 황재하는 늘 오라버니 꽁무니만 졸졸 따라다녔다. 황재하는 여전히 오라버니가 가르쳐준 방법으로 물고기를 잡았지만, 오라버니는 이미 흙에 묻혀 황천길로 떠난 지 오래였다.

황재하는 순간 비통함에 잠겨 넋을 잃은 채 물가에 가만히 서 있다가 이내 팔을 들어 소맷자락으로 눈물을 닦아냈다. 지금은 죽은 이를 떠올리며 슬픔에 빠져 있을 시간이 없었다.

황재하는 물가에 앉아 어장검으로 물고기를 손질했다. 얇게 썰어 가시를 일일이 발라냈다. 혹여 적들을 유인할까 봐 불도 피우지 못했다. 다행히 대당에서는 생선회를 즐겨 먹었기에 익히지 않아도 먹을 수 있었다. 원래는 고추냉이를 곁들여 먹었지만 지금은 그냥 먹으려니 많이 비렸다.

남자의 짐에서 찾아낸 소금을 생선 위에 살짝 바른 뒤 일단 남자에게 가져갔다. 그러고는 비수로 남자를 겨냥한 채 입을 틀어막은 천을 빼내며 말했다.

"배고플 테니 먹을 것을 좀 주지. 소리 지를 생각은 마라."

남자는 의심쩍은 눈빛으로 황재하를 보았으나, 황재하가 아래턱을 당겨 입 안에 생선 살 한 점을 넣어주자 그제야 정말로 먹을 것을 주려는 의도임을 깨달았다. 남자를 응시하는 황재하의 눈이 별빛처럼 반짝였다. 그 눈빛을 보는 순간 남자는 입 안의 생선이 무슨 맛인지도 느껴지지 않았다.

황재하가 물었다. "맛이 어떤가?"

남자는 잠시 맛을 느껴보고는 입을 열었다. "조금 비린내가……."

"네놈이 가지고 있던 소금을 조금 발랐는데, 맛이 별로인가?"

"그럭저럭 먹을 만은 하군."

황재하는 다시 한 조각을 남자의 입에 넣어주며 그 표정을 자세히 살폈다.

남자도 그 눈빛을 피하지 않고 황재하를 응시하며 낮은 목소리로 물었다. "왜 내게 잘해주는 거지?"

황재하는 그 말에는 대답도 않고 남자가 생선 살 두 점을 다 먹은 걸 확인하자마자 곧바로 다시 입을 틀어막았다. "보아하니 소금에는 독이 들지 않은 모양이군."

남자는 순간 눈을 부릅뜨고서 황재하의 뒷모습을 멍하니 바라보았다. 저도 모르게 쓴웃음이 지어졌다.

황재하는 생선 살을 반 정도 먹고 나머지 반은 이서백에게로 가져 갔다. 일단 이서백의 손을 들어 손등을 자신의 뺨에 가져다 대 체온을 확인해보았다. 해독약은 확실히 효과가 있었다. 너무 늦게 써서 아직 의식이 돌아온 건 아니었지만 최소한 얼굴에 짙게 드리웠던 거무스름한 기운은 사라지고 없었다. 부어올랐던 팔꿈치도 이미 가라앉았다.

황재하는 다시 한 번 안도의 숨을 내쉬었다. 밤새 황재하를 괴롭힌 피로와 공포가 가시며 순간적으로 힘이 빠져 바닥에 털썩 주저앉았다. 현기증이 일며 눈앞이 아찔해 머리를 붙잡고 무릎에 얼굴을 묻었다. 그렇게 눈을 감은 채 한참 동안 가쁜 숨을 몰아쉬었다.

현기증이 가시고 황재하가 다시 눈을 뜨니 이서백이 깨어나 있었다. 이서백은 겨우 뜬 눈으로 잠시도 시선을 옮기지 않고 줄곧 황재하를 응시했다.

두 사람의 눈빛이 마주쳤다.

이서백의 맑고 깨끗한 눈빛을 보자 밤새 마음 졸인 황재하의 얼굴에서 초조한 기색이 순식간에 자취를 감췄다. 황재하는 몸을 숙여 이서백을 바라보며 주체할 수 없는 눈물을 흘렸다. "전하……. 드디어 깨어나셨습니까, 전하……."

황재하의 눈가에 흐르는 눈물을 본 이서백은 극도로 허약해진 얼굴로 뜻밖에도 옅은 미소를 지었다. "그래, 깨어났구나."

갑작스럽게 이서백의 미소를 마주한 황재하는 순간 가슴속에서 무언가가 펑 하고 터지는 것 같은 기분을 느꼈다. 마치 가슴속에서 꽃송이들이 팡팡 만발하는 것 같았다.

봄눈이 녹는 모습을 처음 본 어린아이처럼, 꽃받침 위에 처음 앉아 본 하루살이처럼, 허물을 벗고 나와 처음 푸른 하늘을 본 매미처럼, 완전히 새로운 미지의 무언가를 본 듯했다. 그 미지의 세계에 깊이 끌려 도저히 눈을 뗄 수 없었다.

머리 위로 드리운 무성한 나뭇잎 사이로 새어 들어오는 햇살이 마치 여러 가닥의 금빛 비단실 같았다. 미세한 바람이 천천히 불어와 나뭇가지를 흔들자 금빛 조각이 두 사람의 몸과 얼굴에 흩뿌려졌다. 이처럼 황홀한 빛이 비추는 가운데 간밤의 고통과 초조함은 눈 녹듯 사라지고, 두 사람은 마치 새로 태어난 기분으로 서로를 응시했다. 시간이 얼마나 흘렀는지 알 수 없을 만큼 오랫동안.

황재하는 손을 들어 이서백의 이마를 가볍게 짚어보았다. 아직 손을 데일 듯 뜨겁긴 했지만, 그래도 깨어났다. 황재하의 눈에는 여전히 물기가 어렸으나 입가에는 미소가 걸렸다.

황재하가 떨리는 목소리로 말했다. "깨어나셨어요……. 정말 다행입니다."

그 미소를 바라보던 이서백은 손을 들어 황재하를 어루만지고 싶었으나 온몸이 마비되어 손 하나 들어 올리는 것도 천근만근이었다. 하는 수 없이 다시 한 번 미소를 지으며 짧게 대답했다. "그래."

"배고프시죠? 물 좀 드시겠어요?" 황재하는 이서백이 눈을 깜빡이는 것을 보고는 곧바로 일어나 물을 떠와 입 안으로 흘려 넣어주었다.

바닥에 누워서는 삼키는 것이 쉽지 않아 물이 그대로 입가로 흘러내렸다. 황재하는 잠시 생각하다가 이서백의 머리를 살짝 안아 자신의 다리 위에 올렸다. 그러고는 돌돌 만 잎사귀를 그의 입가에 대고 조심스럽게 손을 움직여가며 이서백이 천천히 물을 삼킬 수 있게 도와주었다. 물을 다 마신 뒤에는 옆에 있는 나뭇가지 두 개를 꺾어 생선 살을 집어 이서백의 입에 넣어주었다.

이서백은 견디기 힘들 정도로 고통이 심한지 씹는 속도가 무척 느렸다. 하지만 여전히 황재하를 응시한 채 한 입 또 한 입 남은 생선의 절반을 받아먹었다.

황재하는 낮은 소리로 변명하듯 말했다. "자객들의 시선을 끌까 봐 불을 피우지 못했습니다. 이해해주세요."

이서백은 아무 말 없이 황재하의 다리를 베고서 조용히 황재하를 바라보고만 있었다. 순간 황재하는 두 사람의 자세가 과하게 친밀하다는 것을 깨달았으나 이런 상황에서는 달리 방법이 없었다. 그저 어색함을 감추기 위해 화제를 돌리며 입을 열었다.

"전하께 결벽증이 있다는 사실은 저도 잘 알지만 이런 곳에서는 달리 방도가……. 위험을 좀 벗어나면 어떻게든 방법을 찾아 씻을 수 있게 해드리겠습니다."

황재하는 이서백의 머리를 다시 조심스럽게 바닥에 내려놓고는 풀을 뜯어와 베개를 만들어준 뒤 남은 생선 살을 들고 개울가로 갔다. 황재하가 포박해둔 남자가 나무에 기댄 채 복잡하고 의미심장한 눈빛으로 황재하를 응시하고 있었다. 황재하는 순간 당황하며 방금 이서백과 친밀한 자세로 있던 장면을 들킨 것은 아닌지 걱정했다.

하지만 다시 생각해보니 상대는 그저 사람을 암살하러 온 자객에 불과했다. 여자라는 사실을 들켰다 한들, 두 사람의 관계를 오해받는다 한들 그게 무슨 상관이겠는가. 그래서 남자의 눈빛을 못 본 척 시선을 돌려버렸다. 남자를 풀이나 나무라고 생각하기로 했다.

손을 씻은 황재하는 다시 포로 앞에 쭈그리고 앉아 비수로 목을 겨눈 뒤 입에 물린 천을 빼내고는 물었다. "이름이 뭐지?"

남자는 줄곧 황재하에게 머물러 있던 시선을 갑자기 개울 쪽으로 옮기며 대답했다. "말해도 모르지 않는가."

"뭐 나도 네놈 이름이 궁금한 건 아니야." 황재하는 비수로 남자의 어깨를 툭툭 치며 말했다. 이서백이 깨어났기에 황재하의 목소리는 확실히 전보다 가벼웠다. "그저 네놈 뒤에 있는 사람이 누구인지를 알고 싶을 뿐이다. 대체 누가 감히 기왕 전하를 죽이려 한 것이지?"

남자는 조금도 망설이지 않고 말했다. "오왕 방훈께서 원한을 씻기 위해, 지하에서 병사 백만을 불러 모아 기왕의 목숨을 취하라 명하셨다."

황재하는 차갑게 웃으며 물었다. "목숨을 취해서 뭐하게? 기왕 전하가 지하까지 가서 한 번 더 그자를 화살로 죽여주기를 원하는 것인가?"

남자는 순간 말문이 막힌 듯 "흥!" 하고 콧방귀를 뀌었다.

황재하는 꽤 흥미로운 듯 남자를 관찰하며 말했다. "야만인들이 쓰는 저속한 말은 전혀 할 줄 모르는 걸 보니 출신 성분이 좋은 모양이군. 거친 군사들 속에서 그런 성품을 유지하기란 쉽지 않지. 더군다나 당시 방훈의 부하들은 죄다 유랑민들이었으니 너 같은 사람이 그 속에 있었을 가능성은 전혀 없고 말이야."

남자는 이를 악문 채 아무 말 없이 황재하를 노려보기만 했다.

하지만 황재하는 그 눈빛에도 전혀 아랑곳하지 않았다. 계속 쭈그리고 있자니 다리가 아파 아예 풀밭 위에 책상다리를 하고 앉아 남자의 목을 겨눈 비수를 거두며 말했다. "순순히 이실직고하는 게 좋을 것이야. 너는 대체 누구고, 기왕 전하를 죽이라고 한 사람은 누구지?"

남자는 황재하의 협박을 듣고서 오히려 웃음을 터뜨렸다. "차라리 네게 한 가지 사실을 말해주는 게 낫겠군. 너는 내가 누군지도, 내가 어디서 왔는지도 모르겠지만, 나는 네가 누군지 알고 있다."

황재하는 비수로 남자의 목을 살짝 그으며 말했다. "계속 말해보시지."

"한밤중에 풀숲에 매복하고 있던 걸로 보아, 너의 성에는 분명 초두머리가 들어가겠지. 그리고 너와 나는 인시[3]에 만났다. 인(寅)과 초(草)를 합치니 황(黃)이 되는군. 너는 황 씨 성을 가졌지."

"제법이군." 황재하는 이번에는 비수로 남자의 어깨를 툭툭 치며 말했다. "다만 넌 내 신분을 이미 알고 있고, 그걸 가지고 말을 지어냈을 뿐이겠지. 안 그런가?"

남자는 웃어 보였지만 얼굴 근육이 경직되어 그다지 보기 좋진 않

---

3 새벽 3시에서 5시 사이.

았다.

"보아하니 기왕 전하에 대한 네놈들의 정성이 보통이 아닌 모양이야. 전하 곁에 있다는 이유로 나같이 보잘 것 없는 자의 신분까지 정확히 꿰고 있으니 말이다." 황재하는 차갑게 웃으며 다시 한 번 포로를 겁박했다. "말해라. 네놈들을 보낸 자가 대체 누구냐?"

남자가 반문했다. "누구일 것 같으냐?"

"장안 출신인 자가 기악 군주까지 이용한 것을 보면 조정 세력 중하나겠지. 하나 기악 군주가 어떻게 되든 전혀 신경 쓰지 않는 것으로 보아 분명 황실의 체면과는 아무 상관이 없는 세력일 것이다. 그렇다면 황실의 종친은 아닐 테고⋯⋯."

"틀렸다. 나를 보낸 분은 천하제일이신 그분이다." 남자는 그냥 입에서 나오는 대로 지껄였다.

황재하는 고개를 돌려 이서백을 한 번 살폈다. 이서백이 편한 자세로 누워 있는 것을 확인하고 나서 다시 눈을 부릅뜨고 남자에게 말했다. "사실대로 말하지 못해!"

"사실을 말했는데 어째서 믿지 못하지?" 남자는 가벼운 말투에 심지어 놀리는 듯한 눈빛으로 말했다.

황재하는 눈썹을 찌푸리며 비수로 그의 목덜미를 강하게 압박했다. "황제 폐하는 오히려 기왕 전하가 왕종실을 견제해 조정 세력에 균형이 잡히길 원하시는 분이다. 그런데 어찌 스스로 그 길을 망치시려 들겠는가?"

"왕종실 공공은 이미 불치의 병을 얻어 앞으로 남은 날이 그리 많지 않은데, 너는 기왕 측근의 소환관으로서 어찌 그런 사실조차 모르는 거지?" 남자는 자신의 목을 겨눈 날카로운 비수에도 전혀 아랑곳않고 혀를 차며 말했다. "정적의 상황에 대해 그렇게 몰라도 괜찮단 말이냐?"

"그렇게 아무 말이나 지껄이면서 기왕 전하와 조정을 도발하는 건 괜찮을 거 같으냐?" 황재하는 미간을 찌푸리며 말했으나 별 소득이 없을 것 같아 더 이상 묻기를 포기했다. 다시 남자의 입을 틀어막고는 관목 수풀 쪽으로 몸을 돌리니 이서백이 눈을 뜨고 있었다. 지금까지의 대화를 다 듣고 있었던 것이다.

황재하는 이서백에게 돌아와 한탄하듯이 말했다. "제가 고문으로 자백을 받아내는 건 해본 적이 없어서요."

"물을 필요 없다. 네가 저자를 죽인다 해도 아무것도 얻어내지 못할 것이다……. 저자가 지키려는 것은 자신의 목숨보다 훨씬 더 중요한 것일 테니 말이다." 이서백은 그리 말하면서 천천히 눈을 감았다. "저자에게 가서 짧게 세 번, 길게 한 번, 총 네 번의 손피리를 불어보라고 해라. 만약 하지 않겠다고 한다면 이리 전하거라. '농우의 느릅나무 아래, 때마침 관산에 눈발 날리고, 봉화불은 끊어져 연기조차 나지 않네.'[4]"

황재하는 무슨 뜻인지 이해가 되지 않았지만 고개를 끄덕이고는 남자에게 가서 이서백의 말을 그대로 전했다.

남자는 멍하니 나무에 기댄 채 이서백을 향해 시선을 던졌다. 미동도 없는 이서백을 보고는 한숨을 내쉬더니 눈을 감고 나지막한 목소리로 말했다. "지금 힘이 다 빠져서 손피리가 나올지 잘 모르겠군."

남자를 그렇게 만든 장본인인 황재하는 조금도 미안해하는 기색 없이 남자 앞에 쭈그리고 앉아 비수로 그의 가슴께를 겨누며 묶여 있던 양손을 풀어주었다.

남자는 쓴웃음을 지으며 황재하를 바라보고는 손을 입가에 올렸다. 그리고 입을 오므려 손피리를 불기 시작했다. 비록 힘은 좋지 않았지

---

4 당나라 시인 왕유의 「농서행(隴西行)」을 인용하여 지은 구절.

만 휘파람 소리가 맑게 울려 퍼지면서 깊은 산속까지 은은하게 메아리쳤다. 황재하는 남자의 손을 다시 묶어놓고는 주위를 두리번거렸다. 솔바람이 간간이 불어오는 가운데 숲속에서 한 필의 흑마가 쏜살같이 질주해왔다.

"디우!" 황재하는 반가운 마음에 벌떡 일어나 디우의 머리를 안아주려 했다. 밤새 뒤척이며 문득 깨달은 바가 있으니, 말 한 마리가 곁에 있다는 것이 뜻밖에도 큰 의지가 된다는 사실이었다.

디우는 황재하를 거들떠보지도 않았다. 황재하가 내민 손을 무시하고 그대로 옆을 스쳐지나가 곧장 이서백에게로 달려갔다. 황재하는 아무 말 않고 몸을 돌려 디우의 엉덩이를 한 대 때려주고는, 디우가 뒷발을 들어 자신을 걷어차려는 조짐이 보이자 재빨리 뒤로 껑충 물러났다. 속상해하는 황재하의 귓가에 누군가가 자그맣게 킥킥거리는 소리가 들렸다.

고개를 돌려 보니 뜻밖에도 그 포로의 웃음소리였다. 비록 짧은 웃음소리였지만 순간 황재하는 어딘가 모르게 꽤 익숙한 느낌을 받았다. 황재하는 미간을 찌푸리며 남자의 모습을 자세히 뜯어보았다. 하지만 생기 잃은 그 넙데데한 얼굴을 아무리 뜯어보아도 기억 속에서 맞아떨어지는 이가 없었다. 황재하는 속으로 생각했다. '만약 자진 도련님이었다면 그 골격 이론인가 뭔가 하는 걸로 이 사람의 진짜 얼굴을 맞혀보지 않았을까?'

하지만 다시 생각해보니 주자진은 황재하가 환관 복장을 한 여자라는 사실조차도 눈치채지 못했는데, 그런 그에게 무얼 바라겠는가 싶었다.

고개를 돌리니 디우가 몸을 숙인 채 이서백에게 머리를 비벼대고 있었다. 원래의 흉포한 기세는 조금도 보이지 않았다. 황재하는 나푸사가 떠올랐다. 상처 입고 관목 수풀에 나동그라진 채 울부짖던 나푸사를 생각하니 참을 수 없이 슬펐다. 황재하는 포로에게 다가가 천을 입에 물린 후 다짜고짜 매서운 발길질을 날렸다.

남자는 영문을 몰라 눈을 부릅뜨고 황재하를 노려보다가 이내 얼굴을 돌렸다.

3장

맑은 샘이
돌 위로 흐르다

　해독약을 또 한 번 썼다. 이서백은 느리게나마 회복되고 있어 가까스로 몸을 일으킬 수는 있었으나 고열은 아직 가시지 않았다. 황량한 숲속에서 황재하가 할 수 있는 일이라고는 천을 물에 적셔 이서백의 이마에 올려주는 것 외에는 없었다.

　황재하는 포로를 좀 더 단단히 묶어둔 후 근처를 돌아다니며 먹을 것과 약초를 찾아보았다. 우거진 수풀을 벗어나 태양 아래 서서 다른 산들을 내려다보았다.

　짙푸른 산이 이어지며 수많은 나무가 끝없이 우거져 있었다. 새들이 드넓은 창공을 가로질렀고, 구름은 파도처럼 넘실거리며 흘러갔다.

　산세를 내려다보며 근처 산봉우리를 관찰하던 황재하는 갑자기 흥분하며 곧바로 몸을 돌려 이서백에게로 뛰어가 낮은 목소리로 말했다. "전하, 저희 다른 곳으로 가요."

　이서백은 눈을 크게 뜨고서 의문이 담긴 눈빛으로 황재하를 바라보았다.

　"여기는 이미 성도부와 꽤 가까운 곳이에요. 예전에 한 번 와본 적이 있어요. 근처에 여기보다 머물기 좋은 곳이 있어요." 황재하는 그렇게 말하면서 디우의 머리를 토닥였다.

디우는 눈을 부릅뜨고 황재하를 쳐다보았지만 이내 무릎을 꿇어 몸을 낮춰주었다.

황재하가 이서백을 부축해 그 위에 태우자, 디우가 몸을 일으켰다. 이서백은 겨우 버티고 앉았다. 황재하는 그런 이서백을 걱정스러운 눈으로 바라보다가 잠시 고민한 뒤 함께 말에 올라탔다. 그러고는 한 팔로 이서백의 허리를 감싸 안고 다른 한 손으로 말고삐를 잡았다.

황재하의 팔이 허리를 부드럽게 감싸 안는 것이 느껴지자 이서백의 몸이 움찔하며 미세하게 굳었다. 하지만 이내 몸을 곧게 세워 앉고는 고개를 돌려 뒤에 있는 포로를 보았다.

포로는 나무에 단단히 묶여서도 여유로운 표정으로 바닥에 두 다리를 뻗고 앉아 있었다. 하지만 황재하가 이서백 뒤에 앉아 그의 몸을 감싸 안는 모습을 보는 순간, 줄곧 황재하만 바라보던 그 눈에 불꽃이 일었다. 황재하는 이서백의 시선을 따라 고개를 돌려 포로를 보고는 비수를 쥐며 이서백에게 눈빛을 보냈다.

이서백은 천천히 고개를 내저으며 말했다. "그냥 가게 풀어주어라."

황재하는 순간 놀란 표정으로 이서백을 보았다. 평소 냉담하기로 유명한 기왕이 자객에게 관대함을 베풀리라고는 생각도 못 했다. 하지만 이서백의 표정이 워낙 단호해 하는 수 없이 말에서 내려 남자의 몸을 묶은 천은 끊어주고, 양손을 묶은 천은 그대로 둔 채 다시 비수를 칼집에 넣고 말에 올랐다.

남자는 나무에 몸을 의지해 가까스로 일어섰다. 황재하는 그런 남자를 보며 탄복했다. 이런 숲속에서 거의 아무것도 먹지 못하고 중상까지 입은 몸으로 꼬박 하루를 지내고도 몸을 일으킬 수 있다니, 정말로 비범한 체력과 의지였다.

남자는 여전히 황재하에게 시선을 향한 채 눈도 깜빡이지 않았다. 앞으로 나아가던 황재하는 몇 걸음 못 가 참지 못하고 다시 남자를 돌아보았다. 황재하를 응시하는 남자의 눈빛이 별처럼 반짝였다. 그 눈빛이 왜인지 황재하의 마음 깊은 곳에 박혔다.

어디선가 본 적이 있는 듯 유난히 낯익은 느낌을 주는 눈이었다.

황재하는 멍하니 다시 고개를 앞으로 돌렸다. 한 팔로는 이서백의 허리를 감싼 채 고삐를 잡은 손에 힘을 주며 나지막한 목소리로 말했다. "고삐는 제가 잡고 가겠습니다. 방향과 길도 제게 맡기십시오."

이서백이 짧게 대답했다. "그래."

두 사람은 침묵 속에 깊은 산속을 천천히 나아갔다. 디우의 발굽 소리와 풀잎 스치는 소리만이 들려왔다.

움직이는 말 위에서 이서백의 몸이 힘없이 흔들릴 때마다 황재하는 이서백이 말에서 떨어질까 걱정되어 저도 모르게 이서백을 감싸 안은 팔에 힘이 들어갔다. 그러다가도 순간 이러면 안 된다는 생각에 황급히 팔에서 힘을 풀었다. 가는 길 내내 황재하는 이서백을 감싼 팔에 힘을 주었다가 풀기를 반복했다. 그들 곁을 스치는 바람이 부드러웠다가 거세지고, 거세졌다가도 다시 부드러워지는 것처럼 말이다.

아무 말 없이 앞만 응시하던 이서백은 황재하가 다시 한 번 팔에 힘을 줄 때 저도 모르게 황재하의 손등에 자신의 손을 얹었다. 그러고는 낮은 목소리로 입을 열었다. "황재하……."

"네?" 황재하가 대답했으나, 이서백은 순간 무슨 말을 어떻게 해야 할지 몰라 아무 말도 하지 못했다.

황재하는 이서백의 침묵과, 자신의 손등을 감싼 뜨거운 손을 느끼며 왠지 모르게 마음이 긴장됐다.

잠시 후 이서백이 나지막이 말했다. "앞에 절이 있는 것 같으니 말을 멈추거라."

"아!" 황재하는 재빨리 목을 빼 앞쪽을 살피고는 기뻐하며 말했다. "맞아요, 여기예요! 제 기억이 맞았네요!"

이서백은 살짝 고개를 돌려 기뻐하는 황재하의 표정을 보았다. "이렇게 낡은 절에 사람이 있을지 모르겠구나."

"아마 없을 겁니다. 작년에 이 절에서 살인 사건이 있었거든요." 말에서 뛰어내린 황재하는 풀이 듬성듬성 난 오솔길로 디우를 이끌었다. "원래 주지 스님 한 분과 승려 두 분이 계셨는데, 주지 스님이 돌아가신 뒤 이렇게 낡은 절간이 되어버렸답니다. 그 뒤에 주지 자리를 놓고 두 승려가 싸우다가 한 승려가 다른 승려를 죽이고 뒷마당에 몰래 묻어버렸지요."

이서백이 무심히 물었다. "이런 낡은 절을 찾아오는 사람도 있었느냐? 어떻게 사건이 발각된 거지?"

"길을 잘못 들어서요." 황재하는 디우를 이끌어 작은 개울을 건너고 커다란 바위를 돌았다. "당시 제가…… 우선과 함께 산에 나들이를 왔다가 길을 잘못 들어 산속에 갇혔습니다. 그때 작은 길을 따라 걷다 보니 이곳이 나왔지요. 그런데 불상 앞에서 절을 하는데 보당(寶幢)에 묻은 어두운 색의 핏자국이 보였습니다. 그 모양으로 봐서는 피가 튄 흔적이 분명했지요."

이서백은 고개를 끄덕이며 말했다. "설령 절 안에서 몰래 닭을 잡아먹었다 해도 대전에서 살생을 저질렀을 리는 없지."

"맞습니다. 피가 튄 흔적을 보아하니 불상 앞에 앉아 목탁을 두드리다가 살해당한 듯했습니다. 범인이 뒤에서 조용히 다가와 등을 찔렀겠지요. 피가 튄 높이와 각도로 볼 때 목탁을 치는 그 자리에서 살해됐을 가능성이 높았습니다."

"그래서 죽은 사람이 승려였을 거라 추측한 것이냐?"

"네. 그리고 발각될 염려 없이 절 안에서 승려를 죽일 수 있는 사람, 살해 현장을 그처럼 깨끗이 치울 수 있는 사람은 다른 한 명의 승려일 가능성이 많았지요.” 황색 흙벽 앞에 도착해 황재하는 거미줄로 가득한 문을 밀며 말했다. “그래서 일부러 승려와 이야기를 나누며 그 속을 떠보았습니다. 승려의 말로는 주지 스님은 얼마 전에 입적하시고, 함께 있던 사형도 행각을 떠났다고 했습니다. 저는 목탁 자리를 가리키며 물었지요. 그럼 지금 저곳에 앉아서 계속 목탁을 두드리고 있는 승려는 누구냐고 말입니다. 왜 저렇게 눈을 부릅뜨고 스님을 쳐다보고 있느냐고요.”

여기까지 말한 황재하는 자기가 생각해도 우스웠는지 피식 웃음을 터뜨렸다. “그래서 그 승려가 어떻게 됐는지 아십니까? 어찌나 놀랐던지 바닥에 고꾸라져서는 말도 한마디 못 했습니다.”

“그래서 그 승려가 잡혀간 후로 절은 계속 비어 있었고?”

“네. 그나마 가끔 와서 향을 피우던 신도들도 더 이상은 오지 않는 것 같았습니다. 어쨌든 살인이 벌어진 곳이니, 어찌 불가의 성스러운 땅이라 할 수 있겠습니까?”

절은 규모가 매우 작았다. 문도 하나, 전전도 하나, 후전도 하나였다. 담벼락은 군데군데 무너졌고, 마당에는 잡초가 사람 키 반만큼이나 자라 있었다. 문과 창문은 썩어서 곰팡내가 진동했다. 다행히 사랑채에 낮은 침상 하나가 남아 있어, 황재하는 재빨리 이서백을 부축해 침상 위에 앉혔다. 전날 찢어놓았던 천을 절 뒤에 흐르는 샘에서 깨끗이 빨아 와 침상을 한 번 닦아낸 뒤 이서백을 부축해 눕혔다. 그러고는 해독약을 한 번 더 복용하게 한 뒤 환부에도 금창약을 새로 바르고 물에 적신 천을 이마에 올려주었다.

침상에 누운 이서백은 고열로 조금 혼미한 상태였다. 뜨거운 열기가 의식을 흐려놓는 중에도 이서백은 온 힘을 다해 일어나 앉았다. 그러고는 창문에 기대어 황재하의 일거수일투족을 지켜보았다.

황재하는 사람 키 반만큼 자란 억새를 가르며 전전으로 향했다. 하얗고 덥수룩한 꽃을 피운 백모도 황재하의 걸음에 함께 흔들려, 마치 구름이 황재하 곁에 둥실 떠 있는 것처럼 보였다. 황재하는 먼저 보살 앞에 절을 하고는 제단 위에 남겨진 향촉 몇 개를 끌어다가 먼지를 떨어낸 뒤 소매 속에 집어넣었다.

이서백은 창틀 위에 엎드린 채 황재하를 지켜보다가 자신도 모르게 옅은 미소를 지었다.

몸을 돌려 대전을 나서던 황재하는 무성한 풀 너머로 창틀에 엎드려 미소 짓고 있는 이서백을 발견했다. 예상치도 못한 순간에 마주친 이서백의 미소에 황재하의 얼굴이 빨갛게 달아올랐다.

황재하는 천천히 창문 앞으로 걸어가 어색한 듯 말을 꺼냈다. "밤에 혹시 필요할지도 몰라서요."

팔에 턱을 괸 채 입가에 옅은 미소를 띤 이서백이 황재하를 응시하며 물었다. "보살님께 절은 왜 했느냐?"

황재하는 되레 의아해하며 말했다. "남의 집에서 잠도 자고 물건도 가져다 쓰는데 일단 주인에게 말이라도 해야 하지 않겠어요?"

이서백은 참을 수 없다는 듯 미소를 가득 머금은 채 따뜻한 시선으로 황재하를 바라보다가 화제를 바꾸어 말했다. "누군가가 그자를 발견했는지 모르겠구나. 그런 중상을 입고서 산속을 헤맨다면 그리 오래 버티지는 못할 텐데 말이다."

황재하는 이서백이 그 포로를 두고 하는 말임을 알고 물었다. "혹시 그자를 아십니까?"

이서백은 황재하를 흘끔 쳐다보고는 잠시 침묵하더니 담담하게 대답했다. "그래."

'한 번 본 것은 모두 기억하시니 장안 십사 또한 모든 이를 아시겠지. 게다가 아무리 그자가 자신의 진짜 목소리를 감추려 했어도, 분명

그 목소리만으로도 정체를 눈치채셨을 거야.'

자객의 신분과 내력을 이미 파악했다면 그 배후가 누구인지, 자신을 죽이려는 이유가 무엇인지도 이미 어느 정도는 추측했을 것이다. 황재하는 이서백이 말해주기만을 기다렸으나 이서백은 그럴 의사가 전혀 없어 보였다. 황재하는 하는 수 없이 이 문제는 일단 뒤로 제쳐놓기로 했다.

"몸은 좀 어떠세요?" 황재하는 잠시 망설이다가 이서백의 이마를 짚어보았다. 여전히 이마가 펄펄 끓었다. 아무래도 젖은 수건만으로는 어림도 없어 보였다.

하지만 이러한 황량한 산속에서는 이서백이 스스로 버텨주는 것 외에는 정말 아무런 방법이 없었다. 황재하가 유일하게 쓸모를 발휘할 수 있는 부분은 바깥에 나가 먹을 것을 구해오는 일이었다.

황폐한 숲에 사람의 손길이 닿지 않은 과일나무 몇 그루가 아직 덜 익은 열매를 매달고 맥없이 서 있었다. 황재하는 열매를 몇 개 따고, 쇠비름도 한 줌 따서 돌아왔다. 뜻밖에도 이서백이 마당 그늘에 나와 앉아 황재하를 기다리고 있었다. 심지어 황재하 앞에 통통한 산토끼도 한 마리 던져주었다.

"에이⋯⋯. 설마요. 나무 그루터기에 토끼가 와서 부딪혀 죽기만을 기다린다는 말은 들어봤지만, 설마 전하도 마당을 지키고 있는데 토끼가 제 발로 들어와 죽더라, 뭐 그런 건 아니겠죠?" 황재하는 밖에서 씻어온 배 두 개 중 하나를 이서백에게 내밀었다.

이서백은 배를 받아들며 말했다. "나도 할 일이 없어 그냥 나와 앉아 있었는데 토끼가 들어오더구나. 그 포로에게서 가져온 활도 있고 해서 한 발을 쏘았다."

황재하는 기쁜 얼굴로 토끼를 집어 들며 말했다. "정말 대단하세요. 전하는 가만히 앉아 계셔도 저보다 낫네요."

두 사람은 생사를 함께하며 이런 황량한 곳에서 지내는 동안 주종의 관계도 거의 잊고 예전에 비해 말도 편하게 주고받았다.

이서백은 싱글벙글하는 황재하를 보며 말했다. "물론이지. 그러니 앞으로는 내가 사냥하고 네가 요리를 하면 되겠구나. 생선회도 먹고, 토끼나 토란 같은 것도 구워 먹고. 나쁘지 않구나."

"그럼 얼마나 좋겠어요. 하지만 전하께서 조정의 일들을 내려놓을 수 없으실 테지요." 황재하는 토끼를 들어 살펴보며 말했다. "조준은 정확했는데 힘은 좀 부족하셨네요. 목도 관통시키지 못하셨으니 말입니다. 좀 더 몸보신하며 잘 쉬셔야 할 듯합니다."

"목을 겨냥한 것이 아니었다." 이서백이 담담하게 말했다. "눈을 조준했는데 손이 떨렸구나."

"눈이었습니까……?" 황재하는 마음이 괴로웠다. 백 보 밖에서도 방훈을 쏘아 맞혔던 손인데, 지금은 힘도 없을 뿐더러 조준조차 제대로 하지 못하다니.

이서백은 고개를 들어 하늘을 올려다보며 지극히 고요하고 나지막한 목소리로 말했다. "어쩌면 정말로…… 그 글자의 저주가 들어맞으려는 것인지도 모르지."

담담한 그 말투에 황재하의 속눈썹이 파르르 떨렸다. 마치 바늘에 심장을 맹렬히 찔려 박동이 멈춘 듯한 기분이었다.

황재하는 재빨리 화살을 집어 들고 말했다. "아니에요, 전하! 이것 보세요. 이 화살은 대가 매끄럽지도 않고, 곧지도 않네요. 이렇게 대충 만든 화살로 사냥이 잘될 리가 있나요. 후예[5]가 와도 이런 화살로는 별 수 없을 겁니다!"

이서백은 눈을 내리뜨고 아무 말도 하지 않았다. 손에 들린 배만 한

---

5 중국 신화 속 명궁.

참 내려다보다가 무심코 한 입 베어 물었다. 순간 지금껏 경험한 적 없는 시큼털털한 맛이 강렬하게 이서백을 덮쳤다. 눈앞에서 태산이 무너져도 표정 하나 변하지 않을 것만 같던 이서백이 눈썹을 잔뜩 찌푸린 채 급히 숨을 들이마셨다. 심지어 눈물까지 그렁거렸다. 황재하는 믿기 어렵다는 표정으로 이서백을 쳐다보며 손에 든 배를 꼭 쥔 채 말문이 막혔다.

이서백은 배를 떨어뜨리고는 벽을 짚은 채 비틀거리며 샘으로 가서 두 손으로 물을 떠 급히 들이켰다. 황재하는 이서백 뒤에 서서 복잡한 표정으로 그 모습을 지켜보았다.

이서백은 몸을 일으키고는 고개를 들어 하늘을 보며 물었다. "그게 대체 무슨 표정이냐?"

황재하는 감탄조로 말했다. "우연찮게 기왕 전하의 약점을 알게 되어, 소인 잠시 마음이 복잡했습니다."

이서백은 짜증난 듯 황재하의 표정을 슬쩍 보고는 획 고개를 돌리며 말했다. "시장하구나."

황재하는 서둘러 주방으로 뛰어가 토끼 요리를 시작했다.

포로에게서 가져온 물건들은 꽤나 쓸모가 있었다. 기름종이에 싸여 있던 부싯돌과 부싯깃은 대번에 불이 붙었다.

철기가 귀한 때라 절 안에 있던 솥은 진작에 사람들이 가져가고 없었지만, 다행히 항아리를 하나 찾았다. 토끼 반 마리는 항아리에 넣어 탕을 끓이고, 남은 반 마리는 아궁이 속에서 구웠다. 음식 냄새가 올라오자 황재하는 말할 것도 없고 방 안에 있던 이서백마저 참지 못하고 문 앞으로 나와 앉았다.

여러 끼를 거의 아무것도 먹지 못한 탓에 둘 다 얼굴이 퀭했다. 일단 고기 위에 대충 소금을 바른 뒤 손으로 찢어서 먹었다. 결벽증이 있던 이서백은 고기 표면의 그을린 부분은 일단 긁어낸 뒤 먹었지만, 황재하는 기름 묻은 손가락마저 다 핥아 먹고 싶을 정도였다. 탕이 다 끓었을 땐 두 사람도 어느 정도 진정되어 그리 서두르지 않았다. 먼저 쇠비름을 깨끗이 씻어 펄펄 끓는 탕에 넣었다가 얼른 건져내고는, 주방에서 찾은 나무 그릇 두 개에 탕을 덜었다.

한여름 매미가 울고, 먼 산은 푸르렀다. 머리 위로 높이 자란 나무가 햇빛을 가려주었다. 두 사람은 허름한 절간에 앉아 따끈한 고기 국물을 나눠 마셨다. 고개를 들어 상대방의 초췌해진 모습을 보니 자신의 모습도 상상이 되어 둘은 절로 실소를 터뜨렸다.

황재하는 탕의 맑은 향을 맡으며 긴 한숨을 내쉬었다. "사실 생각해보면, 우리가 이렇게 산 속에서 생활하는 것도 제법 괜찮은 것 같아요. 세상일에 복잡하게 얽히지 않아도 되고, 조정의 암투와 경쟁에서도 자유로울 수 있을 테니 말이에요……."

이서백은 가만히 고개를 끄덕이다가 무언가 생각에 잠긴 표정으로 황재하를 돌아보며 방금 황재하의 입에서 나온 말을 무심코 따라했다. "우리가?"

황재하는 그제야 자신의 말속에 애매한 의미가 담겨 있음을 느끼고는 난처하기도 하고 부끄러워 재빨리 그릇을 받쳐 들어 얼굴을 가렸다. 그러고는 당황한 마음을 숨기기 위해 황급히 말을 돌렸다.

"당분간 저희가 좋은 날을 보낼 수 있을지 없을지는 모두 전하의 사냥 결과에 달렸겠네요."

이서백은 붉어진 황재하 얼굴을 보며 웃으면서 그 말을 받았다. "아니지, 내 생각엔 너의 요리 솜씨에 달려 있을 것 같은데?"

"전하께서는 사냥을 하시고 저는 요리를 하고, 그러면 되겠네요."

이서백은 황재하를 보며 얼굴에 더 깊은 미소를 띠었다.

황재하는 아직 부끄러운 마음이 가시지 않아 쩔쩔맸다. 방금 자신이 내뱉은 말 속에 심지어는 '바깥사람, 안사람'의 의미가 담겼음을 미처 파악하기도 전에 이서백의 목소리가 들려왔다. "네가 내 곁으로 온 지 반년이 다 되었는데 이번이 처음이구나."

황재하는 순간 그 말의 의미를 몰라 잠시 어리둥절했다가 이내 깨달았다. 이서백 앞의 황재하가 이렇게 편히 말을 하는 것도, 이렇게 편히 웃는 것도 처음이었다.

황재하는 손에 나무 그릇을 받쳐 든 채 미소 지으며 이서백에게 말했다. "네, 그렇네요. 전하와 알게 된 지 벌써 반년이 지났네요……. 정말 시간이 빠른 것 같아요."

이서백은 줄곧 황재하를 응시하던 시선을 거두어 눈을 내리떴다. 짙은 속눈썹이 그의 맑은 눈동자를 가렸지만 입가의 미소는 감춰지지 않고 한 줄기 청량한 흔적을 오래도록 남겼다.

황재하는 그런 이서백의 얼굴을 보며 생각했다. '남들한테 기왕 전하의 웃는 얼굴을 봤다고 말한다면, 그것도 아주 짧은 시간 동안 여러 번을 봤다고 말한다면 아무도 안 믿겠지.' 거세게 쏟아지던 비가 막 그치고 구름 사이로 쏟아지는 햇살을 본 것만 같은 이 감정을, 도무지 말로 표현할 길 없는 이 감정을, 영원히 마음속에 묻어두자고 황재하는 생각했다. 기왕의 이 미소를 다른 사람에게 표현할 방도가 자신에게는 도무지 없을 듯했으니까.

"사실 너는……." 다시 이서백의 목소리가 들려왔다. 이서백은 다음 말을 한참 머뭇거리더니 결국 입 밖에 내었다. "웃으면 정말 예쁘다."

황재하는 놀라고 당황한 표정으로 멍하니 이서백을 바라보며 생각했다. '이건 오히려 내가 하고 싶던 말 아니야?'

"너희 집안 사건을 해결하고 나면…… 너도 기쁘게 자신의 삶을 살아갈 수 있으리라 믿는다. 그때가 되면, 다시는 무겁고 슬픈 표정은 짓지 말고, 매일 이런 미소를 지으며 살아가길 바라마." 이서백은 확신에 찬 어조로 말을 이었다. "그날을 위해 내 온 힘을 다해 널 돕겠다."

황재하는 이서백에게 이런 말을 들으리라고는 상상도 못 했기에, 그저 넋을 잃고 가만히 이서백을 바라보기만 했다. 마음 깊은 곳에서부터 이서백에게 하고 싶은 말이 있었으나, 입가를 맴돌기만 할 뿐 끝내 입 밖으로 나오지 않았다. 한참 후에야 우물우물 이렇게만 내뱉었다. "감사합니다……. 전하."

풍성한 식사를 끝내고 나니 이미 날이 어두웠다. 이틀 밤낮을 한 번도 제대로 쉬지 못했던 황재하는 순식간에 이서백 옆에 엎어져 깊은 잠에 빠졌다.

얼마나 잤을까, 옆에서 인기척이 느껴져 황재하는 놀라서 눈을 떴다. 잠을 깨자마자 햇살에 눈이 부셔 날이 이미 훤히 밝은 것을 알았다. 황재하는 서둘러 이서백의 이마부터 짚어보았다. 그러나 이내 뭔가 잘못된 것 같다고 느꼈다.

진즉에 깨어나 있던 이서백이 황재하를 지긋이 바라보고 있는 것이 아닌가.

황재하는 뜨거운 것에 데기라도 한 듯 황급히 손을 거두어 자신의 가슴 위에 올렸다.

이서백은 입꼬리를 올리며 황재하를 향해 옅은 미소를 지어 보였다. "많이 좋아진 것 같다."

황재하는 방금 이서백의 이마를 짚었을 때 열이 있었는지 어땠는지 전혀 기억이 나지 않아 그냥 이서백의 말에 맞장구를 쳤다. "네, 전하. 많이 좋아지신 것 같습니다……."

몸이 허약해져서인지, 황재하를 바라보는 이서백의 눈빛이 평소에 비해 훨씬 부드러웠다. 황재하가 황급히 몸을 일으켜 앉는 모습에 이서백은 손차양을 만들어 바깥에서 들어오는 햇빛을 가리며 말했다.

"쉬고 있거라. 나는 일어나 잠시 움직여볼 테니까."

이서백은 침상에서 몸을 일으키고는 세수라도 할 요량으로 천천히 벽을 짚고 밖으로 향했다. 황재하는 재빨리 일어나 이서백을 부축해 뒤쪽의 샘으로 가서 간단히 씻을 수 있도록 도왔다.

맑은 샘물을 끼얹은 이서백의 얼굴에 햇살이 비추어 물방울이 아름답게 반짝였다. 이서백이 눈을 돌려 황재하를 보았다. 물에 젖은 속눈썹 아래로 맑게 빛나는 그의 눈동자는 사람의 마음을 설레게 만들기에 충분했다.

황재하는 그렇게 별처럼 반짝이는 이서백의 눈빛에 그만 넋을 잃었다. 가만히 자신을 응시하는 이서백의 시선에 순간 얼굴이 달아올라 어찌할 바를 모르고 벌떡 몸을 일으켰다.

그러고는 더듬거리며 말했다. "저…… 저는 가서 먹을 것 좀 찾아볼게요."

근처 숲을 향해 황급히 마당을 가로지르는 황재하의 귀에 디우가 투레질하는 소리가 들려왔다. 그 소리가 마치 황재하를 비웃는 것처럼 들렸다.

황재하는 답답하고 부끄러운 마음에 눈을 부릅뜨고 디우를 째려보았다.

늦여름의 햇살은 아침부터 꽤나 뜨거웠다. 다행히 머리 위로 나무가 우거져 목적지까지 내내 그늘 아래로 걸을 수 있었다. 당시 그 승려가 매장당한 곳이 보였다. 그때 판 구덩이가 아직 남아 있고, 주위로 잡초가 무성했다. 구덩이 가까이 다가가 보니 당시 심었던 조롱박 덩굴이 땅을 뒤덮고 자라, 크고 작은 조롱박이 매달려 있었다. 황재하는 죽은 사람이 있던 땅에서 자란 조롱박이 과연 맛있을까 하는 문제로 잠시 고민했으나 과감히 땄다.

옆에 마 넝쿨도 보여 뽑아보았지만 뿌리가 자그마해 실망스러웠다. 황재하는 안타까운 한숨을 쉬며 혼잣말로 중얼거렸다.

"작아도 괜찮지 뭐. 마는 기력 회복에 좋으니까 좀 더 빨리 회복되실 수 있을 거야."

황재하가 마를 손에 쥐고 일어나는데, 주변의 매미 소리가 갑자기 작아진 게 느껴졌다. 무언가 이상한 느낌에 뒤를 돌아보았다.

멀리 짙푸른 나무 아래 누군가가 서 있었다. 희미해도 단번에 알아볼 수 있는 얼굴, 무엇과도 비할 수 없이 낯익은 자태였다. 세상을 초탈한 듯한 그 기품은 세상 어느 누구도 흉내 낼 수 없었다.

황재하는 작은 마를 손에 쥔 채 천천히 몸을 돌렸다.

그를 스친 거센 바람이 다시 황재하를 스쳐 알 수 없는 어느 곳으로 멀리 날아갔다.

순간 황재하는 깨달았다. 며칠간 힘들게 떠돌며 지내는 동안, 단 한 번도 그를 떠올리지 않았다는 사실을. 조금 전 자신을 스쳐 지나간 바람처럼, 그 또한 황재하의 인생에서 영원히 떠나 다시는 돌아오지 않을 사람이라는 사실을.

황재하는 자신의 의식 깊은 곳에서 그를 조금도 의지하지 않았다는 사실이 스스로도 신기하게 여겨졌다. 어쩌면 가족이 세상을 떠나고 황재하에게 큰 위기가 닥쳤을 때 그가 황재하에게 받은 연서를 절도사 범응석에게 증거물로 바쳤기 때문인지도 모른다. 그때 이후 두 사람 사이의 모든 것은 이미 과거가 되어버렸다.

이번 일을 겪으면서도 줄곧 황재하가 염려한 것은 오로지 이서백의 병세뿐이었다. 그날 밤, 황재하는 이서백을 끌어안은 채 아무 희망도 보이지 않는 칠흑 같은 밤을 지새웠다. 만약 이서백이 깨어나지 못했더라면, 황재하 또한 완전히 무너져 내렸을지도 모른다. 어쩌면 정처 없이 산속을 헤매며 결코 숲을 벗어나지 못했을지도 모를 일이었다.

황재하는 자신을 향해 천천히 걸어오는 우선을 바라보았다. 신선과 같은 외모에 귀족 자제 못지않은 기품을 지닌 그 얼굴이 햇살 아래서 점점 선명하게 빛났다. 다만 그 순간 황재하는 확실히 깨달았다. 그는 단순히 우선이라는 한 사람이 아니었다.

황재하에게 있어 우선은 다시는 돌아오지 않을 소녀 시절이자, 꿈같이 화려하고 아름다웠던 황재하의 지난날이었다. 황재하는 늘 그를 보며 넋을 잃곤 했지만, 황재하가 본 것은 어쩌면 그토록 깊이 사랑했던 이 사람이 아니라, 자신의 옛 시절이었는지도 몰랐다. 늘 웃음이 충만했던, 많은 이들이 칭찬하고 부러워했던, 열여섯 꽃다운 나이의 황재하.

그리고 그는 그 아름다웠던 시절의 증인이자 동반자였으며, 심지어는 창조자이기도 했다.

황재하는 다가오는 그를 향해 미소 지어 보였다. 자신의 과거를 향해 활짝 웃어 보이듯이 말이다. 황재하는 묻고 싶었다. '열여섯 황재하의 꿈은 잘 있나요?'

하지만 꿈이 아무리 아름다울지라도 결국엔 깨어나야 하는 법.

우선은 순간 멈칫하며 멈춰 섰다. 이곳으로 오는 길 내내 황재하가 보일 법한 반응을 생각해보았지만, 그 첫 반응이 이러한 미소이리라고는 상상도 못 했던 것이다.

황재하가 입은 환관복은 이미 여기저기 찢겨 있었고 온몸은 먼지투성이였다. 헝클어진 머리에 꾀죄죄한 얼굴로 손에는 방금 흙에서 캔 마 뿌리를 들고 있었다. 하지만 황재하는 조금도 개의치 않았다. 눈앞에 서 있는 이 사람은 더 이상 자신에게 중요한 사람이 아니었으니까. 그래서 아무렇지도 않게 조롱박과 마를 챙겨 들며 무심한 말투로 물었다.

"네가 어떻게 여기에 있어?"

그토록 편한 표정으로 말을 건네는 황재하를 보며 우선은 순간 아무 말도 하지 못했다. 그렇게 잠시 묵묵히 서 있다가 옆에 있던 커다란 조롱박 두 개를 따서 황재하에게 건넸다.

"큰 건 필요 없어. 그런 건 삶아도 잘 안 익거든." 황재하가 말했다.

우선은 당황하여 다시 연두색 빛깔의 작은 조롱박 두 개를 따서 건넸다. "이 근방에서 기왕 전하께 사고가 생겨 곁에 있던 환관과 시위병이 모두 흩어졌다고 들었어. 예전에 우리가 길을 잃고 여기까지 왔던 게 떠올라서, 어쩌면 네가 여기를 찾아올지도 모른다고 생각했어. 그래서 와본 거야."

황재하는 우선이 건넨 조롱박을 받아 품안에 챙겨 넣으며 말했다. "걱정해줘서 고마워. 난 괜찮아."

"다시 돌아와 누명을 벗을 거라 말했었잖아……. 그래서 최대한 빨리 성도부로 돌아오길 기다렸어. 네가 사건의 판결을 뒤집는 모습을 내 눈으로 직접 보고 싶어."

"꼭 그렇게 할 거야." 그렇게 말하던 황재하는 우선의 옷이 이슬에 젖어 있는 것을 보았다. "새벽부터 찾아왔던 모양이네. 고마워."

"서천 절도사가 산을 봉쇄하다시피 하고 수색 중이어서 밤중에 몰래 오는 수밖에 없었어." 우선의 시선이 황재하의 몸을 훑듯이 보았다. "무사한 것 같아 다행이다……. 좀 초췌해 보이기는 하지만."

황재하는 조롱박과 마를 품에 안고서 절로 향하며, 고개를 돌려 우선을 향해 미소 지으며 말했다. "반드시 돌아와서 억울함을 씻겠다고 했잖아. 그전에는 절대로 죽을 수 없지."

우선은 황재하의 입가에 드리운 미소와 자신을 조금도 신경 쓰지 않는 듯한 표정을 보면서 걸음을 늦추었다. 기분이 묘했다.

자신 앞에서 늘 아찔하고 아련한 표정을 짓던 황재하는 이제 사라지고 없었다. 황재하의 눈 속에 늘 비쳐 보였던 자신의 모습 또한 더 이상은 보이지 않았다.

　우선의 눈빛이 살짝 어두워졌다. 하지만 이내 걸음을 재촉해 황재하를 따라 절 안으로 들어갔다.

4장

임과 함께
고사리를 따다

이서백은 이제 어느 정도 걸을 수 있을 정도가 되었다. 살아서 파닥이는 꿩을 손에 잡고 들여다보다가 황재하가 돌아오자마자 물었다. "꿩을 어떻게 잡는지 아느냐?"

"못하는 게 없으신 기왕 전하께서 어찌 꿩 잡는 방법을 모르실까요?" 황재하가 물었다.

"귀찮을 뿐이다." 그렇게 말하며 꿩을 황재하에게 건네던 이서백은 황재하 뒤에 서 있는 우선을 보고 잠시 멈칫했다가 다시 입을 열었다. "어쨌든 네가 있지 않느냐."

"네, 그렇네요." 황재하는 대충 대답하고는 꿩 날개를 잡고서 뒤쪽으로 걸음을 옮겼다.

이서백이 회랑 아래 그늘진 곳에 앉자, 우선이 뜰에 무성히 자란 억새 속에 서서 예를 갖추었다. "기왕 전하를 뵙습니다."

이서백은 손을 들어 예를 거두게 했다.

두 사람은 서로 할 말이 없었다. 한 사람은 앉고, 한 사람은 선 채 가만히 침묵하고 있는데, 갑자기 뒤쪽에서 꿩의 처량한 비명이 들려오더니 순간 오색찬란한 형체 하나가 푸드덕거리며 날아와 여기저기 마구 피를 뿌리며 날뛰었다.

우선이 민첩하게 꿩을 쫓아가 제대로 놈을 제압했다. 뒤에서 황재하가 손에 어장검을 들고 헐레벌떡 뛰어왔다. 그러고는 난처한 기색으로 말했다.

"처음이에요. 처음 잡아봐요……."

이서백은 회랑 벽에 몸을 기대고서 입을 열었다. "아까는 그리 능숙하게 잘할 것처럼 말하더니."

"주방 아주머니가 잡는 걸 몇 번 본 적이 있거든요……." 황재하는 혀를 내밀어 보이며 우선의 손에서 꿩을 건네받았다. 조금 전까지 끈질긴 생명력을 자랑하던 꿩은 이미 숨이 끊어진 뒤였다. 황재하는 꿩 목을 비틀어 다시 한 번 칼로 내려친 뒤 회랑 앞에 쭈그리고 앉아 깨끗이 피를 뽑아내었다.

이서백은 전전과 후전까지 튀어 있는 핏자국을 보다가 문득 입을 열었다. "만약 자진이 와서 이걸 본다면 온 절의 스님이 몰살된 현장이라 말할지도 모르겠구나."

황재하는 핏자국을 찾아 온 절 안을 뒤지고 다닐 주자진을 상상하며 웃음을 터뜨렸다. 그러고는 꿩을 들고 일어나 말했다.

"저는 가서 물을 끓여 털을 뽑겠습니다."

우선은 잠시 머뭇거리더니 황재하를 따라가며 말했다. "나도 도울게."

황재하도 딱히 거절하진 않았다. 우선에게 아궁이 불을 좀 봐달라고 한 뒤 자신은 꿩을 손질했다. 아궁이 불빛이 우선을 비추어 얼굴 위로 붉은빛, 주홍빛, 금빛이 함께 일렁이는 모습이 눈부시게 아름다웠다. 음식을 만들다가 고개를 들면 불빛에 반짝이는 우선의 얼굴이 보여, 황재하의 마음에 절로 따스한 기운이 번졌다.

'가장 아름다웠던 시절을 이런 사람과 함께 보냈으니, 그 시간이 헛되지는 않았어. 다만……'

그 순간 우선이 고개를 들어 두 사람의 시선이 마주쳤다. 우선은 잠깐 멈칫하더니 나지막한 목소리로 물었다. "어디부터 손을 댈 계획이야?"

가족의 사건을 어디서부터 재조사할 것인지 묻는 말임을 알아듣고 황재하는 조금도 망설이지 않고 말했다. "사군부 사람들부터 조사할 거야."

"내부 사람이 저지른 짓이라고 생각하는 거야?"

"어쨌든 외부 사람보다는 내부 사람이 일을 벌이기 쉬울 테니까. 일단 조사는 해봐야지." 황재하는 우선을 응시하며 천천히 말했다. "한 명 한 명 다시 걸러낼 거야. 물론 너도 포함해서."

우선은 고개를 끄덕이고는 아궁이 속 불빛을 바라보며 조용히 물었다. "그럼 너는?"

황재하는 고개를 숙여 끓고 있는 탕에 간을 하며 말했다. "넌 아직 나를 의심하는구나."

우선이 고개를 저으며 말했다. "그날 내가 본 장면이 아무리 해도 잊히지 않아."

황재하는 전에 우선에게 들었던 말이 떠올라 순간 흠칫했다. 우선의 말로는, 가족들이 죽기 전에 황재하가 비상을 꺼내들고 기이한 눈빛으로 보고 있었다고 했다.

황재하는 마를 다져 탕에 넣고는 항아리 뚜껑을 덮었다. "그럼, 그날 우리가 나눴던 이야기와 우리가 했던 행동을 상세하게 한번 맞춰보는 건 어때?"

우선은 고개를 끄덕이고는 아궁이 속에 굵은 소나무 장작 두 개를 더 집어넣은 뒤 몸에 묻은 재를 떨며 일어섰다.

황재하는 손을 들어 자신의 머리를 더듬었다. 요 며칠 경황이 없던 중에도 이서백이 준 비녀는 잃어버리지 않고 머리에 잘 꽂혀 있었다. 스스로도 신기할 따름이었다. 황재하는 권초 무늬 부분을 살짝 눌러 은비녀 속에서 옥비녀를 뽑아 들었다.

"정월 스무닷새, 나는 용주에서 가족을 독살한 딸의 사건을 해결하고 돌아왔어. 날이 이미 저물었던 터라 그날은 우리가 만나지 않았어. 맞지?"

우선은 고개를 끄덕여 동의를 표했다.

"스무엿새, 나는 묘시가 지날 무렵까지 자고 있다가 네가 창문을 두드리는 소리를 들었어."

두 사람은 오랜 세월 그래왔다. 우선이 황재하 방의 창문을 두드리면, 황재하는 창문을 살짝 밀어 열었고, 우선은 준비해 온 꽃을 건네주었다.

그날 우선은 하얀 매화가 핀 가지를 주었다.

우선은 황재하가 먼지 바닥 위에 '묘시 말'이라 적어놓은 것을 보고는 그 위의 비어 있는 공간을 가리키며 말했다. "스무엿새 묘시 초, 내가 청원(晴園)을 지나갈 때 정원사 풍 아저씨가 내게 매화 가지 하나를 꺾어주었지."

황재하는 '묘시 말' 앞에 작은 점 하나를 찍어 '묘시 초'를 표시했다.

"묘시 말, 내가 창문을 두드렸는데 넌 답이 없었어. 잠시 기다렸다가 다시 두드렸지만 역시 대답이 없었지. 네가 이미 일어나서 나간 건 아닌가 생각하는데, 창문이 잠겨 있지 않기에 내가 창 너머로 물었지. '재하, 안에 있어? 창문 연다?' 그러고는 창문을 살짝 열고 안을 들여다봤어." 우선은 의구심 가득한 눈빛으로 계속해서 말을 이어갔다. "그랬더니…… 이미 일어나 있던 네가 화장대 앞에 서서 미동도 않고 있었어. 손에는 어떤 꾸러미를 들고서 말이야. 난 그 꾸러미를 알아봤어. 우리가 내기를 한다고 구입한 비상이었지."

황재하는 '묘시 말' 아래에 가위표를 그리고는 긴 한숨을 내쉬었다. "지난번에 너를 만나고 나서 나도 그날 일을 수천 번, 수만 번 거듭 생각해봤어. 하지만 내 기억은 네가 기억하는 것과 달랐어."

우선은 고개를 끄덕이며 물었다. "너는 그날을 어떻게 기억하는데?"

"묘시 말, 나는 네가 창문을 두드리는 소리를 들었어. 그래서 옷을 걸치고 일어나면서 잠시만 기다려달라고 말했지. 옷을 다 입었을 때 네가 두 번째로 창문을 두드려서 내가 창을 열고 매화꽃을 받아 들었어."

우선은 미간을 살짝 찌푸리며 물었다. "그 매화 가지에 꽃이 몇 송이 달려 있었는데?"

황재하는 순간 멈칫하고는 곰곰이 생각해본 뒤 말했다. "아마 네 송이 아니면 다섯 송이……? 꽃가지가 꽤 길어서 제일 아래에 있던 꽃은 꺾어서 머리에 꽂았기 때문에 기억나."

"꽃은 네 송이, 꽃봉오리는 두 개였어. 난 정확히 기억해." 우선이 말했다.

확신하는 그 말투에 황재하는 자신도 모르게 겁먹은 표정을 지었다.

황재하 안에서 무언가가 무너졌다. 지금껏 자신의 기억은 틀릴 리 없다고 생각해왔건만 이 순간에는 조금도 확신이 들지 않았다. 세상 모든 것이 뒤틀린 허상이 되어 더 이상 아무것도 분별할 수 없게 된 듯한 심정이었다.

황재하는 겨우 마음을 진정시키고 비녀를 들어 가위표 옆에다 동그라미를 그리며 말했다. "그런 후에 세수를 하고 머리를 단장했어. 늘 꽂던 대모잠[6]과 네가 준 매화꽃을 머리에 꽂고, 네가 선물해준 옥 팔찌를 꼈어. 해당화가 수놓인 상아색 비단 저고리에 금빛 치마를 입

---

6 거북 등껍데기로 만들었거나, 혹은 그런 모양의 비녀.

었고."

우선은 잠시 기억을 떠올려본 뒤 고개를 끄덕였다. "맞아, 그리고 자색 동심결 매듭을 달고 있었어."

황재하는 확신하며 말했다. "장밋빛 자색이었지."

"그리고 미무가 아침 식사를 가져왔을 때 네가 이렇게 말했지. '지금 시간이 좀 애매하니까 차라리 음식을 좀 더 가져와서 점심까지 한꺼번에 먹는 게 좋겠어.'"

"식사를 마친 시간은 진시 2각. 그러고 나서 우리 둘은 화원에서 붉은 매화꽃을 꺾으며 시간을 보냈고, 오후 느지막이 할머니와 숙부님이 오셨어."

"맞아, 난 가족이 아니니까 바로 자리를 피했지. 그리고 청원을 지나다가 우연히 친구들을 만나 붙들려서 함께 이런저런 토론을 나누었어. 저녁에는 아는 사람들과 행화장에서 식사를 했고, 집에 돌아왔을 때는 이미 이경이 넘은 시간이었어. 야간 통행금지가 시작된 뒤였고. 술을 많이 마신 데다가 집에 가는 길에 순찰병까지 만났는데, 다행히 다 아는 이들이어서 나를 집까지 데려다주기까지 했어."

황재하는 먼지 바닥 위에 하나하나 표시해나가며 그날 있었던 모든 일을 정리해보았다. 우선은 아궁이 앞에 앉아서 잠자코 황재하를 바라보았다. 과거에도 자주 그랬던 것처럼, 자신 앞에 앉아 열정적으로 사건을 추리하는 황재하의 눈을 계속해서 응시했다. 가늘고 긴 속눈썹에 가려졌어도 예리하게 반짝이는 그 눈빛은 조금도 숨겨지지 않았다.

갑자기 그 눈빛이 우선을 향했다. 순간 우선은 화들짝 놀라며 깨달았다. 지금 두 사람이 속한 이 시간은 그때 그 시절이 아니라는 사실을. 두 사람의 인생을 송두리째 뒤흔든 그 사건 이후로는, 아무리 그 옛날처럼 두 사람이 마주 앉아 있다 해도, 결코 그때로 돌아갈 수 없다는 사실을.

　황재하는 비녀를 쥐고 그날의 모든 행적을 다시 한 번 정리해본 뒤, 비녀를 깨끗이 닦아 은비녀 안에 천천히 집어넣었다. "보아 하니, 너는 그날의 행적이 나보다 훨씬 확실하겠네. 나는 혼자 있었던 시간이 많아서 내가 뭘 했는지 증명해줄 사람을 찾기도 어려워."

　우선은 눈을 아래로 내리뜨고는 아무 말도 하지 않았다.

　"내 혐의가 정말로 크긴 크겠구나……." 황재하는 담담히 그렇게 말하고는 아랫입술을 깨물며 몸을 일으켰다. 그리고 바닥에 그린 것들을 모두 발로 문질러 지워버렸다.

　우선이 천천히 입을 열었다. "모든 사람들 중에서 제일 크지."

　황재하는 방금 발로 문질러 지운 흔적을 내려다보며 한참 침묵하다가 말했다. "비록 모든 증거가 나를 가리키고 있어도, 너조차도 내가 범인이라고 지목한다 해도, 분명히 밝혀 보여주겠어. 나 황재하는 결백하다는 사실을. 부모님과 오라버니, 그리고 할머니와 숙부님까지 모두 지하에서 편히 눈 감으실 수 있게 할 거야!"

　꿩 탕이 끓으면서 사방으로 맛있는 냄새가 퍼졌다.

　황재하는 깨끗이 씻은 나무 그릇에 탕을 가득 떠서 받쳐 들고 부엌을 나왔다.

　우선이 등 뒤에서 말했다. "난 먼저 돌아갈게."

　황재하는 고개를 돌려 우선을 바라보며 아무 말도 하지 않았다.

　우선은 어두침침한 주방에 서서 황재하를 보았지만, 황재하는 환한 회랑에 서 있었기에 햇살에 눈이 부셔 우선의 얼굴을 정확히 볼 수 없었다. 다만 지난날과 마찬가지로 두 개의 흑요석처럼 뚜렷하고 선명하게 반짝이는 우선의 까만 눈만은 또렷했다.

우선이 말했다. "넌 지금 부상당한 기왕 전하까지 돌봐야 하니, 내가 옆에 있으면 방해만 될 것 같아서."

황재하는 시선을 내리며 말했다. "함께 돌아가도 되지 않을까."

우선은 놀라 눈을 크게 뜨고서 어두운 부엌에서 몇 걸음 나와 물었다. "네가 지금 나랑 함께 돌아가면…… 기왕 전하는 어쩌고?"

황재하는 가만히 탕 그릇을 받쳐 들고서 우선을 보며 말했다. "내 말은, 너도 며칠 함께 묵다가 전하의 몸이 회복되면 그때 우리…… 세 사람이 함께 돌아가도 되지 않겠느냐는 거야."

우선의 눈 속에서 빛나던 것이 금세 꺼져버렸다. 고개를 돌려 멀리 뻗은 산들을 바라보며 우선이 말했다. "나는 기왕 전하와 아무 관계도 아닌 데다, 너도 알다시피 비천한 출신이잖아? 내 주제에 어찌 감히 전하와 동행하겠어."

우선이 느닷없이 자조적인 반응을 보여 황재하는 영문을 모르고 살짝 당황했다.

우선은 그런 황재하의 표정을 보며 문득 예전 일이 생각나 한참을 망설이다 결국 입을 열었다. "나는 동창 공주님과…… 아무 사이도 아니었어."

황재하는 고개를 끄덕였다. 묻고 싶은 말이 있었지만 결국은 입을 다물고 시선을 아래로 내린 채 몸을 돌렸다.

우선의 낮은 음성이 다시 등 뒤에서 날아들었다. "너하고도, 기왕 전하하고도, 그 누구하고도 아무런 관계가 없지."

황재하는 결국 참지 못하고 물었다. "곽 숙비 전하는?"

우선은 깜짝 놀라며 고개를 들어 황재하를 바라보았다.

이미 엎질러진 물이었으므로 황재하는 주저하지 않고 내뱉었다. "지금 함께 바라보나 소식 전하지 못하니, 달빛 따라 흘러가 그대를 비추었으면."

우선은 몹시 놀라 한참을 우물거리며 아무 말 못 하다가 겨우 입을 열었다. "맞아……. 곽 숙비 전하께서 내게 쓰신 서신에 적혀 있던 시구야. 하지만 나는 그분과 정말 아무 사이도 아니었어."

황재하는 작은 목소리로 말했다. "나도 네가 쉽게 사람을 사귀지는 않는다는 걸 알아."

"내가 임시로 국자감 학정을 맡았을 때였어. 3월 사흗날 봄놀이를 나온 동창 공주님과 곽 숙비 전하를 우연히 만났지. 갑자기 비가 내렸는데, 두 분은 미처 비를 피할 곳을 찾지 못했고 우산도 가지고 있지 않아서 시녀들이 겉옷을 벗어 비를 가려주는 게 다였어. 그때 근처를 지나던 나는 그 두 사람이 누군지도 모르고 가지고 있던 우산을 건넸지……." 우선이 가벼운 한숨을 내쉬었다. "그런데 뜻밖에도, 며칠 뒤에 강연을 하고 있는데 갑자기 동창 공주님이 방문하신 거야……."

시위병들이 모든 학생을 한 줄로 세웠다. 동창 공주는 시녀들을 데리고 곧장 제일 앞줄까지 걸어가더니 그곳에 앉아 있던 학생들을 흘깃 쳐다보았다. 앞줄에 앉았던 학생들은 황급히 서책을 챙겨 뒤쪽으로 자리를 옮겼다.

동창 공주는 그렇게 안하무인으로 첫 줄에 자리를 잡고 앉았다.

조용하던 학당에 시위병들과 시녀들이 들이닥치고, 공주는 제일 앞줄에 턱을 괴고 앉아 강연을 들으려고 하니, 우선은 부득불 수업을 멈추고 물었다. "지금 이렇게 갑자기 오신 분들은, 혹시 무슨 용무라도 있으신지요?"

동창 공주는 얼굴에 미소를 띠며 우선을 훑어보았다. 그 미소가 의미심장했다. "우 학정, 나를 잊은 모양이군요?"

우선은 공주 뒤에 서 있는 시녀들의 옷차림을 보며, 그제야 일전에 자신이 우산을 빌려주었던 여인이라는 사실을 떠올렸다.

국자감 좨주(祭酒)[7]가 괴로운 얼굴을 하고서 급히 들어와 공주를 알현하며 사죄했다. "국자감의 누가 공주 전하의 노여움을 산 것입니까. 말씀만 하십시오. 전하의 마음이 풀리시도록 반드시 엄벌에 처하겠사옵니다."

"그럴 텐가?" 동창 공주는 우선에게로 향해 있던 날카로운 눈초리를 좨주에게로 옮겼다. 그러고는 두 손을 들어 곧장 우선을 가리키며 입가에 기이한 미소를 지었다. "이 사람이네. 아주 발칙하기 그지없어."

좨주는 깜짝 놀라서 말했다. "이자는 성도부 과거에 급제한 자로, 장안에 올라와서 학정을 맡아 『주례』를 강연한 지 얼마 되지 않았사온데, 언제 공주 전하의 심기를 건드린 것인지요?"

"그대 생각엔?" 공주는 일어나 우선 주위를 한 바퀴 돌며 곧은 자세로 서 있는 그를 훑어보았다. 그러고는 갑자기 웃음기를 거두고 야박한 목소리로 말했다. "내가 근래에 『주례』를 배우고 싶어서 가르침을 좀 청할까 하고 여기저기 찾아봤는데 안타깝게도 죄다 늙다리밖에 없더란 말이야. 그러니 어디 배울 마음이 나겠는가? 그런데 국자감에서는 이렇게 수려한 학정이 『주례』를 강연하면서도 감히 내게 보이지 않았다니, 국자감에 마땅히 그 죄를 물어야 하지 않겠는가?"

안 그래도 괴로운 표정이던 좨주의 얼굴이 이제는 고혈이라도 쥐어짜이는 듯 일그러졌다. 좨주는 공주의 말이 맞는다고 맞장구치며 우선에게 공주부에 가 강연을 하라고 권했다.

눈앞의 여인이 동창 공주인지도 몰랐던 우선은 그런 강압적인 청을 거절하려 했다. 공주가 자신의 인생을 엉망으로 휘저어댈 줄은 꿈에도 모르고 말이다. 우선의 모든 수업마다 공주부 시위병들이 문을 막고 서서 학생들의 출입을 막고, 심지어는 좨주와 감승(監丞), 주부(主簿) 등

---

7 국자감에서 대학법과 시험 등을 주관하던 관직.

이 공무를 논하는데도 소란을 피워 훼방을 놓았다. 결국 국자감의 모든 교수와 학자까지 우선에게 어서 공주의 청을 들어주라며 원성의 목소리를 냈다. 일이 이렇게 되니 우선도 서책을 챙겨 공주부로 강의를 가는 수밖에 별 도리가 없었다.

우선이 동창 공주에게 강의하러 갈 때마다 늘 곽 숙비가 와서 함께 들었다. 우선은 그 점을 희한하게 여겼으나 나중에는 그다지 신경 쓰지 않게 되었다.

한번은 공주부 입구에서 부마 위보형을 마주쳤다. 동창 공주가 우선을 억지로 공주부에 들여 강연하게 한다는 소문이 온 장안에 퍼졌는데, 부마는 뜻밖에도 우선을 조금도 개의치 않아 했다. 오히려 우선에게 『주례』 내용에 대한 가르침을 청했다. 최근 공주가 학문에 정진하여 자신은 곧 공주의 말을 알아듣지 못할 지경에 이를 것 같으니, 자신에게도 해설을 해달라고 요청했다. 부마와 화기애애하게 이야기를 나누는데 지금원에서 사람이 와, 공주가 이미 도착하여 학정을 기다린 지 오래되었다는 소식을 전하고 갔다. 우선은 그제야 서둘러 부마에게 작별을 고하고 부마 곁에 있던 숙미원의 시녀를 따라 지금원으로 건너갔다.

지금원 안에는 파초가 가득 자라고 연못이 넓게 펼쳐졌다. 동창 공주와 곽 숙비는 연못 건너편 정자에 있었다. 연못 위 곡교를 건너는 우선의 귀에 두 사람이 대화를 나누는 소리가 들려왔지만 우선은 멈추지 않고 계속해서 다리를 건넜다. 아직 정자에 다다르기 전이었다.

"이래저래 일도 많고 태극궁 쪽 문제도 아직 완전히 해결되지 않았는데, 이런 상황에서 굳이 일을 만드셔야겠어요?"

"무얼 두려워하느냐? 네 부황께선 그 사람이 태극궁으로 옮긴 후로는 줄곧 기분이 좋지 않으셔서, 요 며칠은 조정 일까지 내팽개치고 건필궁에 가 계시잖니. 듣기로는 민간에서 간택된 500명의 여인들이 그곳에서 기다린다더구나."

"신경 쓰이세요? 500명이 아니라 5만 명이라 해도 어디 태극궁에 있는 그 사람 미모에 견줄 수나 있겠어요? 하지만 폐하께서는 그런 여인도 내치고 어마마마를 곁에 두신 거잖아요."

"너도 내가 그리 손쓴 것이라 생각하는 게냐? 사실 나도 폐하께서 왜 갑자기 그 사람을 태극궁으로 보내셨는지 아는 바가 없다. 어쩌면 사촌 동생의 죽음 때문에 정말로 병을 얻은 것일 수도 있지 않겠느냐?"

"이유가 어찌됐든 어마마마께는 잘된 일이잖아요. 이번 기회에 어마마마의 반평생 소원이 이뤄질지도 모르죠."

"그래……. 그렇게 중요한 시기니 어쩌면 궁중에서의 마지막 한 수를 위해 좀 더 차분히 처신해야 하는지도 모르겠구나. 하지만 영휘야, 나도 그렇게 많은 걸 바라는 건 아니야. 궁 안팎으로 이목도 많고 곁에는 늘 궁녀와 시위병이 바짝 붙어 있으니, 닷새에 한 번 얼굴을 보는 것만도 이미 쉽지 않은데 그 이상 뭘 더 바라겠니? 게다가 너보다도 어린 사람에게 내가 다 시든 이 몸으로 무슨 기대를 하겠어?" 곽 숙비는 가볍게 한숨을 내쉬고 말을 이었다. 목소리가 점점 잠겼다. "영휘야, 나는 네 부황 곁을 스무 해 넘게 지켜왔지만 늘 산송장이나 마찬가지였단다. 물론 이 사람과도 인연이 아니라는 사실을 잘 알고 있어. 금생에서는 결코 가까이 할 수 없는 운명이라는 걸. 하지만 난 그저…… 그 얼굴을 한 번이라도 더 볼 수 있다면, 그 목소리를 한 번이라도 더 들을 수 있다면, 그것으로 족하단다……."

우선을 데리고 걸어가던 시녀의 낯빛이 창백하게 변했다. 자신이 절대로 알아서는 안 되는 무서운 비밀을 들어버렸다는 사실을 깨달은 것이다. 시녀는 우뚝 걸음을 멈추고 간청하는 눈빛으로 우선을 돌아보았다.

우선도 몹시 놀라 어안이 벙벙한 상태였다. 이미 다리를 거의 다 건너와 곧 정자에 다다를 참이었지만 우선은 속히 그 자리를 떠나자는 뜻으로 시녀를 향해 고개를 끄덕여 보였다.

그런데 시녀의 발걸음이 너무 황급했던 나머지 동창 공주가 인기척을 느끼고 말았다. 벌떡 몸을 일으켜 정자 입구로 걸어온 공주는 다리 위에 서 있는 우선과 황급히 되돌아가는 시녀를 보았다.

동창 공주의 낯빛이 순식간에 창백하게 질렸다. 공주가 날카로운 목소리로 소리쳤다. "두구!"

서른 살 남짓한 이 시녀의 이름이 두구였다. 그 나이에는 다소 어울리지 않는 이름이었지만, 우선은 그런 것에 신경 쓸 경황이 없었다. 그저 망연하여 어쩔 바를 몰랐다. 지금껏 동창 공주를 상대하기 쉽지 않다고만 생각했지, 곽 숙비가 자신을 마음에 품었다는 사실은 몰랐기에 우선은 너무 놀라 마음이 몹시 어지러웠다.

우선은 다리 위에 멈춰 선 채 파초로 둘러싸인 정자 쪽을 보았다. 정자 한쪽에 놓인 긴 탁자 앞에 앉은 곽 숙비가 붓을 내려놓고는 종이를 구겨 바닥에 버리는 것이 보였다.

우선은 다리 위에서 두 사람을 향해 예를 갖추고는 아무 말 없이 뒤돌아서 그곳을 떠났다.

두구도 황망한 걸음으로 우선을 뒤따랐다. 하지만 지금원 입구에 다다랐을 때 두 사람을 따라잡은 동창 공주가 두구를 다시 지금원 안으로 데리고 들어갔다.

우선과 공주, 그리고 곽 숙비는 마치 약속이나 한 듯 그 일에 대해서는 더 이상 언급하지 않았다. 후에 우선은 공주부의 지금원이 봉쇄되었으며, 두구라는 시녀가 원귀에 홀려 그 안에서 죽었기 때문이라는 말을 들었다.

애초에 지금원까지 가는 길만 안내받고 그 시녀는 바로 돌려보냈어야 했는데……. 장안에서 보낸 시간 동안 가장 후회되는 일이었다. 자신과는 일면식도 없는 사이였지만, 두구의 죽음이 자신 때문이라는 생각을 지우지 못했다.

장안을 떠나던 날 우선은 우연히 적취라는 여인을 만났다. 겁을 먹고서 어쩔 바를 모르는 그 얼굴을 보는 순간 두구가 생각났다. 그래서 관병들을 속이고 그 여인을 구해주었다.

적취는 멀리 도망쳤고, 동창 공주는 죽었다. 그리고 우선도 장안을 떠났다. 그 일은 그렇게 해서 다 끝났다고 생각했다. 하지만 지금 황재하가 던진 그 한마디 말에 우선은 깨달았다. 그 일은 영원히 해결되지 않을 것이며, 결코 끝나지 않을 일이라는 사실을.

우선은 마음이 어지러워 눈앞에 서 있는 황재하를 한참 바라만 보다 겨우 낮은 소리로 한마디 덧붙였다. "네가 믿건 믿지 않건 상관없어. 나는 항상……."

항상 무엇이 어떠했다는 것일까? 하지만 우선의 말은 거기서 끝났다.

우선은 다시 어두운 부엌 안으로 천천히 몸을 옮기며, 탕이 식었을까 황급히 그릇을 들고 자리를 떠나는 황재하를 바라보았다.

정오가 가까워 한여름 햇살이 뜨겁게 내리쬐고, 풀숲에서 불어오는 바람에서도 열기가 느껴졌다. 이서백은 문과 창문을 닫은 채 잠들어 있었다.

황재하는 바깥에서 가볍게 문을 두드린 뒤 안으로 들어가 이서백을 깨웠다. "일어나서 이것 좀 드세요."

여열이 아직 가시지 않은 이서백은 여전히 피곤하고 나른한 듯 몸을 겨우 일으켜 벽에 기대앉았다. 그러고는 눈을 가늘게 뜨고 물었다. "시간이 얼마나 되었느냐?"

"정오가 다 됐어요. 제가 워낙 굼떠 이제야 다 끓였으니 너무 질책

하지 마셔요." 황재하는 웃으며 이서백 앞으로 그릇을 받쳐 들어주었다. "아직 뜨거울지 모르니 천천히 불어서 드세요."

이서백이 억새로 만든 젓가락을 집어 들고서 한참을 들여다보자 황재하가 재빨리 말했다. "깨끗이 씻었어요."

이서백은 천천히 탕을 한 모금 마신 뒤 젓가락으로 마 한 조각을 집어 먹으며 말했다. "그런 뜻이 아니었다. 내가 설마 이런 곳에서까지 그런 트집을 잡겠느냐? 네가 만든 젓가락이 색달라서 본 것이다."

"그런가요? 혹시나 너무 미끄러워서 음식을 집기 어려우실까 걱정했습니다. 하지만 또 나뭇가지로 만들면 너무 굵고 거칠 것 같아서 이렇게 만들었으니 너그러이 봐주세요."

이서백은 아직 완전히 회복되지 않아 여전히 조금 혼미한 상태였기에, 황재하가 그릇을 입에 대주는 대로 고분고분 탕 한 그릇을 다 비웠다.

그릇을 챙겨 몸을 일으키는 황재하에게 이서백이 물었다. "우선은 아직 있느냐?"

황재하가 고개를 끄덕였다. "네, 있습니다."

이서백은 황재하의 표정을 살폈다. 그 얼굴에서 무언가를 읽어내려 했지만 아무것도 보이지 않았다. 황재하의 맑고 투명한 눈빛은 숲속에 흐르는 샘물처럼 고요하고 평온하기만 했다.

이서백은 다른 곳으로 시선을 옮기며 부드러운 목소리로 물었다. 평소 차갑기만 하던 목소리는 기억도 나지 않을 만큼 온화한 목소리였다. "우선은 아직도 네가 범인이라 여기느냐?"

"네. 방금도 그날 있었던 일들을 서로 맞추어보았는데, 전혀 진전이 없었습니다." 황재하는 한숨을 내쉬며 낮은 목소리로 말했다. "어쩔 수 없지요. 쉽지 않으리라는 사실은 저도 잘 알고 있었으니까요."

"조급해 말거라. 물이 마르면 결국 돌은 드러나게 마련이니." 이서백은 다시 침상에 등을 기대앉으며 황재하를 응시하였으나, 그만 물러가라고도, 곁에 있어달라고도 하지 않았다.

황재하는 그릇을 들고서 잠시 망설이다가 물었다. "전하, 그 부적은 지금 어떻게 되어 있습니까?"

이서백은 품에서 부적을 꺼내 펼쳐보았다. '폐' 자 위로 여전히 붉고 선명한 동그라미가 그려져 있었다. 이서백이 황재하에게 부적을 건넸다. "어쩌면 지금 나는 이미 쓸모없는 사람인지도 모르겠다."

황재하는 부적을 받아들며 말했다. "이제 다시 자유롭게 움직이시고 몸도 회복되고 있는데, 전하의 어디가 이 글자와 같다는 말입니까? 이 종이의 예언은 맞지 않는 것 같습니다."

"설마하니 단순히 살아 있는 것만을 삶이라 생각하진 않겠지? 또다른 의미의 인생이 있지 않느냐?" 이서백이 부적을 바라보며 가볍게 탄식했다. "그런 의미에서의 내 인생은 이미 끝났을지도 모르지."

황재하는 이서백의 말을 들으며 이 부적 뒤에 숨은 힘이 어느 정도인지 어렴풋이나마 느껴져 모골이 송연했다. 황재하는 고개를 들어 차분하고 냉정한 이서백의 표정을 보았다. 부적을 쥔 오른손이 그대로 굳어버린 듯 미동도 하지 않았다. 부적은 그렇게 계속 펼쳐져 있었다.

황재하는 한참을 침묵하며 이서백을 바라보다가 짐짓 가벼운 목소리로 말했다. "걱정 마세요. 사람이 됐든 귀신이 됐든, 결국에는 우리가 그 배후에 숨어 있는 세력을 잡아내고 말 테니까요."

황재하가 부엌으로 돌아오니 우선은 이미 돌아가고 없었다.

아까 황재하가 발로 문질러버린 바닥 위에 우선이 남긴 글자의 흔적만이 희미하게 남아 있었다. '성도부에서 기다릴게.'

황재하는 탕을 한 그릇 퍼서 부뚜막에 기댄 채 마셨다. 그리고 바닥에 적힌 글자들을 보며 혼잣말로 중얼거렸다. "가서 약이라도 들고 오지. 전하의 몸이 언제 완쾌될지 알 수도 없는 상황인데 말이야……."

하지만 이내 자신이 너무 많은 것을 바란다는 생각이 들었다. 우선은 이서백과 아무런 관계도 없는데 굳이 도와줘야 할 이유가 있겠는가.

더군다나 지금 우선에게는 황재하 역시 원수이지 않은가. 혹은 그저 낯선 사람이거나.

이서백은 드디어 열이 내리고, 등에 난 상처도 다행히 딱지가 앉기 시작했다. 요양하며 며칠의 시간이 지났다. 온 산에 흩어져 수색하던 병사 중 몇은 이 낡은 절 부근까지 접근했다.

마침 이서백과 황재하는 막 따온 청유자 하나를 놓고 유자가 익었는지 안 익었는지 판단하는 방법에 대해 연구하고 있었다. 껍질의 색깔로 분별하는지, 아니면 꼭지의 상태로 분별하는지 말이다.

결국 아무런 결론도 얻지 못하고 속절없이 시간만 흐르자 황재하는 아예 유자 껍질을 벗기기 시작했다. "전하, 유자를 까서 보면 될 일 아니겠습니까!"

늦여름의 유자는 매우 시고 떫었다. 이서백은 신 것이라면 질색이었기에 유자는 전부 황재하 차지가 되었다. 황재하가 회랑에 앉아 천천히 유자 맛을 음미하며 먹고 있는데, 갑자기 문밖에서 무언가가 풀숲을 스치는 소리가 들려왔다.

황재하는 벌떡 일어나 이서백을 향해 손을 흔들었다. 이서백은 이제 겨우 몸을 회복했지만 황재하보다 반응이 빨라, 이미 황재하의 소맷자락을 붙들어 절 뒤쪽으로 돌아 들어가 몸을 숨겼다.

서천군(西川軍) 병사복 차림을 한 두 사람이 절 안으로 들어왔다. 한 사람은 나이가 많고, 한 사람은 어렸다. 두 사람은 절 안을 구석구석 수색했다. 워낙에 민첩한 이서백과 황재하는 몇 번이고 병사들의 수색을 피해 벽 구석이나 풀숲으로 몸을 옮겨 숨었다.

다행히 디우는 풀을 뜯어 먹게 근처 숲에 풀어둔 상황이었다. 그렇지 않았다면 병사들에게 발각되어 꽤나 일이 번거로워질 뻔했다.

두 병사는 전전에 앉아서 지니고 있던 식량을 꺼내 먹었다. 뒤쪽 담장 구석에 숨어 있던 황재하와 이서백은 병사들이 조금도 눈치채지 못하자 서로 눈을 마주치며 미소 지었다.

그제야 황재하는 자신이 이서백에게 몸을 딱 붙이고 있다는 사실을 깨달았다. 고요한 여름날, 이서백의 팔에서 전해지는 열기가 황재하의 소맷자락을 넘어 살갗에까지 전달되었다. 그리고 다시 맥박을 타고 심장까지 전달되어 결국 황재하의 얼굴을 붉게 물들였다. 황재하는 어깨를 옆으로 살짝 떼고 얼굴을 한쪽으로 틀었다.

주변이 고요한 가운데 매미 소리가 간헐적으로 들려오고, 머리 위 나뭇잎들이 바람에 가볍게 뒤척이면서 햇살이 두 사람을 향해 모였다 흩어지고, 흩어졌다 다시 어지럽게 비추었다.

황재하는 자신도 모르게 다시 이서백을 향해 얼굴을 돌렸다. 어지러이 쏟아지는 햇살이 이서백의 몸 위로 흩뿌려졌다. 큰 부상에서 막 회복된 뒤라 얼굴이 창백하고 핼쑥했다. 아마 몸도 많이 야위었을 것이다. 하지만 그 옆얼굴이 그려내는 윤곽만은 여전히 정교하고 수려한 수묵화가 따로 없었다.

그때 마침 이서백도 황재하를 향해 고개를 돌려 나지막이 말했다. "미안하다, 잠시 잊었구나."

황재하는 고개를 끄덕이고는 고개를 돌려 먼 산을 바라보며 침묵했다.

이서백의 목소리가 다시 귓가에 들려왔다. "서천군 소속 병사가 확실해 보이는구나."

"그런 것 같습니다." 누가 저렇게 늙거나 어린 허약한 자들을 자객으로 보내겠는가? "저들과 함께 산을 내려갈까요?"

이서백은 벽에 기댄 채 눈을 들어 하늘을 보며 담담하게 말했다. "범응석에게 신세를 지고 싶진 않다."

지금 저들의 도움을 받으면 단순히 신세를 지는 정도로 그칠 일이 아니라는 사실을 황재하도 알았다. 늘 혼자 힘으로 처세하던 이서백이 그런 상황을 원할 리 없었다.

두 병사가 떠나는 것을 본 뒤 이서백이 몸을 일으켰다. "가자, 우리는 따로 내려가도록 하지."

황재하는 전날 딴 열매들을 꾸려서 디우의 등에 매달았다.

먼저 말에 올라탄 이서백이 황재하에게 손을 내밀었다.

지난 며칠간 위험한 고비를 지나며 이미 말도 함께 탔었기에, 황재하는 자연스럽게 이서백의 손을 잡고서 말에 올라 이서백 뒤에 앉았다. 황재하의 두 팔이 이서백을 감싸 안았다. 어깨에서 허리까지 느껴지는 선은 여전히 견고했지만 확실히 지난번보다 조금 여윈 것 같았다.

장안에서 성도부까지 오는 동안 수일을 밤낮으로 달려 피로가 쌓인 데다가 중상에서 이제 막 회복되었으니 이참에 한 번쯤은 약한 척도 할 수 있으련만, 이서백은 여전히 다른 사람에게 신세 지는 것을 원치 않았다.

'그렇다면, 전하께서 이렇게 천리 먼 길을 함께 와주신 것도 그저…… 내가 전하를 도와드렸던 일을 갚으시려는 거겠지…….'

황재하는 그런 생각을 하며 앞쪽에 길게 이어진 산들을 보았다. 갑자기 눈앞에 놓인 길이 멀고 아득하게 느껴졌다.

이서백은 자신을 안은 황재하의 팔이 순간 경직되는 것을 느끼고는 고개를 돌려 황재하를 보았다. 한 몸인 듯 바싹 붙어 앉은 두 사람의 머리카락이 바람에 한데 흩날렸다.

이서백은 황재하의 멍한 표정을 보며 말했다. "조심하거라."

황재하는 고개를 끄덕이고는 저 멀리 눈에 들어오기 시작한 논두렁으로 시선을 주었다. '그럼 어때. 전하가 무슨 이유로 나와 함께 와 주셨든지 간에, 지금 내 목적은 오로지 우리 가족의 원한을 푸는 것뿐이야. 모든 진상이 밝혀지고 나면, 의지할 곳 없는 천애 고아와 귀한 황족 자제 사이에 더 이상 얽힐 일이 뭐가 있겠어.'

첩첩산중을 벗어나자 산허리 쪽에서 풀을 뜯는 양 떼가 보였다. 잘 정돈된 밭과 드문드문 자리한 민가, 순탄하게 뻗은 길을 보며 두 사람은 그제야 안도의 한숨을 내쉬었다.

길을 따라 계속 앞으로 나아가다 보니 드디어 작은 마을이 나타났다. 마침 저녁이 가까워 집집마다 밥 짓는 연기가 모락모락 피어오를 뿐, 유난히 조용한 마을이었다. 귀하신 기왕 전하는 당연히 수중에 돈 같은 것은 지니지 않았고, 황재하는 원래 빈털터리였다. 다행히 포로에게서 앗아 온 꾸러미에 돈푼이 있어서 마을에서 먹을 것도 좀 사고, 낡은 옷도 사서 갈아입었다.

이미 성도부에 거의 인접한 마을이었던지라 몇 시진 가지 않아 드디어 성도부에 당도했다. 황재하는 말에서 내려 고삐를 잡고 걸었다.

성문을 들어서니 바로 앞에 집결해 있는 포리와 기병이 보였다. 다들 낭패한 표정에 온몸에는 나뭇잎과 지푸라기 등을 잔뜩 묻힌 채였다. 막 산에서 내려온 게 틀림없었다.

산에서 내려온 무리를 보며 사람들이 수군거리는 가운데 마을의 소식통인 한 남자가 분주히 소식을 전했다. "기왕 전하가 한주에서 성도부로 오는 길에 실종됐다는군! 기왕부 호위병 몇이 어제 아침에 도망쳐 왔는데, 그들 말로는 길에서 자객을 만났고 기왕 전하는 행방을 알 수 없게 됐다고 말이야!"

그 얘기에 사람들이 다들 크게 놀라 와자지껄했다. "뭐? 누가 간도 크게 감히 기왕 전하를 죽이려 했단 말이야?"

사람들이 앞다퉈 묻자 남자는 우쭐해서 열심히 떠들었다. "내가 그제 사군부에 땔감을 날라 주러 갔다가 주방 사람들이 떠드는 얘기를 들었는데, 자객들이 서주 억양을 썼다지 뭐야! 그럼 누구겠어? 당연히 방훈이겠지!"

"방훈은 진작 죽었고 그 잔당도 거의 소탕됐는데, 그럴 리 있겠어?"

이번에는 또 다른 이가 자신이 들은 내용을 침을 튀기며 떠들었다. "하하, 자네는 몇 달 전에 방훈의 원혼이 장안에 나타나 낭야 왕 가의 아가씨를 해쳤다는 얘기도 못 들었는가? 그 아가씨가 대명궁 안에서 쥐도 새도 모르게 사라졌는데, 또 갑자기 시신으로 떡하니 대명궁에 나타났다잖아. 그야말로 귀신이 곡할 노릇 아니었겠어! 그런데 방훈의 원혼한테 죽임을 당한 그 아가씨가 누구였는지 아는가? 바로 기왕 전하의 비가 될 여인이었다고!"

이 사내의 말에는 다들 믿을 수 없다는 듯 코웃음을 쳤다. "그 사건은 이미 진상이 밝혀졌잖은가. 기왕부 환관 양 공공이 밝혀낸 바로는 그 아가씨 곁에 있던 시녀들이 꾸민 짓이었다던데, 방훈의 원혼은 무슨!"

사람들이 믿지 않자 사내는 핏발을 세우며 말했다. "대명궁 안에서 귀신이 농간을 부렸다는 사실을, 심지어는 다른 귀신도 아니고 방훈의 원혼이 그랬다는 사실을 어떻게 외부에 알리겠는가? 그 두 시녀는 죄를 뒤집어쓴 게 분명해!"

황재하와 이서백의 시선이 마주쳤다. 두 사람 다 서로의 눈 속에서 복잡한 심경을 읽어냈다. 두 시녀의 억울함을 알아주는 사내를 잘했다고 칭찬해줘야 할지 말아야 할지 말이다.

또 누군가가 물었다. "그렇다면 이번에 기왕 전하한테 자객을 보낸 것도 방훈의 원혼이 꾸민 짓이란 말인가?"

"두말하면 잔소리지! 기왕 전하의 그 뛰어난 무예에 대적할 자가 천하에 어디 있는가? 보통 자객이 기왕 전하의 머리칼 하나 건드릴 수 있겠어?" 누군가가 그 말에 동의한다는 듯 고개를 끄덕이자 사내는 신이 나서 자신이 직접 본 일이라도 되는 양 떠들었다. "당연히 방훈의 악귀가 조화를 부려 자기 잔당들이 성공하도록 도왔겠지. 그러니 기왕 전하가 실종된 거 아니겠어!"

"지금 성도부는 물론이고 인근 지역 관아까지 동원해서 사고가 난 산속을 수색하고 있다더군. 절도사 나리도 수천 명을 보내서 산속을 이 잡듯이 뒤지고 있다 하니, 기왕 전하께서 숨만 붙어 있다면 금방 돌아오실 수 있을 거야."

누군가가 고개를 절레절레 흔들며 말했다. "기왕 전하께서 성도 관할 안에서 일을 당하셨으니 새로 부임한 주 사군은 말할 것도 없고, 성도 전체가 책임을 면치 못하게 생겼어."

"어디 성도만 그렇겠는가. 지금 조정의 큰 세력들은 모두 기왕 전하가 평정하신 덕에 자리를 잡았지 않은가. 전하가 아니었으면 환관들이 계속 활개를 쳤겠지. 이제 기왕 전하가 안 계시면 유일하게 득을 볼 사람은 아마도……."

그 사람은 거기까지 말하고는 순간 움찔하며 좌우를 살피더니 말을 돌렸다. "날도 저물었는데 밤에도 계속 수색할 모양이군."

"내일 아침에는 좋은 소식이 전해지면 좋겠구먼……. 기왕 전하께서 무사히 돌아오셔야 할 텐데."

사람들이 흩어진 뒤 황재하는 고개를 들어 말 위의 이서백을 올려다보며 나지막이 물었다. "일단 주 사군께 가볼까요?"

이서백은 고개를 저었다. "분명 나의 실종을 기뻐하는 이들이 있을 것이다. 일단 객잔을 잡아서 들어가자. 그들이 며칠 더 기뻐하게 두지."

5장

검기가
춤을 추다

성도부는 행상의 왕래가 빈번한 곳이라 객잔이 많았다. 이서백과 황재하는 골목 안쪽에 위치한 깨끗한 객잔을 잡아 짐을 풀었다.

여러 날의 피로가 쌓인 두 사람은 객잔 사람에게 물을 떠오게 해서 깨끗이 먼지를 씻었다. 황재하는 이서백의 환부에 약을 발라주고는 곧바로 자신의 방으로 가 잠이 들었다.

다음 날 눈을 뜨니 온몸이 쑤셨다. 성도부에서 도망쳐 나오던 때처럼 매일 황량한 산과 들판을 달리며 줄곧 온몸의 신경을 곤두세운 채 버티다가, 긴장이 풀리니 한순간에 피로가 몰려온 모양이었다.

황재하는 그대로 침대에 누워 창을 넘어 들어오는 햇살을 멍하니 보았다. 오늘은 어떤 밤을 맞게 될지, 내일은 어디로 가게 될지 아무것도 모르는 상황이었다. 창밖에 핀 유난히 선명한 빛깔의 접시꽃이 햇살을 받아 창에 어른거렸다. 그 짙은 자줏빛과 붉은빛이 마치 희미한 연지 자국처럼 보였다.

순간 황재하는 완벽에 가까운 인생을 누리던 사군부의 응석받이 딸로 돌아간 듯한 착각에 기분이 멍했다. 좋은 집안에서 태어나 아름다운 용모와 뛰어난 사건 해결 능력으로 널리 이름을 알리고, 곁에는 손을 잡고 함께 꽃을 감상하는 사람도 있던 그 시절로……

그리고 그 사람.

황재하는 우선을 떠올렸으나 이내 한숨을 쉬었다.

우선이 황재하에게 받은 연서를 살인의 증좌로 절도사 범웅석에게 바쳤을 때, 두 사람 사이는 이미 철저하게 끝이 났다. 그런 사람을 계속 생각해서 뭐하겠는가? 차라리 오늘부터 시작할 재조사를 생각하거나 이서백과 함께 해결해야 할 일들을 생각하는 편이 나으리라.

옷을 챙겨 입고 거울 앞에 앉은 황재하의 얼굴에 근심이 어렸다. 이 몇 달간은 환관의 신분에 기대어 남장을 했지만, 지금은 이서백도 평복 차림이니 황재하만 환관으로 꾸밀 수도 없는 노릇이었다. 게다가 성도부에는 황재하를 아는 사람이 적지 않아, 이대로 나가면 한눈에 들킬 게 뻔했다.

그런 생각에 잠겨 있는데 밖에서 누군가가 가볍게 문을 두드렸다.

황재하는 일어나 문가로 가서 작은 소리로 물었다. "누구세요?"

"나다. 줄 것이 있다." 이서백의 목소리였다.

황재하가 얼른 문을 여니, 이서백이 보따리를 내밀었다. 이서백은 이미 옷을 갈아입고 얼굴도 평범해 보이도록 살짝 꾸몄다. 다만 곧은 몸매에서 풍기는 고결함은 여전히 숨기지 못했다.

황재하는 보따리를 건네받으며 물었다. "이렇게 일찍…… 벌써 나갔다 오셨습니까?"

"그래, 이제부터 내 이름은 왕기라 할 것이다."

이서백은 황재하를 따라 방 안으로 들어왔다. 황재하는 보따리를 풀어보더니, 조금도 의아해하는 기색 없이 자연스럽게 그 안에 든 물건을 꺼냈다. 작은 거울 앞으로 다가가 얼굴에 조심스럽게 황분을 바르고, 아교를 사용해 눈꼬리를 아래로 처지게 만들었다. 눈썹은 짙게

칠하고 주근깨도 살짝 그려 넣었다.

거울 속에 소년의 얼굴이 비쳤다. 전혀 남의 시선을 끌지 않을 지극히 평범한 얼굴의 소년이었다.

이서백이 무심코 물었다. "어찌 그리 분장을 잘하느냐?"

"포졸들과 어울려 다녔던 몸이라 웬만한 잡다한 건 다 해요." 황재하는 이서백을 향해 미소를 지어 보였다. "그런데 전하께서도 이런 걸 하실 수 있다니, 의외인데요."

"대리사 문건에서 분장에 관한 내용을 본 적이 있다." 이서백은 간단히 답하고는 뒤돌아 방을 나갔다. "아침 먹게 나오거라."

황재하는 재빨리 가슴을 동여매고 옷을 갈아입은 후 이서백을 따라 식당으로 갔다.

객잔은 골목 안에 자리해 조용하긴 했으나, 또한 같은 연유로 손님이 별로 없었다. 식당에 조용히 앉아 아침을 들고 있는 사람들도 다 간밤에 여기 묵었던 손님들뿐이었다.

두 사람도 자리를 잡고 앉아 아침을 들었다. 황재하는 찐빵을 하나 입에 물었고, 이서백은 황재하 앞의 만둣국에 다진 향미나리를 넣어 주었다.

한창 만둣국을 먹는데, 옆 탁자에 앉은 손님들의 눈빛이 모두 입구 쪽으로 가는 게 느껴졌다. 조금 과장해서 말하자면, 다들 오리처럼 목을 길게 빼고 앞을 내다보고 있었다. 황재하도 숟가락질을 멈추고 자신도 모르게 고개를 들어 문 쪽을 쳐다보았다.

가벼운 구름 하나가 두둥실 안으로 흘러 들어왔다. 아니, 곱고 가녀린 여인이었다. 소박한 무명 적삼 차림에 나이는 서른 남짓해 보였다. 머리를 묶은 비단 띠 하나를 제외하고는 온몸에 장식이라고는 보이지 않았고, 등에는 봇짐을 메고 발에는 헝겊신을 신었다.

그런 차림의 여인이었건만, 걸음걸이는 뜻밖에도 웬만한 소녀들보다 더 가볍고 부드러웠다. 마치 수양버들이 바람에 가볍게 흔들리는 듯한 그 움직임은 보는 이의 마음을 끌기에 충분했다.

수수한 옷차림과 달리 얼굴이 무척 아름다웠지만, 가장 이목을 끄는 부분은 얼굴이 아니라 여인이 손과 발을 움직이는 그 자태였다. 여인이 몸을 움직일 때마다 그 일거수일투족이 마치 눈과 마음을 즐겁게 하는 풍경 같아 보는 이들의 감탄을 자아냈다.

황재하도 순간 넋을 잃고 바라보았다. '이 정도로 사람들의 혼을 빼놓는 풍모라니, 젊은 시절에는 절세미인이었겠어.'

다만 무슨 근심 걱정이 있는지 그 아름다운 얼굴에 슬픈 빛이 가득했다.

여인은 창가 자리에 앉아 죽을 두어 숟가락 뜨더니 마음이 무거운 듯 이내 가녀린 손에 턱을 괴고 멍하니 창밖 버드나무만 바라았다.

황재하가 멍하니 여인에게 시선을 고정하고 있는 모습에 이서백이 손을 들어 탁자를 두드렸다. "어서 먹거라. 곧 나가봐야 하니 말이다."

황재하는 알겠다고 대답하고는 서둘러 남은 만둣국을 다 먹고서 다시 고개를 들어 여인을 보았다. 여인은 보따리에서 옥팔찌를 꺼내 망연한 표정으로 보고 있었다.

순간 황재하의 손에서 힘이 풀려 숟가락이 요란한 소리를 내며 탁자 위에 떨어졌다.

그 옥팔찌는 황재하에게 너무나 익숙한 물건이었다.

서로의 꼬리를 입에 문 물고기 두 마리가 일렁이는 물결 속에서 완만한 원을 이루었다. 거의 비어 있는 물고기 몸통을 햇살이 통과하면서 유난히 맑고 아름다운 빛살을 만들어냈고, 물고기의 눈에 박힌 미백색 진주알은 백옥 빛을 더욱 돋보이게 해주었다. 그 만듦새가 시선을 절로 사로잡을 정도였다.

황재하가 우선에게 선물 받은 바로 그 옥팔찌였다.

과거에 급제한 우선이 관아에서 받은 은전으로 주문 제작한 것이었다. 얼마나 많은 낮과 밤을 함께했는지 황재하의 손목마저 그 옥팔찌의 차디찬 느낌을 기억했다. 가족들이 죽고 황망하게 성도를 도망쳐 나갈 때 황재하가 지닌 물건 중 유일하게 값을 매길 수 있는 것이 머리에 꽂은 비녀와 손목에 찬 팔찌였다.

팔찌를 저당 잡히던 황재하의 마음이 얼마나 절망적이었는지, 아무도 모를 것이다. 팔찌를 손목에서 빼내며 앞으로 다시는 보지 못하리라 생각했었다.

그런데 뜻밖에도 성도로 돌아오자마자 그 팔찌를 조우한 것이다.

이서백은 황재하의 낯빛이 급격하게 변하는 걸 보고는 황재하의 시선을 따라가 그 팔찌를 주의 깊게 보며 물었다. "왜 그러느냐?"

여인이 팔찌를 다시 보따리 안에 넣자 황재하는 벌떡 몸을 일으켜 이서백에게 잠시만 기다려달라고 말한 뒤 황급히 여인에게로 다가갔다. 여인은 자신을 향해 다가오는 사람을 힐끔 곁눈질했다. 얼굴색이 누렇고 생김새가 특별할 것도 없는 소년임을 확인하고는 짐을 챙겨 자리에서 일어났다.

황재하는 즉시 입을 열었다. "좀 전의 그 옥팔찌, 저도 알아요."

과연 여인은 손을 멈추더니 잠시 머뭇거리다 물었다. "전에 이것을 본 적이 있단 말인가요?"

약간 쉬긴 했지만 부드럽고 낮은 목소리가 들려왔다. 여인과 굉장히 잘 어울리는 목소리였다.

황재하는 고개를 끄덕였다. "부인께서 어떻게 손에 넣으셨는지 모르겠지만, 팔찌의 원래 주인이 성도를 떠난 뒤에 길가 전당포에 저당 잡힌 걸로 알아요."

"그렇다면 아마 전당포에서 팔아버렸나 봅니다……." 여인은 가볍게 한숨을 쉬고는 나지막이 말했다. "제 동생의 유품이랍니다. 동생을 만나러 양주에서 예까지 왔는데, 동생은 이미 세상을 떠났더군요. 이 팔찌는…… 아마 동생의 정인이 선물한 것이겠지요."

황재하는 순간 상황이 파악되었다. 이 자매는 분명 출신이 좋지 않을 테고, 황재하가 전당포에 넘긴 팔찌를 누군가가 사서 여인의 동생에게 주었을 것이다.

황재하가 말했다. "세상일이라는 게 그렇지 않습니까. 병이나 뜻밖의 사고로 갑자기 세상을 떠나는 이들이 적지 않지요. 그러니 너무 슬퍼 마세요."

여자는 잠자코 고개만 끄덕였다.

황재하가 조심스럽게 물었다. "혹시 그 팔찌 저한테 양보해주실 수는 없을까요? 원래 주인이 너무 좋아했던 거여서 지금도 되찾고 싶어 하더라고요……."

"이건 동생이 정인에게 받은 증표입니다. 막내가 세상을 떠나고 없으니 우리 자매들은 이제 이 팔찌를 보며 그리움을 달래야 할 것 같아요. 그러니 절대 다른 사람에게 줄 수 없습니다." 여인은 황재하의 청을 일언지하에 거절했다.

단호한 그 태도에 황재하도 더는 어쩌지 못했다. "그러시면 제가 실례했습니다. 용서하세요."

황재하가 다시 자리로 돌아오니 이서백이 무언가 생각에 잠긴 얼굴로 물었다. "네 것이더냐?"

황재하가 작은 소리로 답했다. "네, 도망칠 때 길가 전당포에 팔았습니다."

"되찾고 싶으냐?"

황재하는 잠시 생각하더니 고개를 절레절레 흔들었다. "아닙니다. 그저 추억이 담긴 물건이라 그랬는데, 저 여인에게도 마찬가지이니 누구 손에 있은들 똑같겠지요."

"거기다 너는 저 팔찌를 준 사람을 곧 만나러 가겠지만, 저 여인은 이제 팔찌의 주인을 영원히 볼 수 없으니 저 여인에게 더 값지지 않겠느냐."

이서백의 목소리는 냉랭했다. 황재하는 속마음을 정확하게 간파당하자 순간 뜨끔한 마음에 숨도 크게 쉬지 못하고는 고개를 숙인 채 아무 말 없이 먹기만 했다.

그런 황재하의 모습에 이서백은 화풀이하듯 말을 내뱉은 것이 후회되어 화제를 돌렸다. "저 여인이 바로 운소육녀의 맏이, 공손연이다."

황재하는 어안이 벙벙하여 다시 물었다. "공손 부인이라고요?"

"그래, 이십이 부인의 제자 공손연. 원래 천애 고아였지만 공손 가문의 기예를 이으면서 성을 공손으로 바꾸었지. 17년 전에 장안으로 올라와 검무를 펼쳐 보인 적이 있다. 당시 내 나이 고작 예닐곱이었는데도 그때 공손연이 선보인 「검기혼탈무(劍器渾脫舞)」를 생생히 기억한다. 이리 긴 세월이 흘렀건만 그 외모는 여전히 아름답구나. 아마 검무 실력 또한 더 많이 정진했겠지."

황재하가 감탄하는 얼굴로 말했다. "그럼 지금 나이가 서른대여섯은 되었겠네요?"

"매만치와 비슷한 나이지."

황재하는 속으로 탄성을 내뱉었다. 과거 함께 명성을 날린 두 절세미인이었다. 하지만 지금 한 여인은 소박한 옷차림으로 혈혈단신 먼 길을 가고 있고, 다른 한 여인은 화려한 비단옷을 걸치고 첩첩 궁중에서 수많은 사람에게 둘러싸여 있다. 운명의 무상함에 절로 탄식이 터져 나왔다. 하지만 누가 더 행복한지는 아무도 모르는 일이었다.

황재하는 좀 전에 여인이 한 말을 떠올리며 나지막이 "아!" 하고 외마디 소리를 내뱉었다. "그럼 운소육녀의 막내가 죽었다는 거네요?"

"여섯째 여인은 이름이 부신원이다. 17년 전에는 열두 살의 천진난

만한 소녀였지. 지금은 서른 가까이 되었겠구나."

"어려서 일찍이 이름을 날리고, 또 한창 나이에 일찍 갔네요." 황재하가 탄식을 내뱉었다. "공손 부인의 얼굴을 보니 왠지 그 동생의 죽음에 또 다른 사연이 있는 것은 아닌가 싶어요."

이서백이 담담하게 말했다. "너는 일단 네 일에 집중하거라. 지금 다른 사람 신경 쓸 여유가 어디 있느냐."

황재하는 고개를 끄덕였지만 저도 모르게 또다시 공손연에게 시선이 갔다.

공손연은 이미 짐을 챙겨 들고 일어나 문을 나서려 했다. 그때 갑자기 부잣집 자제로 보이는 두 남자가 희희덕거리며 문 앞에서 공손연을 막아 세웠다.

"아니, 이게 누구야? 공손 부인 아니신가? 어떻게 양주에서 이곳 성도까지 납신 거야? 마침 우리도 이 객잔에 묵었는데, 이거 참 인연일세!"

공손연은 안색이 차갑게 변하더니 두 남자를 거들떠보지도 않고 곧바로 몸을 틀어 밖으로 나가려 했다. 하지만 무뢰한 같은 두 남자는 어깨를 펴며 나란히 문을 가로막고 섰다. 안 그래도 3척 너비밖에 되지 않는 좁은 문에 두 사람이 떡하니 버티고 서니 지나갈 틈이 없었다.

황재하가 미간을 찌푸리며 공손연을 도와 무어라 말이라도 하려고 몸을 일으키는데 이서백이 젓가락으로 황재하의 손등을 눌렀다. 잠자코 있으라는 뜻이었다.

공손연은 그래도 걸음을 멈추지 않고 문가를 향해 다가갔다. 서로 부딪치기 직전 남자들이 공손연을 향해 팔을 뻗으며 뻔뻔한 미소를 지었다. 그 순간 공손연의 발이 휙 하고 방향을 트는가 싶더니 순식간에 두 남자 사이로 빠져나가 사뿐히 뜰에 발을 디뎠다. 그 움직임이 어찌나 가볍던지 발끝에 흙 하나 묻지 않았을 듯했다.

두 무뢰한은 마치 자신들이 존재하지 않았다는 듯 조금도 막힘없이 문을 빠져나간 공손연을 보면서 수치심에 화가 치밀어 올랐다. 안에 있던 손님들의 웃음소리가 울려 퍼지는 가운데 두 남자는 공손연을 쫓아 나가 막아 세웠다.

공손연은 일을 크게 만들고 싶지 않아 두 무뢰한을 좋은 말로 설득했다. "오늘은 악기도 없으니 그냥 춤만 추면 뭐가 보기 좋겠습니까? 더욱이 막내의 상을 당한 터라 춤을 출 마음이 들지 않으니, 두 분께서 부디 양해해주십시오."

하지만 역시 무뢰한은 무뢰한이었다. 계단까지 만들어줬는데도 내려오질 않고 오히려 삿대질을 하며 소리쳤다. "그래 봤자 일개 무희 주제에! 우리 형제가 양주까지 가서 적잖은 돈을 뿌려주고 왔는데, 이제 와서 보살 행세야?"

"그러게 말이야. 이렇게 얌전한 얼굴을 하고 있으니, 모르는 사람이 보면 대단한 가문의 부인네라도 되는 줄 알겠어!"

"자, 오늘 이 어르신들 구역에 발을 디뎠으니 그 값을 해야지. 일단 「호선」을 한 곡 춰보아라!"

두 무뢰한이 아리따운 여인을 막아서는 것만으로도 관심이 쏠려 있던 사람들은 '양주 무희'라는 말에 더 구미가 당겨 하나같이 밖으로 나와 구경했다. 사람들에게 둘러싸인 공손연은 오늘은 조용히 지나갈 운명이 아니려니 체념하고는 어깨에 멘 보따리를 바닥에 내려놓았다. "한 곡 추는 것은 상관없으나, 「호선」은 평소 자주 추는 춤이 아니니, 두 분을 위해 「검기(劍器)」를 보여드리면 어떨는지요?"

공손연은 두 사람의 대답을 기다리지도 않고 손에 닿는 대로 옆에 있던 버들가지를 하나 잡아당겨 몸을 한 바퀴 회전시키며 춤을 시작했다. 검소한 옷차림에 화려한 머리 장식 하나 없었지만 바람에 흔들리는 버들가지 같은 그 몸짓은 마치 천상에서 내려온 선녀를 보는 듯해, 구경꾼들 입에서 절로 감탄이 터져 나왔다.

공손연은 버들가지를 검 삼아 훌쩍 몸을 날리며 춤을 추었다. 부드럽게 춤을 추는 그 자태는 마치 흩어졌다 모였다를 반복하며 하늘에 떠 있는 구름 같았다. 바닥에서 피어오르는 흙먼지는 누각을 감싸는 아침 안개로, 수수한 무명 적삼은 일곱 겹 비단옷으로 보이게 만들 정도였다. 여인의 몸에서 운무가 가득 피어오르고 넘실거리는 물결이 여인을 감싸고 소용돌이쳤다.

갑자기 춤사위가 달라졌다. 부드러운 물결과 운무가 순식간에 진노한 천둥으로 바뀌었다. 공손연 손 안의 버들가지가 질주하는 바람처럼 순식간에 두 무뢰한을 스쳤다. 탁탁 하는 소리와 함께 두 남자의 얼굴에 붉은 자국이 두 줄 생겼다. 순간 아픔을 느낀 둘은 얼굴을 감싸며 신음 소리를 냈다.

"송구합니다. 버들가지가 너무 길어 제대로 다루지를 못했네요." 공손연이 냉소하며 말했다.

구경꾼들이 폭소를 터뜨렸다. 황재하도 웃음을 참지 못했다.

버들가지에 맞은 것이야 그저 얼굴이 따끔거릴 뿐이지만, 많은 사람이 보는 앞에서 웃음거리가 된 것은 참을 수 없었다. 두 남자는 고래고래 고함을 지르며 공손연에게 달려들었다.

공손연은 순식간에 손을 뻗어 또다시 버들가지로 두 사람을 후려쳤고, 둘은 코를 움켜쥔 채 아픔을 참지 못하고 주저앉았다. 코를 호되게 맞은 두 사람의 눈에서 눈물이 줄줄 흘렀다.

"두 분께 참으로 죄송합니다. 저는 양주에 있는 몸이고, 두 분은 성도에 계시니 저희가 특별히 마주칠 기회는 없겠네요. 오늘 제가 실수로 두 분께 상처를 입혔으니, 훗날 양주에 오시면 반드시 주인의 도리를 다해 두 분께 사죄하겠습니다." 공손연은 그렇게 말한 뒤 눈물 콧

물 범벅이 된 두 무뢰한을 내버려두고 몸을 돌렸다.

두 남자는 그러고도 가만있지 않고, 부끄러움에 미친 듯이 화를 내며 다시 공손연에게 달려들려 했다.

그때 갑자기 퍽퍽 하는 소리와 함께 두 남자가 담장 구석으로 날아가 처박혔다. 고통에 소리만 내지를 뿐 몸을 일으키지도 못했다.

"이른 아침부터 감히 이런 소란으로 성도 사람의 체면을 구겨? 네 놈들 눈에는 이 몸이 보이지도 않느냐?" 의협심 가득한 일갈에 사람들이 일제히 갈채를 보냈다. 박수 소리에 섞여 여기저기서 외치는 소리도 들려왔다.

"주 포두 잘한다!"

"'어명으로 부임한 주 포두', 과연 명불허전일세!"

"주 포두 나리, 성도는 이제 포두 나리와 주 사군께 다 맡깁니다. 잘 부탁합니다!"

사람들이 한껏 치켜세우며 환호하는 가운데 '어명으로 부임한 주 포두', 주자진이 눈부시게 등장했다.

주홍색 포두복을 입은 주자진은 진녹색 허리띠에 상어 가죽으로 만든 푸른색 칼집을 차고, 자주색 신발에, 머리에는 키 낮은 검정 관모를 겨우 얹었으며, 관모에는 심지어 알록달록한 공작 깃털까지 꽂은 차림이었다.

온몸에 온갖 화려한 색을 두른 주자진이 기분 좋게 안으로 들어와 사람들을 향해 공수하며 겸손하게 말했다. "제가 마땅히 해야 할 일인 걸요."

이서백과 황재하는 같은 생각을 하며 서로 눈을 마주쳤다. '차마 눈 뜨고 볼 수가 없군.' 주자진 몸에 두른 수많은 색깔에 눈이 멀 것만 같았다.

"장안을 떠나서도 자진 도련님은 여전하네요. 하나도 안 변했어요……." 황재하가 감탄하며 말했다.

"이상하구나. 자진의 몸놀림으로 어떻게 사람을, 그것도 둘이나 한 번에 날려버린단 말이냐?"

이서백의 말이 채 끝나기도 전에 주자진 뒤를 따라 들어오는 사람이 보였다. 둘은 순간 모든 상황을 이해했다.

장항영이었다.

두 사람이 자신들을 알아보지 못하리라 믿으며 황재하와 이서백은 그대로 자리에 앉아 식사를 계속했다. 하지만 식당에 있는 사람들 중 오직 둘만이 요지부동 자리를 지키고 앉아 있어 오히려 주자진의 시선을 더 끌었다.

구경거리가 사라진 사람들이 하나둘 흩어지고 공손연은 주자진과 장항영을 향해 허리 숙여 인사했다. "두 분께 감사드립니다."

"에이, 당연히 해야 할 일인데요. 제가 제일 싫어하는 부류가 저렇게 여인들을 괴롭히는 놈들이죠. 같은 사내한테는 덤빌 재간도 없으면서 말입니다!" 주자진은 흙먼지를 뒤집어쓰고 일어나 도망치는 무뢰한들을 향해 소리쳤다. "이봐, 어디 재주 있으면 사군부로 와서 따져보라고! 다음에 또 내 손에 걸리면 절대 가만 안 둬!"

공손연은 황급히 줄행랑치는 두 무뢰한을 보며 미소 지었다. "저들이 다시 저를 괴롭히는 일은 없겠군요."

주자진은 자신의 가슴을 툭툭 치며 기고만장한 표정으로 말했다. "무슨 일이 있으면 저를 찾으세요! 성도 포두 주자진입니다. 촉의 무뢰배는 모두 제가 다스리고 있지요!"

식당의 심부름꾼 하나가 곧바로 맞장구쳤다. "그러게 말입니다! 성도 백성들이 무슨 복이 터졌는지, 비록 우리 황재하 아가씨는 떠났지만 이렇게 주 공자께서 오셔서 앞으로 성도는 평안할 날밖에 없겠습니다……."

주인장이 심부름꾼을 걷어차며 나지막이 꾸짖었다. "갑자기 왜 재하 아가씨는 들먹여!"

심부름꾼은 황재하가 수배를 받는 범죄자라는 사실을 그제야 떠올리고는 어색한 표정을 지으며 말했다. "그게…… 포두 나리, 용서하십시오……."

"용서해달라니? 그야말로 가장 듣고 싶었던 말인데! 내가 황재하와 나란히 거론되는 날이 올 줄이야!" 주자진은 기쁨을 감추지 못하며 심부름꾼의 머리를 토닥였다. 식당 안에 빈 탁자가 없는 것을 보고 주자진은 장항영의 소맷자락을 잡아당겨 이서백과 황재하가 앉은 탁자로 가 앉았다. "자자, 일단 아침부터 먹자고요. 두 분 괜찮으시다면 합석 좀 해도 되겠습니까?"

황재하와 이서백은 물론 고개를 내저었지만 정확한 거절 의사를 입 밖으로 내지는 않았다. 혹여 정체가 탄로 날까 그저 먹는 데만 집중했다.

그때 주자진이 장항영에게 말을 건넸다. "장 형, 촉까지 오는 동안 아적의 행적은 좀 찾았어요?"

장항영은 수심 가득한 얼굴로 고개를 내저었다.

그간 적취를 찾느라 마음고생이 많았던 듯 장항영의 얼굴이 수척했다. 그 얼굴을 보며 황재하는 말로 표현하기 어려운 어떤 감정에 사로잡혔다.

"장 형의 그 정성을 아적이 안다면 분명 감동할 거예요." 주자진이 달걀 껍데기를 벗기며 다시 물었다. "그럼 이제부터는 촉 지방을 찾아볼 생각이에요?"

"네. 근처 마을부터 찾아보려고요. 아무래도 비교적 외진 곳에 있지 않을까 싶어요."

뭐든 열정이 넘치는 주자진이 호언장담했다. "필요한 게 있으면 뭐든지 얘기해요. 마침 제가 성도에 있으니 장 형을 도와줄 사람을 몇 명 정도 붙여줄 수도 있고요.”

“지금은 괜찮아요. 어쨌든 자진 공자께 고마운 게 많습니다.” 장항영은 잠시 다른 생각에 잠겼다가 다시 입을 열었다. “지금 황…… 양 공공이 혹시 이곳에 있습니까? 양 공공이라면 뭐라도 단서가 될 만한 것을 찾아줄 수 있을 텐데 말입니다. 제 힘만으로 아적을 찾으려니 아무런 단서도 없고 막막하기만 하네요…….”

“숭고…….” 주자진은 숭고의 이름을 한 번 소리 내어 부르더니 갑자기 탁자 위에 엎어지며 눈시울을 붉혔다. “장 형, 숭고가…… 실종됐어요!”

“실종이라뇨?” 장항영은 몹시 놀라 황급히 다시 물었다. “그게 무슨 말이에요?”

“숭고와 기왕 전하가 촉으로 오는 중에 기습을 당했어요. 지금 기왕 전하도 행방이 묘연한 상태예요. 사천 절도사와 저희 아버지께서 엄청난 수의 사람을 풀어 산 전체를 수색하고 있는데, 두 사람이 실종된 지 며칠이 지나도록 아직 찾질 못했어요.”

“기왕 전하는 천하의 고수이시지 않습니까. 일개 자객에게 당하셨을 리 없습니다! 분명 아무 일도 없을 거예요!”

“맞아요, 기왕 전하는 아마 별일 없으실 거예요. 하지만…… 숭고는 분명 큰일을 당했을 거라고요!” 주자진은 붉어진 눈을 들어 장항영을 보았다. 입을 실룩거리는 품이 금방이라도 눈물을 쏟을 것 같았다. “어젯밤에 숭고가 타고 다니던 나푸사를 찾아냈어요. 가시덤불에 빠져서는 상처까지 입었더라고요. 덤불 속에서 구해내고 보니 숨이 간당간당했어요. 생각해봐요. 나푸사가 그 정도로 상처를 입었다면, 숭고는…….”

“양 공공은 총명한 사람이니 분명 위기를 잘 벗어났을 겁니다. 절대 아무 일 없을 거예요!" 장항영은 주자진의 말을 끊으며 단언했다.

그 단호한 표정에 주자진은 그나마 마음이 좀 가라앉아 고개를 끄덕였다. "맞아요, 저도 그렇게 생각해요. 숭고같이 대단한 사람한테 무슨 일이 있을 리 없어요!"

황재하는 숟가락을 쥔 채 이서백을 보았다. 이서백은 살짝 고개를 저어 보이고는, 목소리를 낮춰 듣기 거북한 거친 목소리로 주자진을 향해 말했다.

"두 분 말씀을 듣자하니, 상처 입고 발견된 것은 말 한 마리뿐이지 않습니까. 사람은 무사히 위기를 넘기고 어려운 상황에서 벗어났겠지요."

"역시 그렇게 생각하십니까?" 순식간에 주자진의 낯빛이 밝아졌다. "한눈에도 범상치 않은 분들이리라 제가 딱 알아봤습니다. 두 분은 어디에서 무슨 볼일로 오셨는지요?"

이서백은 눈 하나 깜짝 않고 거짓 신분을 댔다. "저는 왕 가입니다. 사촌 아우와 함께 장안에서 왔습니다. 그저 촉의 자연 경관을 흠모하여 몇 달 잠시 머물 요량입니다."

"오! 지당하십니다. 촉의 산수는 수려하기 그지없지요. 특히 강을 따라 내려가 삼협(三峽)을 건너면 백제성에서 남진관까지 이어지는 풍경이 단연 일품입니다. 무산을 휘감은 운무와 기이한 봉우리, 신녀기봉, 그리고 끝없이 이어지는 험준한 산맥과 기암절벽! 감탄이 절로 나오는 절경이지요!" 주자진은 이서백의 말이 떨어지기 무섭게 촉의 절경을 찬양했다. "아쉽게도 저는 일이 너무 많아서……. 아니면 진작 달려가서 유람을 즐겼을 텐데 말입니다!"

"조금 전 듣자 하니 포두이신 모양인데, 성도 포졸들을 책임지는 중책을 맡고 계시니 짬을 내 유람 한번 하기가 쉽지 않으시겠지요." 이서백이 맞장구쳐주었다.

주자진이 갑자기 엄숙한 표정을 지으며 고개를 끄덕였다. "그렇습니다. 성도 백성의 안위를 책임져야 할 사람이 어찌 쉽게 자리를 비우겠습니까? 게다가 황재하 같은 훌륭한 사람의 빈자리도 채워야 하니 나태해서는 안 되지요. 더 최선을 다해 따라잡아야 하지 않겠습니까!"

황재하는 아무 표정 없이 앞에 놓인 향미나리를 한 줌 집어 연두부에 뿌린 뒤 단숨에 반을 먹어치웠다.

주자진이 물었다. "맛이 괜찮은가요?"

황재하는 말없이 고개만 끄덕였다.

"저는 향미나리 향이 좀 별로더군요. 듣기로는 서역의 호인(胡人)들이 즐겨 먹는 향초라 하던데……." 그러면서 주자진도 자신의 연두부에 향미나리를 얹어 한 입 먹어보더니 얼른 다시 빼냈다.

옆에 있던 심부름꾼이 무심코 끼어들었다. "황재하 아가씨가 향미나리를 좋아하기로 유명했지요. 아가씨가 드시는 연두부에는 늘 향미나리를 얹어드렸답니다."

"그렇단 말인가?" 주자진은 다시 연두부 위에 향미나리를 뿌린 뒤 기분 좋게 먹기 시작했다. "이야, 그렇게 듣고 보니 확실히 특별한 맛이 있는 것 같군!"

이서백의 시선이 황재하에게로 향했다. 눈꼬리가 슬쩍 올라간 채 장난기 어린 미소를 짓고 있었다.

황재하는 주자진의 과분한 애정에 몸 둘 바 몰라 하며 이서백의 미소 띤 얼굴을 흘끔 보고는, 다시 그릇을 받쳐 들고 남아 있던 연두부를 기분 좋게 먹어치웠다.

황재하가 그릇을 내려놓자 이서백이 몸을 일으키며 주자진과 장항영에게 말했다. "저와 아우는 오늘 성도를 좀 구경해보려 합니다. 그럼 먼저 일어나겠습니다."

주자진도 향미나리를 뿌린 연두부를 황급히 먹어치우며 말했다.

"시간이 많이 지났네요. 저도 어서 거리 순찰을 돌아야겠습니다. 오후에 시간이 되면 기왕 전하께서 실종된 산에도 올라가 수색을 해볼 생각이거든요……."

"제 생각엔 거긴 가보시지 않아도 될 듯합니다." 이서백이 담담하게 말했다.

주자진은 어리둥절해하며 물었다. "어찌 그리 말씀하십니까?"

"왜냐하면……." 이서백은 주자진의 귓가에 가까이 다가가 낮은 소리로 속삭였다. "내가 이미 네 앞에 서 있으니 말이다."

순간 주자진의 눈이 휘둥그레지고, 입은 달걀 하나가 거뜬히 들어갈 정도로 쩍 벌어졌다.

"뭘 그리 놀라느냐. 적은 어두운 곳에 숨어 있고 나는 그들 앞에 밝히 드러나 있으니, 변장을 좀 한 것뿐이다."

주자진은 벌어진 입을 겨우 다물고서 더듬더듬 물었다. "그럼……저는 어찌해야 합니까?"

"아무 일도 없던 것처럼 하면 된다. 일단 그 놀란 얼굴이나 어떻게 좀 해보거라."

주자진은 늘 표정이 풍부한 사람이었으니, 표정을 숨긴다는 것은 거의 불가능에 가까웠지만 가까스로 흥분을 가라앉혔다. 어찌되었건 성실하고 무던한 장항영 정도까지는 속일 수 있었다.

"저를 포두께서 새로 사귄 친구라 하여 사군부에 손님으로 초청해주실 수 있겠습니까? 부친께 고견을 여쭙고 싶은 일이 있습니다."

"네……." 황급히 고개를 끄덕이던 주자진은 자신의 표정과 동작이 별로 적합하지 않음을 느끼고는 서둘러 거만한 표정을 지었다. "물론이지요. 이 명공의 소개로 오셨다니 저희 아버지를 뵙는 일쯤이야 뭐 그리 어렵겠습니까? 마침 시간이 좀 있으니 지금 바로 가시지요!"

황재하도 이서백을 따라 일어섰다. 황재하에게로 시선을 돌린 주자진은 왠지 모를 익숙함에 걸음을 옮기면서도 계속 고개를 돌려 황재하를 흘끔거렸다. 식당 문을 나선 뒤에야 보폭을 줄여 뒤따라오던 황재하와 걸음을 나란히 하고는 속삭이듯 물었다.

"숭고?"

황재하가 고개를 끄덕였다.

주자진은 순간 놀람과 기쁨을 참지 못하고 팔을 들어 황재하의 어깨를 툭 치더니 황재하의 목을 끌어안으려 했다.

그때 이서백이 뒤통수에도 눈이 달렸는지 담담한 목소리로 말했다. "사람들 이목을 끌지 않는 게 좋겠습니다."

주자진은 황재하를 향해 혀를 날름 내밀어 보이고는 목을 움츠리며 더 이상 아무 말도 하지 않았다.

"이 명공의 소개로 왔다고? 어느 이 명공 말이냐? 됐다, 됐어. 안 만나련다."

주상은 '이 명공'이라는 말을 듣자마자 언짢은 심기를 드러내며 주자진을 꾸짖었다. "또 너에게 뭐 마른 시체니 고대 시신이니, 그딴 것들을 찾아주겠다고 온 거 아니냐? 할 일이 없어서 이런 사람을 내게 데려오는 것이냐?"

"주 사군, 이번엔 사군께서 자진을 오해하셨습니다." 옆에 있던 이서백이 웃으며 말했다.

주상은 그 목소리에 대경실색해 벌벌 떨며 몸을 일으켰다. 그러나 고개를 들어 눈앞에 있는 사람의 얼굴을 보고는 또 어찌된 영문인지 몰라 한참 그 얼굴을 뜯어보기만 할 뿐 아무 말도 하지 못했다.

"사군 생각이 맞소. 납니다."

주상은 곧바로 옆에 있던 모든 사람을 물리고는 황급히 예를 갖추었다. "기왕 전하, 용서해주십시오! 성도에서 자객을 만나다니 소관,

그 책임을 피할 수 없사옵니다…….”

“이제 막 성도에 부임해 아직 이곳 업무에 익숙지도 않을진대, 어찌 그 책임을 주 사군이 진단 말이오?” 이서백은 예를 거두라 손짓하고는 말을 이었다. “이번 습격의 배후가 누구인지 아직 명확하지 않으니 사군께서 나를 도와 힘을 좀 써주셨으면 하오. 당분간은 외부에 발설하지 말고 최대한 빨리 막후의 인물을 밝혀주시오.”

“네! 소관, 전하의 명을 받들겠사옵니다!”

이서백은 잠시 머뭇거리다가 물었다. “기악 군주는…… 어찌되었소?”

주상은 비통한 표정을 숨기지 못한 채 한숨을 내쉬었다. “군주께서는 불행히도 이미…….”

이서백은 잠자코 눈을 감았다. 옆쪽에 떨어져 서 있던 황재하는 이서백의 표정은 자세히 보지 못했지만 꽉 깨문 그 입술은 볼 수 있었다.

언젠가 이서백이 들려줬던 이야기가 귓가에 들리는 것 같았다.

통왕에 봉해졌던 당시, 이서백은 홀로 영가방 저택에 칩거했다. 미래는 막연했고, 인생에 희망이라곤 없었다. 모두가 이서백의 곁을 떠나고 홀로 외로이 살아가고 있을 때, 천진하여 두려움을 모르는 그 소녀만이 이서백의 손을 잡아주었다.

어쩌면 이서백도 그 옛날 자신의 마음을 보살펴준 것에 대한 보답으로 먼 친척뻘인 이 여인을 비로 맞자고 생각한 적이 있었을지도 모른다. 하지만 이서백은 기악 군주를 친동생과 같이 여겼기에 끝내 받아들일 수 없었다.

황재하는 가만히 이서백 뒤에 서서 미세하게 떨리는 그 속눈썹을 보았다. 하지만 이서백은 자신의 감정을 누구에게도 보이지 않으려 금세 표정을 가다듬었다. 그러고는 평소와 다름없이 차가운 목소리로 말했다. “사군께서 뒷일을 잘 수습해주리라 믿겠소.”

주상이 재빨리 대답했다. "이미 장안에 사람을 보내 부고를 알렸고, 군주의 시신은 잘 모셔두었습니다."

"왕부 시위병은 몇 명이나 돌아왔소?"

주상의 얼굴에 안타까운 빛이 드리웠다. "전하 측근의 시위병과 환관 중 돌아온 자는 현재 십수 명에 불과합니다. 모두 크고 작은 부상을 입어 지금은 절도사 범 장군 쪽에서 치료받고 있습니다. 절도부에 가서서 한번 둘러보시고, 수색을 멈추게 하는 것은 어떠신지요?"

"이제 막 위험에서 벗어났는데 절도부로 갔다가 누군가에게 발각되기라도 하면, 또 보이지 않는 적에게 나를 밝히 드러내는 꼴 아니겠소? 또한 수색을 계속하다 보면 몇 명이라도 더 구할 수 있을지 모르니 일단은 그냥 두는 게 좋겠소." 이서백은 잠시 망설였다가 다시 물었다. "돌아온 이들 중에 이름이 '경' 자로 시작하는 이들은 없었소?"

"소관도 거기까지는 잘 모르겠습니다……."

"알겠소." 이서백은 더 이상 묻지 않았다.

주상은 문득 무언가가 생각나 황급히 말했다. "소관이 범 장군과 함께 현장을 조사하러 갔을 때, 전하가 타시던 마차 안에서 유리병을 발견했습니다. 붉은 물고기 한 마리가 살아서 헤엄치고 있었습니다……."

이서백은 고개를 끄덕이며 물었다. "지금은 어디에 있소?"

"범 장군에게 있습니다." 부윤보다 절도사의 권력이 크니, 범응석이 가지고 가겠다면 주상 또한 막을 수 없는 노릇이었다.

"그럼 일단 거기 두도록 하지. 절도사가 물고기 돌볼 사람 하나 찾지 못하겠소."

6장

얼음장처럼
차가운 낮빛

주자진 인생에 이처럼 완벽한 순간은 없었다. 지금 이 순간 말을 타고 거리를 지나는 자신의 모습이 눈부시게 빛나고 있지 않을까 싶었다.

주자진의 왼쪽에서 말을 타고 함께 순찰 중인 이는 장안에서 사건 해결 능력으로 크게 이름을 날린 양숭고이며, 오른쪽에서 무심한 듯 거리 풍경을 감상하는 이는 심지어 대당 기왕 이서백이었다. 그런 두 사람을 데리고 공무를 보러 나오다니, 그야말로 인생의 승자 아니겠는가!

다만…… 그 공무라는 것들이 그다지 고급스럽지는 않았다…….

"이모님, 여기 연방(蓮房)이 부들부들한 게 농사 잘 지으셨네요. 그런데 매대를 길가 쪽으로 너무 나오게 까셨네. 누가 급하게 말을 몰고 지나가다 이모님을 차기라도 하면 어쩝니까? 그렇지, 그렇지, 제가 뒤로 같이 밀어드릴게요……."

"아유, 형님. 설탕 인형을 이리도 잘 만드시는데, 이렇게 먼지 날리는 데 두면 깨끗하지 않잖습니까? 제 생각엔 저기 용수 나무 아래에

서 만드시는 게 좋을 거 같은데, 어떻습니까? 자자자, 제가 도와드릴 게요. 으샤…….”

“거기 아가씨. 아니 뭘 잘못했다는 건 아닌데, 아리따운 여인이 어찌 이런 위험한 길가에 나와서 양고기를 팝니까? 물론 대당 법에 여자가 양고기 파는 걸 금하지는 않지만, 이것 좀 봐요, 아가씨가 이렇게 고운 얼굴을 사람들 앞에 드러내고 있으니 어른이고 어린것이고 오만 남자들이 다 아가씨 고기를 사겠다고 몰려들어서 길이 다 막힐 지경이네…….”

여인이 손에 칼을 들고서 주자진을 흘겨보았다. “아니, 당당한 주포두 나리께서 어찌 이런 하찮은 거리 단속이나 하고 계셔요? 능력 있으면 어서 산에 올라가서 기왕 전하나 좀 찾아주시지! 그럼 천하의 백성들이 감읍해 마지않을 텐데 말입니다!”

주자진은 왼손에는 연자를, 오른손에는 설탕 인형을 든 채 딱히 반격할 말이 없어 얼버무렸다. “그게…… 기병대가 이미 산에 올라갔고, 내가 가도 뭐 특별히 도움이 될 것도 없고…….”

양고기 아가씨는 손님에게 갈비를 썰어주며 날카롭게 독설을 날렸다. “그럼 시간 나면 공동묘지나 가서 좀 돌아보시든가요. 거긴 시원도 하겠다, 많은 시신들이 억울함을 호소하며 포두 나리의 실력이 발휘되기만을 기다리고 있잖습니까!”

황재하는 뒤에서 흥미로운 눈초리로 두 사람의 언쟁을 구경하며 여인을 유심히 살펴보았다. 나이는 대략 스무 살 정도 되어 보였고 작은 키에, 얼굴은 동글동글하고 고왔다. 성도 대부분의 여인들처럼 피부가 뽀얘서 귀여운 외모였다.

완전히 참패한 주자진은 풀 죽은 얼굴로 뒤돌아 다시 말에 올라탄 뒤 황재하에게 말했다. “숭고, 묘지 얘기가 나와서 갑자기 생각난 일이 있는데, 아무래도 좀 문제가 있는 것 같기도 하고, 또 딱히 문제가

없는 것 같기도 하고……. 어쨌든 아무런 단서를 못 찾아서 네가 오기
만을 기다리고 있었어!"

"그럼 같이 가서 한번 살펴봐요." 황재하는 그렇게 말한 뒤 이서백
을 돌아보며 작은 소리로 말했다. "전하께서는 아직 몸이 완쾌되지
않았으니 무리하시면 안 됩니다. 게다가 시신을 보는 일이라 자진 도
련님과 저만 가서 조사하면 되고요."

이서백이 고개를 끄덕였다. "너도 너무 무리하지는 말거라. 여러 날
피로가 쌓였으니 너도 잘 쉬어야 한다."

황재하는 가슴속에 한 줄기 따스한 기운이 번지는 걸 느끼며 고개
를 끄덕였다. "네."

"그리고…… 나 대신 기악 군주에게도 명복을 빌어주거라."

예전에는 몰래 묘지에 숨어들어 시신을 훔쳐보던 주자진이었건만,
지금은 그야말로 출세했다고 해도 과언이 아니었다. 어깨에 힘을 준
채 말에서 내리지도 않고 대문을 통과하더니 묘지기를 불러내 대화
까지 했다. "강 아범, 성도에서 가장 아름다운 시신을 보러 왔네!"

강 아범은 만면에 웃음을 띠기는 했으나 약간 난처한 기색을 보였
다. "아이고, 포두 나리. 참 성실도 하십니다! 또 오신 겁니까?"

주자진이 말에서 내리며 말했다. "이번엔 다른 사람도 데리고 왔네.
이쪽은 이번에 새로 온…… 어 그러니까…… 포졸이네, 포졸. 사건
수사에 일가견이 있어서 시신을 함께 살펴보려고 데려왔지."

재빨리 둘을 향해 허리를 굽혀 인사하던 강 아범은 황재하를 보며
뭔가 이상한 듯 미간을 찡그렸다. "이쪽은…… 왠지 어디서 뵌 분 같
기도 하네요."

예전에 강 아범과 적잖게 인사를 나누었던 황재하는 번거로운 상
황을 만들지 않기 위해 그저 씩 웃어 보이며 아무 말도 하지 않았다.

강 아범은 미간을 찡그리며 곰곰이 생각하다가 주자진이 안으로 들어가는 걸 보고는 황급히 불러 세웠다. "포두 나리, 포두 나리……."

주자진이 고개를 돌려 물었다. "무슨 일인가?"

"그…… 그 시신 말입니다……." 강 아범이 머뭇거리며 얼굴에 난색을 표했다.

"설마 부패했는가?" 순간 초조해진 주자진이 소리쳤다. "말도 안 돼! 그렇게 서늘한 빙실(氷室)에 보관했는데 어찌 이리 빨리 부패한단 말이야?"

"그게 아니고……." 강 아범은 마음에 켕겨 혀가 잘 움직이지 않을 지경이었다. "조금 전에 한 여인이 와서는 그 죽은 자와 자매지간이라며 동생의 시신을 보러 왔다고 했습니다. 보아 하니 나쁜 사람은 아닌 것 같아서…… 빙실로 데려다주었습니다."

"지금은 어디 있는데?" 주자진이 물었다.

"안에서 절을 올리고 있습니다……." 강 아범이 옷소매를 만지작거렸다. 소매가 무겁게 아래로 처진 품을 보니 여자에게서 두둑이 받은 모양이었다.

성도 묘지는 황재하에게 무척 익숙한 곳이었다.

황재하는 일단 묘지 안 궤짝을 열어 전과 다름없이 거기 보관된 검시 기록책을 꺼내 넘겨 보았다.

가장 최근 서책에 '송화리 부 가 저택 정사(情死)[8] 사건'이라는 기록이 보였다.

검시자는 장송림으로 이 지역 최고참 검시관이었다.

---

8 사랑하는 남녀가 그 뜻을 이루지 못하여 함께 자살하는 일.

검시: 남자 시신 한 구, 여자 시신 한 구.

남자 시신은 나이 서른일곱, 키 6척, 살집이 약간 있는 체형. 흰색 베옷, 흰색 비단신 착용. 부 씨 여인 침소의 낮은 침상 위에 반듯하게 누운 채로 발견. 얼굴은 약간 일그러지고, 몸은 곧았으며, 경미한 설사 증상.

여자 시신은 나이 서른 전후, 키 5척 2촌, 중간 체형. 쪽진 머리에 회자색 저고리, 푸른 치마, 흰색 비단신 착용. 남자 시신의 우측에 반듯하게 누운 채로 발견. 여자의 왼손과 남자의 오른손이 서로 맞잡았으며, 사후 강직으로 인하여 쉽게 풀어지지 않았음. 오른 손가락 끝이 약간 거멓게 변함. 안료(顏料)가 물든 흔적으로 사료됨.

검시 결과 남녀 시신 모두 외상의 흔적이 없어 독에 의한 사망으로 보임. 중독 시간은 전날 유시에서 술시 사이.

독극물은 비상으로 추정됨.

황재하는 기록을 자세히 읽어본 뒤 주자진을 따라 시체 안치실로 들어갔다.

대나무 침상 몇 개가 빈 채 놓여 있고 안쪽에 토굴로 내려가는 입구가 있었다. 계단을 따라 깊이 내려가노라니 점점 서늘한 기운이 느껴졌다. 성도의 여름은 굉장히 무더워 시신 보관에 어려움이 많았다. 그래서 두 해 전에 묘지를 보수할 때 황재하와 우선이 시신 안치실 안에 여러 개의 깊은 토굴을 파는 묘안을 내놨다. 벽돌로 두껍게 벽을 쌓고 통풍을 위한 틈만 몇 개 낸 뒤, 두꺼운 문을 여러 겹으로 설치했다. 빈번히 드나들지만 않으면 겨울에 넣어둔 얼음이 여름 동안에도 다 녹지 않아 한여름에도 시신이 제대로 보관되었다.

계단을 따라 내려갈수록 더욱 한기가 들었다. 온통 어둡고 차가운 가운데, 손에 든 작은 등불의 희미한 빛이 주위를 둘러싼 석벽 위로 아른아른 흔들려 한층 음산하고 차갑게 느껴졌다.

주자진은 황재하를 데리고 검을 '현' 자가 쓰인 토굴로 들어갔다. 촛불 빛이 은은하게 밝히는 토굴 안, 한 시신 앞에 미동도 않고 선 여인이 보였다. 몸에 걸친 무명 적삼과 평범하게 틀어 올린 머리는 소박했으나 섬세하고 아리따운 자태는 감춰지지 않았다. 주자진과 황재하는 대번에 그 여인이 누구인지 알아차렸다.

바로 공손 부인, 공손연이었다.

황재하는 주자진이 말한 '성도에서 가장 아름다운 시신'이 누구인지 곧바로 알아챘다.

두 사람이 가까이 다가가자 공손연이 고개를 들어 뒤를 돌아보았다. 주위 얼음 조각에 굴절된 촛불 빛이 무지갯빛으로 공손연 주위를 춤추듯 맴돌아 얼굴 가득 흐르는 눈물도 수정처럼 투명하게 빛났다.

공손연은 손을 들어 눈물을 닦고는 둘을 향해 예를 취하며 낮게 잠긴 목소리로 말했다. "주 포두 나리, 소인의 죄를 용서하세요! 양주에서 예까지 급히 달려왔건만 동생의 마지막 얼굴도 보지 못하여 평생 한으로 남을 듯해, 묘지기에게 얼굴만 한번 보게 해달라고 간청하였습니다. 부디 나리께서 너른 아량으로 이해해주세요."

주자진이 서둘러 답했다. "괜찮습니다. 시신을 건드리지만 않는다면 상관없습니다."

"저도 알고 있습니다……. 그래서 여기서 보기만 하고 다가가 만지거나 하지는 않았습니다……." 조금 전 눈물을 닦아낸 공손연의 눈에서 또다시 눈물이 흘러내렸다. "아원은…… 여기 누워서 많이 춥겠죠."

주자진이 말했다. "이 사건은 사실 이미 결론이 났습니다. 사랑을 이루지 못해 정인과 함께 목숨을 끊은 게 확실해 보이거든요. 남자 쪽 집안의 먼 친척이 두 사람을 함께 입관해 하루라도 빨리 땅에 묻어주고 싶다 하는데, 부인의 생각은 어떤지요……."

공손연은 부신원의 시신을 바라보며 가까스로 고개를 끄덕였다. "저 혹시…… 다른 자매들도 와서 아원의 마지막 얼굴을 보고 난 다음에 수습하면 안 되겠는지요."

주자진이 고개를 끄덕였다. "그렇게 해도 괜찮습니다."

공손연은 다시 주자진을 향해 예를 갖추며 감사를 표했다.

등을 들고 시신 앞으로 다가간 황재하가 주자진에게도 가까이 오라 눈짓했다. 시신을 덮은 흰 천은 공손연이 얼굴만 드러나게 젖혀놓은 상태였다. 주자진은 천을 전부 젖혀 시신의 온몸이 드러나 보이게 했다.

황재하는 등불로 부신원을 자세히 비춰보았다. 옷차림이 제법 단정했다. 회자색 저고리에 푸른색 치마, 흰색 비단신 등, 검시 기록책에 적힌 내용과 똑같았다. 얼어 있는 탓에 피부가 푸르스름했지만 전체적으로 매끄러워 보였으며, 체격 또한 언젠가 주자진이 말했던 흔히 보기 어려운 완벽한 몸매로, 과하지도 부족하지도 않고 딱 적당했다. 생전에 무엇 하나 넘치지도 모자라지도 않는 미인이었으리라고 짐작되었다.

황재하는 시신을 한 번 훑어본 뒤 부신원의 두 손에 주목했다. 손가락은 모두 길고 가느다랬으나, 과연 기록책에 적힌 대로 오른 손가락 끝에 균일하지 않은 검은 흔적이 보였다. 피부가 창백하고 푸르스름한 탓에 유독 눈에 띄었다.

한참을 자세히 살펴보던 황재하가 손으로 몇 번 문질러보았지만, 손끝의 차디찬 기운만 느껴질 뿐 닦아지지는 않았다. 고개를 가까이 대고 냄새를 맡아봐도 이미 언 지 여러 날 된지라 아무 냄새도 맡아지지 않았다.

황재하는 미간을 살짝 찌푸리며 부신원의 손을 내려놓고 몸 구석구석을 다시 조사했다. 주자진이 말했다. "두 번이나 살펴봤는데 독으로 사망한 것은 확실해 보여."

"네……. 그래 보이네요."

황재하가 주자진의 말에 동의를 표하며 시신 위로 흰 천을 다시 잘 덮어주었다. 빙실 안이 매우 추운 데다 다들 여름옷 차림이어서 대화하고 검시하는 동안 손발이 이미 차갑게 얼었다. 별다른 점을 발견하지 못한 황재하가 공손연에게 말했다.

"부인, 등불에 얼음이 많이 녹을까 봐 염려되네요. 먼저 올라가 계시는 것이 어떻겠습니까."

공손연은 고개를 끄덕이고는 그곳에 가만히 누워 있는 부신원을 다시 한 번 지그시 바라본 뒤 이내 계단을 따라 올라갔다.

황재하는 하늘 '천' 자가 적힌 토굴로 가보았다. 역시 기악 군주의 시신이 그곳에 안치되어 있었다. 동글동글한 얼굴에 유난히 아름다웠던 살구 씨 모양의 두 눈은 이미 굳게 닫혀 있었다. 몸에 박혔던 독침은 진작 제거되었지만 시신은 여전히 검푸른 빛을 띠어, 독성이 얼마나 강했는지 짐작이 갔다.

황재하 뒤에 서 있던 주자진이 말했다. "볼 필요도 없이 독으로 사망했어."

황재하가 기악 군주의 옷깃을 살짝 아래로 잡아당겨 살펴보니, 목과 가슴에 남은 침 자국이 시커먼 작은 구멍으로 변해 있었다.

주자진이 자세히 살펴보며 말했다. "엄청 급하고 빨랐던 데다가 빽빽하게 밀집된 걸 보면, 쇠뇌 같은 걸로 발사한 게 틀림없어. 사람이 찌른 게 아니야."

황재하는 고개를 끄덕이며 속으로 생각했다. '전하는 그 많은 독침을 피하셨다니, 정말 대단하신 분이야. 아마 오랜 경험에서 길러진 본능이었겠지.'

황재하는 자신이 잡았던 자객에 대해서도 곰곰이 생각해보았지만 아무런 단서가 없었다. 하지만 이서백이 자객의 정체를 안다고 하니 분명 이번 습격에 대해 어느 정도는 파악하고 있을 터였다. 그래서 더 이상 깊이 생각하지 않고 기악 군주의 시신을 흰 천으로 잘 덮어주었다.

잘못을 저지른 현장에서 바로 덜미가 잡힌 강 아범은 어떻게든 속죄해보려 손 씻을 물과 다과를 준비해놓고 기다렸다.

황재하는 준비된 물에 손을 담가 씻은 뒤, 떠나려는 공손연을 만류하며 말했다. "부인, 함께 다과를 들고 가시지요. 동생분과 관련해서 여쭙고 싶은 말도 있는데 아무쪼록 도움을 주시면 감사하겠습니다."

공손연은 고개를 끄덕이고는 두 사람과 함께 다과상 앞에 앉았다. 주자진이 직접 차를 따라주고 간식도 그 앞으로 놔주었다.

하지만 공손연은 다과를 들 마음이 없어 찻잔만 받쳐 들고 말했다. "18년 전, 늘 서로의 기예에 탄복하던 저희 여섯 명은 양주에서 의자매를 맺었답니다. 평생 서로를 돕고 의지하며 살자 약속했지요. 당시 제 오랜 벗이 저희를 위해 거액의 돈을 들여 운소원을 지어주었습니다. 그래서 사람들이 저희를 운소육녀라 불렀지요."

주자진이 말했다. "그건 저도 장안에 있을 때 금노에게서 들은 적이 있습니다."

"그러셨군요. 금노는 둘째 만치의 제자였습니다. 만치가 실종된 후로 양주의 비파를 논할 때면 늘 그 아이가 최고로 언급되었지요."

공손연이 금노의 죽음을 알고 있는지는 모르겠지만, 금노가 그 실종되었다는 둘째, 매만치의 손에 죽었다는 사실은 결코 모르리라고 황재하는 생각했다.

"저희들은 각자의 재주가 있었습니다. 저는 검무에 능하고, 셋째 난대는 연무에 능했으며, 넷째 은노의는 천하에 둘도 없는 목소리라 칭송 받았습니다……. 막내 아원은, 저희들과는 다르게 관객 앞에 얼굴을 내밀지는 않았습니다. 안무를 짜는 예인이었거든요." 공손연은 한숨을 쉬며 작은 목소리로 말했다. "몇 해 전 촉의 몇몇 악방에서 대곡(大曲)[9] 안무를 짜달라며 아원을 초청했습니다. 원래는 두 달이면 돌아온다고 했는데 뜻밖에 거기서 온양 공자를 만나 한 달씩 한 달씩 계속 늦어졌죠. 아원이 보내온 서신 내용으로는, 온양의 처는 일찍 세상을 떠났고 자신은 그 후처 자리도 개의치 않는다며 그대로 촉에 남겠다고 했습니다. 하지만 온양의 부모가 악적(樂籍)[10]에 이름을 올린 기녀와는 절대 혼인을 허락할 수 없다며 반대하였지요. 아원은 다시 양주로 돌아와 몇 해를 지내다가 지지난해 가을에 다른 지방에서 우연히 온양과 재회했고, 그의 부모님이 모두 돌아가셨다는 사실을 알고는 다시 온양을 따라 성도로 왔습니다. 그러고는 곧 온양 부모님의 삼년상이 끝나면 바로 혼례를 치를 거라는 내용의 서신을 지난달에 보내왔지요. 저희 자매들은 서로 연락을 취해, 포주에 있는 셋째와 소주에 있는 넷째도 이곳으로 오기로 약속을 했답니다. 저는 큰언니로서 아원의 혼례를 도우려는 마음에 다른 동생들보다 일찍 움직였는데, 성도에서 저를 맞은 것은 뜻밖에도 아원의 부고였습니다……."

공손연은 여기까지 말한 뒤 감정이 격해져 눈물이 그렁그렁 맺혔지만 눈물을 떨어뜨리지 않으려 애써 참았다.

공손연이 주자진을 보며 말했다. "주 공자께서는 황제 폐하의 칙명으로 성도 포두의 총책임자로 오셨다고 들었습니다. 그러니 공자께서도 이 죽음에 의문을 가지셨으리라 생각합니다. 우리 아원은 그렇게 오랜 시간을 기다려 드디어 정인과 백년가약을 맺게 되었지요. 어떤

---

9   중국 전통 음악의 한 종류.
10   관기의 이름과 신분을 기록한 책.

방해도 받지 않고 서로 깊이 사랑한 두 사람이 어떻게 혼례를 앞두고 그런 비극적인 선택을 한단 말입니까? 분명히 그 속에 다른 내막이 있을 겁니다!"

주자진이 고개를 끄덕였다. "확실히 상식적으로 말이 안 되죠!"

황재하가 물었다. "온양이라는 분이 혹시 밖에서 순탄치 않은 일을 겪었다든가 하는 일은 없었나요?"

"없었어요. 온양의 이웃을 찾아가보았는데 그들 말로는 처와 부모가 세상을 떠난 후로는 집에 틀어박혀서 사람들과 접촉하는 일도 드물었다고 해요. 집안 소유의 산이 있어 수입이 괜찮은 편이라, 매일 집 안에서 책을 읽거나 그림을 그리며 지냈고 성격도 아주 온화했다고 했습니다. 아원이 서신에서 언급한 것과 똑같았지요."

"그럼 혹시 동생분이 목숨을 끊기 전에 이상한 점이 있었을까요?"

"잘 모르겠어요……. 아원은 안무와 편곡을 했기 때문에 마찬가지로 평소에 잘 나가지 않고 집 안에 틀어박혀 지냈어요. 성도에서도 자그마한 집을 빌려 곁에 아줌마 한 명만 두고 살았는데, 온 씨 집안에 들어갈 날이 얼마 남지 않아 그 아줌마도 진작 고향으로 돌려보냈다고 하니 이제 와 찾을 길도 없습니다." 공손연은 여전히 눈물을 그렁거리며 고개를 절레절레 흔들었다. "그리고 아원이 안무를 도와주었던 몇몇 악방에 물어보니, 아원이 죽기 이틀 전에 사직을 고했다고 합니다. 그 사람들 말로는 당시 혈색도 좋고 낯빛도 훤하니 밝아 보였기에 며칠 뒤 정인과 함께 목숨을 끊을 거라고는 상상도 못 했다고요……."

황재하는 무언가 생각에 빠진 채 고개를 끄덕이며 말했다. "그런 정황이라면 확실히 미심쩍긴 하네요. 10년을 기다려 모든 장애가 없어진 상황에서 혼례를 앞둔 두 사람이 갑자기 자살이라니……. 아무리 생각해도 상식적이진 않습니다."

"그래서 주 공자께서 이 사건을 다시 조사해주신다면, 소인 감읍해 마지않을 것입니다!" 공손연이 주자진을 바라보며 간청했다. 주자진은 눈물이 그렁그렁 맺힌 그 두 눈에 자신도 모르게 고개를 끄덕였다. "걱정 마세요. 성도 포두의 총책임자로서 이 사건은 절대 그냥 넘어갈 수 없습니다!"

황재하는 속이 터질 지경이었다.

묘지에서 돌아오는 길 내내 기뻐 어쩔 줄 몰라 하면서도 그걸 억지로 숨기느라 얼굴까지 살짝 일그러진 주자진 때문이었다.

주자진에게 한쪽 다리를 번쩍 날려 말에서 떨어뜨리는 상상까지 했다. 혼자 득의양양한 그 낯짝에 멍이라도 만들어주고 싶었다.

관아 앞에 도착해 공손연을 보내고 둘만 남게 된 뒤에야 황재하는 결국 참지 못하고 주자진을 흘겨보며 물었다. "대체 뭘 가지고 나온 거예요?"

주자진은 여전히 득의양양한 얼굴로 감탄하듯 황재하를 보며 말했다. "숭고, 어쩜 그렇게 귀신같이 알아맞혀? 내가 뭘 가지고 나왔다는 걸 어떻게 알았어?"

"도련님 얼굴에 다 쓰여 있어요." 황재하는 주자진을 향해 손을 내밀었다.

주자진은 재빨리 소매 속에서 머리카락 한 뭉치를 꺼내 황재하의 손바닥에 올려놓더니 아첨하는 듯한 눈빛으로 황재하를 향해 웃으며 말했다. "아니, 난 정말 뭔가 이상하단 생각이 든단 말이지. 비상으로 죽은 것처럼 보이긴 하지만 그 손가락 끝에 있는 검은 자국이 이상하지 않아?"

머리카락 뭉치를 보며 안도의 한숨을 내쉰 황재하는 주자진에게 머리카락을 돌려주며 말했다. "전 또 도련님이 살점이라도 몰래 잘라

온 줄 알았어요."

주자진이 화들짝 놀라며 말했다. "숭고, 너는 어쩜 그렇게 잔인한 생각을 하냐? 나처럼 순진하고 착한 도련님이 어떻게 그런 짓을 하겠어? 게다가 시신이 이미 꽁꽁 얼어서 살을 자르려 해도 자를 수도 없었을 거라고!"

'만약 자르기 쉬웠다면 시신에 손을 댔을 거 아닙니까?' 황재하는 주자진의 말에 반응하지 않고 화제를 돌렸다. "머리카락으로 뭔가 알아낼 수 있겠어요?"

"혹시 모르니…… 운을 시험해봐야지." 주자진은 머리카락 뭉치를 품속에 잘 챙겨 넣었다.

황재하는 문득 무언가가 생각났다. "전에 나푸사를 발견했다고 하지 않았어요?"

"발견했지. 다리에 입은 상처는 크지 않았는데 며칠을 가시덤불 속에 빠져 아무것도 먹지 못했으니, 몰골이 정말 말이 아니었어." 주자진은 얼른 황재하를 마구간으로 데려가 나푸사를 보여주었다.

비록 황재하가 변장을 한 상태였지만 나푸사는 황재하의 모습이 보이자마자 기뻐하며 가까이 다가와 다정하게 목을 비벼댔다.

황재하는 나푸사의 목을 끌어안고 무척 기뻐했다. 하지만 뼈가 드러날 정도로 바짝 곯은 나푸사의 모습에 절로 한숨이 터져 나와, 재빨리 옆으로 가 콩을 몇 되 떠서 여물에 넣어주었다.

주자진의 말 소하가 넌지시 다가와 몇 입 같이 먹자 주자진이 소하의 코를 밀어내며 말했다. "나푸사가 성격이 좋아서 다행이지, 디우였으면 너는 바로 걷어차여서 저기까지 날아갔을 거다."

"디우였으면 감히 다른 말이랑 같이 넣어놓을 생각이라도 했겠어요?" 황재하는 그렇게 말하며 살짝 웃어 보였다. "어서 가서 부신원의 머리카락이나 검사해보세요. 뭐라도 발견되면 좋겠네요."

"아아, 맞다. 바로 해볼게." 주자진은 곧바로 자신의 거처로 뛰어갔다.

황재하는 정원 입구에 서서 아필과 아연이 무덤덤한 표정으로 앉아 실뜨기를 하는 모습을 바라보았다. 예전에도 본 적 있는 예의 그 동상 두 개가 지금은 복도에 세워졌고, 소와 양과 돼지 두개골이 창문턱 위에 일렬로 나란히 놓여 있었다. 아무래도 주자진은 성도에 온 후로 더 심해진 것 같았다.

황재하는 이서백이 염려되어 곧장 사군부를 나와 객잔으로 향했다.

저지대에 위치한 성도는 사면이 산으로 둘러싸여 일 년 중 해를 볼 수 있는 날이 그리 많지 않았고, 여름철에는 약간 후덥지근하면서 습기가 많았다. 하지만 황재하에게는 이미 익숙한 날씨여서 바람이 이동하는 방향과 각도마저 친숙하게 느껴졌다.

성도부의 크고 작은 길들 또한 황재하의 마음속에 그림이 그려져 있을 정도로 훤해, 여러 골목을 꺾고 돌아 바로 객잔 앞에 도착했다. 황재하는 일단 자신의 방에 돌아가 옷을 갈아입은 뒤 서둘러 옆방으로 향했다. 혹시 이서백이 자고 있는 건 아닌지 귀를 기울여보는데 어떻게 알았는지 이서백의 목소리가 흘러나왔다.

"들어오거라."

황재하가 문을 열고 안으로 들어가니 이서백은 창가에 앉아 차를 마시고 있었다. 이서백이 자기 앞에 놓인 의자를 가리켰다. 황재하는 잠시 망설이다가 의자에 앉아 이서백의 찻잔에 차를 채워주며 물었다.

"전하, 저희가 보러 간 시신이 누구의 것이었는지 아십니까?"

이서백은 여전히 창밖 곳곳에 보이는 성도의 저택들에 시선을 둔 채 담담한 투로 말했다. "운소육녀의 부신원이겠지."

황재하는 이서백의 추측 실력에 놀람을 금치 못했다. "어떻게 아셨습니까?"

"부신원이 최근에 성도부에서 죽었고, 그 사인에 의심이 가는데 자진이 몰랐겠느냐? 아마 아직 그 실마리를 찾지 못해 네 도움이 필요했겠지."

황재하는 고개를 끄덕였다. "확실히 의심 가는 점이 있습니다. 부신원의 오른 손가락 끝에 이상한 검은 흔적이 남아 있습니다. 자진 도련님은 거기서 시작해 일단 독에 다른 문제가 있지는 않은지 조사하고 있습니다."

이서백은 더 이상 아무 말도 하지 않고 그저 창밖만 바라보며 생각에 잠겼다.

황재하도 이서백과 함께 바깥 풍경을 보았다.

석양빛이 구름과 안개를 뚫고 성안을 비추어 일대가 금빛 안개로 자욱했다. 집집마다 접시꽃과 연꽃이 활짝 피어 온난 다습한 기후마저 아름다운 정취로 느껴졌다.

"성도부는 참으로 좋은 곳이구나. 그렇지 않으냐?"

생각에 빠져 있던 황재하는 뜬금없는 이서백의 말에 무의식적으로 고개를 끄덕였다. 이서백이 몸을 일으키며 말했다. "가자, 내게 구경 좀 시켜주거라."

황재하는 약간 의아한 눈빛으로 물었다. "더 쉬시지 않고요?"

이서백이 고개를 내저었다. "네가 예전에 자주 갔던 곳들을 나도 한번 보고 싶구나."

"네?" 황재하는 잠시 생각하다가 다시 물었다. "제가 예전에 자주 갔던 곳들을요⋯⋯?"

"어쩌면⋯⋯ 너희 집 사건을 해결하는 데 도움이 될 수도 있지 않겠느냐?"

황재하는 그 말이 핑계에 불과하다 느꼈지만 더 묻기도 멋쩍어 곧바로 이서백을 따라나섰다. 두 사람은 성도부에서 가장 활기차고 시끌벅적한 곳으로 향했다.

이미 날이 저물어 골목 어귀마다 노을빛이 붉게 물들었다. 청회색 벽돌이 깔린 크고 작은 골목에는 이미 문을 닫은 점포도 있었고, 어떤 점포들은 문 앞에 달린 여러 개의 등에 붉을 밝혔다. 등불이 밝아졌다 어두워졌다를 반복하며 눈앞의 길을 비추었다. 본 조정의 법규대로라면 성도부 또한 야간 통행금지가 있어야 했지만, 안사의 난 이후 규율이 풀어지면서 장안에서조차 엄격하게 지켜지지 않아 동쪽 시장과 서쪽 시장 근처에는 밤늦게 돌아가는 사람들이 항상 있었다. 성도부는 장안에서도 멀리 떨어진 도시였으니 소위 야간 통행금지라는 규율이 더 유명무실해지지 않았겠는가.

두 사람이 걷는 길을 따라 자수 공예방과 비단 포목점이 나란히 널어놓은 비단과 자수 공예품이 등불 아래 찬란한 빛으로 반짝였다. 접시꽃과 촉금[11]은 대당에서 한때 으뜸으로 칭송받던 촉의 상징이었다. 황재하의 시선이 오색 길상무늬가 수놓인 향낭에 머물렀다. 자신도 예전에 이런 아름다운 장신구를 만들어 그 사람의 허리춤에 걸어 주려 한 적이 있었음이 생각났다. 하지만 만들 시간도 없었고 그럴 정도의 솜씨도 없어서 결국 재료는 방 안 궤짝 안에 처박아두고 손도 대지 않았다.

아마 미완성의 그 향낭은 진작 누군가가 정리해 버렸을 것이다.

촉의 밤거리는 군것질할 거리가 많았다.

황재하는 포로에게서 빼앗은 돈으로 거위 날개 구이와 다리 구이를 샀다. 그러고는 잠시 생각하더니 날개를 이서백에게 건넸다.

---

11 사천 지역에서 나는 채색 비단.

"전하께서는 높은 분이시니 높은 곳을 날 수 있는 날개를 드릴게요. 그리고 저는 이 촉에서 착실하게 걸어 다니는 사람이니 다리는 제가 먹겠습니다."

이서백은 고개를 숙여 황재하의 얼굴을 내려다보았다. 왁자지껄 오가는 사람들 사이로 밤거리를 비추는 등불이 자신을 쳐다보는 황재하의 두 눈을 환하게 밝히고 있었다. 하늘 높이 뜬 별과 푸른 바다 위의 야광주가 이와 같을까. 이서백의 암담한 인생 속에 단 한 번 비춰 들어온 빛이었다.

이서백은 천천히 손을 내밀어 황재하가 기름종이로 잘 싸서 내민 날개 구이를 받아들었다. 그러고는 노점에서 기름종이 한 장을 더 뜯어 거위 날개를 둘로 나누어 반을 황재하에게 다시 건네고, 황재하 손에 들린 다리도 둘로 나누어 반을 가져갔다.

황재하가 두 쪽으로 나뉜 날개와 다리를 쥐고서 영문을 몰라 하고 있자니 이서백이 황재하의 귓가에 대고 읊조리듯 말했다. 마치 머나먼 곳에서 시작된 소리가 심장에 닿고 가슴 깊은 곳까지 메아리쳐 수없이 많은 잔잔한 물결을 일으키는 것만 같았다.

"하늘과 땅은 너무 멀다."

황재하는 그 자리에 우뚝 멈춰 섰다. 가슴속에서 어떤 파동 같은 것이 희미하게 밀려왔다. 왜 갑자기 이토록 당혹스러운지, 어떤 반응을 보여야 하는지 스스로도 알 수 없었다.

한참 후 이미 저만치 앞서 나간 이서백의 뒷모습이 보였다. 황재하는 그제야 정신을 차리고는 서둘러 걸음을 옮겨 이서백을 따라잡은 뒤 묵묵히 거위 구이를 먹으며 걸었다. 성도부에서 가장 유명한 집의 거위 구이였다. 겉은 바삭하고 속은 부드러웠다. 불 세기와 굽는 시간을 세심하게 맞춘 덕에 향이 맛있게 배어 황재하가 성도부에서 가장 즐겨 먹던 음식 중 하나였다.

구이를 한 입 베어 물던 황재하가 혹시나 이서백이 이런 길거리 음식을 싫어하지는 않을까 걱정되어 그 표정을 살피려 슬며시 눈을 드는데, 마침 이서백도 인파 속에 멈춰 서서 황재하를 돌아보았다. 주변 사람들보다 머리 반 개 정도는 커서 인파 속에서도 쉽게 눈에 띄었다.

황재하는 사람들 속에 묻힌 채 이서백 곁으로 다가가서는 고개를 들어 물었다. "맛이 괜찮으십니까?"

이서백은 황재하의 빨간 입술에 시선을 주었다가 고개를 숙여 자신의 손에 들린 거위의 날개와 다리를 보았다. 그러고는 평생 처음으로 길거리에서 기름종이를 펼쳐 구이를 한 입 뜯어 맛을 본 뒤 고개를 끄덕이며 말했다. "괜찮구나."

황재하는 등불 아래 찬란하게 빛나는 그 얼굴을 바라보며 저도 모르게 갑자기 긴장되어, 그러한 자신을 숨기기라도 하려는 듯 화제를 바꾸었다. "지금 저희는 쫓기는 형편이지 않습니까? 이 음식에 설마 누가 독을 넣지는 않았겠지요?"

"그럴 리가 있느냐." 이서백은 담담한 어조로 말을 이었다. "상대는 아직 우리의 신분을 모를 것이다. 또한 그들은 추호의 망설임도 없이 기악 군주까지 끌어들인 자들이니, 반드시 일격에 끝내려고 할 게야. 굳이 이렇게 불확실한 방법을 사용할 리 없다."

"그렇네요. 말하자면, 객잔에 불을 놓는 편이 길거리에서 독을 넣는 것보다 훨씬 편한 방법이겠네요."

"그렇지. 그러니 우리는 신분이 노출되는 그 순간 다음 발을 어디로 디뎌야 할지 신중하게 골라야 할 것이다."

황재하는 그 말에 깊이 공감했다. "그럼 앞으로 저희가 만날 사람들, 그러니까 다음 습격이 있기 전까지 만나게 될 사람들이 저희한테는 정말 중요하겠군요."

이서백은 황재하를 슬쩍 쳐다보고는 고개만 끄덕일 뿐 아무 말도 하지 않았다.

두 사람은 평범한 사람들처럼 수많은 행인 사이를 뚫고 걸어갔다. 아무도 둘을 주목하지 않았기에 사람들 속에 섞인 두 사람의 어깨가 간혹 부딪히기도 하고, 어떤 때는 바람이 불어와 서로의 머리카락이 한데 나부끼기도 한다는 사실을 그 누구도 알지 못했다.

길 끝에 문방구를 파는 점포가 하나 있었다. 백마지와 황마지, 그리고 각양각색의 종이와 금빛 무늬의 서신 종이까지 매대 위에 늘어져 있었다. 익주의 마지(麻紙)는 조정이 지정한 종이였다. 평소 이서백도 늘 사용하던 것이었으나 민간에서 파는 물건이니 필시 웃전에서 사용하는 것만 못할 터였다. 이서백은 그저 잠시 살펴보고는 그냥 내려놓았다.

황재하는 황마지를 손에 들고 만져보다가 돌연 선황의 유작이었던 그 그림이 떠올랐다. 그 또한 촉의 황마지에 그린 그림이었다. 지금까지도 그 세 개의 먹칠이 무엇을 뜻하는지 짐작조차 하지 못했으니, 그 그림을 그린 연유 또한 전혀 알 수 없었다. 이서백도 같은 것을 떠올리고는 고개를 돌려 황재하를 보며 낮은 소리로 말했다. "부황께서는 그림을 그리실 땐 백마지를 사용하셨다. 황마지는…… 보통 글을 쓸 때 사용하셨지."

황재하가 깜짝 놀라 눈을 휘둥그레 뜨고 이서백을 보았다.

이서백도 황재하를 응시했다. 점포 안이 매우 협소해 두 사람은 가까이에 바짝 붙어 있었다. 낮게 깔린 이서백의 음성이 황재하의 귓가를 가볍게 울렸다. 마치 수묵이 종이 위에서 번지는 것처럼 이서백의 호흡이 황재하의 귓가에 흩뿌려졌다. "그러니 부황은 아마 글씨를 쓰려 하셨던 게지, 그림을 그리려 하셨던 게 아닐 것이다. 더군다나 그렇게 의미도 알 수 없는 것을 그리려 하시진 않았을 것이야."

나지막한 음성과 귓가를 맴도는 숨결에 갑자기 극도로 긴장한 황재하는 얼굴을 붉혔다. 가슴 깊은 곳에서도 마찬가지로 붉은 기운이 번지고 있는 것만 같았다. 점포를 나오니 날이 꽤 저물어 있었다. 두 사람은 인적이 끊긴 적막하리만치 조용한 길을 따라 걸었다.

황재하는 결국 참지 못하고 물었다. "전하께서는…… 진작부터 그 점을 떠올리셨지요?"

"그래." 이서백은 나지막한 목소리로 짧게 답했다. 맑고 그윽한 두 눈이 속눈썹 아래서 슬쩍 황재하를 향해 방향을 돌렸다.

황재하는 잠시 머뭇거리다가 다시 물었다. "그럼 어찌…… 지금 제게 말씀해주시는 겁니까?"

"왜냐하면, 지금 우리는 달라졌으니까."

황재하는 조금 어리둥절해 고개를 들어 이서백을 보았다.

동쪽에서 뜨기 시작한 달이 검푸른 하늘 위에 걸렸다. 그 하늘 아래서 이서백은 달빛을 등진 채 황재하를 애틋하게 바라보고 있었다. 이서백은 그 이상 말을 잇지 않았지만 황재하는 이미 이서백이 하고 싶은 말이 무엇인지 분명히 깨달았다.

그랬다, 달라졌다.

황재하는 뜨겁게 끓어오르던 이서백의 몸을 꼭 끌어안았던 밤을 기억했다. 어둠 속에서 이서백의 목덜미 위에 자신의 얼굴을 파묻고, 이서백의 옷자락을 찢어 드러난 맨살에 약초를 바르고 꽁꽁 싸매주었던 일도, 밤새 이서백의 곁을 지킨 뒤 몽롱한 얼굴로 눈을 떴을 때 새벽 하늘빛이 감도는 가운데 더없이 투명한 이서백의 두 눈이 자신을 지그시 응시하고 있던 일도 기억했다. 지금 이서백이 자신을 응시하고 있는 것처럼 말이다.

그리고 이서백은 황재하에게 그 비밀을 알려줌으로써 자신을 둘러싼 음모 속으로 황재하를 끌어들였다. 어쩌면 가족의 억울한 죽음에 대한 진상이 밝혀지고, 누명을 벗게 되어도 황재하는 운명적으로 계속해서 그와 함께 나아갈 수밖에 없을 것이다. 다시는 그에게서 빠져나올 수 없을지도 몰랐다.

왜냐하면, 이미 모든 것이 달라졌으니까.

그와 그녀가, 이미 달라져 있었으니까.

"기…… 왕 형! 양 아우!"

객잔 입구에 도착했을 때, 다급한 목소리가 두 사람 사이의 침묵을 깨뜨렸다. 고개를 돌려 보니 주자진이 작은 병 하나를 손에 들고 둘을 향해 큰 보폭으로 뛰어오고 있었다. 우쭐함과 흥분과 당혹감이 뒤섞인 표정이 유난히 기이해 보였다.

황재하가 물었다. "검사 결과가 이렇게 빨리 나온 거예요?"

"그럼. 왜냐하면 내가 정말 생각지도 못한……." 주자진은 여기까지 말하고는 눈을 굴려 주위를 살폈다. 그러고는 비밀스러운 표정으로 둘을 객잔 안으로 잡아끌었다. "뭔가 잘못된 게 확실해요. 어서요! 제가 보여드릴게요!"

주자진은 이런 식으로 사람을 감질나게 만드는 버릇이 있었다. 방 안으로 들어가 창과 문을 단단히 걸어 잠그고는 행여 벌어진 틈이 없는지도 꼼꼼히 확인한 후에야 병을 탁자 위에 올려놓으며 목소리를 낮춰 물었다. "이게 뭔지 아십니까?"

황재하가 병을 집어 들었다. 보통 물처럼 보이는 무색무취의 액체가 담겨 있었다.

"조심조심! 맹독이라고!" 주자진이 황급히 말했다.

"이게 뭔데요? 어디서 난 겁니까?"

"당연히 그 머리카락에서 난 거지. 독약을 마시고 즉사하긴 했지만 그 뒤에도 독 기운이 퍼져서 머리카락 끝까지 간 거야. 머리카락을 태워 물에 녹인 다음 다시 걸러냈더니 이런 맹독 한 병이 나온 거야."

주자진은 득의양양한 얼굴로 병을 들어 보였다. "조심해서 다뤄야 해. 젓가락 끝에 살짝 묻혀 어항 안에 넣어봤더니 물고기가 전부 죽어버렸거든."

황재하는 속으로 주자진 집의 물고기들에게 애도의 마음을 전했다.

이서백은 미간을 살짝 찌푸리며 병을 들고서 한참 살펴보더니 무언가가 떠오른 듯 물었다. "짐독이더냐?"

"맞아요! 짐독이에요!" 주자진은 기쁨을 주체하기 어려웠으나 큰 소리를 낼 수 없어 답답해 미칠 지경이었다. "짐조[12]의 깃털로 술을 한 번 저으면 맹독성의 짐주가 만들어진다는, 바로 그 짐독입니다!"

"그건 그저 풍설일 뿐이다." 이서백이 담담하게 말했다. "이 세상에 짐조라는 건 없다. 다만 이 독으로 죽으면 온몸의 털과 피부도 맹독을 머금게 되지. 새 또한 마찬가지로 깃털에 독이 남는다. 그렇게 독살당한 사람의 머리카락이나 새의 깃털을 가지고 다시 맹독을 만들어낼 수 있으니 사람들 사이에 그런 풍설이 나도는 것이야."

주자진은 혀를 내둘렀다. "사람들이 그런 사실을 몰라서 다행이지, 그렇지 않으면 천하가 뒤집히지 않았겠습니까?"

이서백이 고개를 끄덕였다. "이 독은 궁중에 있는 것이다. 이전 조정에서 최초로 제조했지. 듣기로는 비상을 주로 하고 부자와 상사자, 단장초, 구문, 견혈봉후를 부로 하여 정제해서 만든다 하더구나. 당초 수양제가 세상을 뜬 뒤 우문화급이 양주의 행궁에서 발견한 것으로 여러 사람의 손을 거치다가 훗날 태종 황제의 수중에까지 들어가게 되었다. 태종은 이 독이 심히 맹렬하다고 여겨 조제법을 모조리 태워버리고 딱 한 병만 남겨놓았지. 지금은 거의 존재하지 않는다고 봐야 할 테다."

---

12 중국 고대 문헌에 등장하는, 맹독이 있는 새.

"그럴까요? 누군가가 그 독으로 죽었다면 그 사람의 몸이 또다시 독약이 되어 머리카락만 가지고도 같은 독약을 얻을 수 있잖습니까?"

이서백이 고개를 흔들었다. "비록 짐독의 위력이 대단하기는 하나 추출과 사용이 거듭될수록 그 효력은 점차 약해진다. 조제하여 처음 사용하는 짐독은 입술에 대자마자 곧바로 목숨이 끊길 정도로 그 효력이 대단하지만, 그 시신의 혈액이나 머리카락에서 추출한 독은 발작이 비교적 늦다. 아마도 복용 후 한두 시진이 지나야 발작이 있을 것이다. 하지만 일단 발작이 시작되면 아주 짧은 시간 내에 죽음에 이르지. 도와달라고 소리조차 내지 못하거나 미처 반응하기도 전에 끝나버리기도 한다. 그리고 또다시 그 시신에서 추출한 독약은 여전히 독성이 강하긴 하나, 그 효과가 더 늦게 나타나 고통스럽게 몇 시진 동안 발버둥 치다 죽게 되지. 그 뒤에는 더 이상 맹독을 얻을 수 없고 일반 독약과 다를 바 없다."

"그럼 짐독으로 죽은 경우도, 비상과 비슷한 양상을 보이나요?"

"물론이다. 조제할 때 비상을 주로 하고 다른 것을 부로 하니까. 다만 그 독성의 맹렬한 정도는 절대 동일시해서는 안 된다. 미량의 비상을 잘못 복용했을 시에는 종종 큰 탈 없이 지나가기도 하지만 짐독은 다르다. 짐독 한 방울로 100명의 목숨을 앗을 수도 있어." 이서백은 주자진이 정제해낸 독약을 다시 살펴보았다. "아무래도 부신원과 온양은 두 번째로 얻은 짐독으로 죽은 듯하구나."

황재하가 물었다. "장안에서 멀리 떨어진 촉의 기녀가 관직에 나가지도 않은 평범한 남자와 함께 자살하는데 어떻게 황궁에서 쓰던 짐독을 사용했을까요?"

"게다가 전하의 말씀대로라면 짐독은 현재 궁 안에서도 희귀한 물건일 텐데, 대체 어디서 그걸 얻었을까요?" 이렇게 묻던 주자진의 눈이 순간 반짝 빛났다. "숭고! 어쩌면 우리가 이번에도 또 경천동지할 희대의 사건을 만났는지도 몰라!"

"음, 아무래도…… 사건의 배후에 우리가 아직 깨닫지 못한 어떤 진실이 숨겨져 있는 게 틀림없어 보이네요."

7장

흐릿한 달빛에 의지하여
나루터를 건너다

주자진은 엄청난 사건을 만난 흥분에 한껏 들떠서 돌아갔다. 황재
하도 일어나 이서백에게 예를 갖추고 물러났다. 막 문을 나섰을 때 달
빛 아래 곱고 화려한 빛깔로 하늘거리는 접시꽃이 눈을 사로잡았다.
눈앞의 꽃을 보며 한참을 멍하니 서 있던 황재하는 문득 머릿속을 스
치는 생각에 순간 가슴이 서늘해지며 낯빛이 창백해졌다.

늦여름의 밤바람이 서늘하게 황재하를 스쳤다. 순간 몸을 떠는 황
재하를 보고 이서백이 낮은 목소리로 물었다. "왜 그러느냐?"

황재하는 천천히 고개를 돌려 이서백을 보며 입을 열었으나 아무
런 말도 나오지 않았다. 객잔 사람들이 간혹 방 앞을 지나기도 해 이
서백은 황재하의 손을 잡고 안으로 데리고 들어간 뒤 문을 닫았다.

"무슨 생각이 났기에 그러느냐?"

"저희 부모님, 오라버니…… 그리고 할머니……." 황재하는 입술
을 파르르 떨며 말을 제대로 잇지 못했다.

이서백은 황재하의 의중을 알아차리고는 낮은 목소리로 황재하의
귓가에 말했다. "너희 가족도 짐독으로 죽은 것이 아닌지 의심하는

138

게로구나?"

황재하는 아랫입술을 꽉 깨물며 정신을 차리려 애썼다. 탁자 모서리를 잡은 손에 어찌나 세게 힘을 줬던지 손가락 마디마디가 허옇게 드러났다.

"네…… . 아무래도, 확인해봐야겠어요…… ."

"일단 물 좀 마시거라." 이서백은 황재하에게 차를 따라주고는 눈 한번 깜빡이지 않고 황재하를 응시했다. "정말, 확인하고 싶으냐?"

황재하는 고개를 들어 이서백을 보았다. 그 눈에 눈물이 차츰차츰 차올랐다. 아련한 눈동자에 어린 눈물이 불빛 아래서 수정같이 맑게 반짝였다.

황재하는 아랫입술을 질끈 깨물고 고개를 끄덕였다. "네."

이서백은 더 이상 아무 말 않고 손을 들어 황재하의 어깨를 가볍게 쥐었다 놓은 뒤, 곧바로 객잔을 빠져나가 골목 입구까지 내달렸다.

멀리 달빛 아래 주자진의 모습이 보였다. 말에 올라타지도 않고 고삐를 쥐고 사군부 방향으로 걸어가며 연신 폴짝폴짝 뛰고 있었다. 자기 마음속 기쁨을 혹여 다른 사람이 눈치채지 못하면 어쩌나 염려라도 하고 있는 것처럼 말이다.

이서백이 뒤에서 외쳤다. "주자진!"

깊은 밤 인적도 없는 조용한 길에 울려 퍼지는 목소리에 주자진은 재빨리 소하를 끌고 되돌아왔다. "왕 형! 또 무슨 일이라도 있습니까?"

이서백이 낮은 소리로 말했다. "지금 좀 나갔다 와야겠다."

주자진은 또다시 한껏 흥분했다. "그거 좋지요! 숭고도 불러올까요? 제가 성도에서 가장 맛있는 생선 요리를 맛보여드리겠습니다! 거기에 산초 가루를 한 번 탁 뿌리면 그 맛이 기가 막힙니다…… ."

"숭고는 가지 않을 것이다."

이서백의 말에 주자진이 살짝 당황하며 되물었다. "에…… 그럼 저희는…… 어디를 가는 겁니까?"

"무덤을 파러 간다."

주자진은 순간 놀라면서도 기쁨을 감추지 못했다. "더욱 좋지요! 저와 숭고가 얼마나 호흡이 잘 맞는지 모릅니다! 저희 둘은 단언컨대 무덤 파는 데 있어서는 양대 산맥이라 해도 과언이 아닐 겁니다! 어딜가도 그런 완벽한 호흡은 없을 ……."

"목소리 좀 낮추거라."

주자진은 재빨리 자신의 입을 틀어막았다.

이서백이 말을 이었다. "숭고는 지난 며칠간 피곤이 쌓인 터라 오늘 밤은 쉬어야 할 것이다."

"이런 신나는 순간에 쉬는 걸 택하다니……. 정말 명수사관으로서 자질이 없네요." 주자진은 입을 삐죽이다가 뭔가가 떠올라 급히 물었다. "전하, 중상에서 회복되신 지 얼마 되지도 않았는데 그런 일은…… 저 혼자 다녀오는 것이 낫지 않겠습니까? 저 혼자서도 한 치의 실수 없이 완벽하게 잘할 수 있습니다!"

이서백은 밤이 짙게 내린 길을 보았다. 성도부 길에는 모두 청회색 돌이 깔려 있었다. 긴 세월 매끄럽게 마모된 청회색 돌길에 사뿐히 내려앉은 달빛이 차가운 빛을 내며 반짝거렸다.

이서백이 천천히 말했다. "어쩌면 이번 사건에서 처음으로 유리한 증거를 얻게 될지도 모르니, 내가 안 갈 수야 없지."

주자진이 의아하게 여기며 물었다. "누구에게 유리하다는 말씀이십니까?"

이서백은 그 물음엔 대답하지 않고 다시 물었다. "성을 나갈 수 있겠느냐?"

"그거야 아무 문제 없지요. 비록 제가 여기 온 지 그리 오래되진 않았지만 성문을 지키는 사람들은 이미 다 저와 호형호제하는 사이입

니다. 사건을 조사하러 나간다고 하면 다들 아무 말 없이 열어줄 겁니
다!" 그러면서 주자진은 조용히 이서백의 귓가에 다가가 작은 목소리
로 물었다. "그런데 어느 무덤을 파는 겁니까?"

이서백은 고개를 돌려 성 밖의 산 위를 올려다보았다. 달빛을 보는
그 눈빛이 차갑고 고요했다.

"황 사군 일가의 무덤으로 가자."

성도의 서쪽 외곽, 은행나무 고개 옆으로 수많은 무덤이 남쪽을 향
해 늘어서 있었다.

"여기 땅이 풍수가 그리도 좋다고 합니다. 그래서 돈 있는 사람들
은 죄다 여기 땅을 사들인다지요. 황 사군은 그렇게 돌아가셨지, 황재
하는 도망쳤지, 집안이 그런 상황이다 보니 아무도 시신을 수습하러
오는 이가 없어서, 몇몇 향신이 돈을 모아 이곳에 무덤을 썼다고 합니
다." 주자진은 조금 전에 집에 들러 챙겨온 도구를 손에 들고 그리 높
지 않은 무덤을 한 바퀴 돌아보았다. 그러고는 묘비에 적힌 자녀의 이
름을 보며 탄식했다. "황재하의 이름은 없네요."

이서백은 무덤덤하게 말했다. "언젠가는 들어가겠지."

"도망친 이후 한 번이라도 부모님 무덤을 보러 왔었는지 모르겠네
요." 주자진은 무덤을 둘러싼 청회색 벽돌에서 손을 댈 만한 빈틈을
찾아보며 말했다. "그리고 보니, 제가 매일 이곳을 지키면 언젠가는
몰래 아버지의 묘를 찾아올 황재하를 만날 수도 있겠네요. 그때 제가
뛰쳐나와 황재하를 붙잡고 얘기하는 거죠. 우리 둘이 힘을 모아 함께
이 사건을 해결해보자고요! 그러면 황재하가 제게 감동하지 않을까
요? 그래서 평생 제 곁에 머물며 저와 함께 천하의 기이한 사건들을
해결하고 싶다고……."

"그러지 않을 것이다." 이서백이 차갑게 주자진의 말을 끊었다.

주자진은 원래 상대방의 목소리나 안색을 주의 깊게 살피는 재주가 없는 사람인지라 여전히 싱글벙글한 얼굴로 말했다. "그럴 것 같기도 하네요. 그러면 지금 제가 정한 방향이 맞는 것 같습니다. 일단 지금은 숭고와 연합해서 황 가의 사건을 해결하는 겁니다. 그러면 황재하도 다시 성도로 돌아오게 될 것이고, 분명히 저를 찾아와 감사 인사를 하겠지요. 그러면 그때 저는 황재하에게 이렇게 말하는 겁니다……."

주자진은 마치 황재하가 눈앞에 있기라도 한 듯 손을 내저으며 늠름한 표정으로 크게 웃었다. "어찌 그런 과찬을 하시오. 예를 거두시오, 낭자. 포두로서 마땅히 해야 할 일을 한 것뿐이오! 정 감사를 표하고 싶다면, 내 곁에 남는 것이 어떻겠소. 우리 두 사람이 함께 성도 백성의 안녕을 위해 사건을 해결해봅시다. 이 세대에 길이 남을 역사를 만드는 것이오!"

이서백은 기가 막혀 곧바로 화제를 돌렸다. "어디부터 파는 게 좋겠느냐?"

주자진은 조모와 숙부의 묘를 잠시 관찰하고는 말했다. "하룻밤 새에 무덤 다섯 기를 파기는 무리고요, 일단 숙부의 묘가 그나마 제일 작습니다. 성도 향신들도 그저 입관하는 정도만 돕고 묘를 쓰는 일까지 그리 철저히 감독하지는 않았을 테니, 묘 뒷부분에서 아래쪽으로 비스듬히 구멍을 파고 들어가면, 날이 밝기 전에는 다 팔 수 있을 겁니다."

두 사람은 묘비를 기준으로 무덤 뒤쪽에서 비스듬히 구멍을 파기 시작했다. 오래된 묘는 아니어서 흙이 아직까진 무른 편이라 순조롭게 묘실까지 도달했고, 내부 벽돌을 파내니 목관이 드러났다.

"아마 이쪽으로 머리가 놓였을 테니, 머리카락을 한 줌 잘라 가죠." 주자진은 관의 상판을 뜯어내며 계속해서 수다스럽게 떠들었다. "이번에는 운이 제법 좋은 편이에요. 지난번에 장안에서 의심스러운 사건이 발생해 대리사에서 제게 관을 열어 검시해달라고 청했는데요, 그 죽은 자의 집안에 돈이 어찌나 많은지 무덤 겉흙에 죄다 달걀흰자와 찹쌀풀을 섞어 발라놓았지 뭡니까. 그렇게 해놓으면 바람과 햇빛에 점점 딱딱하게 굳어서 쇠처럼 되어버리거든요. 무덤 파는 데 대리사 일꾼들이 장장 너댓새를 매달렸다니까요. 그런데 그게 끝이 아니었습니다. 내부 벽돌 틈에는 동을 녹여 발라놓아 바람 한 점 통할 구멍도 없었지요. 끝내 그걸 통째로 들어냈고…….”

“그리고 네 부친도 너를 들어내셨겠지.”

주자진이 혀를 내두르며 말했다. “전하는 정말 모르시는 게 없습니다.”

날이 밝을 때가 돼서야 이서백이 객잔으로 돌아왔다. 황재하의 방에 불빛이 은은히 밝혀져 있었다. 이서백은 잠시 망설이다가 주방에서 이미 아침을 준비하는 것을 보고 탕면 두 사발을 청해서 들고는 황재하의 방으로 가 문을 두드렸다.

황재하는 바로 대답하며 문을 열었다. 밤새 이서백이 돌아오기를 기다렸는지 눈이 빨갛게 충혈되어 있었다. 이서백은 그릇을 탁자에 내려놓고 일단 먹으라며 눈짓했다.

동이 터오는 이른 아침, 등불 하나가 외로이 켜진 방 안에서 황재하는 따뜻한 탕면 그릇을 손에 들고 침묵하며 이서백을 바라보았다. 이서백 또한 가만히 황재하를 바라보다가 드디어 입을 열었다.

“짐독이 맞더구나.”

황재하가 손에 든 탕면 그릇을 맹렬한 기세로 내려놓으며 벌떡 일어서는 바람에 하마터면 그릇이 뒤집힐 뻔했다. 이서백은 침착하게 손을 내밀어 그릇을 붙들었다.

"일단 내 말 먼저 듣거라."

황재하는 아랫입술을 깨물며 고개를 끄덕였으나 온몸이 부들부들 떨리는 건 막을 수 없었다. 간신히 손을 들어 불뚝불뚝 뛰는 관자놀이를 누르며 최대한 마음을 가라앉히고 침착하게 이서백을 보았다.

"모든 일이 그렇다. 지나치게 관심을 두면 일을 그르치게 되지. 네가 비록 늘 침착하기는 하나, 필경 가족과 관련된 일이기에 마음이 매우 혼란스러울 것이다. 그래서 너는 데리고 가지 않았다. 가서 감정이 너무 격해지면 아니 가는 것만 못하니 말이다."

"네…… . 저도 알고 있습니다." 황재하는 겨우 입을 열었다.

"이제 중요한 단서를 하나 찾았으니 억울함을 씻을 날도 머잖아 올 것이다." 이서백은 탕면 그릇을 황재하 앞으로 밀어주었다. "지금은 너 자신을 잘 보살피는 일이 가장 중요하다. 네가 제대로 먹지도 자지도 못하고 슬픔에만 사로잡혀 있다면 어떻게 가족을 위해 이 사건을 해결하겠으며, 누명은 어떻게 벗겠느냐."

황재하는 조용히 고개를 끄덕이고는 다시 자리에 앉아 탕면 그릇을 받쳐 들고 한 입 한 입 말끔히 비웠다. 빈 그릇을 내려놓은 황재하는 바로 이서백을 쳐다보았다.

하늘가가 희번하게 밝아왔다. 또다시 맑은 여름날 아침이 시작되었다.

이서백은 그제야 황재하에게 설명해주었다. "짐독의 특성으로 보아, 네 가족도 부신원과 온양처럼 시신에서 추출한 두 번째 짐독으로 사망한 것이 맞다. 그러니 네 가족을 독살한 사람은 비상을 가지고 있었던 네가 아니다."

황재하는 가만히 고개를 끄덕이며 당장이라도 흘러나올 듯한 눈물을 억지로 삼켰다. 그러고는 떨리는 목소리로 말했다. "네…… . 이 긴 시간 동안 그 하나의 돌파구를 찾고자 했건만, 아무리 그때로 다시 거

슬러 올라가봐도 모든 증거가 저에게 불리했습니다. 이제 드디어 결정적인 증거가 하나 나타났으니, 어쩌면 제게 씌워진 혐의를 벗을 수 있을지도 모르겠습니다…….”

“그래, 천리 황무지 길에 한 가닥 희망이 생겼다.” 낮게 가라앉은 이서백의 목소리에 피로가 묻어났다. 결벽증까지 물리치고 밤새 주자진과 함께 무덤을 파고, 심지어 시신의 몸에서 끊어낸 머리카락까지 손에 쥐었던 밤이었다. 물론 주자진이 미리 건네준 장갑을 끼긴 했지만 말이다.

황재하는 감정이 격한 상태여서 감사의 말을 하는 것도 잊고 또 물었다. “저희 부모님의 시신은…… 어떤 상태였습니까?”

“다섯 사람 모두 증상에서부터 먹은 음식까지 동일했던 사건이고, 시간도 촉박하여 일단은 네 숙부와 오라비의 머리카락만 잘라와 실험해보았다. 모두 짐독으로 사망했다는 사실에는 의심의 여지가 없다. 일단 자진에게 이에 대한 증거를 확실히 챙겨놓게 하고,, 나중에 정식으로 재검시를 진행하는 것이 어떨까 한다. 그때 짐독이 확실하다 밝혀질 것이고, 그럼 바로 판결이 번복되고 너도 누명을 벗을 것이다. 그때 가서 새롭게 조사하면 된다.”

“저는 지금…… 마음이 너무 어지러워 어찌해야 좋을지 모르겠습니다…….”

황재하는 머리로 손을 올려 옥비녀를 빼내 손에 쥐고는 탁자 위에 천천히 무언가를 그려가기 시작했다. 처음엔 손이 덜덜 떨려 선 하나 긋는 것조차 쉽지 않았지만 점점 움직임이 빨라졌다. 짐독이라는 글자를 가운데 두고 관련된 것들을 하나씩 선으로 그어가면서, 의문점들을 하나하나 낮은 소리로 읊었다.

“첫째, 짐독의 출처는 어디이며, 그것을 쓴 사람은 궁중과 관련된 사람인가? 두 사건의 범인은 동일 인물인가?"

"둘째, 동일한 독이 검출된 두 사건은 어떠한 관련이 있는가? 두 사건의 접점은 무엇인가?"

"셋째, 내가 직접 들고 간 양제탕에 어떻게 짐독이 들어갔는가?"

"넷째, 부신원과 온양이 쓴 짐독은 출처가 어디이며, 두 사람은 왜 이러한 방식으로 자살했는가?"

이서백은 황재하가 열거하는 의문점을 들으며 잠시 생각한 뒤 말했다. "그나마 가장 손대기 쉬운 부분은 셋째와 넷째 의문인 듯하구나. 지금은 아직 시간이 이르니 일단 좀 쉬고, 오후에 사군부로 건너가자. 내 이미 자진에게 당시 사군부에 있던 사람들 중 양제탕에 접근할 수 있었던 자들을 모두 알아보라 하였다. 오후에 찾아가면 아마 어느 정도 결과가 나와 있을 것이다."

성도부 정중앙에 자리한 사군부는 높은 벽으로 둘러싸인 채 그 거리의 반절을 차지했다.

사군부 대문을 들어서면 바로 앞으로 관아의 대청이 보이고, 좌측으로는 성도에서 가장 큰 창고가, 우측으로는 삼반[13] 아문들의 거처가 있었다. 안쪽으로 들어가면 사군 저택이 나오고, 그 옆에 작은 화원이 있었다.

황재하가 눈을 감고도 걸어 다닐 수 있는 곳이었다. 황재하의 인생에서 가장 행복했던 소녀 시절이, 그 사건 이후 영원히 이곳에 묻혀버렸다.

황재하는 이서백을 따라 옆문을 통해 포졸들 방으로 들어갔다. 마

___
13 각급 관청의 각종 잡역부.

침 주자진이 안에서 다리를 꼬고 앉아 잣강정을 먹고 있다가 두 사람을 보고는 재빨리 한 덩이씩 나눠주었다. 그런 뒤 품속에서 종이 한 뭉치를 꺼냈다.

"자자, 같이 한번 연구해보자고."

마침 시간은 오시 말미쯤으로 아직 미시가 되기 전이라 포졸들의 거처는 텅 비어 있었다.

"어젯밤 나와 전하가 가져온 머리카락이야. 무덤을 원래대로 잘 봉해놓고 곧바로 내 거처로 돌아가 독을 검출해봤는데 확실히 짐독이 맞아." 주자진은 득의양양한 목소리로 말했다. "전하께서 즉시 내게 사군부의 모든 사람을 조사해보라 명하셨지. 내 신분과 인맥으로 그런 정보를 캐는 것쯤은 식은 죽 먹기 아니겠어?"

주자진이 돌돌 말린 종이를 펼치니 일목요연하게 적힌 문장들이 보였다. 필체는 비록 평범했으나 깔끔하고 단정하여 읽기에 편했다.

주방 아주머니 1, 노송. 식재료를 관리함. 사건 발생 당일 밤, 남은 양제탕과 다른 식재료를 주방 찬장에 넣고 잠근 당사자. 근황: 최근 아들이 병이 나서 문지기 아팔에게 돈 두 페미를 빌렸음.

주방 아주머니 2, 류사. 아궁이를 관리함. 불 지피는 어린 여종 둘을 두고 있음. 사건 발생 당일 여종 한 명을 데리고 주방에서 밥을 지었음. 근황: 기본적으로는 이전과 다름없으며, 새로 생긴 은가락지를 가는 곳마다 자랑하고 있음.

주방 아주머니 3, 전대……

잡역 1, 2, 3……

어린 여종 1, 2, 3, 4……

황재하는 주자진에게 절로 탄복했다. 사군부 위아래 할 것 없이

40여 명의 사람을 오전 동안, 그것도 혼자서 이렇게 상세히 조사하다니, 게다가 큰일 작은 일 가리지 않고 이처럼 소상히 기록하다니, 웬만한 시정 여인네들 저리가라 할 실력이었다.

"그게 말이야…… 내가 평소에 이런 것들을 주의해서 듣는 습관이 있거든. 명수사관의 기본 소양 아니겠어?" 주자진은 그럴싸한 말로 자화자찬했다. "황재하가 분명히 나의 이런 면을 주목할 거라고 믿어."

"그러진 않을 것 같은데요." 황재하의 입가가 미세하게 실룩거렸다.

이서백도 웃음기를 감추며 슬쩍 황재하를 곁눈질하고는 주자진이 건넨 자료를 단숨에 읽은 뒤, 종이 뭉치를 내려놓으며 물었다. "그래서 네가 오전 내내 조사한 결과, 의심 가는 사람은 아무도 없었다?"

주자진은 그제야 약간 멋쩍어하며 말했다. "그렇습니다……. 왜냐하면 짐독은 황실에서만 사용되는 비약이기 때문에, 만약 누군가가 사군부 사람을 사주해 음식에 독을 넣었다면, 거기에 이용된 사람은 몰래 제거되었거나 상대의 심복으로서 벼락출세했을 겁니다. 그런데 이 모든 사람에게 별다른 변화가 없었습니다. 즉 음식에 독을 넣고 그에 대한 대가로 신변에 변화가 생긴 사람은 없다고 볼 수 있지요."

황재하는 고개를 끄덕이며 그의 생각에 동의를 표했다. "자진 도련님의 분석이 맞을 듯합니다."

주자진의 어깨가 다시 올라갔다. "그렇지? 사실 나도 천부적인 재능이 있는 사람이거든. 조만간 내가 황재하와 손을 잡게 되면, 숭고도 조심해야 할 거야! 장안 최고의 명수사관이라는 명성도 지키기 어려워질걸! 하하하……."

황재하와 이서백은 어이없다는 표정으로 서로를 마주 보며 주자진은 그냥 무시해버리자고 눈빛으로 합의했다.

"그럼 이제 부신원과 온양의 사건에서 실마리를 찾는 수밖에 없겠구나."

온양의 집은 성도부 서쪽 석류 골목에 위치해 있었다. 석류나무가 골목 안에 가득했다. 늦여름을 지나는 시기라 꽃은 거의 졌고, 주먹 크기만 한 열매가 가지마다 주렁주렁 매달린 모습이 귀여웠다.

온 씨 가문도 비교적 좋은 집안이어서, 문을 세 개 지나야 정원이 나왔다. 대청에는 물가에서 거문고 소리를 감상하는 모습을 그린 그림과, 그 좌우로 한 폭의 대련 문구가 붙어 있었다. '대나무 숲에 내리는 비와 솔숲을 스치는 바람, 그리고 거문고 소리. 차 끓는 연기와 오동 잎 지는 가을, 그리고 책 읽는 소리.'

주자진 일행을 맞이한 사람은 저택을 관리하는 집사였다. 수염과 머리카락 모두 하얗게 센 집사가 근심 가득한 표정으로 나아와 허리를 굽히며 예를 취했다. "주 포두를 뵙습니다."

주자진은 서둘러 집사를 일으켰다. "예를 거두시지요, 괜찮습니다."

집사는 일행을 대청으로 데리고 가 자리를 권한 뒤 어린 종에게는 차를 끓여오게 하고 주방 여인과 잡역꾼을 불러왔다.

"저희 나리의 부친은 병주 자사를 지내셨고, 후에 관직에서 물러나 고향으로 돌아오셨습니다. 나리는 올해 서른일곱이신데 10여 년 전에 벼슬길에 오르려고 여러 번 시도하셨으나 낙방을 거듭하면서 시들해 졌지요. 나리의 양친과 부인이 세상을 떠난 후로는 집에 틀어박히셔서 일심으로 노장의 서책만 읽으셨습니다. 그 외에는 정원에서 화초를 가꾸셨을 뿐, 다른 사람과는 거의 만나지 않으셨습니다."

주자진은 고개를 끄덕이며 물었다. "그럼 부신원, 그러니까 함께 자살한 그 여인과는 어떻게 알게 된 사이입니까?"

"나리의 선조가 남기신 재산 중에 산림이 하나 있는데 매해 수입이 괜찮습니다. 부인이 돌아가신 후 나리는 재취도 맞지 않고 첩도 들이지 않았지요. 평소 왕 우승의 시를 가장 좋아하셨는데, 왕 우승도 장가는커녕 첩도 들이지 않았다며, 나중에 친척들 중 총명한 아이를 양

자로 들여 집안을 잇게 하면 된다 하셨지요. 그런데 포두 나리, 왕 우
승이라는 사람이 누굽니까?"

"바로 왕유 왕마힐입니다."

"아아." 집사는 짧게 대답했지만 여전히 왕유가 누구인지 모르는
눈치였다. 집사가 말을 이었다. "부인이 안 계시니 바깥에서 여인을
데리고 오실 때도 간혹 있었지만 기녀를 데리고 오신 적은 한 번도
없었기에, 함께 죽은 그 여인은 누구인지 전혀 몰랐습니다."

주자진은 혼잣말처럼 중얼거렸다. "그건 또 왜 왕유의 은거하는 삶
을 따르지 않고 홍등가를 갔담?"

황재하는 그 말을 무시하고 다시 집사에게 물었다. "당시 나리가
출타하실 때 달리 남긴 말은 없었습니까?"

"그날…… 벗의 초청을 받아 송화리에 간다고 하셨던 듯한데, 저도
정확히는 기억나지가 않네요……. 에휴, 비록 나리께 그런 재산이 좀
있긴 했지만 최근 두 해 동안은 수입이 영 시원치 않았습니다. 원래는
곁에서 시중드는 몸종이 하나 있었는데 그만두게 했지요. 지금은 저
말고는 주방에 한 명, 잡역 한 명이 다입니다. 제 손자가 하나 있어서
가끔 데리고 나와 뛰어놀게 하고요." 집사는 차를 끓이는 어린 심부
름꾼 아이를 가리키며 한숨을 쉬었다. "생각해보십시오. 여인의 손길
없이 한 집안이 어찌 번창하겠습니까? 며칠 전에도 나리와 같은 시사
(詩社)[14]에 계시는 분들이 오셔서 추모제를 열었는데, 그중에 관직이
좀 높은 분이 계셨습니다. 성이 '제'라고 했던가, 하여튼 그분이 나리
서재에 한참을 머무시더니 나리께서 진작 후처를 들여 집안 관리를
맡겼어야 했다고 탄식하셨습니다."

"쭉 들어보니, 나리가 바깥에서 뭘 하셨는지는 하나도 모르는 모양

---

14 시인들이 조직한 문학 단체.

입니다?”

“나리께서 한 번도 그런 일을 언급하신 적이 없고, 당연히 저희를 데리고 나가신 적도 없으니…… 정말 아는 것이 하나도 없습니다.”

집사는 아무것도 모른다고 딱 잡아뗐고, 주방 여인과 잡역꾼, 그리고 아이에게 물어도 다들 고개만 내저었다. 주자진은 하는 수 없이 이서백과 황재하를 데리고 나와 후원을 둘러보았다.

후원에는 서재가 있었다. 푸른 대나무와 벽오동, 소나무와 잣나무가 빽빽하게 둘러 있고 바위가 여기저기 솟아 있으니, 후원 가득 고결하고 청아한 분위기가 흘렀다.

“여기 있으니 생각나는 곳이 한 군데 있는데, 그게 어디더라…….”

주자진이 머리를 긁적이며 열심히 기억을 뒤적이는데 옆에서 이서백이 말했다. “악왕부.”

“맞아요, 악왕부! 악왕부에서 차를 마시던 정원요! 전 이렇게 일부러 시적인 분위기를 살려서 지은 곳은 견디기 힘들어요.” 주자진은 닭살 돋은 팔을 문지르며 서재 안으로 들어갔다.

문을 들어서자마자 정면에 옛날 양식의 장식 선반이 보였고, 선반을 돌아 안쪽으로 들어가니 두 줄로 세워진 책장과 긴 책상이 있었다. 책상 뒤에 세워진 병풍에는 웅장하고 생동감 넘치는 글씨로 왕유의 「산거추명」이 쓰여 있고, 낙관은 ‘병제거사’라 찍혀 있었다.

병풍 오른쪽 벽에는 나비 한 마리가 분홍빛 수국 위에 앉아 있는 화접도가 걸려 있었는데, 그림 색이 살짝 바랜 것을 보니 꽤 오래전에 그려진 그림인 듯했다. 서재 안에서 유일하게 그 꽃과 나비만이 아름답고 사랑스러운 것 같다고 생각한 황재하는 잠시 그림에 시선을 머물렀다. 책상 위에는 종이 몇 장이 깔끔하게 정돈되어 놓여 있었다.

주자진은 가까이 다가가 종이를 살펴보았다. 맨 위에 놓인 종이에 가장 처음으로 적힌 글자는 ‘제(提)’였다. “제어의운하수타원능작시.”

주자진은 이어진 글자들을 소리 내어 읽더니 영문을 모르겠다는 표정으로 이서백과 황재하를 쳐다보았다. 황재하는 살짝 미간을 찡그렸고, 이서백은 금방 알아챘다.

"'제'가 아니고 '리'로 읽는다. 수보리, 어의운하, 수타원능작시념 '아득수타원과' 불."

황재하도 그제야 깨닫고는 뒷부분을 이어서 읊었다. "수보리언, '불야, 세존. 하이고. 수타원명위입류, 이무소입, 불입색성향미촉법, 시명수타원.'"

종이 위에는 확실히 두 사람이 읊은 그대로 적혀 있었다. 하지만 주자진은 여전히 머리를 긁적일 뿐이었다. "이게 대체 뭐야?"

황재하가 설명했다. "『금강반야바라밀경』에 나오는 구절이에요. 경문을 필사한 듯한데, 종이가 좀 뒤죽박죽으로 놓여 한 번에 읽히지 않았나 봅니다."

"그런 거군." 주자진은 경문을 다시 책상 위에 내려놓았다.

황재하는 잠시 곰곰이 생각하더니 경문을 펼쳐 넘겨보고는, 다시 한 번 쫙 훑어보며 의아하다는 듯 말했다. "앞부분이 안 보이네요."

"음?" 다른 장서들을 살펴보던 주자진이 황재하를 향해 고개를 돌렸다. "그런 걸 훔쳐가는 사람이 있을까? 서체도 그냥 보통 수준인 것 같은데."

"아까 도련님이 읽은 구절이 제일 위에 놓여 있네요. 그 앞의 구절들이 더 있을 텐데 말이에요." 다른 종이들도 들춰보던 황재하는 다시 경문을 책상 위에 내려놓고 사자 모양의 갈색 마노로 눌러두었다. 선반과 서랍도 다 뒤져보았으나 그 앞부분에 해당하는 글은 나오지 않았다.

"여기 서신이 몇 통 있어." 비단함 안에서 서신 몇 통을 발견한 주자진이 봉투를 열어 펼쳐 보고는 흥분한 목소리로 외쳤다. "부신원이 온양에게 쓴 서신이야!"

　온양 공자 보시옵소서.

　여러 날 비가 내리니, 길가에 물만 가득하고 사람들의 발자국은 보이
지 않습니다. 정원에 만개했던 계화나무 꽃이 두어 송이밖에 남지 않았
음을 떠올리며, 소중히 챙겨두어 임을 위해 다시 한 번 계화꿀을 만들
겠습니다.

　촉은 햇빛이 귀해 날이 갈수록 창백해집니다. 일전에 임께서 주신 연
지를 오늘에서야 열어보았습니다. 그윽한 향이 멀리까지 퍼지고, 분홍
빛 색감이 참으로 고와 임의 책상 앞 화접도를 보는 듯합니다. 제때에
찾아와 보시어, 고운 색 헛되지 않게 하소서. 귀한 손님 대접하는 마음
으로 임의 모습을 조용히 기다립니다.

　　　　　　　　　　　　　　　　　　　　　　　　　　신원 올림

　주자진은 자신도 모르게 감탄하며 말했다. "두 사람 사이가 정말
좋았나 보네. 서로를 향한 애틋함이 절절하게 묻어나."

　부신원에게 받은 한 통을 빼면 나머지는 대부분 시사 동료들과 주
고받은 서신으로 딱히 특별한 것이 없었다.

　"아무래도 그 경문 앞부분은 없어졌나 봐. 집사나 다른 사람이 쓰
레기라고 생각해 버렸을 수도 있지. 보아하니 이곳 저택에 있는 사람
들은 하나같이 글자를 모르는 것 같으니, 그게 중요한 종이인지 아닌
지 어떻게 알겠어."

　황재하는 고개를 내저었다. "글자를 모르면 글이 적힌 종이를 더
아끼지 않겠어요? 아무렇게나 버렸다가 주인에게 욕을 먹을 수도 있
으니까요. 특히 여기 주인은 자신의 필체에 꽤나 자부심이 있는 사람
같고요."

자신은 미처 느끼지 못한 점을 또 양숭고가 말하자, 주자진은 인정할 수 없다는 투로 말했다. "뭘 보고 그렇게 생각해?"

　"여기 종이와 병풍의 필체가 동일하잖아요? 자신의 글씨를 병풍으로까지 만들어서 감상할 정도면 자신의 필체에 상당한 자부심이 있는 것 아니겠어요?"

　"하지만 병풍에 찍힌 낙관은 '병제거사'잖아!"

　"온(溫)은 부드럽고, 양(陽)은 강하니, 온양은 자신의 이름자가 강직함과 부드러움을 모두 갖췄다고 여겨, 두 가지를 두루 갖추었다는 의미로 '병제거사'란 별호를 사용한 것 같습니다."

　"정말?" 주자진은 반신반의하며 서재 밖으로 나가 정원에서 무언가를 정리하고 있던 잡역꾼을 향해 손을 흔들었다. "이보게! 이리로 좀 와보게!"

　잡역꾼이 급히 뛰어와 물었다. "포두 나리, 분부하실 거라도 있는지요?"

　"서재에 세워둔 저 병풍은 어디서 난 것인가?"

　"저희 나리께서 직접 쓰신 것입니다. 저 글을 쓰다가 버린 비단 천만 해도 족히 20여 필은 될 겁니다. 그러고 나서야 만족스러운 것이 하나 나왔더랬지요. 꽤 마음에 드셨던지 사람을 불러 병풍으로 만들게 하셨습지요."

　이번에는 주자진 뒤에 서 있던 황재하가 물었다. "평소 여기서 나오는 종이를 버린 적도 있습니까?"

　"네, 그럼요. 하지만 모두 나리의 말씀이 떨어지면 버리지, 그전에는 못 버립니다! 몇 해 전에 나리가 시를 지으신 종이를 제가 못 쓰는 종이로 알고 버렸다가 호되게 벌을 받은 후로는, 서재 물건들은 일단 정리만 하지 감히 못 버립니다. 나중에 나리가 오시면 그때 한 장 한 장 여쭤보고 버려야 하지요."

주자진은 흠모에 가까운 눈빛으로 황재하를 바라보았다. 그 얼굴에는 거의 이렇게 쓰여 있었다. '우리 둘이 손잡고 황재하를 한번 이겨 보는 건 어때?'

이서백은 서재 안을 다시 한 번 훑어보며 잡역꾼에게 물었다. "저 화접도는 언제부터 저기 걸려 있었는가?"

"그건 소인도 잘……. 나리께서 소장하신 그림이 몇 장 되는데, 산을 그린 것도 있고, 강물을 그린 것도 있지요. 기분이 좋을 때마다 직접 그림을 바꿔 거시니까, 저희 같은 아랫것들은 그림을 언제 바꾸셨는지는 정확히 알지 못합니다."

"그럼 자네 기억으로는 언제부터 저 그림을 본 것 같은가?"

"그게 아마…… 요 며칠 전이지 싶습니다. 아무튼 그리 오래되진 않았습니다. 그전에는 본 적 없는 그림이거든요."

잡역꾼을 돌려보낸 뒤 주자진은 사방을 둘러보며 말했다. "전하, 아무래도 별 특이점은 없는 것 같은데, 여기 계속 있어야 하나요?"

황재하가 손을 들어 송화리 쪽을 가리켰다. "사건 현장을 좀 살펴보면 좋겠네요."

막 온양의 집을 나서는데 길모퉁이에 서 있는 누군가의 모습이 바로 눈에 들어왔다. 순간 황재하는 걸음을 멈추었다.

골목 저편, 강가의 푸른 대나무 아래에 곧게 뻗은 사람 그림자 하나가 우뚝 솟아 있었다. 말끔하고 길쭉한 그 그림자는 바람에 바스락거리는 대나무와 참으로 잘 어울렸다.

황재하는 미동도 않고 그를 바라보았으나 주자진은 기쁨을 주체하지 못하며 달려가 손을 내밀었다. "아니, 이게 누구신가요? 우 학정 아니십니까? 저를 기억하십니까? 일전에 장안에서 한 번 뵌 적이 있는데!"

우선은 주자진을 향해 고개를 끄덕이고는 잠시 황재하에게 시선을 주었다가 이서백에게 예를 갖추었다. 그런 뒤에야 다시 주자진을 향해 입을 열었다.

"안 그래도 포두 나리를 찾고 있었습니다."

"뭐든 말씀하세요!" 주자진이 앞으로 더 다가가며 말했다.

우선이 옆에 있는 빈 주전자와 대바구니를 가리키며 말했다. "아침 일찍 광도사에서 정수 한 주전자를 구해다가 황 사군 댁 묘에 다녀오는 길입니다."

황재하는 순간 흠칫하며 무의식적으로 두 손을 꼭 움켜쥐었다. 말고삐를 쥔 손에 지나치게 힘이 들어가 손이 새하얗게 질렸지만 황재하는 아무 감각도 없었다. 이서백은 그런 황재하를 보며 가만히 손을 들어 어깨를 가볍게 토닥여주었다. 다시 정신을 차린 황재하는 손에서 힘을 풀었으나 여전히 미동도 하지 않고 서 있었다.

주자진은 아무것도 눈치채지 못하고 우선을 향해 물었다. "오늘이 무슨 특별한 날이던가요?"

우선이 고개를 저었다. "아닙니다."

"그럼……." 주자진은 살짝 의아한 표정으로 우선을 보았다.

"그저 지금은 제가 성도부에 있으니, 매일 올라가서 묘를 깨끗이 하려고 합니다." 우선은 시선을 주자진에게서 다시 황재하에게로 옮겼다. 황재하를 바라보는 그 눈빛은 바로 옆을 흐르는 강물보다 더 깨끗하고 투명했으며, 그 목소리는 대나무 숲을 지나 불어오는 바람소리보다 더 낮았다. "어젯밤에 또 옛일이 꿈에 나와 이런저런 생각이 들었지요. 그래서 목선 법사께 정수를 좀 청하여 과일 몇 개를 들고 올라가 참배를 드렸습니다."

주자진은 워낙 시시콜콜한 일들에 관심을 기울이는 사람인지라, 우선의 말을 듣자마자 꼬치꼬치 캐물었다. "목선 법사의 정수가 그렇

156

게 유명한가요? 거기 가서 정수를 구해오는 사람이 많은 것 같더라고요."

"목선 법사는 도력(道力)이 매우 깊어 성도에서 가장 유명한 고승입니다. 최근에는 목선 법사 선방 뒤쪽에 있는 샘물도 유명해졌지요. 원래는 자그마한 샘이었는데, 법사의 독경을 듣고 감화를 받은 샘물이 하룻밤 새 큰 물줄기가 터져 나와 커다란 샘으로 바뀌었다고 합니다. 그래서 사람들이 이를 기적으로 여겨 다들 그리로 물을 길으러 가는 겁니다. 목선 법사가 다시 한 번 독경을 읊으면 그 물이 정수가 되어, 산 자는 육근(六根)[15]을 정화시킬 수 있고, 죽은 자는 극락왕생할 수 있다고 합니다."

황재하는 말을 끊고 대나무 숲으로 가서 섰다. 감칠맛 나게 이어지는 우선의 이야기를 들으며 저도 모르게 아련한 기억 속에 빠져드는 듯했다. 두 사람이 어깨를 나란히 하고 성도부 거리를 거닐 때 우선의 입에서 나오는 모든 이야기가 그랬다. 우선은 모든 주인공이, 심지어 풀 한 포기, 나무 한 그루도 그들만의 숨겨진 속사정이 따로 있을 것처럼 이야기를 들려주어 듣는 사람의 혼을 쏙 빼놓았다.

주자진이 고개를 끄덕였다. "저도 언제 한번 가서 한 사발 마셔봐야겠네요."

우선도 고개를 끄덕여 보이고는 주자진을 향해 허리를 굽혀 예를 취한 뒤 다시 입을 열었다. "조금 전에 묘지에서 내려와 곧바로 나리를 뵈러 관아에 갔었는데, 안 계셔서 여기까지 찾아왔습니다. 조금 큰일이라 알려드려야 할 듯해서요."

주자진이 서둘러 물었다. "무슨 일입니까?"

"제가 지난 며칠간 매일 묘지를 찾아가 참배했는데, 오늘 숙부님과

---

15 불교에서 말하는 여섯 가지 죄업의 근원으로 눈, 귀, 코, 혀, 몸, 마음을 일컬음.

형님의 무덤이 파헤쳐졌던 흔적을 보았습니다. 벽돌은 원래대로 쌓아 놓았던데 바깥에 세워진 토우의 위치가 바뀐 듯했습니다. 누군가가 의도적으로 무덤을 판 것이 아닐까 하는 생각이 들었습니다."

웃고 있던 주자진의 얼굴이 순간 어색하게 굳어버렸다. 주자진은 간신히 입꼬리를 올린 채 고개를 돌려 황재하를 보았다.

자신의 무덤 파는 기술을 그토록 자랑스러워한 주자진인지라 이렇게 단번에 들통날 줄은 꿈에도 몰랐다. '그래도 이건 절대 모르겠지. 그 무덤을 판 사람들이 지금 눈앞에 서 있다는 사실을. 심지어 그중 한 명은 기왕 전하이시고, 다른 한 명은 자기가 도움을 청하러 찾아온 성도부 포두라는 사실을 말이야.'

복잡한 표정을 하고 자신 앞에 서 있는 주 포두가 무덤을 판 장본인이라는 사실을 당연히 모르는 우선은 그저 천천히 말을 이어갔다. "황 사군이 청렴결백하셨던 분이라는 사실은 성도부 사람이라면 모두 알 겁니다. 무덤 안에 있는 물건도 대부분 붓과 먹, 서책 같은 것들뿐일 텐데, 도굴꾼이 그런 무덤을 노릴 리 있겠습니까?"

주자진은 정의감 넘치는 표정으로 고개를 끄덕였다. "그렇지요! 우 학정의 말이 맞네요! 확실히 뭔가 수상쩍은 느낌이 드는군요!"

황재하는 아무 말 없이 살짝 고개를 숙인 채 옆에 있던 대나무 가지에 시선을 고정하고 멍하니 서 있었다. 이서백도 애꿎은 대나무 가지를 잡아당겨 그 위에 난 줄기들을 열심히도 살펴보았다. 줄기 위로 금이나 옥이 매달렸다고 해도 믿을 정도로 엄청나게 집중하면서 말이다.

주자진은 두 사람을 흘깃 쳐다보았다. 하지만 둘 다 아주 치밀하게 축 처진 얼굴을 하고서 딴 곳만 볼 뿐, 한마디도 거들어줄 마음이 없어 보여 하는 수 없이 우선에게 반문했다. "그럼 우 학정은…… 도굴꾼이 왜 황 사군 댁의 무덤을 팠다고 생각하십니까?"

우선이 고개를 저으며 말했다. "저도 잘 모르겠습니다만, 분명히 무언가 다른 이유가 있을 것입니다. 예를 들어, 이를 빌미로 새로 부임하신 사군께 불이익을 끼치려 한다거나, 혹은…… 주 포두도 아시겠지만, 황 사군의 딸 황재하가 도망친 후 지금까지도 아무런 기별이 없지 않습니까. 어쩌면 무덤을 빌미로 황재하가 모습을 드러내게 만들려는 계획은 아니겠습니까?"

황재하의 이름이 나오자 주자진은 크게 놀랐다. "그럴 리가요? 설마 그런 속셈이……."

"저도 잘은 모르겠습니다……. 다만, 주 포두께서 그런 사실을 염두에 두시고, 행적이 불순한 패거리들이 있지는 않은지 살펴주시길 바라는 마음에서 드리는 말씀입니다. 그리고 혹여……." 우선의 시선이 다시 황재하에게로 향하더니, 목소리가 미세하게 격앙되었다. "가능하다면 황재하가 알았으면 해서요. 어쩌면 황재하가 알지 못하는 배후 세력이 맞설 준비를 하고 있을지도 모른다는 사실을 말입니다."

"오……. 꼭 유념하겠습니다. 황 사군 댁 묘를 잘 지키도록 관아에서도 더욱 신경 써 살피도록 하지요." 주자진은 살그머니 황재하와 이서백을 향해 눈짓을 보냈다. '이 사람은 너무 깊이 생각했네요. 우리 짓일 거라고는 전혀 생각도 못 하는데요? 하하하!'

황재하는 주자진의 눈짓은 무시하고, 대나무 숲으로 불어오는 바람을 맞으며 잠시 생각에 잠겼다가 고개를 들어 맑고 차분한 눈빛으로 우선을 바라보았다. "귀하의 선의의 말씀, 참으로 감사드립니다. 그리고 황재하의 안위를 걱정해주시는 것도 감사드립니다. 다만 묘에 관한 일은…… 배후에 어떤 세력이 개입된 것은 아니니 크게 염려하지 않으셔도 됩니다."

우선이 의미를 모르겠다는 표정으로 황재하를 바라보았다.

황재하는 시선을 다른 곳으로 옮기며 말했다. "저희가 그랬습니다."

순간 너무 놀란 우선은 다리에 힘이 빠져 몇 걸음 뒤로 물러섰다. 그러고는 믿기 어려운 듯 겨우 새어나오는 목소리로 물었다. "당신이…… 당신들이 황 사군 댁의 무덤을 팠다고요?"

황재하가 고개를 끄덕였다. "네, 그리고 거기서 황재하가 범인이 아니라는 확실한 증거를 찾았습니다."

우선이 눈을 휘둥그렇게 뜨고 황재하를 보며 더듬더듬 다시 물었다. "직접…… 그 무덤을 팠단 말인가요?"

"숭고는 그날 몸이 안 좋아서 가지 않았어요. 시신을 다시 검시하기 위해 저기 계신…… 그래서 저 혼자 갔습니다!" 주자진은 이서백을 숨겨준 것에 대해 스스로 자부심을 느끼며 목소리를 높여 말했다. "제 솜씨가 정말 깔끔하지 않습니까? 무덤을 파고 검시를 끝낸 후에는 다시 원래대로 감쪽같이 돌을 쌓아 올렸지요. 제가 감히 단언하건대, 만약 우 학정이 그렇게 매일 묘지에 올라가지 않고 이삼 일만 지났더라면, 아니면 비라도 한차례 내렸더라면 아마 절대 들키지 않았을 겁니다."

주자진은 혼자서 북 치고 장구 치고 다했다. 우선은 그의 말을 조금도 귀담아 듣지 않고, 큰 보폭으로 황재하 앞으로 걸어가더니 손을 들어 황재하의 어깨를 누르며 뚫어져라 응시했다. "다시 검시한 결과가 어떻습니까? 황재하가 범인이 아닌 확실한 증거라니, 그게 무엇입니까? 그럼 범인은 누구죠? 어떻게 죽인 겁니까? 왜 황재하한테 범행을 뒤집어씌운 거죠? 어떻게요, 어떤 방법으로?"

우선의 맑고 투명한 눈에 순간적으로 핏발이 섰다. 거의 이성을 잃은 듯한 우선의 모습에 황재하는 한숨을 내쉬었다.

"진정하세요. 아직 범인을 찾은 것은 아닙니다."

"하지만 이미…… 황재하가 결백하다는 증거를 찾았다고 하지 않았습니까?" 우선이 다그치듯 물었다.

황재하는 가만히 그를 응시하며 자신의 어깨 위에 놓인 손을 잡아 천천히 내릴 뿐, 더는 아무 말도 하지 않았다.

그때 이서백이 고개를 돌려 주자진에게 물었다. "자진, 아까 내가 주의 깊게 못 봐서 그러는데, 온양의 방에 있던 그림말이야. 꽃잎이 몇 개였지?"

이서백의 말에 주자진은 순간 당황했다. "네? 그게 이번 사건과…… 관계가 있습니까?"

"아니, 없지. 다만 내가 다시 가서 좀 세어보고 싶어서 말이야." 이서백은 곧바로 몸을 돌렸다.

주자진은 하는 수 없이 괴로운 얼굴을 하고서 황재하를 향해 획획 손을 내젓고는 재빨리 이서백의 뒤를 따랐다. 황재하는 자리를 뜨는 이서백의 발걸음이 가벼운 것을 보고 안심하며 시선을 거두었다. 그리고 우선을 향해 고개를 끄덕였다.

"맞아. 우리 가족들은 비상으로 죽은 게 아니었어."

"비상이 아니라고? 그럼……."

어느 정도 마음의 준비는 했지만, 그래도 우선은 크게 놀라 얼굴 근육이 미세하게 떨렸다. 그저 멍하니 넋을 놓고 서 있는 것 말고는 할 수 있는 게 없었다. 놀람과 후회, 기쁨과 두려움이 교차하여 복잡한 감정의 소용돌이를 만들어내 제대로 서 있기조차 힘들 정도였다.

무의식적으로 뒤로 몇 걸음 물러나자 등에 대나무가 닿았다. 우선은 대나무에 몸을 기댄 뒤에야 허망하고 비통한 눈빛으로 황재하를 보며 떨리는 목소리로 물었다.

"내가…… 틀린 거야?"

황재하는 그런 우선을 응시하며 차분한 얼굴로 말했다. "그래. 분명히 내가 비상을 산 일도 있고, 너는 내가 그 비상 뭉치를 들고서 이상한 표정을 짓고 있는 걸 봤다고 했지만, 그건 다 내 가족의 죽음과는 아무 상관도 없는 일이 되었어. 비상으로 죽은 게 아니니까."

"내가…… 너에게…… 누명을……." 우선은 넋이 나간 듯 말을 잇지 못하며 몸을 떨었다.

"그래. 그리고 날 믿어주지 않았지. 내가 보낸 연서를 범행의 증거로 삼아 나한테 씻을 수 없는 죄명을 안겨줬어. 네 손으로 직접." 황재하는 우선의 눈빛을 피하지 않고 똑바로 응시하며 나지막하고 침착한 목소리로 말했다. "다행히 반박할 수 없는 진실을 찾았으니, 오래지 않아 내 누명도 벗겨질 거야."

우선은 두 눈을 크게 뜨고 황재하를 뚫어져라 보기만 했다.

황재하의 맑은 눈동자는 여름날의 생기로 가득 찼고, 황재하 위로 쏟아지는 햇살이 황재하를 더 밝고 환하게 만들었다.

우선은 눈이 부셔 자신도 모르게 손을 들어 눈앞에 있는 황재하의 모습을 가리면서, 자신의 눈에 담긴 격정과 후회를 들키지 않도록 두 눈도 함께 가려버렸다.

우선에게 가족과도 같았던 사람들을 해친 황재하가 미웠다. 오랜 세월 떠돌아다니다 마침내 찾게 된 따뜻한 품이었건만, 뜻밖에도 사랑하는 사람의 손에 의해 망가졌다. 황재하가 비상 꾸러미를 들여다보던 모습이, 그때 그 차갑고도 기이하던 표정이 밤낮으로 머릿속을 휘저으며 떠나지 않았다. 사랑이라는 감정이 새까만 핏자국으로 변해 천지를 뒤덮듯 우선을 완전히 침몰시켜, 도무지 그 속에서 헤어날 수 없게 만들었다. 정신을 차리고 보니 우선은 이미 절도사에 와 있었고 황재하에게 받은 연서는 범응석의 책상 위에 놓인 뒤였다.

대나무에 기댄 우선의 몸에서 식은땀이 흘렀다. 운명은 우선 앞에 펼쳐진 세상에서 두 개의 환영을 쪼개버렸다. 가슴을 칼로 후벼 파는 극심한 고통에서 도무지 헤어날 수가 없어 온몸을 떨었다.

하나의 환영은 우선이 열여섯이던 해 초여름, 맨발로 진창 속에 서 있는 황재하를 보았던 순간이었다. 붉게 내려앉은 하늘빛이 온 천지를 피로 물들인 것 같은 저녁이었다. 불길할 정도로 지독하게 아름답던 그날, 두 사람은 처음 만났다.

또 하나의 환영은 우선이 열네 살이던 해였다. 잠에서 깨어나니 낡은 창문으로 햇살이 비쳐 들어오고, 무서울 정도로 집 안이 고요했다. 침대에서 일어나 비틀비틀 방 밖으로 나온 우선의 눈에 들어온 것은, 붉은 햇살을 받은 어머니의 몸이 얼룩덜룩한 벽 위로 드리운 그림자였다. 들보에 매달린 어머니는 여전히 가볍게 흔들리는 것처럼 보였다.

인생이란 것이 그랬다. 새로운 만남과 영원한 이별이 동일한 색으로 다가와, 두 가지 운명의 순간이 슬픔이었는지 기쁨이었는지, 눈앞에 붉게 펼쳐졌던 것이 피의 흔적이었는지 햇살의 흔적이었는지 정확하게 구분이 되지 않았다.

황재하의 목소리가 우선의 귓가에 희미하게 들려왔다. "당시 사군부에 있던 사람들은 이미 다시 조사해봤는데, 의심 가는 사람은 없었어. 그래서 지금은 일단 송화리에서 벌어진 자살 사건을 조사하고 있어."

우선은 힘겹게 호흡을 달래며 급하게 뛰는 가슴을 가라앉힌 뒤, 여전히 떨리는 목소리로 간신히 말을 내뱉었다. "네가 범인이 아니라는 사실이 이미 증명됐다고 했지? 그게…… 비상이 아닌 다른 독이었다고?"

"짐독이었어. 중독 증상이 비상과 굉장히 유사해. 그래서 성도부의 최고참 검시관도 잘못 판단했던 거야." 황재하가 고개를 끄덕이며 말했다.

우선은 한참 황재하를 응시하다가 다시 물었다. "그럼 짐독은 어디서 나서, 어떻게 음식에 들어간 거야? 그게 정말 짐독이었다면, 걸어가면서 음식에 넣는 건 비상보다 더 간단했을 거잖아?"

황재하가 반박했다. "내가 무슨 수로 짐독을 손에 넣어! 궁중에서만 이어져오는 독이라 민간에서는 거의 볼 수 없다고. 게다가 일부러 비상과 사후 증상이 동일한 짐독을 사용해서 비상으로 죽은 것처럼 꾸민 걸 보면, 범인은 처음부터 이 일을 내게 뒤집어씌우려던 게 분명해."

"그럼…… 그 서신은 어떻게 설명할 거야?" 미세하게 떨리는 그 목소리에는 머뭇거림이 실려 있었다.

우선이 여전히 자신을 믿지 못한다는 사실을 깨달은 황재하는 명한 얼굴로 그 서신을 떠올리며 말했다. "그 서신은…… 그냥 그때의 감정에 휩쓸려 썼던 것뿐이야. 네가 너무 깊이 생각했어."

"그래……?" 황재하를 바라보는 우선의 표정이 마침내 조금쯤 부드러워졌다. "어쩌면, 처음부터 너를 범인이라고 단정했던 내가 틀렸는지도 모르겠어……. 혹시 필요한 게 있으면 언제든지 찾아와. 나도 네 가족의 죽음에 대한 의혹을 확실히 밝히고 싶으니까."

"고마워. 그리고 지금 조사 중인 사건에도 네 도움이 필요해. 죽은 사람 중 한 명은 네가 아는 사람이니까." 황재하는 한숨을 쉬며 작은 목소리로 말했다. "그리고 어쩌면 우리 집 사건과도 관계있을지 몰라. 왜냐하면…… 같은 독이 사용되었거든."

"짐독이 정말 그렇게 희귀한 독이야?"

황재하는 고개를 끄덕였다. "틀림없어."

잠시 눈앞이 아득해진 우선은 관자놀이를 꾹꾹 눌러 현기증을 가라앉힌 뒤 다시 말을 이었다. "온양과는 교류가 많지 않았지만, 같은 시사에 있어서 얼굴은 몇 번 마주쳤어."

"그 사람이 부신원과 가깝게 지낸다는 건 알았어?"

우선은 잠시 어리둥절해하다가 뭔가가 떠올라 말했다. "기녀랑 동반 자살을 했다는 그 소문이……?"

황재하가 고개를 끄덕이며 다시 물었다. "온양은 평소에 어떤 사람이었어?"

우선은 시선을 내려 황재하의 눈빛을 피하며 나지막이 말했다. "평소에 사람들 앞에서는 조용하고 과묵한 편이었지만…… 그쪽으로는 평판이 그리 좋지 않았어."

"그쪽이라니?" 황재하가 캐물었다.

우선은 계속 머뭇거렸으나, 황재하도 물러설 기미가 전혀 없어 보이자 결국 입을 열었다. "사생활이 문란한 사람이었어. 그래서 나는 별로 가깝게 지내지 않은 거야."

황재하도 상황이 짐작되었다. 아마 온양이 화류계에 드나드는 모습을 누군가에게 들켰을 테고, 우선의 성격으로는 그런 사람과 왕래했을 리 만무했다.

"그럼 다른 사람들도 온양의 그런 점을 다 알아?"

"아마 아는 사람이 많진 않았을 거야. 그 시사 사람들은 워낙 도덕적으로 고결하게 사는 사람들이어서, 만약 알았다면 그런 사람과 어울리지 않았겠지."

고개를 끄덕이던 황재하는 또 무언가가 떠올라 물었다. "요즘 광도사 목선 법사를 자주 찾아간다고?"

우선이 고개를 끄덕였다. "'세상사 무상하여 만물이 변하네.' 요즘 불경을 자주 보고 있어. '광활한 천지 앞에 겨자씨 정도밖에 되지 않는 범인(凡人)은, 이 땅에서 받는 고난도 일개 겨자씨에 묻은 티끌에 지나지 않는다.' 이런 말들을 떠올리면 잠시나마 해탈할 수 있어."

"하지만 일시적일 뿐이잖아? 진실을 명백히 밝히고 떳떳하게 가족들 제를 지낸 뒤에야 진정한 평온을 누릴 수 있겠지."

우선은 황재하의 고집스러운 얼굴을 바라보며 작은 소리로 말했다.

"그래, 재하. 역시 나는 너만큼 냉철하지도, 사리에 밝지도 못해."

"나는 냉철하거나 사리에 밝은 사람이 아니고, 세속을 초탈하는 데 관심이 없을 뿐이야." 황재하가 고개를 저으며 말했다. "행복할 때는 말할 것도 없지만, 힘들 때도 나는 현실을 벗어나고 싶다고 생각해본 적이 없어. 결국 일어날 일은 일어나게 마련이야. 그게 좋은 일이든 나쁜 일이든 나는 정면으로 부딪칠 거야. 진실이 밝혀질 그날까지 절대 포기하지 않아."

우선은 가만히 고개를 끄덕였다. 두 사람은 대나무 숲에 서서 졸졸 흐르는 물소리를 들으며 한동안 아무 말이 없었다. 골목 저 끝에서 이서백과 주자진이 돌아오는 모습이 보였다.

이서백은 차분한 표정으로 황재하를 보며 말했다. "가자."

주자진은 잔뜩 신바람이 나서 황재하에게 물었다. "그 그림 속 꽃송이가 몇 개인지 알아?"

황재하는 고개도 돌리지 않고 덤덤히 말했다. "여러 개요."

"에이, 그런 태도로는 황재하 같은 뛰어난 수사관이 되긴 글렀어! 황재하는 한 치의 오차도 없이 사건 현장의 모든 것을 훤히 꿰뚫는단 말이야. 어디 너처럼 그렇게 불성실하게……."

우선이 먼저 이서백을 향해 예를 갖추고는 물건을 챙겨 들고 자리를 떠났다.

이서백과 황재하는 주자진의 말을 들은 체 만 체하며 곧바로 말에 올라 출발했다.

주자진은 어이없다는 표정으로 입을 삐죽이며 투덜거렸다. "숭고 너는 어쩜 그렇게 속이 좁냐? 인정할 건 인정해야지!"

8장

흠이 있으면
어떠하리

송화리, 부신원의 집.

부신원은 열두 살 때부터 안무 실력으로 강남에서 이름을 떨쳐 여러 악방으로부터 초빙을 받았다. 그렇게 성도로 건너온 뒤에는 부양할 가족도 없고 하여 송화리의 작은 집을 사서 혼자 지냈다.

주자진이 문 앞에 붙은 봉인 종이를 뜯어내고 열쇠를 꺼내 문을 열려는데, 황재하가 문에 붙어 있는 또 다른 종이를 발견했다. '나는 지금 자죽리의 운래 객잔에 있어. 그쪽으로 와주렴.'

낙관은 없고 대신 작은 종이 연이 하나 그려져 있었다.

황재하가 종이를 들여다보고 있는데 이웃에서 한 아낙이 나와 둘을 보고는 황급히 다가와 말했다. "이봐요, 젊은이. 이건 관아에서 봉해놓은 건데, 그걸 그렇게 뜯어버리면 어떡해? 관아에 잡혀가면 어쩌려고!"

주자진이 자신의 옷차림을 가리켜 보이며 웃었다. "이모님, 제가 바로 그 관아 사람입니다."

그 말에 아낙이 황급히 물었다. "그럼…… 이 사건은 이제 해결된 건가?"

"아직요. 그러니 이렇게 조사하러 왔잖아요?"

"아이고, 빨리 좀 조사하지 않고! 옆집에서 사람이 죽어 나갔으니 얼마나 뒤숭숭한지 말도 못해. 그것도 둘씩이나 말이야. 밤에 잠도 제대로 못 잔다고!"

"알겠습니다. 저희만 믿으세요." 주자진은 문득 뭔가가 떠올라 아낙에게 물었다. "맞다, 뭐 좀 여쭤볼게요. 그 온양이라는 나리는 여기에 자주 왔었습니까?"

"내가 그걸 어찌 알겠어? 이 집 여자가 성격이 별난 건지, 옆에 시중드는 여자만 하나 두고 지내면서 통 집 밖으로 나오는 일이 없어서 거의 코빼기도 못 봤으니까. 그 여자가 여기 지낸 지 1년이 넘었는데 한 네다섯 번 봤으려나? 그러니 그 나리야 더 말할 게 없지. 어쨌거나 이거 하나는 확실한데, 얼굴이 얼마나 예쁘던지 딱 박명할 상이더라고. 처음에 딱 보자마자 그런 느낌을 받았어. 명이 짧을 줄 알았다니까!" 아낙은 고개를 절레절레 흔들더니 주자진을 위아래로 쓱 훑어보았다. "내가 말이야, 사람을 많이 봐와서 눈이 아주 정확하거든. 젊은 이를 보니 내 단번에 느낌이 왔어. 우리 친정에 어린 조카딸이 있는데, 딱 그 조카딸과 부부가 될 상이야. 이렇게 하지, 젊은이 사는 곳을 나한테 알려주게. 언제 우리 조카딸이 놀러 오면 내 자네를 부름세. 어때, 괜찮지?"

주자진은 갑작스럽게 중매를 선다고 달려드는 아낙을 어렵사리 떼어놓고 재빨리 문을 열고 들어가 다시 단단히 걸어 잠갔다. 그러고는 문에 기댄 채 안도의 한숨을 쉬었다. "부신원이 하루 종일 집 밖을 나가지 않았다니 그럴 만도 해. 괜히 나갔다가 이웃 여자한테 붙잡히면 하루 종일 들들 볶였을 거 아니야?"

황재하와 이서백은 그 말에 깊이 공감하며 주자진에게 위로의 말을 건넨 뒤 곧바로 안으로 들어가 조사를 시작했다.

　정원으로 꾸며진 앞뜰에는 꽃과 과일나무가 자랐고, 난초 화분도 몇 개 보였다. 대청 위 제단에는 향로와 향을 피우는 도구들이 놓여 있었는데, 어떤 여인을 공양하는 듯 보였다. 그림 속 여인은 비단옷 차림에 용모가 아름다웠다. 검을 들고 춤을 추는 여인의 옷자락이 바람에 휘날리는 모습이 마치 선녀 같았다.

　황재하의 시선이 그림 속 여인의 손에 머물렀다. 여인이 손에 든 검은 어두운 색감의 철검으로 길이가 짧고 크기도 작았다. 장검은 결코 아니었고, 검무에서 흔히 볼 수 있는 검은 더더욱 아니었다. 그보다는 오히려 녹이 슨 볼품없는 비수 정도로 보였다.

　이서백 또한 그 비수를 주의 깊게 보다가 낮은 목소리로 물었다. "저 비수를 보느냐?"

　"네, 전하께서는 저 비수에 대해 아십니까?"

　"태종 황제께서 측천무후께 하사하신 것이다. 무후의 말 '사자총'을 길들이는 데 쓰라고 주셨지. 나중에 무후께서 공손 부인에게 하사하셨고, 공손 부인은 제자 이십이 부인에게 물려주었다. 17년 전, 운소육녀가 장안에 왔을 때 공손연이 그 비수로 검무를 추었지." 이서백이 생각에 잠긴 눈빛으로 황재하를 보았다. "당시 다른 나라에서 보내온 한철(寒鐵)을 단련하여 총 스물네 자루를 만들었는데, 태종께서 유일하게 택하여 몸에 지니신 비수다. 한철은 영원히 녹슬지 않는다고 전하는데, 궁을 떠난 뒤 저렇게 녹이 슬 거라고 누가 생각이나 했겠느냐."

　"역시 소문은 믿을 게 못 되네요."

　이서백이 고개를 끄덕였다. "그래서 당시 선황께서 공손연의 손에 들린 비수를 보며 크게 탄식하셨지. '태종 황제께서 아끼셨던 물건이 이리도 변해버리다니. 덧없이 흐르는 세월 앞에서는 그 무엇도 예외가 아니구나.'"

태종의 풍모와 재능을 흠모한 선황은 일찍이 '작은 태종'이라 불렸었다. 그림 속 여인이 들고 있는 비수를 다시 한 번 바라보던 황재하는 이서백의 부황이 그때 어떤 심정이었을지를 생각하며 저도 모르게 마음이 울컥했다.

빗장을 단단히 걸어 잠근 주자진이 뒤에서 뛰어오며 말했다. "이제 조사를 시작해도 되겠죠?"

"일단 안쪽부터 살펴볼까요?" 세 사람은 안쪽으로 들어갔다. 조그만 화원에 배롱나무 꽃이 흐드러지게 피어, 가지마다 주렁주렁 매달린 화사한 꽃이 맞은편 거문고 방과 서재를 아름답게 꾸며주었다.

서재에 들어서자마자 책장이 먼저 눈에 들어왔는데, 대부분 두루마리 책들이 놓여 있었다. 황재하가 몇 개를 펼쳐서 훑어보았으나, 모두 알아보기 힘든 기호로 가득했다.

이서백이 가져가 살펴보며 말했다. "네 개의 현을 그림으로 표시한 연악반자보[16]로구나. 이건 비파 연주곡 악보다. 부신원이 안무를 짜거나 편곡할 때 사용했던 것이겠지. 다른 것들도 다 악보이지 않을까 싶구나."

황재하는 다른 두루마리도 한번 살펴보았다. 거문고 악보는 그나마 한두 개 알아볼 수 있었으나 춤의 과정을 기록한 무보(舞譜)는 전혀 알아볼 수 없어 그냥 다시 내려놓았다.

주자진은 서랍 속에서 종이 한 무더기를 발견하고는 순간 눈을 반짝이며 외쳤다. "이것 좀 보세요!"

황재하와 이서백이 다가가 보니 『금강반야바라밀경』을 베껴 쓴 것이었다. 글씨체가 온양의 서재에 있던 것과 똑같았다. 주자진은 재빨

---

16 당나라 시절 악보의 한 종류.

리 그 경서 뭉치를 넘겨 보았다. 과연 마지막 장에 '수보리, 소위불법자, 즉비불법. 수보'라 쓰여 있었다.

다음에 이어져야 하는 글자는 '리'가 틀림없었다. 주자진이 경서를 탁탁 치며 말했다. "두 사람이 연인 사이였다면 부신원의 집에 분명 온양의 흔적이 있을 텐데, 이게 바로 그것 아니겠습니까?"

황재하가 고개를 끄덕였다. "이 경서는 틀림없이 온양의 것 같습니다."

"다만 이런 게 사건 조사에 무슨 도움이 되겠어." 주자진은 다시 실망한 표정을 지으며 먼지 가득한 책상 위에 경서를 내려놓았다. "또 다른 증거를 찾아봐야겠네. 두 사람이 대체 왜 자살했는지 알 수 있는 단서를."

이서백은 경서에 시선을 고정한 채 황재하에게 물었다. "뭔가 의문점을 느꼈느냐?"

책상 위가 온통 먼지투성이니 이서백이 직접 종이 뭉치를 집어들 리는 없었다. 황재하가 손을 뻗어 경서를 다시 한 번 넘겨 보고는 고개를 끄덕였다. "네, 조사에 도움이 될 듯합니다."

주자진은 황급히 종이 뭉치를 빼앗아 들고는 연거푸 물었다. "어디가? 뭐가 다른데?"

황재하가 설명했다. "종이 테두리에 유난히 여백이 많은 걸 보니, 호접장으로 장정하려던 것 같아요."

주자진은 영문을 모르겠다는 표정을 지었다. "호접장이 왜? 얼마나 보기 좋은데."

황재하는 종이를 내려놓고 이번에는 옷장 앞으로 가서 자세히 살펴보았다. 안에서 남자 옷 몇 벌을 찾아 주자진에게 건네며 온양의 집에 있는 옷과 비교해보라 한 뒤, 다시 부신원의 옷을 뒤적였다. 여름에 입는 산뜻한 색의 얇은 비단옷들이 있었다. 담황색, 옅은 옥색, 푸른빛이 감도는 월백색, 그리고 연분홍색까지 하나같이 생기 넘치는 색감이었다.

옷장 앞에 선 황재하는 뭔가 울컥한 마음에 참지 못하고 손을 뻗어 부드럽고 화려한 비단옷들을 천천히 스치듯 만져보았다. 형형색색의 아름다운 비단옷이 봄여름의 화려한 색채가 되어 눈앞에 번졌다.

남자 옷을 살펴보던 주자진이 고개를 들어 황재하를 보고는 저도 모르게 웃음을 터뜨렸다. "숭고, 네 얼굴이 여인처럼 생긴 건 그렇다 치는데, 여인들 옷까지 좋아하는 취미가 있어?"

황재하는 옷장을 닫고 그 옆의 장신구함을 살피며 말했다. "딱 봐도 도련님은 여인을 잘 모르는 것 같습니다."

주자진은 어이없다는 웃음을 지었다. "하, 꼭 너는 여인을 잘 아는 것처럼 말한다?"

황재하는 더는 주자진을 상대하지 않고 계속 장신구함 속 물건들을 살폈다. 비녀가 여러 개 있었는데, 평범한 꽃과 새 모양 외에 잠자리와 여치 같은 색다른 모양도 꽤나 예뻤다. 비녀 밑으로는 금팔찌와 옥팔찌도 여러 개 있었다.

장신구함 바닥에는 조그만 자단목 상자 하나가 따로 들어 있었다.

상자를 여니 반짝반짝 윤이 나는 양지옥 팔찌가 나왔다. 창밖에서 들어온 햇살 아래 팔찌 전체가 미세한 빛을 발하며, 마치 옅은 운무가 팔찌를 뒤덮은 듯 매혹적으로 보였다.

황재하는 팔찌를 한참 들여다보았다. 달라지는 하늘빛에 따라 옥 색깔도 시시각각 변하면서 옥 안에 수많은 기이한 모양을 만들어냈다.

이처럼 진귀한 보석이라면 따로 상자 안에 넣어 보관할 만했다.

황재하는 팔찌를 다시 상자 안에 넣으며 물었다. "공손 부인이 여기 왔었나요?"

주자진은 이상히 여기며 말했다. "그럴 리 없을걸. 공손 부인이 왔을 때는 부신원이 이미 죽은 뒤였고, 저택은 검시가 끝나자마자 바로 봉쇄됐어. 봉인 종이를 누가 손댄 흔적도 없고. 게다가 정원 담벼락이 이렇게 높은데 설마 날아서 들어왔겠어?"

"음……. 그러니 묘지기를 매수해서 빙실에 들어가 부신원의 얼굴을 봤겠죠?"

"그렇겠지."

황재하는 생각에 잠긴 얼굴로 이서백을 바라보았다. 이서백은 황재하와 생각이 잘 통하는지라 단번에 황재하가 무슨 생각을 하는지 알아챘다. "그 팔찌."

부신원이 죽은 뒤, 그리고 공손연이 묘지에 찾아가기 전, 이미 공손연은 부신원의 팔찌를 가지고 있었다. 그 팔찌가 어떻게 공손연의 수중에 들어갔는지 충분히 조사할 가치가 있었다.

황재하 손에 들린 상자를 가져간 이서백은 매끄럽게 반짝이는 옥팔찌를 꺼내 자세히 살펴보았다. 순간 이서백의 미간이 살짝 찡그려지는 걸 보고는 황재하가 낮은 소리로 물었다. "이 팔찌에 대해 뭔가 알고 계십니까?"

이서백은 고개를 돌려 황재하를 보았다. 맑고 투명한 옥에 반사된 햇살이 이서백의 얼굴을 비추어, 입가에 드리운 염려와 의아함을 고스란히 드러냈다.

"이건 궁중 물건이다."

황재하는 순간 깜짝 놀랐다.

"부황께서 돌아가시기 얼마 전에 궁중에서 조각한 것이지."

비록 이서백이 누구의 물건이었는지는 말하지 않았지만 황재하도 짐작할 수 있었다. 선황이 연로한 나이에 가장 가까이 두었던 사람은 악왕 이윤의 모친, 훗날 정신을 놓아버린 진 태비였다.

이서백은 황재하도 분명히 알아챘으리라 생각하며 살짝 고개를 끄덕였다. "정인과 함께 목숨을 끊은 기녀의 집에서 궁중 물건이 발견되다니, 분명히 숱한 우여곡절이 숨겨져 있겠구나."

황재하가 고개를 끄덕이더니 다시 물었다. "정말 그분의 것이라고…… 확신하십니까?"

"그래. 부황께서 돌아가시기 전에 자주 문안을 드리러 갔는데, 늘 그분이 부황의 시중을 들며 병상 곁을 지키셨다. 이 팔찌를 아끼셔서 항상 손목에 차고 계셨지. 옥의 광택이 만들어낸 갖가지 무늬들을 내 눈으로 직접 보았다. 아마 영원히 잊지 못할 장면일 것이다."

황재하는 고개를 끄덕이고는 팔찌를 주자진에게 건넸다. 주자진이 팔찌를 이리저리 살펴보는데 황재하가 다시 화제를 바꾸어 물었다. "부신원이 몸종을 하나 데리고 있었다고 하지 않았어요? 혼인을 앞두고 몸종은 다시 고향으로 돌려보냈다고요. 그 몸종은 찾으셨습니까?"

"응, 진작 사람을 보내놨지. 한주 사람이라고 하니, 가까워서 며칠 안에 찾을 수 있을 거야." 주자진은 그렇게 말하고는 얼른 팔찌를 내려놓고 싱글벙글 웃으며 황재하에게 가까이 다가가 속삭였다. "그 부인 음식 솜씨가 일품이라고 하더라고. 특히 매운 닭볶음 요리가 어찌나 맛있는지 송화리 전체를 뒤흔들 만한 맛이라고 하니, 나중에 우리도 좀 해달라고 해서 먹어보자고!"

주자진은 결국 송화리를 뒤흔들 만큼 맛있다던 그 닭볶음을 먹을 수 없게 되었다.

그날 오후, 한주로 갔던 포졸들이 침울한 표정으로 돌아와 주자진에게 고했다. "그 몸종이었던 탕주 부인은 한주로 돌아가던 길에 낭떠러지에서 실족사 했습니다."

주자진은 크게 놀라며 바로 되물었다. "정말 죽었어? 시신은 찾았고?"

"찾았습죠. 사고가 난 곳에 가서 아래를 내려다봤더니, 나이 많은 여인이 물가에 대자로 엎어져 있었습니다. 몸 주위로 피가 흥건했고요. 소인들은 맡은 바 소임을 다해 밧줄을 허리에 묶어서 낭떠러지 아래로 내려가 시신을 살펴봤습니다."

"확실히 그 부인이더냐?"

"확실했습니다. 비록 얼굴은 많이 뭉개진 상태였지만, 그 여인을 잘 아는 사람들 말로는 귀 뒤쪽에 커다란 점이 있다고 했는데, 확실히 오른쪽 귀 뒤에 한 치 정도 크기의 점이 있었습니다. 틀림없습니다!"

주자진은 고개를 돌려 황재하를 보며 말했다. "죽었다는데?"

황재하는 미간을 찡그리며 무의식적으로 머리 위로 손을 올려 비녀를 뽑아서는 책상 위에 몇 가닥의 선을 획획 그었다. 주자진은 재빨리 황재하 앞에 자리를 잡고 앉았다.

"뭘 생각하는 거야?"

황재하는 방금 그린 선들을 가리켜 보였다. "첫째는 자살한 이유. 우여곡절 끝에 드디어 함께하게 된 두 사람이 왜 자살을 선택했을까요? 둘째는 서재에 있던 종이 뭉치. 호접장으로 장정해서 낭송하려던 게 분명한데 왜 앞의 반절은 부신원의 집에 있었을까요?"

주자진은 그제야 깨닫고는 소리쳤다. "그래서 아까 경서를 보고 의아해했던 거구나! 그럼 셋째, 넷째는 뭔데?"

"탕주 부인의 죽음과 짐독의 출처입니다." 황재하는 여전히 비녀를 손에 쥔 채 곰곰이 생각에 잠겼다.

그때 포졸 하나가 급히 달려와서는 희색이 가득한 얼굴로 말했다. "포두 나리, 포두 나리. 큰일 났습니다!"

주자진이 포졸을 노려보았다. "지금 그게 큰일이 난 표정이냐?"

"물론입죠. 망자의 유족이 할 말이 있다고 찾아왔습니다! 오늘 잘 달래서 보내지 않으면 아무래도 계속 찾아올 듯합니다!"

주자진의 눈에 동정의 빛이 어렸다. '그런데 희희낙락이야? 이거 어지간히 모자란 녀석일세.'

포졸이 재빨리 주자진 가까이 다가가 귓가에 대고 속삭였다. "그 유족이라는 여인이 엄청난 미인입니다!"

주자진은 그제야 영문을 깨닫고는 벌떡 일어나 문 앞으로 나가 보았다. 과연 푸른색 옷차림을 한 절세미인이 관아 앞에 서 있었다. 온몸에 장신구 하나 달지 않고 소박한 차림이었으나, 지극히 평범한 거리에 서 있는 그 모습이 마치 춘삼월의 아름다운 꽃나무 숲에라도 서 있는 듯 보여 사람을 설레게 만들었다.

여인이 주자진을 향해 차분히 예를 취하고는 침울한 얼굴로 말했다. "동생의 사건에서 뭐라도 발견된 것이 있는지 궁금하여 찾아뵈었습니다."

"아, 공손 부인이었네!" 주자진이 황급히 뛰어나갔다. "부인, 우리가 오늘 하루 종일 조사를 했는데 꽤 수확이 있었습니다. 자자, 이리로 오세요. 마침 부인께 물어보고 싶은 것도 있던 참입니다……."

주자진의 말이 채 떨어지기도 전에 옆에서 누군가가 헛기침을 했다.

고개를 돌린 주자진은 순간 주눅 든 얼굴로 황급히 두 손을 모으며 공손하게 섰다. "아버지."

주상은 답답하다는 눈빛으로 아들을 보며 말했다. "과연 성도의 이름난 주 포두다우십니다. 각양각색의 사람들과 관계를 맺으시더니 이 정도로 교우 관계가 넓은지는 몰랐네요. 아주 대단하십니다!"

주자진은 어깨를 축 늘어뜨리며 더없이 공손한 투로 말했다. "아버지 말씀이 맞습니다. 이 아들, 절대 아버지의 기대를 저버리지 않고 각양각색의 사람들을 두루……."

"무어라?" 주상이 눈을 부릅떴다.

주자진은 자신의 말이 어디가 잘못됐는지 전혀 알지 못하고 당황해하며 부친을 올려다보았다.

주상은 소매를 떨치며 돌아섰다. "이 불효막심한 놈! 내가 네놈 때문에 제 명에 못 살지!"

주상 뒤쪽에 서 있던 이가 웃으며 말을 건넸다. "장인어른, 노여움 푸십시오. 자진이 이렇게 천진하고 순수한 것은 도리어 좋은 일이지 않습니까."

주자진은 부친이 몸을 돌려 떠나자마자 곧바로 혀를 내밀어 보이고는, 부친 뒤에 서 있던 이를 부르며 말했다. "형님, 오셨어요! 어서 이리로 와보세요. 소개시켜드릴 친구가 있습니다!"

남자의 소매를 잡아끌어 안으로 데려온 주자진은 공손연과 대화 중인 황재하와 이서백에게 남자를 소개했다. "왕 형, 양 동생, 여기 이 분은 제등 형님이십니다. 서천 절도부에서 판관(判官)을 맡고 계시지요. 제 형님, 여기 두 분은…… 제가 잠시 신세를 지고 있는 왕기 형님하고 양 동생입니다."

제등은 나이가 대략 서른 살 정도 되어 보였다. 준수한 얼굴에 미소가 드리워 무척 온화해 보였다. 제등이 이서백과 황재하를 향해 공수했다. "제등이라 합니다. 두 분은 송화리 사건 때문에 오셨습니까?"

황재하가 재빨리 예를 취했고, 이서백은 고개만 살짝 끄덕였다.

시선을 아래로 향한 공손연의 눈빛이 왠지 약간 번뜩인 것 같은 느낌에 황재하는 그 시선을 따라가 보았으나, 제등의 늘어진 소맷자락 밖으로 나온 왼손이 보일 뿐이었다.

황재하가 다시 고개를 들자 공손연이 황급히 물었다. "제 동생 사건에는 진전이 좀 있는지요?"

"부인, 제가 먼저 한 가지 여쭤봐도 되겠습니까?" 황재하가 공손연에게 물었다.

옆에서 지켜보던 주자진이 재빨리 제등에게 양해를 구했다. "이거

죄송합니다, 형님. 일단 좀 앉으세요. 저희가 지금 조사해야 할 일이 좀 있어서요."

제등의 얼굴에서 미소가 옅어졌다. "며칠 전에 송화리에서 벌어진 그 사건 말인가? 온양이 사랑하는 여인과 함께 목숨을 끊었다고 들었네만, 어찌 여기 계신 부인까지 연루된 것인가?"

주자진은 그제야 떠오르는 사실이 있었다. "아, 그러고 보니 형님도 온양과 아는 사이였지요?"

제등은 고개를 끄덕였다. "우리 둘 다 진륜운이 만든 시사에 들어가서 몇 해 동안 심심찮게 만나 시도 짓고 했지. 그러다가 지난달에는 좀 안 좋은 일이 있어서 몇 마디 다투었는데, 온양이 먼저 서신으로 사과의 뜻을 전해왔어. 그런데 뜻밖에도…… 이렇게 가버릴 줄 누가 알았겠는가."

황재하는 그 말을 들으며 제등을 유심히 살펴보았다. 시종일관 얼굴에 미소를 띠어 온화한 느낌을 주었지만, 딱 벌어진 어깨와 건장한 체격은 제법 듬직해 보였다. 남자다운 기개가 느껴지는 사람이었다. 아직 젊은 나이에 절도부 판관이라는 꽤 높은 직책에 오른 데다 군인들 같은 거친 습성도 전혀 없다니, 보기 드문 인물인 것 같았다. 하지만 다시 생각해보니 기왕 이서백 또한 군사들을 이끌고 역적을 제압한 적이 있고, 왕온도 왕 가 후손 중 드물게 무관 출신이지만, 두 사람다 고결한 문인의 기품을 지녔지 무인 분위기는 아니었다.

조용한 옆방으로 안내 받은 공손연은 약간 불안한 기색이었다. 거기에 황재하 등의 표정이 무거운 것을 보고는 황급히 물었다. "무슨 문제라도 생겼나요?"

"부인께서는 정말 이 사건을 빨리 해결하길 원하십니까?"

공손연의 낯빛이 일변하더니 속세를 초월한 듯 우아한 자태를 유지하던 몸이 미세하게 떨렸다. "어찌 그런 말씀을 하시는지요?"

"부인이야말로 어찌 저희에게 솔직하게 다 말씀하시지 않고 속이셨습니까?"

공손연은 미간을 찡그리며 이들의 시선을 피해 창밖으로 시선을 옮겼다. 그 눈빛이 불안한 듯 흔들렸다.

황재하가 다시 물었다. "솔직하게 다 말씀해주세요. 저희가 처음 만났을 때 가지고 계시던 그 팔찌는 어디서 났습니까?"

공손연은 고개를 떨어뜨린 채 나지막한 목소리로 대답했다. "그 일은…… 말씀드리기 어렵습니다."

"솔직히 말씀해주시지 않으면 저희가 아무리 도와드리고 싶어도 도무지 방법이 없습니다."

공손연이 계속 머뭇거리며 쉽게 입을 열지 못하자 황재하가 다시 설득했다. "이 사건이 빨리 해결되기를 바라지 않으십니까? 부인께서 협조해주시지 않으면 저희가 어떻게 사건을 해결해드리겠습니까?"

공손연은 그예 한숨을 쉬며 낮은 목소리로 말했다. "그렇죠, 제가 여러분을 속이면 안 되죠. 다만 저는 이 일은…… 동생의 죽음과 아무런 관련이 없다고 생각했어요……. 사실 제가 찾고 싶었던 것은 이 팔찌가 아니었어요."

공손연은 품에서 옥팔찌를 꺼내 책상 위에 올려놓았다. "제가 찾던 것은 사실, 양지옥 팔찌였어요. 아무런 장식도 없는 아주 깔끔한 것이지요."

황재하는 부신원의 장신구함에서 발견한 그 팔찌를 떠올리고는 잠시 망설이다가 공손연을 떠보았다. "그 팔찌가 뭔가 중요한 물건인가요?"

"장안의 한 지체 높으신 분이 아원에게 주신 팔찌입니다. 원래는 그분 모친의 유품이었으니 그분에게는 무척 소중한 물건이었지요."

공손연은 낮게 탄식하며 말했다. "하지만 아원은 그분보다 나이가 훨씬 많아 그분을 조금도 마음에 품지 않았습니다. 그분이 간청하셔서 팔찌를 받기는 했으나 마음은 열지 않았지요. 아원이 혼례를 앞두고 제게 보낸 서신에서 팔찌를 그분께 돌려드려달라고 부탁했습니다. 어쨌든 그분 모친의 유품이니 자신이 함부로 가지고 있을 수 없다고 말입니다."

황재하는 이서백이 했던 말을 떠올리며 자신도 모르게 눈을 들어 이서백을 보았다. 두 사람 모두 눈빛에 놀라움이 가득했다.

그 팔찌가 악왕 이윤의 모친, 진 태비의 것이었다는 사실은 추측했지만, 뜻밖에도 이윤이 직접 부신원에게 선물로 주었으며, 심지어 부신원은 이윤에게 아무런 마음도 없었다는 사실을 알게 된 것이다. 하지만 가만 생각해보면, 이윤은 현 조정의 왕제이고, 부신원은 악적에 이름을 올린 기녀 아닌가. 설령 부신원이 악왕부에 들어간다 해도 훗날 이윤이 명문가의 여인을 비로 취하는 모습을 지켜봐야만 할 터였다. 게다가 이윤보다 나이도 많아 먼저 청춘의 꽃다운 모습을 잃을 텐데, 그때에도 소년 시절 가졌던 설렘과 연모의 마음을 기억하고 있을 남자가 몇이나 있겠는가?

부신원은 왕의 첩이 되는 것보다 자신과 나이도 비슷하고 평범한 남자의 아내가 되는 편을 택했다. 감정을 논외로 하면 충분히 합리적이고 자연스러운 선택이었다. 하지만 헛된 것을 탐하지도, 가질 수 없는 것을 구하지도 않았으나, 결국에 가서는 자신이 선택한 사람과 함께 세상을 등지게 되는 결과가 기다릴 줄 어찌 알았을까.

공손연은 손을 들어 얼굴에 흐르는 눈물을 가리고는 떨리는 음성으로 말했다. "성도부에 오자마자 아원을 만나러 송화리로 갔는데, 뜻밖에도 골목 어귀부터 시끌벅적한 소리가 들려왔지요. 골목에 사람들이 가득 서서 분분히 떠들고 있기에 급히 다가가 물었더니, 부 씨 여인이 간밤에 자신의 집에서 누군가와 함께 죽었다며, 관아 사람들이 막 시신을 옮겨갔다는 것이었습니다……. 그때 제가 느낀 비통함은 이루 다 말할 수 없습니다. 어째서 아원이 가장 행복한 순간에 목숨을 버렸는지, 그저 거기 서서 방성대곡했을 뿐입니다…….”

공손연은 그때의 상황을 다시 이야기하는 것만으로도, 당시의 비통하고 아득한 감정에 휩쓸리는 듯 숨이 가쁘고 목이 메어 한참 후에야 겨우 다시 입을 열었다. “그렇게 한참을 울고 있는데 어떤 여인이 제게 다가와 왜 여기서 울고 있느냐고 물었습니다. 고개를 들어보니 어느 집 여종으로 보이는 사람이었습니다. 여인이 자신은 부 씨 집에서 일하던 탕주라고 자기를 밝혔습니다. 제가 아원이 살던 집에 들어가 볼 수 없느냐고 물었더니 고개를 내저으며 그 집을 드나들고 있던 포졸들을 가리켰습니다. 지금 관아에서 봉인을 하고 있어서 불가능하다고요. 그러면서 자신은 얼마 전에 고향으로 돌아갔다가 짐을 가지러 잠시 왔을 뿐이라고 했지요.”

이번에는 주자진이 물었다. “그래서 그 부인에게 몰래 팔찌를 가져다달라고 부탁했군요?”

“네……. 혹여라도 아원의 물건이 다 증거물로 봉인되어 그 팔찌의 배경이 들춰지기라도 하면 팔찌를 선물하신 분이 구설에 오를까 봐 걱정되었습니다. 그리고 아원이 그 팔찌를 돌려드리라고 제게 부탁했으니까요. 그래서 그 부인에게 돈을 좀 쥐여주고는 기회가 되면 장신구함에서 백옥 팔찌를 가져다달라고 했지요…….”

“결국 그 부인이 가져다 준 것은 그 백옥 팔찌가 아니라 이 팔찌였고요?” 황재하가 눈앞의 옥팔찌를 보며 가볍게 탄식했다. “동생분의 장신구함은 저희도 봤습니다. 장신구가 그리 많았으니 부인이 원하는 팔찌가 어느 것인지 어찌 알았겠습니까?”

“그랬겠지요……. 관아 사람들이 어서 나가라고 독촉했다기에 제가 원하는 팔찌로 바꿔다달라고 하지도 못하고 그냥 이 팔찌를 품에 안고 그 자리를 떠났습니다…… 아원의 유품을 가지게 된 것만도 다행이라 여기면서 말입니다. 투명하게 반짝이는 팔찌를 보니 아원도 분명히 이 팔찌를 좋아해 즐겨 찼을 거라는 생각이 들었습니다. 그랬으니 여종도 이 팔찌를 챙겨 나왔을 테지요."

"부인, 관아에서 조사하는 사건인데 그렇게 함부로 사람을 시켜 고인의 물건을 빼내면 절대로 안 됩니다." 주자진이 고개를 내저으며 말했다.

"네, 그러면 안 된다는 것은 잘 알았지만…… 팔찌를 주신 분께 난처한 일이 생기게 할 수도 없었어요. 저희 동생을 그렇게나 좋아해주신 분이니까요."

황재하가 천천히 입을 열었다. "주 포두님, 들어보니 별일 아닌 것 같습니다. 어느 부유한 가문의 자제분이 집안의 귀한 보물을 마음대로 부신원에게 선물로 주었던 거겠죠. 공손 부인은 그분의 명예를 생각해 동생이 죽은 뒤에라도 팔찌를 찾아 돌려드리려 했던 것뿐이고요. 비록 부당한 방법이긴 했으나 그리 큰 잘못도 아닌 듯합니다."

양승고의 말에 수긍하는 것은 주자진의 진심에서 비롯된 일종의 습관과도 같은 것이었고, 미인을 대신해 변호하는 것은 주자진이 절대 버릴 수 없는 남자의 의무와도 같은 것이었다. 그래서 주자진은 공손연이 죽은 자의 물건을 함부로 가져간 일을 눈감아주었다. "나도 그렇게 생각해. 게다가 부신원이 죽었을 때는 공손 부인이 아직 성도부에 도착하기도 전이니, 부인이 부신원의 죽음과 관계됐을 리도 없고 말이야!"

주자진이 용인하고 넘어가주어 이 일은 일단락되었다.

황재하는 고개를 숙여 탕주 부인이 몰래 가지고 나온 옥팔찌를 보다가 무의식적으로 손을 뻗어 집어 들었다. 옥팔찌는 차가워 보일 정도로 깨끗하고 희었으며 투명하게 속이 다 비치게 조각되어 있었다. 원래는 그다지 투명하지 않은 옥석이었으나 중간 부분을 파낸 덕에 유난히 투명하게 비치면서 반짝거렸다. 심혈을 기울여 조각해낸 한 쌍의 아름다운 물고기가 서로의 꼬리를 문 모습이 다정하고 애틋하기 그지없었다.

황재하의 표정이 침울해졌다. 마찬가지로 옥팔찌를 향해 있던 이서백의 시선이 천천히 황재하에게로 옮겨갔다. 황재하는 결국 긴 한숨을 내쉬며 팔찌를 주자진 앞으로 밀어주었다.

"이 팔찌는…… 사건과 관련 있는 물건이니 관아에서 보관하면 되겠네요."

별것 아닌 이 행동 하나에 이서백은 가슴에 답답하게 막혀 있던 무언가가 눈 녹듯 사라지는 기분이었다. 의식도 하지 못한 사이 입꼬리가 슬그머니 올라갔다.

주자진은 팔찌를 들고 한 번 훑어보았다. "참으로 예쁜 팔찌야. 게다가 한눈에도 주인이 진심으로 아꼈던 물건이라는 게 느껴지잖아. 봐봐, 어쩜 이렇게 윤기 나게 보관을 잘했을까. 엥? 팔찌 안쪽에 글자도 있어."

주자진은 팔찌를 눈앞에 갖다 대고는 천천히 돌려가며 안쪽에 조각된 글씨를 작게 소리 내어 읽었다. "만목지장, 하방미하(万木之長, 何妨微暇)……. 이게 무슨 뜻이지?"

황재하는 시선을 내려뜨린 채 천천히 찻잔을 들어 차를 마셨다. 이미 차갑게 식은 찻물이 목구멍을 지나 가슴까지 서늘하게 퍼졌다. 맛이 떫고 썼다.

이서백이 차분한 목소리로 말했다. "만목지장이라 함은, 모든 나무중 키가 으뜸인 나무이니, 곧 개오동나무, 다른 이름으로 재수 나무를 뜻한다."

"아, 재수 나무…… 흠(瑕)……." 순간 주자진은 깜짝 놀라며 기쁜 얼굴을 감추지 못했다. "재하? 황재하? 그럼, 이 팔찌가 황재하의 물건이었단 말입니까?"

공손연은 황재하가 누군지 몰라 의아한 표정으로 주자진을 바라보았다.

이서백과 황재하는 못 들은 척했다.

주자진은 거의 실성할 듯이 기뻐하며, 그 팔찌가 사건과 관계된 물건이라는 사실도 까맣게 잊고 그대로 자신의 품속으로 챙겨 넣었다. 그러고는 팔찌를 보호하기라도 하듯 가슴 위에 손을 얹고서 고개를 하늘로 치켜든 채 크게 웃기 시작했다.

"생각지도 못한 엄청난 일이 일어났어. 황재하가 찼던 옥팔찌가 내 손안에 있다니! 이제 매일 밤마다 이 팔찌를 껴안고 잘 거야. 누구라도 감히 이 팔찌에 손끝 하나 대기만 해봐! 내가 목숨 걸고 지키겠어!"

공손연은 아직 채 눈물이 마르지 않은 눈가를 손수건으로 누르며 의아한 눈빛으로 황재하에게 물었다. "주 포두…… 괜찮은 거죠?"

"아, 네. 괜찮아요." 황재하는 고개도 들지 않고 찻잔을 받쳐 든 채 천천히 한마디 덧붙였다. "이상하지 않으면 주자진 도련님이라 할 수 없지요."

주자진에게는 그야말로 경사스러운 날이었다. 기분이 몹시 좋은 주자진은 온 백성에게 은혜라도 베풀 기세였다.

"아탁! 근래 사건 조사에 나갔던 포졸들을 불러와. 다들 고생했으니 오늘 저녁은 내가 사겠어. 다들 한잔하러 가지!"

한 무리의 사람들이 떠들썩하게 주자진을 따라 관아 옆으로 난 길을 걸었다. 주자진이 옥팔찌를 꺼내 자랑하자 다들 깜짝 놀라며 감탄했다. "이게 바로 당시 우리의 황재하가 찼던 팔찌라니까. 게다가 황재하가 제일 좋아했던 팔찌라고!"

이서백과 황재하, 그리고 공손연은 주자진이 흥분하며 시끄럽게 떠드는 모습을 도저히 참을 수 없어 애초에 멀찌감치 뒤떨어져 걸었다.

주점에 도착해 자리에 앉던 포졸들은 그제야 공손연을 보고 하나같이 눈이 휘둥그레졌다. 몇몇 젊은 포졸들은 공손연 옆자리에 앉는 것이 무슨 대단한 영광이라도 되는 듯 서로 옆에 앉으려고 싸움까지 벌일 기세였다. 술이 나오자 이번에는 서로 술을 올리겠다고 난리였다.

공손연은 포졸들이 올리는 술을 마시고 감사의 말을 했다. "내 동생들의 자녀가 여러분과 비슷한 나이인데, 그 아이들보다는 여러분이 훨씬 예의가 바르네요."

순간 낯빛이 새하얗게 변한 포졸들이 앞에 앉아 있는 미인을 찬찬히 살펴보며 물었다. "부인 연세가……?"

"마흔이 다 되었습니다." 공손연은 아무렇지도 않게 말했다.

황재하와 이서백, 주자진을 제외한 나머지는 죄다 슬프다는 듯 얼굴을 가리며 한쪽으로 고개를 돌렸다.

주자진이 씁쓸하게 웃으며 말했다. "공손 부인이 이번에 우리 성도부에 오신 것도 다 여동생 일 때문이지. 여러분이 최근에 조사하고 있는 그 자살 사건의 여자분이, 바로 공손 부인 막냇동생이시다."

성도부의 전임 포두 곽명은 주자진이 황제의 명으로 포두 자리에 부임하는 바람에 기병대 대장으로 옮겨갔다. 비록 직급은 좀 떨어졌지만 봉록은 오히려 한 단계 올라 실속은 챙긴 셈이었다. 그래서 직급이 낮아진 일로 결코 마음 상하는 일 없이 주자진과 잘 어울렸다. 곽명이 주자진의 말을 받아 말했다. "아, 그 여자분! 기녀였지 않습니까. 얼마나 아름답게 생기셨던지! 독을 복용한 후에 온몸이 퍼렇게 변했는데도 옥 조각 같은 미인이셨지요. 그 자태하며, 용모하며……."

여기까지 말하던 곽명은 그제야 뭔가를 깨닫고는 공손연을 보며 급히 물었다. "그러니까 그 여인이 부인의…… 여동생이란 말입니까……?"

고개를 끄덕이는 공손연의 눈가에 다시 물기가 촉촉하게 어렸다. 공손연이 일어나 포졸들을 향해 술을 올렸다. "제 막냇동생 아원은 소녀 시절 옥처럼 빛나고 아름다웠습니다. 그런데 이렇게 일찍 세상을 떠나 원통하기 그지없습니다. 동생은 성정이 굳세고 늘 인내할 줄 아는 아이였으니, 결코 스스로 목숨을 끊었을 리 없습니다. 여기 계신 여러분께서 부디 제 동생을 불쌍히 여기시어 반드시 그 억울함을 풀어주시기를 부탁드립니다!"

곽명을 비롯한 모든 포졸들이 서둘러 대답하고 나섰다. 곽명은 비록 수염이 덥수룩해 산적 같은 외모였지만 동정심 많기로는 둘째가라면 서러운 사람이었다. "부인, 걱정하지 마십시오. 만약 동생분께서 정말 누군가에게 죽임을 당한 거라면, 여기 있는 저희 형제들이 반드시 최선을 다해 밝혀내겠습니다! 포두께서도 사건 해결을 위해 여기 계신 이 두 분을 청해 도움을 얻고 있으니 머지않아 사건이 해결될 겁니다!"

아탁이 옆에서 한숨을 쉬며 작은 소리로 말했다. "아가씨가 있었더라면 이 사건도 손쉽게 해결됐을 텐데 말입니다. 하지만 지금은…… 아무런 단서도 없고……."

황재하는 묵묵히 고개를 숙인 채 밥만 먹었다.

팔찌를 만지작거리던 주자진은 순간 눈을 빛내며 재빨리 팔찌를 품에 집어넣고 물었다. "아가씨라 함은 황재하를 말하는 거겠지?"

아탁이 아무 대답 않고 있으니 곽명이 대신 대답했다. "그럼요! 황재하는 우리 성도 사람들이 하나같이 존경해 마지않는 뛰어난 수사관이지요……."

"어서 얘기 좀 해봐. 황재하는 어떤 사람이었는가? 얼굴은 어떻게 생겼고? 그 수배 전단에 그려진 얼굴하고 닮긴 닮았는가? 평소에 즐겨 먹던 음식은? 좋아하는 색깔은? 꽃은 무슨 꽃을 좋아했으려나? 무슨 놀이를 좋아하고 어떤 책을 읽었지?" 주자진은 이 기회를 놓칠세라 온갖 질문을 쏟아냈다.

"아가씨는 얼굴이 아주 예뻤습니다! 비록 공손 부인처럼 온몸으로 아름다움을 뿜어내는 것은 아니었지만, 얼굴선이 얼마나 고운지 누가 봐도 출중한 미인이었지요!"

"그 수배 전단이 조금 닮긴 했습니다. 예쁘게 잘 그렸던데요?" 여기까지 말한 아탁은 고개를 들어 황재하를 보고는 순간 멈칫했다가 다시 입을 열었다. "그러고 보니 이분과 좀 닮은 것도 같습니다."

이미 철저히 분장한 얼굴임에도 황재하는 난처해 한마디도 하지 못하고 고개를 한쪽으로 돌려버렸다. 이서백은 그런 황재하를 흘끔 보고는 자신도 모르게 미소를 지었다.

곽명은 손을 들어 아탁의 머리에 꿀밤을 먹였다. "말도 안 되는 소리! 이 아우님과 아가씨가 어떻게 닮았냐? 하나는 남자고 하나는 여자고, 하나는 장안에서 온 이름난 수사관이시고 또 하나는…… 거 뭐냐, 전국에 수배령이 떨어진 흉악범인데, 어디가 닮았어?"

아탁은 머리를 문지르며 목을 움츠리고는 감히 더 이상 말을 꺼내지 못했다.

곽명은 재빨리 황재하를 향해 사과하고는 한숨을 내쉬며 술잔을 들어 술을 벌컥벌컥 들이켰다. 순간 분위기가 무거워졌다. 주자진이 아무리 황재하의 이야기를 들려달라고 졸라도 아무도 입을 열지 않았다. 그들의 황재하가 지금 전국에 수배령이 떨어진 범죄자라는 사실을 떠올린 것이다. 심지어 죄명은 '일가족 독살'이었다.

이서백이 살짝 고개를 돌려 황재하를 살폈다. 황재하는 고개를 숙인 채 아무 말 없이 앉아 있었다. 속눈썹에 가려진 눈동자가 어두웠다. 이서백은 젓가락으로 연근을 하나 집어 황재하의 그릇에 놓아주었다.

"진흙탕 속에 있어도 연근은 눈처럼 새하얗고 배처럼 달다는 사실을 누구나 다 알지. 하나 진흙이 깨끗이 씻겨나가야 그것이 연근임을 분별할 수 있지 않느냐……. 연근 요리를 좋아하느냐?"

황재하가 눈을 들어 이서백을 바라보며 나지막이 대답했다. "네……. 좋아합니다."

그 자리에 있던 사람들은 연근 이야기에 담긴 뜻을 아무도 알아채지 못하고 술만 벌컥벌컥 들이켰다.

그때 포졸 하나가 목소리를 낮춰 투덜거렸다. "말이 나와서 말인데, 어제 우선을 봤지 뭐야."

"그 나쁜 자식. 우리 아가씨가 그놈에게 쏟은 마음을 그런 식으로 헛되게 만들어버리고!" 나이가 가장 어리고 황재하를 가장 흠모하는 아탁이 씩씩거리며 욕을 퍼부었다. "황 사군 댁에서 그놈한테 베푼 은혜가 얼마며, 더군다나 아가씨와는 몇 해를 절친한 벗으로 지냈는데, 그런 일이 터지니까 제일 먼저 아가씨를 의심하다니! 게다가 어떻게 아가씨한테 받은 연서를 절도사 범 장군에게 갖다 바칠 수가 있어! 그전에 범 장군 아들의 범행을 아가씨가 다 폭로했으니, 절도사가 이 일을 공평하게 처리했겠느냐고!"

"아탁!" 곽명이 말을 끊으며 눈치를 주었다. "술도 많이 안 마셨는데 벌써부터 그리 주정을 하면 어째! 선견지명이 있는 범 장군의 뜻을 우리 같은 일개 포졸이 어찌 알겠어. 그냥 시키는 대로 하면 되는 거지!"

아탁은 하는 수 없이 입을 다물었지만 여전히 분이 풀리지 않는 표정이었다.

주자진이 아탁보다 더 열을 내며 식탁을 탁 내리쳤다. "우선? 그런 나쁜 놈이 아직도 뻔뻔하게 성도 안을 어슬렁거린단 말인가?"

"그러게 말입니다. 순풍에 돛 단 듯 앞길이 얼마나 잘 풀리는지 장안에서는 국자감에 천거되어 학정까지 지냈다는데, 근래에 다시 돌아왔더라고요."

주자진은 순간 멍한 표정을 지으며 중얼거리듯 물었다. "국자감 학정 우선?"

"네, 설마 장안에 계실 때 그놈을 만난 적이 있습니까?"

"만났다 뿐이겠어. 거의······" 주자진은 더듬거리며 차마 뒷말을 잇지 못했다. 청아하고 곧으며 온화하고 선량하기까지 해 자신이 흠모한 우선과, 옹졸하고 비열한 인품으로 황재하를 배신한 우선을 한 사람으로 연결 짓기가 어려웠다.

황재하가 태연히 끼어들었다. "그리고 보면, 황재하가 무사히 수사망을 뚫고 달아난 것은, 마음씨 좋은 사람들의 도움을 많이 받은 덕이겠네요. 그렇지 않았으면 성도에 이렇게 많은 포졸이 있는데 어떻게 빠져나갔겠습니까?"

곽명이 황급히 부정했다. "천부당만부당합니다! 저희 모두 명을 받고 얼마나 열심히 수색했는데요! 정말입니다! 관아에 있는 자들은 한 사람도 빠지지 않고 밤낮으로 몇 날 며칠을 수색했습죠!"

부정하면 할수록 더 어색하게 표가 나는 곽명을 보며 황재하가 웃음을 띠었다. "그랬는데도 잡지 못했다면, 아직은 그 여인의 명이 끝날 때가 아닌가 보지요." 그러고는 포졸들을 향해 잔을 높이 들었다. "어찌 됐든 제가 여러분께 한 잔 올리겠습니다."

식탁 분위기가 어색하기 짝이 없었다. 밥을 먹으며 모두 각자의 생각에 잠긴 듯 침묵이 흐르는 가운데 주자진만이 간혹 혼잣말로 중얼거렸다. "두고 봐. 내가 우선을 찾아가서 대체 어떻게 된 일인지 확실하게 따질 테니까."

갑자기 뭔가가 떠오른 곽명이 제등에게 물었다. "맞다, 판관 나리. 우선이 과거에 합격한 다음에 관아에서 하사한 집이 아마 판관 나리 관저 옆이었지요?"

시종 제등의 얼굴에 드리웠던 미소가 살짝 부자연스러워졌다. 제등이 술잔을 쥐며 대답했다. "그렇네. 나랑 꽤 가까이에 살고 있지. 하지만…… 성정이 좀 고고한 데다가 시끄러운 건 좋아하지 않는 사람이라서 나와는 왕래도 그다지 없고 아는 것도 별로 없어."

제등의 말은 사실이었다. 황재하가 우선과 그토록 가깝게 지냈는데도 이 제등이란 사람은 기억에 전혀 없었다. 제등이 우선과 잘 알고 지내는 사이였다면 황재하가 모를 리 없었다.

황재하는 웃으며 제등을 향해서도 한 잔 올렸다. "절도부는 현재 부사[17]가 공석이니 판관께서 일인지하 만인지상의 자리에 계시는 셈이지요. 이리 젊은 나이에 그러한 중임을 맡으셨으니 얼마나 출중한 분인지 가히 짐작하고도 남습니다. 범 장군께서 기대가 크시겠습니다."

"아니네. 그저 운이 좋았을 뿐이지." 제등이 웃으며 말했다.

주자진이 제등의 어깨를 끌어안으며 말했다. "형님, 너무 겸손한 말씀 마십시오. 저희 아버지께서 얼마나 고르고 고르신 사위인데, 조금이라도 부족함이 있으려고요? 평범한 사람이었다면 절대로 딸을 내주려 하지 않으셨을 겁니다!"

황재하가 약간 놀란 듯 물었다. "판관께서 곧 사군부의 사위가 되시는군요?"

"아아, 내가 깜빡하고 말을 안 했나 보네. 여동생 자연이 세밑에 제

---

17 절도사를 보좌하는 직책.

등 형님과 혼인하기로 했어." 주자진은 다시 제등을 향해 고개를 내저으며 웃었다. "아이고, 형님께서 이제 곧 저의 매제가 되시는군요. 이거 저한테 득인가요, 실인가요?"

곽명 등이 두 사람에게 앞다투어 술을 올리려 왁자지껄 소란을 피웠다. 그제야 식탁 앞이 다시 시끌벅적해졌다.

식사를 마치니 이미 달이 중천에 떠 있었다.

주자진과 포졸들이 분분히 공손연을 위로하며, 반드시 조속히 사건을 해결하겠다고 약속한 뒤 모두 각자의 처소로 향했다.

주자진은 황재하와 이서백을 객잔까지 배웅해주었다. 세 사람은 달빛 가득한 길을 걸었다.

황재하가 주자진에게 물었다. "제등이란 분은 나이가 어떻게 됩니까?"

"이제 곧 서른이야." 주자진이 갑자기 머리를 쥐어 잡으며 답답한 얼굴로 말했다. "내가 진짜 열 받아서! 아버지는 촉이 처음이니 당연히 절도사와 좋은 관계를 맺으려고 애쓰셨지. 제등 형님은 이미 혼례를 치렀던 사람인데 아내가 오래전에 죽었다고 하더라고. 범 대인이 우리 집에 아직 출가하지 않은 딸이 있는 걸 알고는 제등 형님을 자신의 오른팔이라 소개하면서 좋은 혼처를 구해달라고 한 거야. 절도사가 그렇게 말하는데, 우리 아버지가 달리 어쩔 수 있었겠어? 그래서 사주쟁이를 불러서 두 사람의 궁합을 봤는데 글쎄 그 인간이 제대로 보지도 않고 곧바로 운수 대통할 궁합이라고 외친 거야! 그렇게 바로 혼사가 결정 났어."

이서백은 생각에 잠긴 듯 낮은 목소리로 말했다. "보검(寶劍)을 거꾸로 들었으니 자신을 찌를 수밖에."

황재하는 바로 그 말뜻을 알아챘다. 절도사의 세도가 지나치게 커져 사군조차 그 앞에서 쩔쩔맨다는 의미였다. 주자진은 무슨 말인지 알아듣지 못하고 눈만 껌뻑이다가 다시 웃으며 말했다. "그래도 저희 동생도 밑지는 장사는 아닙니다. 혼인을 퇴짜 맞은 적이 있어서 장안에서는 괜찮은 혼처를 구하기 글렀거든요. 그러니 아버지께서 이 먼 곳까지 딸을 데려와 아무 사정도 모르는 사람한테 후다닥 보내버리시려는 거죠."

황재하는 그 이야기 속에 뭔가 숨은 내막이 있는 듯해 재빨리 물었다. "혼사를 왜 퇴짜 맞았는데요?"

주자진은 길에 아무도 없다는 사실을 뻔히 알면서도 사방을 확실히 살핀 뒤 황재하의 귀에 바짝 다가가 목소리를 한껏 낮춰 말했다. "동생이 교방에서 남자를 만났거든. 북을 아주 멋들어지게 치는 교방 예인이었는데, 그 사람한테 푹 빠져서는 향낭까지 만들어 선물했어. 결국 그걸 누가 봤는지 소문이 나서는…… 어휴, 이런 얘기는 내 얼굴에 침 뱉기인데. 절대 어디 가서 말하면 안 돼!"

황재하가 고개를 끄덕였다. "별일도 아닌데요, 뭘. 그저 향낭 하나 췄을 뿐이잖아요."

"어쨌든 이 일로 아버지가 노발대발하셨어. 우리 형님들은 하나같이 큰 관아에서 보직을 맡고 승승장구하는데, 하필 나랑 자연 같은 불효막심한 자식들이 섞여 있으니, 가문의 불행이지 뭐. 하하하……."

주자진과 헤어진 두 사람은 각자 방으로 향하기 전에 잠시 객잔 뜰에 서서 몇 마디 나누었다.

"이제 어떻게 풀어나갈 셈이냐?"

"저희가 정리했던 몇 가지 내용 중 탕주 부인이 이미 죽었습니다. 부신원이 죽은 후 얼마 되지 않아 목숨을 잃은 것을 보니 필시 뭔가 다른 내막이 있을 듯합니다. 내일 바로 한주로 사람을 보내 탕주 부인과 가깝게 지냈거나 관계가 있는 사람들을 탐문하겠습니다. 평소 언행에서 뭔가 단서가 잡히면 범인이 탕주 부인을 죽인 이유를 알아낼 수 있을 것입니다."

이서백이 고개를 끄덕였다. "이전에 사군부에 있던 사람들은 딱히 목숨을 잃은 자도 없고, 크게 부를 얻은 자도 없지. 짐독의 출처와 독을 넣도록 사주 받은 자에 대해 범위를 더 넓히는 수밖에 없겠구나. 한층 더 어려워졌다."

황재하는 고개를 끄덕이고는 얼굴을 들어 짙고 푸른 밤하늘을 올려다보았다. 비스듬히 기운 달이 하늘에 걸렸고, 낮게 깔린 별은 마치 진주알을 쏟아놓은 듯 반짝였다.

성도부의 밤은 황재하가 도망치던 그날과 조금도 다르지 않았다.

가족이 세상을 떠난 그날, 황재하는 범인으로 몰려 황망하게 성도부를 도망쳐 나갔다. 드넓은 밤하늘에 뜬 달과 별은 암담하기만 했고, 어디로 가야 할지 앞길이 조금도 보이지 않아 그저 북쪽으로만 내달렸다. 부디 장안에서 한 줄기 희미한 기회라도 붙잡을 수 있기를, 자신의 누명을 벗고 가족의 억울함을 씻을 수 있기를 바라며 달렸다.

하지만 당시 황재하의 마음속에 희망이라고는 눈곱만큼도 존재하지 않았다. 어두운 절망뿐이었다. 자신을 도와줄 사람을 찾을 수 있으리라고 믿지 않았다. 깊고 어두운 산길을 따라 걸으며 자신의 인생은 그 어둠 속에서 그대로 끝나버릴 거라고 생각했다. 그런데 지금, 곁에 있는 이 사람의 도움으로 이렇게 성도부로 돌아왔고 사건을 처음부터 다시 파헤치고 있다.

황재하는 침묵하고 있는 이서백의 옆모습을 바라보았다. 살짝 드리운 속눈썹은 그의 눈빛을 감추었고, 가볍게 다문 입가는 시종 냉정한 빛을 띠었다. 하지만 황재하만은 알았다. 차가운 그 겉모습 너머 남들은 모르는 따스함이 깊숙이 숨겨져 있다는 사실을.

그렇지 않는다면, 마차 안에서 꼴사나운 모습으로 끌려나온 황재하를 가차 없이 내치고 말지, 왜 굳이 제안을 받아들이고 황재하를 성도까지 데려와 진상을 좇겠는가?

이서백은 황재하의 생각을 읽기라도 한 듯 살짝 눈을 돌려 황재하 쪽을 바라보았다.

두 사람의 시선이 정확하게 서로를 응시했다.

황재하는 끝이 보이지 않을 만큼 깊고 고요한 이서백의 눈을 보았다. 그 눈빛이 가슴 깊은 곳으로 박차고 들어와 심장 박동이 빨라졌다.

"일찍 들어가 쉬어라. 내일부터는 조사해야 할 범위가 더 넓어질 테니, 먹는 것도 자는 것도 잘 관리해야 한다." 이서백이 부드러운 말투로 당부했다.

"네, 전하께서도 푹 쉬십시오."

두 사람이 각자 방으로 돌아가려는 그때, 갑자기 밖에서 탕탕탕 요란하게 문 두드리는 소리가 들려왔다. 주변 민가의 사람들을 깨울 정도로 시끄러운 소리가 골목 가득 울려 퍼졌다.

계산대 안쪽에서 침까지 흘리며 달게 잠에 빠져 있던 심부름꾼도 그 요란한 소리에 잠에서 깨어 등불을 받쳐 들고 욕지거리를 내뱉으며 걸어 나왔다. 그러나 바깥을 비춰보고는 찍소리 못하고 비굴하게 웃으며 물었다. "예서 묵으시게요, 손님?"

문 너머에서 굉장히 초조한 듯 다 쉰 목소리가 들려왔다. "친구가 좀 다쳤네. 어서 방을 하나 내주게!"

황재하는 그 목소리를 알아듣고 황급히 바깥으로 향했다. 이서백도 황재하와 함께 나오며 말했다. "장항영이 어찌 이 밤에 사람을 데리고 객잔으로 온단 말이냐?"

식당에 밝혀진 희미한 불빛이 막 문을 들어서는 장항영의 모습을 비추었다. 옷이 너덜너덜해진 사람을 부축해 안고 있는 장항영의 초조한 얼굴도 멍투성이였다. 안 그래도 체격이 건장하고 우람한 장항영이 그런 무시무시한 몰골을 하고 있으니, 심부름꾼도 감히 막지는 못하고 그저 조심스럽게 한 번 더 권했다.

"손님, 친구분이 많이 다치신 듯하니 차라리 의관으로 가시는 게 어떻습니까?"

"의관…… 의관이 어디 있는가?" 장항영이 물었다.

심부름꾼이 그 물음에 대답할 겨를도 없이 이서백이 먼저 낮은 소리로 누군가의 이름을 불렀다. "경육."

9장

푸른 나무
시들어지다

다 쓰러질 듯 장항영에게 몸을 의지하고 있던 사내는 이서백의 목소리에 순간 몸을 떨며 힘겹게 머리를 들어올렸다. 그러고는 낮은 소리로 이서백을 불렀다. "기……"

"맞습니다. 기 형님, 왕기 형님이십니다. 알아보시겠습니까?" 이미 경육에게 가까이 다가간 황재하가 즉시 말을 끊었다.

어두운 등불 아래서 경육은 혈색 없이 가쁜 숨을 몰아쉬었지만 이서백에게 고정된 눈빛은 힘 있게 반짝였다. 이서백의 신분을 노출하기 여의치 않은 상황임을 곧바로 눈치채고는 이후 아무 말도 하지 않았다.

이서백은 장항영에게 경육을 자신의 방으로 부축하라 일렀다. 심부름꾼은 온몸이 피투성이인 두 사람을 보며 내내 울상을 지었지만 감히 말리지도 못했다.

황재하가 의원을 불러오겠다며 심부름꾼에게서 낡은 등롱을 빌려 황급히 객잔을 나섰다. 황재하는 성도부 지리라면 손바닥 보듯 훤히 꿰뚫었다. 객잔을 나가자마자 골목 끄트머리에 있는 의관을 찾아가

힘껏 문을 두들겼다.

책 의원은 인정 많고 의로운 사람이어서 한밤중에 병자를 봐달라고 찾아와도 거절하지 않았다. 사람이 많이 다쳤다는 말에 곧바로 약상자를 챙겨 황재하를 따라나섰다. 두 사람이 객잔에 도착하니 경육은 방 안에 누워 있었다. 다 찢어진 피투성이 옷은 대충 벗겨내고 이불을 덮어준 상태였지만, 이미 정신이 혼미했다.

의원이 맥을 짚어보고는 고개를 절레절레 흔들었다. "상처가 생긴 지 이미 여러 날 되어 환부가 많이 썩어 들어갔습니다. 그런데도 지금까지 용케 잘 버텼네요. 이미 충분히 위험한 상황에서 또다시 상처를 얻었으니 쉽지 않겠습니다. 지금 제가 할 수 있는 일은 그저 약을 처방해드리는 것뿐이고, 완쾌가 될지는 환자가 이 고비를 넘길 체력이 있는지 여하에 달렸습니다."

의원은 칼에 독한 술을 뿌려 불에 달군 다음 경육의 옷을 벗기고 썩은 살을 도려냈다. 바깥에 나가 있던 황재하는 참지 못하고 터져 나오는 경육의 비명을 들으며 자신도 모르게 벽에 바싹 붙어 서서 아랫입술을 꽉 깨물었다.

'대체 누가 보낸 자객일까? 장안 십사 사람을 움직이고, 기악 군주까지 무기로 삼아 이용할 정도에, 전하의 모든 동향을 빠짐없이 파악하고 있는 사람. 그런 사람이 대체 누굴까?'

황재하의 머릿속에 제일 먼저 떠오른 사람은 후덕한 얼굴에 온화한 미소를 띤 황제였다. 그다음은 독사 같은 음침한 눈빛의 왕종실이었고, 그 외에도 배후로 의심 가는 사람이 있다면 왕 황후와 곽 숙비, 방훈, 그리고 이곳 서천 절도사 범응석 등이었다. 천 길 물속은 알아도 한 길 사람 속은 모른다 하지 않던가. 상냥한 웃음 뒤로 감히 측량할 수도 없는 무시무시한 살기를 감춘 자가 누구인지, 과연 알아낼 수 있을까?

방문이 살짝 열리더니 장항영이 바깥으로 나왔다. 정신없는 얼굴로 옆에 멍하니 서서는 황재하를 향해 고개를 돌리고 뭔가 말을 하려다가 마는 눈치였다.

황재하가 먼저 말했다. "맞아요, 저예요."

"정말 그랬군요……." 장항영은 나지막이 내뱉고는 고개를 푹 숙였다. 말로 다 표현 못 할 괴로움과 슬픔이 느껴졌다.

황재하가 한숨을 쉬며 물었다. "경육 공공은 어떻게 만났어요?"

"촉 지방을 돌아다니며 적취의 소식을 알아보려고 새벽 일찍 성도부를 떠나 산길을 걷는데, 갑자기 반대편에서 누군가가 말을 타고 달려왔습니다. 매우 협소한 산길이어서 미처 피하지 못하고 그대로 낭떠러지 아래로 굴러떨어졌는데……."

다행히 그 낭떠러지는 비탈진 언덕이었다. 굴러떨어지던 장항영은 작은 나무 하나를 붙잡아 가까스로 매달렸다.

고개를 들어 사방을 살펴보니 이미 거의 낭떠러지 아래까지 내려와 있었다. 간신히 언덕을 기어 내려가 물가에서 목을 축이고는 그대로 앉아 좀 전에 구르면서 탈골된 팔을 끼워 맞췄다.

그때 갑자기 귓가에 야생 짐승의 낮은 포효 소리가 들렸다. 고개를 돌리니 표범 한 마리가 맹렬한 기세로 달려오는 게 보였다. 오른팔을 막 끼워 맞춘 장항영은 표범에게 저항할 힘이 조금도 남아 있지 않아 자신도 모르게 벌떡 일어나 반대쪽을 향해 달아났다. 하지만 표범의 속도는 상상 이상으로 빨라 어느새 장항영의 몸을 덮쳐왔다. 표범의 날카로운 이빨이 그대로 장항영을 향해 돌진했다. 눈을 감고 그저 죽기만을 기다리던 그때, 갑자기 옆에서 돌 하나가 날아와 표범을 명중시켰다.

'조금 더 큰 돌을 던져주었으면 표범 머리를 그대로 쪼개버렸을 텐데.' 장항영은 속으로 살짝 아쉬워했다. 돌이 날아든 쪽으로 고개를 돌려 보니, 온몸이 피투성이인 사람이 강가의 커다란 바위에 몸을 기대고 있었다. 중상을 입은 지 이미 오래된 듯 보였다. 그런 상태에서도 남을 구하기 위해 있는 힘을 다해 돌을 던져준 것이었다.

장항영은 재빨리 그 사람 곁으로 뛰어갔다. 두 사람은 큰 바위에 몸을 기댄 채 돌을 집어 들어 표범을 향해 쉴 새 없이 던졌다. 그 사람은 이미 기력이 바닥난 상황이었지만 명중률은 뛰어났다. 그리고 장항영은 아직 오른팔은 쓸 수 없었지만 왼팔의 힘은 여전했다. 또한 강가에 차고 넘치는 것이 돌이었다. 표범은 계속된 공격에 신음을 내며 울부짖었다.

표범은 배가 너무 고팠기에 사람을 향한 공격을 감행했으나, 두 사람이 연합해서 공격해오자 먹잇감을 얻지 못할 것을 깨닫고는 강가에 발톱만 비벼대다가 결국 깊은 산속으로 들어가버렸다.

장항영은 표범이 완전히 자취를 감출 때까지 기다렸다가 옆의 사내를 향해 고개를 돌렸다. "형씨, 괜찮으신가요?"

그런데 뜻밖에도 사내는 이렇게 물었다. "장항영…… 자네가 어떻게 여기 있지?"

장항영은 순간 크게 놀랐다. "저를 아십니까?"

"그걸 말이라고……. 나는 기왕부의 경육이네."

"여기까지 오는 길에 경육 공공에게 들은 바로는, 전하께서 위험한 일을 당하신 뒤 적의 포위망을 뚫고 나오면서 모두 뿔뿔이 흩어졌고, 그때 화살에 맞아 부상을 당한 채 산속으로 도망쳤다고 합니다. 그 피냄새가 맹수를 불러들였던 거죠……." 장항영은 걱정스러운 듯 방 쪽을 바라보며 낮은 소리로 말했다. "지금까지 버틴 것만으로도 쉽지 않았을 겁니다. 제발 무사히 잘 넘겼으면……."

두 사람은 하루가 채 되지 않는 짧은 시간을 함께했을 뿐이지만, 합심해 적을 물리치고 서로를 부축하여 여기까지 오면서 이미 고통을 나눈 지기가 되었음을 황재하도 알 수 있었다. 바로 자신과 이서백처럼 말이다.

장항영은 복도의 약한 불빛에 의지해 황재하를 바라보며 쭈뼛쭈뼛 물었다. "그럼 아가씨…… 아니, 양 공공. 공공은 어찌 이곳에 계십니까?"

"습격을 당한 뒤 행적을 감추기 위해 잠시 여기 머물고 있어요." 황재하가 간단히 설명했다.

방 안에서 들려오던 경육의 비명이 어느 정도 잠잠해졌다. 황재하는 급히 따뜻한 물을 떠와 의원이 방에서 나오자 바로 물을 들고 안으로 들어갔다. 장항영이 황재하 손에 들린 물동이를 가져가며 말했다. "제가 하겠습니다."

장항영은 침대 옆에 앉아 따뜻한 물수건으로 경육의 몸에 묻은 핏자국을 닦아주었다. 온몸에 붕대가 칭칭 감겨 그저 얼굴과 목 부위 정도밖에 닦아줄 수 없어 마음이 견딜 수 없이 힘들었다.

이서백은 방을 경육과 장항영에게 내주고 새로이 방을 하나 더 얻었다. 경육이 누운 방 안을 들여다보던 심부름꾼은 침대 가득 묻은 핏자국에 거의 울기 직전의 얼굴을 했다. 하지만 주자진이 빌린 방이라 달리 어쩌지도 못하고 그저 이불보 값은 꼭 따로 챙겨주십사 거듭 당부했다.

황재하는 날이 채 밝기도 전에 일어나 씻고 분장을 한 뒤 밖으로 나왔다. 이서백도 마침 경육의 방에서 나오고 있었다.

이서백이 방문을 닫고 황재하에게 말했다. "좀 나아지는 것 같구나. 아직 미열은 있지만 어젯밤보다는 많이 좋아졌다."

황재하는 고개를 끄덕이며 안도의 한숨을 내쉬었다.

두 사람은 식당으로 가 아침을 먹었다. 황재하가 작은 소리로 이서백에게 말했다. "어젯밤에 한 가지 생각난 일이 있어 전하께 여쭙고 싶습니다."

이서백이 살짝 고개를 끄덕이며 눈을 들어 황재하를 바라보았다.

"짐독으로 사망하면 비상과 비슷한 증상 말고 다른 증상도 나타나는지요? 예를 들면, 손가락 끝이 거뭇하게 변한다던가 말입니다."

이서백은 잠시 생각하더니 되물었다. "부신원의 손가락 끝에 있던 그 검은색 흔적을 말하는 것이냐?"

"네."

"그런 증상은 아마 없을 것이다. 그 검은 흔적은 다른 곳에서 묻혀 온 것이 아닌가 생각되는구나."

"그럼 풀어야 할 의혹이 하나 더 생겼습니다." 황재하가 여전히 소리를 낮춰 말을 이었다. "부신원은 용모를 아름답게 가꾸는 여인이었습니다. 그런 여인이 죽음을 앞두고 어떻게 자신의 몸을 단정히 돌보지 않았겠습니까. 섬섬옥수 같은 손이 그렇게 더럽혀진 채로 죽음을 맞았을까요?"

이서백이 고개를 끄덕였다. "그러고 보니 어제 부신원의 장신구함을 살펴보면서 네 얼굴에 뭔가 주저하는 기색이 보이던데, 혹 뭐라도 발견한 것이냐?"

"그건, 남자들은 잘 모를 것이옵니다." 황재하는 주위를 살펴 식당 구석에 여전히 자신들뿐임을 확인하고는 말을 이었다. "전하, 부신원이 죽을 때 입은 옷차림을 기억하십니까? 머리는 잘 틀어 올리고 회자색 저고리와 푸른색 치마, 그리고 흰색 비단신 차림이었지요."

이서백은 고개를 끄덕이며 궁금한 눈빛으로 황재하를 보았다.

"제가 부신원의 옷장을 살폈을 때는 죄다 푸르고 붉은 색깔 옷으로 가득했습니다. 평소 부신원은 그렇게 밝고 화려한 색상의 옷을 즐겨 입었다는 뜻이지요. 그런데 시신이 입고 있던 회자색 저고리는, 원래는 밝은 자주색이었지만 오래되어 색이 바랜 천을 가져다가 편하게 입을 양으로 지은 옷으로 보였습니다."

"그러니까, 죽음을 앞둔 여인은 보통 자신이 가장 좋아하는 새 옷으로 갈아입지, 그런 옷을 입고 죽을 리 없다는 말이로구나?"

"게다가 사랑하는 사람과 함께 세상을 떠나지 않았습니까. 옷장 가득한 화려하고 고운 옷들을 다 제쳐두고 하필 그런 낡고 빛바랜 옷을 입고 연인과 애틋하게 깍지를 낀 채 자살했을까요? 최소한 옷이라도 더 예쁜 걸로 입으려 하지 않았을까요?" 황재하는 잠시 곰곰이 생각하더니 이내 고개를 저었다. "하지만 꼭 그렇다고 단언할 수도 없겠네요. 자살을 결심했을 때는 모든 것이 절망적인 상황이었을 테니, 자신의 옷차림이 예쁘고 안 예쁘고를 돌아볼 정신이 없었을지도 모르겠습니다."

"그러하면, 이제 우리가 해야 할 일은 대체 무엇이 그 두 사람을 그런 절망으로 내몰았는지 알아보는 것이겠구나."

두 사람은 마저 아침을 들고 객잔을 나섰다. 문을 나서며 황재하는 할 말 가득한 얼굴로 고개를 돌려 이서백을 쳐다보았으나, 차마 말을 꺼내지 못하고 머뭇거렸다.

"말해보거라." 이서백이 담담하게 말했다.

"아무리 생각해도 이상해서 말입니다……. 전하께서는 설마 일전의 습격을 전혀 마음에 두지 않으신 겁니까?" 매일 자신과 함께 사건 조사에 매달리는 이서백을 보면서 황재하는 불과 며칠 전에 그런 끔찍한 일이 벌어졌던 게 맞는지 의심이 들 정도였다.

이서백은 황재하를 슬쩍 쳐다보며 말했다. "급할 게 무어냐. 오래지 않아 다음이 올 것이다."

"그렇군요……. 뭐 어쨌든 전하께서는 자객의 우두머리가 누구인지도 알고 계시니, 아마도 이미 모든 걸 훤히 꿰뚫고 책략도 세워놓으셨겠지요. 제가 쓸데없이 말이 많았네요." 황재하가 이서백에게 눈을 흘겼다.

황재하의 그런 모습을 처음 본 이서백은 저도 모르게 미소 지으며 고개를 외로 꼬고 말했다. "네게 말해주어도 무방하겠지. 사실 그 우두머리는……."

그러다 앞쪽의 한 사람에게 시선이 닿은 이서백은 하던 말을 멈추었다.

길 건너편에 푸른 옷자락을 바람에 흩날리며 마치 속세를 벗어난 듯 고결한 기품을 풍기는 사람이 서 있었다. 우선이었다. 그리고 우선 앞에 서 있는 사람을 본 이서백과 황재하는 서로 눈빛을 교환했다. 바로 주자진 여동생의 정혼자라던 제등이었다.

아직 길가에 행인도 드문 이른 시간에 두 사람이 길에서 무슨 이야기를 나누는지 알 수 없었다. 우선은 굉장히 어두운 낯빛으로, 제등이 무슨 말을 해도 고개를 내저었다. 느리지만 단호한 고갯짓이었다.

황재하가 망설이고 있는데 이서백이 황재하의 어깨를 가볍게 툭 치며 말했다. "따라오너라."

그러고는 황재하를 이끌고 이른 아침의 한적한 거리를 걸어 그 두 사람을 향해 다가갔다.

황재하는 아무 말 없이 고개를 숙이고 이서백의 뒤를 따랐다. 그 모습이 꼭 주인을 따르는 종처럼 보였다. 두 사람 가까이 이르러 이서백은 한 노점 앞에 멈춰 섰다.

"찐빵 두 개만 주시오."

이서백과 황재하는 노점 주인이 찐빵을 준비하는 걸 지켜보며 우선을 등지고 서서 두 사람이 나누는 대화를 들었다.

"우선, 나는 참으로 자네의 재능이 아깝네. 자네와 평소 왕래가 많지는 않았지만, 내 자네 학식에 대해서는 얼마나 흠모하고 있는지 모르네. 황 사군 일가가 모두 죽은 마당에 관아에서 받는 그 수당만으로 편히 살 수 있겠는가? 범 장군도 자네의 재능을 아끼기에 절도부로 들어오라 청하는 게 아닌가. 들어오기만 하면 곧바로 장서기[18]가 되고, 해가 바뀌면 지사[19]가 될 것이네. 장군께서 직접 그리 말씀하셨다니까!"

우선은 제등이 말하는 요점을 하나도 듣지 못한 듯 차가운 목소리로 말했다. "황 사군 일가는 모두 죽지는 않았습니다. 그 딸은 살아 있습니다."

"쳇…… 황재하? 황재하가 감히 돌아온다 해도 그 앞에 기다리는 건 죽음밖에 없네. 가족을 독살한 그런 악랄한 여자도 사람으로 친단 말인가?" 제등은 조소하며 지극히 평범한 말투로 계속 말을 이어갔다. "그때 범 장군에게 황재하를 고발한 사람이 바로 자네 아니었나. 그런데 어찌 갑자기 황재하 이야기를 꺼내는가?"

우선은 잠시 침묵하더니 몸을 돌려 앞으로 걸어가며 말했다. "저는 일이 있어서 먼저 가보겠습니다."

제등이 바로 뒤돌아서 우선을 막아섰다. "그 일이라는 게 다 뭔가? 이제 적당히 좀 하게. 죽은 지 이미 반년이 넘었는데, 뭐하러 그렇게 하루가 멀다 하고 황 가 묘에 쫓아가 지전을 사르고 묘를 닦나? 그래봤자 양부모 아닌가. 자기 힘을 키우려고 자네를 거둬 양육했을 뿐이네……."

순간 우선의 목소리가 얼음장처럼 차갑게 변했다. "본래 그토록 미천한 신분에 지나지 않는 제가 어찌 감히 범 장군께 가까이 가겠습니

까? 범 장군께 대신 고해주십시오. 이번 생에 소인은 그저 무덤을 지키는 사람에 불과하며, 감히 이 더러운 발로 절도부의 문턱을 넘을 일은 없을 거라고 말입니다!"

"허허, 자네 참으로 고결하군!" 제등은 차갑게 웃으며 그를 조롱했다. "듣자하니 국자감 학정으로 천거되어 부임해 갔을 때 동창 공주와 아주 뜨거운 관계였다지? 여자 치맛바람 덕에 승승장구할 뻔했다가 거참 아깝게 됐어. 사람의 팔자가 다 그렇네. 하필이면 그때 동창 공주가 죽을 게 뭐란 말인가? 결국 자네가 잔뜩 풀이 죽어 다시 성도로 돌아올지 누가 알았겠어? 그런데 장안에서 했던 일들은 까마득하게 잊고 성도에서는 다시 성현으로 살아가시겠다?"

"여기 찐빵 나왔습니다요. 방금 쪄서 뜨거우니 조심하십시오." 노점 주인은 찐빵을 토란잎에 싸서 두 사람을 향해 하나씩 건네주었다.

황재하가 내민 손이 파르르 떨리자 이서백이 대신 받아주었다. 그러고는 황재하의 귓가에 대고 속삭였다. "조금만 더 지켜보자. 소리 내지 말고."

우선은 아무 말 없이 길가에 선 채 긴 한숨만 내쉬더니 한참 뒤에야 겨우 입을 뗐다. "이번 생에 제가 유일하게 구하는 것이 있다면, 바로 스스로의 양심에 부끄러움 없이 사는 것입니다."

"하하…… 하하하하……."

제등이 미친 듯이 폭소를 터뜨렸다. 어찌나 격렬하게 웃는지 하마터면 옆에 쌓여 있는 복숭아를 뒤집어엎을 뻔했다. 근처의 장사꾼들이 황급히 자리를 옮기며 피했다. 제등은 우선을 가리키며 숨이 넘어갈 듯 비웃었다.

"양심에 부끄러움 없이…… 하하하. 자네야 당연히 양심에 부끄러움이 없겠지. 부끄러움이 있었으면 진작 죽었을 테니까!"

우선은 제등의 말이 무슨 뜻인지 알 수 없어 그저 차갑게 그를 노려볼 뿐이었다. 제등은 옆에 있는 큰 나무를 손으로 쳐가며 여전히 웃음을 참지 못했다. 그 웃음소리가 한 줄기 음산한 기운이 되어 우선의 가슴 한복판을 천천히 관통하더니 온몸을 돌아 다시 날카로운 바늘이 되어 관자놀이를 찔러왔다. 참을 수 없이 고통스러웠다.

우선은 머리를 움켜쥐었다. 심장이 격렬하게 뛰어 더 이상 몸을 지탱할 수 없을 지경이었다.

제등은 그런 우선의 귓가에 대고 조롱하는 목소리로 말했다. "자네 아직 기억하는가? 나의 그 자그마한 빨간 물고기가 어디로 갔는지?"

우선은 깜짝 놀라 눈을 부릅떴다. 맑고 투명하던 그 눈에 붉은 핏발이 가득 섰다. 당황한 기색이 역력한 그 얼굴은 마치 보지 말아야 할 것을 봐버린 듯한 표정이었다.

"거 보게. 난 원래 자네에게 좋은 심부름을 하나 시키고 싶었을 뿐인데 자네가 이런 식으로 나를 대할지는 몰랐네." 제등이 몸을 살짝 숙이고는 우선의 뺨을 툭툭 치며 말했다. "돌아가서 한번 잘 생각해보게. 소식 기다리고 있겠네. 어찌 됐든…… 자네와 내가 친분이 얕은 관계는 아니잖나."

이를 꽉 깨문 우선은 혐오스러운 눈빛을 하고서 제등의 손을 뿌리쳤다.

제등이 또다시 웃기 시작했다. 이번 웃음은 조금 전처럼 미친 듯한 조소는 아니었다. 그의 얼굴에 다시 평소와 같은 온화한 미소가 돌아왔다. "공연한 걱정은 말게. 내가 온양도 아닌데 뭘 그리 무서워해."

말을 끝낸 제등은 옷자락을 펄럭이며 절도부가 있는 쪽으로 걸음을 옮겼다. 한바탕의 다툼이 끝난 뒤, 제대로 몸도 가누지 못하고 휘청이는 우선만 그 자리에 남았다. 소란을 구경하던 이들도 흩어져 각자 갈 길을 갔다.

우선의 뒷모습을 가리키며 누군가가 말했다. "우선 아닌가? 당시 사람들이 사군부에는 해와 달이 함께 빛난다며 입에 침이 마르도록 칭찬했지. 하나는 사군의 천금 같은 따님 황재하고, 또 하나는 사군의 의붓아들 우선이고. 서로 상대방을 환하게 비추는 두 사람이었지. 성도 사람들 중에 그 두 사람이 가진 재능과 기품을 흠모하지 않는 사람이 없었어. 그런데 고작 몇 달 사이에 이렇게 변할 줄 누가 알았겠는가."

황재하는 길가에 멍하니 서 있다가 한참 뒤에야 고개를 돌려 이서백을 보았다. 이서백은 황재하의 손에 찐빵을 쥐여주며 말했다. "가자."

원래는 달달하고 맛있는 찐빵이건만 지금은 밀랍이라도 씹는 기분이었다. 황재하는 자신이 이미 아침을 먹었다는 사실을 떠올렸으나, 아무렴 어떤가 하는 심정으로 멍하니 또 한 입 베어 물었다. 이서백은 황재하를 데리고 계속 앞으로 걸음을 옮기며 우선을 따라갔다. 터벅터벅 걷던 우선은 성문 근처에 이르러서야 뭔가 이상한 느낌에 천천히 몸을 돌리고는 자신의 뒤를 걸어오는 두 사람을 보았다.

"이거 우연이군." 담담하게 그리 말하는 이서백의 얼굴은 정말로 길에서 우연히 만난 것 같은 표정이었다.

우선은 고개를 살짝 끄덕이고는 황재하를 바라보았다. 황재하는 왜 하필이면 이런 순간에 손에 찐빵이 들려 있는지, 게다가 이 찐빵을 언제 반절이나 먹었는지, 스스로도 어리둥절했다. 버리지도 못하고, 먹지도 못하고, 하는 수 없이 찐빵을 그대로 손에 쥔 채 어색하게 우선을 향해 고개를 끄덕여 보였다.

"두 분은 어디에 가시는 길이신지요?"

"성도부에 온 지 이미 여러 날이 지났는데, 아직 주변 풍경을 제대로 감상하지 못해서 말이네. 오늘 잠시 짬이 나서 성 외곽에 있는 명승고적이나 좀 둘러보려 하네."

"그러시군요. 명월산 광도사가 촉에서 이름난 고찰입니다. 기암괴석도 멋지고, 울창한 대나무 숲에 샘물도 흘러 경치가 매우 수려하지요. 한번 유람하실 만합니다."

황재하가 고개를 끄덕이며 말했다. "우리도 목선 법사님을 한번 뵙고 싶어."

"내가 목선 법사님을 잘 아니 소개해줄게." 우선은 그렇게 말하며 두 사람과 함께 성 외곽으로 걸음을 옮겼다.

촉에는 험한 산령이 많았는데 명월산은 그 기세가 더욱 범상치 않았다.

황재하는 우선의 뒤를 따라 산 능선의 돌계단을 올랐다. 한 계단 한 계단 오르다 보니, 문득 지난해 이맘때 둘이서 함께 여기를 오른 일이 생각났다. 날씨가 화창하던 그날, 두 사람은 서로 어깨를 나란히 하고 우스갯소리를 주고받으며 계단을 올랐다. 산세가 험해 황재하가 살짝 뒤처질 때면 우선이 뒤를 돌아보며 손을 내밀어주곤 했다.

어떨 땐 우선이 내민 손을 거들떠보지도 않고 '나 혼자서 갈 수 있어'라고 말하며 토라진 얼굴로 우선을 앞질러 갔고, 어떨 땐 우선의 손을 붙잡고 그 힘에 기대 두세 개의 계단을 한꺼번에 뛰어올랐다. 또 어떨 때는 자신을 향해 내민 그 손에 길가에서 꺾은 작은 꽃을 올려주며 그 손의 의미를 모르는 체하기도 했다.

그때 황재하가 꺾었던 작은 꽃들이 지금도 길옆에 무성히 피었다. 황재하는 무심코 꽃 한 송이를 꺾어 손바닥에 올리고는 고개를 들어 앞에 가는 두 사람을 보았다.

곧게 뻗어나간 대나무를 닮은 우선, 아름답고 고운 홰나무를 닮은 이서백.

한 사람은 가슴 깊이 묻은 첫사랑이자, 소녀 시절 처음으로 가슴 설레며 품었던 꿈이었다.

한 사람은 굳게 믿고 의지하는 사람이며, 지금 곁에서 동행하며 손을 잡아주는 힘이었다.

한 사람은 이미 과거가 된 것 같았고, 한 사람은 아직 오지 않은 것 같았다.

황재하는 고개를 숙여 손바닥에 놓인 노란 들꽃을 보다가 손을 들어 불어오는 산바람에 꽃을 날려 보냈다. 꽃은 이내 저 멀리 보이지 않는 곳까지 날아갔다. 황재하는 마음속의 모든 잡념을 다 뱉어내듯 길게 한숨을 내쉬었다. 이 바람이 자신의 복잡한 심정도 함께 먼 곳으로 날려 보내주면 좋겠다는 생각을 하며.

광도사의 입구는 산중턱에 나 있었다. 각각의 대전은 산세를 따라 산꼭대기까지 층층이 세워져 질서정연한 모습이었다. 산세가 험하고 절의 규모도 무척 커서, 산중턱부터는 겹겹이 지어진 건물이 산체를 완전히 가려 산의 모습은 보이지 않고 사찰만 눈에 들어왔다.

목선 법사는 현재 절의 주지스님이었다. 선방은 꽃나무로 둘러싸인 깊은 산중에 자리했고, 선방 뒤로 샘이 하나 있어 돌 사이에서 새어나온 샘물이 선방 주위를 돌아 흘러 내려갔다.

"여기가 하룻밤 새에 크게 변했다는 샘물이구나?"

황재하는 가까이 다가가 샘구멍을 자세히 살펴보았다. 샘구멍이 갈라진 흔적이 여전히 남아 있었고, 이끼도 끼지 않은 돌들 위로 샘물이 흘렀다. 황재하와 함께 허리를 숙여 살펴보던 이서백이 자신도 모르게 실소했다. 황재하도 고개를 돌려 이서백과 눈을 마주치며 낮은 소리로 말했다.

"역시 사람이 판 거였어요."

이서백은 황재하의 귓가에 가까이 대고 물었다. "이런 조잡한 수법을 어찌 성도 사람 대부분이 믿는 게냐? 우선조차 믿는다니 정말 이상하지 않느냐?"

황재하는 계화나무 아래에 서 있는 우선을 슬쩍 곁눈질했다. 그러고는 다시 돌의 갈라진 틈을 들여다보며 고개를 끄덕였다.

"그러게 말입니다. 돌이 쪼개진 부분의 날카로운 면이 아직 그대로 남아 있는데요."

두 사람이 한참을 들여다보노라니 손님을 접대하는 젊은 승려가 곁으로 다가왔다. "두 분은 저희 절이 처음이십니까? 저희 법사님을 뵈러 오셨겠지요? 이게 바로 법사님의 엄청난 법력을 증명해주는 샘물입니다."

황재하는 고개를 돌려 승려를 보며 물었다. "이게 바로 하룻밤 새에 샘구멍이 크게 변했다는 그 샘물인가요?"

"맞습니다! 일전에 목선 법사님께서 이 샘구멍이 너무 작다고 말씀하신 적이 있습니다. 그러고는 다음 날 아침, 꿈결에 물이 콸콸 흐르는 듯한 소리가 들려 일어나 나와 보니 샘물이 돌바닥을 뚫고서 콸콸 솟아나오고 있었습니다! 보십시오, 지금까지도 이렇게 거센 소리를 내며 큰 물줄기가 솟아나고 있지 않습니까!"

"하룻밤 새 갑자기 물줄기가 거세지다니, 과연 기적이라 할 만하네요!"

젊은 승려는 더 의기충천해서는 가슴을 쭉 펴며 말했다. "그렇지요! 그거 아십니까? 일전에 성도부에 공처가로 유명한 진 참군이라는 분이 계셨는데, 그 부인이 어찌나 호랑이 같은지 성도에서 모르는 사람이 없을 정도였지요. 진 참군이 날마다 부인 앞에서 무릎을 꿇는다든가, 요강을 머리 위로 들고 벌을 선다든가 하셨다죠……."

진 참군의 이야기는 황재하도 들어본 적이 있었기에 흥미가 생겨 승려의 말에 장단을 맞춰주었다. "그러셨다죠. 저도 들은 적이 있습니다."

승려가 한층 격앙된 목소리로 말했다. "그런데 지금은 어떤 줄 아십니까? 이제는 그 반대가 되었답니다! 지금은 그 부인이 진 참군을 호랑이 보듯 무서워한다고 합니다. 남편을 하늘처럼 떠받들고, 남편이 밥을 먹을 때는 옆에서 무릎 꿇고 시중까지 든다고 하더라고요!"

황재하는 그런 터무니없는 풍문은 조금도 곧이듣지 않았지만 여전히 흥미진진해하는 얼굴을 하고서 물었다. "법사님이 대체 무슨 방법을 쓰셨기에 그 부인이 그렇게 변하셨답니까?"

"저희 법사님은 정말 대단하시답니다. 매질도 않고 꾸중도 않고, 그저 진 참군 부부를 선방으로 불러 정수를 끓인 물로 차를 우려 내어 주셨지요. 차를 마시면서 그들 부부에게 불경의 도리를 전하셨답니다. 이치로 깨우쳐주고 정으로 마음을 움직인 것이지요. 그렇게 해서 그 무섭던 부인의 태도가 일변했습니다!"

"와! 목선 법사님 법력이 과연 대단하네요!" 황재하는 시종 승려의 말을 곧이 믿어 감탄해마지 않는 얼굴을 했다. "그런 기적 같은 일이 더 있었나요?"

"또 한 번은 서천 절도사 범 장군과 관계된 일이었지요! 이건 성도부에서 굉장히 유명한 일이라 모르는 사람이 없습니다!" 젊은 승려가 한층 눈빛을 반짝이며 말을 이었다. 마치 얼굴 전체가 빛을 발하는 듯 보일 정도였다. "당시 범 장군의 자제분이 기녀에게 푹 빠져 죽느니 사느니 소란을 피우면서 그 기녀를 집으로 데리고 들어갔지요. 범 장군은 그 아들을 어떻게 해도 다스리지 못했는데 저희 법사님이 나서서 나지막이 몇 마디 하시자마자 범 공자의 태도가 바로 바뀌더니 그 기녀를 더는 쳐다도 보지 않았습니다. 불법(佛法)의 도가 마음을 깨끗하게 씻어내고, 저희 법사님의 지혜로운 법력이 그릇된 모습을 바로 잡아 방탕한 자녀를 고통의 구렁텅이에서 구해내신 것입니다. 저희 법사님은 중생을 제도하여……."

황재하는 더 이상은 들어주기 힘들어 승려의 말을 끊으며 물었다. "목선 법사님은 지금 계십니까?"

"지금 선방에 계십니다." 젊은 승려는 눈치라고는 없는 사람이었다. 승려가 두 손을 합장하며 말했다. "시주께서 계속해서 듣고 싶으시다면 유 씨네 골목에 살던 천방지축 여인이 숙녀가 된 이야기나, 진안리의 한 불효자가 갑자기 효자가 되어 운주의……."

승려의 말이 끝나기 전에 우선이 다가와 황재하와 이서백을 데리고 목선 법사에게로 갔다. 우선은 손에 물 주전자를 든 채 문을 가볍게 두드렸다.

"선사님, 법체 무탈하신지요? 제자 우선이 뵙기를 청하옵니다."

안에서 뭔가 부스럭거리는 소리와 함께 건조한 목소리가 나지막이 들려왔다. "들어오시게."

우선은 잠시 뜸을 들였다가 덧붙였다. "제자, 선사님을 뵙기를 청하는 두 분과 함께 왔습니다. 성도 포졸…… 왕기와 양숭고라 하옵니다."

"음……." 목선 법사는 우선의 말에 별다른 대답이 없었다. 황재하와 이서백은 만남을 거절당하려니 생각했는데, 법사가 문을 열더니 둘을 향해 합장하며 말했다. "귀한 손님이 오셨는데 멀리 마중 나가지 못한 점 양해해주십시오. 들어오시지요."

일행이 들어가 자리를 잡고 앉자 젊은 승려가 뒤쪽의 샘물을 길어다가 옆에서 차를 끓이기 시작했다.

목선 법사는 낡은 홑옷 차림에 손에는 마모되어 광택이 도는 염주를 쥐고 있었다. 하얗게 센 수염과 머리카락에, 낯빛은 살짝 어두웠고 유난히 주름과 검버섯이 많아 혈색 좋은 얼굴은 아니었다. 나이는 일흔에서 여든 정도 되어 보였다. 두 눈을 가늘게 뜨고 사람을 보았는데, 늙은 얼굴 위에 박힌 작은 눈동자가 마치 바늘 끝처럼 예리했다.

날카롭게 찔러오는 그 눈빛에 마치 데일 것 같은 기분이 들었다.

법사를 향해 합장하며 예를 갖춘 황재하가 속으로 생각했다. '저 지독한 눈빛으로 뭔가 꿰뚫어 볼 수도 있겠어.'

세 사람은 그렇게 선방 안에 앉아 차를 마셨다.

목선 법사가 상냥한 얼굴로 물었다. "두 분 포졸께서는 북방의 억양을 쓰시는군요."

"그렇습니다. 저희는 장안에서 왔습니다." 황재하가 대답했다.

"장안은 요즘 어떤지 모르겠습니다. 성도부에는 어인 일로 오셨습니까?"

"법사께서도 장안에 다녀오신 적이 있다고 들었습니다. 아마 그때의 장안과 크게 다르지 않을 것 같습니다."

"세상사 변화무상하지 않은 것이 어디 있겠습니까……. 십수 년 전이 노승이 장안에 들어갔을 때는 황제 폐하께서 막 등극하신 때였는데 지금도 천자로 계시지요. 당시는 이 노승도 정정한 편이었으나 이리 세월이 흘러 지금은 일개 늙은이에 불과합니다……."

목선 법사는 우스갯소리를 하듯 웃으며 말했지만 그 속에 남다른 감회가 들어 있는 듯했다.

"선사의 맑은 정신과 정정하신 기운은 저희 젊은이들이 참으로 흠모해 마지않습니다."

다들 차를 마시며 대수롭지 않은 얘기들을 나누었다. 목선 법사는 나이가 느껴지지 않을 정도로 입담이 좋아 이야기가 끊이지 않았다. 황재하는 자연스레 이를 높이며 말했다. "어쩐지 우 형님께서 이곳에 자주 오신다 했더니, 광도사의 차 맛과 법사님과의 대화는 참으로 마음을 깨끗하게 하는 효험이 있어 훌륭합니다."

목선 법사가 웃으며 말했다. "시주의 그 말씀은 조금 틀린 부분이 있습니다. 광도사에서 가장 훌륭한 것은 차와 이 노승이 아니지요."

"선방 뒤쪽의 샘물 말씀이신지요?" 황재하는 우선이 들고 온 물 주전자를 손가락으로 가볍게 두드리며 말했다. "그래서 우 형님도 이렇게 물을 얻으러 왔지 않습니까."

우선은 말이 나오자 그제야 목선 법사에게 청을 올리며 말했다. "이 물로 저의 수양부모님 묘에 제를 올리려고 하니, 법사님께서 경문을 낭독하시어 정수로 만들어주시기를 청하옵니다."

목선 법사는 주전자 앞에 무릎을 꿇더니 손에 쥔 염주를 돌리며 「법위해용왕설법인경」을 낭독했다. 300자가 되지 않는 짧은 경문이었다. 법사의 낮게 깔린 음성이 선방 안을 채웠다. 경문 내용은 온통 자비의 뜻으로 가득했다.

"제행무상(諸行無常), 일체개고(一切皆苦), 제법무아(諸法無我), 적멸위락(寂滅爲樂)." 경문이 이 네 구절에 이르자 황재하는 자신도 모르게 눈꺼풀이 내려가더니 순간 마음속 수만 가지 생각이 아득해지는 듯한 느낌을 받았다. 법사의 낭독이 끝나니 선방 안에 단향목 향이 은은하게 번지며 잠시 동안 정적이 흘렀다.

우선이 주전자를 들고 일어나 법사를 향해 감사 인사를 올리며 작별을 고했다. 선방을 나가기 직전 우선이 황재하를 돌아보며 한참을 주저하더니 결국 입을 열어 물었다. "두 분도 저와 함께 가시겠습니까?"

이서백이 천천히 고개를 저었다. "저희도 황 사군과 부인, 그리고 황 공자를 위해 제를 드리러 갈 것입니다. 하지만 지금은 아닙니다."

우선은 묵묵히 이서백을 바라보며 아무 말도 하지 않았다.

이번에는 황재하가 한 자 한 자 강조하며 말했다. "그분들의 억울함을 씻어드리지 못한다면, 제가 어찌 그분들을 뵐 면목이 있겠습니까? 그 가족의 사건을 명명백백히 밝혀내고 진범을 잡는 그날, 그 묘 앞에 나아가 제를 올릴 것입니다!"

우선은 고개를 끄덕이고는 낮은 소리로 말했다. "그리 되어야지요." 그러고는 다시 깊은 눈으로 한참 동안 황재하를 바라보았으나 황재하는 더 이상 말이 없었다. "그럼 저는 먼저 제를 드리러 가겠습니다. 혹 제가 필요한 일이 있다면 청원으로 와서 저를 찾으십시오."

우선이 떠난 뒤 목선 법사는 황재하에게 시선을 멈춘 채 한참을 살펴보다가 웃으며 말했다. "시주께서는 장안에서 오셨다 했는데, 황 사군 일가 사건을 굉장히 중히 여기시는가 봅니다."

황재하가 고개를 끄덕이며 말했다. "황 가 어르신 두 분께 받은 은혜가 있습니다."

열일곱 해 동안 자신을 키워주신 은혜였다. 이제 자식이 부모를 모시고자 하나, 부모는 기다려주지 않고 떠났다. 황재하는 바람에 불안하게 흔들리는 창밖 나뭇가지를 바라보며 마음속 깊이 차오르는 슬픔과 상실감을 느꼈다.

목선 법사는 황재하를 응시하며 낮게 가라앉은 목소리로 느릿느릿 물었다. "그런데…… 어떤 은혜를 입으신 건지?"

법사의 부드러운 목소리는 한없이 따스하고 자비로운 정취가 서려 사람을 무장해제시키는 듯했다. 황재하는 저도 모르게 고개를 들어 법사를 바라보았다. 연로한 탓인지 계속해서 실눈을 뜨고 있던 법사의 두 눈이 갑자기 달리 보였다. 주름과 검버섯으로 가득한 잿빛 얼굴에 박힌 그 두 눈이 끝 모를 깊은 동굴처럼 보이면서 황재하는 자신의 의지와 상관없이 법사의 눈에서 시선을 뗄 수 없었다. 마치 그곳으로 빨려 들어갈 것만 같았다.

황재하는 망연자실한 얼굴을 하고서 무의식적으로 입을 열었다. "인간 세상에서 가장 큰 은혜이지요……."

"오늘 저를 찾아온 이유가, 혹 황 사군의 죽음 때문인가요? 누가 당신들을 보냈지요?"

황재하가 멍한 표정으로 부지불식간에 입을 열어 답했다. "제가 스스로 왔습니다. 왜냐하면……."

순간 손등에 뜨거운 것이 닿아 황재하는 낮게 신음하며 무의식적으로 손을 들어 손등을 들여다보았다.

이서백이 차를 따르다 뜨거운 찻물이 황재하의 손등으로 튄 것이다.

물이 워낙 뜨거웠던 터라 손등에 붉게 데인 흔적이 생겼다. 황재하는 재빨리 손등을 문지르며 방금 법사가 물었던 말을 생각해보았다. 하지만 기억이 가물가물하며 방금까지의 상황이 진짜인지 아닌지 구분이 되지 않았다. 갑자기 머리가 살짝 아파왔다.

이서백은 황재하의 소매 위로 손목을 잡아 손등을 살펴보았다. 작게 붉은 흔적이 생겨나 있었다. "미안하다. 차를 급히 따르다 조심하지 못했구나."

"하하, 방금 끓인 차이니 많이 뜨겁습니다. 차를 따르실 때 조심하십시오." 목선 법사는 변함없는 표정으로 두 사람의 잔에 차를 따라주며 말했다. "자, 드십시오."

이서백은 그저 입술을 적시기만 하고 찻잔을 내려놓았다.

황재하는 깊이 숨을 들이마시고는 마음 깊은 곳에서 올라오는 의심을 억누르며 다시 법사에게 장단을 맞춰주었다. "과연 좋은 차입니다. 촉에서 나는 찻잎은 아닌 듯한데, 어디서 얻으셨는지요?"

목선 법사는 고개를 끄덕이며 조금은 자랑하는 듯한 투로 말했다. "양선차라 하는 것으로, 왕 공공에게서 받았습니다."

"왕 공공이오?" 자색 옷을 입고 음산한 기운을 풍기는 환관의 모습이 황재하의 머릿속에 떠올랐다. 얼굴은 눈처럼 창백하고, 눈은 독사처럼 차가운 사람. 현 조정에서 가장 큰 권력을 지닌 환관, 왕종실.

"그렇습니다. 신책군 호군 중위 왕종실 공공 말이지요."

황재하의 등에서 식은땀이 빠르게 배어나왔다.

마치 세상에서 가장 어두운 심연을 보고 있는 기분이었다. 그리고 자신은 그 심연의 꼭대기에 서서 가차 없이 자신을 삼켜버릴 차갑고 음산한 세력을 내려다보고 있었다.

"왕 공공과도 왕래가 있으시군요." 황재하는 끊임없이 올라오는 의혹을 겨우 억누르면서 웃으며 말했다.

목선 법사의 눈꼬리가 살짝 올라가며 득의양양한 표정이 드러났다. "제가 감히 왕래가 있겠습니까. 그저 몇 번 뵌 것이 다이지요."

"10여 년 전 장안에 오셨을 때의 일입니까?"

"그렇지요. 지금 셈해보니 벌써 11년이 흘렀군요." 법사는 손가락을 꼽으며 계산해보았다. "대중 13년에 장안에 들어갔다가 그해 8월에 떠났으니까요."

대중 13년 8월. 정확히 선종이 붕어한 그달이었다.

황재하는 표정의 변화 없이 다시 물었다. "당시 장안에는 어떤 일로 다녀오셨는지요?"

"그때 선황의 옥체가 편치 않으셔서 선황께 기도를 올려드리기 위해 전국 각지의 고승 수십 명이 부름을 받았지요. 저는 운 좋게도 왕 공공의 눈에 들어, 유일하게 궁에 들어가 황제 폐하를 알현했습니다."

황재하는 순간 장항영의 부친이 떠올랐다. 당시 선황의 병이 워낙 위중했기에 궁에서는 각지의 명의를 불러들여 진맥하게 했을 뿐만 아니라, 이름난 고승들을 장안으로 불러 기도를 올리게도 했다. 목선 법사도 당시에 장안으로 불려갔다가 왕종실의 눈에 띄어 입궁까지 한 모양이었다.

"안타깝게도 불법은 그 힘이 무한하나 이 노승의 불성이 강하지 못하여, 끝내 천명을 거스를 수는 없었지요." 목선 법사는 한숨을 쉬고 다시 말을 이어갔다. "제가 입궁하여 경문을 낭독하던 중에 선황께서 잠시 깨어나기는 하셨으나, 그저 회광반조 현상이었을 뿐으로 이내 붕어하셨지요…….”

황재하는 미세하게 미간을 찌푸렸다. 당시 장항영의 부친이 침을 놓아 선황이 잠시 깨어났고, 그래서 선황께서 그 그림을 하사하시지 않았던가. 목선 법사는 자신을 미화하려 말을 지어 붙이는 듯했다.

황재하는 일부러 머뭇거리는 듯이 말했다. “그런데 장안 사람들은 단서당의 한 명의가 선황을 치료하여 깨어나게 했다고 하던데요…….”

목선 법사는 황재하가 그 일을 알 거라고는 생각지 못했는지 순간 당황해하며 말했다. “아, 그 명의는 나도 기억합니다. 태의원의 태의들은 옥체를 더 크게 상하게 할까 두려워 감히 맹약을 쓰지 못했는데, 그 의원은 당시 한창때라 죽음도 불사하는 기개가 있었습니다. 폐하를 혼미한 상태로 두기보다는 사직과 후사를 위해 잠시라도 깨어나시게 하는 게 낫다고 주장하였지요.”

이서백이 물었다. “선황의 옥체가 그리도 중요한데, 태의들은 한낱 의원이 그런 시술을 하도록 두고만 보았습니까?”

목선 법사의 눈이 순간 반짝였다. “당시 옥체가 위중하여 국정이 급박한 상황이었기에, 왕 공공께서 그리하라 하셨습니다.”

황재하는 그때 선황이 토해낸 피에서 아가십열을 발견했다는 이서백의 말을 떠올리며 저도 모르게 미간을 찌푸렸다. 법사에게 그 일에 대해 캐묻고 싶었으나 이는 워낙 중대한 사안이라 함부로 입 밖에 내어서는 안 된다는 사실을 자각하고는, 한참을 머뭇거리다 결국 다른 것을 물었다.

“그러면 당시 선황께서 잠시 깨어나셨을 때 선황 곁에는 법사님과 왕 공공, 그리고 단서당의 그 장 의원이 함께 있었던 건가요?”

“아, 저도 기억나는군요. 그 의원의 성이 장 가였지요…….” 목선 법사가 고개를 끄덕이며 말했다. “당시 성상께서 깨어나셨을 때 저희는 대전 바깥에 나가 있었습니다. 그때 그 의원과 통성명을 했는데 워낙 오래된 일이라 이름은 기억나질 않는군요."

"그렇다면 법사님과 장 의원은 대전 바깥에서 대기하셨다는 말씀이네요?"

목선 법사는 잠시 머뭇거리다가 대답했다. "그렇습니다."

이서백은 아무 말도 하지 않았다. 하지만 두 사람 다 목선 법사가 거짓을 말하고 있음을 알았다. 당시 대전 바깥에는 이서백이 줄곧 지키고 서 있었다. 만약 목선 법사가 그 자리에 있었다면 이서백과 틀림없이 마주쳤을 텐데, 이서백의 기억 속에는 목선 법사의 얼굴이 전혀 남아 있지 않았다. 두 사람은 단 한 번도 만난 적이 없다는 뜻이다. 당시 선황이 깨어났을 때 목선 법사는 선황 곁에 있었던 게 분명해 보였다.

하지만 오늘은 급작스러운 방문이기도 했고 더군다나 지금 이러한 신분으로는 더 명확하게 캐묻기도 어려웠다. 그래서 이서백과 황재하는 일단 여기까지만 하기로 했다.

이서백이 황재하를 향해 살짝 고개를 끄덕이자 황재하가 법사에게 합장으로 예를 갖추며 말했다. "이렇게 좋은 차를 대접해주셔서 참으로 감사합니다. 법사의 얼굴을 뵈오니 마음의 소원을 이룬 것 같습니다. 수련에 폐를 끼치는 것 같아 저희는 그만 방해하고 일어나겠습니다. 머지않아 또 인사드리겠습니다."

목선 법사는 다시 한 번 황재하의 얼굴을 훑어본 뒤 웃으며 일어나 두 사람을 배웅했다.

10장

혼백을 불러
다스리다

산을 올라갈 때는 세 사람이었으나 지금은 두 사람이 내려오고 있었다.

산바람 소리 들려오고, 구불구불 험한 산길이 계속 눈앞에 이어졌다. 황재하와 이서백은 침묵에 잠겼다. 시야가 훤히 트인 산 절벽에 이른 두 사람은 아득히 저 멀리까지 이어진 산을 돌아보았다. 새들이 두 사람 앞의 푸른 산을 가로질러 날았고 하늘에는 어스름한 안개가 깔렸다.

주위에 인기척이 없는 것을 확인한 이서백은 그제야 입을 열었다. "저 법사는 아무래도 천축국의 섭혼술을 사용하는 듯하구나."

"섭혼술요?" 황재하는 미간을 찌푸리며 아까의 상황을 떠올려보았다. 법사가 자신을 바라볼 때 마치 꿈속에 빠져드는 듯한 느낌이 들었다는 사실이 떠올랐다.

"예전에 서역의 승려 하나가 눈빛으로 다른 사람을 통제하는 것을 본 적이 있다. 그 눈빛을 본 사람은 취한 듯 홀려 어떤 말에도 순종하더구나. 목선 법사도 그러한 술법을 배운 듯하다. 다만 그 서역 승려의 경지만큼은 이르지 못한 것 같구나."

"목선 법사가 서역을 순례한 적이 있다고 우선에게 들었습니다. 아가섭열도 서역에서 들어온 물고기이지요. 법사와 아가섭열이 무슨 관계가 있는 것은 아닌지 모르겠습니다." 황재하가 뭔가 큰 깨달음이 온 듯 고개를 끄덕이며 말을 이었다. "성도 내에서는 이미 목선 법사의 불법이 무한 경지에 이르렀다는 소문이 자자한 듯합니다. 범 절도사의 아들 범원룡이 기녀와 사랑에 빠졌다는 소문은 저도 들어봤는데 그 후 법사가 범원룡을 다스렸다고 하니, 어쩌면 목선 법사가 섭혼술로 범원룡의 마음을 바꿔놓은 것이 아닌가 싶네요. 어쩐지 그처럼 허술한 가짜 샘구멍을 사람들이 어찌 아무런 의심도 하지 않고 믿나 싶었습니다. 아까 그 젊은 승려가 말한 불효자나 천방지축 여인 이야기 모두 마찬가지겠지요. 만약 그런 술법을 사람들을 제도하는 데 쓴다면 그것은 좋은 일일 수도 있겠습니다."

"하나 그때 당시 궁중에서 우리가 알지 못하는 어떤 일을 한 것이라면?" 이서백은 산을 가로지르듯 날아가는 새를 바라보며 긴 한숨을 쉬었다. "선황의 어필(御筆), 진 태비의 광기, 그리고 선황이 붕어하실 때 입에서 나온 물고기, 그것들이 목선 법사와 관련 있다면 어떻겠느냐?"

천하를 뒤흔들 만한 엄청난 비밀이 이서백의 입에서 가볍게 흘러나와 산바람 속으로 흩어졌다. 황재하는 이서백의 옆모습을 바라보았다. 천 리 강산보다도 수려하고 아름다운 그 곡선에 황재하는 순간 말을 잃었다가, 한참 뒤에야 작은 목소리로 말했다.

"어찌 됐든 명월산이 이곳에 있는 한 광도사 또한 이곳에 있을 터이니, 다음에 다시 목선 법사를 찾아와 제대로 의문을 풀면 될 것입니다."

두 사람은 사군부를 향해 북쪽으로 걸었다.

갈림길에 이르렀을 때, 이서백이 갑자기 몸을 돌려 다른 방향으로 향했다.

황재하가 이서백의 뒤에서 말했다. "그쪽이 아닙니다."

"이쪽으로 가자. 청원이 예서 지척이니 우선을 만나러 가보자꾸나."

이서백이 우선을 만나러 가리라고는 전혀 생각도 못 했기에 황재하는 순간 멍하니 있다가 재빨리 이서백을 뒤따라갔다. "청원이 이쪽에 있는지 어떻게 아셨습니까?"

"관아에 성도부 지도가 걸려 있지 않더냐. 거기서 슬쩍 봤다."

황재하는 할 말을 잃었다. 이서백은 지도를 '슬쩍' 봤을 뿐이지만 어쩌면 이곳에서 3년을 살았던 황재하보다 훨씬 더 성도 지리를 꿰뚫었는지도 모른다.

청원에는 매화나무와 복사나무가 많이 심겨 있었으나, 늦여름이라 개화 시기는 이미 지난 지 오래였다. 지금은 가산 아래에 맥문동이 빼곡히 보랏빛 꽃을 피우고, 대나무 울타리 옆으로 접시꽃이 줄지어 화사한 꽃을 피워 감상할 만했다.

우선은 물통을 들고 화단에 물을 주다가, 두 사람을 보고는 고개를 끄덕여 보이며 말했다. "잠시만 기다려주십시오. 거의 끝나갑니다."

황재하가 주변을 두리번거리며 물었다. "정원사 아저씨는?"

"손자가 병이 났는데 집에서 돌봐야 한다고 해서, 내가 대신 아침저녁으로 물을 주기로 했어." 우선이 앞에 있는 화단을 가리켰다. "이제 저기만 주면 돼."

황재하는 우선을 도와 화단에 물을 주려 물통에 물을 길어왔다.

그때 이서백이 황재하 손에 들린 물통을 가져다가 대신 들더니 황재하에게는 바가지만 건네주었다. 황재하는 이서백의 배려에 깜짝 놀라 고개를 돌려 그를 쳐다보았으나, 이서백은 이 상황을 조금도 이상하게 여기지 않는 듯 태연한 표정이었다. 황재하는 간신히 침착한 표정을 지으며 이서백이 들고 있는 물통에서 물을 퍼 화단에 뿌렸다.

한 사람은 물통을 들고 또 한 사람을 물을 뿌리는 모습이 너무도 자연스러워, 우선은 자신의 손이 멈춘 것도 자각하지 못한 채 멍하니 두 사람을 바라보며 서 있었다.

황재하가 고개를 돌려 우선에게 물었다. "물을 얼마나 줘야 해?"

우선은 그제야 시선을 거두어 고개를 숙이고는 말했다. "좀 많이 주는 게 좋아. 날이 더워서 금방 시들거든."

황재하는 꽃에 물을 주면서 물었다. "이렇게 큰 정원을 지금 너 혼자 관리해? 사람들을 불러다 시키지 않고?"

"집에서는 별로 하는 일도 없이 한가해서 그냥 여기 와서 시간을 보내는 거야."

"그때는 성도부에서 청원이 제일 좋았는데. 성도부의 내로라하는 관료들은 죄다 이리로 몰려와 거의 매일 모임을 열다시피 했잖아." 황재하는 화초들을 바라보며 안타까운 듯 말했다. "그런데 지금은 이렇게 날이 더우니 이 꽃들을 감상하러 오는 사람도 없겠네."

우선이 고개를 끄덕였다. "지금은 날도 더운 데다, 연꽃은 다 시들고 계화는 아직 피기 전이라 여길 찾는 사람이 없어. 그래도 어젯밤에는 곡수연(曲水宴)[20]이 열려서 다들 시를 지으며 여름밤을 즐겼지."

"곡수연? 어떤 사람들이 왔는데?"

"그때 말한 우리 시사 사람들. 꽤 많이 왔었어……. 온양만 빼고 다 왔지."

"그러면 제등 판관도 왔었어?"

"응. 물에서 작은 물고기까지 하나 잡아서 갔어. 집에서 키울 거라고."

---

20 정원의 곡수에 술잔을 띄우고 잔이 자기 앞으로 떠내려 올 때까지 시를 읊던 연회.

"작은 물고기?" 황재하와 이서백은 그 중요한 단어를 놓치지 않았다. 겉으로는 표내지 않았지만 두 사람은 이미 눈빛을 주고받았다.

"제등 판관은 물고기 키우는 걸 좋아하거든. 전에도 자그마한 붉은 물고기 한 마리를 도자기 병에 넣어 키우면서 가는 곳마다 사람들에게 보이며 자랑했어. 아가십열이라고, 희귀해서 보기 드문 물고기라고 하더라고. 기왕 전하의…… 그 물고기와 같은 거야."

이서백이 담담한 투로 물었다. "아가십열은 매우 희귀한 물고기인데, 제등이 가진 물고기도 정말 아가십열이 맞는가?"

우선은 고개를 숙인 채 꽃에 물을 주면서 말했다. "저도 잘은 모릅니다. 다만 목선 법사에게 그렇다고 들었습니다."

황재하는 문득 아침에 제등이 우선에게 물었던 말이 떠올랐다. '자네 아직 기억하는가? 나의 그 자그마한 빨간 물고기가 어디로 갔는지?'

그때 우선은 몹시 놀라며 얼굴이 무서울 정도로 일그러졌었다.

황재하는 접시꽃에 물을 주면서 천천히 물었다. "제등 판관의 그 빨간 물고기는…… 지금 어디 있어?"

꽃에 물을 주던 우선이 손을 멈추더니 한참 후에야 고개를 돌려 황재하를 보았다. 황재하는 침착하고 평온한 얼굴로 우선을 똑바로 보고 있었다. 우선은 간신히 깊은숨을 들이마시고 작은 소리로 말했다.

"나도 몰라……. 어쨌든 안 보인 지 한참 되었으니까."

"대략 언제쯤부터 안 보였는데?"

한참 생각하던 우선의 낯빛이 살짝 창백해졌다. "아마도…… 사군부에 일이 있고 난 뒤일 거야."

"그래?" 황재하는 짧게 대답하고는 생각에 잠겼다.

이서백은 황재하가 바가지를 든 채로 꼼짝 않자 황재하의 손에서 바가지를 가져다 대신 물을 주며 앞쪽으로 나아갔다. 황재하와 우선만이 접시꽃 그림자 속에 남았다. 햇빛이 두 사람 위로 얼룩덜룩한 꽃 그림자를 만들어냈다. 빛과 그림자가 가볍게 몸을 흔들며 둘 사이에서 밝아졌다 어두워졌다를 반복했다.

황재하는 마음속으로 퍼지는 고통을 느끼며 곧장 몸을 돌려 이서백 쪽으로 걸어갔다.

우선은 이 어색함을 깨고 싶은 듯 낮은 목소리로 말했다. "그게, 그 일이 있기 전에 한번은 다들 제등의 별칭을 '한월(寒月) 공자'가 아니라 '양어(養魚) 공자'라 해야겠다고 농을 한 적이 있는데…… 사건 이후로는 그 물고기를 본 적이 없어서 그런 농담도 더 이상 하지 않거든."

황재하가 걸음을 우뚝 멈추었다. 뭔가 이상하다는 느낌이 들어 고개를 돌려 우선에게 물었다. "제등 판관의 별칭이 한월 공자라고?"

"제등의 자가 함월(涵越)[21]이거든. 온양이 온 후에 호사가들이 온양은 '따뜻한 해'를 뜻하고, 한월은 '차가운 달'을 뜻하니 천생연분이라며 놀려대면서, 가끔 농으로 제등을 '함월'이 아닌 '한월'이라 불렀지."

황재하는 잠시 생각하더니 천천히 입을 열었다. "말이 나와서 말인데, 제등 판관은 참 운이 좋은 사람 같아. 자료를 찾다가 보니, 지난해까지는 그다지 뜻을 이루지 못해 말단 지사로 있었는데, 금년에 범장군 눈에 들어 승승장구하다가 벌써 절도사 판관 자리까지 올랐더라고!"

"맞아, 그 앞날을 누가 상상이라도 했겠어."

"그렇게 승급이 빨랐다니, 혹시 가족이나 친척의 도움이라도 받은 건 아닐까?"

---

21 '한월'과 '함월' 모두 중국어로는 '한위에'로 발음됨.

"그럴 수도 있지. 난 잘 몰라."

마지막 남은 화단에는 월계화가 심겨 있었다. 한여름의 뜨거운 햇살 탓에 가지마다 잎이 듬성듬성했고, 그나마도 한두 가지에만 어두운 빛깔의 꽃송이가 의기소침하게 달려 있었다.

"이 월계화는 품종이 굉장히 좋은 거야. 올봄에 이 월계화를 큰 그릇에 수북할 정도로 땄었어. 모양, 색, 향기, 어느 하나 빠지는 게 없었지." 우선은 물을 주면서 말을 이었다. "제등 판관이 가장 좋아하는 꽃일 거야."

황재하가 무심코 물었다. "제등 판관이 월계화를 좋아한다고?"

"제등은 화려하고 예쁜 꽃들은 다 좋아해. 그런데 온양은 월계화나 모란, 수국, 접시꽃같이 색이 화려하고 송이가 큰 꽃들은 싫어했지."

황재하는 온양의 서재에 걸린 화접도를 떠올렸다.

"그 두 사람은 평소에 관계가 어땠어?"

우선은 한참을 생각하다가 천천히 입을 열었다. "그다지 왕래가 있지는 않았어."

"그럼 너는?" 황재하도 한참을 망설이다가 결국 물었다. "너는 두 사람 중 누구와 더 왕래가 많았어?"

우선이 고개를 다른 쪽으로 돌리며 대답했다. "제등은 나를 구해준 적이 있는 사람이고, 온양은 나와 서예에 관해 논한 적이 있어. 하지만 둘 다…… 나한테는 그저 행인이나 다름없는 사람들이야. 내 곁에 있든 말든 상관없는 사람들."

황재하가 다시 캐물었다. "제등이 너를 구해줬다고? 무슨 일이 있었는데?"

"황 사군께서 돌아가신 뒤 목숨을 버리려 한 적이 있는데, 그때 마침 근처를 지나던 제등 판관이 구해줬지." 별로 길게 언급하고 싶지 않은 일인 듯 우선은 지나가는 말처럼 짧게 대답했다.

그 말에 담긴 적막과 쓸쓸함에 황재하는 순간 얼어붙었다. 온몸의 뼈에서 힘이 다 빠져나가는 기분이었다. 어떻게 반응해야 할지 몰라 한참을 가만히 있다가 메말라 거칠어진 목소리로 물었다. "왜…… 그랬어?"

"너무…… 힘들어서. 그냥 도망치고 싶었어……." 우선은 여전히 고개를 한쪽으로 돌린 채 낮은 소리로 말했다. "나는 이미 가족을 잃는 슬픔을 겪은 사람이야. 같은 일을 또 한 번 감당하기가 어려웠어……."

황재하는 마음이 타들어갈 듯이 아파왔다. 마음 깊은 곳에서부터 시작된 쓰라린 아픔이 온몸으로 퍼지면서 두 눈에 눈물이 차오르고 말았다. 황재하가 주체하지 못하고 소리 없이 비통한 눈물을 흘리는 모습에 이서백이 황재하를 토닥였다.

"시간이 늦었구나. 자진이 관아에서 기다릴 테니 이만 돌아가자."

황재하는 고개를 끄덕이고는 다시 머리를 들어 크게 심호흡하며 애써 눈물을 가라앉혔다.

황재하가 떠나려는 모습을 보며 우선이 급히 물었다. "온양 사건이…… 부모님의 죽음과 관련이 있어?"

"성도부에서 짐독을 손에 넣을 수 있는 사람은 많지 않아. 더군다나 사군부 내에서라면 더더욱 없지." 그렇게 말하던 황재하는 이내 고개를 절레절레 흔들었다. "하지만 짐독이란 부분만 겹칠 뿐이야. 아직 다른 연관성은 없어. 어쩌면 내가 너무 과하게 생각했을 수도 있고." 사실 연관성은 하나 더 있었다. 바로 그 팔찌였다. 하지만 그 말은 아끼는 것이 좋겠다고 생각했다.

우선이 말을 이었다. "그 말을 들으니 생각나는 게 있어."

"뭔데?"

"어쩌면 내가 아는 사람이 궁중과 연이 닿아 짐독을 손에 넣었을 가능성도 있는 것 같아."

황재하가 곧바로 되물었다. "그게 누군데?"

"제등."

그 이름에 황재하뿐만 아니라 옆에 있던 이서백까지 민감하게 반응했다. "제등이 궁중 사람과 연이 닿는단 말인가?"

"확실치는 않지만, 며칠 전에 낭야 왕 가의 왕온이 찾아왔습니다……." 우선은 왕온의 이름을 말하며 황재하의 기색을 살폈다. 황재하는 워낙 기분이 가라앉은 상황이었기에 그저 표정이 좀 더 흐려질 뿐, 별다른 반응 없이 조용히 우선의 다음 말을 기다렸다.

우선은 잠시 망설이다 말을 이었다. "그저께 제등이 왕온과 함께 날 찾아왔어. 제등의 모친이 왕 가라는 사실을 그제야 알았지. 제등이 왕온의 먼 사촌형이었어."

황재하는 고개를 끄덕이며 혼잣말로 중얼거렸다. "왕 가……."

왕 황후가 궁중에 있으니 왕 가 사람들은 마음만 먹으면 얼마든지 궁중과 접촉할 수 있으리라.

옆에서 잠시 생각에 잠겼던 이서백이 고개를 돌려 황재하를 보았다. 황재하를 향한 그 눈에 복잡한 감정이 서려 있었다. 황재하는 그 눈빛의 의미를 알아챘다. 왕온이 우선을 찾아 성도부에 왔다면, 당연히 조정이나 왕 가와 관련된 일이 아닐 터였다. 단 한 가지 이유밖에 없었다.

두 사람의 만남은 몹시 어색하고 당혹스러웠을 것이다.

황재하는 지금 자신의 마음이 어떤지 스스로도 알 수 없었다. 머릿속이 혼란스러워 아무것도 생각해낼 수 없었다. 그저 고개를 들고 하늘만 올려다보며 긴 숨을 내쉬었다.

"얘기해줘서 고마워. 중요한 일인 듯하니 일단 관아로 가서 자진 공자님과 상의를 해봐야겠어."

"잠시만 기다려줘." 우선은 물통과 바가지 등을 챙겨 정원 입구에 있는 작은 창고 안에 가져다놓은 뒤 두 사람과 함께 청원을 나섰다. "나도 같이 가서 이야기를 들어보고 싶어. 어쨌든 너도 온양 사건이 너희 가족 사건과 관계있는지도 모른다고 했으니까."

황재하는 고개를 끄덕였고 이서백도 반대하지 않았다. 그렇게 세 사람은 함께 청원을 나와 걸었다.

황재하는 오늘 목선 법사를 만난 일을 생각하며 잠시 주저하다가 우선에게 물었다. "목선 법사가…… 섭혼술을 쓴다는 거 알았어?"

우선은 깜짝 놀란 듯 미간을 찡그리며 되물었다. "뭐?"

"안 믿기겠지만, 아까 선방에서 목선 법사가 내게서 무언가를 캐내려 했어." 황재하는 가만히 우선의 얼굴에 드러난 표정을 살피며 말했다. "성도부 사람들은 목선 법사의 불법이 무한해서 중생을 제도한다고 말하지만, 사실 그 영험한 기적이라는 게 전부 섭혼술에서 나온 것일지도 몰라."

"섭혼술……." 우선은 뭔가를 말하려다가 말고는 그 자리에 걸음을 멈추더니 멍하니 서 있었다. 우선의 호흡이 점점 무거워졌다.

이서백은 그런 우선의 모습을 보며 말했다. "섭혼술은 서역에서 건너온 술법이다. 일찍이 측천무후 때 그러한 술법사가 장안에 들어온 적이 있다고 한다. 사람의 눈을 잠시만 들여다봐도 그 사람을 미치게 만들 수 있었지. 궁중에서도 그렇게 홀린 사람이 측천무후의 침소에 침입해 암살을 시도했는데, 다행히 무후 곁에 있던 상관 완아가 비수를 날려 자객을 죽이고 무후를 지켰다. 나중에 적인걸 공이 이 술법사의 섭혼술을 폭로했고, 술법사는 반격을 시도했지만 쏟아지는 화살에 목숨을 잃었다. 그 후로는 세간에서 섭혼술을 사용하는 사람이 있다는 말을 들어본 적은 없다."

황재하는 고개를 끄덕이며 우선에게 말했다. "목선 법사의 실력은 아마도 중간 정도 되는 것 같았어. 비록 아직은 목선 법사가 섭혼술을 나쁜 일에 사용했다고 보이진 않지만, 앞으로 법사를 만날 때는 섭혼술에 당하지 않도록 조심하는 게 좋을 거야."

우선은 가만히 고개만 끄덕이고는 아무 말도 하지 않았다. 창백해진 그 얼굴에 햇살이 쏟아져 피부가 투명한 은백색을 띠면서 유난히 더 선명하게 보였다.

아무 말도 않고 이서백과 황재하 뒤를 따라가던 우선이 한참 후 황재하를 불렀다. "재하……."

황재하가 고개를 돌려 우선을 보았으나, 우선은 뭔가를 말하려다 말았다. 창백한 그 얼굴에 망설임과 두려움이 가득했다. 한참 후에야 다시 입을 연 우선이 말했다. "내가 전에 말했던 그 물건…… 네가 좀 봐줬으면 좋겠어."

"무슨 물건인데?"

우선이 남쪽 방향을 가리키며 말했다. "내 서재에 있어. 시간이 괜찮으면 지금 가서 보여줄게."

황재하가 돌아보자 이서백이 고개를 끄덕였다. 우선도 이서백이 승낙하는 것을 보고는 묵묵히 몸을 돌려 자신의 집으로 향했다.

성도는 예로부터 뛰어난 인재들이 많아 그들을 더욱 독려하기 위해 각 현급 도시마다 장려금 제도를 두었다. 성도부의 학자가 과거에 합격하면 관아에서 집을 하사하고 매달 장려금을 주면서 학문에 정진하도록 독려했다.

우선은 열아홉 살이 되기도 전에 성도부 과거 시험에 수석 합격해 한순간에 지위가 달라졌다. 황재하의 부친은 헤어짐을 아쉬워했지만 그래도 우선이 자신의 집으로 독립하여 살도록 했다. 어쩌면 정혼까지 한 딸이 우선과 너무 가까이 지내면 좋지 않다고 생각했는지도 모른다.

관아에서 우선에게 하사한 집은 성 동쪽 함원교(涵元橋) 옆에 위치
했다. 대문 옆 강둑길을 따라 수양버들과 복사나무가 길게 이어져 봄
이 되면 경치가 무척 아름다웠다. 황재하는 이곳을 얼마나 많이 드나
들었는지 기억도 하지 못할 정도였다. 이 세상에서 우선을 빼고 이 집
에 대해 가장 잘 아는 사람은 황재하였다. 대문을 들어서면 바로 앞에
하얀 조벽이 보이고, 그 뒤쪽으로 좁은 뜰 안에 4~5척 너비의 작은
연못이 있었다. 늦여름이면 연못 안에 수련이 만개했다. 연못 너머는
후당이었고, 좌우에 딸린 곁채로 복도가 길게 연결되었다. 후당 너머
는 후원이었다. 세 칸 방이 하나로 연결돼 서재와 침실은 책장을 사이
에 두고 구분할 뿐, 탁 트인 공간이었다.

한번은 황재하가 이렇게 작은 집에서 지내느니 차라리 몰래 사군
부로 돌아와 살라고 농담처럼 말한 적이 있다. 우선이 이전에 묵었던
벽려원만 해도 이 집보다 넓고 정갈했다. 하지만 우선은 낮은 침상에
누워 얼굴로 떨어지는 햇살을 책으로 가린 채 나지막이 말했다.

"나 같은 신분으로 이렇게 기와지붕 아래 몸을 누일 수 있는 것만
도 이미 엄청난 행운이야. 나는 여기가 좋아. 이 세상 살면서 제 아무
리 왕후장상이라 해도 먹고 자는 데 차지하는 땅이 얼마나 되겠어?"

지금 돌이켜보면 두 사람 사이는 우선이 독립한 뒤 조금씩 소원해
졌다. 황재하는 각종 사건들로 바빴고, 우선은 모임에 나가 강론을 펼
치느라 바빴다. 열흘, 보름을 만나지 못할 때도 많았다. 늘 서신을 주
고받으며 소식을 나누긴 했지만, 서신은 되레 두 사람 사이의 거리감
만 확인시켜주는 것이 되었다.

한번은 우선이 서신에 이렇게 적었다. '재하, 이제 사건 조사 같은
건 안 했으면 좋겠어.'

그 서신을 읽고 황재하는 머리끝까지 화가 났다. 자신이 이 세상을

살아가는 의미를 우선이 부정하는 듯한 기분마저 들었다. 두 사람이 그토록 격렬한 언쟁을 한 것은 그때가 처음이었다. 우선의 집으로 달려간 황재하는 다시는 우선을 보지 않겠다는 맹세까지 했다. 그러나 다음 날 아침 우선은 황재하 방의 창문을 두드리고는 계화꽃 한 송이와 함께 작은 상자를 건네주었다.

계화꽃의 달콤한 향기가 방을 가득 채우고, 상자 속에 들어 있던 팔찌는 밤새 슬프고 억울했던 마음을 말끔히 녹여주었다. 팔찌에 조각된 문양은 두 사람이 오랫동안 상의해서 정한 것이었다. 서로 꼬리를 물고 있는 두 마리 작은 물고기는 우선과 황재하처럼 서로 의지하며 영원히 헤어지지 않을 것이었다.

황재하는 지난날의 일들을 생각하며 조용히 우선을 따라 안으로 들어갔다. 하얀 조벽을 지나 수련 연못을 건너 서재와 침실이 있는 후당으로 갔다. 세 칸짜리 큰 방은 막힘없이 뻥 뚫려 책장과 오래된 서가로 공간을 나누었다.

우선은 책상 앞으로 가 서랍을 열더니 서랍 맨 밑에서 서신 하나를 꺼내어 황재하를 향해 내밀었다. 겉봉에 수신인도 적혀 있지 않고, 낙관도 없는 서신이었다. 황재하는 서신을 받아 들고 의아한 눈빛으로 우선을 보았다.

"언젠가 제등의 집에 갔다 돌아왔는데 책상 위에 이 서신이 놓여 있었어⋯⋯."

황재하는 봉해졌던 흔적도 없는 봉투를 열어보았다. 안에 얇고 하얀 서신지가 들어 있었다.

황재하는 서신지를 꺼내어 펼쳐, 그 위에 적힌 익숙한 글씨를 꼼꼼히 읽어 내려갔다.

십수 년을 부모님의 슬하에서 살았으나 하룻밤 새에 모든 것이 바뀌었네. 집안에서 유일하게 살아남아 이 세상에 홀로 서 있구나. 피투성이가 된 손으로 남은 평생 살아가기는 원치 않으리. 사랑해선 안 될 사람을 사랑하였으니, 마음의 소원을 따르지 못해 온갖 악연이 운명을 농락하였네. 다른 생은 보이지 않고, 이번 생은 이미 끝났으니, 붓을 들고 서신을 남겨 임과 이별하리. 푸른 하늘과 비바람은 영원히 함께하지 못하리라.

황재하는 종이 위의 어지러운 먹물 흔적을 보며 등에 식은땀이 배어났다. 멍하니 그 자리에 서서 미동조차 할 수 없었다.

너무나 익숙한 필체였다. 글자 하나하나가 마치 무서운 짐승이 되어 황재하를 향해 달려드는 것만 같았다. 그 짐승이 황재하의 모든 정신과 의식을 완전히 삼켜버리려 했다.

황재하 자신의 필체였다. 이 세상에 황재하만큼 이 필체에 익숙한 사람은 없으리라.

온몸의 털이 쭈뼛 서며 식은땀이 흘렀다. 호흡이 거칠어지면서 온몸이 부르르 떨리고 낯빛은 순식간에 잿빛으로 변했다.

우선은 황재하를 바라보며 천천히 말했다. "내가 잘 아는 글씨체야……. 아마…… 너도 분명히 알겠지."

황재하는 가슴속을 휘젓는 소용돌이를 진정시키려 애써 숨을 들이쉬었지만 소용없었다. 끝없이 이어지는 공포가 황재하의 온몸을 휘감았다. 곧바로 뒤돌아서 도망치고 싶었다. 자신을 향해 엄습해오는 거대한 어둠의 기운으로부터, 자신을 삼키려 드는 무시무시한 심원으로부터 도망치고 싶었다.

머리 전체가 웅웅 울렸다. 황재하는 손에서 서신을 놓고 귀를 틀어막으며, 필사적으로 이성을 되찾으려 애썼다.

황재하는 고개를 들어 앞에 서 있는 우선을 바라보며 천천히 또박

또박 물었다. "이게 뭐야? 그러니까 네 말은……."

우선은 황재하의 얼굴을 응시한 채 눈 한번 깜빡이지 않고 낮게 가라앉은 목소리로 말했다. "네가 목선 법사님을 조심하라고 말하는 걸 듣고 문득 생각났어……. 그러니까 어쩌면 너도 이전에 목선 법사님을 만난 적이 있는 건 아닐까?"

누가 알겠는가?

그들이 맞닥뜨린 일이 진짜인지 가짜인지, 아니면 반은 진짜이고 반은 가짜인지 말이다.

최소한 황재하는 자신이 언제 이러한 서신을 썼으며, 어떻게 우선의 책상 위에 놓았으며, 어떻게 이 서신을 까맣게 잊었는지, 전혀 아는 바가 없었다.

우선에게 조심하라고 일러줄 때까지만 해도 전혀 생각지 못했다. 자신 역시도 스스로의 기억 속에 전혀 존재하지 않는 과거가 있을지도 모른다는 사실을, 스스로 미처 자각하지도 못한 어떠한 흔적을 남겼을지도 모른다는 사실을.

황재하는 애써 관자놀이를 꾹꾹 눌러보았지만 거칠어진 숨소리를 제어할 방법이 없었다.

우선은 그런 황재하를 바라보며 나지막이 물었다. "설마…… 기억 못 하는 거야?"

황재하는 이를 악물고 고개를 내저을 뿐 어떤 말도 나오지 않았다.

서신이 하늘거리며 천천히 바닥에 떨어졌다. 깃털처럼 가벼워 아무런 소리도 나지 않았다. 줄곧 차가운 눈으로 방관하던 이서백이 서신을 집어 들었다. 머리말도, 낙관도 없는 몇 줄의 글이었다.

서신을 읽어본 이서백이 천천히 입을 열어 물었다. "재하가 자네에게 쓴 서신인가?"

우선은 대답을 회피하며 그저 황재하를 바라보았다.

황재하가 고개를 끄덕이며 대신 대답했다. "글씨체가…… 제 것이 옵니다."

우선은 가만히 눈을 감고서 무겁게 고개를 한 번 끄덕였다.

이서백은 서신의 글씨체를 다시 한 번 살펴보며 말했다. "위 부인의 해서체를 배워서 쓰는 사람은 천하에 널리고 널렸다. 그런데 어찌 너의 글씨라 확신하느냐?"

"왜냐하면…… 저는 어릴 적부터 '엽(頁)' 자를 쓸 때마다 중간의 두 획을 다 채워서 쓰지 못하는 습관이 있습니다. 저 자신도 잘 알고는 있지만, 아무리 해도 잘 고쳐지지 않았습니다. 그래서 글자를 다 쓰고 나서 다시 한 번 보충하여 줄을 그어주었기에 글자에 항상 덧칠한 흔적이 남았습니다……."

서신에 적힌 '엽' 자 세 개, '고(顧)' 자 한 개, '원(願)' 자 두 개가 다 그러했다.

"그렇지만 아무리 저의 글씨체이고 저의 습관이라 해도, 정작 저 자신은 아무것도 모르겠습니다……." 황재하는 온몸의 힘이 다 빠져 나간 것만 같아 옆에 있던 의자에 천천히 몸을 기대어 앉으며 넋이 나간 얼굴로 말했다.

"사건이 일어난 후 네가 보낸 두 번째 서신이었어." 우선이 조용히 말을 이었다. "너희 가족이 죽고 네가 성도에서 도망치고 나서였어. 어느 날 제등의 집에 다녀와서 보니 책상 위에 이 서신이 놓여 있었지. 이 서신이 어디에서 왔는지, 네가 어떻게 보내왔는지는 알 수 없었지만, 네가 스스로 죄를 인정하고 세상을 떠나겠다는 의미로 쓴 서신이라고 생각했어."

이서백은 서신 내용을 다시 한 번 읽어보고는 담담한 투로 말했다. "서신 속 문장은 확실히 세상을 떠나겠다는 의미가 있긴 하지만, 죄를 인정한다는 내용은 없는 듯하구나."

우선은 침묵했으나 황재하가 기어들어가는 목소리로 말했다. "피투성이가 된 손이라 말하고 있지 않습니까?"

"이 서신은 의문투성이다. 좀 더 살펴본 후 결론을 내려야겠구나." 이서백은 차분한 표정으로 서신을 원래대로 접어 봉투 안에 넣으며 말했다. 그의 목소리는 표정보다 더 침착하고 담담했다.

우선은 황재하를 바라보며 살짝 잠긴 목소리로 말했다. "이 서신은 여기 반년 넘게 보관하면서 아무한테도 보여주지 않았어. 너에게 줄 테니, 만약 정말로…… 너 자신이 무고하다고 확신한다면 계속해서 조사해줘. 나에게, 그리고 너 자신에게도, 해명해줄 수 있으면 좋겠어."

황재하는 그 서신을 품고 이서백을 따라 성도부 관아로 돌아왔다.

두 사람이 막 관아에 도착하니 주자진은 이미 안에 자리를 잡고 앉아 있었다. 한 손에는 만두를, 또 다른 한 손에는 황재하의 옥팔찌를 들고서 온 얼굴로 빛을 냈다. 그런 주자진을 보노라니 소매 속 서신이 피부를 찔러오는 기분이 들어, 황재하는 그 난처함을 어쩌지 못하고 쩔쩔맸다.

이서백은 웃는 듯 마는 듯한 얼굴을 하고서 황재하를 슬쩍 쳐다보고는, 넋 나간 표정을 하고 있는 황재하의 귓가에 바짝 다가가 나지막이 속삭였다. "언제쯤 수배 전단의 초상보다 실물이 더 낫다고 자진에게 알려줄 셈이냐?"

황재하는 이서백의 목소리에 실린 웃음기를 느꼈다. 줄곧 가슴을 짓누르던 커다란 돌이 이서백의 농담으로 조금쯤 가벼지는 기분이 들어 저도 모르게 대답이 흘러나왔다. "다음 생에서요!"

"뭐가 다음 생이라는 거야?" 귀 밝은 주자진이 황재하의 목소리를 듣고 일어나 두 사람에게 다가왔다. "어휴, 왜 이렇게 늦으셨습니까?

한참을 기다렸습니다.”

이서백은 주자진의 손에 들린 팔찌를 슬쩍 쳐다보며 물었다. “무슨 일로 우리를 기다렸느냐?”

“부신원의 여종 탕주 부인의 시신이 여기로 옮겨졌고, 탕주 부인을 잘 아는 한주 사람 몇이 이미 시신을 거두러 왔습니다. 어서 가서 검시를 해봐야지요!”

주자진은 한 손에는 여전히 옥팔찌를 쥔 채로 다른 한 손에 쥔 만두를 베어 먹으며 바깥으로 향했다. 주방 조리사가 고개를 내밀며 황급히 소리쳤다.

“포두 나리! 여기 떡도 있는데 가져가시겠습니까?”

“오, 떡이라면 내가 아주 좋아하지!” 주자진은 신이 나서는 손에 들고 있던 팔찌를 재빨리 품안에 집어넣고 그 손으로 떡을 건네받았다.

“자진, 그리 급히 어딜 가는가.” 옆에서 누군가가 웃으며 말했다.

주자진이 고개를 돌려 보니 제등이 문서 한 꾸러미를 손에 들고 서 있었다. 공무를 논의하러 온 모양이었다. 주자진은 남은 만두를 황급히 입 안에 밀어 넣고 떡을 쥔 채 공수했다. “형님 오셨습니까!”

“자진, 그게 무슨 습관인가. 그렇게 지저분한 손으로 떡을 집어 먹다니.” 제등이 조롱하듯 웃으며 주자진 손에서 떡을 빼앗더니 주자진의 손을 보며 말했다. “손가락이 온통 끈적끈적한 채로 사건 조사를 나가는 겐가?”

“아…….” 주자진은 눈을 껌뻑거리며 제등의 손에 쥐여 있는 떡으로 시선을 주었다. 제등은 도랑창으로 떡을 던져버리고는 옆에서 물 한 바가지를 떠왔다. “자, 어서 손 씻게.”

주자진은 순간 너무 창피하여 서둘러 말했다. “제가…… 제가 하겠습니다…….”

“사양 마시게. 이제 곧 나의 손위 처남이 될 터인데.” 제등은 그리 말하면서 다짜고짜 주자진의 손에 물을 끼얹어 깨끗이 씻게 한 다음에야 주자진을 놓아주었다. 그러고는 바가지를 내려놓으며 훈계를 시작했다. "자진, 여인들이 쓰는 물건이 얼마나 더러운지 아는가? 눈에는 보이지 않지만 온통 머릿기름이 묻었단 말일세! 내게 한 친구가 있는데, 날마다 연인의 팔찌를 손에 쥐고 들여다보면서 그 연인을 그리워했지. 그런데 한번은 그 팔찌를 만진 손을 씻지도 않고 그대로 과일을 집어서 먹더란 말이야. 결국 위로는 토를 하고 아래로는 설사를 하고, 죽다 살아났네. 나중에 알고 보니 그 팔찌는 원래 전당포에서 가져온 것이었는데, 전당포 주인장이 양심도 없이 부패한 시체에서 빼내온 것이었다지 뭔가. 생각해보게. 그런 물건을 몸에 지니고 다니는 걸로도 모자라 그걸 만진 손으로 음식을 집어 먹었으니 탈이 안 날 수가 있었겠는가?"

주자진은 어색한 웃음을 지으며 옷 위로 품속 팔찌를 어루만졌다. "형님, 이 팔찌는 말입니다…… 새 거예요. 절대 부패한 시체에서 빼낸 것이 아니란 말입니다…….."

"어쨌든 조심할수록 좋다는 뜻이네! 내 오후에는 시간이 있으니 자네를 데리고 명월산 목선 법사에게 가서 정수를 한 통 부탁해야겠네. 자네 그 팔찌를 정화시키게 말이야!"

제등은 다시 서류 뭉치를 집어 들고 관아 안쪽으로 걸음을 옮겼다.

주자진은 그 뒷모습을 보며 혀를 차더니 낮은 목소리로 중얼거렸다. "내가 왜 몰랐을꼬……. 여기도 결벽증에 걸린 사람이 하나 있다는 사실을……."

황재하의 시선이 하수구에 빠진 떡을 향했다. 잠시 생각에 잠겼던 황재하가 고개를 드는데 이서백과 시선이 딱 마주쳤다. 이런 일은 이서백이 절대 나설 리 없음을 잘 아는지라, 황재하는 괴로운 얼굴로 고개를 끄덕이는 수밖에 없었다.

세 사람이 바깥으로 걸음을 옮길 때였다. 황재하가 갑자기 외마디 소리를 지르며 휘청거리더니 우울한 목소리로 말했다. "개똥을 밟았어요."

주자진이 다정하게 물었다. "괜찮아?"

"네. 다행히 마른 똥이네요. 저기 가서 살짝만 닦고 오겠습니다."

황재하는 얼른 도랑창 쪽으로 걸어갔다. 주자진이 뒤에서 소리쳤다. "어서 갔다 와. 여기서 기다릴게."

"기다릴 것 없다. 먼저 마구간으로 가자." 이서백이 앞장서서 걸어갔다.

주자진은 뒤를 돌아보면서도 어쩔 수 없이 이서백을 따라갔다.

황재하는 도랑창 옆으로 가서 신발 바닥을 닦는 척하며 주변을 살폈다. 아무도 없는 것을 확인한 뒤 바닥에 떨어진 나뭇가지를 주워 떡을 찍어 올렸다. 다행히 돌 위로 떨어져 떡은 거의 젖지 않았다. 황재하는 옆에서 배춧잎 하나를 뜯어 떡을 싸 손에 쥐고는 마구간으로 갔다.

디우는 여전히 살을 찌우는 중이어서 득의양양한 표정으로 콩을 먹으며 다른 말들을 괴롭히고 있었다. 그 옆에는 나푸사가 상처를 치료하며 풀밭에 누워 커다란 눈으로 사방을 두리번거렸다. 이서백과 황재하는 비록 변장을 했지만 디우가 냄새를 맡고 알아챌까 봐 일부러 맞은편 마구간으로 가 미숙한 말 두 필을 골랐다.

세 사람이 말을 몰고 거리를 지날 때였다. 사나운 마른 개 한 마리가 골목어귀에서 뛰쳐나오더니 미친 듯이 짖어댔다. 황재하는 마침 잘됐다 싶어 배춧잎으로 싼 떡을 개에게 던져주었다. 개는 냄새를 킁킁 맡아보더니 배춧잎까지 말끔하게 먹어치웠다.

주자진이 투덜거렸다. "나라면 저런 흉악한 개한테는 먹을 걸 주지 않을 텐데!"

"마침 개 한 마리를 데려다가 써볼까 생각 중이었거든요."

"어디다 써?"

"개는 후각이 뛰어나서 훈련만 시키면 사건 조사에 도움이 돼요. 저 개 생김새를 보니 아주 괜찮은 세견(細犬)[22]인 것 같아요."

주자진은 곧바로 고개를 돌려 뒤에 있던 자에게 명을 내렸다. "아탁, 어서 저 개를 잡아 와!"

그래서 그들이 묘지에 도착했을 때는 일행이 사람 넷에 개 한 마리로 늘어나 있었다.

묘지기가 꾀죄죄한 몰골의 마른 개를 보고는 순간 웃음을 터뜨렸다. "포두 나리, 개를 키우고 싶으시면 제게 말씀하지 그러셨습니까! 저희 집 개가 얼마 전에 새끼를 몇 마리 낳았는데 이놈보다 훨씬 잘생겼습니다!"

"뭘 몰라도 참 모르는군. 생김새만 딱 봐도 모르겠는가? 훌륭하기로 소문난 세견이라고, 세견!" 주자진은 개 줄을 잡아끌어서 문 앞에 매어놓았다.

묘지기는 자신의 눈을 의심했다. 문 앞에 웅크리고 앉아 개와 서로 한참을 멀뚱멀뚱 쳐다보다가 혼잣말로 중얼거렸다. "이게 세견이라고? 그냥 완전히 똥개구먼!"

주자진은 바로 묘지로 들어가 흰 천에 덮인 시체 앞에 섰다. 포졸들이 이런저런 이야기를 나누고 있었고, 그 옆에 서 있는 어두운 기색의 중년 남녀 몇 사람은 탕주 부인의 지인이 틀림없었다.

"자자, 어서 와서 주 포두께 인사드리시게!" 포졸들이 큰 소리로 외치며 주자진에게 한 사람 한 사람 소개했다. 누구는 탕주 부인의 이웃

---

22 중국의 오래된 사냥개 종류.

이고, 누구는 조카고 그랬다.

주자진은 일단 자신의 도구함을 열어 장갑을 낀 뒤 탕주 부인 몸에 난 상처들을 살폈다. 확실히 절벽에서 추락해 사망한 것으로 보였다. 팔다리가 골절되고 머리는 피와 살이 짓이겨져 있었다. 얼굴이 완전히 뭉개진 터라 귀 뒤에 나 있는 점만이 신분을 알 수 있는 확실한 증거였다.

"추락 후 몸에 지니고 있던 물건입니다." 포졸들이 꾸러미 하나를 주자진에게 건넸다.

주자진이 이리저리 뒤적여보았으나, 몇 벌의 옷과 푼돈 외에는 아무것도 없어 보따리를 내려놓으며 말했다. "확실히 낭떠러지로 떨어져 사망한 것으로 보이는군."

황재하가 문득 뭔가가 떠올라 물었다. "사망 시간은 언제입니까?"

"어제 오전, 대략…… 묘시 전후로 보여."

묘시. 황재하는 곧바로 어제 새벽 묘시경 산길에서 말 하나가 급히 달려오는 바람에 장항영이 낭떠러지로 떨어진 일을 떠올리고는, 주자진에게 넌지시 물었다. "참, 최근에 기왕 전하께서 자객의 습격을 받은 일 때문에 성도부에서 한주에 이르는 산길을 서천군이 지키고 있다던데, 사실입니까? 백성들이 산을 오가는 데 꽤나 불편하겠던데요."

"맞아. 그 길은 상인이나 여행자의 발길이 끊이지 않는 곳인데, 지금은 서천군이 지키고 서서 누구든 말을 타고 지나는 것을 철저히 금하고 있지. 그리고 길을 지나는 모든 사람의 몸을 수색하고 있어서 백성들의 원성이 자자해." 여기까지 말한 주자진은 뭔가를 떠올리고는 덧붙여 말했다. "장 형은 한주에 잘 도착했는지 모르겠군. 어휴, 장 형도 참 딱하지. 이 넓은 하늘 아래 적취를 찾으려면 얼마나 힘들까!"

황재하는 쪼그리고 앉아 탕주 부인의 상처를 살펴보았다. 시신은 뒤통수까지 뭉개져 굉장히 참혹했다. 황재하가 일어나 주자진을 향해 말했다. "장 형이 지금 어디 계신지 알고 싶으십니까? 알려드릴까요?"

"네가 어찌 안다고!" 주자진은 황재하의 말을 믿지 않고 콧방귀를 뀌었다. "네게 천리안이라도 있어서 저기 한주에 있는 장 형의 일거수일투족이 보이기라도 한단 말이야?"

황재하가 웃으며 말했다. "믿든지 말든지, 어쨌든 저는 장 형이 지금 어디 있는지 알고 있습니다. 게다가 오른팔이 탈골되었으며, 지금 객잔에서 약을 달이고 있다는 사실도 알지요……."

주자진은 순간 깜짝 놀라 펄쩍 뛰었다. "뭐라고? 장 형이 다쳐서 객잔에서 탕약을 달이고 있다고?"

"너무 걱정 마십시오. 자기가 먹는 탕약은 아닙니다. 그리 심한 부상도 아니고요." 황재하는 그렇게 말하면서 탕주 부인의 짐을 뒤적거려 옷의 무늬를 자세히 살폈다.

주자진은 발을 동동 구르면서 이서백의 옷자락을 잡아당기며 간청했다. "왕 형님, 형님이 얘기 좀 해주십시오. 대체 어떻게 된 일입니까?"

이서백이 황재하를 흘끔 보며 입을 열었다. "점심때 우리와 함께 가보면 알게 될 것이네."

"정말 두 분 다…… 저를 애태워 죽일 작정이십니까!"

주자진이 마치 끓는 가마솥에 들어간 개미처럼 날뛰자 황재하는 저도 모르게 이서백을 향해 웃어 보였다. '아주 잘하셨습니다.'

탕주 부인은 일찍 남편을 잃어, 지금 시신을 거두러 온 사람은 조카 한 명과 이웃 세 사람이었다. 이웃이라는 한 사내는 꽤 단정하게 꾸민 차림이었다. 마른 체격에 손에는 금가락지를 끼고서 어색한 미소를 지었다.

"소인은 송화리 이장입니다. 탕주 부인은 원래 성도부 사람이었는데 열일곱에 한주로 시집을 갔습니다. 제 처가 그 부인과 어릴 때부터 함께 자랐지요. 남편을 일찍 여의고 꽤 어렵게 살아서, 사나흘에 한 번씩 날품팔이를 하면서 돈을 벌었습니다. 나중에는 그 부 씨 여인이 시종을 찾는다 하여 제가 처에게 알려주었습죠. 사람이 괜찮아 보이니 모시기 어렵지 않을 듯하고, 삯도 많이 쳐주고 일도 많지 않다고 하니 탕주 부인한테 물어보라고요. 생각이 있으면 제가 소개해주겠다고 했습니다."

"그러면 탕주 부인은 이장께서 부신원에게 소개해주었군요."

"그렇습니다. 한데 갓 한 해를 넘기고 이런 일을 당할 줄이야……. 어휴, 이 일 때문에 저와 제 처가 얼마나 후회했는지 모릅니다. 다들 그 저택에 문제가 있는 거 아니냐고 합니다. 그 두 사람이 죽은 것은 그렇다 쳐도 탕주 부인까지 길에서 죽었으니, 얼마나 부정한 집인가 하고요!"

황재하는 이장 뒤에 서 있는 사람을 보았다. 키가 작고 통통한 여인이 고개를 푹 숙인 채 손에 쥔 손수건을 잡아당기고 있었다. "이장님 가족 되십니까?"

이장이 서둘러 고개를 끄덕였다. "제 처입니다. 어려서 탕주 부인과 함께 자랐습니다."

황재하가 여인에게 물었다. "탕주 부인이 이곳에서 지내는 동안 혹시 부인께 달리 언급한 일은 없습니까?"

여인은 탕주 부인의 시신을 보고 적잖이 충격을 받은 듯 연신 손수건으로 눈물을 찍어냈다. 목소리도 잘 나오지 않았다. "없었어요. 명절에는 저희에게 뭘 들고 와서 좋은 곳을 소개해줘서 고맙다고 했어요. 듣기로는…… 부 씨 여인이 성격도 온화하고 먹을 거나 입을 것도 다 잘 챙겨준다고 했습니다. 삯을 떼어먹은 적도 없고요. 집에 특별히 할 일도 없어서 그저 늘 청소나 하고 하루 세 끼 밥만 차린다고요."

"혹 그 댁에 왕래하는 손님에 대해 말한 적은요?"

"없었어요……. 애초에 입이 무거운 사람을 찾는다고 했으니, 아마 탕주 부인에게도 그런 주의를 줬겠죠. 그래서인지 이런저런 내용은 한 번도 들은 적이 없어요. 그리고…… 기녀의 집에 누가 왕래하는지, 우리인들 쉽게 물을 수 있었겠습니까?"

황재하는 이장 부부를 보내고서 다음 사람에게 또 질문을 던졌다.

낯빛이 노란 이 중년 부인은 푸른 앞치마를 두르고 머리는 틀어 올려 때가 낀 은비녀를 꽂고 있었다. 평소에 본 적 없는 낯선 광경에 손을 어디에 둬야 할지 모를 정도로 불안해했다. "저…… 저는 한주의 농가 출신으로 탕주 언니네 건너편 집에 살았습니다. 언니는 열일곱 되던 해에 이사를 왔는데, 저랑은 나이도 비슷하고 가까이 살아서 서로 언니 동생 하며 친하게 지냈습니다."

"탕주 부인이 최근에 한주에 돌아온 적이 있었습니까? 와서는 무슨 말을 했죠?"

"지난달에 한 번 왔었는데, 언니가 모시는 부인이 혼례를 치르게 됐다면서 기뻐하는 얼굴이었습니다. 제가 그런 여인이 제대로 된 사람에게 시집갈 수나 있겠느냐고 말했더니, 언니 말로는 그보다 더 좋은 혼처는 없을 거라 했습니다. 남자 쪽은 이미 한 번 혼례를 치른 적이 있긴 하지만 자녀도 없고 나이도 젊은 데다가 집안 형편도 좋다며, 분명히 전생에 복을 쌓은 덕에 그런 사람에게 시집을 가는 거라고요."

"혹시 그 남자에 대해 더 언급한 것은 없었나요?"

"없었습니다……. 언니가 모시는 사람 일에 제가 관여해서 뭐하겠습니까? 그리고 몇 마디 채 나누기도 전에 언니의 조카가 집에 오는 바람에 저도 서둘러 집에 돌아가 밥을 지었지요. 그런데 그게…… 언니의 마지막 모습이 될 줄은……."

중년 부인이 망연자실하며 말을 잇지 못하자 주자진은 이만 부인은 내보내라 눈짓하고 탕주 부인의 조카를 데려오게 했다. 탕주 부인의 조카 탕승은 이제 갓 스무 살이 넘어 보였는데, 건들건들하며 얼굴에는 경련이라도 인 듯한 어색한 미소를 지었다. 어찌 봐도 밉상이었다.

"저 고모요? 네, 지난달에 만난 적이 있어요. 그때 고모한테 곧 혼례를 치르게 됐으니 돈 좀 달라고 했더니, 푼돈이나 겨우 쥐여주더라고요, 나 참……." 탕승은 손에 든 주머니를 흔들며 경멸하는 얼굴로 말했다. "멀쩡한 사람 집에 가서 시중을 드는 것도 남우세스러운데, 양주의 기녀를 수발들다니요! 거참 체면 떨어져서. 그나마 조카며느리한테 은비녀 한 쌍 해준다고 해서 넘어갔지, 안 그랬으면 다시는 보지도 않았을 거예요."

"은비녀 한 쌍을 해주기로 했다고요?"

"바로 어제 일이었는데, 집에 가다가 그 기녀 집에서 짐을 챙겨 나오는 고모를 마주쳤어요. 저희 집이 바로 그 옆 쌍희 골목에 있거든요."

황재하는 고개를 끄덕였다. 탕주 부인의 친정집이 있는 골목이었다.

"고모가 저를 보더니 불러 세워서는 저한테 줄 게 있다며 보따리를 한참 뒤적거리더라고요. 뭔가 좋은 물건인가 싶어서 계속 서서 기다렸는데, 엽낭 같은 것을 보따리 밖으로 반쯤 꺼내는가 싶더니 다시 집어넣더라고요. 일단 한주로 가지고 가서 은비녀 한 쌍을 만들어다 조카며느리한테 주겠다고 하면서요. 그때는 곧이곧대로 믿었지만, 나중에 다시 생각해보니 저를 속인 게 분명해요. 성도부에 은세공 점포가 널리고 널렸는데 왜 굳이 한주까지 가서 만들겠어요? 그냥 저한테 주기 아까우니 거짓말을 한 거죠."

황재하는 붓을 멈춘 뒤 자신이 기록한 내용을 한 번 훑어보고는 다시 물었다. "그러니까 고모님께서 '일단 한주로 가지고 가서 은비녀 한 쌍을 만들어다 조카며느리한테 주겠다'고 하셨다는 거죠?"

"네, 맞아요." 탕승이 고개를 끄덕였다. "제가 집에 와서 몇 번을 곱씹어봤는데, 딱 그렇게 말했어요! 아무리 생각해봐도 거짓말이었던 게 틀림없어요."

"고모님께서 평소에 뭔가 다른 얘기는 안 하셨습니까? 예를 들어, 부 씨 여인과 교제하는 사람 이야기라든가, 고모님의 일상생활이라든가요."

"전혀요. 고모가 출가한 지 이미 몇십 년이 지나서, 친정에 와도 할머니만 잠깐 보고 가는 정도였어요. 지금은 할머니가 나이가 많아서 뭘 말해도 잘 듣지도 못해요. 매달 할머니한테 용돈이나 조금씩 드릴 때 말고는 딱히 집에 오는 일도 없었어요."

탕주 부인은 언뜻 보기에 그리 좋은 삶을 살지는 못한 듯했다. 조카 외에는 시신을 확인하러 온 다른 친지도 없었다.

조카는 대충 시신을 훑어보더니 말했다. "저희 고모가 맞는 것 같네요. 아니, 고모 시댁 쪽에는 사람도 없답니까? 왜 친정 쪽에서 시신을 수습해야 되죠?"

"시댁에 사람이 있었으면 다른 건 몰라도 진작 부인의 집을 정리해 갔지, 아직까지 뒀겠습니까?" 주자진이 말했다.

탕승의 눈이 갑자기 빛났다. "집을 가질 사람이 없어요?"

황재하가 무표정으로 말했다. "자녀가 없는 상황이니, 고모의 장례를 치러드리면 조카분께서 상속받을 수 있습니다."

탕승이 즉각 대답했다. "고모님의 장례는 조카인 제가 치러드리는 것이 당연한 도리지요!"

"그럼 알겠습니다. 관을 준비하고 묘지를 정하십시오. 발인하고 장례가 끝나면 관아로 와서 집문서를 받아 가시면 됩니다.”

탕승을 보내고 나서 주자진이 황재하에게 물었다. “우리 나라에 그런 법령이 있던가?”

“없습니다.” 황재하가 고개를 저었다. “하지만 집이 있다는 말을 듣자마자 호칭이 ‘고모’에서 ‘고모님’으로 바뀌지 않습니까.”

주자진이 우울한 얼굴로 말했다. “닭 쫓던 개 지붕 쳐다보게 만들어주고 싶군.”

“그냥 두세요. 한주 어느 골목의 허름한 집 한 칸입니다. 장례비를 빼면 은비녀 한 쌍 값 정도는 남을 수도 있겠네요.” 황재하는 이날 기록한 내용을 다시 한 번 훑어보았다.

주자진이 더 이상 참지 못하고 물었다. “이제 시간 있지? 궁금해 미칠 것 같으니까 빨리 좀 얘기해봐. 장 형이 어떻게 됐는데?”

“뭘 그리 조급해하세요. 저희가 데려다드릴 테니 직접 눈으로 보시면 되지 않습니까?” 황재하가 사건 기록을 정리해 덮었다.

그때 이서백이 손을 뻗더니 사건 기록을 가져다가 황재하가 기록한 글자를 자세히 살펴보기 시작했다. 그에게 익숙한 잠화소해체의 글자들이 수려하게 휘갈겨져 있었다. 급히 쓰느라 필체에서도 황급함이 묻어났다. 살짝 미간을 찌푸리며 그 붓의 흔적들을 살펴보던 이서백이 저도 모르게 차가운 표정을 지었다.

황재하게 낮게 물었다. “어찌 그러십니까?”

이서백이 사건 기록을 황재하에게 돌려주며 들릴락 말락 낮은 목소리로 말했다. “지나치게 마음을 쏟으면 오히려 일을 그르친다. 가족과 연관된 일이어서 침착함을 유지하기 어려운 것이냐.”

황재하가 미간을 찡그리며 자신이 적은 기록을 뒤적였다.

귀 밝은 주자진도 둘의 대화를 다 듣고 말았다. “뭐라고요? 이 사건이 누구의 가족과 연관되었는데요? 아까 저 탕승이라는 자의 가족 아닙니까?"

이서백이 고개를 끄덕이며 아무렇게나 대답했다. "그렇지."

황재하는 기록을 계속 넘겨 보았다. 애써 침착을 유지하려 했지만 눈빛에는 도무지 믿기지 않는다는 기색이 역력했다.

황재하의 걸음이 느려졌다.

고개를 돌려 황재하를 살핀 이서백이 걸음을 멈추었다. 그러고는 황재하 곁으로 다가와 가볍게 어깨를 토닥이며 낮은 소리로 말했다. "사군부에 도착하면 다시 비교해보자."

황재하는 가까스로 힘을 주어 고개를 끄덕였다. 그리고 마치 그 글자들에게서 도망이라도 치듯 기록을 황급히 덮어버렸다.

황재하 일행이 묘지에서 나오니 입구에 매어놓았던 더럽고 깡마른 개가 순간 정신을 차리고는 이들을 향해 미친 듯이 짖기 시작했다.

황재하는 하늘빛을 한 번 올려다보고 다시 개를 쳐다보았다. '이상한데.'

이서백이 황재하의 귓가에 대고 조용히 말했다. "너의 추측이 빗나갈 때도 있구나."

황재하가 이서백을 흘겨보며 말했다. "그냥 개 한 마리를 데려다 사건 조사하는 데 조수처럼 쓰고 싶다고 말씀드린 것이었는데요?"

포졸들은 말을 타고 주자진은 개를 끌고 걸었다. 무리가 시장을 지나가니 근처에 있던 사람들이 전부 흘끔거렸다. 개를 보며 뒤에서 몰래 웃는 사람도 있었고, 대놓고 폭소를 터뜨리는 사람도 있었다. "주포두 나리, 저 개가 무슨 잘못을 지었기에 이렇게 여러 포졸들께서 개를 압송해 가십니까?"

"모르는 소리 마세요! 이 몸이 세견을 키워서 사건 조사에 도움 좀 받으려는데, 다들 표정이 왜 그럽니까?"

"포두 나리의 세견은 어째 생김새가 똥개와 똑같습니까?"

"하하하…… 지금은 진흙투성이니 이 녀석의 진면목을 어찌 알아 보겠어요. 씻기고 나면 영락없이 세견의 모습을 하고 있을지도 모르 잖아요?"

"저 개가 세견이면 제가 저 개를 산채로 삼켜버리겠습니다! 하하하."

길모퉁이에서 양고기를 파는 아가씨가 개를 보고는 작은 갈비뼈를 하나 던져주었다. 개가 기뻐 날뛰며 앞으로 튀어나가는 바람에 개 줄을 붙잡고 있던 주자진은 하마터면 앞으로 고꾸라질 뻔했다. 개 뒤를 따라 휘청거리며 양고기 수레까지 끌려간 순간, 결국 발이 균형을 잃어 고기를 쌓아놓은 매대와 부딪히고는 비명을 내지르며 앞으로 풀썩 엎어졌다.

양고기 아가씨가 손에 커다란 칼을 쥐고서 주자진을 향해 웃으며 말했다. "주 포두 나리, 어인 일로 이렇게 큰 예를 취하시는지요."

주자진은 뻐근한 코를 움켜쥐고 눈물을 삼켰다. "길에서 양고기 팔지 마시라고 진작 말씀드렸잖아요. 어쨌든…… 길 가운데로 이만큼이나 나오면 안 된다고요!"

양고기 아가씨는 표정 하나 변하지 않고 수레를 길가 쪽으로 어느 정도 끌어당기고는 비웃듯이 말했다. "제 점포가 여기 있었으면 절 안 하셨을 모양이네요?"

주자진이 얼굴을 찡그렸다. "적어도…… 그 붉은 치마 앞에 이렇게 간절히 엎드리진 않았겠죠."

양고기 아가씨가 헤진 치맛자락을 끌어당기며 주자진에게 눈을 흘기더니 이번에는 더 커다란 뼈다귀를 들어 저 앞으로 내던졌다. "옜다!"

개가 또다시 흥분하여 미친 듯이 앞으로 튀어나가는 바람에 바닥에 고꾸라져 있던 주자진은 2장 정도 거리를 끌려가다가 간신히 길가의 나무를 붙잡고서야 개를 멈출 수 있었다. 이를 보던 사람들이 폭소를 터뜨렸다. 주자진은 분개하여 손에 잡고 있던 줄을 놓아버리고 바닥에 쓸려 벗겨진 팔꿈치와 무릎을 쓰다듬었다. 그러고는 양고기 아가씨를 향해 달려가 수레를 탕 내려치고는 외쳤다.

"이것 봐요!"

양고기 아가씨는 뼈 자르는 칼을 잡고서 눈 하나 깜짝하지 않고 물었다. "저요?"

주자진의 시선이 칼을 향했다가 다시 여인의 새하얀 피부와 빼어난 용모로 향했다. 그러고는 입만 뻐끔거리더니 두 손을 들어 보이며 뒤로 한 걸음 물러섰다.

"그러니까 제 말은…… 앞으로는 딱 여기 이 자리에서 고기를 팔면 좋겠다고요. 지나가는 사람이나 수레한테 방해도 안 되고 얼마나 좋아요."

11장

휘몰아치는 화염

주자진은 사람들의 조소를 뒤로하고 이서백이 묵는 객잔으로 향했다. 객잔에 도착하자마자 바로 후원에 있는 아궁이로 달려가 보았더니 작은 약탕기 하나가 끓고 있었다. 마침 장항영이 아궁이 앞 작은 의자에 앉아 부채를 부치며 약탕기 뚜껑을 열어 탕약을 살피는 중이었다.

"장 형!" 주자진이 장항영을 향해 맹렬히 달려갔다. 그 기세에 하마터면 약탕기가 엎어질 뻔했다. "한주에 계신 거 아니었어요? 어떻게 여기 계세요?"

갑자기 달려든 주자진 때문에 깜짝 놀란 장항영은 황급히 약탕기를 보호하며 말했다. "조심하세요. 조금만 더 달이면 다 돼요."

"무슨 일이에요? 어디가 아픈 거예요? 다쳤어요?"

장항영이 일의 자초지종을 어찌 설명하나 머뭇거리자 황재하가 뒤에서 대신 대답해주었다. "친구랑 길에서 위험한 일을 당해서, 친구를 데리고 일단 돌아온 거예요."

"무슨 친구? 장 형은 혼자 떠났었는데." 주자진은 방 안쪽으로 고개를 디밀어보고는 화들짝 놀랐다. "경육 공공?"

"주 도련님." 침상에 누운 경육이 주자진을 향해 겨우 미소를 지어 보였다. "아, 아니지요. 주 포두 나리."

"살아 있었군요! 그런데 어찌 여기 있습니까?"

"저야…… 당연히 전하 곁에 있는 것이 좋지요." 경육이 시선을 이서백에게 향하더니 낮은 목소리로 말했다. "다만…… 지금 상황이 이래서 전하께 누가 되는 건 아닌지……."

"그런 말 말아라." 이서백이 경육의 말을 잘랐다. "마음 편히 상처나 잘 다스리거라."

경육은 감격스러워하며 힘겹게 고개를 끄덕였다. 다들 방 안으로 들어가고, 곧 장항영도 약그릇을 받쳐 들고 왔다. "단서당에 있을 때 약 달이는 법을 배웠습니다. 불의 세기와 시간을 잘 맞춰서 달였으니 식기 전에 드세요."

이서백이 약그릇을 받아 들고는 경육의 침대 맡에 앉아 직접 후후 불어 약을 식혀주었다.

경육은 재빨리 몸을 일으켜 고개를 숙이고는 이서백에게서 약그릇을 받아 들었다. 감히 이서백이 먹여주는 약을 받아먹을 수는 없었다. 주자진은 옆에 앉아 경육이 약을 마시는 모습을 지켜보았다. 황재하는 머리 위 비녀를 뽑아 들고 책상 앞에 앉아 무언가를 그리며 오늘 조사한 단서들을 정리해보았다.

석양빛도 거의 사그라지며 날이 어두워졌다. 다들 객잔 안 식당에서 함께 식사를 했다. 주자진은 그대로 가기 아쉬웠는지 거의 한밤중까지 남아 계속 재잘재잘 수다를 떨었다.

결국 황재하가 나섰다. "경 공공도 좀 쉬셔야 하니 그만 방해하는 게 좋겠습니다."

"나도 그냥 여기서 잘래. 이렇게 늦게 돌아갔다가 내일 아침 일찍 또 오려면 얼마나 피곤하겠어." 주자진이 눈을 빛내며 황재하를 쳐다보았다. "숭고, 네 방 침대는 좀 커? 나 하룻밤만 재워주면 안 돼?"

순간 등골이 오싹해진 황재하가 안 된다고 거절하려는데 등 뒤에서 이서백의 차가운 목소리가 날아들었다. "크지 않다."

황재하는 재빨리 고개를 숙여 이서백에게 감사를 표했다.

주자진이 가련한 표정을 지으며 몸을 일으켰다. "알겠습니다. 방 하나를 새로 얻죠, 뭐."

"요 며칠 저희가 묵은 비용도 같이 치러주시는 거 잊지 마세요." 황재하가 황급히 주자진의 뒤에 대고 외쳤다. 포로에게서 빼앗아온 돈은 이미 거의 다 써버려서 주자진의 주머니를 붙잡는 수밖에 없었다.

이렇게 주자진을 진정시킨 뒤에야 드디어 각자 방으로 돌아가 잠을 청할 수 있었다.

모두가 깊이 잠든 밤, 갑자기 밖에서 크게 외치는 소리가 들려왔다.

황재하가 깜짝 놀라 눈을 뜨니 창문으로 불꽃이 비치고, 이서백이 이미 밖에서 문을 두드렸다. "불이 났다."

황재하는 즉시 일어나 옷을 갖춰 입었지만 가슴을 동여매느라 시간이 지체됐다. 황재하가 밖으로 나오니 주자진도 비틀거리며 뛰어왔다. "큰일 났네! 이를 어째!"

이서백과 황재하는 주자진의 말에 반응할 겨를도 없이 화염 속에서 경육의 방으로 뛰어갔다. 장항영이 먼저 경육의 방에 도착해 있었고, 방 안에는 이미 짙은 연기가 가득했다. 객잔 안 다른 사람들은 다들 방에서 뛰쳐나와 작은 뜰로 모여들었다.

"불길이 너무 맹렬해!"

객잔 앞은 이미 큰불에 삼켜져 검은 연기가 솟구쳤다. 불길이 경육의 방을 향해 다가왔다.

지난번에 성도부 야시장을 구경하며 이서백과 황재하는 상대가 가장 손쉽게 공격할 수 있는 방법은 객잔에 불을 지르는 것이라는 이야기를 나눈 적이 있다. 그때 두 사람이 이 객잔을 관찰해보니 이곳은 불이 나면 쉽게 빠져나갈 수 없는 구조였다. 그래서 만약 이곳에서 암살 시도가 일어난다면…….

황재하는 즉시 의자를 집어 들어 창문을 부쉈다. 하지만 창밖도 이미 불바다였다. 앞뒤 좌우의 모든 뜰에서 거의 동시에 불이 나, 맹렬하게 타오르는 화염 속에 완전히 포위되었다.

이서백을 죽이기 위해 주변 모든 건물에 불을 붙이다니, 상대는 성도 전체를 초토화하는 것까지 불사할 모양이었다.

사방이 불로 둘러싸인 가운데 유일하게 불이 붙지 않은 곳에 갇혀 있었지만 짙은 연기 때문에 이미 이곳도 위험했다. 도무지 도망갈 길이 없어 보였다.

이서백이 살짝 미간을 찌푸리며 장항영에게 경육을 부축해달라 눈짓한 뒤 입을 열었다. "나가자."

그 말이 떨어지기도 전에 바깥에서 한바탕 비명이 들려왔다. 객잔 옆 낡은 건물 한 채가 쾅음과 함께 무너져내리며 불붙은 기둥이 객잔 앞뜰로 와르르 쏟아진 것이다. 앞쪽 방에서 도망쳐 그곳에 모여 있던 사람 중 몇 명이 그 기둥에 맞아 고통에 찬 신음을 내질렀다.

이 스산한 작은 골목에는 방치된 낡은 건물이 많았다. 객잔 주위의 낡은 건물이 죄다 불타면서 사방팔방에서 솟구친 시커먼 연기가 그 가운데에 있는 객잔을 뒤덮었다.

가운데뜰로 도망쳐 나온 사람들은 연기를 마시고 격렬한 기침을 쏟아내기 시작했고, 노약자나 부녀자 중에는 이미 의식을 잃고 쓰러진 이들도 있었다.

이서백은 곧바로 이불보를 뜯어냈다. 황재하는 이서백이 지시하기도 전에 알아서 천을 찻물에 적셔 나눠주었다. 젖은 천으로 입과 코를 막은 채 방문으로 향했다. 바깥은 불길이 거셌지만, 불길보다 더 위험한 것은 연기였다.

"연기는 위로 올라가니까 다들 허리를 낮게 구부리세요. 아래쪽은 그나마 좀 나아요." 황재하는 몸을 잔뜩 숙이고는 일행을 인도하며 문 밖으로 나갔다.

연기에 눈도 제대로 뜰 수 없어 다들 눈을 감은 채 담을 따라 앞으로 나아갈 뿐이었다. 담장은 이미 불에 달궈질 대로 달궈져 손으로 짚을 수도 없는 상황이어서 감에 의지해 어둠 속에서 허둥지둥 나아갔다.

"어이쿠……." 주자진이 바닥에 쓰러져 있는 사람의 몸에 발이 걸려 바닥을 기었다. 산 사람인지 시체인지 알 수 없었지만, 주자진은 자신의 발에 채인 부분을 문질러주며 연신 사과했다. "죄송합니다, 죄송해요."

황재하는 주자진에게 정신 차리라고 말해주려 입을 열다가 연기를 들이마시고는 목에 극심한 통증을 느꼈다. 순간 심한 현기증과 함께 무릎에 힘이 풀려 바닥에 스르르 주저앉는데 곁에서 누군가가 팔을 붙잡으며 부축해주었다.

"나를 따라오너라." 이서백의 목소리가 들렸다. 혼돈에 빠진 어둠 속, 지척에서 들려오는 그 목소리에 안심이 되었다. 황재하는 젖은 천으로 눈, 코, 입을 모두 가렸다. 아무것도 볼 필요도, 생각할 필요도 없었다. 이서백이 이끄는 대로만 따라가면 되었다. 이서백의 등 뒤가 세상에서 가장 안전한 곳처럼 느껴졌다.

이서백이 갑자기 멈춰 섰다. 담장이 끝났다. 이서백의 뛰어난 방향 감각으로 순조롭게 뒷문을 찾은 것이다. 장항영이 발을 들어 문을 나서려는 순간 이서백이 어깨를 붙잡으며 조용히 말했다.

"밖에 누군가 있다."

바람은 높이 불고, 멀지 않은 곳에서 불길이 타다닥 소리를 내며 타올랐다. 삼면이 불로 뒤덮인 가운데 유일한 출구에는 정적이 감돌았다.

장항영이 주의 깊게 바깥 동정에 귀를 기울여보고는 멍한 얼굴로 말했다. "아무 소리도…… 들리지 않습니다……."

"이렇게 큰 불 가운데 유일한 출구다. 포위하는 자가 없을 리 있느냐." 이서백의 목소리에도 약하지만 동요하는 기색이 묻어났다. "그런데 바깥에 아무런 인기척이 없다……."

"누군가가 바깥에서 이 문을 지키고 있을까요?" 주자진이 참지 못하고 입을 열었다. "설마 나가자마자 화살이 쏟아져 날아온다거나……."

"이곳은 성도부 안이고, 객잔 바깥에는 몸을 숨길 만한 곳도 없으니, 많은 살수들이 숨어 있을 곳은 못 된다. 하지만 누군가가 매복하고 있는 것은 분명하다. 나가면 바로 죽임을 당할 것이다."

다들 식은땀이 절로 흘러내렸다.

그때 다른 사람들도 이미 문 쪽을 향해 밀려왔다. 누군가가 크게 소리쳤다. "저기 문이 있소! 다들 서두르시오……."

어두운 와중에 사람들이 비집고 달려드니 일대에 엄청난 혼란이 빚어졌다. 그 순간 꿍음과 함께 불빛이 사방으로 튀었다.

불타던 누각 하나가 무너져 내리면서 뒤쪽에 있던 사람들을 덮친 것이다. 넘어져 골절된 사람, 상처를 입은 사람, 불이 붙은 사람, 화상을 입고 쓰러진 사람 등이 내지르는 비명 소리가 끊임없이 이어졌다.

황재하 일행 다섯 사람은 그 수라장 한가운데에 갇혔다. 뜨겁게 타오르는 불길에 완전히 포위당해 옷과 머리카락이 그을렸다. 유일하게 살 길은 앞에 보이는 문뿐이었다. 양옆의 담은 이미 불에 뜨겁게 달궈

졌고, 주변 나무들도 다 불이 붙어 활활 타올랐다. 일촉즉발의 순간이었다.

황재하는 고개를 들어 솟구치는 짙은 연기 너머를 쳐다보았다. 앞쪽의 성가퀴[23]에서 누군가가 이쪽을 살피며 아래쪽을 향해 손을 흔들어 무언가를 지시했다.

황재하가 고개를 돌려 이서백에게 말했다. "저희를 이미 발견한 것 같습니다. 걸려들기만을 기다리고 있어요!"

이서백은 고개를 살짝 끄덕이고는 다시 문 쪽으로 시선을 주었다.

그때까지만 해도 젖은 천으로 입과 코를 막은 채 장항영의 부축을 받아 간신히 따라오던 경육이 갑자기 얼굴을 가린 천을 벗겨내고는 장항영의 팔에서 벗어나 문 앞으로 걸어갔다. "전하…… 소인 여기서 이만 작별 인사를 드리겠습니다."

장항영은 순간 멍한 표정으로 무심코 물었다. "어딜 가시려고요?"

"제가 나가면 일단 포위가 풀릴 것입니다." 경육이 다 쉰 목소리로 말했다.

이서백이 옆에서 성난 목소리로 호통쳤다. "경육, 쓸데없는 짓 말거라!"

경육은 고개를 돌려 이서백을 한 번 쳐다보며 얼굴에 옅은 미소를 드리우더니 그대로 몸을 돌려 문을 향해 달려들었다. 이미 불에 다 타버린 문이 걸쇠와 함께 그대로 앞으로 무너졌고, 경육 역시 바깥의 청회색 돌길 위로 문과 함께 쓰러졌다.

그 순간 칼 여러 개가 날아와 엎어진 경육의 몸을 찔렀다.

역시 예상대로 매복이 있었다. 칼날이 몸을 찌르는 순간에도 경육은 아랑곳 않고 입술을 오므려 휘파람 소리를 냈다. 칠흑같이 어두운

---

23 성 위에 낮게 쌓은 담.

밤, 날카로운 휘파람 소리는 피어오르는 연기와 혼잡한 사람들 목소리를 뚫고 멀리 울려 퍼졌다.

이서백 일행이 등 뒤에서 솟구치는 연기와 함께 달려 나왔지만, 상대의 공격은 더 이상 성공하지 못했다. 이서백과 장항영, 주자진은 이미 날쌔게 몸을 던져 첫 공격을 피하고 시커먼 연기 속에 몸을 숨긴 채 상대의 무기를 빼앗았다. 그러고는 짙은 연기와 어둠을 방패 삼아 신속하게 상대 진영으로 들어가 손에 든 칼을 휘둘러 공격했다.

이서백이 상대의 공격을 막아서는 동안 황재하는 재빨리 경육의 몸을 끌어 골목 어귀까지 빠져나왔다. 골목 끝을 지키던 자가 막아서자 이서백이 단번에 베어버렸다. 불길이 점점 더 거세졌다. 밤을 대낮처럼 비추는 큰불 속에 하늘의 별은 그 빛을 잃고 희미해졌다.

그때 뜨거운 화염을 뚫고 사람 그림자가 여러 개 나타나더니 상대 자객들을 공격했다.

기왕부의 정예군이었다. 황재하가 사건을 조사하던 최근 며칠 동안 이들은 이미 성도부에 집결하여 신속하게 이서백 주변으로 모여들었던 것이다. 조금 전 경육이 낸 휘파람 소리는 이 화재 속에 기왕이 있음을 알리는 신호였다. 이제 아무것도 걱정할 필요 없었다.

황재하는 고개를 숙인 채 모든 것을 이서백의 손에 맡기고 불길과 자객으로부터 최대한 멀리 떨어진 곳으로 경육을 데리고 나왔다.

골목 밖에서 누군가가 크게 소리쳤다. "안에 사람들이 있어요! 어서 불을 끄러 갑시다!"

인근 주민들이 너나없이 물통을 들고 나와 불길 가까이 달려들면서 매복했던 자들은 더 이상 기왕을 공격할 기회를 찾지 못하고, 동료들의 시신을 그대로 버려둔 채 몸을 돌려 달아났다.

이서백은 시위병들을 향해 쫓아가지 말라고 지시했다. 나머지는 비밀 호위군에게 맡기면 될 터였다. 시위병들 또한 재난에서 벗어난 지 얼마 되지 않았는데, 적들을 쫓아가 섬멸할 힘이 어디 있겠는가.

다들 경육 주위로 몰려들었다. 봉합된 상처가 다시 벌어진 데다가 조금 전에 여러 칼날의 공격을 받아 온몸이 피투성이였다. 더 이상 가망이 없어 보였다.

황재하는 경육을 장항영의 손에 넘겨주며 황급히 몸을 일으켰다. “제가 얼른 가서 의원을 불러 올게요…….”

황재하가 막 몇 걸음을 뗐을 때 이서백의 낮은 음성이 들려왔다. “그럴 것 없다.”

황재하는 멈칫하며 고개를 돌려 경육을 보았다. 경육은 장항영의 손을 붙든 채 이서백을 바라보며 들릴락 말락 한 목소리로 말했다. “당분간은 전하 곁에…… 시중들어드릴 사람이…… 없겠습니다…….”

산속으로 흩어졌던 시위병들 상당수가 돌아왔지만 경영과 경상은 아직 돌아오지 않았으니, 이서백 곁에서 시중들던 사람은 하나도 없는 셈이었다.

경육의 손을 붙잡고 있던 장항영의 눈에 눈물이 가득 차올랐다. “제가…… 있어드리겠습니다.”

경육은 장항영을 향해 시선을 돌리고는 얼굴에 간신히 미소를 지어 보였다. “잘려서 쫓겨난 주제에 무슨…… 그리 되겠느냐…….”

이서백이 곁으로 다가와 웅크리고 앉아 가만히 경육을 응시했다. 그러고는 작은 소리로 말했다. “내 걱정은 말고 편히 가거라.”

하지만 경육은 장항영의 손을 꼭 붙들고서 이미 풀리기 시작한 눈으로 이서백을 보았다가 다시 장항영을 보았다. 황재하와 주자진이 서둘러 경육을 붙잡아 안았다. 장항영은 눈에 눈물이 그렁한 채로 갑자기 몸을 일으켜 이서백을 향해 절을 했다. 경육이 이서백에게 시선을 고정한 채 입술을 달싹였으나 아무 소리도 내지 못했다.

이서백은 잠시 머뭇거리다가 손을 뻗어 장항영을 부축해 일으키며 말했다. "너는 본래 내 의장대 소속이었다가 지금 이렇게 돌아왔으니, 유종의 미를 거두는 셈이구나."

고개를 들어 이서백을 바라보는 장항영의 눈에서 한 줄기 눈물이 흘러내렸다.

장항영이 떨리는 목소리로 말했다. "감사합니다……. 전하!

경육의 얼굴에 기쁨과 위안의 표정이 서렸다. 하지만 짧게 미소가 드리웠던 얼굴은 금세 다시 일그러졌다.

근처의 문과 담장이 무너지면서 그 안에서 화상을 입은 사람, 넘어져 다친 사람, 인파에 짓밟혀 다친 사람 등 많은 사람이 앞다퉈 쏟아져 나왔다. 비참한 아우성이 곳곳에서 터져 나오는 가운데 경육의 손이 아래로 툭 떨어졌다.

이서백은 그 손을 잡아 다시 장항영의 손에 쥐여주었다.

이서백의 굳게 다문 입술과 미세하게 떨리는 속눈썹을 바라보던 황재하는 아무 말 없이 손을 내밀어 이서백의 손등을 가볍게 감싸 쥐었다.

새벽녘까지 타오른 불로 온 하늘도 밤새 붉은빛으로 물들었다. 거의 모든 성도부 사람이 불을 끄기 위해 달려 나왔다.

경육의 시신은 공동묘지 사람이 와서 운반해갔다.

황재하와 주자진은 자객들의 시신을 한참 수색해보았으나, 어찌나 주도면밀했는지 복장은 평민 옷차림이었고 몸에는 신분을 알 수 있는 물건을 하나도 지니지 않았다. 손에 쥔 무기 역시 낙인 같은 것은 긁어 없애버렸다.

성 안에서 수행원을 거느리고 다니면 필경 눈에 띌 것이기에 이서백은 곁에 있던 시위병들에게 흩어져서 비밀스럽게 수행하라고 명했다. 네 사람은 눈앞의 잿더미를 바라보며 침묵에 잠겼다. 적들은 이서백을 죽이기 위해 기악 군주까지 서슴없이 죽이더니, 이번에는 골목길의 무고한 백성들을 죄 끌어들였다. 얼마나 많은 백성들이 불속에서 죽어나가든, 얼마나 많은 삶의 터전이 불타 사라지든 조금도 아랑곳하지 않았다.

"빌어먹을 놈들……. 이 방화범을 반드시 내 손으로 잡아내고 말겠어!" 주자진이 이를 악물며 분노했다.

황재하가 미간을 찡그렸다. "이렇게 엄청난 규모로 불을 지르고, 주변 건물 몇 개도 완전히 통제해 앞뒷문을 막거나 잠가놓은 걸 보면, 그 과정이나 세부적인 사항들을 모두 사전에 계획한 게 틀림없습니다. 전하를 노리는 자들의 배후 세력은 도련님이 상상하는 그 이상일지도 몰라요."

주자진은 입을 삐죽이며 말했다. "그게 누구든 상관없어. 어쨌든 이 성도 안에서 범죄를 저지른 이상 성도 포두 대장으로서 끝까지 싸울 거야!"

불타 엉망이 된 골목에서 몇 사람이 걸어 나왔다. 그때 한 여인이 골목에서 나오는 사람들을 한 명 한 명 확인하며 초조하게 누군가를 찾는 모습이 보였다. 비록 몹시 불안한 표정이었지만, 아리따운 자태로 가볍게 발을 딛는 모습은 이 혼란스러운 무리 속에서도 눈에 띄었다.

주자진이 여인을 향해 물었다. "부인, 누구를 찾고 계세요?"

공손연이 눈을 들어 이들 네 사람을 바라보고는 잠시 멍한 얼굴을 하더니 긴 한숨을 내쉬며 빠른 걸음으로 다가왔다. "주 포두님 일행을 찾고 있었지요!"

"네? 저희를 걱정하신 거예요?" 주자진은 방금 전에 바닥을 설설 길 정도로 놀랐던 일은 까맣게 잊은 듯 자신의 가슴을 툭툭 치며 말했다. "걱정 마세요. 저희가 누굽니까. 당연히 아무 일 없지요!"

"아무 일 없다니요. 그 몰골을 하고서 그런 말씀이 나오십니까." 공손연은 재와 그을음투성이의 이들을 바라보며 주자진 옷에 묻은 재를 떨어주었다. "어쨌든 무사하시니 다행입니다."

"부인은 지금 어디에 묵고 계신지요? 저희도 그리로 가서 묵었으면 합니다만." 황재하가 물었다.

공손연이 고개를 끄덕이며 말했다. "지난번에 그 두 사내에게 희롱당한 뒤 여기에서 두 길 떨어진 운래 객잔으로 옮겼습니다. 저를 따라오시지요."

운래 객잔은 굉장히 조용한 곳이었다. 비록 볼품없는 작은 객잔이기는 했으나 뜰 안에는 대나무와 난초가 자라고 작은 샘까지 흘러, 불속에서 막 살아 나온 황재하 일행에게는 그보다 더 완벽해 보일 수 없었다.

"저기 불난 객잔에서 넘어왔나 보우?" 이곳에서 잔뼈가 굵은 객잔 주인은 이들의 행색을 보자마자 사정을 알아채고 물었다. "짐은 가지고 나왔소? 돈은 지닌 게 있으시우?"

그때까지도 멍하니 있던 장항영이 정신을 차리며 감동한 얼굴로 말했다. "관심 가져주셔서 감사합니다……."

황재하가 장항영의 말을 잘랐다. "염려 마세요. 삯을 치러드릴 돈은 있으니."

공손연이 곧바로 나섰다. "제가 내겠습니다."

주자진이 호기롭게 손을 내저었다. "걱정 마십시오. 모든 비용은 관아에서 내드리겠습니다!"

서로 자기가 돈을 내겠다며 나서는 모습에 주인장은 그제야 안심했다. "알겠구먼."

장항영의 얼굴에서 순식간에 감동의 빛이 걷히고 다시 침울한 표정으로 돌아갔다.

일행은 방에 도착하자마자 일단 객잔 심부름꾼에게 물을 길어다 달라고 해 급히 몸을 씻었다. 그러고 나서야 객잔 앞 주막에 모여 밥을 먹었다.

"아이고…… 이렇게 고된 야식은 살다 살다 처음이네요……." 주자진은 동이 터오는 바깥 하늘을 내다보며 감탄하듯 덧붙였다. "이렇게 풍성한 아침 식사도 처음이고요……."

화재 속에서 출구를 찾아 한참을 헤매고도 남자들은 몸 상태가 괜찮은 편이었지만 황재하는 목으로 연기를 들이마신 탓에 계속해서 가슴을 누르며 마른기침을 했다. 다행히 주자진이 미리 주인장에게 배와 비파를 고아달라고 부탁해둔 덕에, 음식을 기다리는 동안 배와 비파를 달인 물을 마시며 몸에 스며든 화기를 가라앉혔다.

"숭고, 네가 제일 심하니 많이 마셔야 해!" 주자진은 황재하의 대접이 빌 때마다 부지런히 채워주었다.

점점 물배가 차올라 힘들어진 황재하는 공손연을 데려오겠다는 핑계로 주자진의 과한 친절에서 벗어났다.

잠시 후 주막으로 들어오는 공손연과 황재하 뒤로 서른 살가량 되어 보이는 또 다른 여인이 보였다. 별로 시선을 끌지 않는 아담한 몸집의 여인이 요염한 자태의 공손연 뒤에 서 있으니 꼭 여종처럼 보였다.

일행에게 가까이 다가온 여인이 예를 갖춘 뒤 고개를 드는데, 뜻밖에도 그 얼굴이 갓 피어난 해당화처럼 정신을 혼미하게 할 정도로 아름다웠다. 비록 얼굴에 수심이 가득했지만 그 또한 사람의 마음을 움직이는 독특한 매력을 풍겼다.

"저희 넷째 은노의입니다. 어제 막 성도부에 도착했는데, 제가 아원 집의 대문에 붙여둔 쪽지를 보고 다행히 이리로 찾아왔지요."

그 말에 의문이 풀린 주자진이 말했다. "아, 부인이 남기신 쪽지였군요? 그 종이 연이 무언지 계속 궁금했거든요."

공손연이 고개를 끄덕이고는 은노의와 함께 옆 식탁에 앉았다. 은노의는 시종 아무 말도 없었고, 다른 이들도 경육의 죽음이 마음에 남은 터라 식탁 분위기는 무겁기 그지없었다.

식사가 거의 끝나갈 무렵 주자진이 은노의에게 물었다. "은 부인께서는 어느 분야에 능하신지요?"

주자진의 말에 은노의는 여전히 아무 말 없이 주자진 앞으로 손을 내밀어 보였다. 순간 석류꽃 한 송이가 그 손 위에 나타났다.

"엥? 꽃이 어디서 났습니까?" 주자진이 신기해하며 손을 뻗어 꽃을 잡으려 하자 은노의는 손을 휙 거두고는 두 손바닥을 모아 꽃을 가볍게 문질렀다. 그러고는 다시 손을 펼쳐 보이는데 이번에는 석류 한 알이 놓여 있었다. 선명한 붉은빛이 제법 예쁜 석류였다.

주자진이 은노의의 손에서 덥석 석류를 집어 들고는 놀라움 가득한 목소리로 말했다. "마술을 하시는군요!"

"양주 사람들은 피로연이나 생일잔치에 노의에게 마술을 청하곤 하는데, 그때는 온 성안이 잔칫날이 되지요." 공손연은 그렇게 말하면서 주자진의 손에서 석류를 가져가 여러 조각으로 쪼개어 모두에게 나눠주었다.

석류는 나무에서 갓 딴 것처럼 신선하고 새콤달콤했다. 하지만 은노의는 쪼개진 석류를 쥔 채 차마 먹지 못하고 눈물만 글썽였다.

공손연이 한숨을 쉬며 말했다. "네가 워낙 감성적이라는 건 나도 잘 알아. 하지만 이미 떠난 사람을 어쩌겠니. 정인과 함께 떠났으니 아원은 행복했을 게야. 너무 상심 말렴."

"그렇게 생각하고 싶지만…… 그게 잘 안 돼요." 은노의는 마침내 입은 열었으나 여전히 넋 나간 표정이었다.

"실은 나도 아원의 죽음에 뭔가 다른 내막이 있는 것만 같아서 주 공자께 조사를 부탁드렸어." 공손연이 주자진을 바라보며 다시 한 번 간절하게 부탁했다. "저희 자매들은 포두님만 믿습니다. 아원의 죽음에 대한 진상을 꼭 밝혀주시기를 부탁드립니다. 적어도…… 아원이 어떤 상황에 처했던 것인지, 왜 우리에게 도움을 청하지 않고 목숨을 끊었는지는 꼭 알고 싶습니다."

"염려 마세요." 주자진이 자신의 가슴팍을 탁 치며 말했다. "폐하께서 친히 저를 성도의 포두 대장으로 보내신 이상, 성도부에서 일어나는 모든 사건은 저 주자진이 반드시 철저하게 진상을 밝힐 겁니다. 조금의 의혹도 남길 수 없지요!"

은노의가 고개를 들어 주자진에게 무언가 말하려 하는데 공손연이 먼저 감사의 말을 전했다. "감사합니다, 포두 나리! 반드시 그리해주시리라 믿겠습니다!"

주자진은 철석같이 약속하며 또 뭔가가 떠올라 말을 꺼냈다. "그러고 보니 내일 사군부에서 연회가 열리는데 두 분이 오셔서 흥을 돋워주실 수 있을는지요?"

공손연이 은노의와 눈을 마주치고는 대답했다. "포두께서 청하셨으니 물론 가야지요. 어떤 분들을 모시는 자리인지요? 무엇으로 흥을 돋우면 좋겠습니까?"

"절도사 범 장군을 모시는 자리인데, 사실대로 말씀드리자면 성도 사군으로 부임한 지 얼마 안 된 제 부친이 범 장군과 친분을 쌓기 위한 자리입니다. 그리고 절도부의 제등 판관과 제 누이의 혼사를 논하기 위한 자리이기도 하고요. 절도사는 무인이시니 마침 부인의 특기인 검무를 좋아하시지 않을까요?"

"그렇겠군요. 하지만…… 여동생분께는 경사스러운 날일 텐데, 검날이 번뜩이는 모습을 반기시겠습니까……."

주자진이 미간을 찡그리며 잠시 고민했다. "음, 그건 뭐…… 어쩔 수 없죠. 손님이 더 중요하니까요."

"제게 좋은 생각이 있습니다. 일전에 아원이 「검기혼탈무」의 몇 부분을 수정하여 새로 안무를 짜준 게 있습니다. 하늘하늘 부드럽고 섬세한 동작은 녹요[24]보다 아름다워서, 강함과 부드러움을 겸비했다고 할 수 있지요. 마침 노의도 곁에 있어서 춤을 준비하는 데 도움을 받을 수 있으니, 내일 그 새로운 춤을 선보이도록 하겠습니다. 실망하실 일은 없을 겁니다."

주자진은 크게 기뻐했다. "말씀을 들어보니 엄청난 공연이 될 것 같네요! 좋습니다! 그럼 내일 공연을 학수고대하겠습니다."

"한 가지 부탁이 있는데, 그 춤을 추려면 필요한 물건들이 있으니 준비해주시면 좋겠습니다." 공손연은 심부름꾼에게 종이와 붓을 가져다 달라고 해서 필요한 물건을 적어 주자진에게 건넸다.

주자진은 종이를 보며 그 품목을 읊어보았다. "소가죽 등롱 두 쌍, 꽃잎 한 바구니, 나비 열 쌍……. 네? 나비요? 그 검무에 나비를 방생하는 안무라도 포함됐습니까?"

줄곧 기분이 가라앉아 있던 공손연도 그예 입을 가리고 웃음을 터뜨렸다. "일급비밀이라 말씀드릴 수 없습니다. 저야 그렇다 치지만, 노의에게는 밥벌이가 달린 기밀이어서 더더욱 알려드릴 수 없고요."

주자진은 머쓱한 마음에 머리를 긁적이며 웃었다. "저야 하루 종일 집에서 시체만 연구하는 사람이니 그런 것들을 알겠습니까? 사람을 시켜 준비해놓도록 하지요."

"꼭 살아 있는 나비여야 합니다. 저희는 이곳이 낯설어서 직접 찾기가 어려울 것 같습니다." 공손연이 덧붙여 말했다.

"한 마리 한 마리 살아 있는 녀석들로 잘 준비할 테니 맡겨만 주십

---

24 당나라 때의 춤.

시오!" 주자진은 그렇게 말하며 은노의의 손에 들린 석류를 부러운 눈으로 보았다. "그건 그렇고, 은 부인께서는 어찌 장안에는 한 번도 안 오셨습니까? 부인의 실력도 보통이 아닌 것 같은데."

자그마한 키의 은노의는 목소리마저 낮고 부드러웠다. "10여 년 전에 자매들과 함께 장안에 다녀온 적이 있는데, 그때 주 포두께서는 아마 어린아이였겠지요. 제 제자들 중 몇이 지금 장안에 있는데 주로 서쪽 시장에 있다고 하더군요."

주자진이 급히 물었다. "그분들을 어떻게 찾을 수 있나요?"

"그중 두 사람은 부부인데, 저보다 나이가 좀 더 있습니다. 당시 두 사람이 장안으로 떠날 때 제가 잘 길들인 하얀 비둘기 한 마리를 선물했으니, 가서 찾아보시면 알아보실 수도 있겠네요."

황재하가 만났던 부부가 틀림없었다. "서쪽 시장에서 그 부부를 본 적이 있습니다. 다만 실력은 보통인 듯했고, 그 하얀 비둘기는 이미 다른 사람에게 판 뒤였습니다."

당시 그 비둘기를 산 왕온이 선유사에 나타나 새장 속 새가 사라지는 마술을 보인 탓에, 이후 걷잡을 수 없는 사태가 빚어지지 않았던가.

은노의가 고개를 끄덕였다. "기술을 익히기보다 눈앞의 이익에 급급했으니 지혜롭지 못했지요. 그 남편인 손 가는 얼마 제대로 배우지도 않아 이만 강호를 떠돌겠다며 작별을 고했습니다. 용 부인은 그나마 잘 익혔지만 남편이 떠난다고 하니 함께 떠나는 수밖에 없었지요."

주자진이 또 재빨리 청했다. "내일 연회에서 부인께서도 마술로 흥을 돋워주시면 안 되겠습니까?"

은노의가 고개를 숙이며 말했다. "굳이 그럴 필요는 없을 듯합니다. 큰언니의 검무 중에도 제가 나서는 부분이 많으니 그때 충분히 감상하실 수 있습니다."

식사를 끝내고 주막에서 나온 뒤 황재하는 일부러 뒤로 처져 장항
영에게 물었다. "장 형, 계속 아무 말도 없고 얼굴에 근심이 가득해 보
이는데, 혹 무슨 걱정거리라도 있습니까?"

"아, 그런 건 아닙니다……. 다만 경육 공공도 계속 생각나고, 자객
들이 언제 또 기습해 올지 몰라 불안한 마음에……."

"걱정 마세요. 전하께서 더 이상은 자객들에게 공격 기회를 주지
않으실 거예요." 황재하가 장항영을 안심시켰다. "이대로 당하신다면
기왕 전하가 아니지요."

장항영은 가만히 고개를 끄덕였다. 그제야 조금쯤 마음이 놓였다.
"그럼…… 저도 안심입니다."

하지만 장항영은 이서백이 묵는 방 앞으로 가더니 우뚝 지키고 섰
다. 온종일 그 문 앞을 지킬 기세에 황재하가 못 말린다는 듯 물었다.
"안심된다면서요?"

"아……. 안심하고 지키는 것이지요."

황재하는 왠지 화가 나기도 하고 우습기도 해 문을 두드리고는 이
서백에게 물었다. "전하, 오늘 밤에 자객이 또 올 것 같습니까?"

안에서 이서백의 담담한 목소리가 들려왔다. "상대는 일격에 나를
없애려 매번 철저하게 계획을 세워 움직인다. 지금은 갑자기 이리로
옮겨왔으니 아직 계책을 세우지 못했을 텐데, 어찌 당장 또 손을 쓰겠
느냐."

황재하는 당당한 표정으로 장항영을 보았다. "그러니 가장 위험한
곳이 가장 안전한 곳이며, 가장 위험한 때가 가장 안전한 때이지요.
우리 말을 믿는다면 이만 돌아가 눈 좀 붙이세요."

안에서 발소리가 들리더니 이서백이 문을 열었다.

"내 곁의 시위병들이 모두 흩어지고 위험한 상황에서 너는 나를 따
르기를 원했지. 길이 멀면 말의 힘을 알 수 있는 법이다." 이서백이 장

항영의 어깨를 토닥이며 말했다. "지금은 일단 가서 잘 쉬어라. 나중에 너의 도움이 필요할 때가 있을 것이다."

장항영이 황송한 표정으로 말했다. "소인 목숨을 바쳐서라도 최선을 다해 섬기겠습니다!"

"그리 비장할 것까지 없다." 이서백이 담담하게 말했다. "저들은 그저 불길 속으로 뛰어드는 불나방일 뿐이니."

새벽녘에 잠이 들었더니 정오가 다 되어서야 깨어났다. 평온하게 눈을 뜬 황재하는 잠시 생각해본 뒤에야 자신이 지금 어디에 누워 있는지 떠올랐다.

창밖으로 대나무가 바스락거리고 물 흐르는 소리가 졸졸 들려왔다. 옷을 걸치고 창문을 여니 이서백이 대나무 숲에서 몸을 푸는 모습이 보였다.

황재하는 창문 앞에 기댄 채 오른 주먹으로 살짝 입을 가리며 기침을 했다. 어제 들이마신 연기로 아직 목이 건조하고 가슴이 뻐근했다. "이제 완쾌되셨습니까?"

이서백이 동작을 멈추고 황재하를 보았다. "그래."

"점심은 무엇으로 하시겠습니까? 제가 가서 주문해놓겠습니다."

"네가 먹고 싶은 것으로 하거라."

"편식도 안 하고, 장하십니다."

숲 한옆에 서서 두 사람을 보고 있던 장항영의 눈이 휘둥그레졌다. 그제야 장항영을 발견한 황재하는 방금 자신이 이서백에게 전혀 예의를 갖추지 않은 사실을 떠올리고는 얼굴을 붉혔다. "장 형은 뭘로 드시겠습니까?"

"저는, 저는…… 저도 공공이 시켜주시는 걸로 먹겠습니다."

세 사람이 같은 음식으로 식사를 하고 있는데 주자진이 졸음 가득한 얼굴로 다가왔다. "안녕히 주무셨습니까……."

"아침에 댁으로 가신 거 아니었습니까?"

"큰일 날 소리! 그 새벽에 집에 들어갔다가 아버지께 들키기라도 하면 무슨 욕을 얻어먹으려고. 차라리 밖에서 사건을 조사하고 있다고 말하는 게 낫지. 그건 그렇고……." 주자진은 머리를 쥐어뜯으며 열심히 생각을 떠올려보았다. "어휴, 잠을 너무 잘 잤는지 머리까지 텅 비었네. 오늘 뭘 해야 하더라? 중요한 일이 많았던 것 같은데, 아무것도 생각이 안 나네."

황재하가 주자진의 일정을 대신 알려주었다. "절도사 범 장군이 사군부에 오실 거고, 도련님은 공손 부인에게 몇 가지 물건을 준비해드려야 하고요."

그 말에 주자진이 황급히 몸을 뒤져 종이 한 장을 찾아내고는 안도의 한숨을 쉬었다.

"자, 그럼 어서 가서 준비하세요." 황재하가 자리에서 일어났다.

"너는 어디 가는데?"

"거리에 나가서 구경이나 좀 하려고요."

성도부 거리는 여전히 시끌벅적했다.

이서백과 황재하, 장항영은 여러 길을 지나 한 전당포에 이르렀다. 주인장이 높은 계산대 뒤에서 눈을 들어 이들을 보았다. "무얼 맡기시려고요?"

황재하가 물었다. "주인장, 혹시 용주에도 분점이 있지 않습니까?"

"그렇지요. 하지만 용주 분점은 우리가 관리하진 않습니다."

황재하는 주자진에게서 빌려온 패를 꺼내어 들고는 계산대를 톡톡 두드렸다. "사건 조사를 위해 관부에서 나왔습니다."

주인장은 패를 흘깃 쳐다보더니 황급히 계산대 밖으로 나와 세 사람을 안으로 들이고 사람을 시켜 다과를 내오게 했다. "조사하시는 것이…… 어떤 물건인지요?"

주인장이 뭔가 오해를 하는 듯해 황재하가 말했다. "걱정 마십시오. 장물을 조사하러 온 게 아닙니다."

주인장은 눈에 띄게 안도의 한숨을 쉬며 옆에 앉아 물었다. "그럼 무슨 일로 오셨습니까?"

"물건을 하나 찾고 있습니다. 아마도 용주에 있는 분점에서 저당 잡힌 것 같은데, 시일이 지나도록 되찾아가지 않으면 이곳 본점으로 보내와 주인장께서 처분하시지 않습니까?"

주인장이 고개를 끄덕였다. "맞습니다."

"제가 찾는 물건은 백옥 팔찌인데, 물고기 두 마리가 서로 꼬리를 문 형상이 조각되어 있고 팔찌 속은 텅 비어 있습니다. 독특한 모양새여서 주인장께서 보셨다면 분명 기억할 겁니다."

"아, 그 팔찌라면 기억납니다! 금년 4월에 전당 기간이 지나서 용주에서 보내왔지요."

"그 팔찌는 지금 어디 있습니까?"

주인장은 재빨리 장부를 펼쳐 보더니 황재하에게도 내밀어 보여주었다. "여기서 이미 팔려나갔습니다. 이리로 전달된 지 얼마 되지 않아 바로 팔렸지요. 사간 사람은, 어디 보자…… 이름을 남기지 않았네요."

장부에는 '쌍어 옥팔찌, 거래 완료'라고만 적혀 있었다.

"당시 판매하셨던 분이 지금도 계십니까?"

"잠시만요." 주인장은 재빨리 안쪽으로 들어가 점원들에게 물었으나 다들 고개를 내저었다. 그때 영민해 보이는 어린 점원 하나가 말했다. "그게…… 당시 용주에서 가져왔으니, 용주 사람이 대신 적은 게 아닐까요? 보세요, 저희 글씨가 아닙니다. 용주에서 온 직원이 쓴 게 분명합니다."

"어서 가서 좀 알아보거라. 용주에서 물건을 가져왔던 게 누군지, 그 친구가 팔찌를 판 게 맞는지 말이야." 주인장이 고개를 돌려 세 사람에게 미소를 지어 보였다. "세 분 나리, 저희가 급히 용주로 사람을 보내 알아보겠으니 하루 이틀만 기다려주십시오. 확인하는 대로 바로 알려드리겠습니다."

황재하가 고개를 끄덕이고는 쪽지를 적어 건넸다. "그럼 사람을 찾는 대로 주 포두께 데리고 와주십시오."

"여부가 있겠습니까! 바로 데리고 가겠습니다!"

12장

옛 사귐이
꿈만 같아라

세 사람은 전당포를 나왔다.

황재하가 이서백에게 물었다. "전하, 이제 어디로 가실 생각입니까?"

"절도부로 가보자. 적이 우리의 행적을 드러냈으니 우리도 기회를 잡아 싸움을 한번 걸어봐야 하지 않겠느냐?"

"알겠습니다." 황재하는 망설임 없이 대답했다. "그런데 조금 더 기다려야 할 듯합니다. 아직 범 공자가 일어났을 시간이 아닐 것입니다."

두 사람의 대화를 듣던 장항영의 얼굴이 새하얗게 질렸다. "싸움을 건다고요?"

"가시죠." 황재하가 웃으며 말했다. "상대로 누가 좋을지 좀 찾아보죠."

이서백이 황재하에게 칭찬의 눈빛을 보내며 물었다. "그때 객잔에서 공손 부인을 희롱하다가 장항영에게 혼쭐났던 그 두 사람이 범원룡과 가까운 자들인 게 확실하냐?"

"확실합니다. 예전에도 저한테 자주 혼났던 자들이거든요." 황재하는 여전히 목이 건조한 듯 입을 가리고 기침을 했다. 그러고는 다시 몸을 돌려 객잔으로 향했다. "어쨌든 아직 이른 시간이니 공손 부인이 객잔에 있는지 보고 도움을 좀 청해야겠어요."

세 사람은 객잔으로 향하던 길에 한 가게 안에서 무언가를 사는 공손연과 은노의를 발견했다.

공손연은 엿 두 판을 사면서 점원에게 날이 더우니 찹쌀 종이로 여러 겹을 싸고 다시 면 종이에 포장해달라고 하여 손에 받아 들었다. 황재하가 가게 안으로 들어가 두 사람에게 인사를 건네며 공손연 손에 들린 엿을 의아한 눈빛으로 보았다.

"엿을 무척 좋아하시나 봅니다?"

공손연은 순간 당황한 기색을 그대로 드러냈지만 이내 표정을 바꾸어 미소를 지었다. "제가 좋아하는 것은 아니고, 노의가 혈기가 부족하여 자주 어지럽고 눈이 침침해져서 먹습니다. 가져온 것은 이미 다 먹어버려 더 사러 나왔지요."

공손연의 말에 황재하는 지난날 산등성에서 이서백이 건네주었던 흰 사탕 꾸러미가 떠올라, 고개를 돌려 이서백을 보았다.

이서백도 황재하를 바라보았다. 그 입가가 살짝 올라갔다.

"날이 더운데 이렇게 큰 엿을 두 판이나 사면, 다 먹기 전에 녹아버리지 않겠습니까?" 황재하가 다시 물었다.

은노의는 고개를 숙인 채 아무 말이 없었다.

공손연이 다시 나서서 대답해주었다. "그건 걱정 안 하셔도 됩니다. 노의가 엿으로 여러 가지 모양을 만드는 재주도 있답니다. 어쨌든 마술하는 아이이니 그렇게 손가락 움직임도 연습하지요."

"와, 두부를 조각하는 것처럼 엿으로도 조각하는 겁니까? 정말 손가락 연습이 되겠네요." 황재하가 큰 관심을 보이며 말했다.

은노의는 여전히 고개를 숙인 채 입을 가리고 말을 꺼냈다. "어느 정도는 연습이 됩니다. 두부보다 더 편하지요. 나중에 제가 만든 것을 하나씩 선물로 드리겠습니다."

다들 가게 문을 나서는데 이서백이 뒤따라 나오지 않은 걸 알고는 황재하가 재빨리 뒤를 돌아보았다. 이서백은 사탕 꾸러미를 하나 들고는 몇 걸음 뒤처져 가게를 나왔다.

황재하는 단것을 좋아하지 않는 이서백을 의아한 눈빛으로 쳐다보았다. 하지만 이서백은 표정 하나 바뀌지 않고 덤덤한 얼굴로 손에 든 사탕 꾸러미를 황재하에게 건넸다.

황재하는 은은하고 달달한 배 향을 맡으며 꾸러미를 풀어보았다. 아니나 다를까, 목을 촉촉하게 하고 폐를 깨끗게 하는 배즙 사탕이었다.

황재하는 가슴속으로 달콤한 기운이 솟구치는 것을 느꼈다. 마치 배즙 사탕이 가슴속까지 녹아 퍼진 듯 저도 모르게 가슴께를 누르며 가볍게 기침을 내뱉었다. 그 기침 소리에 이서백은 보일 듯 말 듯 살짝 고개를 돌려 황재하를 흘끔 보았다.

황재하는 거리를 구경하는 척 시선을 돌리고는 사탕을 하나 입에 물었다. 황재하가 다시 앞으로 고개를 돌렸을 때 이서백은 이미 서너 걸음 앞서 걸어간 뒤였다. 마치 한 번도 황재하를 돌아보지 않았다는 듯이.

이서백 일행은 공손연, 은노의와 함께 절도부에 도착했다. 그때 절도부 옆문이 열리면서 한 무리의 사람이 말을 이끌고 나왔다. 범 공자 무리였다.

서천 절도사 범웅석의 집에는 두 명의 '소패왕'이 있었다. 하나는 범웅석의 조카 범원후로, 지난해에 온갖 나쁜 행실을 일삼다 황재하에게 붙잡혔다. 사군 황민은 그에게 장형 50대를 내리고 2,000리 밖으로 유배를 보냈다. 범응석은 백성들의 분노를 더 건드리게 될까 봐 가만히 받아들이는 수밖에 없었다. 또 하나는 바로 범응석의 아들 범원룡으로, 지금도 여전히 성도부에서 위세를 부리며 백성들을 괴롭혔다.

공손연은 범원룡 뒤에 있는 두 사람을 보자마자 눈살을 찌푸렸다. 객잔에서 공손연을 희롱하다 주자진과 장항영에게 혼쭐이 났던 자들이었다. 장항영도 그 둘을 발견하고는 얼어붙었다.

두 사람이 이쪽을 알아보고는 범원룡에게 무어라 몇 마디를 하는가 싶더니 무리가 장항영 쪽으로 다가왔다. 장항영은 뒤로 한 발짝 물러서며 멀지 않은 곳에 있던 이서백과 황재하를 급히 불렀다.

"어서 도망치세요⋯⋯."

하지만 그 행동이 오히려 범원룡의 눈에 띄어 상황이 더 나빠졌다. "저 둘도 한패인가 보군! 흥, 내 사람의 체면을 구긴 것은 나의 체면을 구긴 것이나 마찬가지지! 쳐라!"

무리가 기세당당하게 소매를 걷어붙이며 물었다. "공자님, 어느 정도로 치면 되겠습니까?"

범원룡은 금방이라도 몸을 돌려 도망칠 기세인 장항영을 보고는 손에 든 채찍을 허공에 휘두르며 말했다. "놈들의 다리가 부러질 때까지!"

"그래, 다리가 부러진 느낌이 어때?"

황재하가 바닥에 누워 있는 졸개들을 발로 툭툭 차면서 웃으며 물었다.

수하들이 모두 이서백과 장항영에게 내동댕이쳐지고 홀로 외로이 서 있던 범원룡은 거리에 모여든 사람들의 비웃음 속에서 슬그머니 몸을 돌려 도망치며 절도사 안쪽을 향해 크게 소리쳤다.

"네놈들은 눈뜬 시체들이냐! 내 사람이 저 지경이 되도록 가만히 보고만 있어?"

그토록 기세등등하던 자들이 상대의 다리를 부러뜨려놓기는커녕 순식간에 다리가 부러져 나뒹구는 바람에 문지기와 호위병은 미처 반응할 새도 없었다. 그러다가 범원룡의 호통 소리를 듣고는 그제야 정신을 차리고 다함께 달려 나왔다. 떠들썩하게 모여들었던 군중이 순식간에 흩어지기 시작했다. 누군가가 황재하 일행에게 소리쳤다.

"어서 도망가지 않고 뭐해. 당신들 이제 큰일 났어!"

황재하는 나뒹구는 자들을 걷어차던 발을 거두고는 절도사 호위병들이 가까이 오기 전에 품속에서 영패를 꺼내 크게 소리쳤다. "기왕부 사자에게 감히 누가 함부로 날뛰느냐!"

맹렬한 기세로 달려오던 자들이 순간 최면에라도 걸린 듯 우뚝 멈춰 섰다. 사실 황재하 손에 무엇이 들려 있는지 제대로 보이지도 않았지만 황재하의 기세에 사태가 심상치 않음을 직감했다. 다들 서로 눈만 마주치다가 얼빠진 표정으로 고개를 돌려 범원룡을 쳐다보았다.

범원룡도 순간 눈앞이 아찔해 종종걸음으로 다가와 황재하 손에서 영패를 빼앗아 자세히 살펴보려 했다. 황재하가 손을 홱 피하고는 영패로 범원룡의 얼굴을 툭툭 치면서 웃으며 말했다. "자자, 그만 됐으니 어서 가서 범 장군께 속히 나오라 이르시지요? 기왕 전하께서 이리 행차하셨는데 범 장군이 맞으러 나오지 않는다니, 말이 되겠습니까?"

범원룡은 순식간에 기가 죽었다. 비록 이서백의 얼굴은 모르지만 황재하 앞에 뒷짐을 진 채 서 있는 사람에게서 고상하고 거만한 기운이 뿜어져 나오는 데다, 기왕이 최근에 이 부근에서 실종된 사실이 떠올라 눈앞이 하얘질 정도로 당황했다. 그럼에도 상대의 신분을 어떻게 확인할지 머리를 굴리는데 뒤에서 누군가가 웃으며 말을 걸어오는 소리가 들렸다.

"양 공공 아니십니까. 오래 못 본 사이에 더욱 위세가 넘치십니다."

황재하가 고개를 드니 옆문으로 걸어 나오는 사람이 보였다. 미소를 머금은 얼굴이 약간 창백하긴 했으나, 차분하고 부드러운 그 표정은 봄바람 같기도 하고, 갓 떠오른 태양 같기도 하여 절로 보는 이의 마음을 끌었다.

황재하가 저도 모르게 나지막이 상대를 불렀다. "왕 도위……."

왕온은 황재하를 향해 고개를 끄덕여 보이고는 이서백에게 다가가 예를 취했다. "전하를 뵙습니다. 산길에서 험한 일을 당하셨다는 소식을 듣고 저희가 얼마나 걱정했는지 모릅니다. 이렇게 하늘이 도우시어 무탈하게 성도부로 오셨으니 조정과 백성에게 이 얼마나 크나큰 복입니까!"

이서백이 살짝 미소 지으며 말했다. "황제 폐하께서 강건하신 것이야말로 조정과 백성에게 복이지. 어째 며칠 못 본 사이에 온지 자네는 많이 변한 것 같군. 설마 몸의 고통이 혀에까지 영향을 미쳤는가?"

순간 왕온의 얼굴이 미세하게 경직되었다. 무의식적으로 고개를 살짝 돌려 황재하를 흘끗 보았으나 범원룡에게 영패를 보여주는 황재하의 표정에는 아무런 변화가 없었다.

왕온이 다시 웃으며 대답했다. "전하는 역시 천리안이십니다. 얼마 전 저도 서천군을 따라 산을 수색하러 들어갔다가 약간의 상처를 입었는데, 어찌 아셨습니까? 공치사를 좀 하자면, 저 또한 전하를 향한 충심을 발휘했지요."

황재하가 시선을 돌려 힐끗 왕온을 쳐다봤다가 그 낯빛이 몹시 창백해 보여 참지 못하고 물었다. "어디를 다치셨습니까? 심한 부상은 아닌지요?"

"심한 건 아닙니다. 그저 장미꽃 가시 같은 것에 가슴을 좀 찔렸습니다." 왕온이 웃으며 말했다.

황재하도 살짝 미소를 지어 보이며 상처에 대해서는 더 말하지 않았다. "저도 그렇고 기왕 전하께서도 변장을 하셨는데 한눈에 알아보시다니, 왕 도위께서는 역시 눈썰미가 좋으십니다."

"눈썰미가 좋은 것이 아니라, 실은 저도 공공의 목소리를 듣고서 급히 나왔습니다." 왕온은 조금도 숨기지 않고 웃으며 말했다. 황재하를 응시하는 눈빛이 깊고 그윽했다. "성도로 오는 길 내내 수없이 상상해보았지요. 이곳에 와 우연히라도 공공을 만나는 장면을 말입니다……. 조금 전 공공의 목소리가 들려 제 귀를 의심할 뻔했습니다."

황재하가 가만히 고개를 숙이는데, 어느새 이서백이 황재하 곁을 지나쳐 걸어갔다. 황재하는 얼른 이서백의 뒤를 따르며 미소를 지은 채 자신을 바라보는 왕온을 스쳐 지나갔다.

주자진은 초조해서 미칠 지경이었다.

이미 날이 저물기 시작해 등롱이 하나둘 밝혀졌다. 곧 범 절도사가 사군부에 당도할 이 중요한 때에 황재하 일행이 보이지 않는다니!

"설마 무슨 일이 터진 건 아니겠지? 설마 어디서 신나게 노느라 기억 속에서 나를 완전히 지워버린 것은 아니겠지? 설마……." 합당한 이유를 생각해내기도 전에 밖에서 보고가 들어왔다. "나리! 범 장군께서 오셨습니다. 장군의 친위병이 이미 문 앞에 당도했습니다."

"알겠네, 알겠어. 어서 아버지를 따라 나가 맞아야지." 주자진은 자주색 비단 두루마기를 입고서 주상을 따라 문 앞으로 나갔다. 마침 범응석이 말에서 내리더니 주상을 향해 얼른 공수만 하고 재빨리 뒤에 있던 말 앞으로 나아가 공손하게 허리를 굽혔다. "전하, 조심히 내리시옵소서."

주자진은 말에서 내리는 사람을 보고는 순간 입을 떡 벌렸다.

이서백의 뒤를 따르던 황재하가 빠른 걸음으로 주상 앞에 나아와 예를 취하며 주자진에게 눈을 찡긋해 보였다.

주자진이 순간 입술을 파르르 떨며 눈을 부릅뜨고는 황재하를 째려보았다. 그러고는 입모양으로 물었다. '어떻게 된 거야?'

황재하는 눈빛으로 답했다. '맞혀보세요.'

주자진은 가만히 범응석이 주상에게 하는 말을 들었다. "나는 죽어도 싸네! 전하께서 이렇게 하늘의 보우를 받아 무탈하게 돌아오신 줄도 모르고 전하의 행적을 찾겠다고 그렇게 산속만 뒤졌지 않은가. 게다가 저 미련한 아들놈은 전하께 도발을 해댔으니, 내가 천 번 만 번 죽어도 이 죄를 다 갚지 못할 걸세……."

"당치 않소. 본왕이 사람들의 이목을 끌지 않으려 일부러 행적을 숨겼으니, 절도부의 공자가 어찌 본왕의 신분을 알아챘겠소?" 이서백은 낯빛 하나 바뀌지 않고 전혀 마음에도 없는 얘기를 늘어놓았다. "다만 그 곁에 있는 자들이 주인을 기만하는 듯 보여 약간 경고를 주었을 뿐이네. 분명 범 공자도 훗날에는 소인배를 멀리하는 큰 그릇이 될 거라 믿소."

"소관 천 번 만 번 죽어 마땅합니다. 나중에 집에 돌아가면 이 짐승 같은 놈을 때려 죽여놓겠습니다!"

범응석은 진심처럼 보이려 힘주어 말하고, 범원룡은 아비 뒤에 서서 벌벌 떨었다. 하지만 이들 부자는 늘 이런 식이라는 것을 모두들 알았기에 다들 그저 웃으며 몇 마디 하고는 곧 사군부 안으로 줄지어 들어갔다.

황재하도 이서백의 뒤를 따라 정문으로 들어가 곧바로 대청으로 향했다. 후당을 지나면 사군의 거처가 나왔고, 삼중으로 된 뜰을 지나 안쪽으로 들어가면 화원이 하나 있었다.

뜰을 한가운데로 가로지르는 청회색 돌길은 사람들의 발길이 잦아

얕게 패어 있었다. 황재하는 그 길을 껑충껑충 뛰어넘기도 하고, 냅다 달리기도 하고, 천천히 거닐기도 했었다. 지금도 그 길에 황재하의 발자국이, 그리고 이제는 영원히 잃어버린 소녀 시절의 추억이 고스란히 남아 있을 것만 같았다.

그 앞으로 파초 두 그루와 옥잠화 한 무더기가 자랐다. 화단 밖 청회색 돌바닥 위에 황재하 가족들의 시신이 놓였었다. 흰 천에 덮인 가족들의 시신이 다시 눈앞에 떠오르는 것만 같았다. 하지만 지금은 성대한 연회를 위해 그 자리에 등롱과 오색 끈 장식이 달렸고, 귓가에는 각종 악기 소리가 들려왔다.

황재하의 집, 황재하의 소녀 시절, 영원히 돌아오지 않을 행복했던 삶.

아름다운 풍경은 영원히 변함없으나 사람의 일은 그렇지 아니하여, 미소로 황재하를 바라보던 가족들은 모두 과거 속으로 사라졌다. 추억 속 그 시절과 조금도 다르지 않은 사군부의 풍경에 황재하는 자신도 모르게 코가 시큰거리면서 눈가가 붉어졌다.

황재하의 떨리는 손을, 그 순간 누군가가 잡아주었다.

이서백이었다. 복도 모퉁이를 도는 찰나, 다른 이들의 시야에서 벗어난 아주 잠깐의 순간, 이서백이 황재하의 손을 살며시 쥐었다. 길고 힘 있는 손바닥이 황재하의 손을 따뜻하게 감싸주었다.

순간 눈앞의 세상이 흐름을 멈춘 듯했다. 황재하는 고개를 들어 이서백을 보았다. 이서백의 다정한 눈빛이 황재하를 깊이 응시했다.

뒤따르는 이들도 어느새 복도를 돌았다. 이서백이 손을 놓았다. 황재하는 다시 이서백 뒤로 한 걸음 처져 묵묵히 수행하며 이서백의 발걸음에 맞추어 천천히 나아갔다.

마음속을 가득 채웠던 고통과 쓸쓸함은 이미 사라졌다. 황재하가 마지막으로 의지할 존재가 곁에 있어주었으니까. 모든 세상으로부터 버림받은 것만 같던 때에 황재하의 편이 되어주고, 황재하가 필요로 할 때 조금의 망설임도 없이 손을 잡아주고, 세상에서 가장 큰 힘을 불어넣어주는 한 사람, 그런 그가 황재하의 곁에 있었다.

대청에는 열두 개의 자리가 마련되어 있었다. 이서백이 가장 상석에 앉고 범웅석과 주상이 좌우로 배석했다. 황재하는 장항영과 함께 아랫자리에 앉아 좌우를 살피다 순간 당황했다.

황재하 왼쪽에 주자진의 매부가 될 사람, 제등이 앉아 있었다.

그리고 오른쪽에 조용히 앉은 사람은, 우선이었다.

장항영은 순간 흥분하며 작은 목소리로 우선을 불렀다. "은공(恩公)[25]! 어떻게 이곳에 계십니까?"

차분한 표정으로 앉아 있던 우선은 고개를 들어 장항영을 보고는 역시 의아해하며 물었다. "아보의 가족 아니십니까?"

"맞습니다! 아보는 지금까지도 은공을 잊지 못하고 보고 싶어 합니다!"

우선은 묵묵히 미소를 보였지만 마음에 여러 근심이 있던 터라 더말을 잇지는 않았다. 장항영도 눈치껏 더 이상 말을 건네지 않았다.

주상은 손님을 청한 주인의 신분으로서 모든 사람을 대신해 먼저 기왕에게 잔을 올렸다. 범웅석은 서천 절도사로서 기왕에게 잔을 올리고 그 자신도 스스로 벌주를 한 잔 마셨다. 그다음으로는 주인인 주상을 향해 손님들이 한 잔 올리고, 이어 절도사 범웅석과 새로 부임한 주상이 서로를 향해서 잔을 올리고……

연회가 시작된 지 얼마 되지 않아 바로 분위기가 무르익으며 떠들썩해졌다. 주자진이 황재하에게 눈짓을 보내 두 사람은 몰래 대청을

---

25 은인을 높여 부르는 말.

빠져나와 옆에 있는 작은 응접실로 가 음료를 마셨다.

"숭고, 어서 사실대로 말하라고! 대체 어떻게 된 거야? 왜 갑자기 절도사로 갔던 거냐고?"

황재하가 간식을 입에 넣으며 말했다. "걱정 마세요. 범응석한테 나쁜 짓 안 했으니까. 범응석이 우리한테 약점을 하나 잡혔지만요. 못나기로 유명한 그 집 아들한테 감사할 일이에요. 내가 옛날부터 얼마나 오랫동안 지켜봤는지, 워낙 손바닥 보듯 훤하다고요."

"누구를 지켜봤다는 거야?"

황재하가 재빨리 둘러댔다. "설마 모르세요? 성도부의 소패왕 범원룡 말이에요, 그 명성이 장안까지 자자하잖아요."

"그래? 왜 난 몰랐지?" 그러다가 주자진은 또 뭔가가 떠올라 얼른 황재하를 일으켜 세웠다. "이리 와봐. 공손 부인이 준비가 잘 되어가는지 한번 가보자."

공손연과 은노의는 물가 정자에 있었다. 정자 앞으로 작은 배를 대는 나루터에는 이미 객석이 마련되어 있었다. 깨끗하게 정돈된 정자에 꽃이 수놓인 얇은 비단 천을 배경으로 걸어놓아, 천 뒤에서 비추어 들어온 등불 빛이 은은하게 공손연의 몸을 감쌌다. 그 모습이 마치 찬란한 빛을 내는 고운 옥 같아 눈이 부셔 제대로 바라볼 수 없었다.

은노의는 옆에서 엿을 먹고 있다가 두 사람을 보고는 몸을 일으켜 엿을 종이로 싸 하나씩 건네주었다.

황재하는 고개를 숙여 은노의에게 받은 엿을 보았다. 제비 모양으로 조각된 엿이었다. 가위 모양의 꼬리와 활짝 펼친 두 날개가 어찌나 정교한지 마치 살아 있는 제비를 보는 듯했다. 절로 감탄이 흘러나왔다. 주자진의 손에 들린 것은 졸고 있는 고양이 모양이었는데, 나른한 몸짓이 그대로 표현되어 있었다. 다만 안타깝게도 고양이 머리 반절은 이미 주자진이 깨문 뒤였다.

주자진도 미안한 마음이 들어 입을 아 벌리고 말했다. "이거……
지금 뱉어도 되겠습니까?"

공손연이 웃으며 말했다. "본래 먹는 것인데요, 뭘. 오후에 노의가
많이 만들어놓았으니 하나 더 가져가세요."

주자진은 신이 나서 새끼 호랑이 모양을 하나 더 골랐다. "저기 어
미 호랑이는 우리 여동생한테 주고 싶은데 가져가도 되겠죠……. 어
랏, 찹쌀 종이가 위에 붙어 있네요?"

엿이 끈적거려 서로 들러붙는 것을 막으려 엿은 하나하나 찹쌀 종
이에 싸여 있었다. 주자진은 그 찹쌀 종이를 벗겨내 입에 넣었다. "제
가 요 찹쌀 종이를 워낙 좋아하거든요."

황재하가 어이없어하며 말했다. "방금 배불리 드시지 않았어요?"

"무슨 헛소리야. 저런 자리에서 너는 음식이 잘 넘어가?" 주자진은
머리 반 통이 사라진 고양이를 마저 입에 넣었다.

공손연이 입을 오므리고 웃으며 말했다. "포두 나리, 이왕 시간이
비시는 거라면 여기 등롱 다는 것 좀 도와주시겠습니까? 소가죽 등롱
이라 어찌나 무거운지 저 혼자 달기가 영 쉽지 않네요."

"아, 제가 도와드리지요." 주자진은 어미 호랑이 모양의 엿을 잘 포
장해서 품속에 넣고는 등롱 다는 일을 도왔다.

소가죽 등롱은 좋은 점이 딱 하나 있었다. 소가죽을 이용해 빛을 완
전히 차단하거나, 반이나 일부만 비치게 할 수도 있고, 불빛을 비출
곳도 조절이 가능했다. 주자진이 등롱을 다 달고 나자 공손연은 관중
을 비추는 쪽 불빛을 가려 등불 네 개가 무대만 비추게 만들었다.

달빛도 없이 어두운 밤이었다. 다른 등은 모두 끄고 정자 위 비단
천 앞에 있는 공손연에게만 불빛을 비추었다.

양손에 각각 장검과 단검을 들고서 정자 한가운데에 선 공손연은
무대를 익히기 위해 정자 전체를 한 바퀴 돌았다.

평소에는 검소한 차림을 했지만 이날 밤은 공연을 위해 무의를 입었다. 금색 구름이 빼곡하게 수놓인 비단옷이었다. 산뜻하고 두터운 촉 비단 위로 가득한 금빛 구름이 보는 이의 눈을 절로 사로잡을 정도로 아름답게 반짝였다. 높이 틀어 올린 머리에는 세 쌍의 금비녀 외에도 여러 가지 장신구를 꽂았다. 하지만 아무리 예쁜 장신구라 해도 전부 공손연을 돋보이게 만들려 존재하는 것 같았다. 공손연의 빛나는 얼굴에 가려 화려한 옷차림과 장신구는 조금도 보이지 않을 정도였다. 그 아름다운 얼굴에 감탄이 절로 나왔다.

황재하는 대명궁 봉래전에서 고개를 들어 우러러보았던 왕 황후를 떠올렸다. 그리고 십수 년 전 양주의 번화한 거리에서 꽃다운 시절을 보낸 여섯 여인들도 떠올렸다. 그들 모두 이토록 사람의 마음을 끌어당기는 아름다운 용모였을 것이다.

하지만 안타깝게도 이미 흐른 세월은 다시 돌아오지 않는다.

황재하는 공손연을 보며 생각했다. '왜 지금껏 혼인하지 않았을까? 당시 공손 부인을 위해 운소원을 지어주었다는 사람은 누구일까? 왜 두 사람은 함께하지 않았을까?'

공손연은 무대 위에서 몇 가지 검무 동작을 해보고는 은노의에게 물었다. "이렇게 하는 거지?"

은노의가 고개를 끄덕이더니 배경으로 걸린 비단 천을 가리켰다. "제 기억에 연속으로 두 번 회전한 뒤 천 뒤로 들어갔던 것 같아요."

공손연은 고개를 끄덕이고는 박자에 맞추어 회전하기 시작했다. 검날이 몇 번 반짝이더니 흰 천 뒤로 사라졌다.

황재하가 은노의에게 물었다. "공손 부인께서 춤사위를 잊으실 때도 있나요?"

"아…… 오늘 밤에 출 「검기혼탈무」는 몇 년 전에 아원이 새로 각색한 것입니다. 부드럽고 섬세하여 날카로운 검기가 많이 줄어들었으니, 이곳 풍경과 잘 어울리지요."

은노의는 정자 안을 둘러보더니 등롱 하나를 들고 비단 장막 뒤로 들어갔다. 불빛이 드리운 비단 천 위로 공손연의 그림자가 나타났다. 몽롱한 불빛 가운데 공손연의 요염한 자태는 한층 더 환상적으로 보였다.

주자진은 황재하에게 속삭였다. "그런데 내가 보기엔 말이야, 부인이 입은 옷이 조금만 더 얇았더라면 훨씬 더 멋있었을 것 같아. 회전할 때 치맛자락이나 소맷자락이 바람에 더 많이 휘날리면 정말 천상의 여신 같지 않겠어!"

황재하도 작은 목소리로 말했다. "저 둘은 이 분야의 전문가인데, 도련님이 생각해낸 것을 설마 생각지 못했을라고요? 분명히 다른 이유가 있을 겁니다. 너무 얇은 옷은 검무랑은 어울리지 않는다든가, 옷자락이 펄럭이면 자세를 흐트러뜨려 오히려 검무에 방해가 된다든가 말이에요."

"아, 역시 너는 생각이 깊구나." 주자진은 진심으로 양숭고에게 탄복했다.

이미 날이 많이 저물었다. 연회 자리를 너무 오래 비우면 뭐라 둘러대기도 어려울 듯해 두 사람은 서둘러 공손연과 은노의에게 작별을 고하고 연회 자리로 돌아갔다.

13장

붉은 입술과
단아한 자태

연회장은 여전히 떠들썩한 분위기 속에서 서로에게 아첨하며 충심을 드러내느라 다들 분주했다. 주자진의 부친 또한 그중 한 명이었다. 주자진은 그 모습을 보기 힘들다는 듯 두 손으로 얼굴을 가리고는 고개를 돌리며 혼잣말로 중얼거렸다. "나는 저러느니 집에 틀어박혀서 시체랑 함께 있는 게 더 좋다고."

황재하는 그 마음을 충분히 이해하며 주자진을 향해 공감의 눈빛을 보냈다.

대청 전체가 시끌시끌한 가운데 우선만이 무심한 표정으로 조용히 앉아 있었다. 마치 이 장소와 전혀 상관없는 사람 같았다.

황재하는 장항영과 자리를 바꾸어 우선 옆에 앉아 낮은 소리로 물었다. "오늘은 어떻게 시간을 내서 여기까지 온 거야?"

'설마 제등에게 설득당한 거야? 정말 절도부로 들어가려고?'

우선이 고개를 숙이며 거의 들리지 않을 정도로 목소리를 낮추어 말했다. "주 사군께서 사람을 보내 연회에 오라고 청하셨어. 오고 싶지 않았지만, 여기 오면…… 널 볼 수 있을 것 같았어."

황재하는 살짝 당황해 자신도 모르게 이서백 쪽으로 시선을 돌렸다. 이서백은 범웅석과 이야기를 나누는 중이었다.

"그래?"

"응……." 우선도 왠지 어색해하다가 한참 뒤 한마디 덧붙였다. "사건 조사가 어디까지 진전됐는지 물어보고 싶어서."

황재하는 고개를 숙인 채 잠시 생각에 잠겼다가 입을 열었다. "마침 잘됐어. 나도 너한테 온양에 대해 묻고 싶었어."

"온양이…… 너희 가족 사건과 관련이 있는 거야?"

황재하는 차분한 얼굴로 우선을 보며 마음에 품었던 의문을 입 밖으로 냈다. 그 목소리도 매우 침착했다. "아무래도…… 우리 가족을 죽인 사람과 온양을 죽인 사람이 동일 인물 같아."

우선의 목소리가 미세하게 떨렸다. "하지만 온양은 너희 가족과 아무 연관이 없잖아."

"그래서 네 생각엔?" 황재하의 눈빛이 우선을 향했다.

우선은 멍한 표정으로 얼굴을 돌려 앞에 놓인 찻잔을 내려다보았다. 한참 뒤에야 여전히 시선을 아래로 내린 채 나지막이 말했다. "아무 관계도 없는 두 사건에서 하나의 공통점이 드러났다는 건데, 그 속에 어떤 사정이 담겼을지 나는 아직 짐작이 가지 않아."

황재하가 고개를 끄덕이며 다시 물었다. "그럼 온양의 죽음에 대해서는 어떻게 생각해?"

우선의 속눈썹 아래 두 눈동자가 당황한 듯 갈피를 잡지 못했다. 우선이 살짝 눈을 들어 황재하를 바라보았다. "아니면 제등한테 한번 물어봐."

황재하가 제등을 슬쩍 곁눈질하고는 다시 낮은 소리로 물었다. "저 사람이 온양이랑 무슨 관계가 있는데?"

"두 사람이 언쟁하는 모습을 몇 번 본 적이 있어. 제등이 온양을 꿍장히 경멸하고 무시했거든. 온양에게…… 사람도 아니라는 말을 하기도 했고."

황재하는 잠시 생각에 잠겼다가 다시 물었다. "또 다른 건?"

"나도 우연히 지나다 그 정도만 들었을 뿐이야. 남의 말을 가서 엿들을 순 없어서 곧바로 자리를 피했어. 그래서 두 사람 사이에 언쟁이 있었다는 정도밖에 몰라."

이런 모호한 말은 듣지 않은 것만 못해서 황재하는 아무 단서도 읽어낼 수 없었다. 더 이상 묻기를 포기하고 다시 고개를 돌려 제등 쪽을 보는데, 얼굴 가득 웃음을 띤 채 술잔을 든 제등의 시선이 황재하에게 붙박여 있었다. 그 눈빛이 의미심장했다.

기왕의 측근이 자리까지 바꿔가며 우선에게 가까이 붙어 앉아 대화를 나누니 여간 불쾌하지 않으리라. 오늘 아침까지도 자신이 하찮게 여기며 조롱했던 자 아닌가.

황재하는 그 속내를 충분히 짐작하며 제등을 향해 웃어 보이고는 자리로 돌아와 옆자리의 제등에게 한 잔 올렸다. "제 판관 나리, 한 잔 받으시지요."

"아닙니다, 아닙니다……. 제가 공공께 한 잔 올려야 마땅하지요." 제등이 재빨리 술잔을 비우고 웃으며 물었다. "공공은 우 공자와 원래 아시는 사이입니까?"

"일전에 장안에서 몇 번 뵌 적이 있습니다." 황재하는 아무렇게나 대답했다.

제등의 얼굴에 묘한 미소가 드리웠다. "그러시군요. 듣자 하니 장안에서 동창 공주께 큰 사랑을 받았다지요."

황재하는 고개를 숙인 채 살짝 입꼬리를 올리며 말했다. "그런가요? 저는 처음 듣는 일이군요."

제등은 자신이 실언했음을 깨닫고 재빨리 화제를 돌렸다. "저도 그냥 풍문을 들었을 뿐입니다…… 공공은 성이 어찌되십니까?" 제등은 이미 지난번에 황재하를 만났지만 황재하가 그때와 달리 변장을 한 터라 같은 사람인 줄 전혀 모르고 물었다.

"소인 양 가이옵니다."

제등이 순간 깜짝 놀라며 물었다. "공공이 그…… 기왕 전하 곁에서 여러 기이한 사건을 해결한 걸로 명성이 자자한, 그 양 공공이십니까?"

"과찬이십니다." 황재하는 제등의 인품이 너무 싫었지만 온양에 관한 정보를 캐내기 위해 어쩔 수 없이 웃으며 말했다. "그러고 보니 최근에 일어난 사건 하나에 판관께서도 연루된 모양입니다?"

"무슨 사건 말씀이십니까? 제가…… 연루되다니요?"

황재하는 그 표정을 유심히 살피며 가만히 웃고만 있었다. 제등은 순간 당황하더니 참지 못하고 물었다. "최근이라면…… 온양 사건 말씀이십니까?"

황재하가 고개를 끄덕였다. "맞습니다. 듣기로 두 분이 같은 시사에 계시면서 서로 언성을 높이기도 하셨다고요."

"언쟁이 좀 있기는 했지만 후에 다 풀었습니다! 게다가…… 제가 온양을 왜 죽이겠습니까? 온양에게 억울한 일을 당하거나 원수진 일도 없는데요!"

황재하가 고개를 끄덕였다. "그럼 판관께서는 온양과 부신원이 왜 자살했다고 보십니까?"

"그거야……." 제등은 갑자기 좌우를 살피더니 황재하에게 가까이 다가와 목소리를 낮추어 말했다. "공공께는 솔직히 말씀드리지요. 저한테 아주 잘 물어보셨습니다."

황재하는 짐짓 놀라는 척했다. "판관께서는 그 내막을 알고 계신가 봅니다?"

제등은 한숨을 쉬며 작게 말했다. "그 여인은 용모가 참으로 아름다웠습니다."

황재하가 의아해하며 물었다. "판관께서도 만나신 적이 있습니까?"

"금년 봄 명월산에서 우연히 만났지요. 꽃이 만발한 봄날이었는데, 온양과 부신원은 나들이에서 돌아오던 길이었습니다. 부신원이 말 등 위에서 붉은 술을 하나 떨어뜨려, 마침 말에서 내려와 있던 제가 주워 주었습니다. 그때 너울 사이로 그 아름다운 얼굴을 보았지요……."

제등은 또다시 한숨을 쉬고는 고개를 절레절레 흔들었다. "그런데 그 아리따운 얼굴이 온통 눈물범벅이었습니다. 그 좋은 봄 햇살 속에서 그리 슬프게 울다니, 얼마나 안쓰러웠는지 모릅니다! 순간 머리가 멍해져, 이렇게 아름다운 여인이 정인과 함께 나들이를 나와 어찌 이리 울고 있는가 하고 생각했지요. 그런데 알고 보니…… 두 사람의 애정은 처음부터 순탄치 않았더군요. 그러더니 결국엔…… 그리 비참한 결말에 이르렀습니다."

황재하는 살짝 미간을 찌푸리고는 아무 말도 하지 않았다.

"어휴, 순탄치 못한 사랑에 그 아름다운 꽃이 꺾이고 말았으니, 얼마나 애석한 일입니까!" 제등이 황재하를 향해 잔을 들었다.

황재하는 제등에게 한 번 웃어 보인 뒤 더는 말을 잇지 않았다.

어느덧 시간이 많이 흘러 다 같이 잔을 들어 기왕의 복을 기원하고 자리를 파했다. 이어 가무를 감상하기 위해 다들 물가에 위치한 정자로 자리를 옮겼다. 물가에는 이미 가무를 선보일 예인들이 모여 있다가, 사람들이 몰려오자 곧바로 생황과 퉁소, 비파 소리를 울려 순식간에 밤의 고요를 깨뜨리고 흥을 달구었다. 모두 자리를 잡고 앉자 먼저 「연화무」가 무대에 올랐다. 요염한 자태의 어린 관기 24명이 손에 연꽃을 쥐고서 회전하며 춤을 추자 순식간에 분위기가 달아올랐다.

이서백과 범응석, 주상이 제일 앞줄에 앉았다. 황재하와 장항영은 이서백의 뒤에서 시중을 들고, 주자진과 범원룡은 각자의 부친 뒤에 앉았다. 왕온과 우선, 그리고 제등과 서천군 부장수, 사군부 참사 등은 모두 뒤쪽에 자리를 잡았다.

생황과 퉁소 소리에 맞춰 연화무가 계속 펼쳐지는 중에 갑자기 왕온이 자리에서 일어나더니 뒤쪽 연못가로 난 계단을 따라 걸음을 옮겼다. 이서백에게 차를 따르던 황재하는 왕온의 움직임을 느끼고는 곁눈으로 그의 모습을 좇았다.

그때였다. 우선도 왕온을 따라 연못가로 움직였다. 흥이 넘치는 가운데 두 사람은 연못가에 서서 어깨를 나란히 하고 물을 내려다보았다.

황재하의 마음속에 의구심이 솟구치며 손이 느려졌다.

이서백도 연못가로 고개를 돌려 쳐다보더니 낮은 소리로 말했다. "가보아라."

황재하가 의아한 눈빛으로 이서백을 보았다.

"저 두 사람이 만나 무슨 말을 나눌지 나도 궁금하구나." 이서백이 황재하의 귓가에 대고 속삭였다.

한 사람은 황재하의 정혼자, 또 한 사람은 주위를 떠들썩하게 할 정도로 황재하가 연정을 품었던 정인이었다. 그 두 사람이 만나 무슨 얘기를 나눈단 말인가?

황재하는 아무 말 없이 손에 든 찻주전자를 내려놓고 발소리를 죽여 계단 쪽으로 향했다.

말이 나루터지 사실 나무배 한 척이 줄에 메여 있을 뿐이었다. 정자 앞 평지는 꽤 넓었으나 연못은 그에 비해 크기가 작았다. 물속에 큰 꽃 항아리를 몇 개 놓고 그 안에 수련을 심어놓았다. 연못물이 어찌나 맑고 깨끗한지 연못가에 걸린 등롱 불빛 아래, 연못 바닥의 푸른 돌무늬가 다 들여다보일 정도였다.

연못 위로 내려앉은 불빛이 잔잔한 물결에 반사되어 왕온과 우선의 몸 위로 아른거렸다. 칠흑 같은 밤, 은빛 물결이 두 사람 몸 위에서 반짝이는 모습이 유난히 맑고 투명해 보였다.

　나루터 옆에는 몸을 숨기기에 적합한 관목 숲이 있었다. 연못가로 가 대놓고 엿듣기에는 마음이 내키지 않아 황재하는 관목 숲에서 걸음을 멈추었다. 다행히 저녁 바람이 두 사람의 말소리를 실어다주었다. 비록 고스란히 다 전달되지는 않았지만 그래도 대부분의 대화가 귓가에 실려왔다.

　먼저 왕온의 목소리가 바람을 타고 서서히 전해졌다. 여전히 부드러운 목소리였다. "다시 만나서 반갑군요."

　"저도 왕 도위를 뵈어서 반갑습니다." 바람 속에서 우선의 목소리가 맑고 차갑게 들려왔다.

　왕온은 편하게 웃으며 난간에 몸을 기대고 말했다. "우 학정은 이곳에서 3년 동안 사셨다지요? 필시 이곳의 모든 것이 익숙하겠군요."

　우선은 한참을 침묵하다가 겨우 입을 열어 대답했다. "그렇습니다."

　"저는 황재하의 약혼자이면서도 성도 땅은 이번이 처음입니다. 황재하가 살았던 이 사군부도 처음이고요. 그게 줄곧 유감이었지요." 왕온은 고개를 틀어 우선을 바라보았다. "사건이 있던 당시 황재하는 화원 쪽에 묵었다고 하던데, 저기 있는 작은 누각이겠군요?"

　왕온이 손을 들어 멀지 않은 곳에 위치한 누각을 가리켰다. 우선은 말없이 고개만 끄덕였고 왕온은 웃으며 말을 이었다. "장안에서도 늘 황재하에 관한 소식은 자세히 듣고 있었습니다. 어쨌든…… 오랜 세월 기다려온 저의 정혼자이니까요. 그래서 늘 황재하의 소식에 귀를 기울였지요."

　우선과 황재하는 자신들을 둘러싼 소문이 낱낱이 왕온의 귀에 들어가고 있다는 사실을 예전부터 알고 있었다. 우선은 왕온을 향해 예를 취하고는 몸을 돌려 자리를 떠나려 했다.

"요 며칠 절도부에 있으면서 제등 판관이 당신에 대해 언급하는 것을 들었습니다. 절도사 범 장군도 당신을 굉장히 마음에 들어 하는 듯하더군요. 범 장군이 제게 당신을 아느냐고 묻기까지 했습니다."

우선은 등 뒤에서 전해지는 침착하고 여유로운 왕온의 목소리를 들었다.

"과찬이십니다." 우선은 그렇게만 대답할 뿐 다른 말은 하지 않았다.

"그래서 잘은 모르는 사이이나 장안에서 이름은 들어보았다고만 답했지요. 어쨌든 나는 우 학정을 잘 모르니 달리 추천하는 말을 보낼 수도 없었습니다." 왕온이 가볍게 웃으며 말했다. "범 장군은 우 학정께서 절도부에 들어와 관직을 맡아줬으면 하던데, 어떠십니까?"

"왕 도위의 호의에 감사드립니다. 안 그래도 오늘 아침에 우연히 제등 판관을 만났는데, 그 일을 언급하시기에 이미 거절의 뜻을 밝혔습니다."

"오? 우 학정은 벼슬에 관심이 없으십니까?"

"부귀영화는 내 바라는 바가 아니요, 죽어 신선 나라에 태어나는 것도 바라지 않네."[26] 우선이 나지막이 읊조렸다. 낮은 목소리였지만 그 짧은 두 마디에 담긴 결연함이 느껴졌다.

왕온이 낮게 웃음을 터뜨렸다. "하지만 이미 이 거대한 소용돌이에 말려들었는데, 설마 벗어날 생각이십니까?"

우선은 그 말뜻을 이해하지 못한 듯 아무 대답도 하지 않았다.

"제등 판관이 왜 당신을 도우려는지, 범 장군이 왜 당신을 그토록 눈여겨보는지 생각해본 적 있습니까? 그들이 당신을 필요로 하면 그대로 이용하는 것입니다. 당신이 원하든 말든 그건 상관없지요." 부드

---

26 도연명의 시 「귀거래혜사」 부분.

럽던 왕온의 목소리가 갑자기 차갑게 변했다. 두 사람의 몸 위로 반짝이는 물결 그림자 또한 눈으로는 따뜻해 보였지만 실제로는 그 한기가 오롯이 피부에 전달되었다.

"우선, 당신의 신분이 어떻든, 당신의 과거가 어떻든 난 알지도 못할뿐더러 관심도 없습니다. 다만 당신은 선택받은 사람이며, 과거든 현재든 누군가가 당신을 마음에 들어 한다는 사실만은 압니다. 당신이 고개만 한 번 까딱이면 부귀영화가 그대로 손에 들어올 수 있다는 사실을 말이죠. 오늘 이후, 모든 성도 사람이 부러워하던 제등은 기억 속에서 사라지고 당신이 그 자리를 대신해 부러움을 살 수도 있지요. 좋지 않습니까?"

"제가 원하는 것은 이미 영원히 얻을 수 없게 되었는데, 다른 것을 얻는다 한들, 세상의 모든 것이 제 것이 된다 한들, 그게 무슨 의미가 있겠습니까?" 연못에서 불어오는 차가운 바람에 물든 듯, 우선의 목소리도 차갑고 뻣뻣하게 변했다.

왕온이 웃으며 말했다. "그런 식으로 말하는 것은 그럼 무슨 의미가 있습니까. 당신 손이 깨끗하다고 생각해주길 바라는 겁니까? 때로는 사람을 죽이는 일이 참으로 간단하고 쉽지요. 가슴에 구멍 하나 더 생기면 그만이니까요. 안 그렇습니까?"

황재하는 이 밑도 끝도 없는 대화가 도대체 무슨 의미인지 짐작해보고 싶었지만 도무지 이해가 되지 않았다. 하지만 그들의 대화를 들으며 한 줄기 차디찬 한기가 발끝에서부터 머리끝까지 서서히 올라오는 것을 느꼈다. 얼음장처럼 차가운 공포가 온몸에 퍼져, 관목 숲 뒤에 웅크리고 앉은 황재하는 미동도 하지 못했다.

다시 우선의 목소리가 들려왔다. 마치 천상에서 들려오는 듯 황홀한 목소리였다. "그만두십시오. 하시려던 말씀이 다른 것인 줄 알았는데, 무슨 달변가처럼 도무지 뜻 모를 말씀만 하시는군요."

왕온이 가볍게 웃음을 터뜨리더니 가차 없이 물었다. "뜻 모를 말이라니요? 설마…… 제등 집에 있었을 때의 일이나, 목선 법사의 일, 그리고 그 붉은 물고기 아가십열까지 모두 다 잊으셨단 말입니까?"

우선은 말없이 그 자리에 서 있었다. 황재하는 관목 숲 사이로 그 옆모습을 보았다. 흔들리는 불빛과 출렁이는 은빛 물결이 완벽하고 흠 없는 그 얼굴 위에 드리운 암담한 표정을 비춰주었다. 우선은 눈앞의 왕온을 바라보며 천천히 입을 열었다.

"무슨 말씀을 하시는 건지 도무지 모르겠군요. 저는 제등 판관과 친분이 그리 깊지 않고, 그의 물고기에 대해서도 아무 관심 없습니다."

악기 소리가 크게 울리기 시작했다. 곧 공손 부인의 검무가 시작될 터였다.

황재하는 천천히 뒷걸음 쳐 관목 숲에서 빠져나왔다.

왕온이 우선에게로 다가가 정자로 돌아가자고 손짓하는 모습이 보였다. 평소와 다를 바 없이 부드러운 왕온의 음성이 들려왔다. "때로는 모르는 것이 도리어 좋을 때가 있지요. 가시지요."

공손연이 정자 앞 객석을 향해 정성스럽게 예를 올렸다. "오늘같이 좋은 날, 이 아름다운 곳에서 부족하나마 춤 한 곡 올리겠습니다. 「검기혼탈」이라 하는 검무입니다. 이 춤을 보셨던 분도 계실지 모르겠으나 오늘 보여드릴 춤은 완전히 새롭습니다. 오늘은 춤 속에 꽃과 나비가 있으니, 이는 검기와는 관계없이 달빛 드리운 꽃 위로 한 쌍의 나비가 날아가는 모습을 그렸습니다. 마음속에 품은 이와 함께 감상하면 그 깊은 의미를 더욱 잘 느끼실 수 있을 것입니다."

공손연의 말을 들은 사람들의 얼굴에 절로 미소가 떠올랐다.

이서백은 고개를 돌려 황재하를 흘끗 바라보았다. 황재하도 이서백을 향해 살짝 미소를 지어 보였으나, 다시 생각해보니 뭔가 이상해 조금 망설이다 결국 우선 쪽을 바라보았다. 우선은 굳은 얼굴로 막 자리에 들어와 앉았다가 황재하의 시선이 자신을 향한 것을 보고는 시선을 피해버렸다.

황재하는 상심했다. 이곳 정자에서 두 사람이 나눈 미소가 얼마나 많았던가. 소녀 시절 전부를 이곳 사군부에서 우선과 함께 보내지 않았던가. 풍경은 그 시절 그대로이지만, 두 사람은 이전과는 완전히 달라진 모습으로 이곳에 앉아 있었다.

황재하가 그런 생각에 잠겨 있는데 제등이 조용히 몸을 일으켜 객석 제일 뒤로 옮겨 앉는 모습이 보였다. 맨 뒤에 임시로 세운 방 안에 한 소녀가 앉아 있었다.

제등이 방에 드리운 휘장을 가볍게 두드리자 소녀가 고개를 돌려 제등을 향해 미소 지었다.

주자진의 여동생이 틀림없었다. 비록 어두워 얼굴이 잘 보이진 않았지만, 살짝 치켜든 얼굴이 어둠 속에서도 백옥같이 빛나 그 미모가 충분히 짐작되었다. 하긴, 열예닐곱은 누구든 가장 아름다운 나이 아니겠는가.

그때 옆에서 박자를 맞추는 음악 소리가 들려왔다. 공손연은 이미 정자 뒤로 돌아 들어가, 비단 천에 드리운 그림자로 동작들을 이어가기 시작했다. 양손에 쥔 장검과 단검에서 뿜어진 섬광이 얇은 비단 천을 뚫고 나와 마치 은빛 물결이 이는 듯했다.

사람들이 미처 정신을 차리기도 전에 두 줄기 은빛 물결이 한 차례 회전하더니, 가녀린 그림자가 비단 천 뒤에서 재빠르게 빠져나왔다. 정자 앞에 배치된 등롱은 아까 이미 손봐둔 대로 객석은 전혀 비추지 않고 오롯이 공손연만 비추었다.

공손연은 자신을 향한 조명을 받으며 본격적으로 검무를 시작했다. 검광이 회전할 때마다 빛줄기가 초승달 무늬를 그리고 또 그렸다. 마치 신이 해와 달을 이끌고 내려와 어둠 속에 수많은 초승달을 던지는 듯 보였다. 초승달을 닮은 그 빛의 흔적이 어찌나 생동감 있는지, 출렁이는 물결처럼, 흘러가는 구름처럼 공손연의 모습을 온통 현란한 빛으로 둘러쌌다. 순간 초승달 빛이 흩어지고 공손연이 정자 안을 누비며 나는 듯이 춤을 추었다. 검 끝이 파르르 떨리며 별빛 같은 섬광을 곳곳에 뿌려, 공손연이 찬란한 별무리에 감싸인 것처럼 보였다. 화려한 비단옷이 불빛 속에서 눈부시게 반짝이는 모습에 사람들은 잠시도 눈을 떼지 못했다.

시작과 동시에 이토록 현란한 검무가 펼쳐지니, 객석의 모두가 공손연의 기교에 넋을 잃고 말았다. 주자진은 벌어진 입을 다물지도 못하고 손에 쥐고 있던 호박씨마저 바닥에 다 쏟고 말았다. 하지만 다들 공손연에게 집중하느라 아무도 주자진에게 신경 쓰지 않았다.

천지를 휘몰아치듯 격렬하게 춤사위를 이어가던 공손연이 갑자기 동작을 멈추더니 장검과 단검을 하나로 모았다. 화려하던 불빛도 희미해졌다. 무대 아래 서 있던 은노의가 손을 뻗어 등롱의 소가죽을 돌려 불빛을 어둡게 만든 것이다.

비단 천 뒤에 놓인 등롱만이 남아, 천을 뚫고 역광으로 공손연을 비추었다. 저녁노을 같은 오색 빛깔을 온몸에 걸친 공손연의 그 자태와 몸의 윤곽이 비단 천을 배경으로 알록달록한 공작처럼 보였다. 공손연이 회오리바람처럼 회전하자 손에 들린 검은 이미 그 형태가 보이지 않았고, 옷자락과 소맷자락, 등거리와 귀밑머리까지 모든 것이 현란하게 회전했다. 마치 구름이 출렁이며 흘러가는 것처럼도 보이고, 빛무리가 둥그런 원을 그리며 돌아가는 것처럼도 보였다. 공손연이 회전하며 일으킨 바람이 비단 천을 펄럭여 마치 공손연 주위를 오색찬란한 안개가 감싸는 듯 보였다.

비단 천 뒤로 들어간 공손연이 동작을 멈추었다.

은노의가 연주자들을 향해 팔을 들어 보이자 줄곧 화려하게 울려 퍼지던 악기 소리도 멈추었다. 적막이 흐르는 가운데 가는 피리 소리가 구슬프고 애절하게 흘러나오기 시작했다. 공손연은 손을 아래로 늘어뜨린 채 가만히 서 있었다. 정자 주위에는 꽃나무 한 그루 없건만 갑자기 어떤 향기 같은 것이 은은하게 공기 중에 퍼졌다. 은노의가 옆에 있던 줄 하나를 살짝 잡아당기자 미리 설치해놓은 대나무 바구니가 천천히 뒤집어지면서 화려한 색의 꽃잎이 흩날렸다. 꽃잎은 밤바람을 타고 서서히 정자 안을 가득 채웠다.

사람들은 흩날리는 꽃잎을 보고 저마다 놀라며 감탄했다.

범원룡은 거의 방방 뛰면서 소란스럽게 굴었다. "좀 더 가까이 가서 봐야겠어. 저 꽃잎들이 진짜인지 가짜인지 말이야!" 그러더니 자리에서 일어나 앞으로 달려들다가, 하마터면 은노의의 옆에 있던 등롱을 넘어뜨릴 뻔했다. 범원룡은 일부러 은노의의 소맷자락을 붙잡으며 중얼거렸다. "어이쿠, 누님, 저 좀 붙잡아주시지……."

공손연을 돕느라 온 신경을 무대에 쏟고 있던 은노의는 갑자기 소매가 붙들리는 바람에 순간 화들짝 놀라 손을 떨었다. 그 바람에 등롱 불빛도 함께 흔들렸다.

술 냄새를 풍기며 자신의 소매를 잡고 히죽히죽 웃는 범원룡을 보고 은노의는 순간 자신도 모르게 소매를 떨치며 작은 소리로 말했다. "다른 분들께 방해가 되지 않도록 자리로 돌아가 관람하시지요……."

다른 이들은 말할 것도 없고, 범응석마저 자기 아들의 추태에 발을 동동 구르며 속으로 욕을 해댔다. 제등에게 아들을 끌고 오라고 시키려 했으나 곁에 제등이 보이지 않았다. 그제야 제등은 정혼자 곁으로 옮겨 앉았다는 사실을 생각해냈다.

주자진이 나서고 싶었으나 부친이 바로 앞에 있는지라 엉덩이를 뗄 수 없었다. 그때 셋째 줄 오른편에 앉아 있던 우선이 일어나 범원룡에게 다가가 등을 두드렸다. "도련님, 약주를 많이 하신 것 같은데, 저쪽에 가서 바람 좀 쐬고 오시는 것이 좋겠습니다."

범원룡은 술이 취해서 발버둥을 치긴 했지만 머리 반 개는 더 큰 우선에게 강제로 끌려갔다. 은노의는 우선을 향해 고개를 숙여 감사의 뜻을 전하고는 재빨리 마지막 꽃잎 바구니를 잡아당겼다.

범응석은 어색한 표정을 지으며 무리에게 사과의 말을 했다. 다들 별달리 할 말이 없어 이렇게만 답했다. "술에 취해 그랬을 뿐이니 별일 아닙니다."

꽃잎은 이미 다 바닥으로 내려앉았고, 공손연의 그림자가 꽃이 수놓인 비단 천 위에서 움직였다. 등불이 켜지자 공손연 주변으로 나비가 날아들기 시작했다. 한 마리, 두 마리, 세 마리…… 나비들이 줄지어 비단 천 위로 나타났다.

싱그러운 꽃잎들이 내려앉고 공중에는 나비가 노니는 광경에 사람들은 눈과 마음을 사로잡혀 감탄을 금치 못했다. 황재하는 고개를 들어 나비를 보았다. 나비를 따라가던 시선이 앞에 앉아 있는 이서백에게 닿자 그대로 이서백을 응시했다.

붉은 꽃잎들이 이서백의 머리에도 내려앉았다.

황재하는 잠시 망설이다가 손을 뻗어 이서백 머리 위에 떨어진 꽃잎들을 가볍게 떨어주었다. 머리 위로 움직임이 느껴지자 이서백이 뒤를 돌아보았다. 황재하는 미소 지으며 꽃잎을 들어 보였다.

이서백의 눈동자가 어두운 밤 남쪽 하늘에 뜬 별처럼 반짝였다.

공손연의 옷자락이 바람에 흩날렸다. 열 쌍의 나비가 모두 날아간 뒤 공손연이 옷소매를 크게 휘두르자, 겉에 걸치고 있던 비단옷이 순식간에 바닥으로 떨어졌다. 공손연은 하늘거리는 얇은 옷차림으로 날아다니는 나비들 곁에서 나풀나풀 춤을 추기 시작했다.

느린 박자에 맞춘 부드러운 춤사위였다. 마치 나비와 날개를 나란히 해 나는 듯 발끝은 가볍게 바닥을 디뎠고 비단옷은 공중으로 날아올랐다. 비단 천 뒤에서 나오는 불빛에 비친 반투명한 옷자락은 마치 잠자리 날개 같았고, 손가락을 높이 든 공손연의 자태는 아름다운 난초 같았다.

주자진은 나비와 함께 회전하는 공손연을 보며 절로 뿌듯한 마음이 들어 자랑하듯 황재하에게 말했다. "숭고, 내가 저 나비 열 쌍을 잡으려고 얼마나 고생했는지 알아? 하인들을 데리고 오후 내내 나비만 찾아다녔다고!"

황재하는 한시라도 무대에서 눈을 떼기 아까워 대충 대답했다. "정말 고생하셨네요." 마침 생황과 통소가 더해지면서 음악 소리가 격정적으로 바뀌었고, 공손연의 춤 또한 점점 박자가 빨라졌다. 은노의가 다시 등롱을 만져 무대를 환히 밝히자, 공손연은 마치 밝은 빛으로 떠오르는 아침 햇살처럼 보였다. 급하고 빠른 춤사위에 따라 얇은 비단옷도 변화무쌍하게 팔락였다. 두 줄기 급류가 합쳐지는 듯, 얼음과 눈이 함께 쏟아져 내리는 듯, 하늘에 보랏빛 우레가 번쩍이는 듯, 강렬한 춤사위였다.

그때 맑은 경쇠[27] 소리가 공손연의 화려한 춤사위를 뚫고 들어왔다. 공손연은 순간 동작을 멈추고 쓰러지듯 바닥에 엎어졌다.

사람들은 공손연의 놀라운 춤사위에 빠져들어 넋을 잃은 터라, 한참 동안 적막이 감돌고 나서야 환호하며 흥분을 감추지 못했다.

공손연은 구름이 피어오르듯 가볍게 몸을 일으킨 뒤 사람들을 향해 예를 취했다. 그러고는 얼굴에 담담한 미소를 띤 채 은노의의 손을 잡아 무대 위로 이끌어 함께 인사했다.

이서백도 박수를 보내고는 웃으며 말했다. "세월이 흐르는 동안 부

---

27   옥이나 돌, 또는 놋쇠로 만든 타악기.

인의 기예 또한 놀라울 정도로 정진한 것 같소. 오늘 이 무대를 보니 대명궁에서 처음으로 부인의 검무를 감상했던 때가 기억이 나오. 아직 어리던 나는 '서슬 푸르게 검기가 격동한다'는 말이 무슨 의미인지 그때 처음으로 알았지. 그런데 이번 춤은 부드러움까지 겸비하였으니, 웅장함보다 아름다움에 무게를 둔 검무는 참으로 흔히 보기 어려운 무대일 듯하오."

"대명궁에 갔던 그해에는 갓 스무 살이 넘어, 체력도 넘치고 동작도 굉장히 민첩했지요. 그때가 저의 전성기가 아니었을까 싶습니다." 공손연은 아직 가쁜 숨을 내쉬며 이마에 흘러내리는 땀을 닦아내고는 미소를 지어 보였다. "지금은 이미 나이가 들어 몸이 감당치 못하지요. 그래서 중간 한 부분을 느리고 완만한 춤사위로 고칠 수밖에 없었습니다. 아원이 직접 저를 위해 짜준 춤입니다."

황재하는 공손연의 목소리에 실린 슬픔과 아쉬움의 빛을 느꼈다. 은노의가 공손연의 손을 살짝 잡으며 위로했다.

공손연의 사정을 조금도 모르는 범웅석은 공손연의 몸을 위아래로 훑더니 웃으며 말했다. "공손 부인의 명성이야 지난 20년 동안 한결같지 않습니까. 역시 놀라서 감탄이 절로 나올 춤사위였습니다. 어떻게 관심이 있으면 절도부에 와서……."

그때 갑자기 뒤쪽에서 여인의 날카로운 비명이 들려왔다.

주자진은 비명 소리를 듣자마자 놀라 소리쳤다. "자연!"

주상도 낯빛이 변하더니 재빨리 몸을 돌려 주자진을 따라 객석 맨 뒤쪽, 임시로 설치된 방으로 뛰어갔다.

근처에 있던 하인 몇이 이미 방 옆에 놓인 의자 주위를 에워쌌고, 주자연은 밖으로 나와 여종들과 함께 사시나무 떨듯 온몸을 벌벌 떨며 서 있었다.

"무슨 일이야?" 주자진이 뛰어와 누이에게 묻고는 고개를 돌려 방 옆을 보았다. 주자진의 낯빛이 순식간에 변했다.

정자 옆에 있던 등불이 연못가 나루터를 밝게 비추었다. 방 옆에 놓인 의자에 제등이 고개를 떨군 채 미동도 없이 앉아 있었다. 온몸은 힘이 빠진 듯 축 늘어졌고, 가슴 한복판에서 선홍색 피가 쏟아져 나왔다.

주자진은 즉시 달려가 제등의 호흡을 확인하고 목 부위를 짚어 맥을 살폈다. 그러고는 잔뜩 가라앉은 목소리로 말했다. "이미…… 숨이 끊어졌어요."

주위에 모여든 사람들이 비명을 내질렀다.

절도부 판관이 사군부에서 살해당했다. 범응석과 주상 모두 낯빛이 변했다. 주상은 보통 심각한 일이 아님을 직감했지만 문관 출신인지라 이런 상황에 빠르게 대처하지 못하고, 그저 눈만 크게 뜬 채 가만히 서 있었다.

범응석의 얼굴에 분노와 두려움이 동시에 스쳤다. 제등은 범응석의 보좌였으니, 누군가가 범응석을 겨냥해 저지른 일일지도 몰랐다. 게다가 왜 하필이면 사군부에서란 말인가.

막 분노를 표출하려던 범응석은 기왕이 그 자리에 있다는 사실을 떠올리고는 간신히 감정을 추스르며 조언을 구했다. "전하, 소관의 판관이 사군부에서 죽었으니 저와 주 사군이 이 일을 어찌 처리하면 좋겠습니까?"

이서백이 황재하를 응시하며 범응석을 안심시키듯 말했다. "내 측근 중에 양숭고라 하는 자가 있는데, 장안에서도 여러 사건을 해결한 경험이 있으니 도움이 될 것이오. 범 장군이 필요하다면 데려다 쓰시오."

"아닙니다, 제가 어찌 감히 전하의 사람을 부리겠습니까! 아니면 전하께서 양 공공에게 이 사건을 도우라 명을 내려주신다면, 양 공공의 도움으로 이 사건 또한 금방 해결되리라 생각하옵니다!"

황재하는 그런 인사치레는 더 이상 듣고 싶지 않아 범웅석을 향해 공수한 뒤 곧바로 시신 옆으로 다가가 시신에 남은 흔적들을 살펴보았다. 얼굴이 평온한 걸로 봐서는 창졸간에 당한 일인 듯했다. 미처 반응하기도 전에 숨이 끊겨 놀라움이나 두려움 같은 표정이 드리울 새도 없었던 것이다. 온몸은 힘이 다 빠져 의자 등받이에 등을 붙인 채였고, 머리와 두 손은 아래로 축 늘어져 있었다. 가슴에서 피가 흘러나오지 않았다면 그저 앉아서 졸고 있는 정도로 보였을 것이다.

주자진이 황재하 옆으로 다가와 작은 소리로 말했다. "왼쪽 손등을 한번 봐."

황재하는 제등의 두 손을 들어 자세히 살펴보았다.

오른 손등에는 아무런 이상이 없었지만, 왼 손등에는 몇 개의 크고 작은 반점이 보였다. 더 가까이 들여다보니 아주 작은 상처들이었다. 마치 고양이에게 할퀴거나, 기름이 튀어 생겼던 수포가 터진 것 같은 자국이 손등과 손목이 만나는 부분에 여기저기 분포되어 있었다.

"아마 며칠 전에 생긴 상처일 겁니다. 이미 딱지가 떨어졌네요. 며칠 더 지났으면 색이 연해지고 다 나았을 거예요. 눈에 잘 띄지도 않는 작은 흉터 정도는 남겼겠지만요."

황재하의 말에 주자진이 고개를 끄덕였다. "그래 보이네. 그런데 어쩌다 생긴 상처들일까? 이번 살인과 관련이 있을까? 이미 며칠 전에 생긴 상처라 오늘 벌어진 사건과는…… 아무래도 별 관계 없겠지?" 주자진은 이렇게 말하면서 검안 기록을 작성했다.

황재하는 제등의 몸에서 다른 이상은 발견하지 못하고 몸을 일으켜 주위를 살펴보기 시작했다.

사람들은 모두 정자 앞 공터에 모여 있었다. 삼면이 물로 둘러싸인 곳이라 이곳으로 들어오는 길은 정자밖에 없었다. 아니면 연못을 건

너와야 했다.

나루터를 한 바퀴 돌아봤지만 물가로 난 계단에 사람이 남긴 흔적은 보이지 않았다. 정자 근처의 나무 아래나 관목 숲 옆, 물가 바위 위에도 물에서 나온 사람의 발자국 같은 것은 전혀 없었다.

정자 안에는 이미 다과상이 차려져 주상과 범응석은 이서백과 함께 차를 마셨다. 다만 범응석은 부하의 시체를 마주한 뒤였으며, 주상은 예비 사위가 죽은 상황인지라 두 사람 다 차를 음미할 마음이 들지 않았다.

이서백만이 평소처럼 차를 마셨다. 황재하가 잠자코 돌아오자 이서백이 찻잔을 내려놓으며 물었다. "외부인이 침입한 흔적은 없더냐?"

"네⋯⋯. 여기 있던 사람 가운데 범인이 있을 듯합니다. 사군부 내의 하인들과 저, 자진 공자, 장항영, 우선, 왕 도위, 주 사군 댁 아가씨, 주 사군, 범 장군, 그리고⋯⋯ 전하까지, 모두가 사건의 용의자입니다."

이서백은 눈썹을 찡그리며 일어나 황재하와 함께 정자를 나섰다. 이서백의 시선이 아직도 시종들 곁에서 떨고 있는 주자연에게로 향했다.

황재하는 바로 이서백의 의중을 알아채고는 이서백의 귓가에 대고 나지막이 말했다. "네, 공손 부인의 춤이 진행되던 때에 사건이 벌어졌으니, 향 반 대가 타는 정도의 시간에 불과했습니다. 앞에서 춤을 구경하던 사람 중에 누군가가 몰래 자리를 떠서 뒤쪽으로 가 사람을 죽였다면, 아무리 불빛이 희미했다 해도 그 모습이 눈에 띄지 않았을 리 없습니다. 주 사군 댁 아가씨는 객석 제일 뒤에 설치된 방 안에 있었습니다. 게다가 제등 판관이 그 곁으로 가자 시종들은 모두 자리를 비켜 나무 아래에 서 있었습니다. 그러니, 세등을 죽일 수 있었던 동시에 다른 사람의 시선을 끌지 않을 수 있었던 가장 유력한 용의자는,

바로 제등 곁에 있었던 사람, 주자연입니다."

이서백은 주자연에게서 시선을 거두며 담담하게 말했다. "이제 곧 혼례를 치를 아가씨가 많은 사람이 모인 연회 자리에서 정혼자를 죽였다면, 듣도 보도 못한 놀라운 일이겠구나."

"주자연을 심문하거나 서둘러 사람들의 몸을 수색해 범행 도구를 찾아야 합니다. 만약 흉기가 발견되지 않는다면 물 속도 찾아봐야 할 것 같습니다."

14장

비단 바른 문 너머

포졸 네 사람이 와서 현장에 있던 모든 이의 몸을 수색했다.

우선이 먼저 겉옷을 벗고 몸수색을 받았다. 불쾌함을 간신히 억누르는 듯 표정이 우울했다.

우선 뒤에 있던 왕온은 시원하게 자리에서 일어나 포졸들에게 몸을 맡겼다. 수색이 끝난 후 왕온이 우선을 향해 웃으며 말했다. "이렇게 의심받는 것은 정말 답답한 일이군요, 안 그렇습니까?"

우선은 왕온과 친분이 있는 사이도 아니었기에 대화를 이어나가지 않고 흘끗 한 번 쳐다보기만 했다.

"자신이 싫은 것은 남에게도 하면 안 되지요. 그렇지 않습니까?" 왕온이 다시 느릿느릿한 말투로 우선에게 말했다.

우선은 그 말뜻을 알아들었다. 당초 자신이 황재하의 연서를 절도사 범웅석에게 갖다 바쳐 황재하를 범인으로 몬 일을 겨냥한 말이었다.

우선은 아무 말 없이 고개를 돌려 황재하를 보았다.

황재하는 이서백 뒤에 서서 이서백이 고개를 돌려 하는 말을 듣고 있었다. 하지만 주변이 혼잡하고 시끄러운 통에 제대로 듣지 못했는지 이서백이 몸을 숙여 황재하에게 더 가까이 다가가 다시 한 번 말해주었다.

늘 얼음장처럼 차갑기만 하던 이서백의 얼굴에 드물게도 따뜻함이 서려 있었다. 말을 할 때는 두 눈이 황재하의 눈동자에서 떠나지 않았는데, 미처 감추지 못한 부드러움이 그 눈에서 흘러나오는 듯 보일 정도였다.

우선의 표정이 어두워졌다. 하지만 이내 다시 왕온에게로 눈을 돌리고는 왕온에게만 겨우 들릴 정도의 목소리로 말했다. "황재하가 저와 무슨 상관입니까? 저는 황재하와 약혼 증서를 나눈 사람도 아닌데요."

우선의 말투는 담담했지만, '황재하와 약혼 증서를 나눈' 왕온은 순간 가슴을 세게 한 대 얻어맞은 기분이었다. 하지만 평소에도 마음을 잘 수양해온 왕온이기에 속에서 치밀어 오르는 화를 간신히 억누르며 우선을 향해 미소 지어 보였다. "그렇지요. 다만 그런 명분이라도 있는 편이 좋은지, 아무 명분도 자격도 없고 내력도 불분명한 편이 나은지, 그건 잘 모르겠군요. 어찌 생각하십니까?"

우선은 차갑게 얼굴을 돌리고는 더 이상 아무 대꾸도 하지 않았다.

현장에 있던 모든 사람을 수색했으나 아무런 소득이 없었다.

"포두 나리, 저…… 뭔가 하나 발견한 것이……." 포졸 하나가 달려와서는 주자진의 귓가에 입을 가져다 대고 우물쭈물했다.

주자진이 포졸의 귓불을 잡아당겼다. "빨리 말하라고! 이 상황에 못 할 말이 뭐 있어? 사람 복장 터져 죽는 꼴 보고 싶어서 그래?"

"그게…… 범 도련님의 옷 아랫단에……." 포졸이 기어들어가는 목소리로 말했다.

주자진은 서둘러 범원룡에게 가까이 가보았다. 이 얼간이 같은 인간은 연회 도중에 우선에게 질질 끌려 나간 뒤 관목 숲 옆에 엎어져 구토를 해대다가 그대로 거기 엎어져 잠이 들고 말았다. 이제야 사람들에게 끌려 일어나 그 자리에 웅크리고 앉아 해장탕을 마시는 중이었는데, 온몸에 진흙과 토사물을 칠갑한 꼴이 아주 가관이었다.

주자진은 그 옆에 쭈그리고 앉아 더럽거나 말거나 그 옷자락을 잡아당겨 살펴보았다. 선명한 혈흔이 두 줄 묻어 있었다.

범원룡은 자신의 옷자락을 잡아 내리며 툴툴거렸다. "남의 옷은 왜 들춰 보고 그래? 같은 남자끼리 뭐 볼 게 있다고."

범응석은 뭔가 잘못되어 가고 있음을 직감하고는 재빨리 다가와 범원룡을 잡아 일으키더니 벼락같이 화를 냈다. "이런 망나니 같은 녀석을 봤나. 옷에 그게 대체 뭐야?"

범원룡은 건성으로 대답했다. "그야…… 더러운 게 좀 묻은 거지 않습니까?"

"더러운 것? 다시 한 번 봐라!" 범응석이 격노하며 말했다.

주상이 재빨리 나서서 짐짓 범응석의 아들을 감싸주며 말했다. "범 장군, 아직 확실한 것도 아니지 않습니까. 지금은 취기도 가시지 않은 듯하니 너무 몰아세우지 마십시오. 조금 있다가 천천히 물어보시는 게 어떻겠습니까?"

하지만 범응석은 화가 머리끝까지 치밀어 제정신이 아니었다. 더러운 옷자락을 손에서 놓으며 아들을 흙바닥으로 매섭게 내동댕이쳤다. "짐승만도 못한 놈! 대체 술에 취해서 무슨 짓을 한 것이냐? 네놈이 죽고 싶어서 환장을 했구나!"

이서백이 옆에서 입을 열었다. "아직 공자가 그런 것이라 단정 지을 순 없는 듯하네. 하늘 아래 어느 범인이 사람을 죽인 흉기를 자기 몸에 닦아낸 후 내다버리겠는가?"

범응석은 그 말에 한결 마음이 가벼워져 재빨리 이서백을 향해 허리를 굽혀 예를 취했다. "전하의 말씀이 옳습니다. 소장이 순간 화가 나서 생각이 짧았습니다!"

주상도 주자진을 향해 분부했다. "철저히 조사하여 서둘러 진범을 색출하거라! 범 공자에게 죄를 뒤집어씌운 자가 누구인지 말이다!"

주자진은 부친에게 얼른 대답한 뒤 황재하와 함께 웅크리고 앉아 범원룡의 옷에 묻은 혈흔을 살펴보았다.

혈흔은 이제 막 응고되었으나 여전히 선홍색을 띠었다. 기다란 형태의 혈흔이 두 줄이었는데, 평행은 아니었다. 범인이 제등을 죽인 후 범원룡의 옷자락에 흉기를 닦은 듯 보였다. 한 번 닦고 다시 뒤집어서 닦았기에 두 줄의 혈흔이 남은 것이다.

그때까지도 한쪽에 서서 벌벌 떨던 주자연이 황재하를 가리키며 말했다. "그런데 저 공공은 몸을 수색하지 않나요?"

주상이 즉시 날카롭게 고함쳤다. "그 입 다물지 못하겠느냐! 양 공공은 장안에서 어려운 사건들을 단번에 해결하고 천하에 이름을 떨친 수사관이다! 게다가 기왕 전하의 측근인데 어찌 혐의가 있겠느냐?"

몸수색을 맡은 포졸들이 난색을 표했다. 몸수색은 황재하와 주자진이 제안한 것이었다. 흉기가 아직 범인의 몸에 있을 가능성은 극히 미미했지만 형식적으로나마 거쳐야 하는 일이었다. 다만 황재하도 수색 대상이 되리라고는 생각지 못했다.

주자진은 제등의 시신에 난 상처 부분을 손으로 더듬어 흉기의 특징을 가늠해보다가 그 대화를 듣고는 벌떡 일어났다. 그러고는 피가 흥건히 묻은 두 손을 들어 보이며 말했다. "내가 할게, 내가! 아직 환관 몸은 한 번도 수색 안 해봤거든. 숭고의 몸은 어찌 그렇게 아름다워 보이는지 이참에 한번 연구해보지. 숭고의 골격은 분명 남들하고 다를 거야! 내가 할 거니까 아무도 손댈 생각 하지 마! 가만두지 않을 거야!"

310

황재하는 아무 말 없이 이서백을 돌아보았다.

뒤에 서 있던 이서백이 황재하의 어깨에 가볍게 손을 얹으며 말했다. "양숭고는 기왕부의 사람이니, 주 사군이 말한 것처럼 다들 본왕의 체면을 생각하느라, 양숭고의 몸을 수색하는 것을 기왕부에 대한 불경으로 여기는 것 같소. 하지만 본왕은 시종 모든 것에 공평무사해야 한다고 생각하는 바, 양숭고도 현장에 있었으니 그의 몸을 수색하는 것 또한 절대 비난받을 일은 아니오. 다만 본왕이 직접 수색한다면 첫째는 기왕부에 불경을 저지를까 저어하는 그대들의 부담을 덜 테고, 둘째는 모든 이가 공평하게 수색을 받게 되는 것이 아니겠소. 혹이에 이의가 있소?"

다들 황급히 대답했다. "물론 없습니다! 과연 전하는 철저하고 공정하십니다!"

하지만 왕온은 눈을 아래로 내리깐 채 슬며시 웃었고, 우선은 아무 말 없이 가만히 나무 아래에 서 있었다. 주자진은 울상을 지으며 달갑지 않은 표정으로 이서백을 보았다.

이서백이 덧붙였다. "장항영 또한 기왕부 사람이오. 자진, 늘 장항영의 출중한 체격을 궁금해하지 않았느냐? 장항영은 네가 수색하거라."

"아! 장 형은 제게 넘기시는 겁니까? 너무 좋지요!" 주자진은 곧바로 손을 깨끗이 닦고서 장항영에게 달려들어 그 팔을 붙잡고는 감탄해 마지않았다. "장 형, 근육이 정말 엄청나네요. 제대로 느껴봐야겠어요!"

주상은 그런 아들의 모습에 실로 유구무언이라 그저 헛기침만 할 뿐이었다. 보통 일도 아니고 절도사 판관이 죽은 사건 아닌가. 심지어 장차 자신들의 가족이 될 사람이었는데, 좀 더 언행이 신중할 수는 없단 말인가!

주자진은 계속해서 혀를 내두르며 열심히 장항영의 몸을 수색한 뒤 말했다. "흉기 같은 것은 없습니다."

이서백은 고개를 숙여 황재하를 바라보다 귓가에 대고 나지막이 물었다. "괜찮겠느냐?"

황재하는 가볍게 고개를 끄덕이고는 이서백을 올려다보았다. 두 사람이 위험에 처했던 때가 떠올랐다. 춥고 매서운 바람이 부는 산속에서 이서백의 체온을 높이기 위해 황재하는 그를 껴안고 필사적으로 몸을 붙였다. 이서백의 상처를 싸맨 붕대를 갈아줄 때마다 반쯤 벗은 그의 몸을 보고, 만졌다.

신기하게도, 이제 와 생각하니 모든 것이 꿈만 같았다. 한 몸인 듯 맞닿았던 살결과 가까이에서 느껴지던 서로의 숨결, 그리고 가슴속으로 퍼졌던 설렘과 떨림, 그 모든 것은 그날 그 어둠 속에서 두 사람만 간직한 비밀이었다. 그날 이후, 굳이 말하지 않아도 두 사람의 사이는 이전과 달라져 있었다.

황재하는 고개를 숙인 채 얌전히 손을 들고 이서백 앞에 섰다. 이서백의 손이 황재하의 어깨에서부터 팔을 따라 손목까지 미끄러져 내려왔다. 손목 아래에 이른 이서백의 손가락이 황재하의 손바닥을 가볍게 스치듯 지나갔다. 순간 두 사람은 몸속 피가 조금 더 빨리 도는 듯한 기분을 느꼈다.

이서백은 황재하의 손을 내려놓고 이번에는 허리춤으로 이동하여 팔을 둘러 더듬었다. 부드러운 그 허리에 어떠한 딱딱한 것도 만져지지 않음을 확인한 뒤 다시 몸을 숙여 다리를 더듬으며 복사뼈까지 내려갔다.

마치 부드러운 넝쿨이 몸을 타고 내려가 가볍게 맴도는 기분에, 황재하는 순간 이대로 속박당한다 해도 나쁘지 않겠다는 생각이 들었다. 하지만 이서백은 곧 손을 거두고 몸을 일으켰다. 그러고는 황재하를 바라보며 아무 말도 하지 않았다. 이상하게도, 이서백이 더 긴장된 표정을 했다. 호흡마저 살짝 거칠어져 있었다. 오히려 황재하는 태연하게 이서백을 향해 미소를 지었다. 심지어 다리를 들어 이서백 앞으로 발끝을 쭉 내밀어 보이며 말했다.

"신발 안에도 없습니다."

황재하의 웃는 얼굴을 마주한 순간, 이서백의 가슴에 엄청난 경련이 일었다. 한 번도 경험한 적 없는 뜨거운 기운이 온몸을 훑는 것을 느끼며 이서백은 황재하의 몸에 닿았던 두 손을 자신도 모르게 황급히 거두어 들였다.

이서백은 한참 후에야 다른 이들을 돌아보며 말했다. "아무것도 없었소."

그렇게 현장에 있던 모든 사람의 몸을 수색했지만 흉기는 찾을 수 없었다.

주자진은 포졸들에게 현장을 샅샅이 수색하라 명하고, 물에 익숙한 자들을 찾아 연못 물을 모두 빼낸 뒤 흉기를 찾아보라 지시했다.

정자 앞 공터는 바닥이 고른 평지에 각진 청회색 돌이 가지런히 깔려 있었다. 기왕이 온다는 기별에 사군부 하인들이 낮 시간 내내 돌 사이에 자라난 잡초들을 정리해 돌바닥이 멀끔했다. 두 줄로 심은 관목과 연못가의 큰 바위 몇 개를 제외하고는 공터 전체가 한눈에 훤히 들어왔다.

여종에게 몸을 수색당하고 몹시 우울해하던 주자연은 연못 속에서 흉기를 찾는 데만 열을 올리는 주자진에게 또 소리를 질렀다. "오라버니, 멍청하게 저게 보이지도 않아요? 저기 아까 무대에서 춤을 춘 부인 손에 검이 두 개나 들려 있잖아요!"

주자진은 어이없어하며 누이에게 말했다. "공손 부인이 무대에 오르기 전에 그 검 못 봤어? 공격성이 전혀 없는 검이라고!"

공손연은 몸을 수색당한 뒤 줄곧 아무 말 없이 한쪽에 서 있다가,

주자연의 말을 듣고는 정자로 가 예의 그 검 두 자루를 가져와 보여주었다.

과연 장검과 단검 모두 공격성은 전혀 없었다. 검날에 은색 칠을 해 차가운 섬광이 반짝이는 효과는 냈지만, 이 검으로는 사람을 죽이기는커녕 풀도 베지 못할 것 같았다.

"엥?" 주자진은 검을 손에 들어보고는 뭔가 이상하단 생각이 들어 손가락으로 검날을 튕겨보았다. '탁' 하고 둔탁한 소리가 났다. 두 검 모두 날카롭지 않을 뿐만 아니라 실제로는 나무로 만든 검이었다. 손잡이 부분은 금 상감에 각종 보석을 박아 장식했지만 검날은 확실히 나무였다.

공손 부인이 해명하듯 말했다. "제가 나이가 있다 보니 철검으로 춤을 추면 힘에 부치기도 하고, 먼 길을 떠나올 때는 불편해서요. 또한 항상 귀하신 분들 앞에서 춤을 추니 날카로운 검은 위험하여 좋지 않지요. 그래서 몇 해 전에 그럴싸한 모양새로 이렇게 목검을 만들었습니다."

주자연이 여전히 납득할 수 없다는 표정을 짓자, 주자진은 왕온을 잡아당기며 우습다는 듯이 말했다. "자자자, 왕온 형님, 저 대신 냄새 좀 맡아주세요. 이 검에서 피비린내가 나는지 말입니다."

왕온은 순간 실소를 금치 못했다. "나는 향 종류를 조금 알 뿐이지, 어찌 피 냄새를 맡아보라 하는가."

"아유, 어쨌든 코가 예민한 건 맞지 않습니까." 주자진은 목검을 왕온의 코 앞에 들이댔다.

왕온은 어쩔 수 없이 코를 대고 냄새를 맡아보고는 고개를 저었다. "피 냄새는 모르겠고, 흙냄새가 좀 나는 것 같군."

황재하도 검을 받아 들고서 살펴보았다. 단검 손잡이에 진흙이 약간 묻어 더러워져 있었다.

공손연도 그것을 보고는 미간을 찌푸리며 말했다. "중간에 무대가 바뀔 때 검을 바닥에 내려놓고서는 신경 쓰지 못했네요. 손잡이 금 상감이랑 보석이 긁히지나 않았는지 모르겠습니다."

황재하는 정자 바닥과 공손연의 깨끗한 옷자락을 흘끔 살피고는 아무 말 없이 목검을 공손연에게 돌려주었다.

"숭고, 어서 와봐. 상처 부위 좀 같이 봐줘." 연못 물을 다 빼려면 시간이 걸릴 것 같아 주자진은 일단 황재하를 시신 곁으로 불렀다. 그리고 상처 부위를 가리키며 말했다. "내가 좀 살펴봤는데 날이 얇고 너비는 1촌 정도 되는 짧은 비수로 찌른 것 같아. 상처 부위가 굉장히 깔끔한 걸 보니 아무래도 고수의 솜씨 같은데. 단번에 심장을 찔려서 소리 한 번 못 지르고 즉사했어."

황재하가 시신의 상처를 들여다보고 있을 때 왕온도 뒤쪽으로 다가왔다. "참으로 대담한 자입니다. 이렇게 많은 사람이 앞에서 춤을 관람하고 있고, 주 낭자도 가까이에 있었는데 그런 상황에서 손을 쓰다니 말입니다."

황재하가 고개를 끄덕이고는 다시 제등의 얼굴을 살펴보았다. 오른 뺨에 붉은 흔적이 미세하게 보였다. 등을 비추어 자세히 살펴보니 뭔가에 찍힌 자국인 듯한데 살짝 휘어진 모양이었다.

"손톱자국입니다." 황재하가 말했다.

주자진이 제등의 손을 뒤집어보았지만 그 손톱은 깎은 지 얼마 되지 않은 듯 짧았다.

"범인은 뒤쪽에서 덮쳤을 겁니다. 왼손으로 입과 코를 막고, 비수를 잡은 오른손으로 신속하게 심장을 찌른 것이죠. 그때 범인의 손톱이 얼굴을 눌러서 흔적을 남겼을 겁니다."

주자진은 순간 벌떡 일어나 외쳤다. "손톱을 조사해! 누구 손톱이 긴지 조사하라고!"

손톱이 가장 긴 사람은 주자연이었다. 그다음으로는 주자연의 시종 네 명이 길었고, 그다음으로는 은노의와 공손연이었다. 여인들 외에 손톱을 깎지 않은 남자 하인도 몇 명 있었다.

주자진은 곧바로 난색을 표했다. "그럼…… 내 동생을 심문해야 해?"

황재하는 바닥에 쪼그리고 앉더니 머리에 꽂은 은비녀 속에서 옥비녀를 뽑아 들었다. "그게 왜요?"

주자진은 황재하 옆에 같이 쪼그리고 앉아 거의 울 것처럼 말했다. "누가 감히 저 호랑이를 심문하겠어? 더 이상 이 세상을 살고 싶지 않은 사람이면 몰라도!"

"하지만 도련님 동생은 혐의가 꽤 크잖아요?" 황재하는 흙바닥 위에 모든 사람의 위치를 쭉 한 번 그려보았다. "당시 여동생분은 제일 뒤에 설치된 방 안에 있었어요. 제등 판관이 그 옆으로 와 앉았기 때문에 시종 네 명은 그 앞쪽에 있는 나무 아래로 자리를 피해주었고요……. 그러니까 만약 동생분이 사람을 죽이려 했다면, 두 사람을 제외한 모든 사람이 앞쪽에 있었으니 그 누구에게도 발각되지 않을 수 있었겠죠."

주자진은 고개를 끄덕였지만 이내 이의를 제기했다. "하지만 내 동생은 시집갈 수 있는 것만도 다행인 앤데, 그런 애가 자신의 지아비 될 사람을 죽였겠어?"

황재하는 고개를 돌려 주자진의 얼굴을 보았다. 비록 동생에 대해 신랄한 투로 말은 했지만 초조해 보이는 얼굴에 이미 식은땀이 흐르고 있었다.

황재하는 한숨을 내쉬었다. "누가 착한 오라버니 아니랄까 봐. 땀 좀 닦으세요."

그 말을 뱉자마자 황재하는 문득 자신에게도 이런 오라비가 있었다는 사실이 생각났다. 비록 말로는 늘 여자아이가 하루 종일 시체만

들여다보는 게 못마땅하다고 툴툴거렸지만, 황재하에게 무슨 일이 생기면 누구보다 먼저 달려 나와 소매를 걷어붙이고 고래고래 소리를 지르곤 했다. '누가 내 동생 괴롭혔어!'

황재하는 저도 모르게 마음이 울적해져서는 주자진을 그만 놀렸다. "걱정 마세요. 동생분은 범인이 아니에요."

주자진은 크게 기뻐하며 얼른 물었다. "어째서?"

"왜냐하면 당시 제등 판관은 동생분의 우측에 앉아 있었거든요." 황재하는 옆에 보이는 방을 가리켰다. 보통 여름에 모기와 파리를 막기 위해 세우는 가방(假房)은 대나무 침상을 둘러 얇은 휘장을 드리운 것으로, 여인의 모습을 가리는 용도로도 쓰였다. "정황상, 동생분이 휘장을 걷고 몸에 지녔던 비수를 꺼내 제등 판관의 심장을 찔렀을 수는 있어요. 하지만 시신의 뺨에서 발견한 손톱자국 덕분에 동생분의 혐의는 사라졌어요."

황재하는 주자진에게 휘장 안으로 들어가보라고 손짓했다. 그러고는 작은 대나무 침상 위에 앉아 오른쪽에 있는 제등의 시신 쪽으로 몸을 기울여 범행 자세를 취해보라고 했다.

주자진은 최대한 몸을 기울여보았지만 어찌해도 자세가 나오지 않았다.

"보세요. 침상에 앉아서 최대한 몸을 오른쪽으로 기울인 다음 왼손으로 제등 판관의 입과 코를 막고, 오른손으로 비수를 들게 되면 분명히 몸이……."

황재하의 말이 채 끝나기도 전에 철퍼덕 하는 소리가 들려왔다. 황재하의 말을 따라 동작을 취해보던 주자진이 균형을 잃고 대나무 침상 아래로 나동그라졌다.

"나동그라지게 되죠." 황재하는 방금 전에 미처 다 하지 못한 마지막 한마디를 내뱉었다.

주자진은 얼굴을 문지르며 몸을 일으켰다. "그래서 우리 동생은 혐의가 없다?"

"네. 현장에 있던 사람들 중 범행을 저질렀을 가능성이 지극히 낮은 사람이 몇 있어요." 황재하가 손에 쥔 비녀로 바닥에 그려놓은 방을 가리켜 보였다. "그중 한 사람이 동생분이에요. 동생분이 죽였다면, 방 밖으로 나와 제등 판관을 뒤에서 감싸 안고 죽이는 수밖에 없었을 텐데, 줄곧 동생분을 신경 쓰고 있었을 제등 판관이 그 움직임을 눈치채지 못했겠어요?"

"그리고 또 누가 있어?" 주자진이 황급히 물었다.

황재하의 비녀가 이번엔 정자 그림을 가리켰다. "공손 부인이에요. 부인은 내내 정자에서 춤을 췄고, 모든 이목이 부인에게 집중되어 있었으니 범행을 저지를 틈이 전혀 없었죠."

주자진은 고개를 끄덕이며 손가락을 들어 정자 앞에 그려진 커다란 등롱을 가리켰다. "그리고 불빛을 조절하고 꽃잎 같은 소품을 맡았던 은노의 부인도 내내 등롱 옆에 있었으니, 역시 움직이려 했다면 금세 사람들 눈에 띄었겠지."

"맞아요. 그래서 은 부인도 범행을 저지를 기회가 없었죠. 그 외에 가장 앞줄에 앉아 있던 기왕 전하와 도련님의 부친, 그리고 범 장군, 이 세 분에게는 시종 사람들의 신경이 쏠려 있었죠. 자리에서 일어나기만 해도 바로 눈에 띄었을 테니, 뒤로 가서 사람을 죽일 수 있는 상황은 더더욱 아니었어요." 황재하가 비녀를 움직여 그 세 사람을 지워버렸다. "그런데 그 뒤에 있던 도련님과 저, 그리고 장 형, 이렇게 세 사람은 범행 가능성이 좀 더 높아져요. 불이 희미해졌을 때, 꽃잎이 흩날리고 무대 위로 나비가 날아 모든 사람이 넋을 놓고 감탄했잖아요. 그때 몰래 뒤쪽으로 빠져나왔다가 다시 돌아갈 수도 있지 않았을까요? 운만 따라주면 시간이나 기회는 충분했을 겁니다. 동작이 빨랐다면 뒤에 있던 사람들의 눈을 속일 수도 있었을 거예요…….”

“그럼 왕온 형님이나 우선, 범원룡은 우리보다 더 혐의가 큰 거 아니야? 우리보다 더 뒤에 있던 사람들이니 확실히 성공 확률도 더 높았을 것 같은데.”

“그렇죠. 이번 범행은 뒷자리에 있던 사람일수록 혐의가 짙죠. 게다가 범 공자와 우 학정은 중간에 한 번 자리를 떴고, 그때 제일 뒷줄에는 왕 도위 한 사람만 남아 있었죠.” 황재하는 손에 쥐고 있던 옥비녀를 주자진의 옷소매에 슥 닦고는 다시 은비녀 안에 꽂아 넣었다. “그리고 정자 옆에 있던 악사들, 나무 아래에 서 있던 시종 네 명과 정자 근처에서 시중들던 하인 여섯 명까지. 아마도 오늘 밤 안에 도련님께서 심문하기에 딱 알맞은 인원일 거예요.”

하지만 주자진의 관심은 다른 데로 향했다. 주자진은 자신의 옷소매를 들어 여기저기 살펴보며 말했다. “왜 네 비녀를 내 옷에다 닦는 거야?”

“어차피 피가 묻어서 갈아입으셔야 하잖아요.”

“그렇긴 하네.” 주자진은 곧바로 겉옷을 벗어 바닥에 내던졌다.

시간은 이미 삼경이 되어 이서백과 범응석은 일단 먼저 돌아가기로 했다. 주상은 두 사람을 배웅하러 나가며 주자진에게 다시 한 번 철저하게 조사하라고 당부했다.

그때 갑자기 주자진이 뛰어와 이서백의 말고삐를 붙들었다. “전하, 숭고는 저를 도와주라고 여기 남겨두시면 안 될까요? 전하도 아시지 않습니까, 저는 숭고 없으면 안 돼요!”

이서백이 고개를 돌려 황재하를 보았다. 황재하는 이서백을 향해 살짝 고개를 끄덕여 보이고는 다시 주자진을 따라 들어갔다.

사군부 화원은 사실 규모가 그리 크지 않았다. 나루터라고 부르는 것도 그저 모양새만 그럴싸할 뿐이었다. 그 옆으로 난 계단을 내려가면 바로 연못에 닿았다. 연못은 이미 물을 다 퍼낸 상태였다. 연못 밑 바닥에도 청회색 돌이 깔려 있었는데 진흙과 마름, 노랑어리연꽃이 한데 뒤엉켜 있었다. 불쌍한 포졸들은 맨손으로 진흙을 퍼내며 흉기를 찾는 중이었다. 하지만 흉기는커녕 쇳조각 하나 나오지 않았다.

"설마 흉기가 너무 얇고 가느다래서 물을 빼낼 때 같이 떠내려간 건 아니겠지?" 주자진이 걱정스러운 듯 말했다.

황재하가 고개를 내저었다. "배수구는 구리로 된 망이 설치돼 있어서 1촌 너비의 흉기는 못 빠져나가요."

포졸들은 하는 수 없이 사군부 하인들을 불러 연못 바닥에 물을 한 통 한 통 붓도록 시켰다. 물로 진흙을 쓸어내면서 찾아보는 수밖에 없었다. 그렇게 한편에서는 흉기를 찾고, 한편에서는 황재하와 주자진이 수첩을 들고 현장에 있던 사람들을 심문하기 시작했다.

술에 취해 곤죽이 된 범원룡은 제등이 죽었다는 소식에 놀라 반쯤 깨어난 듯했지만 다시 잠에 빠져들 기세였다. 그래서 일단 범원룡을 먼저 심문하기로 했다.

범원룡은 주자진 맞은편에 앉아 머리를 쥐어뜯으면서 짐짓 괴로운 말투로 말했다. 얼마나 마셨는지 혀가 다 꼬였다. "우리 제등 형님이 어떻게 그리 참혹하게 갈 수가 있어! 내가 반드시 형님을 위해 복수할 거야! 주 포두, 반드시 범인을 잡아내게! 우리 사이의 우의를 생각해서라도 말이야……."

주자진은 속으로 생각했다. '내가 언제 너랑 우의를 쌓았어?'

원래 술에 취한 자들은 말이 많다. 군이 질문할 필요도 없이 알아서 혼자 본론으로 들어가 있는 말 없는 말 마구 떠들어댔다. "이 사건은 두말 할 것도 없어. 내가 확신하는데, 우선이 한 짓이야! 우선!"

멀지 않은 곳에 서 있던 우선은 뒷짐을 진 채 하늘에 드문드문 떠있는 별을 올려다보며 아무 말도 하지 않았다.

"왜 우선이냐고? 증거가 있거든! 당시 사람들이 성도부에 엄청난 미인이 왔다고 떠들어댔을 때 난 안 믿었거든⋯⋯. 그런데 그게 정말이었어⋯⋯. 뭐야? 왜 그런 표정들을 지어? 설마 우선 얘기라고 생각하는 거야? 에이, 퉤! 내가 말한 사람은 부신원이라고! 송화리의 부 낭자!" 범원룡은 침을 튀겨가며 주제와는 거리가 먼 얘기만 늘어놓았다. 하지만 주자진은 황재하의 기색을 한번 살피고는 어쩔 수 없이 묵묵히 기록했다.

범원룡이 부신원에게 푹 빠졌던 이야기는 전혀 언급하지 않자 황재하가 먼저 물었다. "듣기로 공자께서 부신원과 함께하신 적이 있다고요?"

"뭐⋯⋯ 그랬다고 치지. 그런데 나중에 알고 보니 딴 놈을 마음에 품어서 내가 얼마나 열불이 났던지⋯⋯." 범원룡은 두 손으로 무거운 머리를 받치고서 술내를 풀풀 풍겼다. "정말 선녀도 그런 선녀가 없었지. 여기 벽오동 거리를 한번 뒤져봐, 그런 미인이 또 있는지. 한번은 말이야 내가 몰래⋯⋯ 부 낭자 뒤를 따라갔거든. 대체 누구랑 놀아나는 건지 내 그놈을 잡아서 흠씬 두들겨 패주려고 했다고. 그런데 부 낭자가 어디로 갔는지 알아? 하하하⋯⋯ 청원이었어! 우선 패거리가 시사를 결성했더군! 부 낭자는 그냥 먼 곳에 서서 바라만 보고 있었어. 나도 그 시선을 따라가 봤는데, 나 참 재수 없어서, 그 눈빛이 우선한테만 고정되어 있더라고! 무리 중에서 그놈 혼자서 아주 번쩍번쩍 빛나던데. 그 옆에 무슨 전도유망한 판관이니, 풍류가 넘치는 진 륜운이니, 4대 재자(才子)니, 8대 시인이니, 웃기고 있네! 분통이 터져서 정말! 기녀들이 돈을 좋아한다고 누가 그래? 빌어먹을, 결국 여자들은 다 잘생긴 놈을 좋아하는 거였어⋯⋯."

주자진은 범원룡의 벌겋게 달아오른 코와 축 처진 눈을 보았다. 그리고 다시 시선을 돌려 우선의 단정하고 준수한 옆모습을 쳐다보았

다. '저 정도로 잘생기면 어쩔 수 없는 거 아니야? 네가 억울해할 건 아닌 것 같은데.'

범원룡의 말은 점점 두서를 잃고 뒤죽박죽이었다. "내가 그때 마음이 얼마나 아팠으면, 그 자리에서 다짐을 했지! 다시는 여자와는 상종을 않겠다고 말이야! 그래서 정말 야유원(夜游院)에 가서 남자 접대부를 찾았다니까! 에잇! 그런데 나중에는 결국 또 여자 품에 가 있더라고. 이건 너무 수치스러운 얘기니까 그만하지. 이제 본론으로 돌아가서……."

주자진은 눈알이 튀어나올 듯 눈을 휘둥그레 떴다. 절도사의 자제가 남자 접대부를 찾았다는 내용을 기록해야 할지 말아야 할지 고민하는데 황재하가 수첩을 흘끗 보며 말했다. "본 사건과 무관한 말은 적지 마세요."

주자진은 묵묵히 고개를 끄덕였다. 다시 황재하의 질문이 이어졌다. "그러면 우 공자가 제등 판관을 죽였다고 말씀하신 이유는 무엇입니까?"

"내 생각은 이래. 우선이 지금 신세가 별로 안 좋아졌는데 제등을 미워하지 않고 배겨? 우선은 원래 성도부에서 명망 높은 집안의 양아들이었다고. 그런데 제등이 갑자기 우리 아버지 눈에 들어 단번에 우선의 자리를 빼앗을지 누가 상상이나 했겠어? 그래서 부 낭자도 우선에게 실망하고 이번에는 온양에게로 마음이 넘어갔더라고. 그래놓고는 마지막엔 뭐가 그리 어려웠는지 둘이 같이 자살하고 말았지! 그러니 우선이 생각하기에 이 모든 일이 누구 때문이겠어? 제등 아니겠어……?"

아무런 논리도 없는 헛소리에 주자진은 어이가 없어 또다시 붓을 멈추고 고개를 돌려 황재하를 보았다.

황재하는 의자에 등을 기대며 다시 질문을 던졌다. "설령 정말 그렇다 해도, 우 공자는 제등 판관과 멀찍이 떨어져 있었는데 살해할 기회가 있었다고 생각하십니까?"

"있지! 무조건 있지!" 범원룡이 자신만만하게 말했다. "내가 그때 꽃잎을 보러 앞으로 나갔잖아. 그런데 그 여자…… 등롱 옆에 서 있던 그 여자 말이야, 자태가 어찌나 아름답던지 조금 가까워지려고 말을 걸었는데, 우선 그놈이 갑자기 나를 끌고 나갔잖아! 쳇! 그 여자가 부 낭자 자매니까, 그리고 그놈이 부 낭자한테 마음이 있었으니까 나를 그렇게 잡아끌고 나간 거 아니겠어?"

이번에는 황재하도 말을 받아주지 않았다. 하지만 범원룡은 잔뜩 흥분해서 멈추지 않고 계속 말을 이어갔다. "잘 들어봐. 중요한 건 지금부터야. 그놈이 그렇게 나를 끌고 가서는 관목 숲 옆에다 내동댕이쳤지! 갑자기 찬바람을 맞으니까 순간 머리가 어지럽더라고. 그래서 그 자리에서 아주 내장까지 게워낼 정도로 토를 했어. 그러고서 뒤를 돌아봤는데 우선이 없어진 거야. 생각해봐. 그놈이 어딜 갔을까? 그길로 곧바로 뒤쪽 방 옆에 앉아 있던 제등 형님한테 갔을지도 모르는 일이잖아. 어쨌든 날이 어두웠으니 칼을 꺼내서 이렇게 한 번에 푹……. 아이고 아이고, 우리 제등 형님. 어찌 이렇게 비참하게 돌아가십니까……."

황재하는 범원룡이 지금 술에 취한 건지 아니면 미친 척을 하는 건지 따지기도 귀찮아 다시 질문을 던져주었다. "구토를 다 하고 나서는요?"

"너무 어지러워서 다 토해낸 뒤에는 나무 옆에 쓰러졌지. 잠이 들었던 건지, 혼절을 했던 건지는 나도 잘 모르겠고, 깨어나 보니 이미 난간 옆에까지 끌려가 거기 앉아 있더라고. 그리고 누가 나한테 해장탕을 주면서 제등 형님이 죽었다고 말해줬지! 그 말을 듣고 그냥 멍해졌어……."

"그렇다면 언제 옷에 혈흔이 묻었는지도 모르시는 거네요?"

"내가 어찌 알겠어? 나는 완전히 인사불성이었는데. 어쨌건 우선이 한 짓이라고!" 범원룡이 두 사람 가까이 몸을 숙였다. 그러고는 마치 뭔가 알고 있다는 얼굴로 눈을 굴리며 우선 쪽을 쳐다보았다. "저놈이 내가 혼미해진 틈을 타서 제등 형님을 죽인 거야! 그러고는 나한테 뒤집어씌우려고 칼에 묻은 피를 내 옷에 닦은 다음에 흉기를 버리고 진실을 은폐했다고! 어서 빨리 저놈을 잡아! 내 말이 틀림없다니까!"

황재하가 덤덤한 투로 말했다. "공자께서 예전부터 우 공자를 안좋게 생각하시는 건 압니다. 사촌 동생분이 법을 어겨 유배를 간 일이 우 공자와 무관하지 않았으니까요. 하지만 오늘 이 사건은 아직 진상이 밝혀지지도 않았는데 우 공자를 범인이라 몰아세우는 건 부적절한 처사 아니겠는지요?"

범원룡은 자신과 우선 사이의 원한에 대해 황재하가 정확히 알고 있다는 사실에 놀라 한참을 멍하니 입만 벌리고 있었다. 그러고는 한참 뒤에야 극구 부인하며 말했다. "지금 내가 중상모략이라도 한다는 말이야 뭐야? 절대로 그런 거 아니라고! 우리 아버지가 우선을 참모로 데려오려고까지 하는데 내가 우선한테 무슨 악감정이 있다고 그래!"

황재하는 더 이상 사건과 무관한 일로 범원룡과 얽히고 싶지 않아 손을 들어 우선에게 가까이 오라 손짓했다. 범원룡은 씩씩거리며 일어나 자리를 떠났다.

우선은 범원룡이 앉았던 자리에 앉으려 하지 않고 다른 의자를 하나 더 끌고 와서 앉았다.

주자진은 계속 기록하면서 질문했다. "사건이 발생했을 때, 어디 계셨습니까?"

우선은 고개를 낮게 숙여 탁자의 나무 무늬에 시선을 고정한 채 차분하게 대답했다. "원래는 뒤쪽에 앉아 있다가 범 공자가 술에 취해 다른 사람을 괴롭히는 걸 보고 범 공자를 끌고 관목 숲 쪽으로 갔습니다."

"그러고는요? 계속 그 옆에 머물렀나요, 아니면 바로 범원룡을 두고 떠났나요?"

우선은 여전히 고개를 숙인 채 차분한 음성으로 말했다. "바로 떠났습니다. 술에 취해 구토를 하는데 냄새가 너무 고약한 데다가 제 옷에도 튈 뻔했거든요. 그래서 다시 자리로 돌아가 공손 부인의 검무를 관람했습니다."

"증거는요?" 주자진이 다시 물었다.

우선은 곰곰이 생각하더니 입을 열었다. "제일 뒤에 있었기 때문에 저를 본 사람은 없을 듯하니, 증인이라면 없습니다."

주자진이 또 물었다. "그럼 다른 증거는 있다는 말입니까?"

우선은 아무 말 없이 일어나더니 몸을 움직여 어떤 동작을 취해 보였다. 회전하고, 도약하고, 몸을 말고, 허리를 굽히는 일련의 동작들은 비록 서로 조화롭지 못하고 정확하지도 않았지만 한눈에 알아볼 수 있었다. 공손 부인이 후반부에 추었던 춤이었다.

바닥에 쓰러지는 듯한 마무리 동작까지 했을 때 옆에서 가벼운 박수 소리가 들려왔다. 공손연이 박수를 치며 감탄했다. "우 공자는 정말 기억력이 대단하십니다. 아원이 만들어준 뒤 이번에 딱 한 번 사람들 앞에서 추었는데, 우 공자께서는 단 한 번 보고 거의 모든 춤사위를 외우셨군요."

우선이 몸을 일으켜 옷의 먼지를 떨어내고는 황재하를 응시하며 말했다. "제가 사람을 죽였다면 공손 부인의 빼어난 춤사위를 볼 겨를은 없었겠지요."

　이로써 일단 우선의 혐의도 벗겨졌다. 한쪽에 쭈그리고 앉아 우선이 체포되기만을 기다리던 범원룡도 달리 할 말이 없었다.

15장

다시 찾을 곳 없어라

이번에는 공손연과 은노의가 나란히 의자에 앉았다. 은노의의 얼굴에 긴장과 슬픔의 기색이 역력했다.

공손연이 은노의의 손을 가볍게 토닥이며 말했다. "걱정 마. 주 포두와 양 공공께서 조금의 실수도 없이 정확하게 판단하실 테니까." 그리고 얼굴에 가까스로 웃음을 지으며 주자진을 보았다. "저희에게 어떤 혐의가 있는지요?"

주자진이 재빨리 대답했다. "그게, 저와 양 공공도 논의해보았는데, 사실 두 분은 범행을 저질렀을 가능성이 가장 낮아 보였습니다. 두 분은 줄곧 정자 안에서 사람들 눈앞에 있었는데 어떻게 범행을 저질렀겠습니까?"

황재하가 고개를 끄덕이며 말했다. "다만 두 분께 묻고 싶은 것들이 좀 있습니다. 두 분은 제등 판관과 왕래가 있었는지요?"

공손연과 은노의 둘 다 고개를 내저었다.

공손연이 대답했다. "예전에 성도를 몇 번 와본 적은 있지만 다 공연에 초청되어 왔을 뿐입니다. 그마저도 가장 최근이라고 해봐야 저는 5년 전이고, 노의는 7년 전인데 그때도 용주까지만 갔을 뿐, 성도부에는 올 기회가 없었습니다. 판관 나리와는 안면도 없는데 어찌 왕래가 있었겠습니까?"

"그 부분은 저희가 사람을 보내 조사할 테니 두 분은 염려 마십시오. 절대 무고한 사람을 끌어들이는 일은 없을 것입니다."

"감사합니다. 주 포두, 양 공공." 공손연이 이어 두 사람을 간절히 바라보며 물었다. "저희 아원의 사건은 조금 진전이 있을까요?"

주자진이 난처한 듯이 말했다. "조사하고 있습니다……. 어느 정도 진전은 있으니 조금만 더 기다려주십시오."

공손연도 그 이상은 묻지 않고 은노의와 함께 두 사람을 향해 예를 갖추고 자리를 떠났다.

주자진의 여동생 주자연은 달걀형 얼굴이 아름다웠다. 주자진처럼 얼굴과 몸매는 자그마하고 맵시 있었으나 주자진보다 백배는 더 기가 셌다.

"오라버니, 정혼자가 이렇게 죽어버렸으니 앞으로 성도에서 내가 얼마나 웃음거리가 되겠어요?" 주자연이 책상을 치며 분노했다.

주자진은 괴로운 얼굴로 말했다. "자연아, 어쨌든 처음도 아니잖니……. 전에 장안에서도 웃음거리가 됐었잖아……?"

"그래요, 심지어 두 번째예요. 내 평생 이제 시집은 다 갔다고요. 됐어요, 차라리 장안으로 돌아가서 내가 마음에 둔 사람이나 만나야겠어요!"

주자진은 애원하는 표정으로 여동생을 바라보며 제발 최소한의 체면만은 지켜주기를 바랐다. "지금은 관아에서 공적인 업무로 대화하는 자리야. 제발 좀 단정히 앉아 있어."

주자연은 오라비의 말은 신경도 쓰지 않고 여전히 의자에 삐딱하

328

게 앉아 주자진을 무시하며 말했다. "내가 진작부터 알았지만, 역시 오라버니는 너무 어설퍼요. 이 사건의 진상을 파헤칠 묘안을 하나 가르쳐줄 테니 잘 들어요. 모든 어려운 문제가 단칼에 해결될 테니!"

주자진은 진지하게 얼굴을 내밀며 작은 소리로 물었다. "무슨 묘안?"

황재하는 남매의 대화에 끼어들지 않고 고개를 숙인 채 앞서 기록한 내용을 보는 척했다.

"밖에다가 황재하가 결백하다고 방을 붙이는 거예요. 그래서 황재하가 빨리 돌아오게 만드는 거죠. 주 포두 나리를 위시하여 아무 짝에도 쓸모없는 관아 사람들은 그저 황재하가 돌아와 살려주기만 기다리면 될 거예요!"

주자진의 입꼬리가 슬그머니 올라갔다. "정말 그래도 될까?"

주자진이 진심으로 그 말에 관심을 보이자 황재하가 옆에서 헛기침을 하며 눈치를 주었다.

그제야 정신이 돌아온 주자진은 주자연의 어깨를 탁 쳤다. "똑바로 앉아! 관아에서 심문 중이야!"

황재하는 결국 주자진을 믿지 못해 직접 기록하며 물었다. "사건 발생 당시, 아가씨는 어디에 계셨나요?"

주자연의 표정이 금세 어두워졌다. "저는 줄곧 방 안에만 있고, 밖으론 한 발짝도 안 나왔어요……. 정말이에요. 오늘 밤은 분명 악몽을 꿀 거예요. 그 사람이 언제 죽었는지, 내가 얼마나 오랫동안 시체와 앉아 있었던 건지도 모르겠어요!"

"제등 판관은 아가씨 바로 곁에 있었는데, 뭔가 눈에 띄는 점은 없었습니까?"

"없었어요. 제 옆에서 계속 공손 부인의 검무에 대해 이야기하고 두보의 시까지 읊더라고요. '옛날에 공손 씨라 하는 가인이 있어, 그녀의 검무 한 번에 사방이 진동했네' 하는 그 시였어요. 그 시 한번 읊어보지 않은 사람이 어디 있어요? 그래서 저도 그 시는 아니 검무 감상하는 데 방해 말고 조용히 좀 해달라고 했죠. 그랬더니 조금 민망해하면서 그 뒤로는 아무 말 없더라고요. 제가 면박을 줘서 가만히 있는 줄 알았지, 죽어 있었을 줄이야!"

황재하는 세상 물정 모르는 이 아가씨를 보며 말문이 막혔지만 그래도 심문을 이어갔다. "그러면 춤을 관람하는 동안 주변에 다른 인기척은 없었나요?"

"인기척이라⋯⋯." 주자연이 입을 삐죽 내밀며 곰곰이 생각해보더니 말했다. "아, 그리고 보니 중간에 무대에서 꽃잎을 날릴 때였던 것 같아요. 그때 막 소란스러워졌을 때 누가 사람 하나를 관목 숲 쪽으로 끌고 가는 걸 봤어요. 조금 있다가 바람에 역겨운 냄새가 실려와서 급히 코를 막은 기억이 나네요. 아마도 그때 제등 판관이 '으윽' 하는 소리를 냈던 것 같아요⋯⋯."

"그때가 확실해?" 주자진이 흥분하며 물었다.

"그런 것 같아요. 왜냐면 나는 방 안에 있는데도 그 정도였는데, 밖에 있던 사람은 분명히 그 냄새 때문에 죽고 싶었을 테니까요."

"그때 제등 쪽을 쳐다보진 않았고?"

"냄새가 얼마나 역겹던지 급히 코를 막느라고 그럴 겨를도 없었어요! 게다가 그때 등불이 다 꺼지고 정자 앞에만 몇 개 켜져 있었잖아요. 내가 있는 쪽은 엄청 어두웠어요. 심지어 나는 휘장이 드리운 방에 있었으니 바깥을 보려고 했어도 안 보였을 거예요!" 주자연은 부채 끝을 턱에 대고서 눈썹을 찡그리며 생각에 잠겼다가 말을 이었다. "그런데 확실히 그때 이후로 그 사람 인기척이 느껴지지 않은 것 같네요. 그때 죽었나 봐요."

"확실히 아무런 인기척이 없었어?"

주자연은 확신에 차서 말했다. "없었어요. 어쨌든 나는 전혀 못 느겼어요.”

“알았어. 일단 들어가서 좀 쉬어……. 확실히 그때 죽은 것 같네.”

주자연이 일어나 몇 걸음 걸어가다가 다시 주자진을 돌아보았다. “오라버니, 방법이 전혀 없는 건 아니에요.”

“응?” 주자진이 고개를 들어 누이를 보았다.

“가서 황재하나 찾아오세요. 오라버니의 그 어설픈 실력으로 사건 해결이라니, 어림도 없어요.”

주자진은 순간 뭐라 반박할 말을 잃고 멍한 표정으로 고개를 돌려 황재하를 바라보았다. 두 눈에 눈물이 그렁그렁했다. “숭고! 제발 나 좀 도와줘!”

“알았어요.” 황재하는 무표정으로 기록 내용을 들춰 보며 말했다. “반드시 이 사건을 해결해서, 동생 앞에서 어깨 쫙 펴도록 해드릴게요.”

왕온은 여전히 말쑥하고 멋진 풍모였으나 안색이 살짝 창백하고 수척해 보였다. 하지만 등불이 비추자 따뜻한 온기에 싸이며 사람 전체가 옥처럼 빛났다.

두 사람 앞에 앉은 왕온이 담담한 미소로 말했다. “이렇게 늦은 시간까지 사건 조사를 하다니, 참으로 고생이 많군.”

주자진이 눈썹을 찌푸리며 울상을 하고서 말했다. “그러게 말입니다. 절도부 판관이 죽었으니, 사안이 사안인지라 빨리 해결해야겠죠.”

“나는 그때 줄곧 자리에 앉아서 검무를 관람했네. 하필 우 학정과 범 공자가 중간에 자리를 비워 그때는 바로 옆에 아무도 없었지만, 부장수와 참사도 몇 명 배석했으니 아마 그 사람들 모두 내가 자리를 비운 적이 없다는 사실을 증언해줄 수 있을 거네.” 왕온의 표정은 가벼웠다. 제등의 죽음도 그리 마음에 두지 않는 것 같았다.

주자진은 고개를 끄덕였다. “저야 물론 왕 형 말씀을 전적으로 믿지요. 다만 당시 현장에 있던 사람들은 모두 무대 쪽을 주목하고 있었고 무대 아래는 전부 어두컴컴한 상태였어요. 왕 형은 가장 좌측에 앉아 있었는데, 당시 그 뒤에는 아무도 없었고 바로 우측에 앉아 있던 우선과 범 공자도 자리를 비웠지요. 그러니 왕 형이 일어나 자리를 비웠는지 아닌지, 세 자리나 떨어진 곳에서는 미처 보지 못했을 것도 같고요……."

왕온이 쓴웃음을 지으며 말했다. "그건 사실 따지기 어렵지 않나. 모든 사람이 다 앞을 보고 있었을 텐데, 춤을 감상하다 말고 내가 있는지 없는지 왼쪽으로 고개를 돌려 확인할 사람은 또 어디 있었겠는가?"

주자진이 왕온을 안심시켰다. "괜찮아요. 어쨌든 왕 형은 제등 판관과 갈등이 있던 사이도 아닌데요, 뭐. 상식적으로 봤을 때, 왕 형에게는 범행 동기가 없어요."

왕온은 원래 이 사건에 마음을 쓰지 않던지라, 마치 가벼운 잡담을 하듯 편하게 말했다. "그래 지금 이 사건을 어떻게 보고 있나?"

주자진이 괴로운 목소리로 말했다. "지금까지는 범행을 저지를 기회가 있었던 사람이 딱히 없어요. 그래서 이제 범행 동기로 사건의 가닥을 잡아봐야 할 것 같아요."

"그렇군. 판관을 죽일 만한 동기가 있는 사람을 싹 잡아들여서 물어보면 되겠어." 왕온은 이번에는 황재하를 향해 눈웃음을 지었다. "그렇다면 제가 가장 먼저 용의를 벗어나겠군요. 장안에서 이곳으로 온 지 얼마 되지도 않았고, 그 판관과 얽힌 일도 전혀 없으니 말입니다."

황재하가 담담한 투로 물었다. "왕 도위께서는 성도부엔 어쩐 일로 오셨습니까?"

"어림군에서 도위 몇 명을 등용하려 하는데 그중 성도 사람도 서너

명 있어서 집안 배경을 좀 조사해보려 왔습니다. 원래 제가 할 일은 아닌데 자진도 공공도 다 성도로 떠나고 혼자 장안에서 무료하던 차에 손이나 보탤까 하고 온 것이지요." 그렇게 말하는 왕온의 말투며 얼굴에 띄운 미소까지, 모든 것이 자연스러웠다.

주자진은 왕온의 말에 감동 받아 책상을 탁 치며 말했다. "왕 형, 최대한 오래 머물다 가셔야 합니다! 서둘러 이 사건을 마무리하고 다같이 한 보름 정도는 그 유명한 촉의 산수를 제대로 느껴보자고요!"

황재하는 가만히 고개를 숙여 차를 한 모금 마시고는 말했다. "협조해주셔서 감사합니다. 시간이 많이 늦어 저희는 이만 다른 분들 이야기도 들어봐야겠습니다."

서천군 장수들은 서로의 무혐의를 증언해주었다. 그때 다들 한자리에 모여 있었으며, 어느 누구도 혼자 자리를 비운 사람은 없었다고 딱 잘라 말했다.

"그리고 저희는 무인이고 판관 나리는 문인이지 않습니까. 평소에 왕래가 좀 있었다 한들 그저 형식적인 인사에 불과했고, 서로 간에 이익 관계도 없었습니다. 막말로 판관을 죽인다 해도 그 자리에 대신 올라갈 것도 아닌데, 무슨 동기로 죽인단 말입니까?"

성도부 참관들도 서로서로 증인이 되어주었을뿐더러, 제등과는 하등 관계가 없다고 봐도 무방할 정도여서, 역시나 혐의를 찾을 수 없었다.

악사들은 정자 한쪽 편에 자리를 잡고서 은노의의 지휘에 따라 악기를 연주했다. 비록 중간에 피리만 연주하는 부분도 있었지만 모두 제자리에 앉아 대기하며 한 사람도 자리를 비우지 않았다. 주자연의 시종을 포함하여 모든 하인과 시종은 정자의 또 다른 한쪽에 서 있었다. 10여 명이 바짝 붙어 서 있는 상황이었던지라 누군가가 자리를 이

동했다면 다른 사람이 모를 리 없었다.

증언에만 기대서는 아무것도 찾을 수 없는 상황이었다. 하지만 중요한 단서가 될 증거물 또한 나오지 않았다. 쓰레기까지 살살이 뒤졌건만 흉기 같은 것은 없었다.

황재하는 묵묵히 제등의 시체를 다시 한 번 자세히 살폈다.

아직 남아 있던 범원룡이 어슬렁거리며 다가왔다. 이번에는 술이 좀 깬 듯했다. "양 공공, 내 말 좀 들어봐요. 우선이 범인이라니까! 저놈은 잘생긴 낯짝 하나 믿고 사군의 영애를 노린 놈이라고! 첨에는 황 사군의 딸을 꾀어내더니 이번엔 주 사군의 딸을 목표로 삼은 거야. 그런데 주 사군께서 딸을 제등에게 시집보내려 하니 화가 치밀어 간덩이까지 부은 게지. 일단 시작했으면 끝을 봐야 하는 법이고, 도량이 좁으면 군자가 아니며, 배짱이 없으면 대장부가 아니지! 이보게, 우선. 그렇게 사군부 딸만 노리더니, 이젠 그것도 끝이군!"

우선은 차가운 눈빛으로 범원룡을 노려보았으나 아무 말도 하지 않고 그저 고개를 들어 하늘만 보았다. 그 차갑고 거만한 표정에 범원룡이 펄쩍 뛰었다. 곁에 있던 사람들이 재빨리 붙들지 않았으면 우선에게 달려들어 주먹을 날렸을 것이다. 밤이 깊도록 이 소란은 끝날 줄 모르고 주자진은 황재하 뒤에서 속수무책으로 서 있을 뿐이었다.

"너무 까다로운 사건이야! 범인이 우리 중에 있는 게 뻔한데, 범행을 저지를 기회가 있었던 사람이 없어. 심지어는 모든 사람이 다 서로의 시선에 노출되어 있었는데도 자리에서 벗어났던 사람이 누군지 모른다는 거야. 흉기도 나오지 않고 말이야!"

"네, 정말 이상하네요⋯⋯."

뒤에서 누군가가 황재하에게 차를 한 잔 건네주었다. "일단 차 한 잔 드시면서 천천히 생각해보시지요. 양 공공의 총명함과 지혜라면 며칠 걸리지 않아 사건의 진상이 드러날 거라 믿습니다."

황재하가 몸을 돌려 차를 받아 들었다. 왕온이 부드러운 미소를 띤 얼굴로 황재하 뒤에 서 있었다. 여전히 제등의 죽음이나 주변의 소란에 전혀 영향을 받지 않은 모습이었다.

황재하가 잠시 머뭇거리자 왕온은 주자진에게도 차를 한 잔 따라 주며 물었다. "자진, 그렇지 않은가? 양 공공이 나섰으니 천하에 어느 누가 빠져나갈 수 있겠는가?"

"황재하였다면…… 이 사건을 어떻게 해결할지 궁금하네요." 주자진은 찻잔을 들고 잠시 생각에 잠겼다.

왕온이 웃으며 말했다. "황재하도 사건에 대한 관점이나 수사 방식이 양 공공과 다르지 않을 거라고 믿네. 분명 한 치의 오차도 없이 똑같을 것이야."

황재하는 당황해 왕온을 슬쩍 한 번 쳐다보고는 다시 고개를 숙여 차를 마시며 표정을 숨겼다. "어찌 아직 안 돌아가셨습니까?"

"사건이 오리무중이니, 돌아가도 잠이 들 것 같지가 않아서요." 왕온이 난간 위에 걸터앉으며 황재하를 향해 빙그레 웃어 보였다.

황재하는 왕온은 내버려두고 주자진에게 말했다. "저희는 일단 가서 좀 쉬도록 하지요. 아무래도 오늘 밤에는 별다른 진전이 없을 것 같습니다."

"돌아가시려고요?" 왕온이 태연하게 몸을 일으키더니 옷의 먼지를 떨어내며 말했다. "저도 마침 돌아가려던 참이니 같이 가시지요."

황재하는 아무 말 없이 왕온을 쳐다보았다. 조금도 거리끼지 않고 부드러운 표정으로 그렇게 말하니 차마 거절하기도 어려워 하는 수 없이 함께 사군부를 나왔다.

나푸사의 상처가 아직 완전히 치료되지 않아 황재하는 최대한 조심해 말을 몰았다.

왕온의 말도 천천히 걸었다. 두 사람은 속도를 맞춰 나란히 말을 타고 거리를 지났다. 말발굽 소리가 조용한 성도 거리에 또각또각 울려 퍼졌다.

하늘엔 달도 뜨지 않고 거리는 쥐 죽은 듯 고요했다. 왕온이 고개를 돌려 황재하를 보았다. 날이 어두워 살짝 숙인 얼굴은 또렷이 보이지 않았지만, 그 눈빛만은 어둠 속에서도 물결처럼 빛났다. 왕온은 그제 야 황재하가 자신을 보고 있다는 것을 알아챘다.

황재하는 어둠에 파묻힌 왕온의 얼굴을 가만히 보았다. 순간 기억 속 어떤 장면이 맹렬하게 눈앞을 스치며 불안과 공포가 황재하를 엄 습했다.

황재하는 잠시 머뭇거리다가 갑자기 "아휴!" 하고 외쳤다.

"왜 그러시오?" 왕온이 말을 가까이 붙여오며 다정하게 물었다.

황재하는 말에서 내려 나푸사의 상처 부위를 살피며 말했다. "나푸 사의 상처가 아직 다 낫지 않았나 봅니다. 얼마 몰지도 않았는데 몸을 떠네요. 아무래도 쉬게 해줘야 할 듯합니다."

"그럼 다시 사군부로 돌아가 말을 바꾸시겠소?"

황재하가 고개를 내저었다. "이미 한참을 와서, 곧 절도부에 도착할 텐데요."

왕온은 말을 끌고 걷는 황재하를 보며 장안에서의 밤을 떠올렸다. 거리를 걷는 황재하 옆을 자신은 말을 타고 함께 지났었다. 왕온은 저 도 모르게 미소 지으며 황재하를 향해 몸을 기울여 손을 내밀었다. 그 러고는 농담하듯 말했다. "아니면…… 함께 타겠소?"

황재하가 눈을 들어 왕온을 보더니 잠자코 그 손을 잡고 훌쩍 몸을 날려 왕온 뒤로 올라탔다. 오히려 왕온이 당황해 의외라는 표정으로 황재하를 돌아보았다. 아래로 드리운 속눈썹이 미세하게 떨리는 것만 보일 뿐, 황재하의 표정은 어둠에 가려져 보이지 않고 목소리가 들려 왔다. "최근 예상치 못한 사고들 때문에 몸이 좀 지친 듯합니다."

"그럼…… 내가 모셔다드리겠소."

황재하에게서 대답은 들려오지 않았으나 왕온은 황재하가 고개를 끄덕이는 것을 느꼈다. 이내 황재하의 손이 왕온의 허리를 가볍게 감싸 안았다.

'이 깊은 밤에 꿈을 꾸고 있는 것인가.' 오랜 세월 멀리서 바라만 봐온 여인이 뒤에 앉아 자신을 부드럽게 감싸 안고, 자신은 그 여인을 처소로 데려다주는 길이었다. 이 상황이 도무지 현실 같지 않아 왕온은 꿈을 꾸고 있는 것인가 생각했다. 하지만 허리춤에 닿은 황재하의 손은 분명히 현실이었다. 얇은 여름옷 하나만을 사이에 두고 황재하의 온기가 고스란히 왕온에게 전달되었고, 가벼운 숨결이 왕온의 머리카락을 살짝 나부껴 목을 간질였다.

그렇게 왕온이 넋을 잃은 사이, 갑자기 황재하가 왼쪽으로 몸을 살짝 기울이더니 무방비 상태인 왕온의 옆구리를 손으로 꾹 눌렀다. 왕온에게서 나지막이 신음 소리가 터져 나왔다. 상당히 억누른 비명이긴 했지만 황재하의 귀에는 충분히 들렸다.

황재하의 목소리가 차갑게 변했다. "상처를 입으셨군요? 왼쪽 옆구리에?"

왕온은 이를 악물고는 낮은 소리로 말했다. "요 며칠 서천군을 따라 산에 들어가 기왕 전하의 종적을 수색하다가 산을 헤매던 자객에게 공격을 당했소. 그때 입은 상처요."

"그러셨군요……." 황재하는 고개를 끄덕이며 이번에는 발을 앞으로 차올려 왕온의 다리에 난 또 다른 상처 부위를 건드렸다. 그 순간 극심한 고통을 참지 못한 왕온이 온몸을 떨며 나지막이 신음을 뱉어 냈다.

고통을 참느라 왕온의 몸이 앞으로 살짝 숙여진 틈에 황재하는 왕온의 허리를 둘렀던 손을 풀고 재빨리 말에서 뛰어내려, 다시 나푸사위에 올라탄 뒤 왕온에게서 멀찍이 떨어졌다.

두 사람은 길 하나를 사이에 두고 마주 섰다. 길모퉁이에 달린 등롱이 둘의 몸 위로 따뜻한 주황빛을 드리웠지만, 불어오는 밤바람 속에서 왕온과 마주 선 황재하는 온몸에 한기를 느꼈다.

왕온은 티 나지 않게 이를 악물며 태연자약한 얼굴로 어색한 미소를 지었다. "왜 그러시오?"

황재하가 매섭게 왕온을 노려보았다. 한기를 품은 밤바람이 둘을 스쳤다.

황재하의 목소리는 낮게 가라앉았지만 한 자 한 자 또렷하게 들려왔다. "당신이었군요……."

황재하를 마주 보고 있던 왕온의 얼굴에서 미소가 조금씩 옅어지기 시작했다. "그렇소, 나요."

황재하는 그 어두운 밤 산속에서 있었던 일들을 떠올렸다. 자신과 이서백의 친밀한 모습을 바라보던 그 복잡한 눈빛, 생선을 받아먹으며 왜 자신에게 잘해주느냐고 묻던 그 표정, 이렇게 예쁘게 생긴 여인이 왜 환관으로 변장하고 있느냐고 묻던 그 목소리…….

마음이 몹시 어지러웠다. 성도부 거리에 불어오는 여름 밤바람이 요란한 소리를 내며 두 사람 사이를 스쳐갔다. 왕온은 길 저편에서 황재하를 바라보았다. 늘 부드러웠던 그 얼굴에서 미소가 걷혔다. 황재하는 자신을 응시하는 왕온의 깊고 어두운 눈빛이 그대로 심장을 뚫고 들어오는 기분이었다.

황재하가 아랫입술을 깨물며 물었다. "왜죠? 도대체 누구의 명령을 받고 우리를 죽이려는 거죠? 왜 그런 임무를 받아들인 건가요?"

왕온이 말을 몰아 서서히 다가왔다. 차가운 밤바람에 옮기라도 한 듯 그의 목소리도 얼음장처럼 차가웠다. "당신의 그 말로는 멀리 도망가지도 못할 테니 순순히 내 말 들으시오."

황재하는 말을 한 걸음 뒤로 물리며 경계하는 눈빛으로 왕온을 보았다. "한 가지 더 묻고 싶습니다."

"말해보시오." 왕온은 차가운 얼굴로 말을 멈춰 세웠다. 황재하와의 거리는 이미 꽤 가까웠다.

"산 속에서 기왕 전하는 이미 당신의 신분을 알았지만 그것을 숨겨주셨고, 당신도 결국 우리가 떠날 수 있게 두었어요. 그런데 왜 다시 객잔에 있는 우리를 죽이려 한 거죠? 이미 신분이 들통난 상황에서 다시 암살을 시도하는 게 현명한 방법이라 생각했나요?"

왕온이 차갑게 웃으며 물었다. "그대 생각에는?"

"두 번째 암살을 계획한 사람은 당신이 아니었죠. 어쩌면 처음부터 두 개의 세력이 있었는지도 모르고요." 황재하의 차가운 눈빛은 왕온의 모든 것을 꿰뚫는 듯도 했고, 왕온을 가엾이 여기는 듯도 했다. "당신 뒤에 있는 사람은 기왕 전하가 이미 당신의 신분을 눈치챘음을 알고도 다음 암살을 계획했어요. 성공하면 좋겠지만 성공하지 못하더라도 당신을 희생양으로 삼으면 되니까요. 그 배후 세력은 성패와 상관없이 앉아서 이익을 취하는 거겠죠……."

"그렇게 이간질까지 할 필요는 없소." 왕온이 황재하의 말을 끊으며 냉정하게 말했다. "그때는 부상을 당했기 때문에 잠시 관여하지 않았을 뿐이오. 다른 사람이 어떻게 하든 그것은 나와 무관하오."

"전하께서는 그때 산에서 당신의 목숨을 한 번 살려주시지 않았습니까. 당신도 어차피 명령에 따라 행동한 것이니 배후 인물을 밝혀준다면 당신의 죄를 더 이상 추궁하진 않으실 겁니다……."

"더 이상 시간 끌지 마시오!" 왕온은 곧장 황재하를 향해 말을 몰았다. "황재하, 다시는 당신을 그 사람 곁으로 보내지 않을 것이오! 당신을 망가뜨릴지언정, 절대로 당신이 다른 사람 곁에서 만족하며 사는 모습을 보지는 않을 거란 말이오!"

황재하는 몸을 돌려 왔던 길을 되돌아 질주했다.

왕온은 여전히 멀지 않은 거리에서 바싹 추격해왔다. 나푸사는 만리도 단숨에 내달리는 명마였지만 큰 부상에서 이제 막 회복된 터라 원래처럼 빨리 달리지 못했고, 왕온의 말은 나푸사만큼은 아니었지만 역시 뛰어난 천리마였다. 왕온이 금세 황재하를 따라잡아 앞을 가로막고 섰다.

황재하는 말머리를 돌려 다시 뒤쪽으로 내달렸다.

왕온 역시 다시 황재하의 뒤를 쫓았다. 그 순간, 갑자기 말안장이 비뚤어지면서 왕온이 말에서 떨어졌다. 워낙 민첩한 왕온인지라 가볍게 바닥을 굴렀을 뿐 큰 부상은 없었지만, 원래 입었던 상처 부위가 바닥에 부딪혀 다시 찢어지는 바람에 옷에 혈흔이 붉게 배어 나왔다.

왕온의 시선이 자신의 말에게 향했다. 안장이 말끔하게 잘려 있었다. 왕온은 그제야 황재하가 말에 탈 때 이미 손을 써뒀다는 사실을 깨달았다. 왕온이 몸을 일으키기도 전에 황재하가 말에서 내려 어장검으로 왕온의 목을 겨누었다. 검은 원래 연회 시작 전에 나푸사의 몸에 놓아두었으나, 조금 전에 나푸사의 상태를 살펴보는 척하며 꺼내어 소맷자락 안에 숨겼던 것이다.

왕온은 무기력하게 바닥에 엎어진 채 가슴 쪽에 심한 통증을 느끼며 황재하를 올려다보았다. 지난 번 산에서 그랬던 것처럼, 아무도 없는 고요한 길에서 왕온은 다시 한 번 황재하의 연기에 제압당하고 말았다.

"황재하…… 난 역시 그대의 적수가 못 되는군요." 왕온은 분하지만 자포자기하는 심정이 되었다.

황재하는 실수로 왕온의 피부를 베어버리는 일이 없도록 어장검을 살짝 옆으로 비켰다. "그날 산에서는 우리도 수세에 몰린 상황이었기에 그냥 풀어드렸지만, 지금 또 이렇게 제 손에 떨어지게 되셨으니 차라리 솔직하게 말씀하시는 게 어떻겠습니까. 대체 그 배후 인물은 누 굽니까?"

"배후 같은 건 없소. 난 그저 내 마음의 소리에 복명할 뿐이오."

칼날처럼 날카롭고 차가운 눈빛이 황재하를 향했다. 늘 왕온에게서 느껴지던 따뜻한 봄바람 같은 기운은 자취를 감추고, 한겨울 칼바람 같은 매서운 한기가 느껴졌다. 얼음장처럼 차디찬 음성이 황재하의 마음을 깊이 찔러왔다.

"이번에 장안을 떠나올 때 누군가가 내게 이런 말을 하더군요. 모든 것을 포기하고라도 갖고 싶은 것이 있는데, 혹 그것이 다른 사람 손에 들어갔다면 차라리 망가뜨려버리는 편이 더 나을 거라고 말이오."

황재하가 어장검을 쥔 손에 힘을 주었다. 어찌나 꽉 쥐었던지 피가 통하지 않아 손가락 마디가 시퍼렇게 변할 정도였지만 황재하는 조금도 느끼지 못했다. 그렇게 미동도 않고 서서 낯선 사람을 보듯 눈앞의 왕온을 보았다. 마치 꽃이 만발한 화원이 순식간에 불길에 휩싸여 모든 것이 사라져버리듯, 황재하가 왕온에게 품었던 좋은 인상들이 흔적도 없이 사라졌다.

"내가 당신을 얼마나 미워하는지 아시오?" 느릿느릿 나지막하게 흘러나오는 그 목소리는 그저 차갑기만 할 뿐 아무런 감정도 실려 있지 않았다. "당신은 나를 모욕하고, 낭야 왕 가 전체를 모욕했소. 나와 내 가문 전체를 세상의 웃음거리로 만들었단 말이오. 그런데 내가 당신이 행복하게 사는 모습을 가만히 보고 있을 수 있겠소?"

"제게 복수하기 위해 기왕 전하를 끌어들였단 말입니까?"

"흥……." 왕온은 아무 대답 없이 그저 차가운 눈빛으로 밤하늘을 올려다보았다.

황재하는 깊이 숨을 들이마신 뒤 왕온을 똑바로 바라보며 서슴지 않고 물었다. "정말 저를 증오해서 죽이고 싶었다 해도, 당신의 첫 번째 목표는 기왕 전하였지 않습니까? 저는 그 김에 함께 죽이고 싶은 사람일 뿐이었지요. 당신 배후에 있는 세력이야말로 이 암살의 시작점입니다."

"나도 당신을 죽이고 싶었고, 기악 군주도 당신을 죽이고 싶어 했소. 우리 둘의 마음이 서로 맞았을 뿐이오." 왕온은 자신의 주장을 굽히지 않았다.

황재하가 더 추궁하려는데 등 뒤에서 담담한 목소리가 날아들었다. "숭고."

황재하가 고개를 돌리니 별빛 아래 그림자 하나가 서 있었다. 청초하고 우아한 자태, 곧게 뻗은 몸에서 느껴지는 위엄, 이서백이었다.

황재하는 여전히 어장검을 왕온의 목에 겨눈 채 답했다. "전하……."

"그렇게 함부로 단정 짓지 말거라." 어둠 속이라 이서백의 표정은 정확히 보이지 않고, 별빛을 받아 반짝이는 두 눈만 보였다. "온지는 나의 좋은 벗이다. 또한 낭야 왕 가의 장손이자 황후 폐하의 사촌이며 좌금오위의 도위이지. 온지가 나를 죽이려 자객을 보냈을 리 없다."

황재하는 입을 열어 무어라 말하려 했지만 이서백과 시선이 마주친 순간 그의 심중을 헤아렸다.

황재하가 어장검을 거두어 품속에 집어넣으며 왕온을 향해 낮은 목소리로 말했다. "제가 생각이 너무 많았습니다……. 부디 저의 충동적인 행동을 너그러이 봐주십시오."

왕온은 천천히 몸을 일으켜 앉아 황재하를 바라보았으나 아무 말도 하지 않았다. 한참 후, 왕온의 시선이 이서백에게로 옮겨갔다.

이서백이 차분한 목소리로 왕온에게 말했다. "온지, 숭고가 좀 단순하고 무지하여 세상 물정을 잘 모르니 너무 노여워 말게."

왕온은 손을 들어 가슴을 꼭 누르고는 한참 후에야 작은 소리로 대답했다. "제가 감히 그럴 리 있습니까."

이서백은 더 이상 다른 말은 하지 않고 왕온에게 다가가 손을 내밀었다. 왕온은 이서백의 손을 잡고 천천히 몸을 일으키며 황재하를 보았다.

황재하는 답답한 마음을 누르며 왕온을 향해 억지로 고개 숙여 용서를 구했다. "왕 도위님, 소인이 전하의 안위를 지나치게 염려하여 그런 오해를 하였으니, 부디 용서해주십시오."

왕온은 손을 들어 예를 거두게 한 뒤 천천히 황재하를 지나쳐 절도부를 향해 걸어갔다.

황재하도 이서백을 따라 처서로 걸음을 옮겼다.

절도부 내의 서원(西院)은 깨끗이 청소가 되어 있었다. 가운데의 정당(正堂)에 이서백이 묵고 좌우 두 개의 곁채에 각각 황재하와 장항영이 묵었다.

"늦었다. 오늘은 많이 피곤할 테니 일찍 들어가 쉬어라."

황재하는 그 자리에 서서 잠시 주저하다 말했다. "전하, 용서하시옵소서."

이서백은 평소와 다름없는 표정으로 고개를 돌려 황재하를 보았다. "무엇을 말이냐?"

황재하가 우물우물 말했다. "아직 아무것도 분명치 않은 상황에서…… 제가 그렇게 먼저 누설하면 안 되었습니다."

이서백은 황재하의 불안한 표정을 보며 입가에 미소를 띠었다. "너도 세 번째 습격이 있을까 걱정되어 초조했던 것 아니냐?"

황재하가 고개를 끄덕였다. "하지만 정말 생각도 못 했습니다. 그 자객이 왕 도위였을 줄은……."

"온지 때문에 좀 귀찮게 되어버렸다." 이서백은 잠시 생각하더니 황재하에게 자신의 방으로 들어오라 눈짓했다.

두 사람은 침대 앞에 놓인 낮은 탁자 앞에 마주 앉았다. 이서백이 품에서 봉투를 하나 꺼내더니 그 안에 든 부적을 황재하에게 건넸다. 여섯 개의 글자 중 '고' 자 위에만 붉은 동그라미가 남아 있고 다른 글자들의 붉은 흔적은 이미 사라지고 없었다.

황재하는 '폐' 자를 자세히 들여다보았으나 핏빛 동그라미가 그려졌던 흔적은 전혀 보이지 않았다.

이서백은 태연한 얼굴로 말했다. "객잔에서 위험한 일을 겪은 후 이 종이를 꺼내 봤었는데, 그때만 해도 '폐' 자 위에 붉은 동그라미가 선명하게 남아 있었다."

"그렇다면 저희가 절도부로 온 후 이렇게 변했다는 말씀이네요?" 황재하는 부적을 돌려주며 미간을 찡그렸다.

"이상하지 않느냐?"

이런 기이한 일에 대해 이야기하면서도 두 사람의 말투는 무척 여유로웠다. 이서백은 부적을 다시 봉투 안에 넣었다. "길에서 불편할까 하여 그 복잡한 상자에 넣지 않고 몸에 지니고 다녔다. 오늘 서천군이 나의 물건들을 가지고 왔을 때 다시 그 함에 넣어놓으려다가 이렇게 변해 있는 걸 발견했다."

황재하는 고개를 숙인 채 깊은 생각에 잠겼다.

이서백은 아직 따뜻한 찻주전자를 들어 차를 한 잔 따른 뒤 향을 맡아보고 색을 관찰한 후에야 황재하에게 건넸다. "절도부의 찻잎이 나쁘지 않은 것 같구나."

찻잔을 받아 드는 황재하의 얼굴에 슬픔이 가득했다. '행락에 빠진 황제 폐하를 대신해 정무를 보시게 된 그때부터 매 순간 경계와 방비를 늦추지 못하고, 수없이 많은 생사의 갈림길을 건너오셨겠지.'

그런 황재하의 표정에 이서백은 황재하를 안심시키듯 웃어 보이며 자신의 잔에도 차를 따라 한 모금 마셨다. "별일 아니다. 설마 내가 이 저택에서 변고를 당하도록 범웅석이 그냥 두겠느냐? 내가 절도부에 있는 한 범웅석의 부담이 클 것이다."

황재하가 고개를 끄덕이며 여전히 생각에 잠겨 있는데 이서백의 목소리가 나지막이 들려왔다. "가끔은 이런 생각이 들더구나. 어쩌면 내 평생에 진정한 평안을 누렸던 때는 너와 함께 산속을 도망치며 상처를 돌보던 그 몇 날이 유일하지 않은가 하는."

황재하는 깜짝 놀라 눈을 크게 뜨고 이서백을 쳐다보았다.

"비록 목숨이 경각에 달렸었지만, 그때 처음으로 이 세상의 모든 시름이 사라진 것만 같았고, 나의 과거와 미래 또한 조금도 중요하게 여겨지지 않았다. 오로지 우리 둘만이 나무 그늘 아래를 걸어 앞으로 나아갔고, 나뭇잎 사이로 새어 들어온 햇살이 우리를 비추었지. 그 햇살 하나하나가 찬란하게 반짝거리며 나의 가슴을 뛰게 만들었다……."

등불 아래, 이서백은 오직 황재하만 바라보고 있었다. 궁등이 밤바람에 가만가만 흔들려 두 사람 주위로 불빛이 일렁였다. 희미하고 어렴풋한 빛으로 인해 마치 환상 속에 있는 듯한 느낌이 들었다. 하지만 그 빛보다 황재하를 더 몽롱하게 만든 것은 바로 귓가에 가볍게 울리는 이서백의 목소리였다.

"열세 살 때 부황이 돌아가시고 지금의 폐하가 등극하신 후, 나는 긴 세월을 불안과 염려 속에 살아야 했다. 내 위의 형님들이 소리 소문 없이 돌아가시고, 아직 어리던 세 명의 아우 외에는 비교적 나이가 있는 형제는 나밖에 남지 않았지. 그때 나는 매일 생각했다. 다음은 내 차례가 아닐까 하고." 이서백은 가벼운 투로 말하며 타닥타닥 타는 초 심지를 응시했다. 푸른 불꽃이 따뜻한 주황빛에 감싸인 채 가벼운 공기의 흐름에 천천히 흔들렸다. 그 따뜻한 빛이 유리병을 감쌌다. 마차에 남겨졌던 아가십열은 반짝이는 등불 빛을 받으며 조용히 바닥에 가라앉아, 깨어 있는지 잠이 들었는지 알 수 없었다.

"4년 전에 방훈이 서주에서 난을 일으켰을 때 나는 반란을 다스리러 가겠다고 자청했다. 당시 조정이 내게 내린 군사는 수천 명에 불과했고, 그마저도 전부 나이 들고 허약한 자들이었다. 하지만 나는 조금도 두렵지 않았다. 어쩌면 그 불안에서 벗어날 수 있는 기회가 될지도 모른다 생각했으니까⋯⋯."

황재하는 문득 예전에 이서백에게서 들은 이야기가 떠올랐다. 설색과 소시를 처음 만났던 그때, 이서백은 홀로 호랑이 굴속으로 들어가 방훈의 잔당들을 처치했다. 그 이야기를 들으며 황재하는 이서백이 너무 무모했던 것 아닌가 하는 생각을 했지만, 지금 이런 이야기를 들으니 당시 이서백의 심정이 어떠했을지 충분히 이해가 되었다.

사실, 서주로 향하던 이서백이 원한 것은 궐기할 기회가 아니라 자신이 납득할 만한 방식으로 죽음을 맞는 것이었다.

그런데 그 한 번의 전쟁으로 여섯 절도사의 충심을 얻고 개선장군이 되어 조정으로 돌아왔다. 그 일이 바로 이서백이 조정에서 막강한 권력을 쥐게 된 서막이었다.

"그 후 나는 다시 기왕에 봉해지고, 잠시 그렇게 영예를 얻는 듯싶었다. 하지만 여전히 하루하루가 평안하지 않았지. 매 순간 양쪽 세력 사이에서 한쪽이 버리는 희생양이 되거나, 또 다른 쪽의 목표가 되거나 했다. 수많은 사람이 내가 이 세상에서 사라지기를 바랐지." 이서백의 눈빛이 어두워졌다. 이서백이 유리병을 손가락으로 살짝 튕기자, 유리병 속에 잔잔한 물결이 일면서 물고기가 꼬리를 몇 번 흔들다가 다시 가만히 떠 있었다. "내 주위에서 벌어지는 수많은 의문에 나는 매 순간 경계를 늦추지 못했다. 내가 그 속에서 얼마나 초조한 마음으로 살고 있는지 아마 아무도 모를 것이다. 이번 생애에는 평생 끝나지 않는 초조와 염려 속에 살 수밖에 없으리라고 생각했다. 한데 그런 내 앞에…… 네가 나타났다."

이서백은 손에 들고 있던 유리병을 내려놓았다. 조금 전까지만 해
도 어두웠던 그의 두 눈이 어느샌가 밤하늘 가득한 별빛처럼 반짝였
다. 이서백은 눈도 한번 깜빡이지 않고 황재하를 응시했다. 이서백의
두 눈동자에 비친 황재하 또한 그 빛들과 함께 반짝였다.

황재하는 극도로 긴장했다. 한편으로는 그 밝은 별빛에 끌려 들어
가 자신의 존재를 잃을 것만 같았고, 또 한편으로는 그의 눈빛에서 벗
어나면 그대로 길을 잃고 다시는 밝은 방향을 찾지 못할 것도 같았다.

가슴이 심하게 두방망이질하면서 몸이 뜨거워졌다. 황재하는 더
이상 자신의 흔들리는 마음을 제어할 수 없어 깊은숨을 내쉬며 작은
소리로 말했다. "송구합니다……. 전하의 걱정을 덜어드리지도 못하
고, 전하께서 간직하신 그 비밀의 진상을 아직까지도 파헤치지 못했
으니……."

"조정 전체가 뒤집힐지도 모르는 비밀이 어찌 하루아침에 파헤쳐
지겠느냐?" 이서백은 천천히 고개를 내저으며 말했다. "나는 그 오랜
세월 아무것도 알아내지 못하였는데, 하물며 너는 이 일을 안 지 얼마
안 되지 않았느냐."

"하지만 제가……." 황재하는 이서백의 얼굴을 응시하며 마음속
으로 결심했다. 불어오는 밤바람과 흔들리는 불빛에 홀린 듯, 황재하
가 손을 내밀어 이서백의 손등을 살며시 감싸 쥐며 진지하게 말했다.
"제가 전하 곁에 있겠습니다. 반드시 전하 곁에서 그 비밀을 밝혀, 전
하께서 다시는 짙은 안개 속에 빠지지 않도록 전하의 눈을 가리는 구
름들을 모두 몰아내고, 전하께서 스스로의 운명을 뚜렷하게 보실 수
있게 도와드리겠습니다."

황재하는 마치 맹세의 말이라도 하듯, 더없이 진지하게 말했다.

황재하는 그날 밤 이서백이 혼미한 상태에 빠졌을 때 그런 생각들

을 했다. 자신의 모든 운명을 걸고 따른 이 사람이 죽게 된다면, 이 세상에서 자신이 유일하게 의지하는 사람이 사라지는 것이며, 가족의 억울함을 씻을 기회 또한 사라지게 된다고. 그렇게 되면 살아도 아무런 의미가 없다고. 하지만 그런 생각을 이서백에게 들려준 적은 없다.

그러나 어떤 일들은 굳이 말하지 않아도 이서백 또한 알고 있을 것이다.

이서백은 등불 아래 가만히 황재하를 응시했다. 그 얼굴은 여전히 평정을 잃지 않았으나, 두 눈 속으로는 수많은 감정이 스쳤다. 기쁨, 슬픔, 상심, 그리고 망설임과 당혹감까지.

이서백이 자신도 모르게 손에 힘을 주어, 황재하의 손바닥 아래에 놓인 손이 미세하게 움찔했다. 황재하는 그제야 자신이 감정에 북받쳤던 나머지 주제넘게 이서백의 손을 감싸고 있었음을 깨닫고는, 난처하기도 하고 긴장도 되어 재빨리 손을 거두려 했다.

그 순간, 이서백이 손을 뒤집어 그대로 황재하의 손을 강하게 마주 쥐었다.

밝은 불빛이 두 사람을 둘러쌌다. 만물이 고요한 밤, 물고기는 깊이 잠들고 창밖에 부는 바람 소리와 빠르게 뛰는 두 사람의 심장 소리만이 이 밤을 가득 채웠다.

16장

꽃이 다 떨어졌으니

황재하는 밤새 거의 잠들지 못했다. 머릿속이 온갖 상념으로 가득 차 제대로 정리되지 않았다. 그러한 감정이 달콤함인지 슬픔인지도 알 수 없었다.

날이 밝아올 즈음에야 겨우 잠이 들었다가 바깥에서 들려오는 시 끄러운 소리에 깨고 말았다. 황재하는 손을 들어 피곤이 쌓인 눈을 가 렸다. 몸을 돌려 누우며 간밤 내내 자신을 괴롭힌 생각들에 다시 빠져 들려는데, 밖에서 누군가가 문을 세게 두드렸다.

"숭고, 어서 일어나! 내가 새로운 걸 발견했어!"

물론 주자진이었다. 관아에서 진득하니 기다리지 못하고 아예 절도 부로 찾아온 모양이었다.

이미 정오가 가까웠는지 밖에서 쏟아져 들어오는 밝은 햇살에 눈 을 뜨기조차 힘들었다. 황재하는 관자놀이를 힘껏 누르며 알겠다고 대답한 뒤, 몸을 일으켜 절도부에서 준비해준 옷으로 갈아입고 문을 열었다. "뭘 발견하셨는데요?"

잔뜩 흥분한 상태의 주자진이 옥팔찌를 들어 보였다. "오늘 아침에 어느 전당포 사람이 나를 찾아왔어. 관아에서 자신을 찾는다는 말을 듣고는 밤을 새워 용주에서 달려왔다는 거야. 그러더니 이 팔찌를 보고는 누구한테 팔았던 건지 기억해내더라고. 누가 사갔느냐면……."

황재하는 순간 눈을 반짝였다. 주자진이 일부러 뜸을 들이자 순간 마음이 급해져 물었다. "누가 사갔는데요?"

"하하, 내 그럴 줄 알았어. 역시 네가 전당포 사람을 찾아가 조사했던 거였어!" 주자진이 득의한 표정을 지으며 스스로의 통찰력에 감탄했다. "대체 언제 가서 물어봤던 거야? 웬 전당포 사람이 나를 찾아왔나 했네."

"그 용주 사람이 이 팔찌를 판 게 확실하대요? 팔찌를 사간 사람은 누구고요?"

주자진은 정원을 슬그머니 둘러보더니 혹여나 아는 사람이라도 마주칠까 봐 황재하를 데리고 방 안으로 들어갔다. 그러고는 황재하의 귓가에 대고 작은 목소리로 말했다. "네가 생각도 못 했을 사람이야! 이 팔찌를 산 사람은 온양이 아니었어. 바로…… 서천 절도부 사람이었어!"

순간 놀라 멍해진 황재하의 머릿속으로 수많은 단서와 생각이 한꺼번에 떠올랐다. 마침내 모든 것이 맞춰질 듯하면서 또한 모든 것이 더욱 혼란스럽게 느껴졌다.

"정월 초하루에 전당포 주인장이 좋은 물건들만 엄선해 각 부의 관리들을 모셨다 하더라고. 제일 먼저 절도부 사람들에게 보일 물건을 골라 내놓았는데 그중에 이 옥팔찌도 있었다는 거야. 용주에서 물건을 가져왔던 그 점원이 거기서 시중을 들었는데, 절도부 사람이 와서 팔찌의 문양은 마음에 드는데 옥이 평범하니 덤으로 끼워주면 안 되겠느냐고 물었다고 해. 점원은 당연히 그 청을 들어줬지. 덤이어서 물건 대장에 이름을 기록하지 않고 바로 넘겨줬대."

황재하가 천천히 물었다. "그 팔찌를 달라고 한 절도부 사람이 누구였습니까?"

"용주에서 온 점원은 당연히 성도 관리들을 모르고, 기록을 남기지 않았으니 정확히 찾아내기는 어렵게 됐어. 하지만 이쪽 전당포 사람 말로는 그때 제등이 있었대."

그렇다면 팔찌는 제등의 손에 들어갔던 모양이었다.

제등은 온양과 대체 무슨 관계였을까? 우선과는 또 무슨 관계란 말인가? 부신원과 온양 사이의 관계는 실상 어땠을까? 제등이 산 팔찌가 어찌 부신원에게 있는가? 여종 탕주 부인의 죽음은 정말 사고일까, 아니면 의도적인 살인일까? 의도적인 살인이라면 무엇 때문에 죽였을까?

제등의 죽음은 대체 누구와 관련이 있을까? 주자연이 혼인을 원치 않아 상대가 눈치채지 못할 방법으로 직접, 혹은 다른 사람의 손을 빌려 죽였을까? 아니면 평소 제등과 왕래하던 사람이……. 우선? 온양? 아니면, 범 장군?

우선에게는 대체 무슨 일이 일어났던 것일까? 우선의 잘못된 기억은 황재하가 가족을 독살했다는 결론을 이끌어냈다. 누군가가 황재하를 모함하려고 그런 장면을 연출한 것일까?

지금까지 사건을 재조사하면서 유일하게 밝혀낸 것은 짐독에 의한 죽음이었다는 사실밖에 없다. 당시 음식에 손쓸 기회가 있었던 동시에 짐독을 손에 넣을 수 있었던 사람은 대체 누구란 말인가? 짐독으로 죽은 부신원은 황재하 가족과 무슨 관계가 있을까? 동일범의 소행일까? 황재하의 부친은 성도부 부윤이었고, 부신원은 일개 예인에 불과한데 대체 무슨 연결 고리가 있단 말인가?

황재하는 신속하게 이 모든 실마리를 정리해 중요한 사실을 한 가지 도출해냈다. 관련 인물 다수가 같은 시사 사람이었다.

마침 오늘 청계에서 청원 시사 모임이 있을 예정이었다. 시사의 모든 사람이 초청을 받았다.

"가자. 마침 다 모여 있을 테니 우리도 가서 만나보는 게 좋겠어." 주자진은 황재하를 데리고 말을 달려 성 밖으로 향했다. "청계는 풍경도 굉장히 좋은 곳이니까 가는 김에 구경시켜줄게."

청계는 성도부를 나와 한주와 용주로 가는 길목에 위치했다.

주자진과 황재하는 각자 말을 타고서 성문을 나섰다. 외곽을 10리 정도 달리고 나니 산길이 나왔다. 산길 들목 옆으로 초소가 하나 있었는데, 기왕을 수색하는 일이 이미 끝나 지금은 그리 중요한 임무가 없었다. 서천군 병사 몇이 할 일 없이 자리에 앉아 행인들을 설렁설렁 훑어보고 있었다.

발 넓은 주자진은 초소 앞에서 말을 내려 좀 전에 산 과일 한 바구니를 병사들에게 건넸다. "지난번에 유 형님께 듣자니 여길 지키고 있자면 그렇게 갈증이 나고 피곤하다더군. 술을 가져오면 공무에 영향을 미칠까 봐 과일을 가져왔네."

병사들은 포두와 그다지 친분은 없었지만 포두의 성의에 감격하여 좀 쉬었다 가라며 둘을 붙들고는 시원한 차를 따라 대접했다.

황재하는 드문드문 지나가는 행인들을 바라보다 별 뜻 없이 물었다. "요 며칠은 지나는 사람이 많았지요? 고생 많았습니다."

젊은 병사 하나가 고개를 끄덕이며 말했다. "그랬습니다. 얼마 전까지 검문이 까다로웠던 터라 산을 지나지 못하던 사람이 많았지요. 기왕 전하께서 무사히 돌아오시고 난 뒤 다시 통행이 자유로워져 사람들이 몰렸습니다."

"기왕 전하를 찾아 수색할 때는 서천군 외에는 일절 말을 타고 통행할 수 없었다고요?" 황재하가 다시 물었다.

병사들이 과일을 입에 넣으며 웃으면서 말했다. "물론이지요. 기왕 전하게 혹여 무슨 변고라도 생기면 우리는 말할 것도 없고 서천군과 성도부 전체가 큰 죄를 짊어지게 되니 각별히 신경 써야 했지요."

"그 며칠 동안 저희가 삼교대로 근무하며 서천군 외에는 한 사람도 말을 타고 지나지 못하도록 했습니다."

"고생 많으셨습니다……." 황재하는 문득 뭔가가 생각나 덧붙여 물었다. "그러고 보니, 제등 판관은 문관이신데 그때 무슨 일로 산에 들어가셨던 겁니까?"

주자진은 순간 깜짝 놀라 멍한 얼굴로 황재하를 쳐다보았다. 왜 갑자기 여기서 제등을 거론하는 것이며, 제등이 산에 들어갔던 이야기는 왜 꺼내는 것이며…… 무엇보다 중요한 점은, 제등이 산에 들어갔던 일을 도대체 어떻게 알고 있는지, 어느 것 하나 퍼뜩 이해할 수 없었다.

"아, 그게요, 지금 생각해도 조금 이상하긴 합니다. 판관 나리 또한 말을 타고 산에 들어가셨으면 안 되는데, 그날 말을 몰고 오셔서는 계속 주변을 오가시더니 아무래도 마음이 놓이지 않는다며 직접 순찰을 한번 돌고 와야겠다고 말씀하셨습니다."

"맞습니다. 그래서 제가 재빨리 말을 준비해 따라나서려 했는데 나리께서 혼자 들어가 이곳저곳 살펴본 뒤 곧바로 돌아갈 거라고 하시면서, 제가 말에 채 올라타기도 전에 이미 말을 몰아 사라지셨습니다. 저는 그래서 어쩔 수 없이 다시 말에서 내려왔습죠……."

"맞아, 그랬지! 나리께 어떻게 좀 잘 보일까 하고 달려갔는데 나리께서 너를 거들떠도 안 보셨지. 하하하……." 함께 앉아 있던 동료들이 놀리며 웃어댔다.

병사 한 사람이 갑자기 뭔가가 생각난 듯 재빨리 주자진에게 물었다. "아니, 포두 나리. 판관 나리가 돌아가셨다는 말이 사실입니까?"

주자진이 고개를 끄덕였다. "그렇네. 그것도 어찌나 의문스러운 죽음인지, 나와 양 공공이 아무리 생각해봐도 아직 단서를 찾지 못했네."

"그렇습니까? 포두 나리처럼 이렇게 총명하고 뛰어나신 분이 파헤치기 어렵다면, 정말 보통 사건이 아닌 모양입니다."

"판관 나리는 정말 좋은 분이셨습니다. 저희같이 미천한 병사들에게도 늘 웃어주셨죠. 그런데 누군가에게 죽임을 당하다니, 정말 말도 안 됩니다."

다들 제등의 죽음에 대해 분분히 의견을 쏟아놓는데 젊은 병사 하나는 줄곧 아무 말이 없었다. 무언가 생각에 잠긴 듯 손에 과일을 쥔 채 한참을 망설이는 모습이었다.

황재하가 물었다. "형씨는 판관 나리와 무슨 왕래라도 있었습니까? 그분의 죽음에 뭔가 짚이는 거라도 있으신지요?"

"아니요, 아닙니다……." 병사는 재빨리 손에 들고 있던 과일을 입으로 가져가 한 입 깨물었으나, 과일을 씹을 생각은 않고 작은 목소리로 웅얼거렸다. "전 그저 판관 나리의 그 여인은…… 이제 어쩌나 하는 생각을 했습니다."

여인. 황재하는 재빨리 영문 모를 그 단어를 포착하고는 주자진을 향해 눈빛을 보냈다. 주자진은 그 눈빛을 알아채고는 오른팔을 뻗어 병사의 어깨에 두르며 말했다. "내가 좀 급해서 그런데, 여기 뒷간이 있는가? 어서 좀 데리고 가주게."

얼마 지나지 않아 돌아온 주자진은 병사들을 향해 웃으며 작별을 고했다.

두 사람은 다시 말에 올라 계속해서 청계를 향해 길을 나아갔다. 산길을 돌아 들어간 뒤 주자진은 주변에 아무도 없는 것을 확인하고는 곧바로 황재하 곁으로 말을 바싹 붙여오며 계속해서 비밀스러운 눈빛을 보냈다.

"숭고! 엄청난 사실을 알아냈어! 그야말로 경천동지할 일이라고!"

황재하가 급히 물었다. "뭔데요?"

"아까 그 병사들이 며칠 전 당직을 설 때 제등이 명월산에 오르는 걸 봤대!"

'자진 도련님, 아무리 실없기로서니 이 정도셨단 말입니까?' 황재하는 설마 그럴 리는 없다고 생각하며 가만히 성질을 죽이고 주자진이 말을 잇기만을 기다렸다.

황재하가 그다음 말을 묻지도, 별다른 반응을 보이지도 않자 주자진은 시무룩한 표정으로 말했다. "혼자가 아니라 한 여인과 함께였는데, 여인은 너울로 얼굴을 꼭꼭 가렸지만 언뜻 보이는 모습이 굉장한 미인이었다고 해."

황재하는 생각에 잠긴 듯 고개만 끄덕였고 주자진은 화가 나서 외쳤다. "제등 이 나쁜 놈은 죽어도 싸지! 서른이 넘어서도 그렇게 바람기가 있다니, 첫 아내도 화병이 나서 죽었을지도 몰라!"

황재하는 주자진이 여동생 생각에 바짝 약이 오른 것을 알고는 저도 모르게 웃음을 터뜨렸다.

"자연이가 그놈한테 시집가지 않은 게 천만다행이지! 결혼 후까지 그러고 다니면 자연이 성격에 정말로 단칼에 죽여버렸을지도 몰라."

황재하는 눈썹을 추켜올렸다.

주자진도 아차 싶은 표정을 짓더니 황급히 수습했다. "아니야, 아니야! 절대 그럴 리 없잖아! 내 동생이 사람을 죽일 수도 있다는 말이 아니라고! 설령…… 정말로 제등에게 시집가고 싶지 않았다 해도, 우리 앞에서 울고불고 난리쳤을 아이지 몰래 사람을 죽일 아이는 아니라고!"

"저도 알아요." 황재하가 본론으로 돌아가 물었다. "제등과 함께 나

들이를 나간 여인에 대한 단서는 없던가요? 이번 사건과 관계있을 가
능성은요?"

주자진이 자신의 머리를 탁 치며 말했다. "아휴, 잊을 뻔했네! 그
두 사람이 말을 몰고 초소를 지날 때 여인이 탄 말안장에서 붉은 장
식 술 하나가 떨어지는 걸 보고는 그 병사가 재빨리 주워서 건네주었
다고 해. 그때 말 아래에서 여인을 올려다봤는데, 살짝 벌어진 너울
틈으로 얼굴이 보였대. 그때만큼 자신의 눈이 기특하게 여겨진 적이
없었다더군. 하얀 천 안에서 가만히 하늘을 바라보는 여인의 얼굴이
마치 선녀 같았다나. 두 사람이 시야에서 사라질 때까지도 넋을 잃고
멍하니 바라보고만 있었다더라고!"

황재하는 말고삐를 잡고서 잠시 생각하더니 다시 물었다. "다른 특
징 같은 건 없었다던가요?"

"얼굴에 별다른 특징 같은 건 없었대. 그리고 그렇게 넋이 나가 있
었으니 그 흠모의 마음 말고는 뭘 더 기억하겠어? 그 여인을 본 후로
는 잠도 못 이룰 정도였다는데. 그런데 나중에 제등이 곧 혼인한다는
소문을 듣고는, 그 여인이 제등의 정혼자라고, 그러니까 내 동생이라
고 생각을 한 거야……. 그래서 아까 나를 붙잡고 내 동생의 일을 묻
더군. 그런데 일개 졸병을 우리 아버지가 허락하시겠어?" 그러다가
주자진은 다시 시무룩한 얼굴을 했다. "아무럼 어때. 그 병사가 마음
에 들어 한 여인은 우리 동생이 아닌데. 자연이 누군가와 바깥으로 나
들이 갔을 가능성이 거의 없는 건 둘째 치고, 걔가 그 정도로 경국지
색은 아니잖아? 그 성질에 두 번이나 혼사가 취소되었으니 이제는 정
말 좋은 사람에게 시집가긴 글렀을 거야."

황재하는 말없이 고개를 들어 높은 나뭇가지 사이로 하늘을 보았
다. 겹겹의 나뭇잎 너머 밝고 짙푸른 하늘빛이 보였다.

황재하는 크게 한숨을 내쉬며 나지막이 중얼거렸다. "그렇게 된 일

이었군…….”

주자진이 다시 황재하에게 바짝 다가와 추궁했다. “뭐가? 뭐가 그렇게 된 일이란 말이야?”

황재하가 고개를 돌려 주자진에게 말했다. “다른 희생양이 있었네요. 바꿔치기를 해서 달아나려 한 거죠. 곧 청계에 도착하니 금방 확인해볼 수 있겠어요.”

“사실 정식으로 결성된 시사는 아닙니다. 그저 관심 있는 몇몇 사람이 함께 모였다가 점점 서로의 벗도 데려와 모임을 가지다 보니, 매달 청원에서 시우회를 열어 담론을 나누기로 약속하게 되었습니다. 사실 시간도 정해져 있지 않지요…….”

청계에 모인 시사 사람들은 포두가 직접 찾아와 이것저것 캐묻자 당황과 불안의 표정을 감추지 못했다. 시사의 수장 격인 진륜운이 작은 목소리로 다른 사람들에게 물었다. “혹시 우리가 금년에 신녀사(神女祠)를 방문했을 때 쓴 시가 너무 경망스러웠던 탓은 아니겠는가? 그래서…… 천지신명이 그 죄를 물어 단번에 두 사람의 목숨을 앗아간 것은 아닌가 말이야…….”

“말도 안 되는 소리! 경망스러움과 온양은 너무 거리가 멀지 않은가? 온양은 연정에 관한 일은 입에 담지도 않는다고! 우리가 신녀의 외모를 이러쿵저러쿵 평할 때도 시를 쓰는 데에만 몰두하고 우리 대화에는 전혀 끼어들지 않은 사람 아닌가.”

시사 회원들이 서로 팽팽하게 자기 의견을 내세우는데 주자진이 끼어들었다. “하지만 제가 듣기로는 온양도 자주 홍등가에 들렀다고 하니, 예쁜 여인들을 좋아했던 모양입니다.”

“그렇습니까? 저희는 그런 말을 한 번도 들어본 적이 없습니다.” 진륜운이 옆에 있는 사람에게 물었다. “평소 그런 데에 전혀 무관심하던 온양이 기녀와 함께 자살했다고 해서 우리도 꽤나 놀라지 않았나? 온양이 그렇게나 감정에 충실한 사람이었는가 하고 말이야."

"그게 아니더라도, 아무리 생각해도 이상하지 않은가? 모친께서도 이미 돌아가시고 집안에 친지 또한 없는데, 심지어 부인과도 일찍 사별한 사람이 기녀를 취한다고 해서 누가 반대하겠는가. 그런데 왜 죽어버렸느냔 말이야. 지난해에 하 가도 기녀 류 씨를 후처로 맞았지 않나. 류 씨가 기녀 명부에서 이름을 지우고 새신부가 된 후 지금은 다들 하 가 집에 가는 걸 얼마나 좋아한다고. 부인이 어찌나 재미있고 호탕한지 함께 어울리면 즐겁고, 가끔은 남장을 하고 우리와 함께 나들이도 나가니, 류 씨를 어느 누가 좋아하지 않겠는가? 우리 모두 속으로 얼마나 하 가를 부러워하는데, 온양이 기녀를 후처로 들인다고 해서 손가락질할 사람이 여기 어디 있는가?"

"만약 제등 판관이었다면 기녀를 후처로 맞았다가 평판이 나빠져 벼슬길이 막히면 어쩌나 걱정했을 걸세. 하지만 온양은 관직에도 전혀 관심이 없었으니 그럼 염려야 있었겠는가."

황재하는 중간에 끼어들지 않고 가만히 듣고만 있다가 그제야 질문을 던졌다. "판관 나리와 온양은 평소에 왕래가 있던 사이입니까?"

진륜운이 대답했다. "제등은 자가 함월이고, 말쑥한 외모에 상냥한 성격이어서 한월 공자라 별칭을 지어주었는데, 마침 온양과 한 쌍 같은 별칭이어서 자주 두 사람을 함께 거론했지요. 하지만 제등은 떠들썩한 것을 좋아하는 데 반해 온양은 매우 조용한 사람이었으니, 아마 거의 왕래가 없었을 겁니다. 평소에도 그저 인사만 나누는 정도랄까요?"

"그러면 그 두 사람과 관계가 좋았던 사람은 누구입니까?"

황재하의 질문이 떨어지자마자 사람들이 이구동성으로 대답했다. "우선이지요!"

황재하는 고개를 끄덕일 뿐 아무 말도 하지 않았다.

주자진은 이해가 안 간다는 듯 다그쳐 물었다. "우선이 두 사람 중 누구와 관계가 좋았단 말입니까?"

"두 사람 모두와 관계가 좋았습니다!" 확신에 찬 대답이었다.

주자진이 여전히 믿지 못하겠다는 얼굴을 하자 진륜운이 덧붙여 설명해주었다. "온양은 성정이 조용하여 서예를 매우 좋아했고, 우선의 서예 솜씨 또한 성도부에서 손에 꼽힙니다. 그래서 온양은 항상 우선과 가까운 자리에 앉았고 온갖 방법을 동원하여 우선과 친해지려 애썼습니다. 자네들, 왜 그거 기억나는가? 지난번 그 친필 서신 사건 말이야. 그때 이후로 두 사람 사이가 틀어졌지?"

"그랬죠. 기억합니다!" 그중 젊어 보이는 한 사람이 재빨리 대답했다. "지난해 가을쯤 벌어진 일인데, 온양이 종회[28]의 친필 서신을 하나 얻었다며 우선에게 와서 평을 좀 해달라고 했습니다. 우선은 흔쾌히 온양의 집에 갔는데, 돌아온 뒤로는 온양을 거들떠도 보지 않았습니다. 다른 사람들이 무슨 일이냐고 물어도 뭐라 말해주지도 않고요. 나중에 우선에게 그 서신이 어떻더냐고, 진품이 맞더냐고 물어본 적이 있습니다."

주자진이 급히 물었다. "우선이 뭐라고 말하던가요?"

"그때 우선의 표정이 꽤나 이상했습니다. 아마 두 분은 우선에 대해 잘 모르실 텐데, 우리 시사에서 가장 특출한 사람이지요. 속세를 초월한 듯한 그 자태는 누구도 흉내 낼 수 없을 정도입니다. 몇 년을 알고 지내도록 단 한 번도 우선이 화내는 모습을 본 적이 없는데 그때만큼은 표정과 말투가 냉랭했지요. 우선은 가평(嘉平) 원년 12월의 서신에서 어떻게 종회가 자신을 상서랑이라 칭할 수 있겠느냐며, 그

---

28 삼국시대 위나라 장군.

런 서신은 진품일 수 없다고 말했습니다."

진륜운이 옆에서 고개를 끄덕이며 말했다. "맞습니다. 처음엔 저희도 무슨 말인지 이해가 안 됐는데, 나중에 서책을 찾아보고서야 알았습니다. 가평 원년에는 종회의 관직이 이미 중서시랑이 되어 있었죠. 그래서 우선은 한눈에 그 서신이 가짜임을 알아본 것입니다."

주자진이 참지 못하고 말했다. "설령 위조된 서신이었다 해도, 온양 또한 그러한 사실을 모르고 속아서 산 것 아니겠습니까. 어찌 그런 일로 사이가 틀어진단 말입니까?"

"그러니까 말입니다. 하지만 그 일 이후 우선은 온양과 일절 교제하지 않았습니다. 평소 시사에서 마주쳐도 온양이 일방적으로 우선에게 다가갔지, 우선은 늘 온양과 거리를 두며 멀찌감치 피했습니다. 심지어 그 때문에 시우회에도 몇 번 불참했지요."

주자진이 여전히 이해할 수 없다는 표정을 짓고 있자 황재하는 화제를 바꾸었다. "그럼 판관 나리와 우선 공자는 교류가 있었나요?"

"그건 제가 확실히 아는데, 첨에는 그냥 보통 관계였다가 우선이 자살을 시도했던 뒤로는 조금씩 왕래가 잦아져 얼마 동안은 굉장히 빈번하게 만났지요."

일전에 우선이 스치듯 언급했던 일을 진륜운을 통해 다시 듣게 되자 황재하는 또 심장이 철렁해 짐짓 모르는 체 물었다. "자살을 시도했었나요?"

"네, 황 사군 댁에 그런 일이 생기고 재하 아가씨가 도망간 뒤에 그랬죠. 재하 아가씨와 우선이 가까운 사이였다는 건 성도부 사람이라면 다 아는 사실이에요. 그래서 우선이 직접 나서서 재하 아가씨를 고발하리라고는 아무도 생각 못 했지요. 재하 아가씨의 행방이 묘연해지고 황 사군 일가가 묘지에 안장된 그날, 그 묘지 앞에서 그랬습니다. 그런데 더 뜻밖인 건 우선을 살린 사람이 평소 사적인 왕래가 전혀 없던 제등이었다는 사실이지요." 진륜운은 한숨을 쉬며 말했다. "저희 시사 몇 사람만 아는 일입니다. 우선과 제등 모두 저희 벗인지라 밖으로 이 일이 새어나가지 않게 했지요."

황재하는 가슴이 아파 그저 망연한 얼굴로 의자 등받이에 몸을 기댄 채 아무 말도 하지 못했다.

"그런데 우선이 혼수상태에서 며칠 만에 깨어났을 때 말이야, 어디가 잘못됐던 건지는 모르겠지만…… 성격이 좀 달라졌었지. 그렇지 않았는가?"

옆에 있던 사람의 말에 진륜운이 고개를 끄덕였다. "그러게. 속세를 초월한 듯 그렇게 고아하던 사람이 완전히 딴사람이 된 것처럼 흐리멍덩했다고 해야 하나? 무슨 일에도 개의치 않는 듯도 하고, 모든 사람을 경계하는 듯도 하고 말이야. 게다가 전날 우리와 나눈 이야기를 그다음 날 완전히 잊는 일도 자주 있었지……."

"우리가 어쩌다 실수로 사군부 얘기를 꺼내기라도 하면 곧바로 머리가 아프다며 괴로워했지. 처음엔 사군의 죽음이 떠올라 마음이 아픈 것이려니 했는데, 온몸에 식은땀을 흘리며 탈진할 정도였잖은가. 저러다 죽는 거 아닌가 싶을 정도로. 그래서 우선 앞에서는…… 실수로라도 그 일을 꺼내지 않으려 무척 조심했지." 다른 이들도 저마다 의아했던 일에 대해 이야기를 꺼냈다.

"병리학적으로 보면 가능한 일이긴 하지요. 심한 충격을 받고 나면 그 일과 관련된 것은 자신도 모르게 배척하고 극단적인 반응을 보이기도 합니다." 주자진이 방금 들은 이야기들을 분석하여 설득력 있게 말했다. "그리고 또 한 가지 가능성은, 자살을 시도했을 때 체내의 어느 부분이 영향을 받아서 성격이 변했을 수도 있지요. 예전에 한 고서에서 이런 사례를 읽은 적이 있는데……."

시사 사람들과 주자진은 죽다 살아났거나 엄청난 충격을 받은 이

후 인격이 변한 사례에 대해 열띤 토론을 이어갔다. 황재하도 옆에서 한참을 들었지만 별로 쓸모 있는 내용이 아닌 듯해 한 귀로 듣고 한 귀로 흘렸다. 겉으로는 평온히 앉아 있었지만 속으로는 각 단서들의 연결점을 생각해보고 있었다.

시간이 이미 많이 지난 듯했으나 우선은 아직 오지 않았다.

이제 다들 별 할 말이 없어 어색하게 자리에 앉아 있는 모습에 주자진이 말했다. "오늘은 이렇게 여러 이야기를 들려주셔서 감사합니다. 저희는 이만 가보겠습니다. 언제 또 모임이 있으면 저도 불러주십시오. 저도 고상한 시간을 좀 가져보고 싶습니다."

"아유, 장안에서 오신 포두 나리야말로 말씀에 해학이 넘치고 생각도 비범하시지요. 저희 같은 시골 사람들과 어울려주신다면 저희가 영광입니다!"

"그럼요. 포두 나리께서 이렇게 저희 체면도 세워주시고, 저희가 아주 복이 터졌습니다!"

주자진은 그의 뛰어난 사교성을 십분 발휘해 또다시 한바탕 잡담을 늘어놓으며 시사 사람들과 친분을 쌓았다.

몇 명은 헤어짐을 아쉬워하며 주자진과 황재하를 청계 입구까지 배웅해주었다.

청계는 무성한 숲으로 둘러싸인 커다란 계곡이었다. 하나의 물줄기가 산골짜기 입구에서 바위 지형으로 인해 서너 갈래로 나뉘어 흐르다가 산골짜기가 끝나는 지점에서 다시 하나로 합쳐지며 거센 물살을 이루어 흘렀다.

계곡을 따라 산골짜기 입구에 다다랐을 때였다. 황재하는 계곡 건너편에 홀로 서 있는 사람을 발견했다. 우선이었다. 말발굽 소리를 들은 우선이 고개를 돌렸다. 계곡에서 불어온 바람에 옷자락이 펄럭일 뿐, 우선은 그늘진 숲속에 미동도 않고 서서 황재하를 보았다.

황재하가 머뭇거리고 있자니 앞서 가던 주자진이 뒤돌아보았다.

"먼저 가고 계세요. 뭘 두고 온 거 같아서, 다시 가서 찾아보고 올 게요."

"어?" 주자진이 주위를 두리번거렸다. 하지만 마침 옆에 있던 커다란 바위가 건너편에 있는 우선의 모습을 가려주어, 주자진의 눈에는 멀리 펼쳐진 숲과 흐르는 계곡물 외에는 별달리 눈에 들어오는 게 없었다. "그럼 빨리 다녀와."

황재하는 주자진이 숲을 벗어나 큰길 쪽으로 나가는 걸 보고서야 말을 달려 계곡을 건넌 뒤, 우선에게 다가가 말에서 내렸다.

우선의 낮게 깔린 음성이 들려왔다. 이곳에 얼마나 오랫동안 서 있었던 것인지 목소리에 피곤이 배어 있었다. "아하(阿瑕)[29]……."

우선이 다시 이렇게 불러주는 날이 오다니, 황재하는 순간 다른 세상에 와 있는 기분이 들었다. 사군부에서 지내던 시절, 우선이 얼마나 많이 그렇게 불러주었던가. '아하.'

우선이 나무라듯 말했다. '아하, 또 사건 조사에만 매달려서 밥 먹는 것도 잊었지?' 그러고는 빙긋 웃어 보이며 등 뒤에 숨겼던 아직 따뜻한 음식을 건네주었다.

우선이 기뻐하며 말했다. '아하, 내가 어젯밤에 사건과 관련된 장부들을 훑어봤는데 드디어 재작년 4월에 잘못된 항목이 있는 걸 발견했어.'

우선이 근심 어린 목소리로 말했다. '아하, 부모를 잃고 혼자 남은 그 아이가 너무 걱정돼. 살짝 선당에 가서 한 번 보고 오면 안 될까? 맛있는 것도 좀 사주고 말이야.'

지나간 일들이 엄청난 기세로 황재하의 마음을 뒤덮었다. 예전엔

---

29 황재하를 친밀감 있게 부르는 별칭.

그저 귀찮게 여겨지는 잔소리였고, 별 의미를 두지 않은 사소한 일들이었건만, 이렇게 우선을 마주한 채 그런 기억들을 떠올리자니 슬픔이 솟구쳤다.

우선이 낮은 소리로 물었다. "제등 사건은 단서가 좀 있어?"

이 또한 익숙한 물음이었다. 황재하가 사건을 조사할 때면 우선은 늘 이렇게 물었다.

황재하는 우선의 얼굴을 보지 않으려 시선을 아래로 내렸다. "아직이야. 표면적으로는 누군가에게 살해당할 이유가 전혀 없어 보여. 늘 남들에게 친절해서 사람들과 관계도 좋았고, 절도부 판관의 신분이고."

우선은 멍한 표정으로 미간을 찌푸리며 대충 맞장구쳤다. "그러게……. 누가 제등을 죽이려 하겠어?"

"맞아. 겉으로는 다들 제등 판관과 관계가 좋았어. 하지만 실상이 어떤지는 누가 알겠어. 어쩌면 많은 사람에게 그를 죽일 만한 동기가 있지만, 수면 위로 드러나지 않은 것뿐일 수도 있지." 황재하는 눈을 들어 우선을 보며 나지막한 목소리로 천천히 말했다. "어쩌면 주 사군댁 딸과 제등 판관의 혼인에 불만을 품은 사람이 있었는지도 모르지. 또 어쩌면 제등 판관 때문에 벼슬길이 순조롭지 않은 사람이 있었을 수도 있고. 또 어쩌면…… 누군가의 원한을 산 일이 있었을지도? 예를 들면, 많은 사람 앞에서 누군가를 난처하게 만들었다든지 말이야."

순식간에 낯빛이 창백해진 우선이 눈을 크게 뜨고서 믿을 수 없다는 표정으로 황재하를 보다가, 한참 뒤에야 참담한 미소를 지으며 물었다. "본 거야?"

"응……. 마침 그때 옆에 있었어."

우선은 다시 한참을 황재하를 바라보다가 입을 열었다. "그래서…… 내가 범인이라 의심하는 거야?"

"아직 아무것도 밝혀지지 않았으니, 너도 범인일 가능성이 있지. 자진 공자도, 장항영도, 그리고 나 역시도 가능성이 있어……. 지금은 아무것도 단정하기 어려워."

우선은 황재하의 표정을 통해 무언가를 알아내려 그 얼굴을 뚫어져라 보았지만 담담한 표정에서는 어떠한 것도 읽어낼 수 없었다.

우선이 한숨을 내쉬었다. "맞아. 어제 아침에 제등이 했던 말들이 무슨 의미인지 나도 잘 모르겠어. 하지만 왠지 나하고 엄청난 관계가 있는 일 같아서, 연회가 끝나면 상세히 물어보려 했는데, 그렇게…… 연회 중에 죽을 줄이야."

우선의 표정이 급격하게 어두워졌다. 그 수려한 얼굴에 짙게 드리운 우울을 느끼며 황재하는 저도 모르게 마음이 짠했다. '제등의 죽음으로 많이 힘든 모양이네.'

황재하는 가볍게 한숨을 내쉬고는 물었다. "우리 부모님이 돌아가신 후에, 왜 죽으려고 한 거야?"

우선의 낯빛이 더 창백해지며 얼굴 가득 슬픔이 드리웠다. 우선은 황재하 쪽을 보지 않고 고개를 돌린 채 잔뜩 잠긴 목소리로 말했다. "너와는 상관없어……. 그저 내 양부모님을 따라가고 싶었을 뿐이야."

"네가 죽으려고 했을 때 제등 판관이 널 구해줬고?"

"그래……."

"그렇다면 제등은 네 생명의 은인인 셈인데, 너는 은인에 대해 조금도 아는 게 없어?"

우선이 담담한 투로 대답했다. "제등도 우연히 구해줬을 뿐이고, 난 이미 살고 싶은 마음이 전혀 없었으니, 은인이었던 건 아니야."

냉정한 기색으로 말하는 걸 보니 우선은 확실히 제등에게 고마움을 느끼지는 않는 듯했다. 황재하가 다시 한숨을 쉬며 말했다. "네가 모른다면 어쩔 수 없지……. 어쨌든 난 우리 가족을 죽인 사람이 누구인지 모든 사람이 알게 되도록, 모든 것을 확실하게 조사해서 사람들 앞에 뚜렷한 증거를 내놓고 말 거야."

우선은 다시 황재하를 응시하며 낮은 소리로 물었다. "그 두 번째 서신은 조사해봤어?"

황재하는 눈을 내리깔며 대답을 회피했으나, 다시 고개를 들고 말했다. "난 그런 서신을 쓴 적이 없어. 그것만큼은 확실해."

황재하가 대답을 피하자 우선이 냉랭한 목소리로 말했다. "황재하, 넌 자신의 혐의도 아직 벗지 못했으면서 전혀 상관없는 사건에만 몰두하고 있어. 그러니 네가 최종적으로 밝혀내는 진실이라는 것 또한 내가 어떻게 믿지……."

우선의 의심 가득한 말을 듣고 황재하의 목소리도 날카롭게 변했다. "너는 그럼 내가 사건을 재조사한다는 명목 아래 무고한 희생양을 끌어들여서 법망을 빠져나가려 한다고 생각하는 거야?"

우선이 고개를 내저으며 잠시 멍하니 있다가 다시 입을 열었다. "그런 뜻이 아니라는 건 너도 알잖아. 난 그저…… 걱정이 돼서 그래. 너 자신도 확신 없는 부분이 있는 거 아니야? 그래서 이런저런 이유로 도망을 쳤고……."

"우리 둘의 기억이 맞지 않는 것에 대해 나도 많이 생각해봤어. 어쩌면 정말로 너와 나, 둘 중 한 사람이 진범일 수도 있겠지. 우리의 기억이 서로 맞지 않는 그 시간 동안 무슨 일이 생긴 것은 분명해." 황재하는 우선에게로 시선을 돌렸다.

우거진 숲속 그늘 아래서 황재하는 수척한 우선의 모습을 보았다. 그리고 더없이 익숙한 그 얼굴 위의 맑고 투명한 두 눈을 보았다. 눈앞에 서 있는 이 사람이 직접 둘 사이에 있었던 모든 과거를 모질고

독하게 끊어버렸다. 심지어 황재하에게 받은 연서를 황재하의 적이나 다름없는 인물에게 범죄의 증좌로 내어주기까지 했다. 지금 황재하를 바라보는 우선은 그 시절과 다름없는 맑고 거침없는 소년의 모습이었지만, 이미 황재하에게서 너무 멀어져 다시는 손을 잡을 수 없는 사람이 되었다.

문득 지난밤 흔들리는 등촉 아래에서 자신이 이서백에게 했던 말이 떠올랐다.

가슴속에서 요동치는 그 감정들에 어떻게 그리 순식간에 복종해 이서백의 손을 덥석 잡았는지, 아직까지도 의문이었다. 그리고 이서백이 자신의 손을 마주 잡았을 때의 그 감정은 또 무어란 말인가. 황재하는 이런 생각들을 떨치려 머리를 내저었다.

그때 우선의 목소리가 들렸다. "우리의 기억이 맞지 않는 그 얼마간의 시간이 아무리 생각해도⋯⋯ 굉장히 중요한 것 같아."

우선은 손을 들어 자신의 관자놀이를 꾹 눌렀다. 그 손등 위로 약하게 불거진 힘줄이 보였다. 우선은 이 사건을 그토록 중요하게 여기면서, 동시에 사건의 결론을 몹시 두려워하는 것 같았다.

황재하도 마찬가지였다. 두 사람 모두 알고 있었다. 둘 중 한 사람의 신변에 일어났던 이상한 일이 장차 우선을, 어쩌면 황재하를 파멸시키리라는 사실을, 죽어서도 먼저 세상을 떠난 가족들을 볼 면목이 없으리라는 사실을.

하지만 과연 누구란 말인가? 기이한 상황에 휘말린 사람은 과연 우선인가, 황재하인가?

황재하는 긴 한숨을 내쉬며 고개를 돌렸다. "난 이만 가볼게⋯⋯. 건강 잘 챙겨."

황재하가 뒤돌아 떠나려는데 우선이 다급하게 황재하의 손을 붙잡으며 나지막이 불렀다. "아하⋯⋯."

우선의 손은 얼음장처럼 차갑고 약하게 떨렸다. 그 손에서 배어나온 식은땀이 황재하의 손가락을 적셨다. 황재하가 우선을 돌아보며 고개를 내젓고는 천천히 손을 빼냈다.

"우선, 모든 일에는 결과가 있게 마련이야."

"그럼, 너의 그 마지막 결과는 여전히 왕온과 함께야?" 우선이 갑자기 밑도 끝도 없는 질문을 던졌다.

황재하는 깜짝 놀라 망연한 얼굴로 우선을 보았다. 우선은 황재하의 손을 잡았던 손을 거두고는 그늘진 숲속에 가만히 서서 한참 동안 황재하를 응시했다.

"지금 상황에서 내가 너한테 뭐라 말할 자격은 없겠지. 하지만…… 어젯밤에 너를 따라 사군부에서 나왔다가…… 봤어."

무얼 봤다는 말인가? 왕온과 어깨를 나란히 하고 가는 모습을? 아니면 왕온의 말에 같이 올라타고 가는 모습을? 그것도 아니면, 왕온의 허리를 끌어안는 모습을?

황재하가 왕온에게 칼을 겨눈 모습은 보지 못한 게 분명했다.

황재하는 그저 자조적인 미소를 띤 채 이렇게 말했다. "때로는 눈에 보이는 것이 반드시 다 진실인 것은 아니야."

황재하는 그 이상 해명하지도, 다른 말을 덧붙이지도 않고 나푸사에 올라타 서서히 우선에게서 멀어졌다.

푸른 하늘 아래 세찬 바람이 불어왔다. 바람 속에 홀로 남겨진 우선은 고개 한번 돌리지 않고 떠나는 황재하의 뒷모습을 지켜보았다.

주자진은 길 한쪽에 세워진 작은 정자의 난간에 걸터앉아 무료한 듯 흔들흔들 발을 차고 있다가, 황재하의 모습이 보이자 얼른 뛰어내렸다. "숭고, 일단 가서 밥부터 먼저 먹자. 오후에는 어디로 갈 건데?"

황재하는 주자진과 함께 성문으로 향했다. "제등 판관 집에요."

주자진이 기뻐 펄쩍 뛰었다. "기대되는데! 난 너랑 같이 사건 실마리를 찾아다니는 게 제일 재미있어. 맞다, 우선 집에는 안 가? 나도 가 보고 싶은데."

말고삐를 잡은 황재하의 손이 살짝 느슨해졌다. "우 공자는 왜 그렇게 보고 싶어 해요?"

주자진은 멋쩍은 듯 머리를 긁적이며 말했다. "글쎄…… 황재하도 우선을 좋아하고, 동창 공주님도 우선과 은밀한 관계가 있었고, 게다가 시사 사람들이 우선에 대해 하는 말도 그렇고……. 다시 만나서 연구를 좀 해보고 싶달까."

황재하는 묵묵히 고개를 숙인 채 천천히 앞으로 나아갔다. 그러다가 덩굴장미 아래를 지날 때 고개를 들어 이미 꽃이 다 떨어진 덩굴을 보며 들릴락 말락 한 목소리로 한마디를 내뱉었다. "예전에요."

주자진은 무슨 말인지 몰라 황재하를 보며 되물었다. "예전에?"

황재하는 고개를 끄덕였다. 덩굴 그늘 속으로 늦여름의 더운 바람이 불었다. 황재하가 나지막이 말했다. "황재하가 예전에 우 공자를 좋아한 적이 있죠."

"황재하가 지금도 우선을 좋아하는지 아닌지 네가 어떻게 알아?" 주자진이 내내 요란스럽게 캐물었으나, 황재하는 평소와 다름없는 표정으로 말을 몰아 사군부에 도착했다.

사군부는 황재하에게 무척이나 익숙한 장소였다. 문을 들어서자마자 매끄럽게 마모된 청회색 돌길을 걸어 뜰 앞에 심긴 비파나무를 지난 뒤, 나뭇결이 살짝 갈라진 작은 문을 넘었다. 바닥 한번 살피지 않고도 거침없이 걸음을 옮겼다.

주자진은 연밥죽 두 그릇을 받쳐 들고 와 정성스럽게 황재하 앞에 놓아주고는 젓가락도 손수 챙겨주었다. 꼬리가 있었다면 꼬리까지 흔들 기세였다.

"숭고, 말 좀 해봐. 황재하를 아는 거야? 아, 내가 왜 그 생각을 못 했지! 둘 다 이름난 수사관이잖아. 분명히 교류가 있었겠지?"

황재하는 주자진과 더 길게 말하고 싶지 않아 고개를 파묻고 먹는 데만 집중했다. "아뇨, 그냥 그런 느낌이 드는 것뿐이에요."

"알았어……." 주자진은 젓가락을 들고서 멍하니 중얼거렸다. "황 재하는 지금쯤 어디에 있을까? 포졸들을 피해 사방으로 도망 다니고 있을까? 어딘가에서 지금 우리처럼 밥을 먹고 있을까? 황재하는 뭘 먹을까?"

황재하는 국을 한 모금 마시고는 젓가락을 들어 주자진의 밥그릇을 툭툭 치며 말했다. "어서 드세요. 안 그럼 제등 판관 집에 저 먼저 가버릴 거예요."

"안 돼……." 주자진은 황급히 음식을 먹기 시작했다.

황재하는 그런 주자진을 보며 한숨을 쉬었다. "걱정 마세요……. 제 생각엔, 황재하도 분명히 우리처럼 맛있는 연밥죽을 먹고 있을 거 예요."

주자진은 황재하보다 더 확신에 찬 표정으로 고개를 끄덕였다.

한창 밥을 먹는데 지난번에 길에서 독을 실험했던 그 개가 의자 아래로 들어와 킁킁 냄새를 맡으며 침을 흘렸다. 주자진이 재빨리 커다란 양고기 두 덩이를 개에게 던져주었다.

"부귀(富貴)야, 잘 먹고 얼른 커야 해. 관아에서는 네가 솜씨를 발휘할 날만을 기다리고 있단다. 10리 밖 냄새까지 다 맡아서 성도부에 있는 나쁜 냄새란 냄새는 모조리 장악하는 거지. 그래서 일거에 붙잡아들이는 거야!"

좋아서 허겁지겁 고기를 먹는 개를 보며 황재하의 입꼬리가 슬그머니 올라갔다. "부귀요?"

"응, 이 녀석 이름이야."

황재하는 어이없다는 표정으로 못생긴 얼루기를 내려다보았다. 그러다 갑자기 뭔가가 떠올라 주자진에게 물었다. "그 옥팔찌 좀 보여주세요."

주자진은 품에서 팔찌를 꺼내며 말했다. "조심히 다뤄야 돼. 이건 황재하 물건이라고……."

황재하는 그 말엔 전혀 아랑곳하지 않고 팔찌를 천천히 돌리며 위에 새겨진 무늬를 살펴보았다. 서로의 꼬리를 물고 있는 두 마리 물고기와 윤이 나는 진주 구슬 두 알이 보였다. 팔찌를 들어 창밖에서 들어오는 햇살에 비춰보았다. 전체가 투명하게 빛나는 옥석은 마치 한가운데가 다 파인 아치형 얼음에 빛줄기가 굴절되어 비치는 것처럼 환상적인 아름다움을 만들어냈다.

황재하는 팔찌를 주자진에게 돌려주고는 손을 아래로 뻗어 부귀의 머리를 쓰다듬었다. 부귀는 큼지막한 양고기 두 덩이를 먹고는 잔뜩 신이 난 터라, 황재하의 손을 핥아주며 요란하게 꼬리를 흔들었다.

황재하는 잠시 부귀가 손을 핥도록 두었다가 물가로 가 물을 한 바가지 퍼 손을 씻었다. 그러고는 다시 식탁에 앉아 부귀를 보았다.

황재하가 손을 씻고 오는 모습에 주자진이 말했다. "어제 주방 이모가 엄청 빡빡 문질러 씻겨서 아마 더럽진 않을 거야."

"네, 알아요." 황재하는 무심히 그리 대답하고는 주자진이 식사를 마치기를 기다리며 머리에서 비녀를 뽑아 들었다. 그러고는 식탁 위에 천천히 그림을 그리며 생각을 정리했다. "맞다, 전에 제등 판관이 목선 법사에게서 정수를 받아 와 팔찌를 씻어주겠다고 했잖아요. 정말 그렇게 해줬어요?"

"아니, 그럴 시간도 없이 그리 갑자기 죽어버렸잖아." 주자진의 얼굴에 근심이 드리웠다. "불쌍한 내 동생, 이번엔 시집가나 했더니. 그것도 어느 하나 모자란 것 없는 괜찮은 남자한테 말이야……. 그런데 이렇게 될 줄 누가 알았어."

황재하는 고개를 끄덕이며 계속해서 탁자 위에 그림을 그려나갔다. 식사를 마친 주자진은 황재하가 그림에 몰두하고 있는 듯하자 방해 않고 가만히 식탁에 엎드려 황재하를 바라보았다.

황재하는 뚫어져라 쳐다보는 주자진의 시선이 부담스러워 비녀를 다시 머리에 꽂으며 물었다. "그럼 갈까요?"

주자진은 고개를 끄덕이고는 몸을 일으키며 물었다. "숭고, 너 예전 에…… 그러니까 환관이 되기 전에 말이야, 너를 좋아하는 여자가 많았지?"

황재하가 담담하게 대답했다. "아니요. 저를 좋아한 여자는 없었어요."

주자진은 저도 모르게 헉 하고 숨을 들이켰다. "그럼…… 남자들이 너를 좋아했어?"

황재하는 '제발 쓸데없는 상상 좀 하지 마세요'라는 눈빛으로 주자 진을 쏘아보고는 곧장 일어나 걸음을 옮겼다.

17장

복숭아와 자두가
무르익다

　제등의 양친은 이미 세상을 떠났고, 집안에 친족이 있기는 하나 다들 방계여서 딱히 친밀감은 없는 자들이었다. 그래서 황재하와 주자진이 도착했을 때는 먼 친척 몇이 와서 서로 물건을 가져가겠다고 싸우는 중이었다. 다들 어찌나 당당하고 거리낌이 없는지, 제등의 물건이 아니라 자기들 물건을 되찾으러 온 듯 보일 정도였다.

　주자진은 어안이 벙벙해 안으로 뛰어 들어가며 크게 소리쳤다. "여기는 누가 관리하고 있는가? 어서 나오시오!"

　다들 잠시 멈칫하며 주자진을 쳐다보는가 싶더니 이내 일제히 몸을 돌리고는 계속 물건을 챙겼다.

　황재하가 뜰 정중앙으로 들어서며 크게 외쳤다. "다들 들으십시오! 제등 판관 사건은 사안이 중대하여 관아에서 집안의 모든 물건을 봉할 것을 명하였습니다. 작은 것 하나라도 가져갈 시에는 멋대로 관물을 착복한 죄와 관아의 사건 조사를 방해한 죄를 물어, 최소 장형에서 구류형까지 내릴 것입니다! 누가 감히 경거망동하는 것입니까!"

　황재하의 말에 다들 놀라 손에 들었던 물건들을 얼른 내려놓고 얌전히 복도 쪽으로 물러났다. 그리고 아무것도 가져간 것이 없음을 보여주려는 듯 양손을 번쩍 들어 보였다.

황재하가 다시 물었다. "이 집의 집사는 어디 있습니까? 누가 관리하고 있죠?"

마찬가지로 문 옆에 서서 손을 들어 보이고 있던 한 늙은이가 재빨리 뛰어와 고개를 조아렸다. "소인 제복이 평소 이 댁 안팎의 일들을 맡아서 해왔습니다. 두 분 나리께 인사드립니다!"

"어르신, 이쪽으로 와서 잠시 얘기를 나누시지요." 황재하가 옆에 있던 작은 정자로 자리를 옮겼다.

정자는 꽤나 풍치 있었다. 앞에는 작은 가산 하나가 세워져 있고, 가산 아래로 맑은 물이 흘렀다. 물속 돌들 위로는 푸른 이끼가 꼈고, 물가에는 잎이 무성한 계화나무 한 그루가 자랐다.

제복은 두 사람에게 차를 따르고는 슬피 탄식했다. "저도 제등 판관의 먼 친척입니다. 지난해에 고향에 와서는 자신이 판관이 된 뒤에 곁에서 도와줄 사람이 필요하다며 저더러 도와달라고 하더군요. 그래 인정 약한 제가 두말 않고 따라왔지요. 와서 보니 정말 저택에 사람이 하나도 없었습니다. 그때 저와 함께 올라온 친족 몇이 전부였지요. 알고 보니 원래 있던 집사가 손버릇이 나빠 다른 하인들과 함께 모조리 내쫓겼다고 했습니다. 지금 저들은 그때 제가 데리고 온 친족들입니다."

주자진이 물었다. "아니, 친족이라면서 사람이 죽자마자 이리 물건들을 나누고 계십니까?"

제복이 어색한 웃음을 지어 보였다. "그게…… 어쨌든 제등 판관은 가족이 없지 않습니까. 어차피 친족들이 와서 다 나누어 갈 텐데…… 평소에 곁에서 시중들며 고생한 저희들이 조금 더 가져가는 게 맞지 않겠습니까, 하하……."

주자진은 떳떳하게 그런 말을 내뱉는 제복을 보며 할 말을 잃었다.

이번에는 황재하가 물었다. "제등 판관은 평소에 누구와 왕래가 많았습니까?"

"그게…… 주로 절도부에 나가 있는 시간이 길어서, 늘 아침 일찍 나갔다가 저녁 늦게야 돌아왔습니다. 그렇게 젊은 나이에 절도부 판관이 되었으니 그게 어디 보통 일이겠습니까? 우리 가문에서 이렇게 높은 관직이 나온 건 제등 판관이 처음이었습죠……."

황재하는 그 동문서답에 휘말리지 않고 다시 본론을 캐물었다. "어르신, 좀 더 자세히 떠올려보십시오. 절도부 사람 외에 평소 자주 왕래하던 사람은 누가 있었습니까? 범인을 잡아낼 중요한 단서가 될 수도 있으니 기억을 잘 더듬어보세요."

제복은 그제야 곰곰 생각하더니 말했다. "불도를 논하러 목선 법사를 자주 찾아갔습니다. 목선 법사가 이리로 와서 식사를 한 적도 있지요. 이런 것도…… 포함되는 겁니까?"

또다시 목선 법사였다. 황재하가 바로 다시 물었다. "제등 판관은 원래 불도에 관심이 많았습니까?"

제복은 정확지 않은 듯 에둘러 답했다. "그건 저도 잘 모르겠네요. 저는 목선 법사가 어느 절에 있는지도 모릅니다."

"법사 외에는 또 없었습니까?"

제복은 평소 제등의 인간관계가 어떠했는지 정말 모르는 듯 곤혹스러운 빛이 역력했다.

황재하가 하는 수 없이 대놓고 물었다. "우선이라 하는 자가 있는데, 혹시 아십니까?"

"아!" 제복은 그제야 떠올랐는지 급히 대답했다. "그런 사람이 있었지요! 예전에 한 이삼 일 여기 묵은 적이 있습니다. 아마 자살하려 한 모양인데 제등 판관이 구했다지요. 당시 목선 법사도 와서 그 사람을 보았습니다. 무슨 일이 있었는지는 잘 모르겠지만, 세 사람이 방 안에서 대화를 나누던 중에 제등 판관이 물고기를 넣어 키우던 도자기 그릇을 내던지고는 우선 공자에게 자신의 물고기를 돌려달라고 소리쳤습니다!"

물고기. 황재하는 그 중요한 단어를 놓치지 않았다. "제등 판관이 물고기 키우는 것을 좋아한다고 들었습니다."

"좋아했나요? 저는 잘 모르겠던데요. 다만 그 물고기를 키우는 것에 우쭐하는 것 같았습니다. 목선 법사가 장안에서 우연히 손에 넣어 선물로 주었다는데, 원래는 서역의 물고기로 중원에서는 보기 드문 것이라 했습니다."

"물고기를 돌려달라고 말했다면, 제등 판관이 우 공자에게 물고기를 주었다는 말이군요? 그렇게 진귀한 물고기를 아까워서 어찌 다른 사람에게 주었을까요?"

"그렇네요. 두 사람의 관계가 그렇게 가깝지는 않아 보였으니, 그리 좋아하던 것을 선뜻 주었을 리는 없을 텐데 말입니다. 한번은 제등 판관이 저희에게 그 물고기는 100년도 거뜬히 살 수 있다고 자랑한 적이 있습니다. 그러면서 자신이 죽으면 무덤 안에 맑은 물을 한 독 떠 놓고 물고기도 그 안에서 함께 살게 할 거라 했지요……. 이제 와 생각하니 참으로 불길한 말이었네요……. 어휴!" 제복은 한숨을 내쉬며 비통한 표정을 지어 보였다.

하지만 그 시선은 시종 정자 안에 놓인 기물에서 떨어질 줄을 몰랐다. 특히 금은이나 옥 장식이 있는 물건들을 볼 때는 금방이라도 침이 떨어질 듯했다.

황재하는 우선에 관해 더 물어보았지만 제복이 기억하는 건 거의 없었다. 이곳에 머무는 동안은 마치 죽은 사람처럼 미동도 없이 누워만 있다가 살짝 정신이 들자 자기 집의 시종들을 불러 돌아갔으며, 그때까지도 넋 나간 얼굴이었고 제복은 그 목소리 한번 들은 적이 없다고 했다.

황재하는 우선에 대해 더 이상 캐낼 말이 없자 이번에는 다른 것을 물었다. "평소 제등 판관은 어디서 업무를 보았나요? 남아 있는 문서 같은 것은 없습니까?"

"서재에 있습니다. 이쪽으로 오시지요." 제복은 뒤쪽에 있는 작은 누각으로 둘을 안내했다. 안에는 책장과 책상이 놓여 있고, 벽에 그림 몇 폭이 걸려 있었다. 월계화와 진달래, 수선화, 청송 등이 그려진 그림이었다.

황재하는 청송 그림에 가까이 다가가 살펴보았다. 서너 그루의 굽은 소나무 아래, 한 사람이 앉아 거문고를 타고 있었다. 거문고를 무릎에 올리고 열 손가락을 놀리는 사람 옆으로 시구도 한 구절 적혀 있었다. '나를 위해 한 곡조 연주하니, 첩첩산골 솔바람 소리 듣는 듯하네.'

주자진도 황재하 뒤에서 그림을 들여다보다가 말했다. "뭔가 좀…… 이상한데."

"그렇죠. 수국 그림 같은 게 걸렸으면 훨씬 더 어울렸을 듯하네요."

두 사람의 대화에 제복이 옆에서 끼어들었다. "어휴, 그러니까 말입니다. 정말로 그전에는 이 자리에 수국 그림이 걸려 있었습죠."

"그럼 그 그림은 지금 어디에 있습니까?" 주자진이 물었다.

"그건 저도 잘 모르겠습니다…… 언제 이 소나무 그림으로 바뀌었는지도 잘 모르겠네요. 잠시만요." 제복이 문 앞으로 가더니 밖을 향해 크게 소리쳤다. "아귀, 아귀 있느냐!"

제복의 부름에 열너덧 살 정도 되어 보이는 소년 하나가 뛰어왔다. "부르셨어요?"

"네가 나리 서재를 청소하고 있지? 여기 걸려 있던 수국 그림은 어디 갔느냐?"

소년은 고개를 갸웃하며 소나무 그림을 보더니 어리둥절한 표정으로 말했다. "제가 어찌 알겠습니까? 나리께서 소나무가 더 보기 좋아 바꾸신 것 아니겠습니까?"

"에잇, 됐다. 나가거라!" 제복은 손을 휘저어 소년을 내쫓고는 다시 두 사람을 향해 웃는 얼굴로 말했다. "아무래도 나리가 직접 바꾸신 듯합니다. 저희 아랫것들이야 나리가 하시는 대로 따를 뿐이지요."

생전에 집안을 잘 다스리지 못했는지, 제등이 죽고 나니 집안 전체가 난장판이 되어 조사하는 데 어려움이 따랐다.

황재하는 제복에게 먼저 물러가 있으라 하고는 주자진과 함께 서재에 있을 법한 단서를 찾아보기 시작했다. 주자진은 먼저 책장과 서랍을 뒤졌고, 황재하는 서재 안을 한 바퀴 돌아보았다. 그때 쓰레기통 안에 버려진 무언가가 눈에 들어와 끄집어내 보았다.

검푸른색 염낭이었는데, 색이 칙칙하고 모양도 구식이었다. 겉에 수놓인 백자련도 실력이 형편없었다. 황재하는 염낭을 들어 가까이에서 살펴보았다.

주자진이 다가와 슬쩍 쳐다보고 말했다. "엄청 옛날 거 같은데? 색이 흐릿하니 볼품없어서 버렸겠지."

황재하는 고개를 저었다. "색이 어둡긴 하지만 백자련 문양을 보니 여인이 사용하던 물건일 거예요. 제등 판관이 이런 꽃무늬 염낭을 사용했겠어요?"

주자진이 멋쩍어 머리를 긁적이며 말했다. "하지만 젊은 아가씨들이 이런 고리타분하고 촌스러운 색상의 염낭을 쓰겠어?"

"나이 지긋한 부인이라면 쓸 수도 있겠죠?"

주자진이 "오!" 하고 외치더니 말했다. "그렇다면…… 모친의 유품?"

황재하가 어이없어하며 되물었다. "모친의 유품을 쓰레기통에 버렸겠어요? 게다가 제등 판관 집안은 그럴 듯한 가문인데, 그 모친이 이렇게 서툰 솜씨로 만든 염낭을 썼을 리 있어요? 심지어 그걸 유품으로 남기고요?"

주자진은 눈만 껌뻑거렸다. "그럼……?"

"탕주 부인 조카가 했던 말 기억 안 나세요? 탕주 부인이 염낭을 살짝 꺼내 보였다가 다시 집어넣으면서, 돌아가면 은비녀 한 쌍을 해주마고 말했다고 했죠. 하지만 탕주 부인 시신을 조사할 때 염낭은 없었잖아요."

주자진은 순간 큰 깨달음이 온 듯 소리쳤다. "범인이 부인을 낭떠러지에서 밀어뜨릴 때 그 염낭을 빼앗은 거야!"

"그리고 이게 바로 그 염낭일 가능성이 크고요." 황재하가 텅 빈 염낭을 챙겨 들었다.

"하지만 제등처럼 돈 많은 사람이 뭐하러 남의 집 여종이 가진 돈을 훔치려 들었을까?" 주자진이 잠시 생각하더니 다시 입을 열었다. "아니면…… 다른 사람이 산길에서 탕주 부인의 돈을 강탈한 뒤 염낭은 그 자리에 버렸고, 그걸 제등이 주웠을 가능성은?"

"강도를 만났다면 부인의 보따리가 엉망진창이 되어 있어야 정상이지, 옷가지가 그렇게 가지런히 개켜져 있겠어요? 상대는 처음부터 이 염낭을 노리고 달려든 거예요. 부인을 완전히 제압한 뒤 보따리 속에서 염낭만 꺼내고는 곧바로 부인을 산 아래로 밀어버린 거죠."

주자진이 다시 외쳤다. "그 조카구나!"

황재하는 힘이 빠졌다. "그 조카가 그럴 거였다면, 골목에서 부인이 염낭을 꺼냈다가 다시 집어넣었을 때 진즉에 빼앗았겠죠. 뭐하러 그먼 길을 쫓아가서 고모를 죽이고 돈을 강탈했겠어요?"

"그러면 제등은 왜 이 염낭을 빼앗았단 말이야? 그렇게 빼앗은 걸 왜 버렸고?"

"당연히 염낭이 아니라 이 안에 들었던 물건이 필요했겠죠. 뭔가 비밀이 폭로될 수 있는 물건이 들었던 거 아닐까요."

황재하는 염낭을 주자진에게 넘겨주었다.

주자진은 염낭을 받아들고는 고개를 들어 밖을 내다보다가 급히 황재하를 잡아당기며 말했다. "저것 봐, 저것 봐."

제복 일행이 몰래 물건을 숨기고 있었으나, 황재하는 무심하게 반응했다. "신경 끄고 일단 우리에게 필요한 거 먼저 찾자고요."

"우리에게 필요한 게 뭔데?" 주자진은 무작정 황재하를 따라다니며 이것저것 뒤적거렸다.

황재하는 두껍게 쌓인 문서들 속에서 약간 누런 색깔의 종이 한 장을 꺼내 주자진 앞에 보였다. "예를 들면, 이런 거요."

주자진은 종이를 보자마자 눈을 번뜩였다. "종회의 친필 서신?"

"게다가 가평 원년 12월 초아흐레에 쓰이고, 낙관이 '상서랑 종회'로 찍힌 거예요." 황재하는 서신을 책상 위에 올려놓고는 담담하게 말했다. "온양이 우 공자에게 와서 봐달라고 청했던 그 서신 같아요."

"희한하네……. 이게 왜 여기 있지? 온양의 물건 아니었어?" 주자진은 서신을 들어 살펴보다가 다시 황재하의 손에 들린 서신 쪽으로 고개를 내밀고 물었다. "그건 또 다 뭐야?"

황재하는 그 서신들을 주자진 앞에 펼쳐 보였다. "금을 입힌 종이, 붉은 줄이 그어져 있는 색깔 종이, 복사꽃이 그려진 봉투, 이게 다 뭐겠어요?"

주자진이 자세히 살펴보려고 머리를 가까이 가져가자, 여인의 분향이 코끝을 찔렀다. 잠시 머뭇거리던 주자진이 물었다. "설마 이게 다…… 연서란 말이야?"

"네. 게다가 풍류를 아는 여인이 쓴 연서죠." 황재하가 그중 하나를 펼쳐보았다.

베개 위로 까치 우는 소리 들려와, 나른하게 일어나 꽃가지 보네. 온종일 좋은 일 가득하려나, 다만 그리운 이는 볼 수 없네.

　　　　　　　　　장춘원 연연이 겨울날 손에 입김을 불며 쓰다

주자진은 순간 감동한 듯 말했다. "잘 쓴 시는 아니지만 시 속에서 느껴지는 감정이 마음을 울리는데……."

"아마 여인들 중 문장에 정통한 한 사람이 여러 여인들을 대신해 한 수씩 적어줬을 겁니다. 재능 많은 여인이라는 명성을 얻으려, 풍류를 좋아하는 손님을 만나면 이렇게 시를 건네는 거지요." 황재하는 또 다른 몇 장의 서신도 펼쳐보았다. 과연 대부분이 임을 그리워하거나 원망하는 내용이 담긴 서신이었다. 마지막 낙관 부분도 '란란이 한밤중 꿈에서 깨어 쓰다', '원원이 붉은 초 아래서 시험 삼아 쓰다', '소옥이 화장을 하고 답시를 쓰다'와 같이 구구절절 심금을 울리려는 의도가 보였다.

주자진이 감탄하며 들여다보다가 안도의 표정을 지었다. "자연이 이런 사람에게 시집가지 않아서 정말 다행이야. 까딱하면 화병으로 죽을 뻔했어."

황재하는 그 여동생에게도 호기심이 생겨 물었다. "정혼자가 죽어서 많이 상심했겠어요?"

"전혀. 지금은 또 다음 남자를 열심히 물색하는 중이야." 주자진은 순간 서신을 뒤적이던 손을 멈추더니 푸른색 무늬의 종이 한 장을 꺼냈다. "엥……. 이건 뭔가 좀 다른데?"

황재하가 서신을 받아 들어 살펴보니, 다른 꽃무늬 서신들과 달리 우아한 푸른색 방승 문양이 찍혀 있었다. 확실히 남다른 취향이었다.

그 위에 적혀 있는 글귀 또한 여타 서신과는 다른 느낌이었다.

복숭아를 나누며 원망도 해보았고, 소매를 자르며 기뻐도 해보았네.[30]
화려한 도성에는 고관대작 가득하나, 공자는 이 세상에 하나뿐이네.

주자진은 얼굴을 가리며 불쾌한 표정으로 말했다. "아무리 그래도 어찌 이렇게 엉망으로 썼을까……. 대필도 좀 잘하는 사람한테 부탁하지."

황재하가 아래 낙관 부분을 가리켰다. "시 말고 여기를 보세요."

주자진은 자세히 들여다보았으나 별다른 점을 발견하지 못하고 그대로 읽어 내려갔다. "야유원 솔바람이 임의 옷깃을 깊이 그리워하며." 그러다가 주자진도 뭔가 이상한 점을 눈치채고 다시 되뇌었다. "야유원…… 솔바람?"

"네, 지난번에 범원룡이 말한 거 기억하세요? 야유원에 가서 남자 접대부를 찾았다고 했죠. 아무래도 성도부 어딘가에…… 남색 하는 곳이 있는 듯해요."

주자진은 입을 떡 벌리고는 흥분을 감추지 못했다. "그렇다면 우리도 공무를 위해 유곽을 둘러보러 가는 거야? 그것도…… 남색 하는 곳을? 아휴, 우리 아버지가 어찌나 엄하신지 그런 곳은 한 번도 못 가봤는데, 상상만 해도 긴장되는데 어떡하지?"

눈을 씻고 봐도 주자진의 얼굴에 긴장된 기색은 조금도 보이지 않고, 흥분과 기대만이 반짝였다. 황재하는 곰곰이 생각하다 서신을 내려놓고는 밖으로 나가며 말했다.

"저는 일단 돌아갔다가 다시 나올게요."

주자진이 잽싸게 따라나서며 물었다. "뭐하러 돌아갔다 다시 나와?"

황재하는 왠지 켕기는 마음에 고개를 숙이고 말했다. "먼저 전하께

---

30 '복숭아를 나누다'와 '소매를 자르다' 모두 동성애를 상징하는 표현임.

말씀드려야 할 것 같아서요."

주자진은 잠시 생각해보더니 고개를 끄덕였다. "맞는 말이야. 일개 환관이 유곽을 가는데 미리 상사에게 보고해야 옳지. 안 그럼 나중에 공금을 어떻게 정산받겠어?"

다시 또 생각해보던 주자진이 황재하를 쫓아가며 물었다. "이봐 이봐, 숭고, 그게 아니지! 어쨌든 공금이야 관아에서 낼 건데, 기왕 전하께 보고할 이유가 뭐야?"

이서백의 거처에 이르렀을 때 매우 난처한 장면이 벌어졌다.

마침 절도부의 류 관사(管事)가 미녀 몇 명을 데리고 문밖으로 나오고 있었다. 관사는 황재하와 주자진을 보고는 함박웃음을 지으며 반색했다. "아이고, 양 공공. 돌아왔습니까?"

황재하는 그 뒤로 서 있는 여인들을 보자마자 무슨 상황인지 알아채고는 그저 고개만 끄덕일 뿐 아무 말도 하지 않았다.

"범 절도사께서 전하가 타지에서 적적하실까 염려하여 여색이 뛰어난 자들을 보내오셨습니다. 그런데 아무래도 전하의 눈에는 차지 않는 모양이어서……."

"전하께서는 평소 결벽증이 있어서 다른 이가 가까이 다가오는 것을 좋아하지 않으십니다. 왕부에 계실 때도 그러셨지요. 다른 여인들을 물색해오시는 수고는 하지 않으셔도 될 듯합니다."

류 관사는 순간 뭔가 깨달은 듯 다시 말했다. "그러셨군요. 그럼 몇 날 지나서 제가 얼굴 반반한 소년들로 데려오도록 하겠습니다."

"아니, 그런 뜻이 아니오라……." 황재하가 미처 말리기도 전에 류 관사는 엄청난 비밀을 알았다는 사실에 신이 나서 여인들을 데리고 바람처럼 사라졌다.

황재하와 주자진은 서로 눈을 마주치며 치통이라도 앓는 듯 괴로운 표정을 지었다.

이서백은 두 사람이 돌아와 방금 있었던 이야기를 들려주자 도리 없다는 표정을 지으며 말했다. "저들 마음대로 하게 두어라. 어쨌든 내 주변에 사람을 심어놓고 싶겠지만 쉽지는 않을 것이야."

장항영이 심각한 표정을 지었다. "비록 저 하나밖에 없지만, 목숨 걸고 전하의 안위를 지키겠습니다!"

이서백은 장항영을 흘긋 쳐다보고는 평온한 투로 말했다. "인근 몇 개 지역 절도사들이 와 있어서 오늘 그들과 만날 것이다. 그중에는 서주에서 내 지휘를 받았던 자들도 있으니, 믿을 만한 자로 몇 사람 뽑을 생각이다. 그러니 너무 홀로 애쓰면서 힘들이지 말거라."

"전하……." 장항영은 머리를 부여잡을 뿐, 대답할 말을 찾아내지 못했다.

안 그래도 우직하여 평소 말도 잘 못하는 장항영이 이서백의 말 속에 숨은 의미를 얼마나 파악하겠는가. 그런 사실을 잘 아는 황재하가 재빨리 화제를 돌렸다.

"오후에 잠시 휴가를 청하고 자진 도련님과 벽오동 거리를 좀 다녀올까 합니다."

이서백의 반응은 황재하의 예상을 완전히 벗어났다. 별다른 반응 없이 그저 손을 흔들며 단 한마디를 할 뿐이었다. "다녀오너라."

황재하가 살짝 망설이는 틈에, 주자진은 이서백이 벽오동 거리가 어떤 곳인지 모르리라 여겨 설명을 보탰다. "그러니까 그게…… 성도부에서 유곽으로 유명한 곳입니다."

"그래." 이서백은 고개를 끄덕이고는 외출 채비를 위해 몸을 일으키려 했다.

황재하는 머뭇거리며 이서백의 표정을 살폈으나 이서백은 오히려 아무 일도 없는 것처럼 다른 질문을 던졌다. "제등의 죽음에 대해 단서는 좀 찾았느냐?"

"몇 가지 나오긴 했지만 아직 충분치 않습니다." 황재하는 고개를 끄덕이고는 앞전에 사람들의 증언을 기록한 문건이 떠올라 그것을 꺼내 보이며 말했다. "그날 전하께서 가신 뒤에 현장에 있던 사람들을 모두 심문했습니다. 그날 기록한 내용입니다."

이서백은 황재하가 건넨 문건을 건네받아 빠른 속도로 한 장씩 넘겨가며 훑어보았다. 그러다가 우선의 증언이 기록된 부분에서 시선이 멈추었다.

황재하는 이서백 곁으로 다가가 고개를 숙여 살펴보았으나, 무엇이 빠지거나 이상한 부분은 보이지 않았다. 황재하는 잠시 머뭇거리다가 고개를 들어 이서백을 보았다. 이서백의 시선은 증언의 가장 마지막 부분에 찍힌 수인(手印)에 가 있었다.

사건과 관련하여 심문을 할 때에는 기록을 전담하는 사람을 두고 증언을 다 기록한 후 증언자의 수인을 받는 것이 원칙이었다. 사실을 다룸에 있어서 착오를 없애고, 했던 말을 번복하여 사건에 불필요한 영향을 미치는 것을 방지하기 위함이었다.

우선은 손바닥이 길고 손가락 마디마디가 전체적으로 균형이 잡혀 그 수인도 유난히 아름다웠다.

황재하가 멍하니 수인을 보고 있는데 이서백이 탄식하듯 나지막이 말했다. "이 수인, 본 적이 있다."

황재하가 깜짝 놀라 작은 소리로 물었다. "전하께서 우선의 수인을…… 보신 적이 있다고요?"

"이상할 것도 없다. 대리사의 거의 모든 업무는 순잠에게 일임하고 그리 간섭하지 않지만, 사건의 최종 판결 문건은 다 보고 있었다." 이서백은 황재하를 흘끔 쳐다본 뒤 담담히 말을 이어갔다. "모든 사람의 수인은 다 고유한 모양을 가지고 있지. 손바닥에는 주된 손금 세

가닥과 나머지 무수한 잔손금이 있고, 이는 타고난 것이니 거의 바뀌지 않는다고 봐야 한다. 그래서 수인이나 지장을 찍어 교활한 자들이 신분을 속여 문제를 일으킬 수 없도록 하고 있지."

"하지만…… 그 많은 수인을 한 번 보고…… 정말 다 기억하신단 말입니까?" 황재하는 감히 믿기지 않는다는 표정으로 물었다.

주자진은 벽오동 거리를 갈 생각에 잔뜩 신나 있던 터라 곧바로 이서백을 향해 아첨의 말을 던졌다. "전하는 하늘이 내리신 천재인데 당연히 기억하고말고! 못 믿겠으면 네게 증명해 보이면 될 거 아니야!"

주자진은 조금 전 이서백이 훑어본 문건 속에서 한 장을 뽑아 다른 부분은 모두 가리고 수인만 내보이며 물었다. "전하, 이 수인은 누구의 것입니까?"

이서백은 슬쩍 쳐다보고는 바로 답했다. "사군부의 가노 오길영이다. 서원의 청소를 책임지고, 조경 관련 공구도 관리하고 있지."

황재하는 눈앞의 이 사람에게 큰절이라도 하고픈 심정이었다. 이서백의 두 눈이 한 번 보고 지나간 것은 모두 그의 기억 속에 저장되었다. 인간이 아닌 신의 능력 같았다.

황재하가 다시 우선의 증언 기록으로 시선을 주며 머뭇머뭇 물었다. "그럼…… 전하께서는 우선의 수인을 어디서 보셨습니까?"

이서백이 미간을 찌푸리며 잠시 기억을 더듬었다. 옷을 다 갈아입은 장항영이 문 앞으로 와 기다릴 즈음에야 "아" 하고 가볍게 탄성을 내뱉었다. "두 해 전, 막 대리사경에 부임했을 때 업무를 익히기 위해 10년 내의 모든 사건 기록을 훑어보았다. 이 수인은 5년 전 장안 광덕방에서 일어난 사건의 기록에서 보았다."

"사건 결과는요?"

"물론 우선은 범인이 아니었고, 다만…… 당시 그다지 주의 깊게 본 것이 아니라서 세부적인 내용은 정확히 기억나지 않는구나." 이서백이 황재하를 슬쩍 쳐다보며 천천히 말했다.

황재하는 생각에 잠긴 채 입을 달싹이며 무언가 말하려다 말았다.

이서백도 더 이상 황재하를 보지 않고 탁자 끝에 놓인 유리병 속 물고기에게 먹이를 몇 알 떨어뜨려주었다. 먹이를 다 먹은 물고기가 다시 조용히 유영하는 모습을 보고야 이서백이 입을 열었다. "나는 먼저 나가보겠다. 다른 단서가 있으면 네게 말해주마."

이서백이 그 사건을 기억하지 못하는 것으로 보이지는 않았지만, 말해주지 않는 데에는 필시 이유가 있을 터였다. 그런 생각을 하던 황재하의 머릿속으로 번뜩 스치는 생각이 있었다. 황재하가 참지 못하고 이서백을 불렀다. "전하……."

이서백이 고개를 돌려 황재하를 보았다.

"저희가 처음 만났을 때, 마차 안에서……." 황재하의 마음속에 오랫동안 남아 있던 의문이 마침내 풀렸다. 가슴이 심하게 쿵쾅거렸다. "전하께서 저의 손바닥을 보고 곧바로 제 신분을 알아채셨던 것도……."

이서백이 미소 지으며 고개를 끄덕였다. "대리사의 문건 속에 네 수인도 있었다."

황재하가 참지 못하고 웃음을 터뜨렸다. "어쩐지……. 한 사람의 인생이 손금 하나로 다 보일 리 없지요."

장항영과 주자진은 이미 문을 나섰고, 황재하는 이토록 가까이에서 함박웃음을 지으며 이서백을 바라보고 있었다.

가슴속에 퍼진 뜨거운 열기 탓이었을까. 이서백은 무엇에 홀린 듯 저도 모르게 손을 들어 황재하의 이마를 살짝 튕겼다. "일생이 똑똑한 것 같더니, 그 순간은 또 바보 같아서는."

"아얏!" 황재하는 손을 들어 이마를 문지르며 웃었다.

두 사람은 서로를 바라보며 한참을 그렇게 웃었다. 그러다 문득 정신을 차린 듯 다소 어색한 기류가 흘렀다.

이서백은 곧바로 몸을 돌리며 황급히 말했다. "다녀오지."

"네……." 황재하도 고개를 숙이고 다시 이서백을 쳐다보지 못했다.

주자진은 황재하가 절도부를 나온 뒤로 왜 줄곧 얼굴이 발갛게 달아올라 있는지 전혀 알지 못했다. 지금 주자진의 머릿속은 미지의 세계를 탐험하러 간다는 흥분으로 가득 차 있었다. "그것 봐, 전하도 네가 그런 데에 가는 걸 전혀 개의치 않아 하시잖아. 뭐 나랑 같이 가서 시야만 좀 넓히고 오는 것뿐이긴 하지만……."

벽오동 거리에 도착하니 이미 저녁 시간이 가까워 날이 살짝 어두워져 있었다.

거리 가득 끝도 보이지 않게 늘어선 기방과 홍등이 내걸린 주막을 본 주자진은 입을 다물지 못했다. "숭고, 그거 알아? 나 지금 엄청 설레!"

황재하는 그런 주자진을 흘겨보며 말했다. "가요."

벽오동 거리의 기방은 모두 관아에 정식으로 등록되어 떳떳이 영업했다. 거리에 나와 있던 포주들은 주자진과 황재하를 보고는 거침없이 다가와 서로 모셔가려고 난리였다. 다들 자기네 여인들이 더 예쁘다고 경쟁하듯 말했다.

그때 주자진이 정색하며 손을 들어 그들을 저지했다. "우리는 오늘 야유원에 갈 걸세."

"아……." 다들 순식간에 얼굴을 찡그렸다. "어쩐지 예쁘장하게 생긴 도련님들이라 했더니, 취향이 그쪽이셨군요. 저기 제일 마지막 골목 입구에 커다란 복숭아나무가 두 그루 있는데, 바로 거기입니다요."

뜻밖에도 야유원은 장사가 꽤 잘 되었다. 두 사람이 들어갔을 때는 이미 많은 방에서 노래를 하고 술을 마시고 떠들썩했다. 어느 방에서 흘러나오는 노랫소리는 실력이 굉장히 뛰어나 주자진도 걸음을 멈추고 잠시 귀를 기울였다. 주자진의 얼굴에 깊은 만족감이 드리웠다.

'드디어 오늘, 또 하나의 견문을 넓히는구나.'

침착한 황재하가 둘을 맞이한 포주에게 물었다. "솔바람 있습니까?"

포주가 재빨리 대답했다. "있고말고요. 금방 나올 겁니다. 그런데 두 분이서…… 한 명만 필요하신지요?"

황재하가 미처 뭐라 대답을 못 하고 가만히 있자 주자진이 자신의 가슴을 툭툭 치며 자신 있게 말했다. "우리는…… 한 사람만 부르는 걸 좋아하네."

'꽤나 거칠게 노는 사람들인가 보네.' 포주가 서둘러 솔바람을 호출했다.

솔바람은 금세 나와 두 사람에게 차를 따라주고 향을 피운 뒤 거문고 현을 조율했다. 막 「상사조」를 한 곡조 뽑으려는데 황재하가 손을 내저으며 물었다.

"여기 꽤나 오래 있었던 모양인데, 평소 어떤 손님들이 옵니까?"

솔바람이 작은 소리로 부드럽게 말했다. "소인은 바람처럼 먼지처럼 이렇게 떠돌며 산 지 여섯 해 되었습니다. 평소 단골이 적지는 않지만 두 분처럼 외모와 재기를 겸비한 분은 정말 드뭅니다!" 그렇게 말하며 솔바람은 황재하에게 바싹 기대앉았다. 황재하도 키가 큰 편이었지만 남자인 솔바람이 황재하보다 머리 반 개쯤 더 컸다. 그런데 눈을 아래로 늘어뜨린 채 황재하에게 기대는 모습은 영락없이 여인네의 모습인지라 어찌 봐도 어색하기 그지없었다.

주자진이 정색하며 솔바람을 잡아당겨 똑바로 앉으라고 눈짓했다.

솔바람이 억울한 표정을 하고서 물었다. "두 분 언제까지 이렇게 꾸물거리며 가만히 계실 건가요?"

주자진은 도도하고 근엄한 얼굴로 꾸짖듯이 말했다. "그대와 꾸물대려는 것이 아니고, 묻고 싶은 말이 있어 찾아왔네! 그러니까……뭐냐 하면……."

거기까지 말한 주자진은 자신이 새로운 세상을 본다는 사실에만 몰두한 나머지 이곳에 무엇을 하러 왔는지 새까맣게 잊었다는 걸 깨달았다. 그래서 불쌍한 표정을 지으며 황재하를 바라보았다.

황재하가 대신 말했다. "사실 저희는 유락을 즐기러 온 것이 아닙니다. 최근에 벗에게 일이 좀 생겼는데, 알아보고 싶은 게 있어서 왔습니다. 혹시 여기 손님들 중 성도부의 이름난 인사도 있습니까?"

김이 샌 솔바람은 나른한 동작으로 책상에 턱을 괴고는 두 사람을 번갈아 보며 말했다. "두말하면 잔소리죠. 나 솔바람의 명성이 멀리까지 자자한데, 성도부에 나를 좋아하는 이가 적겠습니까? 심지어 절도부에도 나를 보살펴준 이가 있죠……."

주자진이 아무 생각 없이 내뱉었다. "절도부의 제등 판관?"

솔바람은 주자진을 흘겨보았다. "그게 누굽니까? 제가 말한 사람은……." 그러고는 목소리를 낮추어 과시하듯 말했다. 그 눈빛이 어찌나 빛나던지 앞에 앉은 두 사람의 눈을 멀게 만들 기세였다. "절대 다른 사람한테는 말씀하시면 안 됩니다. 절도부 범 공자이시지요. 그분이 한 번 오셔서 저를 지극히 보살펴주셨지요……."

황재하는 아무 말 없이 범원룡의 모습을 떠올렸다. 그러고는 소매 속에서 제등의 서재에서 가져온 서신을 꺼내 솔바람에게 보여주었다. "이건 그쪽이 쓰신 게 맞죠?"

솔바람이 한 번 훑어보더니 고개를 끄덕였다. "네."

"누구한테 써준 것인지 혹 기억하십니까?"

솔바람은 살짝 미간을 찌푸리며 말했다. "그걸 어찌 기억하겠습니까? 그 시는 류 씨 아이가 대신 써준 건데 이렇게 똑같이 써서 50수

넘게 뿌렸습니다. 풍아하고 고상한 기생을 좋아하는 손님들이 많거든요. 기생도 다 같은 기생이 아니라, 시를 쓸 줄 아는 기생은 격조가 좀 높은 편에 속하지요."

주자진도 물었다. "그럼 그 50명은 다 기억합니까?"

'이거 백치 아니야?' 솔바람은 그런 눈빛으로 주자진을 쳐다보았다. "나리께서는 그게 가능하리라 생각하십니까? 손님들 중 외지에서 오신 분들 말고는 대부분 밤에 몰래 찾아오십니다. 이름을 제대로 밝히시는 분도 몇 없지요. 대부분 자신을 '이 아무개', '왕 가 첫째', '류 가 둘째' 이런 식으로 소개합니다. 단골이라 해도 수차례 왕래가 있은 후에야 이름을 말씀해주시지요. 절도부의 범 공자는 다른 손님이 데리고 왔는데, 두 분이 대화하시는 걸 듣다가 제가 그 신분을 알아차렸고요."

황재하가 다시 한 번 물었다. "그러면 누구한테 보냈는지 본인도 잘 모른다는 말씀이신가요?"

"공자께서도 원하신다면 제가 한 수 써드리지요." 솔바람이 웃으며 말했다.

주자진도 굽히지 않고 물었다. "다시 한 번 잘 생각해보세요. 혹시 기억이 날지⋯⋯."

"그럼 온양 공자는 아시는지요?" 황재하가 대놓고 물었다.

솔바람은 "아!" 하고 외마디소리를 내더니 이어 말했다. "온양 공자라면 알죠. 이미 3~4년 정도 알고 지낸 단골이라 다른 손님들보다 좀 각별해요. 아, 맞다. 온양 공자가 제 이름이 무척 마음에 든다고 말한 적이 있지요. '솔바람 불어 허리띠를 풀고, 산의 달은 거문고 타는 것을 비춘다.' 제 거문고 소리도 나쁘지 않은데 좀 들어보시렵니까?"

황재하는 고개를 내저으며 물었다. "그럼 그 시 구절을 온양 공자가 가지고 있겠네요?"

솔바람이 손으로 입을 가리며 웃었다. "그럼요. 제가 그 시를 써서 드렸어요. 당시 공자가 그 시 구절을 보고는 고개를 절레절레 흔들면서 똑같은 사람인데 어찌 이리 차이가 클 수 있느냐고 말했죠. 그 말에 약이 올라 내가 누구에 비해 그리 형편없다는 거냐고 물었더니, 가만히 제 머리카락을 어루만지며 이렇게 말하더군요. '나도 감히 우러러보기만 하는데, 네가 어찌 비교가 되겠느냐'라고요."

그런 얘기를 하면서도 솔바람은 조금도 우울한 기색 없이 여전히 시시덕거렸다. "제가 생각해도 그랬어요. 누가 이런 천한 신분의 저를 다른 사람보다 낫다고 여겨주겠어요? 하지만 공자가 말한 그 사람 또한 역시 사람일진대 어찌 다른 이가 마음으로 흠모하는 것조차 허락하지 않겠는가 하는 생각도 했죠."

황재하는 눈을 내리뜨고 한참을 침묵하다가 고개를 돌려 놀라 입이 떡 벌어진 주자진을 향해 말했다. "가시죠."

주자진은 여전히 멍하니 있다가 이미 몸을 일으켜 나가는 황재하를 보고는 급히 따라나섰다. 주자진이 황재하의 소매를 잡아당기며 물었다. "숭고, 넌 어떻게 이리 침착할 수 있어? 제대로 듣긴 한 거야? 부신원과 함께 자살한 온양이, 그 온양이 남자를 좋아했다잖아!"

"네, 저도 들었어요." 황재하가 고개를 끄덕였다.

주자진이 금세 시무룩한 표정을 지었다. "그런데 이렇게 침착한 걸 보니 미리 알고 있었던 모양이네! 어떻게 나한테는 한마디도 안 해줄 수가 있어? 우리 사이의 우정이 그 정도도 안 돼?"

황재하가 담담하게 말했다. "시사 사람들이 하는 얘기 함께 들으셨잖아요."

"뭘? 그 사람들이 뭐라고 했는데? 왜 나는 전혀 모르겠지?"

황재하가 주자진을 향해 어이없다는 표정을 지으며 잠시 생각에 잠겨 있는데 솔바람이 뒤따라 나와 두 사람의 소맷자락을 붙잡고 크게 외쳤다. "어딜 그냥 가십니까……."

아무 영문도 모르는 주자진은 솔바람이 자신의 팔을 붙들고 늘어지자 황급히 뿌리쳤다. "뭐 하는 겁니까?"

그런데 몸이 그렇게도 연약했던 건지, 솔바람은 그대로 바닥으로 나동그라지며 이마를 찧었다. 솔바람이 고래고래 고함을 치기 시작했다. "여봐라, 아무도 없느냐! 손님 두 분이 차를 마시고 돈도 안 내고 도망간다! 못 가게 붙들었더니 사람을 치네!"

야유원 경호원들이 몽둥이를 들고 몰려왔다. 황재하와 주자진은 급히 사죄했다. "죄송합니다. 여기서 차를 마시면 돈을 내야 하는지 몰랐습니다……."

말이 떨어지기 무섭게 몽둥이가 날아들었다.

주자진이 황재하 앞으로 날아드는 몽둥이를 막아서며 대신 맞고는 고통으로 얼굴을 일그러뜨렸다. "어쩌지, 숭고? 우리 오늘 여기서 죽는 거 아냐?"

"그럼 어서 신분을 드러내세요!" 황재하가 으르렁거렸다.

"드러내긴 뭘 드러내? 부모님이 아시면 내가 공무로 왔다는 건 변명으로 생각하실 거라고. 차라리 여기서 죽고 말지!"

그렇게 몇 마디 나누는 사이 옆에서 다시 몽둥이가 날아들었다. 주자진이 황급히 소리쳤다. "돈 있소! 돈 내면 될 것 아니오?"

"돈은 당연히 받는 거고, 우리 아이 때린 건 어떻게 할 건데? 이대로 네놈들을 놔주면 이 벽오동 거리에서 우리 야유원 체면이 뭐가 돼?" 포주가 크게 소리치자 경호원들이 두 사람을 에워싸고 몽둥이를 높이 들었다.

주자진과 황재하는 그저 머리를 감싸고 바닥에 쭈그리고 앉았는데, 그 일촉즉발의 순간에 누군가가 달려와 무리를 향해 힘껏 발차기를 날렸다. 그러자 무리 중 절반은 몽둥이를 떨어뜨렸고, 나머지 절반은 몽둥이와 함께 나동그라졌다.

기골이 장대하고 위용이 넘쳐흐르는 사내였다.

주자진이 순간 크게 외쳤다. "장 형! 형님이 어떻게 여기 계십니까!"

장항영이 두 사람을 돌아보며 말했다. "전하께서 근자에 위험한 일들도 있었고, 또 여기는 온갖 부류의 사람이 드나드는 곳이라 안전하지 못하다며 제게 몰래 두 분을 지키라 명하셨습니다."

장항영은 그렇게 말하는 중에도 재차 달려드는 몇몇 경호원들을 붙잡아 멀리 내동댕이쳤다.

황재하는 장항영이 제대로 실력을 발휘하는 걸 보며 서둘러 일어나 옷에 묻은 먼지를 떨었다.

주자진은 놀란 마음을 추스르지 못하고 여전히 쭈그리고 앉아 있었다. "우리가 어딜 가든 말든 아무 상관 안 하시는 줄 알았더니, 몰래 사람을 보내 보호해주시고……. 전하 덕분에 살았네."

주위에 있던 사람들은 이미 잔뜩 겁을 집어먹고는 담 모퉁이에 몰려서서 감히 움직이지도 못했다.

솔바람만이 여전히 펄쩍펄쩍 뛰면서 울며 욕을 해댔다. "이 날강도 같은 놈들아! 공짜로 마시고 접대까지 공으로 받고 도망을 쳐! 밤낮없이 피눈물 흘리며 몸을 팔아 먹고사는 우리의 그 고통을 누가 알겠어……."

솔바람이 '피눈물'이란 말로 하소연하자 주자진은 저도 모르게 눈시울이 시큰해져서는 급히 돈을 꺼내며 반성했다. "내가 나쁜 놈이야, 내가 미친놈이지……!"

힘이 다 빠진 황재하는 풀 죽은 얼굴로 장항영과 함께 밖으로 빠져나왔다. "전하는요? 혼자 가셨습니까?"

"네, 양 공공 쪽이 위험하다며 전하는 괜찮다고 하셨습니다." 장항영이 얼른 덧붙여 말했다. "전하께서 정원 응접실에 도착하실 때까지 몰래 따라갔다가 여러 절도사 분들이 오신 것을 보고 그제야 이리로 왔습니다."

황재하는 안도의 한숨을 내쉬었다. "그럼 가죠."

낭패한 기색의 주자진도 겨우 빠져나와 물었다. "이제 돌아갈까?"

"아니요. 다른 기방에도 들러서 좀 더 알아봐야 할 것 같아요."

황재하는 두 사람을 데리고 근방의 다른 기방들로 가 탐문을 계속했다. 첫 번째에는 잘 몰랐지만 이젠 경험을 통해 배웠다. 이런 곳에서 차를 마시고 이야기를 나누려면 돈이 필요하다는 사실을 말이다. 아가씨를 보면 일단 은자 먼저 쥐여줘야 하고, 그러면 순식간에 대화가 잘 풀린다.

장춘원 연연. "제등이요? 그런 손님은 없었는데……. 온양 공자요? 그럼요, 굉장히 친절한 분이었죠. 손이 크고 말씀도 잘하셔서 애들이 다 그분을 좋아했어요! 제가 쓴 이 시 말씀이신가요? 아유, 부끄럽게 왜 그러세요. 올해 몇십 편을 써서 보낸 것 같은데, 온양 공자의 것도 당연히 있었지요! 부신원요? 그분이야 이 벽오동 거리에 모르는 사람이 없을 정도로 명성이 자자했죠! 일전에는 저희 애들도 찾아가 가르침을 청해「백저」라는 곡의 춤을 완성했답니다. 지금은 저희 기방의 대표적인 춤이 되었는데, 한번 보시겠어요?"

홍향루 란란. "온양 공자요? 미워요. 우리 애들도 다 아는 분이죠. 그분과 왕래하는 애들이 얼마나 많은지 몰라요! 저한테는 봄빛을 닮은 연지를 가져다주겠다고 약속해놓고는 까마득히 잊은 거 있죠! 비녀라도 들고 와 용서를 구하면 모를까, 전 이제 그분 거들떠도 안 볼거예요! 그 시요? 엄청 베껴서 여러 사람들한테 보낸 건데. 그 시가 좋은지 어떤지, 사실 전 잘 모르겠어요. 어쨌든 다들 좋다고 하더라고요. 부신원 아가씨 말씀이세요? 알죠. 제 친구 중에 거문고를 잘 타는 애가 있는데, 부신원 아가씨에게 가르침을 청하기도 했죠. 지금은 그

애 연주 한 곡 듣는데 얼마나 비싼지 몰라요!"

장대각 원원. "정말이라니까요. 그 시는 정말 제가 직접 지은 거예요. 대필하는 그런 애들이랑 비교하지 마세요. 온양 공자님이야 시를 쓰실 수 있는 분이셨죠. 한데 한 번도 필적을 남긴 적은 없어요. 자, 그분이 제게 지어주신 시 한 수 읊어드릴게요. '부용대 위에서 패옥을 떼고, 금빛 휘장 안에서 옥팔찌를 푸네. 기러기 소리 붉은 사창에 막히니, 어느 때에야 다시 난초와 사향 소식 들을 수 있겠는가.' 제가 기생으로 전락한 지 벌써 10여 년 되었는데 이렇게 추접하게 시를 짓는 사람은 처음 봤어요! 부신원은 저도 알지요. 부신원에게 가르침을 청한 사람이 많다고 들었어요. 작년에 장춘원 연연이 부신원의 도움으로 춤을 한 곡 완성했는데, 그 춤이 벽오동 거리에서 인기를 얻으면서 연연이 명기 자리를 꿰찼죠."

요대관 소옥. "온양 공자님은 정말로 마음이 따뜻한 분이에요. 비록 자주 오시진 않았지만 한번 오시면 그렇게 살뜰히 보살펴주셨죠. 좋은 분이었어요. 지난해에 제가 여러 달 병을 앓았는데 그때는 제게 돈까지 보내주셨어요. 만약 제게 정인이 없고 온양 공자님이 제 몸값을 치러주셨다면 기꺼이 따랐을 거예요……. 맞다, 부신원이 저희 기방에 써준 노래가 있는데, 지금 인기가 꽤 좋아요. 한번 들어보시겠어요?"

"기방에서 노는 것도 보통 힘든 일이 아니네."

밤이 다 되어서야 관아로 돌아온 주자진은 그대로 대청에 뻗으며 한마디 내뱉었다. 옆에서 당직을 서던 포졸들이 서로 눈을 마주치며 몰래 키득키득 웃었다.

아탁이 요사스러운 표정으로 뛰어와 물었다. "한밤중까지 노셨으니 뭔가 수확이라도 있습니까?"

황재하는 고개도 들지 않고 오늘 밤에 모은 여러 사람의 증언을 정리하며 대답했다. "대충 거의 됐어요."

기진맥진해 있던 주자진은 흠칫 몸을 떨더니 벌떡 일어나 의자에 앉았다. "대충 거의? 뭐가 대충 거의 됐다는 거야?"

"이번 사건요. 어느 정도 윤곽이 나온 거 같아요." 황재하가 담담하게 말했다.

주자진은 순간 크게 소리쳤다. "난 아직 아무것도 모르겠는데, 넌 벌써 윤곽을 잡았단 말이야? 대체 어떻게 된 일인데?"

황재하는 주자진이 땀까지 흘리며 억울해하는 모습을 보고 말했다. "아직 확실한 건 아니에요. 그저 어렴풋이 추측한 바가 있을 뿐이라, 확실한 증거가 더 필요해요."

주자진은 벌어진 입을 다물지 못했다. "나한테도 말해줘봐. 네가 추측한 범인이 누군데?"

황재하는 대답을 피하며 문 쪽으로 고개를 돌려 소리쳤다. "부귀!"

못생긴 말라깽이 개가 밖에서 쏜살같이 뛰어 들어와서는 황재하를 향해 왈왈 짖더니 꼬리를 흔들었다.

황재하는 가만히 개를 지켜보았지만 개에게 별다른 이상은 없었다. 황재하가 다시 고개를 돌려 주자진을 보며 한숨을 내쉬었다. "이래서 추측은 그저 추측일 뿐이죠. 도무지 꿰뚫어 볼 수 없는 부분도 있으니 말이에요."

주자진은 부귀를 한참 쳐다보다가 뭔가를 깨닫고는 물었다. "그러니까 너는…… 그 팔찌에 독이 있었다고 생각하는 거야?"

"네. 그때 팔찌를 만진 손으로 떡을 드시려고 했는데 제등 판관이 떡을 빼앗아서 버리고 손도 씻게 했잖아요." 황재하가 미간을 찌푸렸다. "한데 지금 보니, 아무래도…… 아닌 것 같네요. 제등 판관이 정말 그냥 참견한 거였나 봐요."

"자세히 살펴봐야겠어!" 주자진은 바로 품속에서 팔찌를 꺼내어 이리저리 뒤집으며 살펴보다가 벽에 걸린 등불에 가까이 가져가 비춰보았다.

투명한 옥석이 주자진의 얼굴에 비췄다. 그 반짝이는 광채가 기이할 정도로 아름다웠다.

"전 이만 돌아가야겠어요." 황재하는 하루 종일 바쁘게 탐문하러 다닌 데다가 밤이 깊도록 벽오동 거리까지 돌았더니 더 이상 버티기 힘들었다.

의자에서 몸을 일으키는데 머리가 핑 돌았다. 또 너무 과로한 탓인 듯했다.

황재하는 다시 의자에 주저앉아 소매 안에서 배즙 사탕 두 개를 꺼내 입에 넣고는 잠시 앉아 있었다.

주자진이 걱정스러운 목소리로 물었다. "괜찮아?"

"네, 의원이 그러는데 제가 기혈이 부족해서 너무 과로하면 현기증이 날 수 있다고 하더라고요." 황재하는 사탕 꾸러미를 주자진에게 건넸다. "드시겠어요?"

주자진은 얼른 물가로 가 손을 박박 씻고 와서야 사탕 하나를 집어 들었다. "그런데 보통은 여인들이 기혈이 부족하지 않아? 은노의 부인도 기혈이 부족하다고 엿을 먹었지. 그런데 엿가락은 사탕보다 맛이 별로인 것 같아. 들고 다니기도 불편하고, 옷에도 잘 달라붙고."

"맞아요. 다른 데 끈적하게 묻히지 않으려면 찹쌀 종이로 잘 싸서 다녀야 하죠." 황재하가 무심히 말했다.

주자진이 사탕을 음미하며 말했다. "그래도 엿을 조각한 솜씨는 엄청났어. 어찌나 진짜같이 잘 조각했는지, 우리 동생은 아직도 그 호랑이 엿을 먹지 않고 보관하고 있어."

황재하는 별 생각 없이 고개를 끄덕이다가, 순간 멈칫하더니 두 눈을 휘둥그레 뜬 채 한참을 미동도 없이 있었다.

주자진이 황재하의 눈앞에 손을 휘휘 저으며 물었다. "숭고, 무슨 생각 하는 거야?"

황재하가 주자진의 손을 치우며 말했다. "잠시만 생각 좀 할게요."

황재하의 표정이 꽤나 심각한 것을 보고 주자진은 얼른 혀를 쏙 내밀어 보이고는 옆에 쭈그리고 앉아 황재하를 쳐다보았다.

황재하는 머리 위 은비녀를 한 손으로 잡고서 다른 한 손으로 옥비녀를 뽑았다. 그러고는 천천히 탁자 위에 그림을 그리기 시작했다.

주자진은 가만히 턱을 괴고서 지켜보았다. 황재하는 먼저 꽃나무를 그린 뒤 다시 나무줄기와 가로로 뻗은 나뭇가지들을 중점적으로 그렸다. 마지막에는 나무 옆에 옷 모양을 하나 그렸다.

주자진은 도저히 이해가 안 된다는 표정으로 비녀 끝이 지나간 자리에 하얗게 일어난 가는 선들을 보았다. 마지막으로 그린 그림은 허리가 묶여 있는 소매 넓은 옷이 바람에 펄럭이는 것처럼 보여 왠지 기이한 느낌이 들었다.

주자진이 저도 모르게 물었다. "숭고, 이건 뭐야?"

"이번 사건을 해결하는 열쇠예요." 황재하는 옥비녀를 천천히 다시 머리 위 은비녀 속에 꽂아 넣고는 미간을 찡그리며 혼잣말로 중얼거렸다. "하지만…… 희한하네. 정말 그랬다고 한다면, 흉기는 도대체 어디로 사라졌을까?"

"그러니까 말이야. 이번 범행에 사용된 흉기가 아직도 발견되지 않았어. 포졸들이 연못을 거꾸로 뒤집어엎을 기세로 샅샅이 뒤졌고, 옆에 있던 관목도 다 뽑아낸 뒤 풀포기 하나까지 채로 거르듯 살폈는데 아무것도 나온 게 없어."

"그때 악사들 악기나 공손연, 은노의 두 부인의 도구도 다 수색했죠?"

주자진은 확신에 찬 목소리로 말했다. "그야 제일 먼저 수색했지! 흉기를 숨길 만한 곳은 모조리 다 수색했지만 정말로 아무것도 안 나왔어!"

황재하는 의자에 몸을 기대며 길게 한숨을 쉬더니 한참 뒤에 다시 입을 열었다. "내일 하죠. 날이 밝으면 다시 현장에 가서 살펴봐요."

주자진이 잠시 생각하더니 이렇게 제안했다. "오늘 밤은 절도부로 돌아가지 말고 그냥 사군부에서 묵는 게 어때?"

황재하가 미간을 살짝 찡그렸다. "그건 좀…… 불편하지 않겠습니까?"

"불편할 게 뭐가 있어? 너도 매일 밤늦게 들어가느라 엄청 피곤할 테고, 나도 절도부로 너를 찾으러 가야 하니 그것도 피곤한 일이고. 차라리, 장 형……." 주자진이 장항영을 향해 고개를 돌렸다. "장 형이 가서 전하께 말씀 좀 전해주세요. 숭고는 오늘 너무 늦은 데다가 내일 또 일찍부터 사건 조사를 해야 해서 일단 사군부에 묵겠다고요. 사건의 윤곽이 좀 잡히면, 바로 돌아가서 전하께 보고한다고요."

장항영은 살짝 망설이며 황재하와 주자진의 얼굴을 번갈아 보았다. "저기 그게…… 양 공공 생각은 어떠십니까?"

황재하는 가만히 고개를 끄덕이며 말했다. "네. 일단 오늘은 여기서 좀 쉬겠습니다. 오고 가는 것도 번거로우니 말입니다."

황재하도 그리 말하니 장항영은 알겠다고 대답하고는 바로 몸을 돌려 절도부로 돌아갔다.

주자진은 몹시 졸려 비틀걸음으로 자신의 거처로 향했다. "숭고, 나랑 같이 자는 거지?"

황재하는 순간 눈꺼풀이 파르르 떨리며 하마터면 문턱에 걸려 넘어질 뻔했다. "아뇨!"

"엥? 난 너랑 한 침대에서 밤새도록 이야기하다 잠들고 싶었는데!"

주자진은 불만 가득한 얼굴로 말했다. "어릴 적부터 그런 친구가 생기기를 얼마나 고대했는데! 그런데 지금까지도 나랑 같이 자고 싶어 하는 친구를 찾지 못했단 말이야……. 숭고가 내 소원 한 번 들어주는 셈 치면 안 되겠어?"

"그 소원은 제가 들어드릴 수 없겠네요." 황재하는 이를 악물고 말했다. "제가 잠버릇이 굉장히 고약합니다. 이 갈고, 이불 차내고, 몸 뒤척이고, 발 걷어차고, 거기에 몽유병까지, 있을 건 다 있거든요. 도련님도 괜히 자다가 저한테 목 졸려 죽고 싶지는 않으시겠죠?"

"무슨 잠버릇이 그렇게 무섭냐……. 숭고 그렇게 안 봤는데……." 주자진은 머리를 긁적이며 여전히 미련이 남은 얼굴로 말했다. "알았어. 어쨌든 빈방도 많으니까 뭐. 숭고는 동쪽 첫 번째 방에 묵으면 되겠네. 창이 벽을 마주하고 있긴 하지만, 창으로 모람 나무 이파리가 드리워서 보기 좋을 거야."

사군부에 대해 훤히 아는 황재하인지라 주자진이 서원에 묵고 있다는 사실을 곧바로 알아챘다.

서원 뒤쪽 뜰에는 연꽃을 빼곡히 심은 연못이 있고, 뜰 담벼락에는 모람 나무 이파리가 무성했다. 황재하는 그곳에서 책 읽는 것을 가장 좋아했다. 여름날 황혼이 질 무렵이면 모람 나무 넝쿨로 뒤덮인 회랑에 쭈그리고 앉아 있곤 했다. 종종 큰비가 내리면 연잎이 뒤집히고 모람 나무 잎이 우수수 떨어졌다.

세찬 바람 부용꽃 호수에 어지러이 불어오고, 촘촘한 빗방울 모람 나무 담장 위로 비스듬히 쏟아지네.

그럴 때면 항상 우선이 황재하 곁에 있었다. 두 사람은 오후 내내 바닥에 떨어진 모람 나무 이파리를 주워 장난치며 놀거나, 시답잖지만 충분히 두 사람을 즐겁게 만드는 이야기들을 주고받으며 보냈다.

서원은 우선의 거처였다.

사군부에서 가장 고요한 곳이자, 황재하가 가장 좋아한 곳이었다.

18장

밤비와
세찬 바람

　황재하는 주자진의 뒤를 따라 모람 나무 넝쿨이 드리운 회랑을 걸어 동편 첫 번째 방 앞에 다다랐다. 주자진이 아묵을 끌어다 황재하 앞에 데려다놓았다.

　"오늘 밤 침구나 씻는 것들, 내일 아침 씻을 물, 그리고 그 외에 시킬 일이 있으면 이놈을 불러. 제대로 못 한다 싶으면 숭고가 직접 따끔한 맛 좀 보여주고!"

　황재하는 전에 주자진이 동상에 깔려 하마터면 압사할 뻔했을 때, 두 하인이 놀라지도 않고 태연하게 실뜨기를 하고 있던 모습을 떠올렸다. '아마 소용없을걸요? 몇 해 동안 도련님이 따끔한 맛을 보여줬지만, 하인들이 언제 도련님을 신경이나 쓰던가요?'

　다행히 무척 익숙한 곳인지라 황재하는 아묵을 불러 궤짝 안에서 이불을 꺼내 깔아달라 하고, 또 직접 궤짝에서 수건 두 개를 꺼낸 뒤 아묵에게 주방에서 따뜻한 물을 떠오게 했다.

　아무리 게으름이 몸에 밴 아묵이라도 기왕 전하의 사람 앞에서 어찌 게으름을 피우겠는가. 재빨리 차를 대령하고 이부자리를 깔아주는 등 주자진을 섬길 때보다 더 정성을 들였다.

황재하는 문을 닫고 얼굴과 발을 씻은 다음 몸을 닦았다. 하루 종일 이리저리 뛰어다니며 쌓인 피로가 한꺼번에 몰려왔다. 추억이 서린 곳에서 잠이 들 수 있을까 생각했지만, 졸음이 몰려와 침대에 누운 지 얼마 되지도 않아 금세 깊은 잠에 빠져들었다.

부모님과 오라버니가 황재하를 향해 손짓했다.

가족을 향해 서둘러 걸음을 옮기던 황재하는 길을 걷는 느낌이 이상해 고개를 숙여 보았다. 알고 보니 황재하가 입은 옷은 환관복이 아니라 해당화가 수놓인 주름치마였고, 미처 주의하지 못해 하마터면 치맛자락을 밟고 넘어질 뻔했다.

황재하는 행복한 마음으로 살포시 치맛자락을 들고 가족을 향해 달려가 함께 앉아 즐거운 시간을 보냈다. 주변은 아득하여 아무것도 보이지 않았고, 눈앞의 둥그렇고 긴 돌 탁자 앞에 네 식구가 둘러앉았다. 마침 머리 위로 뻗은 계화나무에서 짙은 꽃향기가 풍겨 그들을 감쌌다.

다들 즐겁게 대화를 나누는데 황재하만 무슨 말인지 이해하지 못했다. 그래서 늘 그랬던 것처럼 입을 삐죽거리며 어머니의 팔을 끌어안고서 볼을 갖다 댄 채 웃음을 머금고 가족들을 바라보았다.

무슨 이야기를 하는지는 알 수 없었으나, 다들 기뻐하고 있었기에 황재하도 줄곧 가족들을 바라보며 웃었다. 계화꽃이 머리 위로, 어깨 위로, 탁자 위로 한 송이 한 송이 떨어지다가 이내 우수수 쏟아져 내렸다. 눈앞이 온통 황금빛으로 반짝였다.

그 향기에 취하고 그 기쁨에 도취되어, 황재하는 미소를 머금고 어머니에게 몸을 기댄 채 점점 황홀경 속으로 빠져들었다. 황재하는 웃으며 눈을 감고서 몸 위로 흩뿌려지는 계화꽃과 햇살을 만끽했다.

얼마나 지났을까, 따뜻한 햇살과 계화꽃의 달콤한 향기가 더 이상 느껴지지 않았다. 황재하는 자신이 어디에 있는 것인지 알 수 없어 눈을 번쩍 뜨고 주변을 둘러보았다.

여전히 눈앞은 아득하기만 했고, 돌 탁자도 그대로였다. 부모님과 오라버니는 푸른 돌바닥 위에 놓인 나무판에 흰 천을 덮고 누워 미동도 없었다.

아무런 기척도 없고, 주변 모든 것이 움직임을 멈추었다.

황재하는 가족들의 시신을 보고 있었다. 자신이 멀리 서 있는지 가까이 서 있는지도 알 수 없이 그저 넋을 잃고서 멍하니 서 있었다. 호흡하는 것도 잊었고 심장마저 멈춘 듯했다. 그렇게 얼마를 미동도 않고 서 있었을까. 홀연 이것이 꿈이라는 생각이 들었다. 다시 그 꿈을 꾸고 있는 것이다.

황재하는 자신에게 걸린 저주를 풀기라도 하듯 번쩍 하고 눈을 뜨면서 잠에서 깨어났다.

꿈속 장면들은 눈앞에서 산산조각 나, 질식할 듯한 가슴 통증만 남긴 채 모두 사라졌다.

황재하는 가슴을 움켜잡은 채 무겁게 숨을 내쉬며 눈을 부릅뜨고 주변을 둘러보았다.

익숙한 풍경이었다. 기둥에 새겨진 도안 하나까지도 황재하가 기억하는 것과 똑같았다.

돌아왔다. 성도 사군부에 돌아온 것이다. 황재하의 인생에서 가장 찬란하고 아름다운 시절을 보낸 곳이자, 동시에 황재하를 가장 고통스럽게 만든 이곳으로, 마침내 돌아왔다.

황재하는 이불을 힘껏 쥐었다. 온몸의 근육에 경련이라도 일듯 몸이 심하게 떨렸다. 힘겹게 깊은숨을 들이마시자 그제야 눈앞에 아른거리던 어두운 기운이 서서히 물러가고, 귓가를 울리던 이명도 사라지면서 완벽하게 현실로 돌아왔다.

나뭇가지 위에서 참새가 노닐며 지저귀는 소리가 귓가에 들려왔다. 그 외에는 아무 소리도 들리지 않았다.

황재하는 멍하니 침대에 앉아 창문을 열어 밖을 보았다. 날이 이미 제법 밝아 있었다. 창 앞으로 늘어진 모람 나무 잎사귀 위에 수정 같은 이슬이 맺혀 햇살이 비출 때마다 영롱한 빛을 반사했다. 연못 귀퉁이에는 올여름 마지막 연꽃도 몇 송이 피어 있었다.

황재하는 계속 멍하니 창밖을 내다보았다. 그렇게 멍하니 사군부를, 비할 수 없이 아름다웠던 그 시절을, 이제는 영원히 사라져버린 자신의 소녀 시절을 바라보았다.

한참 후에야 머릿속의 생각들을 떨쳐버리려 힘껏 머리를 흔들고는 스스로에게 말했다. "황재하, 너는 의지박약한 사람을 정말 싫어하잖아. 네가 그런 사람이 돼서는 절대 안 돼. 지금 네가 할 수 있는 건 오직 이것뿐이고, 네 앞에 놓인 길도 오직 이 길뿐이야. 그리고 네가 닿아야 하는 종착지도 단 하나뿐이라고!"

황재하는 지난밤에 남긴 물로 세수를 한 뒤 문을 열고 방을 나왔다.

동편 사랑채 복도에 서니 햇살이 눈부셨다. 맞은편에 보이는 화원 응접실의 문과 창이 다 활짝 열려 있고 아침 식사 중인 세 사람의 모습이 보였다.

황재하와 정면으로 마주 보이는 자리에 앉은 주자진이 찐만두를 쥔 그대로 황재하를 향해 크게 손을 흔들었다. "숭고, 얼른 와. 배고프지?"

그런 주자진의 양옆으로 보이는 옆모습은 익숙하기 그지없었다. 바로 이서백과 장항영이었다.

황재하는 황급히 작은 정원을 가로질러 응접실로 가 이서백에게 예를 올렸다. "전하, 이른 아침에 여기까지 오시다니, 무슨 긴한 일이라도 있는지요?"

"사군부 간식이 꽤나 맛있다고 하기에 어디 맛 좀 볼까 하고 일부러 아침을 생략하고 건너왔다." 이서백이 작은 죽 그릇 하나를 손에 받쳐 들고 말했다.

황재하는 이서백을 향해 고개를 끄덕이고는 비어 있는 자리에 앉아 자신의 그릇에 달걀탕을 덜며 말했다. "맞습니다. 사군부 주방 찬모 몇 분은 성도 내에서도 꽤나 유명하지요. 특히 간식을 담당하는 정씨 이모님과 그 수하의 두 아저씨는 백에 하나 나올까 말까 할 정도로 솜씨가 좋습니다."

주자진은 의아한 얼굴로 황재하를 보았다. "네가 그걸 어떻게 알아? 나도 모르는 것을……."

"지난번에 사군부 내의 사람들을 다 조사했던 것도 잊었느냐?" 이서백이 표정 하나 바뀌지 않고 물었다.

주자진은 순간 감탄한 얼굴로 말했다. "다들 기억력이 어찌 그리 좋으십니까!"

장항영은 얼굴을 그릇에 파묻고는, 아무것도 듣지 못한 체 죽과 만두를 먹는 데만 열중했다.

이서백이 황재하에게 물었다. "최근 며칠간 다들 고생하며 분주하게 다녔는데 진전은 좀 있느냐?"

황재하가 달걀탕 그릇을 내려놓으며 말했다. "지금까지 조사한 내용으로는, 제등 판관의 죽음은 틀림없이 부신원과 온양의 자살, 그리고 탕주 부인의 죽음과도 연관이 있는 듯 보입니다."

이서백은 주자진을 흘깃 쳐다보고는 다시 황재하에게 물었다. "사군부 사건과는?"

황재하는 잠시 생각하고는 입을 열었다. "아마도 연관이 없을 것 같습니다."

"내 생각에는 연관이 있을 것 같구나." 이서백은 급하지도 느리지도 않은 말투로 말했다. 도저히 감을 잡지 못하고 있던 주자진은 화들짝 놀라 눈을 휘둥그렇게 떴다. "이번 사건에 우선도 연루되어 있다고 들었다. 그러니 일련의 사건 모두 동일한 인물과 얽힌 것이지 않느냐?"

황재하는 가만히 고개를 끄덕였다. "맞습니다. 우선 공자는 모든 사건과 연관되어 있습니다. 다만 그게 어떤 관계인지는 아직 명확하지 않습니다."

"그럼 이젠 어떻게 할 셈이냐?" 이서백이 물었다.

황재하는 등받이에 몸을 기대고는 잠시 생각에 잠겼다가 입을 열었다. "우선 공자를 찾아가봐야겠습니다."

주자진이 얼른 찬성하며 말했다. "오늘 당장 다녀오자고!"

"네." 황재하는 짧게 대답하고는 다시 무언가가 떠올라 장항영을 향해 물었다. "장 형, 경육 공공과 만났던 그날, 말을 몰고 달려오는 사람에게 부딪혀 벼랑 아래로 떨어졌다고 했죠?"

"부딪힌 건 아니고, 산 절벽에서 갑자기 모퉁이를 돌아 나타난 말이 전혀 속도를 줄이지 않고 저를 덮칠 듯이 달려와서, 깜짝 놀라 발을 헛디뎌 절벽 아래로 떨어졌습니다." 장항영은 반쯤 남은 찐빵을 얼른 입 안에 넣어 씹어 삼킨 뒤 다시 입을 열었다. "고의로 저를 치려고 했던 것은 아니지만, 그 사람 때문에 절벽 아래로 떨어진 것은 사실이지요."

주자진은 아무리 생각해도 이해가 되지 않아 황재하에게 물었다. "탕주 부인의 죽음이랑 장 형이 절벽에서 떨어진 일이 무슨 관련이라도 있는 거야?"

"도련님도 기억하시겠지만, 그 며칠간은 기왕 전하의 행적을 찾는다고 서천군이 산을 봉쇄하고 샅샅이 수색하던 때예요. 마차와 말은 일절 산길로 진입할 수 없었죠. 그래서 탕주 부인도 고향으로 갈 때 마차를 빌리지 않고 걸어서 가야 했고, 장 형 또한 산길을 걸어 가다가 그런 일을 당했어요."

주자진이 순간 눈을 크게 뜨고서 말했다. "숭고! 그러니까…… 산을 봉쇄하라고 명한 그 사람에게 뭔가 혐의가 있는 거야?"

"누가 산길까지 봉쇄해가면서 그런 엄청난 일을 벌여요?" 황재하는 어이가 없었지만 침착하게 설명했다. "마차와 말의 진입을 막았는데, 장 형을 절벽으로 떨어지게 한 그 사람은 어떻게 말을 타고 있었느냐는 뜻이죠."

주자진이 뭔가 엄청난 걸 깨달은 듯 책상을 탁 치면서 말했다. "자객! 그때 전하를 습격한 자객이 분명해! 산속으로 숨어들어 며칠 동안 나오지 않다가 그때 그 산길에서 튀어나온 거야!"

이번엔 이서백도 참지 못하고 아무 말 없이 고개를 돌려버렸다.

황재하는 그간 주자진과 쌓아온 정을 생각해 가까스로 참아냈다. "서천군이 줄곧 산길을 지켰는데 자객이 어떻게 감히 말을 타고 산길로 달려 나오겠어요? 지금까지 자객을 잡았다는 소식도 들려온 바 없었고요."

주자진은 순간 큰 숨을 들이마시며 조심스럽게 좌우를 살핀 뒤 황재하 앞으로 얼굴을 바싹 들이밀고 물었다. "그렇다면…… 그 자객이 서천군과 아는 사이란 말이야?"

황재하는 결국 더 이상 참지 못하고 이마를 손으로 짚으며 팔꿈치를 탁자 위에 무겁게 내려놓았다. "자진 도련님, 그러니까 제 말뜻은, 말을 타고 산길을 달리던 그 사람은 서천군 안에 소속된 사람이거나, 최소한 서천군과 아는 사람일 가능성이 크다는 겁니다."

주자진은 여전히 이해 못 하겠다는 얼굴로 눈을 번뜩이며 황재하와 이서백을 번갈아 보았다. 이 일이 사건과 무슨 관계란 말인가.

황재하가 장항영에게 물었다. "혹시 그때 말에 타고 있던 사람의 모습을 기억하십니까?"

"그게…… 말이 너무 빠른 속도로 달려온 데다가 저도 바로 벼랑으로 떨어졌기 때문에 정확하게 보지 못했습니다." 장항영이 솔직하게 말했다.

"체격이 혹시 우선 공자와 비슷하지는 않던가요?"

장항영이 바로 고개를 내저었다. "우 학정께는 은혜를 입은 바가 있어 여러 번 뵈었는데, 그때 말을 타고 있던 사람은 우 학정과 전혀 비슷하지 않았습니다."

황재하는 고개를 돌려 이서백을 향해 말했다. "우 공자가 비록 여러 사건과 모종의 관련이 있으나, 서천군과 잘 아는 관계는 아닌지라 그날 말을 타고 산길을 달린 사람이 우 공자일 가능성은 크지 않습니다. 그래서 탕주 부인의 죽음에 우 공자가 연관되었을 가능성은 그리 크지 않다고 봅니다."

이서백이 미간을 찡그리며 말했다. "비록 탕주 부인의 죽음과는 관련이 없다 치더라도, 부신원과 제등, 그리고…… 사군부 사건까지, 우선이 이 모든 사건의 핵심 인물이라는 사실은 너도 인정할 수밖에 없을 것이다."

황재하는 한참을 침묵한 뒤 고개를 끄덕였다. "네. 특별히 더 주시하겠습니다."

이서백도 더는 아무 말 없이 자신 앞에 놓인 간식에만 집중했다.

주자진은 왠지 분위기가 어색해진 듯한 기분에 급히 찐빵 하나를 집어 들고서 갑자기 소리 내어 웃었다. "하하하, 어떻게 집자마자 내가 제일 좋아하는 팥 찐빵이 걸렸네! 내가 운이 좋은 거야, 아님 주방 이모님이 날 좋아하는 거야?"

아무도 주자진의 말에 반응하지 않았다. 주자진의 웃음소리가 응접실 허공으로 공허하게 사라지자 분위기는 더 어색해졌다.

주자진은 얌전히 찐빵을 베어 먹으며 황재하에게 물었다. "숭고, 우리 오늘은 어디 먼저 가보는 게 좋을까?"

황재하는 순간 멈칫하며 눈을 들어 이서백을 보았으나 그의 표정에는 아무런 변화가 없었다. 황재하는 속으로 몰래 한숨을 내쉬었다.

"도련님은 우 공자에게 가보세요. 저는 공손 부인에게 다녀올게요."

주자진이 의아한 표정을 지었다. "엥? 왜 나눠서 가? 우선한테 같이 가자, 응? 우선은 얼굴도 잘생기고, 인품도 좋고, 성격도 좋다고 너도 그랬잖아. 그러니까 같이 가자. 우선이랑 대화하는 건 틀림없이 즐거울 거야!"

"제…… 제가 언제 그런 말을 했어요?" 정말 눈치도 없이 사람 난처하게 만드는 데는 선수였다. 황재하는 두피가 찌릿찌릿 저려오는 것을 느끼며 주자진에게 두 손 두 발 다 들고 말았다. '정말 사람의 약점을 잘도 찾아서 찌르십니다!'

옆에서 장항영의 기침 소리가 들려왔다. 콩물을 마시다 사레가 들린 모양이었다. 장항영처럼 둔한 사람도 느낄 수 있는 것을 주자진만 몰랐다!

황재하는 살짝 눈을 들어 몰래 이서백을 보았다. 이서백의 시선이 자신을 향해 있었다. 하지만 얼굴에 격한 폭풍의 그림자가 드리웠을 거라는 예상과 달리, 이서백은 살랑바람에 흘러가는 구름처럼 가벼운 미소를 짓고 있었다.

이서백이 미소를 머금고 황재하를 향해 말했다. "이 사건은 자진이 네 도움을 필요로 하니, 너도 힘을 다해 돕도록 하여라. 어떤 것들은 너무 개의치 않아도 된다. 네가 자진과 함께 우선에게 가는 게 뭐 어떠하냐?"

"……네." 황재하는 재빨리 낮은 소리로 대답했다.

"나는 오늘 서천군을 시찰해달라는 청을 받아 조금 있다가 출발할 것이니, 너는 자진과 함께 가보거라. 절대 과로는 하지 말거라." 이서백은 뒤에서 시중들던 자에게서 차를 건네받아 입을 헹구고는 일어나 밖으로 걸음을 옮겼다.

장항영은 서둘러 이서백을 따라 나섰고, 주자진과 황재하도 일어나 배웅했다.

황재하 곁을 지나치던 이서백이 갑자기 고개를 숙여 황재하의 귓가에 대고 속삭였다. "내 곁에 있겠다고 한 말, 기억하고 있다."

이서백이 거침없이 가볍게 던진 그 한마디에 황재하는 가슴에 얹혀 있던 무거운 돌덩이 하나가 쑥 내려가는 느낌이었다.

황재하는 저도 모르게 입가에 미소를 띠고 대답했다. "네, 저도 기억하고 있습니다."

황재하는 주자진을 데리고 지름길을 이용해 함원교 근처에 위치한 우선의 집으로 갔다.

어서 우선을 만나고 싶은 마음에 흥분한 주자진은 문에 바싹 다가가 문고리를 잡고 문이 부서져라 두드렸다. 보통은 두세 번 두드리고 마는 것을, 주자진은 한 번에 스무 번 가까이 두드렸다. 하마터면 문고리까지 잡아 뗄 뻔했다. 그런 난리에도 안에서는 아무 기척이 없었다.

두 사람이 문이 열리길 기다리는데 마침 옆에 쭈그리고 앉아서 풀을 뽑던 한 노파가 고개를 들고 말했다. "우 공자는 집에 없을 테니 그만 두드리시게."

"아……." 주자진이 실망한 표정으로 문고리를 잡았던 손을 거뒀다. "어디 갔을까요?"

노파도 그것까진 모르는 모양인지 주자진을 상대하지 않고 계속 바닥에 난 풀을 이리저리 헤집었다.

황재하가 물었다. "할머니, 뭘 찾고 계세요?"

"아, 손등에 사마귀가 몇 개 올라와서, 한련초 좀 발라주려고 그러네." 노파는 그렇게 말하면서 풀 한 포기를 뽑아 살펴보더니 품안에 집어넣었다.

속칭 한련초라고도 불리는 예장초였다. 붓기를 가라앉히거나 지혈하는 데 도움이 되며, 사마귀에 바르면 며칠 지나지 않아 사마귀가 작아지면서 떨어져 나간다.

황재하가 말했다. "한련초가 사마귀에 잘 듣기는 하는데, 그 즙이 검게 남아 잘 안 씻기죠. 말린 쥐엄나무 열매를 많이 쓰면 지울 수 있어요."

"다 늙어서 피부도 검어질 대로 검어졌는데, 그거 조금 묻는다고 무슨 표가 나겠어. 괜찮아."

순간 황재하의 머릿속으로 어떤 화면들이 스치듯 지나갔다.

부신원의 손가락에 남은 검은 자국. 제등의 손을 내려다보며 생각에 잠긴 듯하던 공손연. 제등이 죽은 후 손등에 남아 있던 가느다란 상처.

버드나무 아래 서 있던 황재하의 마음 깊은 곳에서 순간 잔잔한 슬픔이 올라왔다.

멍하니 넋을 잃은 황재하의 모습에 주자진이 물었다. "무슨 생각하는 거야?"

"그게……." 황재하가 천천히 말했다. "자신이 가장 소중하게 여기는 물건을 누군가에게 주었는데, 상대는 그게 너무 싫어서 빨리 벗어나기에 급급했다면, 그 얼마나 가치 없는 일인가 하는 생각을 했어요."

주자진이 영문을 모르고 그게 무슨 말인가 곰곰이 생각하는데, 갑자기 뒤에서 문이 열렸다. 문 안쪽에 우선이 서 있었다. 평범한 푸른색 옷차림이 우선을 한층 더 맑고 빼어나 보이게 했다.

그 뒤로 승복 차림의 사람도 서 있었는데, 나이 들고 깡말랐으나 눈빛만큼은 날카롭게 번뜩였다. 바로 광도사의 목선 법사였다.

목선 법사가 우선의 집에 있으리라고는 예상치 못했기에 황재하와 주자진은 의아한 표정을 지으며 합장으로 예를 갖추었다.

목선 법사가 웃으며 말했다. "그럼 먼저 온 객은 뒤에 오신 손님들께 자리를 비켜드리겠습니다. 노승은 이만 물러가보지요."

황재하가 재빨리 말했다. "법사님 잠시만 기다리십시오. 마침 법사님께도 여쭤볼 것이 있는데 괜찮으신지요?"

목선 법사는 "오" 하고 외마디소리를 내더니 주자진을 향해 시선을 돌렸다.

주자진이 재빨리 인사했다. "성도부 포두, 주자진이라고 합니다."

목선 법사는 순간 표정이 어두워졌으나 이내 다시 미소를 띠었다. "관아에서 저 같은 이에게 어인 볼일이 있으신지 모르겠습니다만."

"법사님, 안으로 드시지요." 황재하가 집 안으로 손을 뻗으며 말을 건넸다.

흰색 조벽을 돌아 들어가니, 뜰 안 연못에 청자색 꽃잎을 활짝 피운 수련이 보였다. 다들 당상에 올라 수련이 마주 보이는 자리에 앉았다. 우선은 차를 끓이러 후당으로 가고, 세 사람만 그렇게 앉아 있자니 순간 어색한 분위기가 감돌았다.

황재하가 먼저 입을 열었다. "법사께서는 오늘 우 공자와 불법을 논하기 위해 오셨는지요?"

목선 법사는 고개를 끄덕이고는 합장하며 웃는 얼굴로 말했다. "우 시주는 불법에 남다른 견해가 있어 노승이 자주 와서 담론을 나눕니다. 그러노라면 마음이 정결해지고 온화해지는 기분이지요. 노승이 곧 얼마간 출타를 해야 하는데, 우 시주에게 마음의 고민이 있는 듯하여 오늘은 작별 인사도 할 겸하여 왔습니다."

"정말 사려 깊으십니다." 황재하가 다시 물었다. "법사께서는 우 공자와 어떻게 알게 되었는지요?"

"두 해 전 세밑이었을 겁니다. 우 시주가 과거에 급제하고 얼마 지나지 않아 청원에서 시사가 열렸는데, 진륜운이 노승을 초대해 함께 했지요. 당시 거기 모인 십수 명 중 우 시주의 풍아한 자태가 남달라 아주 깊은 인상을 받았습니다." 여기까지 말한 목선 법사가 탄식하듯 말을 이어갔다. "나중에 우 시주의 양부였던 황 사군 일가에 그런 일이 생겨, 우 시주가 슬픔을 이기지 못하고 목숨을 끊으려 했지요. 제등 판관이 목숨을 구해주긴 했지만, 우 시주의 마음은 이미 타버린 잿더미와 같았습니다. 제게 와서 이야기를 좀 나눠달라고 청하기에, 그 때부터 우 시주와 자주 왕래하게 되었지요."

황재하가 고개를 끄덕이며 함께 탄식했다. "저도 들었습니다. 우 공자가 제등 판관과 법사님과 자주 왕래했다지요."

목선 법사는 고개를 끄덕였다. "아미타불, 제등 판관도 이 노승과 자주 왕래했지요. 말에 재치가 넘치고 항상 웃는 얼굴이었습니다. 그런데 그리 젊은 나이에 떠나버리다니, 성도부에 훌륭한 이가 한 명 사라지고 말았군요……."

주자진이 얼른 말했다. "법사님은 정말로 중생을 제도하시는 분이군요. 당시 목숨을 끊으려는 우 공자의 생각을 단념시킨 것도 법사님 아닙니까."

목선 법사는 얼굴에 미소를 띠고는 있었지만, 그 눈빛은 불안정하게 흔들렸다. "속세의 어느 누가 이 번잡한 인간 세상을 쉬이 떠날 수 있겠습니까? 우 시주가 죽음으로 번뇌를 벗어나고자 했지만 이는 불가능한 일이지요."

황재하가 물었다. "법사께서도 우 공자가 무슨 일로 번뇌하는지를 아셨던 모양입니다?"

"당연히 알지요. 우 시주는 황 사군의 양자인데, 황 사군의 딸이 우
시주 때문에 가족을 독살하지 않았습니까. 우 시주는 은인을 죽음으
로 몰고 간 자신을 지독하게도 미워했지요. 그렇게 마음에 가책을 느
껴 모든 죄업을 자신에게 돌리니, 마음에 깃든 악귀가 그처럼 극단적
인 선택을 하게 만들었습니다……."

"최근에 우 공자를 보니 자주 머리가 아픈 것 같던데, 이 또한 마음
의 병 때문인지, 아니면 자살을 시도했을 때 병을 얻은 것인지 모르겠
습니다."

목선 법사는 탄식하듯 말했다. "제가 보기에는 둘 다인 것 같습니다."

황재하는 고개를 끄덕이고 다시 물었다. "법사님, 소자의 호기심을
용서하십시오. 제등 판관 댁의 집사에게 듣자니, 법사께서 장안에 다
녀오시며 아가십열을 한 마리 가져와 제등 판관에게 주셨다고 하던
데, 맞는지요?"

"맞습니다. 노승이 장안에서 우연히 귀인에게 받은 선물이었지요.
그래서 성도부까지 가지고 왔는데, 뜻밖에도 경서에 그 물고기는 피
를 좋아하고 불길한 물고기라 적혀 있었습니다. 불가의 정결함에 맞
지 않는다 생각하여 방생하려던 차에 제등 판관이 찾아와 물고기에
관심을 보였습니다. 제가 물고기에 대해서 명확히 알려주었으나, 제
등 판관은 그리 여기지 않는다며 물고기를 가져갔지요. 후유, 어쩌면
제가 더 말리지 못해 제등 판관에게 핏빛 재앙을 안겨 보낸 것이 아
닌가 모르겠습니다."

"그리 생각 마십시오. 그저 물고기일 뿐인데 어찌 불길하겠습니까?
기왕 전하께서도 작은 물고기 한 마리를 늘 곁에 두신다는 이야기 못
들어보셨습니까? 그 물고기 또한 아가십열이지요."

목선 법사는 황재하가 기왕까지 언급하자 곧바로 합장하며 작은

소리로 염불을 외었다. "아미타불, 기왕 전하는 천하의 귀하신 몸으로 하늘의 비호를 받으시니 당연히 하찮은 물고기가 해를 입히지 못하지요."

"제등 판관의 그 물고기도 이미 오래전부터 보이지 않는다고 들었습니다만."

목선 법사는 순간 얼굴이 굳었으나 곧바로 다시 웃어 보이며 말했다. "심중에 부끄러움이 없고 모진 파도에도 동요가 없다면, 어찌 외부의 것이 자신을 저해하겠습니까? 자신을 견고하게 지킨다면, 물고기가 있고 없고는 아무런 차이가 없겠지요."

노승이 슬그머니 말을 피해갔으나 황재하는 꿋꿋이 자신이 하려던 말로 돌아왔다. "제등 판관이 법사께 받은 그 물고기를 무척이나 좋아했다던데, 어찌 끝까지 잘 키우지 않았을까요? 그 물고기는 지금 어디 있는지 모르겠습니다. 우 공자께도 이 일을 물어본 적이 있는데, 아무것도 모르는 것 같았습니다. 제등 판관 저택에서도 그 물고기는 찾을 수 없었지요. 집사의 말로는 제등 판관이 법사께 이 일을 언급한 적이 있다고 하던데, 사실입니까?"

법사가 눈가를 미세하게 움찔하더니 더 느릿한 말투로 말했다. "네, 그랬지요. 그 물고기는…… 우 시주가 죽였습니다."

법사의 말에 주자진도 의아해했다. "듣기로 아가십열은 생명력이 강해 100년은 족히 산다고 하던데, 우 공자가 아무 이유도 없이 물고기를 죽였단 말입니까?"

"제가 짐작하기로는, 병이 발작하면서 순간의 불찰로 어항을 깨뜨린 게 아니었을까 싶습니다. 아무리 생명력이 강한 물고기라 하여도 물이 없으면 더 이상 살 수 없지요."

법사의 빈틈없는 대답에 황재하는 하는 수 없이 고개를 끄덕였다. "그런 것이군요……. 소자, 그 물고기에 대해 법사께 한 가지 꼭 여쭤보고 싶은 것이 있는데 여쭤봐도 되겠는지요?"

목선 법사가 고개를 끄덕이며 허락하자, 황재하가 물었다. "그 물고기의 내력이 궁금합니다. 누가, 어떤 연유로 법사께 드린 것인지요?"

"그 물고기 말입니까……." 목선 법사는 한참을 머뭇거리다가 마침내 고개를 끄덕이며 말을 이었다. "이 몸은 출가한 후로는 재물에 눈길을 주지 않아 속세의 물건과는 인연이 없습니다. 그런 연고로 일전에 장안에 갔을 때 왕 공공께서 다른 것 대신 현장 법사가 직접 베껴 쓴 경서 몇 권과 함께 그 아가십열을 주었지요. 왕 공공께 듣기로는 석가모니 옆에 있던 용녀가 물고기로 변화한 것이라 천성 자체가 불성을 지녔다고 하였습니다. 그것을 성도부로 가져왔는데, 제등 판관이 몹시 마음에 들어 하며 자신에게 달라고 거듭 청했지요. 저도 일개 승려가 생명 있는 것을 키울 필요가 있겠는가 싶어서 그냥 제등 판관에게 주었던 것입니다."

물고기 얘기를 하다 보니 주자진도 떠오르는 게 있어 황급히 품속에서 옥팔찌를 꺼내 탁자 위에 내려놓았다. "법사님, 이건……."

주자진이 뭐라 말하기도 전에 목선 법사가 순식간에 자신의 손을 탁자 위에서 거둬들였다. 행여 손이라도 닿을까 두렵다는 듯이. 법사는 나이가 많은지라 거동이 꽤 느린 편이었는데, 이런 갑작스러운 행동에 황재하와 주자진 모두 놀라며 이상한 낌새를 알아차렸다.

목선 법사도 자신이 실수한 것을 깨달았지만 어찌 수습해야 좋을지 몰라 그저 황급히 입을 열었다. "이…… 이것이 무엇입니까?"

황재하가 되물었다. "법사께서는 전에 이 물건을 보신 적이 있습니까?"

목선 법사는 잠시 망설였지만 조금 전 자신이 보였던 반응을 덮을 순 없겠다 여겼는지 순순히 대답했다. "네, 제등 판관이 가지고 있던 것을 본 적이 있습니다."

"네? 법사님도 이 팔찌를 알고 계셨단 말입니까?" 주자진이 곧장 말을 이어갔다. "이건 저희가 이번 사건에서 입수한 첫 번째 증거물입니다. 제등 판관이 아직 살아 있을 당시, 이 팔찌는 죽은 자의 물건이라 불결하다며 법사님의 법력으로 깨끗이 정화시켜주겠다고 했었습니다. 저희 두 사람이 이렇게 찾아온 이유 중 하나이기도 합니다."

목선 법사는 주자진과 팔찌를 번갈아 보더니 무슨 말인가를 하려다 말았다.

황재하가 물었다. "법사님, 이 물건을 정화시킬 수 있습니까?"

목선 법사가 고개를 흔들었다. "온 가족을 살해한 죄인의 물건인지라 불길한 것에 속하니 정화하여도 무익할 것입니다. 차라리 황 사군 부인의 묘에 묻는 것이 더 좋지 않겠습니까."

주자진이 영문을 몰라 하고 있는데 황재하가 천천히 물었다. "법사께서는 이 물건이 황재하의 것이라는 사실을 알고 계셨군요? 제등 판관에게 들으셨습니까?"

목선 법사는 잠시 머뭇거리다 입을 열었다. "방금 주 포두가 이번 사건과 관련되었다 하지 않았⋯⋯."

"제가 말한 것은 송화리 자살 사건입니다. 제등 판관이 이 팔찌를 산 이유를 알지 못해 여쭈었던 것인데⋯⋯." 주자진은 여전히 영문을 알지 못해 어리둥절했다. "그런데 법사님은 이 팔찌가 황재하의 것이라는 건 또 어떻게 아셨습니까? 설마 황 사군 일가 사건이 이 팔찌와 관련 있는 것입니까?"

"그건⋯⋯." 법사는 순간 입을 열었으나 차마 말이 나오지 않았다.

황재하가 정색하며 말했다. "법사께서 비록 불가의 중인이시지만, 지금은 관아가 사건을 조사하는 중이니 사실 그대로만 진술해 저희의 의혹을 명백히 밝혀주십시오. 그러지 않는다면 그 본말을 저희가 오해하여 법사께서 사건에 연루되어 있다고 단정지을지도 모릅니다."

법사는 안 그래도 축 늘어진 두 눈썹을 한층 더 늘어뜨리고는 다 죽어가는 얼굴로 입을 열었다. "알겠습니다……. 출가한 몸으로 거짓을 고하진 않으니, 두 분 하실 질문이 있으면 하시지요."

황재하가 먼저 물었다. "법사께서는 이 팔찌를 언제 보셨습니까? 어떻게 이 팔찌가 황 사군 집안과 관계되다는 사실을 아셨습니까?"

"연초였습니다. 우 시주가 자살하려 했던 그때이지요. 제등 판관 집에 방문했을 때 이 팔찌를 본 우 시주가 격렬한 반응을 보였습니다. 후에 제등 판관에게 듣자 하니, 이건 우 시주가 황 사군 댁 딸에게 주었던 팔찌라고 하더군요. 그래서 이 팔찌를 본 우 시주가 당시의 기억이 떠올라 그런 반응을 보인 것이라고요."

"그럼 제등 판관은 이 팔찌를 어떻게 처리했습니까?"

"그건 저도 모르겠습니다……. 이 팔찌가 어떻게 주 포두의 손에 있는지도 궁금하군요. 게다가 송화리 사건과는 또 어떤 관련이 있다는 것인지……." 목선 법사는 눈을 가늘게 뜨고서 팔찌를 자세히 살펴보며 생각에 잠긴 듯했다. "노승은 그저 이 팔찌의 모양이 독특하여 인상에 남아 있었지요……."

갑자기 후당 쪽에서 쩽그랑 하는 요란한 소리가 들려와 세 사람이 즉시 고개를 돌려 보았다. 우선이 후당 문 앞에 우뚝 서 있고, 그 발치에는 찻주전자와 찻잔, 접시가 떨어져 산산조각 나 있었다. 바닥에 쏟긴 뜨거운 찻물이 모락모락 김을 피워 올렸다. 우선은 낯빛이 사색이 된 채 미동도 하지 않고 팔찌만을 뚫어져라 보고 있었다.

황재하는 천천히 몸을 일으켰다.

주자진은 영문을 몰라 팔찌를 집어 들고는 팔찌와 우선을 번갈아 보며 물었다. "우 형, 이걸 보고 그러시는 겁니까?"

우선이 입술을 달싹였으나 아무런 말도 나오지 않았다. 그제야 정신을 차린 듯 황급히 바닥에 꿇어 앉아 깨진 찻잔 조각 등을 주워 모았다.

황재하는 우선 옆에 웅크리고 앉아 함께 자기 조각을 주우며 낮은 소리로 물었다. "왜 그래?"

"갑자기, 머리가 좀 어지러워서." 우선은 머리를 더 깊이 떨구었다. 길고 짙은 속눈썹이 마치 세찬 바람을 이겨내지 못하는 잠자리 날개처럼 파르르 떨렸다.

황재하는 천천히 고개를 돌려 주자진의 손에 들린 팔찌를 응시하다가 목선 법사에게로 시선을 옮겼다. 법사는 머리를 숙이고 불경을 외고 있었다. 늙고 마른 그 얼굴에는 어떠한 표정도 없었다. 다만 그 두 눈만이 미세한 광채를 뿜어냈다.

차를 마신 후 목선 법사는 일어나 작별을 고했다.

세 사람은 입구까지 법사를 배웅하고 다시 돌아와 앉았다. 늦여름 날씨도 꽤나 뜨거워 뜰에 있는 자그마한 연못은 더위를 식혀주지 못했고, 차에서도 열기가 풍겨왔다. 황재하는 이미 내의가 땀에 다 젖은 것만 같았다.

우선이 부채를 건네주자 황재하는 얼른 받아 들고 바람을 부쳤다.

"마음을 가라앉히면 자연스레 시원해지지." 주자진은 그렇게 말해놓고는 여분의 부채가 없다는 사실을 알고 바로 괴로운 얼굴을 하며 땀을 훔쳤다. 그러고는 불쌍한 표정으로 황재하를 보며 물었다. "숭고, 부채 한 번만 빌려주면 안 돼?"

황재하가 고개를 내저었다. "도련님도 제가 변장하고 다니는 걸 아시잖습니까. 땀에 젖어 변장이 지워지기라도 하면 곤란합니다."

주자진이 입을 삐죽이며 말했다. "안 그래도 이상했어. 이제 전하도 더 이상 변장을 안 하시는데, 전하 곁에 있는 일개 환관이 뭐하러 변장을 하는 거야?"

황재하가 부채로 얼굴을 가리며 담담하게 말했다. "여기에 저를 알아보는 사람이 있어서요."

"알아보면 또 어때서. 타향에서 옛 벗을 만나면 좋지……." 거기까지 말하던 주자진은 문득 뭔가 깨달았다는 듯한 표정을 지으며 재빨리 물었다. "숭고, 이실직고해. 너 성도에서 지낸 적 있지? 그때 누구한테 빚졌구나? 고리대금업자한테 쫓기기라도 할까 봐 겁나서 그러는 거지?"

황재하는 주자진의 기상천외한 상상에 이미 어느 정도 이력이 나서 그저 부채만 부치며 더는 상대하지 않았다.

주자진은 순간 울컥해 황재하의 손을 붙잡고 말했다. "자, 나한테 도와달라고 해봐. 내가 숭고 빚 다 갚아줄게, 어때?"

황재하는 주자진의 손을 뿌리치며 말했다. "너무 많아서 도련님이 다 갚아줄 수 없어요."

주자진이 눈을 휘둥그레 뜨며 입을 떡 벌렸다. "그 정도야? 어쩐지……. 그래서 종이라도 되려고 몸을……. 보아하니 기왕 전하께 기대 갚는 수밖에 없겠구나."

가만히 고개를 숙인 채 부채를 부치던 황재하는 아무 생각 없이 얼버무리듯 말했다. "맞아요, 그래서 평생 전하께 기대기로 이미 결심했어요."

우선은 말없이 황재하를 슬쩍 쳐다보았다. 찻주전자를 잡은 손에 자신도 모르게 힘이 들어가 뼈마디가 하얗게 불거져 보였다. 하지만 끝내 아무 말도 하지 않고 그저 두 사람에게 차를 따라주었다.

황재하는 우선이 가득 따라준 차를 들고서 눈을 들어 우선을 보며 물었다. "목선 법사는 광도사에 오래 계셨나요? 저는 왜 한 번도 들어보지 못했을까요?"

우선이 담담하게 대답했다. "아마 공공이 불도를 믿지 않던 연유가 아닐까요.”

우선이 기억하기로, 황재하의 어머니는 정월 대보름이면 사군부 부근에 있는 절에 가서 향을 피웠는데, 황재하는 한 번도 따라간 적이 없었다. 성도부 안에 있는 절도 익숙지 않은데, 외곽에 있는 절은 오죽하겠는가.

“하지만 목선 법사의 명성이 이 정도로 자자했다면 제 귀에도 그런 이야기가 들려왔어야 맞지 않겠습니까.”

“목선 법사는 줄곧 이곳저곳을 떠돌아다니며 행각승으로 계시다가 작년부터 광도사에 머무셨습니다. 범 절도사의 자제 범원룡을 다스리신 일 이후로 이름이 알려지기 시작했으니, 그때는 이미 공공이 성도부를 떠난 이후였지요.”

옆에서 듣고 있던 주자진이 순간 뭔가를 깨달은 듯 외쳤다. “나…… 나 알았어!”

황재하는 주자진을 향해 고개를 돌리고는 눈썹 끝을 살짝 추켜올리며 물었다. “뭘 말입니까?”

“숭고, 그러니까 원래 네가…… 네가…….” 주자진은 정말 몹시 놀란 표정으로 황재하를 손으로 가리키며 말했다.

‘설마 내 정체를 눈치채셨단 말인가?’ 황재하는 그렇게 생각하면서도 의아한 마음에 되물었다. “제가 뭐요?”

“둘 다 나를 속일 생각은 안 하는 게 좋을걸! 내가 촉이 엄청 좋거든!” 주자진은 정색한 얼굴로 한 자 한 자 강조하며 말했다. “어떻게 된 일인지 이미 알아챘어! 숭고 너, 원래 우선과 엄청 잘 아는 사이였어! 다 갚을 수 없을 정도로 많다던 그 빚, 우선한테 진 거지!”

황재하는 자신의 머리를 붙들며 어이가 없어 한숨을 길게 쉬었다. “도련님은 정말로 촉이 좋으시네요.”

황재하가 우선에게 빚을 졌건, 혹은 우선이 황재하에게 빚을 졌건,

둘 다 일리가 있으니, 주자진의 말도 맞는 셈이었다.

주자진은 득의만만한 표정으로 황재하를 보며 자신의 가슴을 툭 툭 쳤다. "거 봐. 내가 훤히 다 꿰뚫고 있다니까! 아주 빈틈이 없어, 빈틈이!"

황재하는 자기도 모르게 부채를 들어 얼굴을 가리고 웃음을 터뜨렸다.

우선은 조용히 연못 위의 수련을 응시할 뿐, 아무 반응도 보이지 않았다.

황재하는 고개를 돌려 우선의 옆모습을 바라보았다. 이 세상 것이 아닌 듯 맑고 서늘한 그 곡선은 이토록이나 아름답고, 이토록이나 익숙했다.

마음속에서 무언가가 울컥 치솟아 황재하는 시선을 내려뜨리고 나지막이 우선을 불렀다. "우선……."

우선은 흠칫하더니 잠시 후에야 고개를 돌려 황재하를 보았다.

황재하가 다시 용무로 돌아와 물었다. "목선 법사께서 내일 출타하신다는데, 혹시 어디를 가는지 아십니까?"

"장안에 가신다고 들었습니다."

황재하는 저도 모르게 몸을 앞으로 기울이며 소리를 낮춰 물었다. "장안에는 무슨 일로 가시는 건가요?"

"옛 친구가 정신이 희미해져 교화시켜주러 가신다고 들었습니다."

"연세가 적지 않으신데 그렇게 먼 걸음을 하신다니, 보통 벗이 아닌 모양입니다."

우선이 고개를 끄덕이고는 말했다. "다만 그 벗에 대해서는 관심이 없어 물어보지 않았습니다. 원하신다면 내일 법사님을 배웅하며 한번 여쭤보겠습니다."

"네, 고맙습니다." 황재하는 찻잔을 들고 고개를 돌려 주자진을 보았다. "사실 오늘은 제등 판관 사건과 관련해 찾아왔는데, 별로 여쭤볼 만한 게 없는 듯합니다. 자진 도련님은 더 물어볼 말이 있는지요?"

"당연히 있지!" 주자진은 매우 진지하게 품속에서 작은 수첩을 꺼내 펼치더니 하나씩 묻기 시작했다. "첫째, 제등 판관 집에서 종회의 친서를 발견했는데, 온양의 집에서 이 친서를 본 적이 있지 않습니까?"

우선은 주자진이 가져온 것을 건네받아 한 번 훑어보고는 고개를 끄덕이며 말했다. "본 적 있습니다."

"확실합니까?"

"네, 당시 제가 가짜라고 해서 온양이 찢어 없애려 하더니 결국엔 그냥 남겨두더군요. 여기 보십시오……." 우선의 손가락이 살짝 찢어진 곳을 가리켰다. "그 흔적입니다."

주자진은 고개를 끄덕이며 수첩에 적힌 질문 옆에 갈고리 표시를 하고는 다음 질문으로 넘어갔다. "황재하는 어떤 여인이었습니까? 구체적으로 묘사 부탁합니다."

황재하는 눈꺼풀이 떨려오는 것을 느끼며 치통이라도 앓는 듯 저도 모르게 손으로 볼을 감쌌다.

안 그래도 마음이 산란하던 우선은 뜻밖의 질문에 순간적으로 머리가 아득해져 멍한 얼굴로 되물었다. "네?"

"그러니까 그게…… 우 학정이 사군부에 있을 때 황재하와 굉장히 가깝게 지내면서, 서로에 대한 감정도 매우 좋았다고 들었습니다……. 그래서 황재하에 관한 일을 좀 듣고 싶습니다. 왜냐하면, 왜냐하면……." 주자진은 부끄러운 듯이 자신의 귀를 잡아당기며 우물쭈물 말을 꺼냈다. "왜냐하면 제가 황재하를 굉장히 사모하거든요."

황재하는 어이가 없어 얼굴을 한쪽으로 돌리고는 벌떡 일어나 연못가로 가서 수련을 감상했다. 우선의 시선이 황재하를 따라갔다. 수련을 보고 있는 황재하의 뒷모습을 응시하며 우선이 느릿느릿 말을 이었다.

"황재하는…… 양 공공과 약간 닮았습니다."

주자진이 고개를 끄덕였다. "맞아요, 두 사람이 사건을 해결하는 능력은 정말 막상막하입니다!"

우선은 그 뒤로 어떻게 말을 이어야 할지 몰라 입술을 오므린 채 더 이상 입을 열지 않았다.

주자진은 눈을 초롱초롱 빛내며 기대 가득한 얼굴로 우선을 바라보았다. 꼬리만 흔들지 않았다 뿐이지, 영락없이 먹이를 기다리는 강아지 같았다.

황재하는 연못가에 웅크리고 앉아 반쯤 피어난 수련을 향해 손을 뻗었다. 청자색 꽃잎이 황재하의 새하얀 손에 가볍게 닿았다. 햇살 아래 모든 색이 점점 희미하게 번지더니 순식간에 눈앞을 아득하게 만들어 모든 것이 흐릿하게 보였다.

고개를 돌린 황재하는 자신을 향한 우선의 시선을 알아채고는 손을 거둔 뒤 자리에서 일어나 말했다. "자진 도련님도 더 이상 질문할 게 없으면 저희는 이만 돌아가야겠습니다."

주자진은 입을 삐죽이며 서운한 듯 황재하를 쳐다보았다. "숭고, 여기 차도 좋고 경치도 좋은데, 조금만 더 앉아 있다가 가면 좋잖아."

황재하가 고개를 저으며 말했다. "저는 가봐야 합니다."

주자진은 내키지 않지만 하는 수 없이 몸을 일으켰다. "숭고, 나는 관아에 앉아 있으면 정말 무료하기 짝이 없단 말이야……."

우선이 일어나 수련이 피어 있는 연못가로 걸어가더니, 황재하 곁에서 걸음을 멈추고 작은 소리로 불렀다. "양 공공……."

황재하는 고개를 돌려 우선을 보며 가만히 그다음 말을 기다렸다. 하지만 우선은 아무 말 없이 그저 황재하를 바라만 보았다. 그러고 한참을 있다가 황재하를 향해 어색한 웃음을 보이며 말했다.

"배웅해드리지요."

황재하는 묵묵히 우선을 바라보았다. 자신의 소녀 시절을 빛나게 해주었던 아름다운 한 남자를 바라보며 미세하게 떨려오는 가슴을 겨우 억눌렀다. 황재하가 우선을 향해 미소 지으며 말했다.

"괜찮습니다. 그럼 이만 가보겠습니다."

19장

물고기 한 쌍이
훤히 비치다

　성으로 돌아와 절도부가 위치한 길에 막 들어서던 황재하와 주자
진은 질서 있게 대열을 갖춘 서천군이 이서백과 범응석을 둘러싸고
있는 광경을 보았다.

　황재하와 주자진은 재빨리 길 한쪽으로 자리를 피했다.

　범응석과 이야기를 나누던 이서백이 눈을 들어 황재하를 보았다.
이서백이 미처 반응하기도 전에 디우가 먼저 걸음을 옮겨 대열에서
빠져나오더니 황재하가 타고 있는 나푸사에게로 다가왔다. 디우는 히
잉 하고 소리를 내며 나푸사의 목에 머리를 문질렀다.

　이서백과 황재하 또한 서로의 숨소리마저 들릴 정도로 가까워졌다.

　이서백이 미소를 머금고 고개를 숙여 황재하를 보았다. 두 사람의
몸이 스치던 순간 이서백이 작은 소리로 물었다. "오늘은 수확이 좀
있느냐?"

　황재하가 얼굴을 들어 이서백을 보며 고개를 끄덕였다. "세부적인
내용 한두 가지만 확실해지면 거의 마무리될 것 같습니다."

　이서백 뒤에서 대열을 갖추고 있던 왕온에게는 두 사람이 무슨 말

을 하는지 들리지 않았다. 왕온은 그저 얼굴을 들어 바람에 나부끼는 깃발만 쳐다보았다. 하지만 황재하 바로 뒤에 있던 주자진은 그 말을 듣고 깜짝 놀라 턱이 다물어지지 않았다. 주자진이 나푸사의 고삐를 잡아채 황재하를 가까이 끌어당기며 자제력을 잃고 소리쳤다.

"뭐라고? 세부적인 내용 한두 가지만 확실해지면? 그게 무슨 말이야? 대체 언제 결론이 났단 말이야? 나한테 설명 좀 해줘봐!"

주자진은 지나치게 흥분해 황재하의 얼굴에 침까지 한 바가지 튀겼다.

황재하는 하는 수 없이 손을 들어 얼굴을 가리며 말했다. "결론이 난 게 아니고요, 제 말은 만사가 구비되었으나 아직 동풍을 기다려야 한다는 뜻이었어요. 사건을 해결할 그 결정적인 한두 가지는 주 포두님에게 달려 있다고요. 포두님이야말로 가장 중요한 순간에 저희가 기댈 수 있는 기둥이에요."

주자진의 얼굴에 곧바로 희색이 돌더니, 메아리가 칠 정도로 가슴을 세게 치면서 말했다. "뭐든 말해봐! 성도부 포두 대장으로서, 필요한 건 뭐든지 다 해줄 테니!"

"네. 그럼 이제 우리는 사군부로 가서 사건 현장을 좀 살펴봐요. 범인이 썼던 흉기를 찾아봐야겠어요."

주자진은 눈을 크게 뜨고 물었다. "숭고, 아직도 포기 안 한 거야? 우리가 현장을 얼마나 뒤졌는지, 파고 또 파서 땅이 1척이나 더 낮아졌을 정도라고. 수십 명이 날마다 찾고 또 찾아봤지만 아무것도 건진 게 없어. 그런데 지금 네가 간다고 해서 무기를 찾을 수 있다고 확신하는 거야?"

황재하는 아무 말도 하지 않고 그저 말고삐를 끌어당기며 멀리 서 있는 범웅석 일행에게 예를 갖춘 뒤, 곧바로 사군부로 향했다.

황재하가 무심한 듯 주자진에게 물었다. "못 믿겠어요?"

"믿어! 내가 세상에서 제일로 믿는 사람은 황재하고, 그다음이 양 숭고 너야!" 주자진은 기분이 좋아 소하를 재촉하며 서둘러 황재하의 뒤를 따랐다.

이서백은 고개를 돌려 이미 가까이 다가온 범웅석을 향해 말했다. "범 장군, 나도 사군부로 함께 가봐야겠으니 장군은 먼저 들어가시오."

"네. 그럼 다녀오십시오, 전하!" 범웅석은 서둘러 뒤에 있던 무리를 이끌며 이서백에게 예를 갖추었다.

"오늘 훈련장에서 각 지역의 절도사와 서천군 각 부대를 시찰하고, 거기에서 몇 사람을 골라 본왕 곁에 두었다." 사군부로 가는 길에 이 서백이 황재하에게 말했다.

황재하는 고개를 끄덕이고는 장항영의 기색을 살폈다. 장항영은 약 간 불안한지 안색이 그다지 좋지 못했다.

이서백이 덧붙여 말했다. "항영은 계속 내 곁에 있을 것이다. 지금 은 경육도 없고, 경상과 경영도 아직 돌아오지 못했으니 곁에 두고 쓸 사람이 없구나."

황재하는 안도의 한숨을 쉬는 장항영을 보며 서둘러 이서백의 뒤 를 바싹 따라갔다.

아무 말 없이 가만히 이서백의 뒤를 따라 걷다가 마음 깊은 곳에 서 까닭 모를 쓸쓸함이 솟구쳐, 황재하는 참기 어려운 슬픔에 잠겨들 었다.

주자진의 말처럼 사건 현장은 정말로 바닥이 1촌이나 낮아질 정도 로 파헤쳐져 있었다.

커다란 청회색 돌이 깔린 나루터 평대 위로 자라난 풀은 모두 짓밟 혔고, 꽃나무들도 얼마나 시달렸는지 잎이 다 떨어졌다. 연못은 물을 다 빼내고 바닥에 쌓였던 진흙까지 말끔히 씻어냈는데, 그 통에 정자 기둥의 옻칠까지 다 벗겨졌을 정도였다…….

흉기는 확실히 없었다.

명을 받고 그곳에 남아 흉기를 찾던 포졸 두 명은 고생이 말이 아닌 듯했다. 둘 다 싸움에 진 닭처럼 낙심해 고개를 떨구고 있었다. 기왕을 알현하러 뛰어와서도 풀 죽은 기색은 여전했다.

"전하, 소인들의 무능함을 용서해주십시오……. 며칠 동안 이 일대를 이 잡듯 뒤졌으나 아직도 흉기를 찾지 못했습니다."

"그렇습니다. 1촌 너비의 흉기는 말할 것도 없고, 가는 독침 한 가닥이었다 해도 찾을 수 있을 정도로 뒤졌지만 아무것도 나오지 않았습니다."

포졸들은 종일 흉기를 찾느라 햇볕에 얼굴이 그을리고 온몸이 땀범벅이었다. 이서백은 포졸들을 책망치 않고 말했다. "절도부와 사군부가 관련된 사건이라 두 사람이 고생이 많다. 본왕은 그저 잠시 들른 것뿐이니, 무슨 일이 있으면 주 포두와 양 공공과 잘 상의하여 처리하거라."

포졸들은 짧게 대답한 후 다시 주자진 곁으로 힘없이 돌아갔다.

포졸 중에서 덩치도 가장 왜소하고 나이도 가장 어린 아탁이 옆에서 고개를 푹 숙이고 있자 주자진이 손을 들어 머리를 쓰다듬어주며 황재하에게 물었다. "숭고, 정말 찾을 수 있겠어? 되도록이면 좀 서둘러줘. 이 둘 좀 봐. 얼마나 초조했으면 머리카락이 다 빠지려고 해!"

황재하는 주자진에게 함께 관목 숲 쪽 물가로 가보자고 손짓하면서 물었다. "여동생분이 계셨던 방은 당시 어디 설치됐었죠?"

주자진은 손가락으로 관목 숲과 접해 있는 곳을 가리켰다. "이쪽에 있었지."

"네." 황재하는 그 주위를 한 바퀴 돌아보더니 바닥을 자세히 살피기 시작했다.

돌 위를 골라 밟으며 앞으로 가는 황재하를 보고 주자진이 영문을 몰라 물었다. "숭고, 뭘 발견한 거야?"

"두 마리…… 파리요." 황재하가 바닥을 가리키며 말했다.

주자진의 시선이 그 손가락을 따라가 보니 과연 파리 두 마리가 돌 틈 흙 위에 앉아 앞발을 비비고 있었다.

주자진이 의아한 얼굴로 물었다. "파리가 왜?"

두 사람과 멀지 않은 곳에 서 있던 이서백이 황재하 대신 대답했다. "옛말에 파리는 금 가지 않은 달걀 위에는 앉지 않는다고 하였지 않느냐."

주자진은 더 종잡을 수 없다는 눈빛으로 입을 크게 벌린 채 눈만 껌뻑거리다가, 한참 후에야 다시 황재하를 향해 고개를 돌렸다.

황재하는 곧바로 몸을 일으키더니 햇살을 받으며 크게 숨을 내쉬었다. 그러고는 길게 늘어진 자신의 그림자를 응시하며 말했다. "다 됐습니다. 부신원의 사건은 마무리되었습니다."

"……."

주자진은 자신이 이 세상에서 제일로 불쌍한 것만 같았다. 매번 양 숭고 뒤에서 이리 뛰고 저리 뛰면서 시신도 같이 검안하고 증거도 같이 봤는데, 항상 제일 늦게 진실을 알게 되니 말이다.

가슴속으로 퍼지는 서글픔을 느끼며 주자진은 몸을 돌려 이서백에게 물었다. "전하께서도 이미 속으로 어느 정도 결론을 내리셨죠?"

이서백은 무심히 대답했다. "대략적인 것은 알았다만, 아직 풀리지 않은 의혹이 있어 숭고의 설명이 필요하다."

주자진은 바닥에 웅크리고 앉아 파리를 살펴보다가 다시 이서백과 황재하를 보았다. 그러고는 슬프고 분한 마음에 크게 소리쳤다. "이건 명백히 절 괴롭히려고 그러시는 거 아닙니까! 어째서 매번 저만 이렇게 소외시키십니까! 제가 앞으로 또 전하와 숭고와 같이 다니면 성을 갑니다!"

황재하가 급히 주자진을 달랬다. "그게 무슨 말씀이세요, 절대 아닙니다! 가장 중요한 단서가 아직 도련님 손에 달려 있다니까요. 도련님이 나서야 이 모든 의문이 풀리게 된다고요!"

주자진은 고개를 들어 하늘을 보며 뜻 모를 오묘한 표정으로 말했다. "천하제일의 이 검관이 나서주길 바란다고? 내가 아무나 청한다고 그냥 나서는 사람으로 보여? 정 내 도움이 필요하거든……."

황재하가 재빨리 주자진에게 다가가 말했다. "주 포두님, 말씀만 하십시오!"

"내 도움이 필요하거든, 지금 여기 서서 하나부터 열까지 모든 것을 소상히 내게 설명해주란 말이야!" 주자진은 입을 삐죽이며 떼를 썼다.

황재하는 그저 웃으며 말했다. "아유, 알았습니다. 그럼 단 한마디로 이 사건의 핵심을 말씀드리겠습니다. 바로 '시간과 기회'입니다."

"시간과 기회?"

"네, 공손연 부인이 춤을 추고 있을 때, 현장에 있던 사람들 중 과연 누가 시간과 기회를 포착해 객석 맨 뒤로 가 사람을 죽일 수 있었을까요?"

주자진은 잠시 생각에 잠겼다가 입을 열었다. "그게…… 당시 현장에 있던 사람은 누구도 그럴 시간과 기회가 없었던 것 같은데……."

"잘 생각해보세요. 사람들의 증언과 당시의 정황을 조합해보면, 모든 사람이 지켜보는 가운데 객석 뒤로 가 사람을 죽일 수 있었던 이가 한 명 있습니다. 남들은 아무도 방법이 없었지만, 그 사람만은 완벽하게 방법을 만들어냈지요."

주자진은 고개를 쳐든 채 열심히 머리를 굴렸다. "모든 사람이 보는 가운데 사람을 죽일 수 있었다니, 그게 대체 누구지? 당시 사람들의 증언에도 거짓은 없는 거 같았는데, 도대체 누가 사람을 죽일 틈이 있었다는 거야……."

주자진이 쭈그리고 앉아 머리를 쥐어뜯노라니 이서백이 모처럼 주자진을 편들어주었다. "숭고, 자진을 그만 힘들게 하거라. 이쪽 방면으로는 자진이 특별히 뛰어나지 않다 해도, 자진 또한 어느 부분에 있어서는 천하에 둘도 없는 실력을 가졌다."

"그건 바로 시체 검안이죠!" 주자진은 엄지손가락으로 자신을 가리켜 보이며 겸손이라고는 찾아볼 수 없는 표정으로 말했다.

황재하도 고개를 끄덕여 주자진의 말에 호응해주고는, 잔뜩 신이 난 주자진의 품을 가리키며 말했다. "또 하나의 중요한 고리는, 도련님 품속에 있는 그 팔찌와 관련이 있어요."

주자진은 순간 멈칫하더니 얼른 품 안에 든 팔찌를 꺼내어 황재하에게 건넸다.

"범행을 저지를 시간과 기회 말고도, 이번 사건에서 주목할 점은 바로 독약의 출처입니다……." 황재하는 팔찌를 받아들고는 사뭇 진지한 얼굴로 천천히 입을 열었다. "앞서 짐독이 사용된 두 건의 독살 사건 현장에는 모두 이 팔찌가 있었습니다. 그것이 다만 우연이었을 뿐인지는 저도 아직 잘 모르겠지만요."

황재하는 손에 든 팔찌를 가만히 응시했다. 서로의 꼬리를 물고 이어진 물고기의 그 매끄러운 곡선을 얼마나 많이 어루만졌던가. 그 곡선의 굴곡 하나하나가 자신의 손금처럼 익숙했고, 살짝 닿기만 해도 그 곡선들이 손금 위로 자라나 자신의 운명 속으로 들어올 것만 같았다.

황재하가 팔찌를 들어 햇살에 비추니, 가운데가 텅 비도록 조각된 옥이 햇살 아래서 은은하고 부드럽게 빛을 냈다. 두 마리 물고기의 머리 부위에 문구가 나뉘어 새겨져 있었다.

만목지장, 하방미하

우선의 필체였다. 우선이 직접 옥에다 한 획 한 획 이 문구를 새겼다. 순간, 황재하의 눈이 휘둥그레졌다. 차갑고 예리한 빛줄기 하나가 머릿속으로 뚫고 들어오며, 황재하는 그 짧은 순간에 너무나도 끔찍한 하나의 가능성을 떠올렸다.

해가 서쪽으로 기울면서 햇살이 붉은 핏빛을 띠었다. 물고기 무늬를 투각한 크고 작은 구멍으로 핏빛 햇살이 점점이 통과하여 황재하의 얼굴 위로 내려앉아 눈을 매섭게 찔러왔다. 얇고 투명한 옥이 만들어낸 옅은 그림자는 있는 듯 없는 듯 비현실적인 느낌을 주었다.

머릿속이 웅웅 울렸다. 눈앞의 세상이 겹겹이 쌓인 그림자처럼 보이더니 어지러이 흔들리며 여러 갈래로 요동치다가 다시 하나로 합쳐지기를 반복했다.

가슴속에서 뾰족하고 예리한 것들이 하나같이 날카로운 끝을 세워 매섭게 찔러대기 시작해, 황재하는 극심한 고통에 숨도 제대로 쉬지 못했다. 다만 할 수 있는 것이라고는, 팔찌를 움켜쥔 손을 있는 힘을 다해 눈앞에서 치워버리는 것뿐이었다.

주자진이 의아한 표정으로 황재하를 보며 계속 무어라 물었지만 황재하의 귀에는 아무것도 들리지 않았다. 황재하의 눈앞으로 핏빛이 드넓게 퍼졌다. 우선을 처음 만난 날 보았던 석양빛, 그리고 지금 바깥의 석양빛을 닮은 핏빛이 온 대지를 물들여 마치 이 세상에 붉은 빛밖에 남지 않은 듯한 느낌을 주었다. 눈앞의 모든 것이 진실을 잃고 그저 희미한 윤곽으로만 남아 흔들리며 굴곡을 이루었다.

지난 반년 동안 황재하의 마음을 짓눌러온 슬픔과 번민, 아픔과 인

내가 지금 이 순간 참을 수 없는 비통함이 되어 쏟아져 나와 황재하를 통째로 집어삼켰다. 온몸이 주체할 수 없을 정도로 떨리기 시작했다.

'원래…… 그렇게 된 일이었어.'

가족의 죽음, 뒤바뀐 인생, 잃어버린 이름. 영문도 모르고 모든 것을 잃었건만 원래 이토록 간단히 저질러진 일이었다.

황재하는 숨을 들이쉬려 애쓰며 주자진의 손을 붙들고 간신히 팔찌를 건넸다. 하지만 입에서는 한마디 말도 나오지 않았다.

주자진은 황재하의 하얗게 질린 안색과 부들부들 떨리는 몸을 보며 물었다. "숭고, 괜찮아……?"

그 순간, 줄곧 뒤에 서 있던 이서백이 두 팔을 벌려 당장이라도 쓰러질 듯한 황재하의 떨리는 몸을 감싸 안아, 안전하게 자신의 품에 기대도록 했다.

황재하의 두 손이 망연하게 허공을 휘저었다. 마치 해 질 녘까지 둥지로 돌아가지 못해 황망히 날고 있는 지친 새처럼, 뭐라도 잡고 싶어 하는 듯 보였다. 황재하의 어깨를 감싸고 있던 이서백의 손이 황재하의 팔을 따라 아래로 내려와 손을 찾아 붙잡은 뒤 단단히 깍지를 꼈다.

이서백의 따뜻한 체온이 얇은 옷을 통과해 황재하의 피부로 고스란히 전해졌다. 한바탕 혼란에 휩싸였던 황재하의 머릿속에 마침내 또렷한 영상이 나타났다.

이서백은 황재하를 안고서 귓가에 나지막이 속삭였다. "무서워 말거라……. 너는 이 세상에서 가장 무서운 일을 이미 겪지 않았느냐. 더 이상 무서워할 일이 뭐가 있겠느냐?"

웅 하는 굉음과 함께 빠르게 피가 도는 소리만이 들리던 황재하의 귓가에 이서백의 나지막하고도 따스한 음성이 와닿았다. 황재하는 마치 물에 빠진 사람이 동아줄을 꼭 붙들듯 그 목소리를 단단히 붙들었다. 비록 머릿속이 텅 비어 백지가 되었지만, 그 동아줄이 자신을 뭍으로 끌어올려 구해주리라는 사실만큼은 알 수 있었다.

이서백이 자신의 뒤에 서 있고, 자신을 보호해주리라는 사실도 알았다. 그래서 몸에서 모든 힘이 빠져나간 이 순간, 황재하는 아무것도 생각하지 않고 묵묵히 이서백의 몸에 자신을 맡겼다. 뒤에 서 있는 이 사람이 자신에게 필요한 모든 힘과 도움을 주리라는 사실을, 자신의 무너진 하늘을 받쳐주리라는 사실을 잘 알았으니까.

황재하는 이서백에게 몸을 의지한 채 정자로 가 앉았다.

황재하가 왜 갑자기 그런 반응을 보이는지, 주자진은 당황해 어쩔 줄을 몰랐다. 창백하게 변한 황재하의 낯빛을 보며 주자진이 울먹이는 목소리로 물었다. "이 팔찌가…… 그렇게 엄청난 거야?"

황재하는 고개를 끄덕이고는 머리를 붙잡은 채 여전히 아무 말도 하지 못했다.

이서백이 대신 말해주었다. "아무래도 숭고는 누군가가 팔찌에 독을 썼다고 의심하는 것 같구나."

주자진은 언젠가 황재하에게 들었던 말을 떠올리며 재빨리 말했다. "아, 그 일이라면 숭고가 제게도 언급한 적이 있습니다. 하지만 일전에 부귀에게 실험했을 때 아무런 반응도 없었지 않습니까. 게다가 이 팔찌는 부신원이 가지고 있은 지 꽤 되었을 텐데, 팔찌에 독이 있었다면 어떻게 그전에는 중독되지 않았던 걸까요?"

황재하가 손을 들어 주자진의 옷자락을 잡아당기며 다 쉰 목소리로 가까스로 말을 쥐어짜냈다. "그 팔찌…… 다시 저한테 줘보세요."

주자진은 재빨리 고개를 끄덕이며 손에 들고 있던 팔찌를 건네주었다. 그러고는 불안한 듯 황재하를 바라보며 어찌할 바를 몰랐다.

떨리는 손으로 옥팔찌를 건네받은 황재하는 서로의 꼬리를 물고서 친밀하게 유영하고 있는 두 마리 물고기를 어루만졌다. 황재하의 손이 미세하게 떨렸다.

그렇게 한참을 어루만지다가 팔찌 안쪽을 손톱으로 한 번 긁은 뒤 왼손에 팔찌를 끼웠다. 반투명한 옥팔찌 위로 햇살이 어지러이 노닐었다. 생기 넘치는 물고기들은 마치 다시 살아난 것처럼 황재하의 손목 위에서 가볍게 살랑거렸다. 눈처럼 희고 고운 황재하의 손목이 찬란한 광채에 둘러싸여 더욱 맑고 깨끗하게 빛났다.

주자진은 왜 갑자기 긴장이 되는지 영문을 모른 채 더듬더듬 황재하에게 말했다. "숭고, 그 팔찌에 독이 있는 것 같다며?"

황재하는 고개를 숙인 채 오른손으로 팔찌를 가만히 돌렸다. 가슴이 가볍게 오르락내리락할 뿐, 여전히 아무 말도 없었다.

이서백이 몸을 일으키며 낮은 소리로 말했다. "걱정 말거라. 무슨 독이든 피부에 상처가 없으면 안으로 침투할 수는 없을 테니."

주자진은 고개를 끄덕이긴 했지만 그래도 뭔가 이상하다는 생각을 떨칠 수 없었다.

황재하와 이서백은 아무 말도 없이 나란히 밖으로 걸음을 옮겼다. 주자진은 멍한 표정으로 있다가 황급히 두 사람을 따라가며 물었다. "어디 가십니까?"

이서백이 고개를 돌려 주자진에게 말했다. "너는 먼저 대청에 가서 기다리거라."

주자진은 알겠다고 대답하고는 조심스럽게 물었다. "의원을 불러 숭고를 좀 보여야 하지 않을까요?"

이서백이 고개를 내저었다. "너는 일단 가서 사건을 정리해보고 있거라. 숭고는 내가 알아서 할 터이니."

사군부 서남쪽에 위치한 주방은 관아 건물과도 가깝고 당시 사군부가 식사를 하던 대청에서도 그리 멀지 않았다.

이서백과 황재하는 주방 안으로 들어갔다. 점심시간은 이미 지났고, 저녁때가 되려면 한참 남은 터라 찬모들은 여유롭게 마름과 연자 껍데기를 벗기면서 수다를 떨고 있었다.

두 사람을 본 주방장 노 부인이 급히 일어나 물었다. "두 분 간식이 필요하십니까?"

황재하가 아무 말도 하지 않자 이서백이 대신 입을 열었다. "양제탕이 있는가?"

"양제탕은 없고, 오늘은 연밥죽이 있습니다."

"그럼 연밥죽 한 그릇 주게나." 이서백이 그렇게 말하면서 황재하를 돌아보았다.

황재하는 주방 안쪽으로 들어가 그때와 똑같이 커다란 사발을 하나 집어 들고 손수 씻어서 부뚜막 위에 올려놓았다.

황재하는 비록 좋은 집안 규수이지만 열두 살 때부터 남장을 하고 아버지와 함께 사건을 조사하러 다니면서 관아 포졸들과 어울려 지냈기에 행동거지에 양갓집 규수 같은 기품은 그다지 없었다. 그릇이나 수저를 씻는 일 정도는 조금도 어색하지 않게 해냈다.

연밥죽을 다 뜨고서 두 손으로 사발을 들려다가 무언가 생각이 난 듯 멈칫하더니 당시와 똑같이 소맷자락을 걷어 올리고 나서야 다시 사발을 들었다.

사발은 비취색이 감도는 월요청자로, 크기가 꽤 크고 양쪽에 손잡이가 달려 있었다. 황재하는 두 손으로 사발 손잡이를 쥐고 천천히 걸음을 옮겨 주방을 나와 대청으로 향했다.

너무나도 익숙한 길이었다.

주방문을 나온 뒤 뜰 앞의 비파나무를 지나, 금이 간 자그마한 나무문을 넘으면, 사람들의 발길에 마모되어 매끄럽게 반짝이는 청회색 돌바닥의 긴 복도가 이어진다. 황재하는 그때와 똑같이 긴 복도를 따라 걸었다.

당시 기분이 좋지 않았던 황재하는 고집스럽게 이 큰 사발을 직접 들고 걸었다.

'아가씨, 제가 들게요. 아가씨 너무 힘드세요!' 뒤에서 시종 미무가 연신 만류했지만, 황재하는 아랑곳도 않고 고개를 숙인 채 앞으로 걸어갔다. 사발을 드느라 구부린 팔이 아파와서 손을 아래로 내려뜨리니 손목의 팔찌가 천천히 미끄러져 내려와 챙 하고 청자 사발을 가볍게 쳤다. 마치 얼음조각이 옥을 치는 것처럼 낭랑한 소리였다.

오늘도 그날처럼 손목과 사발 사이에서 챙 하는 소리가 울렸다.

황재하는 줄곧 고개를 숙인 채 침묵하며 사발을 들고 한 발 한 발 대청을 향해 걸어갔다.

이서백도 그 뒤를 따라 당시 황재하와 그 가족이 즐겁게 식사를 나누었던 곳으로 향했다.

막 떠온 연밥죽이 청자 사발 속에서 김을 모락모락 피워 올려 황재하의 속눈썹 위로 맺혔다. 황재하의 눈이 촉촉해졌다.

황재하는 열세 살이던 해의 초여름 어느 날을 떠올렸다. 잠자리는 낮게 날고 연꽃은 갓 피어났으며, 핏빛 석양이 온 세상을 뒤덮었다. 그리고 황재하는 부드럽고 깨끗한 그 눈동자를 보았다. 한 소녀를 바라보는 것이 아니라, 마치 평생 자신이 지켜야 할 사람을 쳐다보는 듯한 눈동자였다.

부모 잃은 아이를 품에 안고서 직접 고아원에 데려다주던 그의 눈에 맺혔던 눈물을 떠올렸다. '어쩌면 이 세상에서 이런 감정을 가장 잘 이해하는 사람은 나일 거야.' 그렇게 말하는 그의 눈에 눈물이 그렁그렁했다. 그런 비통한 감정을, 황재하는 가족이 세상을 떠난 후에야 비로소 이해할 수 있었다.

초가을 모람 나무 넝쿨이 드리운 회랑 아래, 황재하와 그는 반 척의 거리를 두고 등을 지고 앉아 있었다. 그는 서책을 한 장 한 장 넘겼고, 황재하는 연자 껍데기를 하나하나 깠다. 특별히 크고 맛있어 보이는 연자가 나오면 껍데기를 까서 그에게 주었다. 하지만 아무 말 않고 받아먹기만 하는 그에게 화가 나 황재하는 모람 열매를 따서 그의 머리를 맞혔다. 부드러운 과실은 멀리 튀어 날아갔고, 그는 머리를 긁적이며 영문을 모르겠다는 듯 무고한 표정으로 황재하를 보았다.

그가 자신만의 집으로 옮겨간 다음 날, 새벽부터 눈보라가 몰아쳤다. 그를 만나러 가려 아침 일찍 일어난 황재하는 대문을 열자마자 계단 옆에 서 있는 그를 보았다. 처마 밑도 눈보라를 막기는 역부족이었는지, 그는 온몸이 얼어붙은 채 머리에 눈을 뒤집어쓰고 어깨 위에는 눈이 꽁꽁 얼어 있었다. 그러고는 목석 같은 표정으로 황재하만 쳐다볼 뿐 아무 말도 없었다. 황재하가 서둘러 그를 데리고 집 안으로 들어와 몸에 쌓인 눈을 떨어주노라니 그제야 그가 황재하를 바라보며 거의 들리지도 않을 목소리로 말했다. '어쩔 수 없었어. 너희 가족들을 어떻게 떠나야 할지 모르겠어…… 어떡하지?'

어떡하지! 어떡하지? 어떡하지…….

황재하의 몸이 미세하게 떨리기 시작했다.

드디어 마지막 복도를 걸어 대청 안으로 들어선 뒤 손에 든 청자 사발을 탁자 위에 내려놓았다. 이미 그곳에서 기다리던 주자진이 참지 못하고 뭔가를 말하려 했으나, 표정이 어둡게 가라앉은 황재하와 그 뒤를 묵묵히 따라 들어오는 이서백을 보고는 차마 방해하지 못하고 탁자 옆에 멍하니 서서 지켜봤다.

황재하를 도와 작은 그릇들을 들고 온 이서백은 그릇을 하나하나 탁자 위에 늘어놓았다.

황재하는 깊은숨을 들이마신 뒤 소매를 더 단단히 걷어 올리고는 죽을 그릇에 덜기 시작했다.

오른손으로 나무 국자를 잡고 김이 모락모락 나는 죽을 퍼 왼손에 받쳐 든 작은 그릇에 담았다. 그러고는 국자는 사발 안에 걸쳐놓고 두 손으로 그릇을 상 위에 올려놓은 뒤, 다음 그릇을 집어 들었다…….

황재하의 낯빛이 더욱 창백해졌다. 가까스로 자신을 억누르고는 있었지만 떨리는 몸은 어찌할 수 없었다. 이서백은 잿빛으로 변한 황재하의 얼굴과 비통함으로 가득한 두 눈을 보았다. 하지만 황재하는 끔찍하게 두려운 그 결과를 향해 한 걸음 한 걸음 고집스럽게 나아갔다. 비할 데 없는 슬픔과 절망, 그리고 그만큼 강한 의지가 고스란히 드러났다.

이서백은 손을 들어 황재하의 어깨를 가볍게 감싸주었다. 떨리는 몸에 이서백의 손이 닿은 순간, 그 맞닿은 부분을 통해 어떠한 힘이 이서백 손에서 황재하의 어깨로 흘러 들어오는 기분이었다. 그 힘은 거대한 용기로 변해 금방이라도 산산조각 날 것만 같던 황재하의 연약한 몸을 진정시켜주었다.

이서백은 고개를 숙여 황재하의 귓가에 낮게 속삭였다. "두려워 말거라. 내가 여기 있지 않느냐."

이서백의 말에 황재하의 호흡이 가빠지기 시작했다. 죽을 것처럼 자신을 무겁게 짓누르던 짐과, 감히 마주할 수 없을 것만 같던 그 무서운 결과, 그리고 종내 자신의 가슴을 갈기갈기 찢어놓을 운명의 그 범인은, 그 순간 더 이상 중요하게 느껴지지 않았다.

사건의 모든 과정이, 모든 죄악의 실상과 진실이 조금도 은폐되지 않고 사람들 앞에 낱낱이 밝혀지는 것만이 중요했다. 그리고 그 진실과 실상이 어떠하든, 지금 황재하 뒤에는 견고한 성루가 지켜주고 있었다. 이서백이 황재하에게 무엇보다 강한 힘을 실어줄 것이며, 그 힘은 감히 누구도 빼앗지 못할 것이다.

황재하는 고개를 들고 이서백을 돌아보았다. 그리고 천천히 고개를 끄덕이며 낮은 소리로 말했다. "네. 끝까지 해내겠습니다."

그윽한 눈빛으로 황재하를 응시하던 이서백은 황재하의 눈에 담긴 의연함을 보고는 그제야 안심하며 황재하의 어깨에서 손을 거두었다.

머리가 맑아지고, 손의 떨림도 진정된 황재하는 다섯 개의 그릇 모두에 향기 그윽한 연밥죽을 떠서 탁자 위에 내려놓았다. 그러고는 가족들이 앉았던 위치에 그릇을 하나씩 다시 배치했다. 여기까지 하고 나자 온몸의 힘이 다 빠져나가버린 것만 같았다. 황재하는 천천히 탁자 옆에 주저앉아 멍하니 다섯 개의 죽 그릇을 바라보다가 한참 후에야 입을 열었다.

"자진 도련님, 이 그릇 다섯 개를 검사해주세요."

"뭘 검사해?" 주자진은 갈피를 잡지 못하고 물었다.

"독…… 짐독." 황재하가 천천히, 그러나 아주 또렷한 발음으로 말했다.

주자진은 순간 경악하며 크게 소리쳤다. "어떻게 여기에 독이 있어? 이건 네가 주방에서 직접 들고 온 거잖아. 기왕 전하께서 네 뒤에서 함께 걸어왔고, 여기 와서도 네가 직접 상에 놓았잖아! 그리고…… 네가 갑자기 짐독이 어디서 났다고?"

"검사해주세요." 황재하는 이를 악물며 더 이상 어떤 말도 하지 않았다.

주자진은 입을 크게 벌린 채 여전히 충격이 가시지 않은 얼굴이었지만, 결국 죽 그릇 다섯 개를 판 위에 올려 자신의 거처로 들고 갔다.

이서백과 황재하는 주자진의 거처 앞 정원으로 가 문 옆에서 기다렸다.

두 사람은 아무 말도 하지 않았다. 모람 나무가 낮게 늘어진 복도는 희미하고 어둠침침한 하늘빛에 뒤덮였고, 연못에 우뚝 솟은 늦여름 마지막 연꽃들은 유난히도 선명하고 눈부신 붉은색을 띠었다.

여름의 마지막 열기를 머금은 거센 바람이 연못을 지나 황재하를 향해 덮칠 듯이 불어왔다.

피부 위에서 따갑게 식어가던 땀이 뜨거운 바람에 금세 증발해버리면서 따끔거리던 느낌도 사라졌다. 남은 것은 수면 위로 불어오는 바람과 비스듬히 비치는 저녁 빛뿐이었다.

황재하는 난간에 몸을 기대어 한참 숨을 고른 뒤, 앞에 선 이서백을 멍하니 보았다.

이서백 또한 아무 말 없이 황재하를 응시했다.

황혼이 두 사람 위로 드리웠다. 사군부 전체가 고요하여 적막만이 감돌았다.

석양이 연못 위를 비스듬히 비추어, 일렁이는 수면 위에서 수많은 금빛이 반짝이며 눈을 찔러왔다.

4년이었다.

이곳에서 황재하는 세상을 잘 모르던 철부지 소녀에서, 물불 가리지 않는 당돌한 소녀로 자라났다. 또한 이곳에서 황재하는 많은 이가 부러워하던 명문가 규수에서 모두가 손가락질하는 살인 사건 용의자가 되었다. 이미 세상에서 가장 고통스러운 일을 겪어 가슴을 찢고 폐부를 찌르는 아픔을 맛본 황재하이기에 앞으로 살면서 이보다 더 무서운 일은 없으리라고 생각했다.

하지만 뜻밖에도 진실을 눈앞에 둔 이 순간, 황재하는 생각 이상의 공포를 느꼈다.

늦여름의 석양을 받으면서도, 몸이 맹렬하게 떨리고 살이 에이는 듯한 추위를 느꼈다. 온몸에서 흐르는 식은땀이 따갑도록 살을 찔러왔다.

황재하는 이서백의 손을 붙잡고 다 쉰 목소리로 물었다. "설마, 정말로 제가…… 제가 직접 독이 든 탕을 가족들에게 주었다는 건가요?

정말 제 손으로 가족들을 죽음으로 몰았다고요?"

이서백은 묵묵히 황재하를 바라보았다. 황재하의 눈 안에서 늘 맑게 반짝이던 빛은 이미 사라지고 커다랗게 뜬 눈 안에는 잿빛만이 가득했다.

천 리 먼 길을 도망쳐 왔건만 마차 안에서 이서백에게 비참하게 붙잡히고 말았을 때도, 가족들의 원한을 반드시 풀어주고야 말겠다며 타오르는 눈빛으로 고집스럽게 말하던 황재하 아니었던가. 그때 그 눈 속에서 보았던 불꽃이 지금 이 순간에는 꺼지고 없었다.

지금까지 황재하를 붙들고 있던 신념이 사라져버렸다.

이서백이 황재하의 손을 꼭 쥐었다. 그 손에서 뼛속까지 시리게 만드는 한기가 느껴져 이서백의 마음속에도 고통스러운 냉기가 퍼졌다. 이서백은 천천히 두 팔을 뻗어 황재하를 품속에 안았다. 그러고는 떨리는 목소리를 겨우 억누르며 나지막이 말했다.

"아니다, 네가 그런 게 아니다."

"제가 그랬어요! 제가 직접 그 탕을 가져왔고, 제가 직접 가족들에게 떠주며 드시라고 했어요. 모두…… 제가 했다고요!"

황재하는 자제력을 잃고 소리쳤다. 이서백은 황재하의 몸을 더 강하게 끌어안았다. 몸부림도 치지 못하게 된 황재하의 얼굴 근육이 무섭게 경련했다.

이서백은 정신이 나간 듯한 황재하를 난간에 기대게 한 뒤 똑바로 응시하며 작지만 날카로운 목소리로 말했다. "황재하, 침착하거라!"

황재하는 있는 힘껏 이서백의 팔을 뿌리치려 했지만 황재하가 무슨 수로 이서백의 힘을 당해내겠는가. 그대로 이서백에서 붙들린 채 발버둥도 치지 못하고 거친 숨만 내쉴 뿐이었다.

황재하의 귓가에 이서백의 나지막한 음성이 들려왔다. "결코 너의 잘못이 아니다. 넌 아무것도 모른 채 도구로 이용당했을 뿐이다. 그러니 지금 네가 가장 미워해야 할 대상은 너 자신이 아니라, 배후에 있는 그 인물이다."

마침내 몸에서 서서히 힘이 빠진 황재하가 멍한 얼굴로 이서백을 바라보았다.

이서백은 황재하를 보며 한 자 한 자 힘주어 말했다. "그 많은 우여곡절을 겪으며 한 발 한 발 여기까지 오지 않았느냐. 여기서 자책하고 후회할 것이 아니라 상대의 음모를 파헤쳐 일격을 가하거라! 너 자신을 위해 판결을 뒤집고, 네 부모와 오라비, 조모와 숙부를 위해 사건의 진범을 잡아내는 것이 지금 네가 해야 할 일이다!"

황재하는 한참 동안 이서백을 바라보다가 겨우 목소리를 쥐어짜내 떠듬떠듬 내뱉었다. "이유를…… 그 이유를 알아야겠습니다……."

"그래. 그게 바로 이제 우리가 해야 할 중요한 일이다. 자책하고 주저앉아 있을 것이 아니라!"

이서백의 말을 들으며 황재하는 차츰 안정을 되찾았다. 한참 뒤, 잿빛 가득한 황재하의 두 눈이 흐려지더니 굵은 눈물방울이 이서백의 손등 위로 뚝 떨어졌다. 황재하의 눈물이 떨어진 자리가 따끔해 이서백이 손등을 내려다보니 조금 전 황재하가 발버둥 칠 때 할퀸 상처들이 보였다. 그 상처에 눈물이 닿아 미세한 아픔이 느껴진 것이다.

이서백은 묵묵히 손을 들어 황재하의 눈물을 닦아주고, 흐트러진 귀밑머리도 귀 뒤로 가지런히 넘겨주었다. 줄곧 냉정을 유지하던 이서백의 두 눈이 지금은 유난히도 따뜻하고 투명했다. 이서백의 눈 속에는 아무도 모르는 호수가 넘실거렸는데, 가끔 황재하에게만 그 호수를 드러냈다. 그럴 때면 이서백이 황재하의 모든 것을 품어 세상의 그 어떤 비바람도 황재하를 침범하지 못했다.

이서백이 황재하를 응시하며 천천히 말했다. "피곤하면 잠시 쉬어라. 나머지는 내가 알아서 하마."

얼굴 가득 눈물이 흘러내리던 황재하는 주체하지 못하고 이서백의 품안에서 한참을 펑펑 울었다. 하지만 종국에는 울먹이는 목소리로 한 자 한 자 힘겹게 말했다.

"아닙니다. 전하 말씀이 맞습니다……. 그 많은 우여곡절 끝에 여기까지 왔는데, 마지막까지 힘내서…… 제 손으로 모든 것을 끝내겠습니다!"

얼마간의 시간이 더 흐른 뒤, 주자진이 굳게 닫혀 있던 문을 벌컥 열어젖히며 헐레벌떡 뛰어 나왔다. 새하얗게 질린 얼굴에 눈은 휘둥그레 뜨고, 입을 크게 벌린 채 거친 숨만 내쉬며 쉽게 말을 꺼내지 못했다.

이서백은 진작 황재하를 품에서 놓아주고 서로 반 척 정도 떨어져 난간에 몸을 기대고 앉아 있었다. 황재하가 허리를 펴며 난간에서 등을 떼고 일어나 주자진 앞에 똑바로 섰다.

이서백이 먼저 입을 열었다. "결과가 어떠하냐?"

주자진은 가쁜 숨을 내쉬며 맹렬하게 뛰는 가슴을 가까스로 진정시키고는 힘겹게 외쳤다. "짐독이에요! 다섯 그릇 다!"

애써 서 있던 황재하는 다시 온몸에서 힘이 빠졌다. 이서백이 황재하를 부축해 연못가 회랑에 걸터앉힌 뒤 등을 가볍게 토닥여주었다. 황재하는 깊은숨을 들이마셨다. 눈앞에 보이던 검은 기운과 귓가에 들리던 굉음이 서서히 사라졌다.

회랑 기둥에 머리를 기대고 눈을 감은 채 황재하가 작은 소리로 말했다. "사건은 종결되었습니다."

주자진은 입을 떡 벌리고는 넋을 잃은 채 황재하를 쳐다보았다. "사건이 종결됐다고? 어느 사건 말이야? 부신원 사건? 아니면, 제등 판관 사건?"

"모든 사건요. 전 성도 부윤 일가 사건까지 포함해서요." 황재하는 마지막 남은 힘까지 짜내 가까스로 한 자 한 자 내뱉었다. "이 세 사건은 형체가 없는 하나의 실마리로 연결되어 있었습니다. 지금 저희가 그 실마리를 찾아냈고, 이제 마지막으로 이 모든 것을 가리고 있던 막을 힘껏 잡아당겨 벗기기만 하면, 이 사건들은 끝이 납니다."

"끝이 나……?" 주자진은 황재하의 말을 되뇌며 형용하기 어려운 처량함을 느꼈다. '나는 아직 단서 하나 잡지 못했는데, 너는 어떻게 모든 걸 다 파악한 거야?'

"네. 이번 사건은, 아니, 그 세 사건은 이미 끝났습니다."

20장

눈 위에 남겨진
그 사람의 흔적

성도부 전체에 저녁노을이 낮게 깔렸다. 이미 늦은 시간이었지만 기왕의 명령이 떨어지자 관련 인물들이 모두 사군부로 속속 모여들었다.

다들 영문도 모른 채, 서천 절도사 범응석은 아들까지 데리고 황급히 사군부로 달려왔다.

밝은 보랏빛 옷을 입은 왕온도 범응석 부자와 함께 건너왔다. 황재하를 보는 그 얼굴에는 여전히 평소와 같은 부드러운 미소가 걸려 있었지만 낯빛이 그리 좋아 보이진 않았다.

주상은 이미 정자 앞에 의자를 마련해놓고, 딸에게는 부채로 얼굴을 가리고 뒤에 설치된 방 안에 들어가 있으라고 일렀다.

공손연과 은노의가 도착했을 때는 그날 현장에 있던 사람들이 모두 모여 있었다. 두 사람은 황재하와 주자진을 향해 고개를 끄덕여 보인 후 정자에 자리를 잡고 앉았다.

이윽고 하늘색 도포 차림의 우선도 도착했다. 우선은 아무 말 없이 의자 끝으로 가 늘 그렇듯 조용히 앉았다. 의외인 점은, 목선 법사의 출현이었다. 그날 현장에 없었던 목선 법사도 초청되어 정자 앞에 마련된 자리에 앉아 있었다.

제등이 살해당한 현장에 있던 악사들과 사군부의 가노들, 그리고 주자연의 시종들, 심지어는 탕주 부인의 막돼먹은 조카 탕승까지 모두 불려왔다. 다들 자리를 잡고 앉거나 서자, 이서백이 황재하를 향해 고개를 끄덕였다. 황재하는 몸을 일으켜 사람들을 향해 말했다.

"오늘 이렇게 여러분을 오시게 한 것은, 며칠 전 사군부에서 발생한 살인 사건, 즉 절도부 제등 판관 사건 때문입니다."

황재하의 말이 시작되자 좌중은 순식간에 조용해졌다. 범응석은 수염을 쓰다듬으며 아무 말 없었고, 주상은 미간을 찡그린 채 뭔가 마뜩 잖은 기색을 보였으며, 공손연은 은노의의 어깨를 가볍게 감싸 안고서 토닥였다. 그 와중에 범원룡만이 큰 소리를 냈다.

"뭐라고? 제등 사건? 양 공공, 이미 단서를 잡은 것인가?"

"저는 이미 범행을 저지른 사람이 누구인지 알았습니다. 그리고 범인이 어떻게 사람들의 눈을 속이고 제등 판관을 죽였는지, 범행에 쓰인 흉기를 어디에 숨겼는지도 말입니다."

범응석은 이서백을 향해 시선을 돌렸다. 이서백은 아무 말 없이 황재하 뒤에 앉아 있었다. 범응석은 이서백 또한 이미 모든 정황을 안다는 사실을 눈치채고는 재빨리 황재하의 말에 호응하고 나섰다. "양 공공, 이 일은 결코 작은 일이 아니네. 절도부 판관에게 그런 짓을 했다면 나에게 원한이 있거나, 아니면 사군과 기왕 전하, 어쩌면 조정에 불만을 품은 자일 수도 있어! 그러니 제대로 처벌을 내려야 하네!"

"조정을 위하고 전하를 걱정하는 장군의 마음은 참으로 귀한 것이오나, 이번 사건은 국가 대사와는 전혀 무관한 일이옵니다. 단지 '정'이라는 것 때문에 일어난 일이지요." 황재하가 담담하게 말했다.

범응석은 그 말을 듣자마자 크게 놀란 표정을 지었으나, 이서백은 범응석의 눈빛 속에서 긴장의 빛이 사그라지는 것을 보았다. 조정이 나 기왕과 관계없는 일이라면 범응석이 책임질 필요가 없으니 말이 다. 수하인 판관이 죽긴 했지만 그 점은 그다지 개의치 않았다.

"목선 법사님을 제외한 나머지 사람은 당시 제등 판관이 살해당할 때 모두 현장에 있었습니다." 황재하의 시선이 무리의 얼굴을 하나하 나 훑었다. 긴장하는 사람도 있었고, 황재하의 말에 집중하는 사람도 있었으며, 깜짝 놀란 표정의 사람과 무슨 말인지 이해하지 못하겠다 는 표정의 사람도 있었다. 황재하는 사람들의 반응에는 신경 쓰지 않 고 천천히 정자 쪽을 가리키며 말했다. "이번 사건을 해결하는 데 큰 어려움을 겪었던 점이 두 가지 있었습니다. 그중 하나가 바로 '범행 시간'입니다."

사람들이 황재의 말에 절로 고개를 끄덕이며 공감을 표했다.

"범인은 무대에서 공연이 진행되고 있던 그 짧은 시간에 범행을 저 질렀습니다. 춤이 시작되기 전 모두가 자리에 착석했고, 제등 판관은 의자를 들고 임시로 설치된 방 옆으로 자리를 옮겨 자연 아가씨와 이 야기를 나누었습니다. 공연이 시작된 후에도 제등 판관은 계속 자연 아가씨에게 말을 건네다가 아가씨께 핀잔을 듣고 말을 멈추었으며, 범 공자가 관목 숲 옆에서 구토를 하고 있던 그때 '으윽' 하고 소리를 낸 뒤로는 다시는 목소리가 들려오지 않았습니다."

주자진이 고개를 끄덕이며 황재하의 말을 이어받았다. "그래서 제 등 판관이 사망한 시각은 범 공자가 구토할 때이거나, 혹은 그 후입니 다. 이 시점에 현장에는 꽃잎이 휘날렸고 공손 부인이 비단 천 뒤에서 나비를 날려 보냈지요. 하지만 그 시간에는 여기 있던 어느 누구도 사 람을 죽일 기회가 없었습니다. 모두가 다른 사람의 시야에 들어와 있 었기 때문입니다. 기왕 전하, 범 절도사, 주 사군…… 그리고 저택의 시종들과 하인들까지, 어느 한 사람도 몰래 자리를 떠나 뒤로 가서 사람을 죽이고 돌아오기란 불가능했습니다. 또한 현장에는 외부에서 침입한 흔적이 전혀 없었으니, 범인은 당시 여기 있던 사람들 중 한 명이 분명했습니다. 그 말인즉슨, 지금 여기 모인 사람 중 한 명이 범인이라는 것입니다.”

범원룡은 조그만 원한도 되갚고야 마는 인간인지라 이 시점에서 냉랭한 목소리로 끼어들었다. “지난번에는 내가 우선이 범인일 것 같다고 말했는데, 지금 또 생각하니 주 낭자도 가능성이 꽤 큰 것 같군. 어쨌든 당시 그 두 사람만 맨 뒤에 같이 있었던 것 아닌가? 남들 눈에 띄지 않고 제등 판관을 죽일 수 있었던 사람이라면, 주 낭자밖에 더 있겠나.”

순간 낯빛이 새하얗게 질린 주상이 눈을 홉뜨고 범원룡을 쳐다보았지만, 기왕과 절도사 앞이라 감히 화를 내지는 못하고 얼굴만 붉으락푸르락했다.

하지만 주자진은 앞뒤 가리지 않고 버럭 고함을 내질렀다. “그런 뻔한 추측을 우리라고 안 했겠습니까! 하지만 그건 절대 불가능하다는 정확한 증거가 나왔는데 이를 어쩝니까? 판관의 얼굴에 남은 손톱자국을 통해 범인이 한 손으로 판관의 입과 코를 막고, 다른 손으로 흉기를 들어 가슴을 찔렀다는 사실을 알 수 있었는데, 제 여동생이 앉은 위치에서는 절대 그런 동작이 나올 수 없었습니다. 그 자리에서 그 동작을 취하려면 몸이 균형을 잃고 밖으로 나동그라질 수밖에 없거든요!”

“하지만 자네 여동생이 밖으로 나와 판관 뒤로 가서 죽였을 수도 있지 않은가!”

“네, 그렇게 할 수도 있었겠지요. 하지만 정말 그리했다면, 첫째, 제등 판관은 정혼자가 자기 등 뒤로 와서 서는데 미동도 않고 있었을까요? 둘째, 비록 좀 떨어진 곳에 있었지만 동생 시종들은 동생이 부를 때를 대비해 줄곧 그쪽으로 시선을 두고 있었습니다. 그러니 제 동생에게도 머리가 달린 이상, 그렇게 눈에 띄게 밖으로 나와 사람을 죽일 생각은 안 했겠지요."

범원룡은 식식거리며 콧방귀를 뀌었지만, 주자진의 잡아먹을 듯한 눈초리와 범응석의 호된 질책이 날아드는 탓에 본전도 못 찾고 꼬리를 내리는 수밖에 없었다.

다들 생각에 잠기거나, 혹은 놀라움과 두려움에 순간 정적이 흐르자 이서백이 입을 열었다. "그렇다면 아무도 살인을 저지를 시간과 기회가 없는 상황에서 누가 어떤 방법으로 남들 눈을 속이고 범행을 저질렀단 말이냐?"

황재하는 이서백을 향해 고개를 끄덕이고 말했다. "모든 사람이 다른 사람의 시야 안에 들어와 있던 상황에서, 특히나 혐의가 적은 사람은 무대에서 춤을 추고 있던 공손 부인이라고 다들 생각하실 겁니다."

모두들 고개를 끄덕였고, 범원룡은 황재하를 독촉했다. "그 부인은 그냥 넘어가고, 그래서 여기 있는 우리 중에 누가 사람을 죽일 기회가 있었단 말인가?"

"아닙니다. 공손 부인을 그냥 넘어갈 수는 없습니다." 황재하는 정자 난간에 앉아 있는 공손 부인에게로 시선을 옮기고는 담담하게 말했다. "등잔 밑이 어둡다고 하지요."

갑자기 좌중이 웅성거리기 시작했다. 다들 믿지 못하겠다는 눈빛으로 황재하와 공손 부인을 번갈아 보았다. 공손연은 아무 말도 하지 않고 천천히 몸을 일으켰다.

황재하가 낮은 소리로 말했다. "이번 사건에서, 가장 혐의가 없어 보이는 동시에, 반대로 가장 완벽한 기회를 만들 수 있던 사람이 바로 공손 부인이었습니다. 찰나의 순간만 제대로 잡는다면 모든 사람의 시선이 앞쪽에 고정된 상황에서도 태연하게 뒤로 걸어가 사람을 죽이고 감쪽같이 혐의에서 벗어날 수 있었지요."

사람들이 저마다 시끄럽게 떠드는 가운데 공손연은 정자 등불 아래에 가만히 서 있었다. 십수 개의 등롱이 공손연 주위를 환하게 비추었다. 따뜻한 주황색 불빛을 온몸에 받은 그 가녀린 자태는 마치 등불 아래 드리워진 꽃 그림자처럼 하늘하늘 부드럽게 흔들렸다.

공손연은 사람들을 마주하고 섰다. 얼굴에는 비통함이 가득했지만 눈빛만은 맑고 깨끗했다. 공손연이 순진한 표정으로 황재하를 바라보며 물었다. 그 목소리는 비록 낮았지만 좌중 모두에게 또렷이 들렸다. "양 공공, 공공의 말씀을 들으니 저를 의심하시는 것 같습니다?"

"아닙니다. 의심이 아니라, 공손 부인께서 제등 판관을 죽였다고 말하는 것입니다." 황재하가 천천히 또박또박 말했다. 엄숙하고 확신에 가득 찬 목소리였다. "확실한 증거가 있으니 반박하셔도 소용없습니다."

공손연이 시선을 아래로 내리며 미처 뭐라 말하기 전에 공손연 뒤에 있던 은노의가 벌떡 일어나 황급히 소리쳤다. "양 공공, 공공은 저희와 안면도 있고 일전에는 아원의 죽음을 명명백백히 밝혀주겠다고 약속까지 하시고는, 이제 와서는…… 범인을 찾지 못하니 그 모든 것을 저희에게 다 뒤집어씌우시는 겁니까?"

"맞습니다. 도대체 확실한 증거라는 것은 무엇이며, 왜 제가 반박할 수 없다는 거죠?" 공손연은 조금도 흔들림 없는 맑은 눈빛으로 황재하를 응시했다. 낮게 가라앉은 목소리 또한 조금의 흔들림도 없었다. "범행은 제가 춤을 추고 있을 때 일어났다고 양 공공도 방금 말씀하셨지요. 그렇다면, 저는 정자에 있었고 모두가 두 눈 크게 뜨고 저를 보고 있던 때군요. 그때 저는 한 발자국도 무대에서 떠난 적이 없는데, 어떻게 객석 뒤로 가서 사람을 죽였겠습니까?"

주자진은 워낙 미녀 앞에서 마음이 약한 사람이었다. 평소 황재하의 말이라면 잘 듣는 주자진이었건만 이때만큼은 참지 못하고 옆에서 조심스럽게 끼어들었다. "그럴 리 없어, 숭고……. 나도 당시 한순간도 눈을 안 떼고 무대를 봤는데, 감히 장담하건대 두 부인은 한시도 자기 자리를 벗어난 적이 없다고!"

"네, 언뜻 그렇게 보이긴 합니다. 하지만 중간 어느 부분에서 공손 부인은 희미한 그림자로만 모습을 보였습니다. 안 그렇습니까?"

그 자리의 모두가 황재하의 말을 이해했다. 범원룡이 먼저 소리쳤다. "그러니까, 공손 부인이 비단 천 뒤로 들어가 나비를 방생한 그때를 말하는 것인가?"

주상은 황재하가 고개를 끄덕이는 것을 보고는 고개를 돌려 옆에 앉은 기왕을 보았다. 기왕은 아무런 의견도 내지 않고 가만히 차만 마실 뿐이었다. 주상이 결국 참지 못하고 떠보듯이 물었다. "공공은 설마 비단 천 앞으로 비치는 그림자를 보지 못하였단 말인가? 비록 색이 화려하고 자수가 가득 놓인 천이었지만, 워낙 얇아서 그 위에 비친 부인의 그림자가 우리에게도 분명히 보였지 않은가. 부인은 확실히 그 자리를 떠난 적이 없네."

주자진도 고개를 끄덕이며 덧붙였다. "확실해! 그때 은노의 부인은 무대 밖에 있었고, 마침 범 공자가 은 부인에게 치근덕거렸지. 내가 장담하는데, 은노의 부인은 줄곧 무대 밖에 있었기 때문에 무대 위에서 공손 부인을 대체할 사람은 아무도 없었어!"

"아닙니다. 바로 그 점이 첫 번째 눈속임이었지요. 은 부인은 마술에 능하시니 무대에 있던 사람을 순식간에 빠져나오게 하는 방법도 당연히 잘 아실 겁니다. 그리고 거기에 사용된 도구라고는 그저 무대에 배경으로 걸어둔 비단 천과 비단옷, 그 두 가지뿐이었지요."

황재하는 여기까지 말하고는 주자진 쪽으로 시선을 주며 말했다.

"두 부인께서 저희가 요청 드린 대로 당일 사용한 도구를 모두 가져오셨는지 모르겠네요."

은노의는 살그머니 공손연을 한 번 쳐다보고는 공손연이 평온한 얼굴로 고개를 끄덕이자 몸을 일으켜 자신이 가져온 상자를 열었다. 그러고는 그 속에서 쌍검과 비단 천, 무대 의상을 꺼냈다.

"살펴보시지요, 공공."

지난 연회 때 공연을 위해 정자의 탁자와 의자를 치워놓은 상태였기에 주자진이 재빨리 사람을 불러 긴 탁자를 하나 가져오게 한 뒤 은노의가 건넨 물건들을 그 위에 올려놓았다. 황재하는 주자진에게 먼저 비단 천을 들어 펼쳐 보이게 했다. 등불 아래서 보니 투명하게 비춰 보일 정도로 얇은 비단 위에 가지를 뻗은 꽃나무가 수놓여 있었다. 나무줄기는 덩굴처럼 꼬불꼬불 위로 향했고, 반 척마다 가지 두 개가 대칭을 이루며 뻗어 나왔다. 아래로 살짝 휘어진 가지마다 꽃이 가득 피어 매우 우아하고 아름다웠다.

황재하는 주자진에게 비단 천 끝이 바닥에 닿도록 늘어뜨려 달라고 하고는 자신의 어깨 높이를 손으로 짚어보았다. 공손연과 체격이 거의 비슷한 황재하의 어깨 높이에 가지 두 개가 뻗어 나와 있는 것을 확인할 수 있었다.

황재하는 그 가지 주위를 자세히 살펴보았다. 과연 예상대로였다. 왼쪽, 중간, 오른쪽, 총 세 군데에 일자로 바늘 자국이 있었다. 무언가를 꿰맸던 흔적이 확실했다. 꿰맨 것을 뜯어낸 뒤 손톱으로 긁어 바늘 자국을 없애려 한 듯했지만 미세한 흔적은 남아 있었다.

황재하는 사람들에게 비단 천을 가리켜 보이며 말했다. "여기 바늘 자국이 남은 자리에는 기다란 물건이 꿰매져 있었을 겁니다. 마침 가지가 수놓인 곳이라 표가 나지 않았던 거지요. 제 추측이 맞는다면, 옷을 걸 수 있는 물건이었을 겁니다."

주자진이 바로 물었다. "네 말은 그러니까, 공손 부인이 비단 천 뒤로 들어간 뒤 자신이 입고 있던 옷을 벗어서 여기 걸어놓은 거라고? 자신이 여전히 그 뒤에 있는 것처럼 보이게 하려고? 그러고서…… 정자 옆에 난 관목 숲을 따라 뒤쪽으로 가서 제등 판관을 죽였다고?"

사람들이 경악하는 소리가 터져 나오는 가운데 공손연은 아무 말 없이 가만히 서 있었다.

황재하는 탁자에 놓인 물건을 가리키며 말했다. "그 방법이 성공하려면 세 가지 조건을 갖춰야 합니다. 첫째, 등롱 불빛이 새어나가지 못하는 두꺼운 비단옷입니다."

황재하는 공손연이 무대에서 입었던 두껍고 무거운 비단옷 위에 손을 얹으며 천천히 말을 이었다. "당시 저와 주자진 공자는 지나는 말로 이런 얘기를 한 적이 있습니다. 왜 얇고 가벼운 옷이 아니라 이렇게 두껍고 무거운 옷을 입을까 하고요. 확실히 춤을 추는 데 방해가 되고, 미묘한 선을 가려버리기 때문에 정교한 동작을 보여주기에는 적합하지 않아 보였습니다. 그렇다면 공손 부인은 어째서 이런 옷을 입고 춤을 추었을까요? 그리고 나비를 방생한 직후에는 왜 이 옷을 벗어던졌을까요?"

은노의는 얼굴이 점차 창백해지더니 손을 들어 천천히 공손연의 팔을 붙잡았다. 공손연은 얼음장처럼 차가운 은노의의 손에 자신의 손을 가볍게 포갰다. 그러고는 황재하를 바라보며 미동도 않고 그 자리에 서 있었다.

황재하의 손이 이번에는 비단옷의 옷깃으로 옮겨갔다. "둘째, 공손 부인의 머리 모양과 똑같이 재단된 검은 천입니다. 그건 옷깃에 숨겨져 있었겠지만 아마 두 분이 이미 잘라내셨겠지요. 하지만 조금 뒤 저희가 자세히 살펴보면 그 흔적을 찾을 수 있을 것입니다."

황재하는 옷을 내려놓고 말을 이었다. "셋째, 공손 부인이 비단 천 뒤에 들어간 후 어두워지는 불빛입니다. 그리고 이 불은 바로 은노의 부인이 조절했지요. 공손 부인이 옷을 벗어 걸고 머리 모양까지 잘 설치해놓은 다음 무대를 빠져나갈 수 있도록 은 부인이 도운 것입니다. 그리고 공손 부인의 그림자가 움직이지 않는 것에 사람들이 주목하지 못하도록 그 순간 바구니에 담겨 있던 꽃잎을 흩뿌렸습니다. 사람들의 시선이 모두 꽃잎에 집중되었기 때문에 관목 숲 뒤쪽에서 미세한 인기척이 있었다 해도 아무도 몰랐을 것입니다. 그리고 마침 범 공자께서도 아주 큰 도움이 되셨지요. 꽃잎이 흩날릴 때 술에 취한 범 공자께서 앞으로 나와 은 부인을 희롱하는 소란이 벌어졌습니다. 그 바람에 사람들의 주의가 완전히 분산되어 공손 부인은 완벽하게 사람들의 시선에서 벗어날 수 있었습니다."

공손연이 살짝 조소를 띠며 말했다. "공공의 말대로라면 그때 제가 관목 숲길을 왕복했다는 것인데, 제가 비단 천 뒤에 멈춰 있는 시간이 얼마나 되었다고 생각하십니까? 바구니 몇 개에 든 꽃잎이 바닥에 떨어지는 정도의 시간밖에 되지 않았지요. 설마 그 시간 동안 그 거리를 왕복할 수 있단 말입니까? 게다가 사람까지 죽이고요?"

"그렇지. 뛰어서 갔다 온다 해도 왕복하기에는 시간이 모자랐을 것 같은데……." 범원룡이 끼어들었다.

"그러게. 꽃잎이 다 떨어진 뒤에는 바로 나비를 한 마리씩 내보냈단 말이지. 처음에는 천천히 내보내다가 그 속도를 점점 빨리 하면서 모든 나비를 내보냈어. 만약 이때 부인이 없었으면 나비가 한꺼번에 날아 나오지, 그렇게 차례차례 나와서 천천히 날 리 없지 않아?" 주자진은 또다시 기상천외한 생각을 내놓았다. "설마, 공손 부인이 꽃잎이 다 떨어지기 전에 그 거리를 돌아올 수 있는 방법이 있었단 말이야? 축지법? 아니면 일보십장(一步十丈)?"

"당연히 아니지요. 축지법과 일보십장은 전설 속에만 존재합니다.

왜 공손 부인이 그리 빨리 다녀왔다는 쪽으로만 생각하십니까? 사실 공손 부인은 그렇게 빨리 다녀오지 않았습니다. 나비를 날려 보낼 때도 돌아올 필요가 없었기 때문이지요. 어떤 물건을 사용해 나비의 나는 속도를 제어했거든요. 나비가 한꺼번에 날아 나오지 않고 처음에는 천천히, 그리고 점차 속도를 빨리하여 결국에는 모든 나비가 나오도록 말입니다……."

주자진은 의문 가득한 눈을 깜빡이며 물었다. "그럼…… 시간을 벌기 위해 나비들을 제어할 장치를 설치한 거야? 부인이 자리를 떠난 뒤에 천천히 날아 나오도록?"

"아니요. 얇은 비단 천 뒤에 어떻게 그런 장치를 설치했겠습니까. 그러기에는 너무 번거롭기도 하고요. 게다가 당시 사용한 물건들은 모두 의심을 지우기 위해 자진 도련님께 도움을 청했죠."

황재하의 말에 주자진이 입을 떡 벌렸다. "정말……? 에이, 설마. 내가 언제 부인을 도와줬다고……. 난 공손 부인과 만난 적도 별로 없고, 아무것도 한 게 없는데!"

"도련님이 시종 그 부분은 홀시해서 이 일과 함께 떠올리지 못하는 것뿐입니다." 황재하는 그렇게 말하며 옆에서 사탕 꾸러미를 들어 사람들에게 보여주었다. "은노의 부인은 기혈이 부족하여 늘 사탕 꾸러미를 지니고 다니신다고 알고 있습니다. 그런데 부인은 딱딱한 사탕이 아니라 비교적 무른 엿을 고르셨습니다."

은노의는 참지 못하고 황재하의 말을 끊었다. 쭈뼛거리긴 했으나 날카로운 말투였다. "양 공공, 제가 엿을 좋아하는 것이…… 설마 잘못이란 말입니까?"

"물론 아닙니다. 딱딱한 사탕을 좋아하는 이도 있고, 엿을 좋아하는 이도 있지요. 다 각자의 취향입니다. 하지만 부인처럼 엿 한 판을 통으로 사는 사람은 처음 보았습니다." 황재하는 손에 들린 엿을 조금씩 쪼개어 사람들에게 나누어주며 말했다. "또한 엿 한 판을 통으로 산 뒤에는 자르지 않고, 그 엿 판으로 작은 동물 모양을 만들었습니다. 그 또한 부인의 취미이니 그것에 대해 무어라 말하는 것은 아닙니다. 하지만 한 가지 묻고 싶은 것이 있습니다. 엿은 위아래가 있지요. 그때 가게 주인장은 엿이 녹아 끈적거리는 것을 막기 위해 엿 아래에 찹쌀 종이를 깔아놓았습니다. 그 종이는 어디에 있습니까?"

사람들이 방금 받아 든 조그마한 엿에는 모두 찹쌀 종이가 깔려 있었다. 찹쌀을 끓여 만든 반투명한 종이로, 얇고 부드러워 한 번 떼어내면 바로 찢어졌다. 엿이 녹아 한데 붙지 않도록 반드시 필요한 것이었다.

황재하는 은노의에게서 시선을 거두며 가볍게 말했다. "미리 준비한 나비 바구니를 열어서 찹쌀 종이로 덮어놓은 다음 비단 천 뒤에 놓아두었겠지요. 그리고 옷을 벗으면서 손가락에 침을 묻혀 찹쌀 종이 위를 한 번 슥 그어주면 물과 만난 찹쌀 종이는 서서히 녹아 나중에는 커다란 구멍이 만들어집니다. 속에 있던 나비들은 그렇게 한 마리 한 마리 날아 나왔고, 부인이 어디에 있었든지 찹쌀 종이의 구멍이 점점 커지면서 나비도 점점 더 빨리 빠져나왔을 것입니다……."

황재하는 여기까지 말하고는 손을 들어 정자에서 나루터까지의 거리를 가늠해보았다. "바구니의 꽃잎이 다 떨어지고, 나비가 전부 날아나가는 그 시간이면, 부인께서 이 거리를 왕복하는 것은 물론 한 사람을 죽이는 것까지 충분하겠지요?"

그처럼 기발한 수법에 더해 시간까지 철저히 계산되었다니, 이야기를 듣던 사람들은 넋을 잃고 아무 말도 하지 못했다. 정자 일대에 한동안 정적이 흘렀다.

그 정적을 공손연의 평온하고 태연한 목소리가 깨뜨렸다. "양 공공, 참으로 정교하게 이야기를 꾸며내셨군요. 심혈을 기울여 고심한 흔적이 여기저기 엿보입니다. 동생이 기혈이 부족해 엿을 먹는 것까지 연결시키다니 말입니다. 제가 두꺼운 의상을 준비한 것도, 나이 탓에 춤을 추는 중간에 잠시 쉬어주어야 했던 것도 모두 살인을 위한 설정으로 보실 줄은 정말 생각도 못 했습니다……."

여기까지 말한 공손연은 입가에 한 줄기 미소까지 띠웠다. 아름답고 매력적인 여인의 미소는 무척이나 매혹적이었다. "그렇다면 그 증거는요? 단지 살인할 시간이 있었다고 해서 저를 범인이라 하시는 겁니까? 동기도 없고 흉기도 없는데, 그렇게 말 한마디로 저를 살인자로 몰고 가시는 건가요?"

"첫째, 현장에 있던 사람들 중 유일하게 부인만이 범행을 저지를 시간이 있었습니다." 황재하는 공손연의 웃음에 아랑곳하지 않고 공손연보다 더 냉정하고 침착하게 말했다. "둘째, 흉기 또한 당연히 찾을 수 있습니다. 그 흉기가 부인의 것이라는 사실도 증명해 보일 수 있고요."

공손연은 턱을 살짝 치켜들고서 묵묵히 황재하 앞에 서서는, 마치 황재하를 구경이라도 하듯이 쳐다보고 있었다.

"이번 사건의 첫 번째 의문점인 범행 시간은 이미 풀렸습니다. 그다음 의문점은 사라진 흉기입니다. 시신의 가슴에 남은 상처로 보아 날카로운 흉기에 찔린 것이 분명했지만, 당시 현장에 있던 사람을 모두 수색해도 흉기는 나오지 않았습니다. 물속은 물론 현장 일대를 샅샅이 뒤졌지만 아무것도 발견되지 않았습니다. 그 말은 곧, 흉기가 아직 현장에 남아 있다는 뜻입니다. 다만 잘 숨겨두어 찾지 못했을 뿐이지요."

주자진이 다시 참지 못하고 끼어들었다. "하지만 숭고, 관아의 그 많은 포졸이 며칠 동안 샅샅이 뒤졌는데도 아무 수확이 없었다고! 흉기를 대체 어디에 숨겼다는 거야?"

"그건 도련님의 도움이 좀 필요합니다." 황재하가 주자진의 귓가에 대고 몇 마디 속삭이자 주자진이 벌떡 일어나더니 자신의 머리를 치며 크게 소리쳤다. "왜 그 생각을 못 했지? 난 정말 바보인가 봐!"

그러고는 곧바로 몸을 돌려 관아 건물이 있는 쪽으로 쏜살같이 뛰어갔다.

주상은 난색을 표하며 이서백을 향해 용서를 구했다. "제 미천한 자식이 예의 없이 굴었습니다, 용서하십시오. 예도 갖추지 않고 저리 자리를 뜨다니……."

이서백은 찻잔을 내려놓고 얼굴에 평소 보기 드문 미소를 드리우며 말했다. "자진은 천진난만하고 세속에 얽매이지 않지. 본왕은 자진의 그런 점을 좋아하오."

주상은 급히 황공한 표정을 지어 보이며 연신 겸손의 말을 내뱉었다. "아닙니다. 어찌 그런 말씀을."

범응석은 자신의 아들을 쳐다보았다. 범원룡은 부친의 눈에 띌까 봐 얼굴을 한쪽으로 살짝 돌리고 있었다.

주자진이 마르고 못생긴 똥개 한 마리를 끌고 돌아왔다. 팔에는 옷도 한 벌 걸려 있었는데, 그날 범원룡이 입었던 옷이었다. 당시 피와 토사물이 묻어 범원룡이 현장에서 벗어버리고 간 옷을 뜻밖에도 관아에서 보관하고 있었다.

주자진은 옷에서 피가 묻은 부위를 개의 코앞에 갖다 대고는 개를 쓰다듬으며 말했다. "부귀, 여기 있는 피 냄새를 잘 맡고 어서 가서 찾아! 찾아오면 뼈다귀 하나 줄게!"

개는 킁킁거리며 냄새는 맡았지만 주자진의 말뜻을 전혀 이해하지 못했다. 오히려 자신에게 먹을 거라도 준 줄 알았는지 입을 크게 벌려 옷 끝을 물고 아작아작 씹었다.

"에잇, 이 바보야……." 주자진은 황급히 개의 입에서 옷을 잡아 뺐

다. 옷에 이빨 구멍 두 개가 선명하게 나버린 것을 보자니 가슴이 답답했다.

"제가 해볼게요." 하는 수 없이 황재하가 나섰다.

주자진의 손에서 개 줄을 건네받은 황재하는 개의 머리를 쓰다듬고는 관목 숲을 따라 당시에 임시로 방이 설치됐던 쪽으로 데리고 갔다. 황재하는 청회색 돌판 두 개 사이에 이르러 걸음을 멈추었다. 부귀는 황재하의 발 주위를 몇 바퀴 돌다가 황재하가 움직이지 않자, 그 주변을 이리저리 다니며 킁킁 냄새를 맡거나 발을 문지르거나 했다. 그러다가 갑자기 정신이 번쩍 든 듯 눈빛이 달라지더니 돌 틈 사이를 향해 큰 소리로 짖기 시작했다.

황재하는 부귀를 진정시키며 사람들에게 말했다. "이 돌판을 들어내보겠습니다."

주자진은 순간 어안이 벙벙했다. "숭고, 그건 너무 황당무계하잖아? 이 돌판은 무게가 몇백 근은 족히 나갈 거라고. 범인이 사람을 죽이고 무슨 시간이 있어서 이렇게 무거운 돌 아래에 흉기를 숨겼겠어? 그리고 범인은 이걸 옮길 힘도 없었을 거라고!"

황재하가 고개를 내저었다. "흉기는 돌판 아래에 있지 않아요."

"그럼 돌판을 뭐하러 들어내?"

"그래야 흉기를 숨긴 곳에 닿을 수 있기 때문입니다."

주자진은 더 이상 아무 말 않고 곧바로 포졸 두 명에게 지렛대를 가져오게 했다. 그러고는 바닥에 쭈그리고 앉아 두 돌판을 가리키며 물었다. "어느 돌을 팔까?"

"아무거나요. 거기 작은 걸로 해요."

"아무거나……?" 주자진은 입가를 실룩거렸지만 곧바로 포졸들에게 작은 돌판을 가리켰다.

몇 사람이 몰려와 돌판을 파내는 모습을 지켜보았다.

공손연과 은노의는 새하얗게 질린 얼굴로 미동도 않고 정자에 앉아 있었다. 하지만 이서백 쪽 분위기는 전혀 무겁지 않았다. 범웅석은 목선 법사를 끌고 와 이서백에게 소개했다. 지난번에 이서백이 절에 찾아갔을 땐 분장을 했던 터라 두 사람은 지금이 초면이나 다름없었다. 범웅석은 목선 법사가 큰 덕을 쌓았다고 칭송하며 천상에만 있을 법한 고승이라고 소개했다. 이서백도 장안에서 몇 번 목선 법사의 이름을 들어보았다며, 내일 출타한다는 소식에 앞으로 만날 기회가 없을 듯해 제등 판관과 법사의 친분을 핑계로 이 자리에 청했다고 말했다. 그러면서 직접 만나보니 과연 법도를 깨우친 법사의 모습이 범상치 않다는 입 발린 말까지 덧붙였다.

범웅석과 목선 법사는 가슴을 짓누르던 커다란 바위 하나가 내려간 듯 굉장히 기뻐했다. 분위기가 더욱 화기애애해졌다. 주상은 왕온에게 장안에 있는 벗들의 소식을 묻고, 또 자신이 알고 있는 왕온의 숙부와 백부와 사촌 형제 등등 족히 열 명은 넘는 사람들의 근황을 물었다. 한두 시진은 붙들고 이야기 나눌 기세였다.

범원룡은 주자진 옆으로 다가가 돌판을 파내는 모습을 지켜보며 한탄을 늘어놓았다. "정말 저 두 미인이 범인이라면, 안타깝기 그지없네. 기회를 봐서 감옥에 있을 때 어떻게 좀 해봐야겠군……." 물론 주자진은 그런 범원룡을 매섭게 노려보았다. 비록 미인들을 숭배해마지 않는 주자진이었지만 이런 색마 같은 인간은 질색이었다. 둘 다 관리 집안의 골칫거리 자제이긴 해도, 시체를 좋아하여 그런 딱지가 붙은 주자진과 범원룡 같은 인간은 차원이 다르지 않은가.

돌판이 작아 힘을 많이 아낄 수 있었다. 몇 사람이 달라붙어 금세 돌을 들어냈다. 돌판이 사라진 텅 빈 자리 주변에는 두 돌판 사이에 있던 진흙 외에는 아무것도 없었다.

주자진은 황재하에게 가까이 와서 보라고 한 뒤 진흙 바닥을 가리키며 물었다. "이 아래로 더 팔까?"

"그럴 필요 없어요."

황재하는 주자진의 장갑을 빌려 끼고는 웅크리고 앉아 돌판 주위의 진흙을 살짝 만져보더니 바로 그 자리에서 어떤 물건을 찾아냈다. 그러고는 옆에 놓여 있던 범원룡의 옷으로 그 물건에 묻은 진흙을 닦아냈다. 물건의 형체가 바로 드러났다.

순간 주자진이 소리쳤다. "흉기다!"

너비 1촌에 길이 4촌가량의 긴 철편이었다. 얼핏 보기엔 그저 좁고 길어 보였지만 날이 선 부분이 종이처럼 얇았다. 그래서 두 돌판의 좁은 틈 사이로 손쉽게 끼워 넣었던 것이다. 날이 어찌나 날카로운지 불빛에 비추니 날에 번쩍이는 섬광에 눈이 부실 정도였다. 백련강(百鍊剛)으로 만든 서릿발 같은 칼날을 보는 듯 간담이 서늘했다.

황재하는 그 흉기를 범원룡 옷에 닦인 핏자국과 비교해 보았다. 크기가 정확히 맞아떨어졌다.

황재하는 장갑을 낀 손으로 흉기를 들고서 사람들에게 보여주며 말했다. "과거 태종 황제께서 무후께 사자총을 길들일 수 있는 세 가지 물건을 하사하셨습니다. 쇠 채찍, 철퇴, 비수가 그것이지요. 그중 비수는 태종 폐하께서 늘 지니셨던 물건으로, 당시 외국에서 보내온 한철을 녹여 만든 비수 스물네 자루 중 가장 뛰어난 것이었습니다. 태종 폐하께서 그 비수를 아끼시어 늘 허리춤에 차고 다니셨다 합니다. 전설에 의하면 한철은 영원히 녹슬지 않는다고 하던데, 과연 100년이 흐른 뒤에도 여전히 처음처럼 날이 서 있어 감히 똑바로 쳐다보지도 못할 정도입니다."

황재하는 모든 사람들에게 철편을 보인 후에야 정자로 돌아가 철편을 탁자 위에 올려놓았다. 그러고는 담담하게 말했다. "훗날 이 비수는 개원 연간에 공손 부인의 소유가 됩니다. 당시 부인이 한 손에는 장검, 다른 한 손에는 단검을 들고 검무를 추었지요. 당시 장검은 '승영'이라고 불렸는데 지금은 이미 소실되고 없습니다. 그리고 단검은 바로 그 한철로 만든 비수였습니다. 그런데 승영에 관하여 전해 내려오는 또 다른 전설이 있는데 혹 다들 아시는지요?"

황재하의 시선이 이서백에게로 향했다. 이서백은 견문이 넓고 기억력까지 비상한 사람 아닌가. 모든 경서 또한 한 번 본 것은 잊지 않았으니 자연스레 입을 열었다.

"『열자·탕문』에 이런 기록이 있다. '공주(孔周)에게 세 자루의 명검이 있는데, 하나는 '함광'이라 하여, 그 칼날을 보려 해도 볼 수 없고, 휘둘러보아도 없는 것 같은 느낌이며, 칼날로 대어도 자취가 없으며 베여도 감각이 없다. 또 하나는 '승영'이라 하는데, 새벽녘 혹은 황혼녘 어스름 속에서 북쪽을 향해 칼을 겨눠보면 형태는 보이지 않으나 무언가 존재한다는 것은 알 수 있다. 칼날이 닿으면 작은 소리가 나기는 하나 베여도 아무런 고통을 느끼지 않는다.' 하나 훗날 전해지기로는 함광과 승영은 본래가 쌍둥이라, 함광은 승영 안에 있어 형태도 그림자도 없는 검이며 승영은 그저 칼집에 불과할 뿐이라고도 하더구나."

황재하는 고개를 끄덕이며 말했다. "그래서 저도 오랫동안 고민하였습니다. 공손 부인은 여인의 몸으로 천하를 돌아다니며 사방에서 위험한 상황을 맞닥뜨릴 텐데 과연 목검 하나로 신변을 보호할 수 있는지 의문이었습니다. 그리고 그날 검무가 끝난 뒤에 범 공자의 질책이 있어서, 왕온 공자께서 목검 손잡이의 냄새를 맡은 적이 있습니다. 그때 말씀으로는 흙냄새가 난다고 하셨지요."

왕온은 황재하가 자신을 바라보자 의자에 기댄 채 환한 미소를 지어 보이며 고개를 끄덕였다. "맞습니다. 그런 일이 있었지요."

"저도 그 검을 살펴보았는데 손잡이 근처 검신 부분에도 진흙이 꽤 묻어 있었습니다. 만약 공손 부인의 말대로 검을 바닥에 내려놓아서 그랬다면, 손잡이 측면에는 진흙이 묻을 수 있겠지만 어떻게 검신의 그 부분까지 흙이 묻을 수 있었을까요? 게다가 당시 정자 바닥은 얼마나 깨끗했는지, 부인께서 마지막에 바닥에 누웠다 일어났어도 부인의 옷은 여전히 깨끗했습니다. 그런데 어찌 검 자루에만 흙이 묻었을까요?" 황재하는 그렇게 말하면서 눈부시게 번쩍이는 예리한 칼날을 집어 들었다. 그러고는 날을 아래로 향하게 한 뒤 윗부분을 가리키며 말했다. "보십시오. 여기에 길게 움푹 팬 곳이 있습니다. 그리고 무언가가 걸릴 수 있는 작은 홈도 있습니다. 제 생각에 이 비수는 분명 제가 가진 비녀처럼 내부와 외부가 한 쌍을 이루는 것이 틀림없습니다."

황재하는 자신의 머리에 꽂힌 은비녀를 잡고서 비녀 머리 부분의 권초 문양을 눌러 안에 든 옥비녀를 꺼낸 다음, 은비녀는 여전히 머리에 끼워져 있음을 사람들에게 보여주고는 다시 옥비녀를 은비녀 안에 꽂아 넣었다. 그러고는 탁자 위에서 공손 부인이 가지고 온 긴 목검을 집어 들어 잠시 자세히 살펴본 뒤 손이 많이 탄 듯 반질거리는 부분을 찾아 그곳을 누르며 비틀어보았다. 과연 탁 하는 소리가 미세하게 들리며 검신이 검 자루와 분리되었다. 검신 속에는 빈 공간이 있었으며, 손잡이 쪽에는 무언가를 거는 고리 같은 것도 있었다. 황재하는 조금 전에 찾아낸 철편의 움푹 팬 곳을 검신 부분에 맞춘 다음 안으로 집어넣으면서 좌우로 흔들었다. 그러자 역시나 칼날이 검신 안에 제대로 안착했다.

공손 부인의 낯빛이 갑자기 창백하게 변하더니, 온몸에 힘이 빠진 듯 은노의에게 몸을 기댔다. 두 사람은 천천히 난간에 몸을 기대고는 퍼렇게 질린 입술을 달달 떨며 어떤 말도 하지 못했다.

"부인께서…… 이전에도 사람을 죽인 경험이 있는 걸까요? 참으로 대담하고 주도면밀한 범행이었습니다. 가장 혼란스러운 동시에 가장 안전한 때를 정확히 파악했고, 범행 도구를 검무에 충분히 활용했지요. 물론 마술을 할 줄 아는 은 부인이 그 모든 세세한 부분을 계획해 주었고요. 한데, 객석의 그 많은 사람 중 누구 한 사람이라도 뒤를 돌아보았다면 부인의 모습을 알아보았을 텐데, 그러한 위험도 무릅쓰고 부인은 살인을 감행했습니다. 게다가 그 수법은 정확하고 잔인하기까지 했습니다. 시간이 많지 않아 초조했을 텐데도 단칼에 정확하게 심장을 찔렀고, 심지어는 가슴에 꽂힌 칼을 돌려 심장을 확실하게 망가뜨렸지요. 피해자는 비명 한번 지르지 못하고 그 자리에서 즉사했습니다. 지척에 있던 주 낭자마저 아무 기척을 느끼지 못했을 정도였지요." 황재하의 목소리는 침착하고 평온해 어떠한 감정도 느껴지지 않았다. "물론 운도 제법 따랐습니다. 공연 시작 전 제등 판관은 앞줄에 앉아 있었기 때문에 원래대로라면 살해할 기회를 찾지 못했겠지요. 하지만 부인께서 마음속에 품은 이와 함께 감상하면 그 깊은 의미를 더욱 잘 느낄 수 있다고 말하자 제등 판관은 의자를 들고 객석 맨 뒤 주 낭자 곁으로 자리를 옮겼습니다. 그리고 부인이 판관을 살해하던 그 시점에는 마침 범 공자가 한창 구토를 하고 있었지요. 그 냄새가 바람에 실려 날아와 피비린내를 덮어버린 동시에, 주 낭자가 코를 막고 몸을 돌려 앉으면서 주 낭자의 시선까지 피할 수 있었습니다."

등불 빛을 받은 공손연의 모습이 바람에 흔들리는 난초처럼 더없이 연약하고 쓸쓸해 보였다.

"범행 후 원래는 비수를 다시 목검 안에 넣으려는 계획이었겠지요. 하지만 비수를 빼낼 때와 달리 다시 집어넣는 일은 수월하지 않았습니다. 어두운 곳에서 검의 홈을 맞추는 것도 쉽지 않고, 칼날에 묻은 피가 목검에 묻을 위험도 있었으니까요. 그래서 부득이하게 비수를 포기할 수밖에 없었습니다. 그런데 비수를 그대로 흙속에 감춘다면 필시 돌판이나 흙 표면에 핏자국을 남겨 사람들에게 발각될 가능성이 높았지요. 그때 마침 범 공자가 구토를 다하고 고주망태 상태로 바닥에 누워 있었습니다. 부인은 범원룡에게 모욕을 당했던 일 때문에 마음에 앙금이 있었기에 아예 범원룡의 옷에 혈흔을 남기기로 하고는 비수를 범원룡의 옷자락에 닦아낸 뒤 흙속에 꽂아 넣었습니다. 그리고 최종적으로 목검을 원래대로 맞추어 감쪽같이 속였습니다……. 안 그렇습니까?"

적막이 흐르는 가운데, 공손연은 떨리는 입술을 진정시키려 아랫입술을 꼭 깨물고 있다가, 한참 후에야 겨우 입을 열어 물었다. "하지만…… 저는 제등 판관과 아무런 원한도 없는데…… 제가 무엇 때문에 판관을 죽였겠습니까?"

"아무런 원한이 없던가요?"

황재하는 손에 들고 있던 공손 부인의 물건들을 다시 정리한 후 주자진을 향해 고개를 끄덕여 보였다. 주자진은 그 뜻을 알아채고 곧바로 옆에 있던 또 다른 물건들을 꺼내어 탁자 위에 올렸다. 이번에는 형형색색의 잡다한 물건들이었다.

검푸른 빛 염낭, 종회의 친서를 묶은 서책, 청송도 두루마리, 수 편의 연서…….

저마다 영문 모를 시선으로 바라보는 가운데 황재하 그 물건들을 사람들에게 보이며 말했다. "제등 판관 저택에서 발견한 물건 중, 이상한 점이 있는 물건들을 가져왔습니다. 먼저 여기, 시를 적은 서신들입니다. 대부분이 벽오동 거리의 기루 여인들에게 받은 것으로, 수신인은 온양이라고 되어 있습니다."

범원룡이 깜짝 놀라서 물었다. "온양? 부신원과 같이 자살한 그 온양 말인가? 온양이 받은 서신이 어찌 제등 판관 집에서 나왔다는 건가?"

"네, 그 점이 이상하지요. 사건 발생 후 저희는 벽오동 거리에 있는 기방을 샅샅이 조사해 이 서신을 보낸 이들을 모두 찾아냈습니다. 다들 온양이라는 손님이 있었다고 증언했습니다. 꽤나 친절하고 부드러우며 늘 웃는 얼굴에, 음탕한 시도 곧잘 짓는 사람이라고 표현했습니다. 이는 냉담한 성격의 온양과는 판이하게 다른 증언이었습니다."

"설마 그럼……."

사람들은 마치 약속이나 한 듯 같은 생각을 떠올렸다. 좌중은 다시 깊은 침묵에 빠졌다.

"그뿐만이 아닙니다. 다들 이 그림을 봐주십시오. 이 청송도는 종이의 재질이나 그림의 기법과 분위기로 봤을 때 저택에 있던 다른 그림과는 완전히 달랐습니다. 그리고 저희가 알아낸 바로는, 원래 온양의 서재에 이런 그림이 걸려 있었는데 온양이 자살한 뒤 그림이 사라졌습니다."

황재하는 다시 또 다른 그림을 들고 말했다. "그리고 이 화접도는 온양의 서재에서 가져온 것입니다. 하인의 말로는 원래 청송도가 걸려 있었는데 언제 그림이 바뀌었는지 모르겠다고 했습니다. 저희가 서재를 구석구석 살폈지만 청송도는 보이지 않았습니다."

"그리고 원래 제등 판관 저택에 걸려 있던 그림은 화접도였습니다!" 주자진이 황재하의 말을 이어받아 말했다. "두 사람 서재의 그림이 누군가에 의해 뒤바뀌어 걸린 게 틀림없지요. 평소 고상한 것을 좋아하던 온양이 청송도를 화접도로 바꿔 걸고, 서재에 월계화와 진달래 그림을 걸어두었던 제등 판관이 어찌 전혀 다른 느낌의 청송도를 걸었겠습니까?"

주상이 황급히 물었다. "그럼 무슨 의도로 두 그림을 바꿔치기했다는 것이냐?"

"이 한 통의 서신 때문이었습니다." 황재하가 온양 집에서 가져온 부신원의 서신을 펼쳐 소리내어 읽었다.

"……정원에 만개했던 계화나무 꽃이 두어 송이밖에 남지 않았음을 떠올리며, 소중히 챙겨두어 임을 위해 다시 한 번 계화꿀을 만들겠습니다. 촉은 햇빛이 귀해 날이 갈수록 창백해집니다. 일전에 임께서 제게 주신 연지를 오늘에서야 열어보았습니다. 그윽한 향이 멀리까지 퍼지고, 분홍빛 색감이 참으로 고와 임의 책상 앞 화접도를 보는 듯합니다……"

황재하는 서신을 내려놓고는 옅은 한숨을 쉬며 말했다. "부신원과 왕래했던 이 사람은 평소 자신의 종적에 대해 늘 조심하는 사람이었습니다. 기루에서는 다른 사람의 이름을 사용했고, 부신원에게 또한 예외가 아니었지요. 부신원은 그를 늘 '온 공자'라 불렀으며 자신의 의자매에게 보낸 서신에서도 그를 줄곧 '온양'이라 언급했습니다. '온양'이라 불린 이 남자는 자신의 행적에 늘 전전긍긍하며 기루에도 자신의 글자는 한 자도 남기지 않았습니다. 부신원과 왕래하는 중에도 서신을 주고받은 일이 거의 없어, 이 서신이 두 사람 사이에 오간 유일한 서신으로 보입니다. 그래서 그는 이 서신을 온양과 부신원 사이에 왕래가 있었다는 증거물인 듯 온양의 집에 가져다 두어, 하늘을 속이고 세간의 이목을 가렸습니다. 이 서신으로 인해 두 사람의 죽음은 사랑을 이루지 못한 남녀의 동반 자살로 보였으나, 실상은 독살이었습니다. 온양은 그저 희생양일 뿐이었지요."

범원룡이 순간 벌떡 일어나 떠듬떠듬 물었다. "그러니까…… 자네 말은, 이 온양은 진짜 온양이 아니다…… 아니지, 그러니까 진짜 온양은 이 온양이 아니다?"

비록 말에 조리가 없었지만 다들 그 말뜻을 이해하고는 그대로 얼어붙었다.

황재하는 고개를 끄덕이며 말했다. "그렇습니다. 서신 속의 '온양',

그리고 부신원이 만났던 '온양'은 모두 진짜 온양, 온병제가 아니었습니다. 또 다른 한 인물, 그 별칭이 온양과 한 쌍이란 소리를 듣던 사람이 기루 거리에서 난잡하게 기생들과 어울리면서 온양의 이름을 사용했습니다. 그가 받은 연서에는 모두 '온양'이라 적혀 있었지요…….그 누구도 그의 진짜 이름이 제등, 제함월이란 사실을 몰랐습니다. 그의 별칭이 한월 공자라는 사실도 몰랐지요."

사람들은 늘 온화하고 푸근하던 제등이 기루에서 여인들과 뒤엉키는 모습을 도무지 상상할 수 없었다.

범원룡이 물었다. "양 공공, 그렇다면 제등 판관이 기루에서 공공연하게 온양의 이름을 사용했다는 것인데, 그러다가 진짜 온양을 아는 여인을 만나면 바로 들통나리라는 사실을 설마 제등이 몰랐겠는가? 또한 만에 하나 온양 본인과 마주치기라도 하면 몹시 난처한 상황이 벌어지지 않았겠는가?"

황재하가 고개를 저었다. "물론 제등 판관에게도 다 생각이 있었습니다. 제등 판관이 온양을 희생양으로 삼은 것은 단순히 자신과 상반되는 이름이어서가 아니었고, 양친을 여의고 부인과 일찍 사별했다는 배경이 똑같아서도 아니었습니다. 바로 자신이 가는 기루에서는 절대로 온양을 마주칠 일이 없었기 때문입니다."

주자진이 나지막이 황재하에게 말했다. "숭고, 하지만 온양 하인의 말로는 온양도 간혹 홍등가를 갔었다고 했잖아……."

"온양이 갔던 곳은, 제등 판관이 가는 곳과는 전혀 다른 곳이었지요……." 황재하는 연서 중에서 푸른색의 방승 문양이 있는 서신을 집어 들었다. "여기 있는 연서 중 이 한 장은 굉장히 특별합니다. 왜냐하면 남자 기생에게서 받은 것이기 때문입니다."

사람들의 얼굴에 당황하는 기색이 역력했다. 하지만 입 밖으로 내는 것 자체가 남우세스러워 그저 서로 눈만 마주칠 뿐이었다.

"온양과 부신원은 서로 정인이 될 수 없는 사람들입니다. 온양이 여자에게 전혀 관심이 없었기 때문이지요. 온양은 아내가 죽은 후 재취를 들이지 않고, 자신의 비밀을 숨기기 위해 매번 깊은 밤을 틈타 몰래 그런 곳을 드나들었습니다. 그런 사람이 어떻게 한 여인과 수년간 정을 나누었겠으며, 또 어떻게 여인에게 꽃을 보내고 연지를 선물했겠습니까? 더군다나 수많은 남자들이 사모하는 부신원 같은 여인이 자신의 소중한 마음을 어떻게 그런 남자에게 주었겠습니까?" 황재하는 평온한 말투로 냉정하게 사건의 정황을 분석했다. 자신은 이 사건과 전혀 무관한 환관일 뿐이라는 듯이 말이다. "그리고 제등 판관은 온양이 위조된 종회의 서신으로…… 한 남자의 호감을 사려 한 사실을 알았습니다. 남들은 온양의 취향을 전혀 눈치채지 못했지만, 제등 판관은 애정에 관해서라면 훤히 꿰뚫는 사람이었습니다. 그래서 전혀 들킬 염려 없이 온양의 이름으로 방탕한 생활을 했지요. 또한 부신원에게서 벗어날 때는 진짜 온양을 끌어들여 이용했습니다. 물론 온양의 비밀이 드러날 만한 물건, 즉 종회의 가짜 친서나 남자 기생에게 받은 서신 등은 모두 주도면밀하게 치워버렸습니다. 동시에 온양이 정말로 부신원과 교류가 깊었다고 조작하기 위해 그림까지 바꿔치기했지요."

주상이 탄식을 터뜨렸다. "늑대가 양 행세를 하면서 모두를 기만하다니! 참으로 교활한 자였구나! 참으로 다행히……."

'참으로 다행히 딸을 그리로 시집보내지 않아도 되는군요.' 사람들은 속으로 다 같은 생각을 했다. 하지만 달리 생각해보면, 제등이 수년간 정을 나눠온 부신원을 갑자기 잔인하게 살해한 것도 다 이 혼사 때문 아니겠는가? 사군의 사위가 되어 더 높이 날아오를 기회를 잡았으니 당연히 그 후환을 없애고 싶지 않았겠는가.

"부신원에게 받은 서신을 온양의 것으로 둔갑시키기 위해서는 한

가지 해결해야 할 문제가 있었습니다. 바로 서신에 언급된 '책상 앞 화접도'입니다. 그래서 진짜 그 그림의 소유자였던 제등은 그림을 온양의 집으로 가지고 갔지요. 그리 어렵지는 않았습니다. 같은 시사 사람으로서 온양을 추모하고 싶다는 핑계를 대고 서재에 들어가면 됐으니까요. 온양의 하인들은 대부분 글을 몰랐기에 서화 자체에 관심이 없었습니다. 후에 저희가 물으니 그림이 언제부터 그곳에 걸렸는지도 모르고 있었습니다. 화접도를 온양의 서재에 걸어놓고 그 자리에 있던 청송도를 몰래 가져온 제등은 자신의 서재에 있던 네 폭짜리 그림 중 하나의 자리가 비어 있는 것을 깨달았습니다. 별로 어울리지는 않았지만, 다른 그림과 크기도 비슷하고 같은 식물이기도 하니 그냥 그 자리에 임시로 걸어두었습니다. 하지만 그가 죽음을 맞을 때까지 대체할 만한 그림을 구하지 못해, 그 그림이 본 사건의 진상을 알려주는 단초가 되고 말았지요." 황재하는 이번에는 『금강반야바라밀경』을 집어 탁자 위에 펼쳐놓았다. "온양과 부신원이 친밀한 관계였다는 흔적을 남기기 위해, 제등 판관은 또 다른 방법도 동원했습니다. 온양이 필사하던 경전 일부를 훔쳐다가 부신원의 집에 가져다 놓았지요. 하지만 그 과정에서 서두르다 실수를 한 모양인지 다른 게 섞여 들어가고 말았습니다. 여기 왼쪽 부분은 온양의 서재에서 찾아낸 『금강경』이고, 오른쪽 부분은 부신원의 집에서 찾아낸 것입니다. 하지만 안타깝게도 온양이 필사한 『금강경』은 다른 용도가 있었다는 사실을 제등 판관은 몰랐습니다."

사람들은 탁자 가까이 다가와 온양이 베껴 쓴 『금강경』을 살펴보았다. 목선 법사가 먼저 입을 뗐다. "가장자리에 여백을 많이 둔 것을 보니 근래 유행하는 호접장을 하려 한 모양이군요."

"맞습니다. 온양은 평소 서예를 좋아하여 손수 『금강경』을 필사한 뒤 서책으로 만들어 누군가에게 주려 했던 것 같습니다. 그런데 그 반절이 다른 사람 손에 있다니, 납득하기 어려운 상황이지요."

주자진은 공손연과 은노의를 보고는 체포를 명하려다 문득 한 가지 생각난 점이 있어 급히 물었다. "숭고, 아직 남은 의문점이 하나 있는데, 그것도 설명 좀 부탁해."

황재하가 고개를 끄덕였다.

"혹시라도 온양을 흉내 낸 사람은 다른 사람이었고, 부신원을 죽이면서 제등 판관에게 누명을 씌웠을 가능성은 없을까?"

"만약 그렇다면 부신원이 서신에 쓴 '화접도'니 '정원에 만개했던 계화나무 꽃'은 어떻게 설명할 수 있겠어요? 제등 판관 저택 정원에 계화나무가 있다는 사실은 도련님도 기억하시겠죠." 황재하는 잠시 말을 멈췄다가 다시 이어서 말했다. "일전에 전당포의 초청을 받아 절도부 사람들이 물건을 사러 간 적이 있습니다. 그때 물고기 두 마리가 새겨진 옥팔찌가 있었는데 전당포에서는 그 팔찌를 어떤 사람에게 거저 주면서 이름도 기록하지 않았습니다. 당시 제등 판관은 부임한 지 그리 오래되지 않은 때였기에 필시 그 자리에 참석했을 텐데, 그렇다면 판관의 아랫사람들이 감히 상관 앞에서 전당포 사람에게 팔찌를 거저 달라고 청해 챙겨갈 수 있었겠습니까? 그 상황에서 그렇게 팔찌를 가져갈 수 있었던 사람은 판관밖에 없었을 겁니다."

옥팔찌에 대해 언급하노라니 황재하는 심장이 아려왔다. 마치 날이 무딘 칼로 살을 베는 듯한 통증이 서서히 온몸으로 퍼졌다. 황재하의 시선이 자신도 모르게 우선에게로 향했다. 우선도 멀리 등불 사이로 황재하를 바라보고 있었다. 그 눈빛은 모호하고 흐릿했으며, 아득히 깊고 어두웠다.

황재하는 천천히 얼굴을 돌리고는 탁자에서 검푸른빛 염낭을 집어 들었다. "제등 판관이 부신원의 정인이었다는 가장 큰 증거는 바로 이것입니다."

검푸른빛 낡은 염낭은 전혀 사람들의 시선을 끌 만한 물건이 아니었다. 주변에 있던 서신지와 그림에도 미치지 못할 정도로 볼품없어 보였다.

"이 염낭은 제등 판관 서재에 있는 쓰레기통에서 가져왔습니다. 그때도 염낭 안에는 아무것도 들어 있지 않았습니다." 황재하는 제일 뒤쪽에 서 있는 탕승을 보며 말했다. "그날 쌍희 골목에서 고모님이신 탕주 부인과 만났을 때, 부인이 보따리 안에서 꺼냈던 염낭을 기억하십니까?"

탕승은 줄곧 맨 뒤에 서 있던 데다가 체격도 왜소하고 외모가 옹졸하게 생겨 조금도 그를 주목하는 사람이 없었으나, 갑자기 사람들의 이목이 쏠리자 순간 어쩔 줄 몰라 했다.

"네? 염…… 염낭요?"

황재하가 고개를 끄덕였다. "그날 증언한 내용 중에, 탕주 부인이 보따리에서 염낭을 꺼내 주려다가 다시 집어넣었다고 했는데, 맞지요?"

"네. 반쯤 꺼내다가 바로 다시 집어넣으면서 성안에 가져가서 은비녀를 해다 주겠다, 뭐 그런 말을 했습니다. 뭐 결국엔 그렇게 죽어버려서 은비녀는 무슨, 은비녀 그림자도 못 봤지만요!" 탕승은 분하다는 듯이 말하면서 황재하 손에 들린 염낭을 자세히 살피다가 순간 깜짝 놀라 외마디소리를 내더니 말했다. "지금 들고 계신 그 염낭…… 그때 고모가 꺼내다 만 염낭이 맞아요!"

황재하가 다시 물었다. "확실합니까? 잘못 보신 건 아니고요?"

"틀림없습니다. 확실해요! 당시 고모가 뭐 좋은 거라도 주려나 싶어서 눈에 불을 켜고 고모 손만 지켜보고 있었기 때문에 똑똑히 기억합니다!"

"알겠습니다. 제등 판관 저택의 쓰레기통에서 발견된 이 염낭은 부신원의 시종이었던 탕주 부인이 죽은 뒤 사라진 물건입니다." 황재하의 시선이 공손연에게로 옮겨갔다. "공손 부인은 부신원이 죽은 뒤 탕주 부인에게 돈을 쥐여주면서 집에서 팔찌 하나를 가지고 나와달라고 부탁합니다. 당시 부신원의 저택은 관아에서 봉쇄한 상황이었습니다. 그런데 제등 판관 또한 탕주 부인에게 집에 들어가 물건을 하나 놓고 와달라고 부탁을 합니다. 온양의 집에서 몰래 들고 나온 필사본 말입니다. 탕주 부인은 부신원 곁에 가까이 있던 유일한 사람이었습니다. 부신원이 아무리 집에만 박혀 문밖출입을 안 하고, 제등 판관이 아무리 조심스럽게 행동해 남들의 눈을 속였다 해도, 탕주 부인의 눈을 속이기는 어려웠을 것입니다. 그래서 제등 판관이 그 범행을 계획하면서 제일 먼저 매수한 사람이 바로 탕주 부인이었습니다. 탕주 부인은 제등 판관에게 돈을 받은 뒤, 곧바로 짐을 챙겨 고향으로 돌아가 안정된 삶을 살려고 했지요. 하지만 제등 판관이 그런 존재를 세상에 남겨둘 리 만무했습니다. 그래서 고향으로 돌아가던 부인을 절벽 아래로 밀어뜨려 후환을 없애버렸습니다!"

반박할 여지도 없는 진실이었건만, 평소 제등과 친하게 지내던 범원룡은 그래도 소심하게 한마디 끼어들었다. "양 공공, 어쩌면…… 그 부인이 실족해서 절벽 아래로 떨어졌을 수도 있지 않은가? 아니면 산에서 도적 떼라도 만났다던가?"

"만일 실족사였다면 부인의 보따리에 있던 염낭이 어떻게 제등 판관 저택의 쓰레기통에 들어가 있을까요? 만일 도적 떼를 만났다면, 보따리의 다른 물건들은 가지런히 남아 있고 이 염낭만 사라진 일에 대해서는 어떻게 설명할 수 있을까요? 그땐 기왕 전하께서 산길에서 위험한 일을 당하셨을 때라 서천군이 산길을 봉쇄하고 소수의 사람만 통과시켰습니다. 그 누구든 말이나 마차를 타고 들어가는 것은 엄격히 금지되었고요. 그런데 탕주 부인이 절벽에서 떨어진 그날, 비슷한 시각에 여기 기왕 전하의 시위병인 장항영이 마침 산길을 걷다가 말을 타고 달려오는 어떤 사람에게 부딪혀 절벽 아래로 떨어졌습니다! 당시에는 서천군 병사들도 대부분 도보로 산을 수색했는데, 말을 타고 산길에 들어올 수 있었다면, 단 한 사람밖에 가능성이 없습니다. 바로 서천군 절도부 판관입니다."

범응석이 표정을 심하게 일그러뜨리며 곧바로 기왕을 향해 용서를 구하고는 기왕 뒤에 서 있던 장항영을 향해서도 공수하며 허리를 굽혔다.

장항영은 더 깊이 허리를 숙여 황급히 답례했다.

"범인이 왜 염낭을 가져갔는지 줄곧 의문이었는데, 나중에 탕주 부인의 조카가 했던 말을 떠올리니 이해가 되었습니다." 황재하가 탕승을 보며 물었다. "당시 고모님께서 염낭을 다시 보따리에 집어넣으며 '일단 한주로 가지고 가서 은비녀 한 쌍을 만들어다 조카며느리한테 주겠다'고 말씀하셨던 것 맞나요?"

탕승이 고개를 끄덕였다. "맞아요, 정확히 그렇게 말했습니다!"

"일단 한주로 '가지고' 간 다음에, 은비녀 한 쌍을 '만들어다' 주겠다……. 제등 판관이 탕주 부인에게 준 것은 돈이 아니라 은자였습니다." 황재하는 염낭을 가리키며 말했다. "이 작은 염낭 안에 반 관 정도의 돈 꾸러미는 절대 못 들어가지만, 은자라고 한다면 한두 덩이 정도는 들어갑니다. 제등 판관은 탕주 부인을 매수하기 위해 적잖은 돈이 필요했고, 그는 평소 늘 절도부에 있었기에 크고 작은 업무들이 그의 손을 거쳤을 겁니다. 당연히 창고에 있는 은자에도 쉽게 손을 댈 수 있었겠지요. 그래서 탕주 부인을 매수하면서 돈 꾸러미가 아닌 은자를 주었습니다. 하지만 모든 은자에는 그 출처가 새겨져 있으니 만일 그 은자를 다시 거두지 못한다면, 부신원 시종의 시신에서 절도부의 은자가 나오고, 그리되면 스스로의 무덤을 판 꼴이 되지 않겠습니까. 그래서 은자가 누군가의 눈에 띄기 전에 반드시 되찾아 와야 했습니다."

눈앞의 모든 증거가 제등이 범인이라는 사실을 확실히 보여주어 더 이상의 반박이 불가능했다. 범웅석은 결국 한숨을 쉬고는 매섭게 욕설을 퍼부었다. "이런 천하의 나쁜 놈 같으니라고! 우리 절도부에서 그리 여러 해를 지냈건만, 이토록 교활하고 악독한 놈이었을 줄은 생각도 못 했네! 사람을 죽이고 남에게 뒤집어씌우질 않나, 눈 하나 깜짝 않고 증거를 인멸하지를 않나!"

주자진도 자신의 여동생이 있는 쪽을 바라보며 안도의 한숨을 내쉬었다. "그놈한테 시집 안 가서 다행이야."

다들 제등을 비난하며 주 사군 집안이 악운을 피해 다행이라 여기는 동안, 공손연과 은노의는 완전히 잊혔다. 황재하는 고개를 돌려 두 사람을 바라보았다. 두 여인의 얼굴은 비록 사색이 되어 있었으나 일종의 쾌감 같은 것도 은근히 엿보였다. 황재하는 저도 모르게 가벼운 탄식을 내뱉었다.

"공손 부인, 저는 일찍부터 부신원의 죽음이 자살이 아니라고 믿었습니다. 부신원의 옷장을 보았을 때 그렇게 느꼈지요. 당시 옷장 안에는 화려한 옷이 가득했는데, 부신원이 죽을 때 입고 있던 옷은 빛바래고 낡은 옷이었습니다……. 사랑하는 사람과 함께 다시는 돌아오지 못할 길을 떠나는 여인이라면 화장을 하고 아름답게 단장한 후에 독을 마시지, 그렇게 황망하게 떠나겠습니까?"

"아원은 화려한 색감의 옷을 좋아했답니다……." 공손연이 드디어 천천히 입을 열었다. 목소리는 다 쉬고 몸은 미세하게 떨려, 마치 속세를 떠난 가냘픈 여인이 갈 곳을 잃고 헤매는 듯한 느낌을 주었다. 공손연은 가슴을 누르며 애써 호흡을 진정시킨 후에야 간신히 힘을 내어 하고 싶은 말을 몇 마디 내뱉을 수 있었다. "아원은…… 어린아이처럼 늘 거리낌 없고 거침없었지요……. 그 아이는 자신에게 들어

온 좋은 혼처도 망설임 없이 거절했습니다. 눈앞의 부귀영화를 거절하고 저희가 한 번도 보지 못한, 아원 자신마저도 몇 번 정도밖에 보지 못한 그 한 사람, 온양을…… 아니, 제등을 잊지 못했습니다. 순진한 우리 아원은 그가 부드럽고 따뜻하며 섬세하기 그지없는 남자인 줄로만 알았습니다. 하지만 뜻밖에도 그 실상은 우리 아원의 팔을 휘감고 있는 사악한 독사였던 것입니다. 평소에는 피부 위를 부드럽게 미끄러지며 기어다니다가, 어느 한순간 무방비 상태의 아원에게 서슬 퍼런 독니를 드러냈지요……."

황재하는 묵묵히 공손연을 바라볼 뿐 아무 말도 하지 않았다. 주자진이 참지 못하고 물었다. "부인은 제등 판관과 한 번밖에 만나보지 못한 걸로 아는데, 어떻게 단번에 진실을 알아채고 복수를 결심하셨습니까?"

"아원이 제게 보낸 서신에, 온양의 왼쪽 손등에 사마귀가 여섯 개나 자라서 보기 안 좋다고 걱정을 한 적이 있습니다……. 그래서 아원에게 한련초 즙으로 사마귀를 몇 번 문질러주면 괜찮아질 거라 말해주었지요. 그런데 한련초는 피부에 검은 흔적을 남겨 보기 싫게 변합니다. 며칠이 지나야 없어지지요." 공손연은 난간에 몸을 기댄 채 긴 한숨을 쉬었다. 여전히 목소리는 꽉 잠겼고 몸도 떨렸지만, 애써 마음을 진정시켰다. "안치실에서 보니 아원의 손에 거뭇한 흔적이 남았더군요. 그리고 몰래 시신 검안서를 보았는데 온양의 손에 사마귀가 있다는 말은 전혀 언급이 없었습니다. 후에 사건 조사가 어떻게 진행되고 있는지 궁금해 관아로 찾아갔을 때, 곧 주 사군의 따님과 혼례를 치르기로 되어 있던 판관의 왼쪽 손등에 여섯 개의 작은 흔적이 남아 있는 것을 보고 말았습니다. 얼핏 보아도 사마귀가 막 떨어져나간 자국으로 보였습니다. 몰래 그 집안에 대해 알아보니, 아원이 일전에 서신에 적었던 것과 똑같았습니다. 그리고 홍등가에서의 행적에 대해서는, 저희 같은 사람들은 쉽게 눈치챌 수 있었지요. 화류계에 빠진 사내들 대부분이 가명을 썼으니까요. 그래서 기회를 보아 판관을 찾아가 따져 물었습니다…….”

여기까지 말한 공손원은 감정이 북받쳐 머리를 기둥에 기댄 채 흐느꼈다.

“우리 아원은 열두 살 때부터 천하에 이름을 떨쳤습니다. 가무를 짜는 것으로는 천하에 둘도 없는 명기였지요. 장안 교방의 악사들까지 아원에게 가르침을 청할 정도였습니다. 아원은 자신을 운소육녀의 ‘여섯째 아가씨’라 칭할 때만 겨우 그들의 청을 들어주는 아이였다고요! 이렇게 총명하고 영민한 아원이 정인의 수상한 점을 눈치채지 못했을까요? 아원이 그 모든 걸 참고 있었던 이유를 누가 모르겠습니까. 그런데 그놈이 하는 말이, 아원이 우둔하여 그렇다고……. 이 찢어 죽여도 모자랄 놈…….”

은노의가 공손연의 팔을 붙잡고는 얼굴을 그 어깨에 묻었다. 소리 없이 흐르는 눈물이 공손연의 옷을 적셨다.

황재하는 낮은 소리로 말했다. “두 분의 마음은 저도 충분히 이해합니다. 하지만 이 세상에 자신의 복수를 위해 사람을 마음대로 죽여도 된다는 법은 없습니다. 그런 일은 응당 관아에서 처리해야 하는 것입니다.”

“흥……. 제등이 바로 그 관아 사람인데, 설령 관아에서 진상을 밝혀내었다 한들 마지막에 가서 정말 그에게 죄를 물었겠습니까?” 공손연은 그리 말하면서 턱을 치켜들었다. 얼굴은 새하얗게 질렸으나 여전히 고집스럽게 말했다. “빚을 지면 돈으로 갚고, 사람을 죽이면 목숨으로 갚아야 하는 법이지요! 동생이 죽임을 당했으니, 언니인 내가 그 값을 청구하는 것이 맞는 이치 아닙니까! 이번에는 내 목숨으로 갚아야 한다 해도 상관없습니다. 나 공손연, 이 풍진세상 한 치의 부끄럼 없이 살아왔고, 이제 죽는다 해도 여한이 없습니다!"

황재하는 천천히 이서백의 뒤로 물러난 뒤 말했다. "저는 진실을 밝혀 드러낼 뿐, 그 뒤는 제가 어찌할 수 없는 일입니다."

21장

눈부신 연꽃

진실이 소상히 밝혀졌으나 사람들은 쉽사리 입을 열지 못했다.

주상이 사군으로서 목을 가다듬고 말했다. "공손연이 비록 제등 판관을 죽였긴 하나…… 제등 판관은 세 명의 목숨을 앗아간 자이네. 심지어 타살을 자살로 꾸미려는 단지 그 이유 때문에 기품 있는 재인 온양까지 죽였으니, 법이 절대 용서할 수 없는 사안이네."

주상은 속으로 자신의 딸이 이 흉악한 인간에게 시집가지 않은 것을 천만다행이라 여기며 공손연을 동정했다.

왕온은 공손연이 왕 황후의 의자매라는 사실을 알기에 자연스레 미소를 지으며 말했다. "공손 부인은 동생을 위해 복수를 감행할 정도로 뜨거운 피를 가졌습니다. 호기로운 기개가 마치 그 옛날 협객의 기품을 보는 것 같습니다."

두 사람이 공손연을 편드는 말을 하자 범응석이 노하여 말했다. "예로부터 사람을 죽이면 목숨으로 갚는 것은 응당 맞는 말이나, 목숨으로 갚는 것도 관아가 나서서 할 일 아닌가! 누구나 자신의 원수를 갚는다고 개인적으로 사람을 죽이고 다닌다면, 법이 무슨 소용이고 관권이 뭣하러 존재한단 말인가?"

범응석이 호기롭게 법 운운하며 소리치자, 주위 사람들은 할 말을 잃고 계속되는 그의 일갈을 듣고만 있는 수밖에 없었다.

"게다가 사람들이 버젓이 보는 앞에서 절도부 판관을 죽이다니, 이는 우리 서천군을 우습게 여기고, 우리 군에게 엄청난 치욕을 안겨준 것 아니겠는가?"

사실 범응석이 이렇게 분노하는 이유의 절반은 공손연이 칼에 묻은 피를 범원룡의 옷에 닦아 범원룡이 누명을 쓸 뻔했기 때문이라는 사실을 다들 짐작했다. 하지만 서천군을 들먹이며 소리치니 다들 뭐라 말을 할 수 없었다.

이서백은 마치 아무것도 듣지 못한 듯, 잠자코 그저 손에 든 찻잔만 내려다볼 뿐이었다.

모두가 조용히 이서백의 결정을 기다리고 있으려니, 그제야 이서백이 찻잔을 상에 내려놓으며 담담하게 말했다. "범 절도사가 말한 바와 같이 이번 사안의 파장이 이처럼 막중하니, 성도부 관아에서 재심사한 후에 다시 판결하는 것이 어떻겠소. 본왕이 비록 대리사경을 겸하며 성상을 돕고는 있으나, 익숙지 않은 지방 사건에는 관여치 않는 것이 좋을 것 같소."

조금도 반박의 여지가 없는 말이었으므로 사람들은 고개를 숙여 받들었다.

공손연과 은노의는 현장을 떠나 임시로 감옥으로 옮겨가게 되었다. 주자진은 포졸들에게 두 사람을 깨끗한 여자 감방으로 안내하라 세심히 당부하고, 증거물은 관아 창고에 보관하도록 일렀다.

"오늘의 추론은 정말 훌륭했다……. 이번 사건은 참으로 쉽게 눈치챌 수 없게 주도면밀한 범행이었구나." 밤이 이미 깊었으나 이서백은 몸을 일으킬 생각이 없는지 그대로 정자 앞에 앉은 채 가만히 고개를 돌려 옆에 있는 황재하를 보며 말했다. "다음은 또 어떤 흥미로운 무대가 기다리는지 모르겠구나?"

그 순간 주상의 얼굴에 괴로운 표정이 드러났다. 이미 삼경이 다 되어 등롱 안의 초도 한 번 갈았고, 수없이 얽혀 있던 사건을 두 건이나 해결했는데, 기왕은 쉬러 갈 생각은 않고 다음 무대를 찾고 있으니 말이다.

"전하, 잠시만 기다려주시면…… 소관이 지금 바로 관기들을 불러 가무를 선보이도록……."

이서백이 손을 들어 주상의 말을 막더니 몸을 일으켰다. "본왕이 성도부에 온 이후로 줄곧 범 절도사와 주 사군에게 폐만 끼친 것 같소. 오늘 밤은 주 사군이 달리 준비한 것이 없다 하니, 본왕이 대신 무대를 준비하려 하오. 다들 자리를 옮겨 즐기시길 바라네."

모두가 깜짝 놀랐다. 기왕이 무대를 준비해 범 절도사와 주 사군을 청하다니!

무대를 위해 자리를 옮긴 이들은 다시 한 번 크게 놀랐다. 그 무대라는 곳이 주자진의 거처인 서원 아닌가!

서원으로 들어선 이서백은 고개를 돌려 뒤따라오는 이들을 살폈다.

범웅석은 서원을 이리저리 두리번거렸고, 주상은 의아한 얼굴을 했으며, 목선 법사는 아연한 기색이었으나 억지 미소를 띠고 있었다. 왕온은 갓 달린 모감 열매를 잡아당겨 무심히 들여다봤고, 우선은 예전 자신의 거처였던 곳을 차분히 걸었다.

그들 뒤를 따라 천천히 서원 안으로 들어선 황재하는 어둠 속에서 희미하게 반짝이는 연잎을 보았다. 하녀들이 담 모퉁이를 밝히는 촛대에 초를 밝혀 대청을 비추었다. 자리에 앉은 이서백이 고개를 들어 주자진을 보았다.

주자진은 여전히 영문을 알 수 없는 듯한 표정이었지만 고개를 끄덕이고 말했다. "준비되었습니다."

연못 위 회랑에 높이 걸렸던 등잔 두 개가 꺼졌다. 촛대도 회랑 쪽으로 옮겨졌고 회랑 앞쪽에는 하얀 막 하나가 설치되었다. 사람들은 기왕의 분부에 따라 저마다 가노들에게 의자를 가져오라 한 뒤 막을 바라보는 위치에 자리를 잡고 앉았다. 무슨 상황인지 알 수 없는 가운데 한 늙은 예인이 막을 바라보고 한쪽에 앉는 것이 보였다. 예인이 손에 든 작은 북을 두 번 두드리더니, 촛대의 불빛 아래서 작은 서책 하나를 펼쳐 들고 노래를 시작했다.

"장안 옛일 아직도 분분하니, 오늘 그대들에게 가벼이 들려드리리. 성의 서쪽에 있는 광덕방이라는 곳에서 일어난 사건의 진상이 밝혀졌다네."

예인은 노래를 부르면서 한편으로는 하얀 막 위로 장안 각 방의 모습을 그림으로 나타내 보였다. 눈 깜짝할 사이에 울긋불긋한 꽃나무가 나타나고, 작은 다리를 통과하는 문이 나타났다. 그리고 말을 탄 한 무리의 사람이 말발굽 소리를 내며 그 작은 다리를 건너 어느 집 문 앞에 다다랐다.

사람들은 그제야 상황을 파악했다. 늙은 예인이 그림자극으로 이야기를 보여주는 것이었다.

범응석과 주상 등은 기왕이 이런 것을 좋아하리라고는 생각도 못한 데다, 이토록 밤 깊은 시간에 그들을 청해서까지 보여주니 절로 피식 웃음이 터져 나왔다. 하지만 혹 다른 뜻이 있는 것은 아닌가 하는 생각에 정신을 차리고 열심히 지켜보았다.

문이 열리고 하급 관리들이 말에서 내려 문 안으로 들어갔다. 그림이 집의 안방으로 바뀌고 한 여인의 그림자가 나타났는데, 기둥에 목을 맨 채였다.

"광덕방에서 사망 사건이 발생했는데, 젊은 새댁이 스스로 목숨을 끊은 것 아니겠는가. 검시관이 검시를 마치고 증거를 확보하여 사건을 마무리하려 했다네. 한 번 말다툼 때문에 울화가 치민 새댁이 잠을 설치다 스스로 목숨을 끊었으니, 참으로 개탄하지 않을 수 없었더라.”

붉은 옷을 입은 한 관원이 천천히 걸어 안채로 가서 앉았다. 그의 뒤로 열한두 살 되어 보이는 어린 소녀가 따라왔는데 꽃이 수놓인 저고리를 입고서 두 갈래 머리를 한 것이 매우 귀여웠다.

늙은 예인이 어린아이의 목소리를 흉내 냈는데 제법 아이 같은 순진한 느낌이 났다. “아버지, 아버지. 잠시만요.”

붉은 옷의 관원이 고개를 돌려 소녀를 힐끔 쳐다보고는 소매를 뿌리치며 말했다. “어찌 예까지 쫓아온 게냐? 아비가 형부 시랑으로서 마지막 진술을 듣고 사건을 끝내려 하니, 그만 방해하거라!”

거기까지 보고 우선은 “아” 하고 낮게 외마디소리를 냈다.

왕온은 우선을 힐긋 쳐다보고는 뭔가 알아차린 듯 자신의 머리를 가볍게 두드리며 말했다. “그때…… 그 사건이군.”

예인은 다시 들고 있던 서책을 넘기며 글을 읽어 내려갔다. 그리고 어린아이 그림자를 하얀 막 위로 한 바퀴 돌리며 말했다. “아버지, 집에서 책이나 보고 있는 건 너무 답답하단 말이에요. 어머니를 따라 자수 배우는 것도 재미없어요. 저는 사람의 삶과 죽음을 간파하거나 음양을 진단하는 그런 큰 재능을 익히고 싶다고요!”

“하하하, 어린것이 말은 잘하는구나!” 아버지는 아이의 말에 소맷자락을 세 번이나 휘저으며 말했다. “가거라, 가, 가! 저기 길에 나가서 아이들과 놀아라! 아비가 사건 마무리하고 데리러 갈 테니.”

예인의 실력이 꽤나 괜찮았다. 눈 깜짝할 사이에 그의 손에서 여러 명의 사람이 나타나더니 각기 다른 목소리로 시끌벅적한 분위기를 자아냈다.

예인의 손에 들린 포목상이 말했다. “내가 한 가지 알려드릴까? 이 집 새댁이 시집올 때, 세상에 혼례예복을 우리 집에서 안 하고 딴 데서 해왔잖아. 시집올 때 그런 색의 옷을 입어 부정 탄 거라고! 그래서 이런 참담한 일이 벌어진 거 아니야!"

장신구 가게 주인장이 유족에게 물었다. "나리, 아니 어제 오후에 새댁이 저희 집에서 은비녀 한 쌍을 주문해놓은 게 있는데, 이렇게 가버려서 어쩐답니까? 대신 값을 치르고 가져가시겠습니까?"

점쟁이가 염소 수염을 쓰다듬으며 말했다. "에헴, 천기를 누설하면 안 되네만, 내 진즉에 다 알고 있었지! 금년에 자네 집에 길흉사가 겹칠 거란 사실을 말이야! 진작 날 찾아왔으면 이런 비참한 일은 피할 수 있었을 텐데, 참으로 안타깝구먼……."

여기까지 지켜보던 사람들은 다들 열두 살 황재하가 처음으로 해결한 사건에 관한 이야기임을 눈치챘다.

과연 시끌벅적한 사람들이 물러가자, 붉은 옷의 관원이 붓을 들고 말했다. "보아하니, 이 사건은 이미 결론이 난 것 같군. 자살이 틀림없다……."

그 말이 채 떨어지기도 전에 관원 옆으로 꽃무늬 옷의 어린 소녀가 다시 나타났다. "아버지, 잠시만요!"

관원은 순간 어리둥절하여 고개를 돌려 아이를 쳐다보며 물었다. "우리 딸, 배가 고픈 것이냐?"

"아니요."

"그럼 목이 말라?"

"아니요."

"집에 가고 싶은 것이냐?"

"그건 더 아니에요."

"그거 참 성가시게 하는구나, 어서 나가 놀거라. 더 이상 이 아비의 공무를 방해 말고!"

"아버지, 이 부인은 절대 자살한 것이 아니에요. 살해당한 뒤에 누군가가 자살로 위장한 거예요!"

관원은 순간 몸을 부르르 떨었다. "딸아! 어린것이 뭘 안다고 그런 말을 하느냐? 사건을 조사하고 판결하는 것은 복잡하고 어려운 일이다. 너 같은 어린아이가 끼어들 수 있는 일이 아니야."

"아버지는 이 아저씨가 하는 말 못 들으셨어요?" 아이의 손가락이 옆을 가리키자, 조금 전에 나왔던 장신구 가게 주인장의 그림자가 다시 나타났다. "일전에 아버지께서 동료와 한담을 나누시면서 그런 말씀을 하셨지요. 사람이 죽음을 앞두면 마음이 다 타고 남은 재와 같다고요. 그런데 마음이 타서 재밖에 안 남은 사람이 자살을 앞두고 장신구 가게에 가서 은비녀를 주문하겠어요? 게다가 고르기만 해놓고 손에 쥐어보지도 못했는걸요!"

"아이고……!" 관원이 하얀 막 앞에서 과장되게 몸을 부들부들 떨기 시작했다. 그때 예인이 노래를 시작했다. "말 한마디로 잠든 이를 깨우고, 말 한마디로 원한을 풀어주네. 황 씨 가문에 재라 하는 이름의 딸 있었으니, 방방곡곡 그 명성 자자하네!"

예인의 손이 다시 한 바퀴 돌더니, 어린 황재하가 아리따운 소녀로 성장해 있었다. 황재하가 걸을 때마다 산과 물이 획획 지나고, 어느새 부용과 접시꽃이 만발한 성도부로 장면이 바뀌었다.

아름다운 꽃들이 빼곡히 둘러싼 가운데 이야기는 끝이 났다. 노인은 손에 들고 있던 그림자 도구를 내려놓고 앞으로 나와 허리를 굽히며 예를 취했다. "이 늙은 몸이 여러 귀하신 분께 보여드린 이 내용은 수년 전 장안에 떠돌던 이야기였으나, 지금은 여러 이유로 공연하지 않은 지 꽤 되었습니다. 주 포두께서 청하셔서 급히 극의 원고를 뒤적거리며 연기하는 바람에 조금 서툰 부분이 없지 않았사오니, 부디 너그러이 이해해주시기 바랍니다!"

"훌륭하오, 훌륭해." 주상이 웃으며 말했다.

촛대가 다시 실내로 옮겨지자 정자 안이 환히 밝아졌다. 이서백은 고개를 돌려 차가운 눈으로 사람들의 표정을 살폈다. 기왕이 친히 준비한 무대에 그 누가 찬사를 보내지 않겠는가. 하나 유일하게 우선만이 의자에 앉아 미동도 않은 채 여전히 회랑 위로 시선을 두고 있었다. 하얀 막은 이미 치워지고 회랑은 텅 빈 어둠만이 무서울 정도로 고요하게 남았다.

우선의 안색이 유난히 창백했다. 아름답던 그 얼굴이 돌조각 마냥 조금의 생기도 느껴지지 않고, 두려움에 질린 듯도 보였다. 주위 사람들도 우선의 이상을 눈치챘다. 가장 가까이 앉아 있던 목선 법사가 몸을 일으키며 우선의 어깨를 툭툭 치고는 낮은 소리로 말했다. "우 시주, 그림자극은 다 끝났네. 어찌 정신을 차리지 못하는가?"

우선이 망연한 얼굴로 천천히 고개를 들어 법사를 보려는 순간, 황재하가 끼어들었다. "법사님, 아직 끝나지 않았습니다. 어찌 함께 즐기시지 않고, 전하께서 보시려는 무대를 방해하십니까?"

목선 법사는 순간 소스라치게 놀랐다. 황재하가 이미 자신의 의도를 꿰뚫고 있음을 알고는 하는 수 없이 작은 소리로 염불을 외며 다시 자리에 앉았다.

이서백은 황재하를 향해 가볍게 고개를 끄덕여 보였다.

황재하는 촛대의 밝은 불빛 아래 우선을 바라보았다. 그토록 따뜻한 금빛이 마치 응고되지 않은 황금처럼 그의 창백하고 아름다운 얼굴 위로 천천히 흘러내리면서 기이한 곡선미를 자아냈다.

형언할 수 없는 통증이 황재하의 가슴속에서 솟구쳐 올랐다. 숨이 막힐 것만 같았다. 두려움과 막연함, 원한과 서러움 등이 한데 뒤섞인 고통에 황재하는 가슴이 타들어가는 듯해 입을 열 힘조차 없었다. 하지만 결국 온몸의 힘을 다해 입을 열었다.

정말 희한하게도, 입을 열자마자 마치 은하수 같은 것이 가슴속에서부터 흘러나와 차가운 목구멍을 지나 입 밖으로 뱉어진 것 같았다. 타들어가던 고통이 순식간에 사라지고, 정체를 알 수 없는 극도의 흥분이 그 자리를 대신 채웠다. 땅속 깊이 묻혀 있다 겨울이 지난 뒤 드디어 흙을 뚫고 나온 새싹의 힘 같은 것이 황재하의 안에도 생긴 것 같았다. 정오의 햇살을 정면으로 바라보듯, 눈앞으로 펼쳐지는 흥건한 피의 현장을 정면으로 응시했다. 설령 그것에 눈이 멀게 된다 해도 상관없었다.

"여러분, 조금 전에 보신 내용은 황재하가 처음으로 해결한 사건이었습니다. 하나의 사건이 해결되고 범인은 벌을 받았지요. 그리고 여기, 또 다른 이야기가 시작됩니다." 황재하의 목소리는 약간 쉬어 있었으나 안정적이었다. 차가운 느낌이 들 정도로 평온한 목소리였다. "만약 기왕 전하께서 당시의 문서를 보시지 않았다면, 그래서 뒤의 이야기들을 제게 말씀해주시지 않았다면, 저도 이 일을 알지 못했을 것입니다. 순간적인 분노로 자신의 신부를 목 졸라 죽였던 이 남자에게는 남동생이 하나 있었습니다. 형제의 어머니는 젊어서 남편과 사별하고 의지할 곳 없이 혼자 몸으로 작은아들은 업고, 큰아들은 옆에 끼고서 밤낮으로 옷감 짜는 일을 하며 자식들을 키웠지요. 그렇게 서른이 넘도록 고생한 어머니의 몸은 비쩍 말랐고 일찍부터 백발이 성성했습니다. 과부의 몸으로 혼자 두 아들을 키운다는 것이 얼마나 고생스러울지는 아마 말하지 않아도 짐작하실 수 있을 것입니다. 그러다 큰아들이 열여덟 되던 해, 뜻밖에도 집안에 운이 틔기 시작했지요. 영민한 큰아들이 골목골목 다니며 바늘과 실 등을 팔아 모은 돈에 약간의 빚을 내 주막을 열었는데, 제법 솜씨 있게 운영해 장사가 아주 잘되었습니다. 그러자 곧바로 중매가 들어왔고 아리따운 아내를 맞았습니다. 하지만 한 번의 말다툼으로 그런 엄청난 일이 일어날 줄을 누가 알았겠습니까. 남편이 아내를 죽이고, 그것을 자살로 위장한 일이 발각되자, 법은 이를 엄중히 처벌해 길에서 바로 참수형에 처했지요. 빚쟁이들이 바로 주막으로 몰려와 돈을 갚으라고 성화해 결국 주막을 팔아서 빚을 갚게 됩니다. 세간까지 다 털어 빚잔치를 하느라 집 안이 텅텅 빌 정도였습니다. 고생스럽게 10여 년을 버텨왔는데, 좋은 날을 얼마 살아보지도 못하고 그렇게 갑자기 며느리가 죽고 아들도 참수형을 당하자 그 어머니는 충격을 견디지 못하고 정신을 놓았습니다……."

황재하는 여기까지 말하고는 결국 참지 못하고 우선을 보았다.

우선은 사시나무 떨듯 벌벌 떨고 있었다. 관자놀이에서 혈관이 불뚝불뚝 뛰는 게 보였고, 심지어 그의 몸속을 흐르는 피에도 절망이 가득 녹아 있다는 게 느껴질 정도였다.

하지만 황재하는 이를 악물고 눈을 매섭게 부릅뜨고서 이야기를 이어갔다. "정신을 놓은 어머니는 어느 날 집 안에서 목을 매고 자살합니다. 며느리가 매달렸던 바로 그 자리에서요. 당시 열네 살이었던 작은아들이 아침에 잠에서 깨어나 텅 빈 방 안의 들보에 매달린 어머니의 시체를 보게 됩니다. 너무 놀라서 그랬던 것인지 작은아들은 어머니의 시신을 껴안은 채 3일 밤낮을 지켰습니다. 넋이 나가서 소리도 내지 못하고 움직이지도 못했습니다. 이웃들이 이상한 낌새를 느끼고 문을 부수고 들어가지 않았다면, 아이 또한 어머니 옆에서 조용히 숨을 거두었을 것입니다."

목선 법사가 작은 소리로 염불을 외더니 더 이상은 듣고 있지 못하겠는지 자리를 뜨려 가만히 몸을 일으켰다.

앞에 서 있던 주자진이 손을 들어 법사를 막으며 말했다. "법사님, 이왕 오셔서 함께 자리하셨으니 좀 더 들으시는 게 어떻겠는지요?"

목선 법사는 할 수 없이 눈을 아래로 내리깔고 다시 의자에 앉았다.

황재하는 법사의 움직임에는 전혀 개의치 않고 잔혹한 그 이야기를 천천히 이어갔다. "이웃들은 이미 혼절한 아이를 의원에게 데리고 갔습니다. 그리고 어머니의 시신은 큰아들 곁에 묻어주었습니다. 작은아들은 그렇게 목숨은 구했지만 의원이 모호하게 하는 말이 아이가 백치가 된 것 같다고 했지요. 어느 날 아이는 의관을 떠나 밖으로 나왔습니다. 하지만 어디로 가야 할지 몰랐지요. 아마도 길거리의 수많은 걸인 중 하나가 되었을 겁니다."

황재하는 여기까지 말하고는 말을 멈추었다가 한참 뒤에야 다시 입을 열었다. "여기까지는 기왕 전하께서 공문서에서 보신 기록입니다. 그리고 최근 제가 성도부에 온 뒤 몇몇 사건을 접하면서, 뜻밖에도 그 뒷이야기를 발견했습니다."

좌중은 쥐 죽은 듯 조용했다. 범응석과 주상은 지금 무엇 때문에 몇 년 전 사건에 대한 이야기를 들어야 하는지 알지 못했지만, 이서백이 계속 의자에 앉아 귀를 기울이고 있으니 감히 움직이지 못했다. 그저 이서백의 좌우에 꼼짝 않고 앉아 열심히 들을 뿐이었다.

"이제부터 제가 들려드리려는 이야기는 저의 추측일 뿐 실제 증거에 따른 것은 아닙니다. 그러니 여러분들께서도 편히 한번 들어보시기 바랍니다." 황재하는 '추측'이니 '편히 한번'이니 같은 표현을 썼지만 황재하의 표정에서 다들 짐작할 수 있었다. 지금 황재하가 하는 이야기는 무척 중대한 사안과 연관되어 있다는 사실을 말이다. 그래서 다들 숨죽인 채 감히 한숨 같은 것도 내뱉지 못했다.

"아이는 아마도 수년 전 극심한 흉년으로 굶주린 백성들을 따라 남쪽으로 내려왔을 겁니다. 당시 많은 사람이 성도부로 들어왔지요. 차츰 시간이 지나면서 아이의 정신도 점차 돌아왔습니다. 하지만 낯선 땅에서 의지가지없이 떠도는 신세였습니다. 혼자 힘으로는 다시 장안으로 돌아갈 수 없었기에 살기 위해 걸인이 되어 성도부 길거리에서 밥 동냥을 했습니다. 그런데 이 아이는 매우 총명하고 지혜가 남달라 학문을 구하는 마음이 있었습니다. 옛날에 집에서 이미 글을 깨쳤던 아이는 서당에서 주운 오래된 서책을 들고서 담벼락 아래에 숨어 몰래 서당 수업을 들었습니다. 얼마 지나지 않아 정식으로 글을 배우는 학생들을 넘어서는 실력을 갖게 되어 선생들까지 아이를 칭찬했습니다. 결국 신동이라는 말까지 듣다가……." 여기까지 말한 황재하의 목소리가 저도 모르게 잠시 떨렸다. "새로 부임한 성도부 황 사군의 귀에까지 들어갔습니다. 황 사군은 아이를 직접 만나 몇 마디 나눠 보고는 아이의 재능에 놀라 자신의 의붓아들로 삼으려 사군부로 데리고 옵니다."

거기까지 들은 주상과 범응석은 순간 헉 하고 차가운 숨을 들이켰다. 줄곧 창 자루처럼 이서백 뒤에 꼿꼿이 서 있기만 했던 장항영도 저도 모르게 외마디 탄성을 내뱉었다. 이서백은 겹겹이 쌓인 연꽃 그림자에 시선을 둔 채 가만히 듣고 있었다. 왕온은 손에 쥐었던 부채를 내려놓은 지 오래였다. 멍하니 황재하를 응시하며 눈을 깜빡이는 것도 잊은 듯했다.

우선만이 여전히 원래의 자세를 유지한 채 의자에 앉아 있었다. 춤을 추듯 타오르는 촛불 빛이 그 얼굴의 굴곡을 더욱 두드러지게 만들었다. 밝아졌다 어두워졌다를 반복하는 그 얼굴은 참담하고 무서워 보였다.

"고아 소년은 사군의 지극한 사랑을 받으며 완전히 달라진 인생을 살게 됩니다. 서당에 들어가 최고의 스승에게 최고의 가르침을 받고, 성도부에서 재인으로 이름을 날리며 뭇사람의 칭송을 받습니다. 부드럽고 사려심이 많아 늘 황 사군의 딸을 챙기고 보살펴주어 황 사군 딸의 흠모를 받게 되지요. 3년 후, 과거에 합격하여 순풍에 돛 단 듯 탄탄대로를 걷기 시작하면서 이젠 더 이상 자신의 원수를 이용하지 않아도 되겠다고 생각합니다. 그래서 사군부를 나와 다른 곳으로 거처를 옮기고 황재하에게 물고기 두 마리가 조각된 옥팔찌를 선물합니다."

주자진은 옥팔찌라는 말을 듣자 깜짝 놀라며 재빨리 옆방으로 뛰어가 팔찌를 가져온 뒤 탁자 위에 올려놓았다. "조심해. 팔찌에 맹독이 있으니까."

"팔찌에는 맹독이 숨겨져 있었습니다." 황재하는 조금도 두려워하는 기색 없이 팔찌를 집어 들어 사람들에게 보였다. 등롱 불빛이 광택이 흐르는 팔찌의 속까지 비춘 뒤 반사되어 말로 표현할 수 없는 광채를 만들어냈다.

황재하는 크게 숨을 들이켜고는 안에 있는 여덟 글자를 가리키며 말했다. "'만목지장, 하방미하.' 옥석의 결을 따라 조각해 만든 팔찌에 그가 직접 글자를 새겼습니다. 이 세상에 유일무이한 팔찌이지요. 황재하가 도망친 이후, 부신원의 집에서 이 팔찌가 나왔습니다. 검시관은 부신원과 온양이 비상을 사용해 목숨을 끊은 것으로 결론 내렸으나, 주 포두께서 다시 검시한 결과 비상이 아니었습니다. 그 두 사람의 목숨을 앗아간 독은 매우 희귀하여 궁중 깊은 곳에서만 전해진다는 독, 바로 짐독이었습니다."

주상과 범응석이 낮게 탄성을 내뱉었다. 왕온 역시 낯빛이 변하며 미간을 찌푸렸다.

"저는 한 가지 사실에 주목했습니다. 황 사군 일가가 죽던 당시 황재하는 우선에게서 받은 팔찌를 늘 차고 있었고, 부신원도 죽기 직전에 이 팔찌를 차고 있었습니다. 그리고 두 사건 모두 겉으로는 비상에 중독된 것으로 보였지요. 그래서 혹시 이 두 사건이 서로 연관된 것은 아닐까 하는 생각이 들었습니다." 황재하는 팔찌를 천천히 내려놓으며 나지막한 목소리로 말했다. "그래서 주 포두께서 황 사군 일가 무덤을 두 구 파서 시신의 머리카락을 잘라 와 다시 검사하였습니다. 그 결과 역시 짐독이 검출되었습니다!"

황재하의 시선이 경악과 의구심 가득한 얼굴들을 지나 우선에게 닿았다.

황재하는 계속해서 한 자 한 자 힘을 주어 말했다. "황 사군 일가와 부신원은 전혀 관계없는 사람들인데, 똑같이 희귀한 맹독으로 사망했습니다. 그래서 팔찌에서 짐독이 나왔을 가능성이 크다고 보았습니다. 팔찌만이 유일한 공통점이었으니까요. 이 팔찌는 황 사군의 양아들 우선이 직접 모양을 설계하여 팔찌 장인에게 제작을 맡겼으며, 그가 직접 황재하에게 선물한 것입니다."

우선의 몸이 의지와 상관없이 심하게 떨리며 허리가 깊이 숙여졌다. 우선은 간신히 손을 들어 관자놀이를 누르며 앉은 자세를 유지하려 애썼지만 소용없었다. 관자놀이와 손등에 파란 혈관이 터질 듯 튀어나왔고, 힘껏 깨문 아랫입술도 시퍼랬다. 꽉 다문 입술 사이로 신음이 새어나왔다.

황재하는 그토록 고통스러워하는 우선의 모습을 보면서도 아무 말 없었다. 그저 가슴속의 원한과 비통함을 모두 짜내버리려 온 힘을 다해 호흡할 뿐이었다. 결코 그런 감정들에 무너지고 싶지 않았다.

숨겨졌던 진실이 용틀임하는 소란.

"숭고, 한 가지 이해 안 가는 게 있어. 팔찌를 만진 손을 부귀가 핥은 적도 있고, 나도 진작 팔찌를 검사했었는데 독이 없었잖아." 주자진이 가라앉은 분위기를 깨고 입을 열었다. "게다가 우선이 황재하에게 팔찌를 준 것도, 제등이 부신원에게 팔찌를 준 것도 모두 사건이 일어나기 몇 달 전 일이야. 정말로 이 팔찌에서 독이 나왔다면, 설마 어떨 땐 독이 있고, 어떨 땐 없단 말이야? 아니면 팔찌를 준 사람이 그 시기를 조정할 수 있다는 거야?"

"네. 이 팔찌의 독은 통제가 가능합니다. 아주 작은 동작 하나면 됩니다." 황재하는 팔찌를 천천히 집어 들더니 눈높이에서 가만히 응시했다.

안이 훤히 비치게 조각된 두 마리 물고기는 서로 사이좋게 꼬리를 물고 하나로 이어졌다. 그 주위를 흐르는 잔잔한 물결 문양이 유난히 투명하고 밝게 빛났다.

황재하는 팔찌 위 두 마리 물고기를 응시하며 나지막한 목소리로 말했다. "옥의 질이 좋지 않았기에 투명도를 높이기 위해 속을 텅 비게 조각했고, 문양을 투각하며 생긴 구멍 또한 하나하나 육안으로 관찰하기 어려울 정도로 많습니다. 팔찌 내부의 구멍에 미량의 짐독을 넣고 살짝 말린 뒤에 얇게 밀랍을 바르면 전혀 새지 않습니다. 팔찌에 아무 일도 일어나지 않았다면, 어쩌면 이 짐독은 영원히 팔찌 안에 숨어 주인과 함께 했을지도 모르지요."

황재하는 팔찌에서 눈을 거두어 시선을 내려뜨렸다. 반년 넘게 가슴을 찔러대던 것이 이 피비린내 나는 흐릿한 고통 속에서 되레 머릿속 생각을 더 또렷하고 냉정하게 해주었다. 그 덕에 황재하는 온몸의 긴장을 깨우고 더욱 똑바로 사람들 앞에 설 수 있었다.

"황 사군 일가에 사건이 일어난 그날은 봄눈이 날리고 매화가 만발했습니다. 우선은 오후에 황재하를 찾아와 하얀 매화꽃 가지를 건네주었지요. 황재하가 환하게 웃으며 매화꽃을 받아든 그때, 아니면 두 사람이 후원을 거닐며 매화꽃을 딸 때에, 그것도 아니면 두 사람이 손을 맞잡았던 그때, 우선이 손톱으로 혹은 꽃가지로 팔찌 위를 가볍게 한 번 긁습니다. 밀랍이 벗겨지고 팔찌 안에 숨겨둔 짐독이 노출되었겠지요. 그런 뒤 우선은 사군부를 떠났고, 황재하 일가족은 대청에 모여 화기애애하게 식사를 했습니다. 집안 어른들의 총애를 한 몸에 받던 황재하는 식사 자리에서 늘 가족들에게 국을 떠주었습니다. 그리고 그날은 황재하가 식사 자리에서 소란을 피워 황재하의 어머니가 딸을 달랜 뒤 가족들에게 다시 국을 한 그릇씩 떠주라고 합니다. 황재하는 직접 주방으로 가 큰 사발에 양제탕을 덜어 담아 들고 옵니다.

주방문을 나와 뜰 앞 비파나무를 지나고 금이 간 작은 나무문을 넘으면, 청회색 돌바닥이 매끄럽게 마모되어 반짝이는 긴 회랑이 이어집니다. 탕 사발은 무겁습니다. 뚜껑까지 덮으면 혼자 들고 가기 힘들기에 황재하는 뚜껑을 덮지 않고 사발만 들고 갔습니다. 추운 바깥 날씨 탓에 사발에서 올라온 뜨거운 수증기가 황재하 손목의 팔찌에 촉촉하게 맺혔습니다. 간혹 탕 사발에 팔찌가 부딪혀 챙 하는 가벼운 소리가 울리기도 했지요. 팔찌에 촉촉하게 맺혔던 수증기가 아래로 톡 떨어집니다. 그렇게 해서 한 번 중독되면 절대 돌이킬 수 없는 짐독이 양제탕 안으로 들어갔습니다. 우선이 원한 바대로, 황재하가 가족 모두에게 정성스럽게 양제탕을 떠주어 모두가 짐독이 들어간 국을 마시게 되었습니다. 우선의 바람과는 달리, 황재하는 기분이 가라앉은 데다가 양 비린내를 그다지 좋아하지 않아 자신의 그릇에는 양제탕을 뜨지 않았습니다. 우선은 황재하를 자신의 무기로 삼아, 황재하의 손을 빌려 가족의 복수를 했지요. 그리고 황재하를 자신과 마찬가지로 천애 고아로 만들었습니다."

황재하의 말이 끝나고 순간 정적이 흘렀다.

모든 사람의 시선이 우선에게로 집중되었다.

우선은 식은땀으로 옷을 적신 채 관자놀이를 힘겹게 누르고 있었다. 이마 앞으로 흘러내린 머리칼도 이미 땀에 젖어 있었다. 창백하게 질린 얼굴이 유난히 어둡고 유난히 희어 섬뜩할 정도였다.

황재하는 우선 쪽을 보지 않고 허공에 시선을 둔 채 작고 느릿하지만 확고한 목소리로 말했다. "팔찌에는 구멍이 많았습니다. 혹여 독이 든 곳을 바로 찾지 못할까 봐 만약을 대비해 여러 곳에 독을 넣고 밀랍을 발랐죠. 그날, 우선이 밀랍을 긁은 구멍이 하나였을지 그 이상이었을지는 모르겠지만 필시 모두 긁지는 않았습니다. 제등은 우선의 목숨을 구해준 뒤 우선에게서 이런 사정을 들었을 것입니다. 부신원을 죽이고 주 사군의 영애와 혼인하기로 결심한 제등은 전당포에서 가서 그 팔찌를 구해옵니다. 그러고는 온양을 속여 부신원의 집으로 불러들인 뒤 팔찌의 밀랍을 긁어 부신원이 탕에 독을 떨어뜨리게 만들었습니다. 그렇게 해서 그 두 사람도 목숨을 잃었지요. 저 또한 어제 이 사실을 증명해보려고 마지막 남은 밀랍을 긁었습니다."

주자진이 고개를 끄덕이며 엄청난 깨달음이 온 듯 소리쳤다. "맞아! 어쩐지 손톱으로 팔찌 안을 긁기에 왜 그러나 했더니, 그런 거였구나!"

우선은 무겁게 숨을 헐떡이며 황재하를 똑바로 쳐다보았다. 아주 오랜 침묵이 흐른 뒤 드디어 우선이 입을 열고 다 쉬어가는 목소리로 느리게 툭 내뱉었다. "말도 안 돼⋯⋯."

황재하는 턱을 살짝 치켜들고 변명을 기다렸다.

우선은 아랫입술을 힘껏 깨물었다가 잔뜩 가라앉은 목소리로 물었다. "만약에⋯⋯ 정말로 제가 사람을 죽였다면, 제 방에 있던 그 자백서와 같은 서신은 대체 무엇입니까?"

사람들은 우선이 말하는 자백서가 무엇인지는 몰랐지만, 그토록 망연한 표정을 보며 우선은 이 일을 정말 모르는 게 아닌가 하는 의구심이 들어 서로 머리를 맞대고 소곤거렸다.

이서백이 손을 들어 사람들을 조용히 시키고는 입을 열었다. "그 서신의 내용은 내가 기억하네."

이서백은 종이와 붓을 가져오게 하고는 위 부인의 해서체를 써서 서신의 내용을 적어내려 갔다.

십수 년을 부모님의 슬하에서 살았으나 하룻밤 새에 모든 것이 바뀌었네. 집안에서 유일하게 살아남아 이 세상에 홀로 서 있구나. 피투성이가 된 손으로 남은 평생 살아가기는 원치 않으리. 사랑해선 안 될 사람을 사랑하였으니, 마음의 소원을 따르지 못해 온갖 악연이 운명을 농락하였네. 다른 생은 보이지 않고, 이번 생은 이미 끝났으니, 붓을 들고 서신을 남겨 임과 이별하리. 푸른 하늘과 비바람은 영원히 함께하지 못하리라.

내용은 물론, '엽' 자의 가로획 두 줄까지 그 서신과 똑같아, 처음엔 가로획을 반만 그었다가 다시 이어서 쓴 흔적이 보였다.

이서백이 글을 사람들 앞에 펼쳐 보이자마자 범응석이 외쳤다. "이건…… 황 사군 딸의 글씨 아닙니까! 설마 이게 황재하의 자백서란 말입니까?"

주상이 고개를 끄덕이며 말했다. "과연 그렇군요. 십수 년을 부모님 슬하에서 자랐으나 하룻밤 새에 홀로 남았다고 하는 것이나, 피투성이가 된 손이 다 사랑 때문이라 하는 것을 보니, 필시 황 사군의 딸, 황재하의 자백서가 아니겠습니까?"

우선이 가만히 고개를 끄덕이고 입을 열었다. "저는 황재하와 함께 자랐기에 그 필체를 아주 잘 알고 있습니다. 이건…… 틀림없이 황재하의 글씨입니다."

"확실한가요?" 황재하는 힘을 주어 숨을 크게 한 번 들이마시고는 그 서신을 손에 들고 말했다. "언제 이 서신을 손에 넣었습니까?"

우선은 황재하의 확고한 눈빛을 보았다. 일말의 주저함도 없는 그 눈빛에 우선의 믿음이 흔들리기 시작했다. "그게…… 황 사군 일가의 무덤이 세워진 날, 그러니까 금년 4월 열엿새였습니다."

"그럼 소위 '자백서'라는 이 서신을 얻은 때가, 무덤 앞에서 자살하려던 당신을 제등 판관이 구해준 그때인가요?" 황재하가 물었다.

우선은 고개를 끄덕였으나 황재하의 입에서 나온 '자살'이라는 두 글자에 등이 뻣뻣하게 경직되는 느낌이었다. 날카로운 통증이 척추를 타고 올라와 머리를 매섭게 찔러대 갑자기 호흡이 가빠졌다.

"이 서신은 도대체 어떻게 나타난 걸까요? 제등 판관이 목숨을 구해줘 집으로 돌아왔더니 책상 위에 놓여 있었다고 했죠? 집에 다른 이상은 아무것도 없고, 다만 누군가가 침입해서 이 서신만 놓고 갔다고요?"

우선은 마치 죽음을 앞둔 짐승처럼 무거운 숨을 가삐 내쉬었다. 우선이 가장 두려워하던 것이 한 걸음 한 걸음 매정하게 압박해왔다. 곧 철저한 파멸에 이르게 될 터였다. 황재하의 목소리는 뚜렷하고 단호했다. 그 한마디 한마디가 우선의 귓가에 선명하게 전해졌다.

"성도부에서 도망친 황재하는 3월에 장안에 도착하여 4월까지 줄곧 장안에서 이름과 신분을 숨기고 있었습니다. 전국 곳곳에 수배 전단이 붙은 데다가 특히 이곳 성도부에는 황재하의 얼굴을 아는 사람이 그렇게나 많은데, 황재하가 설마 대담하게 성도부로 돌아와 이 서신을 놓고 갔겠습니까?" 황재하가 목선 법사에게로 시선을 옮기고는 담담한 투로 말했다. "법사께서는 성도부 모든 사람의 칭송을 받으시지요. 법사님의 불법은 끝이 없으며, 사람의 마음까지도 바꾸신다고 들었습니다. 그래서 당시 우선이 왜 목숨을 끊으려 했는지, 제등 판관은 왜 막 죽음의 문턱에서 살아 돌아온 우선의 곁에 법사님을 청했는지, 그리고 법사님은 우선에게 대체 무엇을 하셨는지 생각해보았는데, 충분히 추측이 가능했습니다."

목선 법사는 두 손을 합장하고서 기왕의 표정을 살폈다. 그러고는 시선을 내려뜨린 채 괴로운 표정을 지었다. "아미타불⋯⋯. 제등 시주가 그날 저를 집으로 청했습니다. 친구가 목숨을 끊으려 하니 살려달라고 말입니다. 제가 갔을 때 우 시주는 감정이 매우 격해 통제가 되지 않았습니다. 한 사람의 목숨을 구하는 일이 칠층탑을 쌓는 것보다 더 큰 공덕이지요. 이 노승도 그 한 목숨을 좌시할 수는 없었기에, 우 시주가 가장 무서워하는 과거의 기억을 모두 잊게 해주었습니다."

촛대의 불빛이 밤바람에 흔들리며 어지러이 수많은 그림자를 만들어냈다.

사람들은 시선을 우선에게 향한 채 그 누구도 입을 열지 못했다. 목선 법사를 바라보는 우선의 얼굴에서 그나마 조금 남아 있던 희망이 봄에 내린 눈처럼 차츰차츰 녹아 없어졌다. 오직 절망과 고통만이 남은 그 얼굴은 그저 창백했다. 아니, 창백하다 못해 시퍼렇게 질렸다. 우선의 눈빛에 남은 마지막 희망마저 점차 어둠 속으로 사라졌다. 마치 희망 없이 바람에 흔들리던 촛불이 결국 칠흑같이 어두운 밤 속으로 철저하게 묻혀 잿더미로 변해버린 것만 같았다.

지금까지 한 걸음 한 걸음 범인의 발자취를 좇아온 우선은 자신이 범인으로 지목당할 줄은 꿈에도 몰랐다.

적막이 흐르는 가운데 황재하는 눈앞의 우선을 보았다. 막연한 아픔과 막연한 미움이 가슴을 채웠다. 하지만 그 무엇보다 더욱 강하게 황재하를 휩쓴 것은 막연한 절망이었다.

황재하는 소녀 시절에 물불 가리지 않고 사랑했던 남자를 바라보며 가슴 깊이 절망과 비통을 느꼈다. 미친 듯이 소용돌이치는 그 감정을 이기지 못해 황재하는 손에 쥐고 있던 서신을 우선을 향해 매섭게 던졌다.

"그래요, 다 잊었군요. 자신이 저지른 모든 악행까지, 모두 다 잊었군요!"

황재하는 몸을 부들부들 떨었다. 머리가 어지럽고, 목구멍에서는 식식거리는 소리가 나 조금 전처럼 또렷하게 말을 내뱉기가 어려웠다. "자살을 시도하기 전, 당신이 직접 써서 놓아둔 자백서입니다! 자신의 명성은 지키겠다는 망상으로 황재하의 필체를 모방해 그런 글을 남겼죠! 자신의 손으로 써내려간 글이면서, 모든 기억을 잃은 뒤에는 이 글이 황재하가 범인이라는 증거라며 마음속에 깊이 새겨두었죠!"

사람들은 황재하가 왜 이렇게까지 격분하는지 몰라 크게 놀랐다.

이서백이 일어나 황재하의 어깨를 가볍게 토닥이고는 사람들에게 말했다. "숭고가 황 사군과 그 부인에게 큰 은혜를 입은 적이 있다 하오."

다들 납득해 고개를 끄덕이며 안타까워했다.

우선만이 창백한 얼굴에 빛을 잃은 흐릿한 눈동자로 황재하를 멍하니 바라봤다. 그러고는 한참이 지나서야 천천히 고개를 내저으며 다 쉰 목소리로 말했다. "아닙니다."

황재하는 자신의 떨리는 숨소리를 들으며 입을 열어 무어라 말하려 했지만 아무 말도 나오지 않았다. 그저 가쁜 숨을 쉬며 우선을 매섭게 노려볼 뿐이었다.

"저는 일부러 황재하의 글씨를 모방한 적이 없습니다…… 그때는 이미 황 사군 일가를 따라 목숨을 끊으려 마음먹었기에 내 정신이 아니었습니다. 나 자신이 무얼 하고 있는지도 몰랐고, 그 글을 쓸 때도 완전히 무의식이었습니다…… 어쩌면 그때 내 마음이 계속해서…… 황재하를 생각했기 때문인지도 모르겠습니다. 이 세상에서 황재하의 글씨를 저보다 잘 아는 사람은 없습니다. 예전에도 수없이 황재하를 대신해 문장들을 베껴 써주었지요. 황재하가 틀리는 글자는 저도 똑같이 틀렸습니다……" 우선은 가까스로 목소리를 냈으나, 점차 또렷하고 선명하게 들렸다. "그리고 제가 거처를 옮긴 것은 더 이상 원수를 이용할 필요가 없어져서가 아닙니다……. 그 말은 결코 사실이 아닙니다. 저는 그때까지도 몰랐습니다……. 당시 말 한마디로 우리 가족을 망가뜨린 여자아이가, 황재하였다는 사실을요……."

소년은 걸인이 되어 떠돌다 유민들을 따라 남쪽으로 내려왔다. 후에 성도부 서당의 선생들이 소년을 가엾이 여겨 사군 황민에게 추천해주었다.

황민은 소년의 영민함을 무척 높이 샀다. 떠도는 세월 속에서 자신의 이름마저 버린 소년에게 우선이라는 이름을 지어주고 집으로 데려왔다.

핏빛 석양 아래서 우선은 황재하를 처음 만났다. 그늘에서 자란 이끼와 햇살 아래서 자유분방하게 피어난 꽃의 만남이었다. 우선은 황재하에게서 뿜어져 나오는 그 광채를 똑바로 바라볼 수 없었다. 눈이 멀 것만 같았다. 바닥에 무릎을 꿇고서 황재하의 품에서 떨어진 연꽃을 줍던 우선은 흙탕물이 묻은 치맛자락에 손이 닿은 순간, 참지 못하고 고개를 들어 황재하를 보았다.

황재하의 눈 속에 우선의 얼굴이 거울처럼 비쳐 보였다. 그때 결심했다. 지금 자신을 바라보는 이 소녀의 눈동자 속에서 평생을 살겠다고.

우선의 인생에서 가장 행복한 시간은 딱 3년이었다. 비록 대들보에 매달린 어머니의 모습이 여전히 꿈에 나와 괴롭혔지만, 우선에게는 새로운 부모와 형제가 생겼다. 배불리 먹고 따뜻하게 입을 수 있었으며, 비바람을 막아주는 처마와, 모람 나무가 담장을 타고 올라가는 작은 정원까지 생겼다. 그리고 마음에 품은 한 소녀가 있었다. 황재하.

3년 후, 과거에 합격한 우선은 득의만면하여 양부모 곁으로 돌아왔다. 어쩌면 자신에게도 이제 기회가 있을지도 모른다 생각하며 양부모에게 넌지시 황재하와 정식으로 교제하는 일에 대해 언급해보았다.

그런데 뜻밖에도 그날 밤, 양부모는 성도부에서 우선에게 하사한 집으로 우선의 거처를 옮기기로 결정 내렸다. 뜨겁고 명확하게 부모님과 다퉜던 황재하와 달리, 우선은 양부모를 향한 존경과 감사의 마음 또한 컸기에, 하는 수 없이 사군부를 떠나 자신만의 작은 집으로 옮겨갔다.

새로운 거처가 생긴 것을 축하하며 몇몇 벗이 우선을 청해 밤늦은 시간까지 술을 마셨다. 바깥에 눈이 내리기 시작했다. 우선은 술에 취해 비틀거리는 벗들을 두고 쌓인 눈을 밟으며 홀로 집으로 향했다. 일부러 먼 길을 돌아 사군부 앞으로 왔다. 시끌벅적한 거리 위에서 고개를 들어 황재하의 거처를 올려다보았다. 누각의 등불은 이미 꺼져 있었다.

우선이 마음에 품은 여인은 이미 잠자리에 들었다.

우선은 미소를 머금고 눈길 위에 서서 고개를 돌려 거리를 바라보았다. 눈 오는 추운 밤이라 행인도 적고, 장사치들도 이미 짐을 챙겨 집으로 돌아가고 없었다. 길 한쪽에서 그림자극을 하는 노인만이 하얀 막을 세워놓고 그 앞에서 짧은 극을 펼쳐 보였다.

그냥 지나치던 우선은 추운데 고생하는 노인이 안쓰러워 다시 되돌아와서는 얼마간의 돈을 하얀 막 앞에 놓아주었다. 노인은 '장안 광덕방'이라는 그림자극을 펼치고 있었는데, 문득 우선의 기억 속에서 아득한 무언가가 미세하게 꿈틀댔다.

우선은 눈 속에 서서 노인의 공연을 처음부터 끝까지 다 지켜보았다. 굵은 눈송이가 머리와 어깨 위에 쌓여갔지만 아무 느낌이 없었다.

우선의 집안이 풍비박산 난 이야기가 거리에서 공연되고 남들의 입에서 재밋거리로 회자되었다. 사람들이 "황재하는 어릴 적부터 똑똑하고 지혜로웠네!"라고 칭찬하며 떠들어댔다.

황재하.

우선이 만난 황재하는, 햇살 아래 자유분방하게 피어난 눈부신 꽃이었다.

소년의 가족은 오랜 고생 끝에 마침내 형편이 피어 밝은 미래를 향해 나아가는 중이었고, 비록 형수가 스스로 목숨을 끊긴 했지만 그 사건도 곧 종결될 참이었다.

그런데 왜, 그 열두 살 여자아이는 자신의 아버지를 불렀을까.

들보에 목을 맨 어머니가 아직도 미세하게 흔들리고 있는 것만 같았다. 밖에 막 떠오른 태양이 창문 안으로 비스듬히 햇살을 드리워 어머니의 몸과 낡은 집안 구석구석, 그리고 소년이 맞닥뜨린 현실을 온통 붉은 핏빛으로 물들였다. 막 꿈에서 깨어나 여전히 머리가 멍한 상태였던 소년은 넋을 잃은 채 어머니 발을 끌어안고는 그대로 온몸이 굳었다.

아버지가 죽은 뒤, 밤낮으로 옷감을 짜며 두 아들을 키운 어머니. 비록 가난했지만 소년이 나갔다 돌아오면 복숭아와 대추 같은 것을 꺼내주던 어머니. 언젠가는 우리 가족도 풍족하고 행복하게 살 날이 올 거라고 웃으며 말하던 어머니. 형이 참수당한 뒤 정신을 놓고 소리 없이 목을 매단 어머니. 소년의 어머니는 이제 더 이상 이 세상에 없었다.

소년은 가족을 잃었다.

들보에 매달린 어머니를 아래로 끌어내려 침상 위에 눕힌 뒤 이불을 잘 덮어주었다. 눈을 감고 어머니 곁에 누워서 생각했다. 이렇게 잠을 자듯 누워 영원히 눈을 뜨지 않으면 좋겠다고.

밤새 내린 눈이 무겁게 우선의 몸을 짓누르자, 온몸의 피가 멈춘 것만 같았던 그때의 차가운 느낌이 되살아났다.

그렇게 사군부 앞에 얼마나 오랫동안 서 있었을까. 날이 밝아올 즈음 문을 열고 나온 황재하가 그곳에 서 있는 우선을 보고 깜짝 놀랐다. 황재하는 황급히 우선의 몸에 쌓인 눈을 떨어주다 어깨에 쌓였던 눈이 이미 체온에 녹았다가 얼어 옷과 피부가 하나로 얼어붙은 것을 발견했다.

우선은 눈앞을 가린 희미한 어둠 속에서 흐릿하게 보이는 황재하의 얼굴을 보았다.

우선이 사랑한 여인, 황폐한 우선의 인생에서 가장 눈부시게 피었던 꽃, 우선의 사람, 황재하. 우선의 철천지원수, 사무친 원한, 지고한 사랑.

그날 밤의 추위로 우선은 오랫동안 앓았다.

황재하를 다시는 보고 싶지 않았다. 황재하가 병문안을 오면 침상에 누운 채 책으로 얼굴을 가리고는 황재하가 아무리 재잘거리며 장난을 쳐도, 한마디도 입을 열지 않았다.

황재하도 물론 우선의 그런 변화를 눈치채고는 낙심해서 우선의 침상 곁에 앉아 물었다. '도대체 왜 그래? 집을 옮기자마자 나한테 거리를 두고 못 본 체하는 거야?'

우선은 눈을 감고 낮게 깔린 음성으로 말했다. '아하, 네가 사건 수사 같은 건 할 수 없는 사람이면 좋겠어.'

우선의 그 한마디가 황재하의 자긍심을 무너뜨렸다. 화가 난 황재하는 그대로 우선의 집을 떠났다. 우선 또한 떠나는 황재하를 잡지 않았다. 두 사람 사이에 틈이 생기는 것을 처음으로 그냥 내버려두며 생각했다. '이제 이렇게 사는 수밖에 없어.'

몸이 좀 나아지자 우선은 명월산 광도사에 불법을 들으러 갔다.

그곳에서 제등을 만나게 되고, 목선 법사를 소개받았다. 왜 그랬는지, 우선은 마음에 오랫동안 숨겨놓았던, 그냥 그렇게 묻어두고자 했던 모든 비밀을, 목선 법사의 웃는 얼굴 앞에서 그대로 다 털어놓았다. 황재하에 대해 말했고, 황 사군에 대해 말했으며, 자신의 어머니에 대해 말했다.

목선 법사가 말했다. '마음속에 독룡(毒龍)이 한 마리 있으니, 억누를 수 없을 바에야 차라리 크게 위세를 떨치게 하여 마음의 안식을 구하는 것이 낫지 않으시오?'

우선은 멍한 얼굴로 목선 법사의 선방에서 나와 흰 벽의 회랑을 걸었다.

그때, 비석에 또렷이 새겨진 시구가 눈에 들어왔다.

해 질 녘 텅 빈 연못가에서, 차분히 좌선하며 독룡을 잠재우네.

하지만 우선은 그럴 수 없었다. 우선 마음속의 거대한 독룡은 이미 몸을 비틀며 안에서 뚫고 나왔다. 크게 울부짖으며 온몸의 혈관을 깨우고, 한시라도 빨리 선혈이 낭자한 쾌감을 맞이하러 가고 싶어 했다.

우선이 여기까지 이야기했을 때 사람들의 시선이 절로 목선 법사에게로 옮겨갔다.

"아미타불……. 우 시주가 노승의 뜻을 잘못 이해한 것 같소이다. 노승은 독으로써 독을 물리쳐 마음의 악귀를 무너뜨리라 조언한 것인데, 우 시주가 그 뜻을 잘못 이해하여 이제 와서 이런 분란을 일으키려 하는구려!" 목선 법사는 고개를 숙이며 합장했다. "후에 제 시주 집에서 우 시주를 보았을 때도 노승은 우 시주가 과거의 원한을 잊지 못해 목숨을 끊으려 한 줄만 알았지, 마음에 그리 악독한 생각을 품고 은혜가 태산 같은 양부모를 독살한 줄은 몰랐소이다!"

이서백은 목선 법사가 철저히 발뺌하는 것을 보며 사전에 변명할 말을 준비했음이 틀림없다 여겼다. 분명히 어떤 내막이 숨어 있다는 반증이었다. 하지만 아직 우선의 안건이 완결되지 않은 상황이라 중간에 끼어들지 않고 일단은 차가운 눈으로 방관했다.

우선은 가슴이 얼음장처럼 얼어붙었다가도 불에 닿은 듯 뜨겁게 타들어가기를 반복하며, 극단적인 차가움과 뜨거움 사이에서 곧 무너질 것만 같았다. 한참 동안 눈앞의 목선 법사를 응시하던 우선의 창백한 얼굴에 결국 절망의 미소가 떠올랐다. 비록 입술은 시퍼렇게 질렸지만 우선의 미소는 여전히 아름다워, 보는 이들의 마음을 참담하게 만들었다.

"일이 이렇게 된 마당에 다른 사람을 끌어들여 무슨 득을 보겠습니까……. 그저 제가 과거의 원한을 잊지 못해 은혜가 태산 같은 황 사군 일가를 독살한 것입니다……. 그저 그뿐입니다."

광도사에서 나온 우선은 옥 덩이 하나를 사서는 황재하의 마음을 달래주러 갔다. 함께 팔찌 문양을 상의할 때였다. 우선의 눈앞에 갑자기 제등이 가지고 다니던 아가십열이라는 물고기가 번뜩하고 스쳤다.

피처럼 붉고, 연기처럼 흩날리는 존재.

아가십열은 용녀가 순식간에 연기로 화해 물고기로 변했으며, 비명횡사하는 사람들 곁에 자주 출현한다고 전해졌다.

"물고기 두 마리로 하자." 우선은 종이 위에 둥그렇게 연결된 물고기 두 마리를 그리고는 천천히 말했다. "너와 나도 이 물고기들처럼 서로 연결돼서 계속 돌고 도는 거야. 넌 내게서 벗어날 수 없고, 나는 네게서 벗어날 수 없어. 영원토록."

영원토록.

우선은 제등에게서 얻은 짐독을 팔찌 속 세 개의 구멍에 넣고는 그 위에 밀랍을 발라 굳힌 뒤 평평하게 다듬었다. 있는 듯 없는 듯한 세 개의 미황색 점이 백옥 빛과 완벽하게 어우러졌다. 이 불길한 팔찌가 황재하의 손목에 끼워졌다.

　황재하의 집안에서 일부러 왕온과의 혼사 일정을 거론하기 시작했다는 얘기가 들려왔다. 우선은 내기를 걸어 황재하가 비상 한 꾸러미를 사게 했다. 눈이 내리고 매화가 핀 어느 날, 황재하의 숙부와 조모가 황재하의 집에 찾아왔다. 필시 혼사를 재촉하러 왔으리라 여긴 우선은 황재하가 가슴 가득 안고 있던 매화를 받아들던 그 순간 팔찌의 물고기 눈을 꽃가지로 긁었다.

　황재하는 조모의 손을 잡고 함께 걸어갔다. 상냥하게 웃는 그 얼굴은 꽃처럼 아름다웠다.

　우선은 매화를 품에 가득 안고 화원을 떠나, 눈 오던 그 밤 한참을 바라보았던 황재하의 작은 거처를 지난 뒤, 두 사람이 처음 만났던 연못 옆을 걸어 사군부를 빠져나왔다.

　고요하고 적막한 뒷골목으로 나온 우선은 드넓은 하늘 아래 한참을 서 있었다. 초봄의 차가운 바람을 온몸에 맞고 있자니 한기가 엄습했지만 걸음을 옮기지 않았다. 우선은 미동도 않고 그 자리에 서서 고개를 들어 하늘을 올려다보았다.

　우선의 두 팔이 무기력하게 아래로 툭 떨어졌다. 황재하와 함께 꺾은 매화 가지도 우선의 품을 떠나 땅으로 떨어졌다. 선혈과 연지 빛을 닮은 붉은색과 분홍색이 진창에 빠졌다. 매화의 그윽한 향도 진창으로 사라졌다.

　마치 어머니의 차가운 시신 옆에 미동도 않고 누워 있던 그때로 돌아간 것 같았다.

　우선은 청원으로 가서 시사 사람들과 함께 담론도 나누고 술도 마셨다. 완전히 무너져 내린 기분이었으나, 희한하게도 어느 누구도 우선의 이상함을 눈치채지 못했다. 사실 술에 취하지 않았지만 더 이상 태연한 척하기 힘들어 곁의 사람들을 거칠게 뿌리치고 집으로 돌아왔다. 그러고는 미동도 없이 침상에 누워 부고가 들려오기를 기다렸다.

다음 날 아침, 양부모가 세상을 떠났다. 그리고 황재하는 가족들 중에서 유일하게 살아남았다고 했다.

우선은 여러 날 전 황재하에게서 받은 서신을 챙겨 서천 절도부로 가 범응석에게 서신을 보였다. 범응석은 안 그래도 황재하에게 큰 앙심을 품은 자였다. 황재하가 여러 차례 그의 아들 범원룡의 만행을 고발했으나 범응석이 온갖 힘을 다해 아들을 보호해 별다른 처벌은 받지 않았다. 하지만 그 조카는 황재하에게 고발당한 뒤 척박한 땅으로 유배를 갔다.

우선의 예상대로, 천촉의 정무를 총괄하는 범응석은 조정을 통할 필요 없이 이 지역의 모든 정무를 처리할 수 있었기에, 그 즉시 황재하에게 가족을 독살했다는 죄명을 씌웠다. 황재하가 도주한 후에는 조정에 보고를 올려 성도 부윤 황민 외 네 명의 친족을 독살한 황재하에게 전국 수배령을 내려달라고 청했다. 뜻한 바를 이룬 우선은 황 사군 일가의 무덤이 세워지길 기다렸다가, 유서를 남기고 무덤 앞에서 자살을 시도했다.

"그 유서가 바로, 당신이 황재하의 자백서라 착각한 그 두 번째 서신이죠. 맞습니까?"

황재하는 잠긴 목소리로 천천히 물었다.

우선은 눈을 감고 겨우 고개를 끄덕이며 말했다. "네. 저는 제가 이미 죽은 줄 알았습니다. 그런데 뜻밖에도 제등 판관이 제 목숨을 구해놓고는, 황 사군은 이미 사라졌으니 범 절도사를 위해 일하면 앞길이 창창할 거라고 저를 설득했습니다. 하지만 저는 그대로 세상을 뜨고 싶은 마음뿐이어서 거절했습니다. 그 후 저는 잠시 혼미 상태에 빠졌다가 깨어났습니다. 그때는 이미 제가 저지른 모든 죄가 머릿속에서 지워져 있었죠. 어쩌면 저 자신을 보호하려고 무의식적으로 끊임없이 스스로를 설득했는지도 모르겠습니다. 그 모든 일은 황재하가 저질렀다고요. 그렇게 믿을 증거도 있었으니까요. 저는 그렇게 황재하가 가족을 죽였다고 철저하게 믿기 시작했습니다. 심지어 황재하가 손에 비상을 들고 있는 모습을 직접 봤다고 여겼지요. 그리고 또……."

우선은 이를 악물고 천천히, 그리고 힘겹게 말을 이어갔다. "집에 돌아왔는데, 책상 위에 유서가 놓여 있었습니다. 그 내용을 보고는 당연히 황재하가 쓴 것이라고 생각했습니다."

십수 년을 부모님 슬하에서 자랐으나 하룻밤 새에 모든 것이 바뀌어, 집안에서 유일하게 살아남은 이. 손에 피를 묻힌 이. 사랑해선 안 될 사람을 사랑해 온갖 악연에 농락당한 이…….

황재하이기도 했고, 우선 자신이기도 했다.

같은 인생, 같은 처지의 두 사람이었다. 옥팔찌의 두 마리 물고기가 서로의 꼬리를 물고서 돌고 돌아 영원히 서로를 벗어날 수 없듯이 말이다.

우선의 어조가 점차 격해졌다. 사람들 앞에서 황재하의 신분을 숨기는 것은 이미 안중에도 없는 듯했다. 우선이 황재하를 정면으로 응시하며 계속 말을 이었다. "나는 내가 저질렀던 모든 것을 다 잊어버렸어. 그래서 그 서신이 네가 써서 내게 준 것인지, 아니면 내가 써서 너에게 준 것인지도 기억이 나질 않아. 그런데 뜻밖에도 우리는 둘 다 위 부인의 해서체를 익혔고, 나는 네가 서책을 베끼는 걸 몰래 도와주느라 늘 너의 글씨체를 모방해서 썼지. 틀리는 글자까지도 똑같이 틀릴 정도로……."

평소 맑고 부드러웠던 목소리가 점차 흐느낌으로 변했다. 우선은 천천히 몸을 일으켜 촉촉하게 눈물 맺힌 눈으로 황재하를 바라보았다.

우선의 얼굴이 눈처럼 창백했다. 새하얀 피부 위의 검은 눈동자와 푸르스름한 입술은 마치 흰 벽에 그려놓은 그림 같았다. 완벽한 선과 형태를 지녔으나, 모든 색을 잃어 사람의 숨결이라고는 조금도 느껴지지 않는 그림.

우선은 그 까만 눈동자로 황재하를 그윽하게 바라보았다. 여러 해전 두 사람이 처음 만난 날, 황재하 앞에 쪼그려 앉아 연꽃을 줍다 고개를 들어 황재하를 보던 그때와 같은 눈빛이었다. 그때 두 사람의 귓가를 스쳐 날아간 잠자리는 이미 이 세상에 없고, 그때의 그 연꽃도 이미 더 이상 존재하지 않았다. 우선의 두 눈과 그 눈에 담긴 모든 것만이 변하지 않고 그대로였다.

그로부터 시간이 이렇게 흘러, 떠돌이 고아는 세상 누구보다 풍아한 기품을 지닌 남자가 되었고, 천진난만하던 소녀는 천하의 재기를 지닌 아리따운 여인이 되었다.

운명은 잔혹해, 두 사람은 서로의 운명을 농락하고 농락당하여 서로의 인생에서 가장 큰 원수가 되었다.

"아하……." 우선이 작은 소리로 황재하를 부르며 손을 뻗었다.

이서백과 왕온은 황재하의 신분을 알지만, 주자진과 다른 이들은 그 사실을 전혀 모르기에 우선이 양숭고를 '아하'라 부르자 의아해했다.

황재하는 전혀 미동하지 않았다. 우선이 내민 손을 마주잡지 않았다.

우선의 창백한 얼굴에 담담한 미소가 어렸다. "그래, 난 영원히…… 너에게 닿을 수 없을 거야."

22장

영원토록

동틀 무렵, 우선이 죽었다.

범죄자는 감옥으로 호송되기 전에 일단 간수가 집으로 데리고 가 물건 챙길 시간을 주었다.

이미 모든 기억이 돌아온 우선은 짐독을 숨긴 장소도 기억해냈다. 눈 하나 깜빡하지 않고 짐독을 꺼내 입에 넣어 삼키고는, 아무 일도 없다는 듯 묵묵히 간수를 따라 감옥으로 갔다.

우선은 어둔 감옥에 앉아 황재하 가족이 죽은 것과 동일한 방식으로 죽음을 맞이했다. 한 번 삼키면 결코 목숨을 되돌릴 길 없는 맹독이 온몸으로 침투했다. 수천 개의 칼이 인정사정없이 배 속을 찌르며 오장육부가 뒤엉키고 통증이 극에 달했다. 손가락 하나 까딱할 수 없고, 소리조차 낼 수 없었다.

다만 한순간이었다. 곧바로 의식이 사라지고 죽음이 드리웠다. 따스한 봄기운이 충만했던 그 연못물처럼, 부드럽게 흩날리던 그 눈송이처럼, 죽음도 그렇게 다가왔다. 눈앞으로 핏빛 바다가 펼쳐졌다. 우선은 웅크린 채 망연히 고개를 들어 눈앞의 환영을 응시했다.

우선의 인생에서 처음으로 보았던, 도도하고 자유롭게 피어난 한 송이 꽃.

좁은 철창 너머 밝은 달이 희미하게 웃고 있는 쓸쓸한 얼굴을 비추었다.

반년 동안 분주하게 뛰어다니느라 쌓였던 피로가 한꺼번에 몰려왔다. 밤낮으로 팽팽하게 날을 세웠던 긴장감도 순식간에 사라졌다. 황재하는 창문 아래서 색색 콧소리까지 내며 단잠을 잤다.

꿈을 꾸었다.

부모님과 오라버니, 그리고 숙부와 할머니가 계화나무 아래서 계화주를 마시며 황재하를 향해 미소 띤 얼굴로 손을 흔들었다. 황재하는 치맛자락을 들고 싱그러운 초록빛 풀밭을 밟아 가족들에게 뛰어갔다.

찬란한 금빛 햇살이 흩뿌렸다. 계화꽃이 가족들 몸으로, 머리로, 탁자 위로 송이송이 떨어졌다. 꿀처럼 달콤한 향기가 고요한 소용돌이처럼 가족들 주위를 휘감아 돌았다. 그 속에서 가족들의 웃는 얼굴을 바라보노라니 살짝 현기증이 났다. 이렇게 즐거운 적이 또 있었던가 하는 생각이 들었다. 자신은 아직 계화주를 마시지도 않았건만 어떻게 바로 취해버렸는지 조금 의아했다.

하지만 상관없었다. 햇살은 따뜻했고, 향기는 달콤했으며, 바람은 부드러웠다. 황재하는 턱을 괴고서 가족들을 바라보았다. 대수롭지 않은 이야기들을 나누는 중이었는데, 무슨 말을 하는지는 들리지 않았다. 하지만 모두가 즐거워하니 그만이었다.

황재하는 밝은 색 비단옷 차림의 열여섯 살 소녀로 돌아가 있었다. 이름난 가문에, 아름다운 용모, 세간의 칭송까지, 완벽한 인생이었다.

가족과 함께 아름다운 햇살과 꽃향기 속에서 행복하게 웃던 황재하는 문득 외로움을 느꼈다. 마음이 공허했다. 까닭 모를 외로움에 황재하는 몸을 일으켜 묵묵히 앞으로 걸어갔다. 계화 향기가 감도는 가족들 곁을, 따뜻하고 포근한 하늘 아래를 빠져나왔다.

한여름 연못 위를 바람이 쏴 불어왔다. 황재하는 맞은편에 서 있는 우선을 보았다. 연못 위를 뒤덮은 부평초가 바람에 몸을 뒤집으며 수면이 햇살에 반짝여 우선의 온몸이 은빛으로 환하게 빛났다.

부드러운 은색 빛이 청초한 광채를 뿜어냈다. 막 껍질을 벗겨내 티 한 점 없는 속살을 드러낸 봄날의 죽순처럼 우선은 세속의 먼지에 조금도 더럽혀지지 않은 듯 보였다.

우선은 미소를 띠고 황재하를 보면서 앞으로 손을 내밀고 나지막한 목소리로 황재하를 불렀다. "아하."

깨끗한 바람이 천천히 불어와 우선의 옷자락을 펄럭이고, 황재하의 귀밑머리를 휘날렸다.

늘 반복해서 꾸는 꿈이었다. 이 꿈속으로는 거센 비바람이 침범해 들어오지 못했고, 미래라는 것 또한 영원히 오지 않았다.

황재하의 입꼬리가 위로 끌어올려지며 얼굴에는 옅은 미소가 드리웠다.

황재하는 손을 뻗어 우선이 건넨 손을 잡았다.

열 손가락이 서로 교차하면서, 마음과 마음이 이어졌다.

황재하는 고개를 숙여 우선의 손을 보았다. 길고 얇은 손바닥과 균형 잡힌 손마디가 황재하의 손을 잡는 순간 느껴지는 그 힘의 세기는 더없이 익숙했다. 부드러웠으나 느슨하지 않았고, 감싸면서도 힘을 주지는 않았다.

황재하는 미소를 띤 채 고개를 들어 우선을 보았다. 황재하의 인생에서 가장 아름다웠던 소녀 시절을 환하게 밝혀주었던 남자가 미소를 지으며 고개를 저었다.

황재하는 우선의 손을 놓아주었다. 텅 빈 손을 천천히 거두어 주먹을 꼭 쥐었다.

황재하가 말했다. "안녕."

거센 바람이 부는 연못 앞, 우선을 바라보는 황재하의 눈가가 촉촉이 젖어들었다. "아니, 영원토록 안녕."

꿈에서 깨어나니 이미 오후가 다 된 시간이었다. 살짝 서쪽으로 기운 햇살이 창을 넘어 들어와 황재하를 비추었다. 늦여름의 더운 기운이 아직 완전히 가시기도 전에 벌써부터 가을바람이 서서히 불어왔다.

온 세상이 투명하고 깨끗했으며, 광채가 나고 생기 넘쳤다. 황재하는 지난번에 묵었던 사군부 화원 안의 작은 방에 누워 있었다.

몸을 일으켜 창가로 다가가 창문을 열고 밖을 내다보았다.

연못은 여전했고, 모람도 푸르렀다. 일찍 꽃을 피운 계화나무는 은은한 향기를 내뿜었다. 꿈에서처럼 짙은 향기는 아니었으나, 멀리서 바람이 불어올 때마다 달콤한 향이 희미하게 느껴졌다. 곰곰이 생각해보았으나, 작년 오늘 자신이 무얼 하고 있었는지 기억나지 않았다. 이 작은 누각은 반년 동안 봉해진 상태로 있었기에, 안에 있던 물건들도 모두 그대로였다. 마치 시간이 멈춘 것 같은 느낌이 들었다.

황재하는 지난밤에 쓰고 남은 물로 세수를 하고 옷장을 열어 명주옷과 명주 버선을 골랐다. 장신구는 하지 않았다. 여러 달 가슴을 동이던 것이 습관이 되어, 그냥 옷을 입으려니 오히려 어색하게 느껴졌다.

화장함을 열어 약간 녹이 슨 청동거울을 세우고는 머리를 간단히 틀어 올렸다. 사실 미무가 곁에서 거들어주지 않으면 황재하 혼자서는 잘 가꾸지 못했다. 전에도 밖에 나갈 때 남장을 많이 해서, 치장의 번거로움으로부터 벗어나곤 했다.

황재하의 손가락이 화장함 안의 여러 비녀 위를 스치듯 지나갔다. 이서백이 준 비녀에 손이 한참을 머물렀으나, 결국엔 가장 소박한 백옥 비녀를 집어 머리에 찔러 꽂고, 남해 진주 귀고리를 귀에 달았다.

누각에서 나온 황재하는 예전처럼 대뜰에 서서 눈앞에 펼쳐진 작은 정원을 바라보았다. 사군부의 이 후원에서 몇 해를 살아온 황재하에게는 돌 하나, 화초 한 포기까지 모두 익숙했다. 다만 지금은 손을 잡고 함께 거닐 이가 없었다.

황재하는 초가을 바람을 느끼며 회랑 위를 걸어갔다. 얇은 옷이 바람에 흩날려 마치 푸른 물결이 이는 듯도, 가는 버드나무가 가지를 드리운 듯도 보였다.

회랑을 도니 정면으로 보이는 가산 위 정자에 이서백이 홀로 바둑판을 마주하고 앉아 있었다. 장항영은 한쪽에 대기하며 서 있었고, 주자진은 답답한 얼굴로 난간 위에 엎어져 있었다. 아무래도 이서백의 상대가 되지 못하고 나가떨어진 모양인지, 더 이상 대국할 마음은 없어 보였다.

황재하에게 닿은 주자진의 시선이 떨어질 줄을 몰랐다.

주자진의 턱이 점점 크게 벌어지고 눈도 같이 커졌다. 정자 가까이 다가오는 황재하를 주자진은 넋을 잃고 바라보았다. 가산을 올라 정자에 도착한 황재하가 그들을 향해 사뿐히 허리를 굽혀 예를 취할 때까지도 주자진의 입은 다물어지지 않았다.

이서백의 시선이 황재하에게서 멈추었다. 얼굴은 여전히 평온했지만, 입가에 부드러운 곡선이 슬며시 그려졌다. 마치 황량한 산길을 굽이굽이 돌다가 갓 피어난 꽃을 만난 것 같은 표정이었다.

주자진은 당장이라도 떨어져나갈 듯한 턱을 손바닥으로 받치며 떠듬떠듬 물었다. "숭…… 숭고?"

황재하는 살짝 고개를 돌려 주자진을 향해 고개를 끄덕여 보이고는 생긋 웃었다.

"너, 너, 너…… 멀쩡한 환관이, 갑자기 여장은 왜 한 거야?" 주자진
이 오른 주먹으로 자신의 명치를 꾹 눌렀다. 너무 놀라 심장이 급격하
게 뛰고 얼굴이 시뻘겋게 달아올랐다. "나…… 나한테 너무 가까이 붙
지 마! 너, 너…… 여장하니까 너무 예쁘잖아……. 적응 안 돼……."

황재하가 주자진에게 물었다. "어젯밤에 우선이 저를 '아하'라고
부르는 거, 못 들으셨어요?"

"그거야…… 우선이 헛것이라도 보는 줄 알았지. 황재하의 환영을
보고 손을 내미는 줄 알았다고." 주자진은 정말이지 눈치라고는 눈곱
만큼도 없는 사람이었다. "그리고 어제 너도 우선이 그렇게 부르는
걸 무시했잖아……. 손도 안 잡아주고!"

황재하는 주자진과 소통하기를 포기하고, 살며시 치맛자락을 들어
바둑판 옆으로 다가갔다.

이서백은 손에 바둑알을 쥔 채 한참 동안 황재하를 보고 있다가 바
둑알을 거두어 상자에 담았다. 그러고는 황재하에게 앉으라고 눈짓하
며 물었다. "잠은 잘 잤느냐?"

"네……. 아주 잘 잤습니다." 황재하는 이서백 맞은편에 앉으며 조
용히 대답했다.

주자진이 무척 조심스럽게 천천히 다가와, 아연실색한 표정으로 황
재하의 앞뒤 좌우를 꼼꼼하게 훑어보았다. 거의 산 사람인지 아닌지
손가락으로 찔러볼 기세였다.

황재하가 정말 못 말린다는 듯 한숨을 쉬고 말했다. "그만 보세요.
양숭고가 바로 황재하예요."

주자진은 그 말을 듣자마자 고개를 들어 무심한 표정의 이서백을
쳐다보았다. 그리고 다시 기괴한 표정의 장항영을 보았다. 그러더니
갑자기 입을 삐죽거리다가 소리를 빽 질렀다. "항상 이런 식이야! 맨

날 나만 따돌리고! 다들 아는 사실을, 심지어 장 형도 아는 사실을 나한테만 감추고! 이래서야 어디 좋은 친구로 지낼 수 있겠어?"

"죄송해요." 황재하가 한숨을 쉬며 말했다. "전국에 수배령이 떨어진 몸이라, 전하의 도움을 받아 환관 양숭고로 위장하고 지냈어요. 혹여 제 신분이 드러나면 도련님께 괜한 누를 끼치게 될까 봐 걱정해서 그런 거지, 다른 뜻이 있어서 숨긴 건 아니에요."

"네가 정말…… 정말……." 말을 잇지 못하던 주자진은 갑자기 벌떡 일어나더니, 금방까지 언짢아한 사실을 까맣게 잊은 듯 잔뜩 흥분해 소리쳤다. "정말 잘됐어!"

나머지 세 사람은 모두 어이없다는 표정으로 주자진을 보았다. 주자진은 정자 안을 껑충껑충 뛰어다니며 기뻐 외쳤다. "정말 잘됐어! 내 인생 최대의 의문이 드디어 말끔하게 해결됐어!"

장항영이 참지 못하고 물었다. "인생 최대의 의문이 뭐였는데요?"

"이 대당 천하에서 사건을 추리하고 조사하는 데 과연 황재하와 양숭고 중 누가 더 뛰어날까, 만약 어느 날 두 사람이 만난다면 누가 우위를 차지하게 될까, 그게 늘 궁금했거든요." 주자진의 반짝이는 눈동자가 황재하를 향했다. 마치 무거운 짐을 벗은 듯한 표정이었다. "그 질문이 줄곧 나를 괴롭혔거든! 최근에는 그게 궁금해서 거의 미치기 일보 직전이었다고. 입맛도 떨어지고 잠도 잘 오지 않을 정도로! 그런데 그 두 사람이 원래 한 사람이었다니! 이제는 밥을 세 그릇도 거뜬히 먹어치우고 해가 중천에 뜰 때까지 늘어지게 잘 수 있을 것 같은 기분이야!"

황재하는 어이없어하며 이서백과 눈을 마주쳤다. 하지만 두 사람다 무거운 짐을 내려놓은 듯한 표정이기는 마찬가지였다.

"잠깐, 나한테 진짜 신분을 말하지 않은 건 나를 위해서였다고 쳐. 그런데 한 가지 더 있어." 주자진은 정신을 차리더니 또다시 용서할 수 없다는 듯 골을 냈다. "다른 건 몰라도, 우선의 예전 사건에 대한 이야기를 할 때 기왕 전하는 그 수인 모양을 기억하신다고만 하고 다른 말씀은 안 하셨잖아. 하지만 넌 바로 우선의 진짜 신분을 알아챘을 테고, 그래서 나중에 전하와 둘이서만 엄청 얘기를 나눴겠지! 나만 쏙 빼놓고 말이야!"

"그 일에 대해서는 더 얘기 나눈 적 없어요. 그럴 필요가 있었겠어요?" 황재하가 탄식하듯 말했다. "다섯 해 전에 광덕방에서 일어났던 일은 제가 해결한 첫 번째 사건이었기 때문에 저도 정확하게 기억해요. 범행을 저지른 사람은 분명히 우선이 아닐 테고, 처벌을 받은 것도 아닌데 공문에 수인을 남겼죠. 만약 증인이었다면 마지막까지 공문을 남겼을 리 없으니 필시 범인의 가족이었겠죠. 그래서 그 범인의 가족을 떠올려보니, 모든 정황이 명확하게 이해되었어요."

"……왜 너는 분석만 했다 하면, 술술 쉽게 하는 것 같지……." 주자진은 의기소침해져서는 그들 옆에 가만히 앉았다. 그리고 뭔가를 잠시 생각하더니 이서백에게 물었다. "전하, 공손 부인과 은 부인은 어떻게 하면 좋을까요?"

이서백은 담담한 투로 말했다. "그건 네 부친께 여쭤보거라. 조정이 정한 법에 따라 판결함이 마땅하거늘, 그것을 어찌 우리가 논의한단 말이냐?"

"하지만…… 두 분 다 미인이지 않습니까. 살인 동기도 정상 참작이 가능하고요. 게다가 재능 또한 그토록 뛰어난데, 공손 부인이 죽으면 「검기혼탈무」는 정말 맥이 끊어질지도 모릅니다……."

"너는 선황께서 나정을 죽이신 일에 대해 들어본 적이 없느냐?"

"알겠습니다……." 주자진은 또다시 의기소침하게 고개를 떨어뜨렸다. "하지만…… 정말로 모든 일을 다 엄격하게 법대로 해야 하나요?"

"내가 범응석에게 말은 해두마. 주 사군에게 압력을 행사하지 말고 모든 일을 공정하게 처리하라고 말이다. 하나 그 외에는 모두 법률에 따라야지."

"법은…… 인정과는 거리가 멀지 않습니까……." 주자진이 혼잣말로 중얼거렸다.

황재하는 주자진의 수상쩍은 모습을 보며 바로 물었다. "또 무슨 법을 어기는 일을 하신 거예요?"

"어휴……. 다 널 위해서 그런 거 아니야." 주자진은 주위를 두리번거려 아무도 없는 것을 확인하더니 품 안에서 흰 천에 감싸인 둥글납작한 물건을 꺼내 비밀스럽게 황재하에게 건넸다. 마치 무슨 대단한 공이라도 세운 듯한 표정이었다.

황재하는 단번에 무엇인지 알아차렸다. 천천히 손을 뻗어 받아 들고는 하얀 천을 풀자 팔찌가 모습을 드러냈다. 두 마리 물고기가 친밀하게 꼬리를 물고 있는 모습이 꽤나 사랑스러운, 매끄럽고 투명한 옥 팔찌.

황재하는 팔찌를 손에 쥔 채 아무 말도 하지 않았다.

"법대로라면, 이 팔찌는 창고 안에 보관되어야 하지만…… 지난밤에 아무리 생각해봐도 이건 황재하의 물건이라고 여겨졌어. 나중에 성도에서 황재하를 찾을 수 있을지 없을지는 모르지만 만약에 찾게 되면, 우리의 만남을 기념하며 이걸 선물로 주고 싶었어. 그래서 몰래……." 주자진은 손가락을 입술에 갖다 대며 조심스럽게 말했다. "어쨌든 일단 창고에 집어넣으면 수십 년이 지나도록 찾아보는 사람이 없을 테니, 아무도 눈치채지 못할 거야!"

황재하는 천천히 팔찌를 돌려보았다. 옥빛이 황재하의 얼굴 위를 서서히 미끄러져 갔다.

황재하가 아무 말 없이 있으려니 이서백이 입을 열었다. "간밤에, 우선이 옥중에서 목숨을 끊었다. 짐독을 삼켰더구나."

"아." 황재하는 외마디 탄성을 터뜨리긴 했으나, 마치 아무것도 듣지 못했다는 듯 표정에 아무런 변화가 없었다.

하지만 눈앞이 순간 어두워지며, 먼 곳에 흐르는 구름과 가까이 핀 꽃나무가 모두 희미하게 보였다. 유일하게 눈앞의 팔찌만이 햇살을 받아 눈부시게 빛나며 황재하의 눈을 시리게 했다. 황재하는 황급히 왼팔을 들어 두 눈을 가려, 눈에서 무언가가 흘러나오기도 전에 옷으로 흡수해버렸다. 그러고는 간신히 숨을 고르며 낮게 대답했다. "네."

맞은편에 앉은 이서백은 그런 황재하를 묵묵히 지켜봐줄 뿐, 아무 말도 하지 않았다.

얼굴을 가리고 있어 누구도 황재하의 표정을 볼 수가 없었다. 바로 앞에 있는 이서백조차 애써 억누르는 숨소리만 들을 수 있을 뿐이었다. 아주 오랫동안.

얼마나 지났을까, 황재하가 얼굴을 가렸던 팔을 내렸다. 눈이 살짝 붉긴 했지만 이미 평정을 되찾은 얼굴이었다. 황재하는 이서백을 바라보며 꽉 잠긴 목소리로 천천히 말했다. "가족들 묘에 인사드리러 가고 싶습니다."

"내가 같이 가마." 이서백은 마치 아무 일도 없던 것처럼 자리에서 일어났다.

정자를 나온 황재하는 가산의 가장 높은 절벽 위에 서서 천천히 오른손을 앞으로 뻗었다. 다섯 손가락을 살짝 펼치자 곧 가볍고 경쾌한 소리가 울렸다. 황재하의 손에서 떨어진 옥팔찌가 바위에 부딪혀 산산조각 났다.

애초에 속이 빈 채로 얇게 조각되었던 작은 물고기들은 반짝이는 부스러기로 변해 다시는 주워 담을 수 없게 되었다.

주자진은 절벽 쪽으로 달려가 내려다보고는 울기 직전의 얼굴을 했다. "숭고…… 내가 몰래 훔쳐가지고 나온 건데……."

이서백이 주자진의 어깨를 토닥이며 말했다. "만약 누가 물으면, 내가 가져갔다 하거라."

주자진은 안도의 한숨을 내쉬고는 잠시 생각하더니 다시 입을 열었다. "뭐 그리 비싸거나 귀한 팔찌도 아니니 그나마 다행입니다. 부신원 집에 엄청 좋은 옥팔찌가 하나 있지 않았습니까? 그것도 창고에 보관되어 있으니, 누가 물으면 그걸 가져다 보여주지요 뭐."

이서백도 잠시 뭔가를 생각하더니 말했다. "하나를 훔친 것도 훔친 것이고, 두 개를 훔친 것도 훔친 것이지. 아예 그 팔찌도 가지고 나오는 게 어떻겠느냐."

주자진은 깜짝 놀라 멍한 표정을 하고서 물었다. "그 팔찌는…… 어디에 쓰시려고요?"

"부신원이 남긴 소원이 있다. 그 팔찌를 원래 주인에게 돌려주라고." 이서백이 담담하게 말했다. "마침 내가 그 사람을 알고 있다."

부신원은 자신의 손에 들어올 부귀영화를 거절하고, 화려한 치장을 지운 뒤 평범하게 한 남자의 아내가 되려 했다. 하지만 지극히 소박한 그 꿈을, 부신원은 이루지 못했다.

이서백이 그리 말하니 주자진은 고개를 끄덕였다. "문제없습니다. 저한테 맡겨주십시오. 그런데…… 전하께서 원하시는 것이니 저희 아버지께 말 한마디만 하시면 될 터인데……."

이서백이 고개를 내저었다. "아는 사람이 적을수록 좋다."

주자진은 불쌍한 표정으로 이서백을 보며 말했다. "알겠습니다……. 만일 이 일이 새어나가 제가 아버지께 맞아 죽기라도 하면, 제 시신은 전하께서 좀 거둬주십시오……."

"걱정 말거라." 이서백은 담담하게 말했다. "내 직접 조문을 적어주마."

황량한 숲속에 남쪽을 바라보며 자리한 무덤 위를 석양이 비스듬히 비추었다.

무덤은 매우 깨끗했다. 나뭇잎 몇 개가 떨어진 것 외에는 잘 가꾼 정원과 다름없을 정도로 정돈되어 있었다. 돌 향로 안에는 향이 탄 흔적이 남았고, 돌솥 안에는 맑은 물이 가득했다.

우선이 무덤을 돌보아준 덕분에, 벌초를 할 필요도 없이 가지고 온 제물만 펼쳐놓으면 되었다.

황재하는 부모님의 무덤 앞에 깊이 허리 숙여 절을 한 뒤 속으로 오래오래 명복을 빌었다.

그 옆에 선 이서백은 고개를 숙인 황재하의 옆모습을 보았다.

경국지색이라 할 정도는 아니었으나 맑고 생기 넘치는 기질과 고집스러운 표정이 지금껏 이서백이 보아온 여인들과 판이하게 달랐다. 이 세상에 수많은 모습의 여인들이 있겠지만, 어쩌면 그의 인생에서 다시는 황재하와 같은 여인은 만나지 못할 거라고, 이서백은 속으로 생각했다.

황재하가 몸을 일으키자 이서백이 물었다. "이제는 어찌할 계획이냐?"

부모님의 무덤을 바라보며 황재하가 뭐라 입을 열기도 전에, 주자진이 급히 끼어들었다. "당연히 관아로 와서 우리 성도부의 포두 대장이 되어야죠! 숭고…… 아, 아니지, 재하 아가씨! 너만 좋다고 하면 내가 바로 이 포두 자리를 내주고, 나는 너를 따라다닐래. 성도의 모든 사건을 다 네게 넘길게. 성도 백성들한테는 네가 필요해!"

황재하는 고개를 내저었다. "세상에 여자 포두가 어디 있어요?"

"안 될 건 또 뭐야? 측천무후도 여인의 몸으로 황제 자리까지 올랐는데, 네가 여자 포두가 되면 어때서?" 주자진은 얼른 이서백까지 끌어들였다. "마침 기왕 전하도 옆에 계시니, 이 자리에서 성도에 여자 포두를 하나 세우는 건 일도 아니지!"

이서백은 주자진의 말을 받아주지 않았다.

황재하는 말없이 고개를 돌려 이서백을 보았다. 이서백도 황재하를 바라보았다. 마주친 눈 속에서 두 사람은 서로의 망설임을 정확하게 보았다.

이토록 광활한 대당 천하에 한 여인의 미래는 과연 어디에 있단 말인가?

주자진이 다시 물었다. "이제 모든 진상이 밝혀진 마당에, 설마 기왕부로 돌아가 계속 말단 환관으로 있겠다는 건 아니지?"

"저는……."

황재하가 막 입을 뗐을 때였다. 사람들 발소리가 들리더니, 노인 몇 명이 다가왔다.

촉 지방에 사는 황 가 문중 어른들이었다. 황재하는 서둘러 인사를 올렸다. 다들 황재하의 조부와 백부의 연배쯤 되는 사람들이었다.

어른들은 먼저 기왕을 알현한 다음 황재하를 향해 말했다. "네가 부모도 여의고 오라비도 보내고 집안에 홀로 남았구나. 딸아이는 어디 양녀로 갈 수도 없고 하니, 일단 황 씨 문중으로 들어오너라. 많은 일들이 불편하겠지만 집안 어른들이 너를 위해 다 처리해줄 것이야."

황재하는 고개를 숙인 채 아무 말도 하지 않았다.

가장 연배가 높은 어른이 다시 나서서 말했다. "너는 우리 황 가 자손 중 가장 재능이 출중한 여식이니 집안에서 너를 소홀히 대하는 일은 없을 것이야. 네 아비가 여러 해 관직에 있으면서 모아둔 재산도 문중에서 잘 관리하고 있다. 너도 이제 나이가 찼으니, 출가할 때 다 가지고 가면 될 것이다."

황재하는 중얼거리듯 물었다. "출가요?"

"그래. 낭야 왕 가와 혼약을 맺지 않았느냐. 네가 누명을 쓰고 수배를 당할 때도 왕 가에서는 혼사를 물리겠다는 말 한번 꺼내는 일 없이 참으로 성의를 다해주었다. 오늘 아침 일찍 네 정혼자 왕온이 직접 찾아왔다. 네가 누명을 벗었으니 하루 빨리 정착하여 편히 지낼 수 있도록 혼사를 서둘러달라고 하더구나. 황 가와 왕 가가 하루 속히 연을 맺도록 말이다.”

황재하는 그제야 자신과 왕온 사이의 혼약이 여전히 유지되고 있다는 사실을 떠올렸다. 따지고 보면 두 사람은 예비부부인 셈이었다. 왕온이 이 정도로 빠르게 움직일 거라고는 상상도 못 했다.

“지금 사군부에는 이미 주 사군이 들어가 계시고, 여인의 몸으로 혼자 바깥을 떠도는 것은 좋지 못하니, 어서 짐을 챙겨 문중으로 들어가자꾸나.”

황재하는 되는대로 고개를 끄덕였으나, 마음이 어수선하여 어찌해야 좋을지 알 수 없었다.

문중 어른들은 이서백에게로 몰려가 저마다 함박웃음을 지으며 황친을 우러러보았다.

황재하는 무덤 옆 푸른 바위에 걸터앉아, 자기 집안 어른들에게 둘러싸인 이서백을 망연한 표정으로 지켜보았다.

‘나는 기왕 전하와 이제 무슨 관계이지?’

지금까지는 왕부의 환관이었지만, 이젠 신분이 드러나 더 이상 소환관으로 돌아갈 수도, 매일 기왕의 곁에 함께할 수도 없다. 이서백은 자신의 혼사와 관련된 일을 황재하가 해결해주면, 황재하가 누명을 벗는 일을 도와주겠다고 약속했다. 이제 황재하는 누명을 벗었고 두 사람 사이의 계약은 깨끗하게 끝났다.

깊은 밤 숲속에서 서로에게 목숨을 의지하고, 서로 꼭 안은 채 잠이 들고, 햇살 아래 서로의 손을 잡고 걸었던 두 사람이다.

이서백은 황재하에게 이렇게 말했다. “하늘과 땅은 너무 멀다.”

황재하는 이서백에게 이렇게 말했다. "제가 전하 곁에 있겠습니다."

하지만 그 말들은 연기처럼 흩어졌고, 그 행동들은 흘러가는 물처럼 지나가버렸는데, 아직 그것들에 연연해도 되는 걸까?

어른들이 떠나고, 황재하는 부모님과 오라버니, 그리고 숙부와 할머니께 작별 인사를 고한 뒤 나푸사를 타고 천천히 산길을 따라 내려왔다.

이서백은 황재하와 나란히 말을 몰며 불어오는 바람 속에서 고개를 돌려 황재하를 보았다.

"재하⋯⋯." 이서백이 나지막한 음성으로 황재하의 이름을 불렀다.

이서백이 황재하를 이렇게 부른 것은 처음인 듯했다.

황재하는 고개를 돌려 이서백의 얼굴을 바라보았다.

이서백이 말을 잇기도 전에 디우가 나푸사에게 가까이 다가가, 순간 두 사람은 서로의 숨결을 느낄 만큼 가까워졌다.

황재하는 난처해하며 얼굴을 반대쪽으로 돌렸으나, 이서백은 오히려 황재하의 귓가에 더 가까이 다가가 낮은 음성으로 말했다. "걱정하지 말거라, 내가 있으니."

순간 황재하의 가슴이 심하게 요동쳤다.

구름처럼 피어오르던 걱정과 염려는 이서백의 그 한마디에 흔적도 없이 사라졌다.

막 소환관의 신분으로 이서백 곁에 머물게 되었을 때의 일이 떠올랐다. 황재하가 누군가에게 정체를 들킬까 봐 염려하자 이서백은 그때도 자신이 해결할 테니 염려 말라며 황재하를 안심시켜주었다. 과연 왕온 외에는 황재하의 신분에 의혹을 품은 사람은 없었다.

이서백이 어떻게 처리한 것인지는 황재하도 모른다. 하지만 자신이 말한 것은 반드시 해내는 사람이라고 황재하는 믿었다. 왜냐하면⋯⋯ 대당 기왕, 이서백이니까.

소하를 타고 여유롭게 두 사람 뒤를 따르던 주자진이 물었다. "숭고, 왜 전하를 보고 웃는 거야?"

황재하는 주자진의 물음에 대답하지 않고 바로 얼굴을 돌려버렸다. "아이고……. 어쨌든 네가 여자라는 사실이 적응이 안 돼. 난 아직도 네가 숭고처럼 느껴진단 말이야." 주자진은 황재하의 주위를 맴돌면서 말했다. "이거 봐. 늘 꽂던 그 비녀도 다른 걸로 바꾸고. 정말 적응이 안 된단 말이야."

황재하는 말없이 자신의 귀밑머리를 만지작거리다가 고개를 돌려 이서백을 바라보며 천천히 품속에서 은비녀 하나를 꺼내 보였다.

옥으로 된 비녀 머리 부분에 새겨진 권초 문양을 누르면, 그 안에 든 옥비녀가 튀어나와 머리를 헝클이지 않고도 비녀를 뽑아 사용할 수 있었다.

황재하가 작은 소리로 말했다. "사군부에 두었다가 혹여나 잃어버릴까 봐 지니고 왔습니다."

이서백은 살며시 미소를 지었다. 주자진은 두 사람이 왜 웃는지 아무래도 이해가 되지 않아 그냥 다른 말을 꺼냈다. "좋아, 숭고……. 네가 정말 황재하라면 말이야, 아주 심각한 일이 한 가지 있어!"

황재하는 무슨 일인지 궁금하다는 표정으로 주자진을 보았다.

주자진의 얼굴에 근심이 가득 드리웠다. "너는 왕 형의 정혼자잖아. 그런데 줄곧 전하 곁에서 소환관으로 있었단 말이지. 그럼…… 장안으로 돌아갔을 때, 사람들이 양숭고는 어디 갔느냐고 물으면 어떡해? 양숭고는 왕온에게 시집갔다고 말하면, 사람들은 낭야 왕 가 종손이 소환관을 아내로 맞았다고 생각하지 않겠어?"

이서백과 황재하는 주자진의 기상천외한 발상에 말문이 막혀 순간 아무런 대답도 하지 못했다.

"그렇지? 엄청 심각한 문제라고. 이 문제를 어떤 방식으로 해결하느냐가 가장 중요한데, 먼저 우리가 장안에 가서 양숭고의 신분 폭로 회의를 열어…….”

“자진…….” 이서백이 참지 못하고 말을 끊었다. “네 부친이 최근에 또 네 혼담을 넣은 건 알고 있느냐?”

“정말요? 어느 집 아가씨한테요?” 주자진은 ‘신분 폭로 회의’는 순식간에 잊었다. “외모는 누굴 닮았대요? 황재…… 아, 그건 더 이상 언급하지 않을게요. 예쁘대요? 똑똑하고요? 성격은요?”

“그건 나도 모르겠구나. 또 거절당했다고만 들었다.”

“하하하……. 뭐 익숙합니다.” 주자진은 시원스럽게 손을 흔들며 말했다. “어떻게 된 일인지, 성도로 오고 얼마 되지도 않아서 제가 시체를 좋아한다는 사실이 이미 다 소문났더라고요! 심지어 제가 매일 시체 더미 속에서 잠을 잔다고 말입니다! 오히려 잘된 것 같아요. 눈치 안 보고 검시할 수 있으니까요. 그런데 솔직히 성도부 묘지가 그렇게 추운데 거기서 무슨 잠을 잔단 말입니까? 그런데도 다들 그 말을 믿더라니까요. 그러니 저희 아버지가 아무리 혼담을 넣어도 아무도 안 넘어오죠…….”

주자진이 끝도 없이 계속 재잘댔지만, 어쨌든 황재하와 이서백은 자신들과 관련된 얘기도 아니었기에 그냥 주자진이 마음껏 떠들도록 두었다.

성안에 도착해 돌길을 따라 계속 앞으로 나아갔다. 양고기 아가씨의 수레가 또 길 한복판까지 나와 있는 게 대번에 주자진 눈에 띄었다.

“더 이상 못 참겠네! 아가씨, 제가 몇 번을 말했어요. 수레는 길가로 붙이라고요!” 주자진은 소하 위에서 훌쩍 뛰어 내리더니 손을 허리에 얹고 크게 소리쳤다.

양고기 아가씨는 칼을 휘둘러 고기를 내리찍으며 주자진을 한 번 흘끔 쳐다보고는 태연한 표정으로 말했다. “오, 하(哈) 포두 나리 오셨네요. 요즘은 통 순찰 안 나오시더니, 오늘은 어쩐 일로 나오셨대요?"

그 말을 들은 주자진의 얼굴에 긴장과 기쁨이 교차했다. "요즘에…… 그 엄청나게 큰 사건을 하나 해결하느라 바빴거든요. 못 들었어요?"

"들었어요. 기왕 전하 곁의 양 공공이 장안에서 여기까지 와 여러 날을 조사에 매달리더니, 사건 세 개를 단번에 해결했다고요. 그 사건들이 하나로 연결되어 있었는데, 하나하나가 다 사안이 막중하고, 수수께끼처럼 복잡하게 얽혀서 그 내막이 어마어마했다죠. 우리 성도부 포두 나리는 속수무책이었던 것을 양 공공이 다 해결했다고요."

양고기 아가씨는 그렇게 말하면서 수레를 길가 쪽으로 밀고는 다시 고기를 칼로 내리치기 시작했다. 주자진은 풀이 죽어 고개를 푹 숙이고는 다시 말에 올랐다. 그러면서도 체면을 세우느라 다시 큰 소리로 외쳤다.

"지난번에 내가 그어준 선을 잊진 않은 듯하니 다행이네요! 앞으로도 수레는 딱 거기까지입니다. 한 발짝도 더 나오면 안 돼요!"

아가씨는 웃는 듯 마는 듯 주자진을 향해 눈을 흘기며 말했다. "알겠습니다요, 하 포두 나리!"

주자진은 또다시 긴장과 기쁨이 뒤섞인 표정을 하고서 말을 재촉해 달려 나갔다. 그런 주자진의 모습에 황재하가 궁금해 물었다. "왜 그러세요?"

주자진은 얼굴이 벌게져서는 다시 재잘대기 시작했다. "아니…… 그게, 저 아가씨가 사람들 앞에서 대놓고 나를 하오(好) 포두라고 칭찬하니 좀 부끄럽기도 하고 그래서……."

황재하는 이마에 손을 얹고서 웃음을 터뜨렸다. "하 포두!"

"뭐……? 하오 포두가 아니야?" 주자진은 순간 멍한 표정을 짓더니, 웃음을 그치지 못하는 황재하를 보고는 나푸사의 고삐를 붙잡고 따지듯 물었다. "하 포두가 무슨 뜻인데?"

황재하가 웃느라 미처 대답을 못 하자 옆을 지나던 한 아낙이 대신 말해주었다. "우리 천촉 지역 말로 '하'는 멍청하다는 뜻이랍니다."

그 말에 이서백도 참지 못하고 웃음을 터뜨렸다. 순간 화가 치민 주자진은 "먼저 가세요!"라는 한마디를 남기고 말 머리를 돌려 양고기 아가씨 쪽으로 달려갔다.

말에서 뛰어내린 주자진은 양고기 아가씨의 몇 마디 말에 맥없이 담벼락 구석에 쪼그려 앉았다. 황재하와 이서백은 그 모습을 보고는 또다시 참지 못하고 웃음을 터뜨리며 서로를 바라보았다.

황재하가 웃으며 말했다. "저 사나운 아가씨는 시체도 무서워하지 않을 것 같네요."

이서백도 고개를 끄덕였다.

"왜요? 나랑 싸움이라도 하시게요? 사내가 돼서는, 그 호칭 하나 가지고 싸우자고 갔던 길을 돌아와요?" 양고기 아가씨의 목소리가 멀리까지 들려왔다.

주자진이 크게 소리쳤다. "아니요! 내가…… 내가 다시 온 건…… 생선을 사야 하는데 까먹었거든요!"

주자진은 자신의 말을 증명해 보이기라도 하듯 옆에 있던 생선 좌판을 가리키며 식식댔다. "주인장, 전부 다 주세요! 전부 다 싸서 관아로 보내주세요!"

생선장수의 얼굴에 웃음꽃이 활짝 피었다. 생선장수가 갖가지 종류의 생선을 쓸어 담는 모습을 보던 황재하의 낯빛이 무거워졌다.

이서백이 물었다. "제등의 그 물고기가 떠오른 것이냐?"

"네……." 황재하는 가만히 생각에 잠긴 얼굴로 말했다. "여러 정황으로 봤을 때, 목선 법사가 우선에게 저희 가족을 죽이라 부추긴 때까지만 해도 물고기는 아직 있었습니다. 그런데 우선이 자살을 시도했다가 기억을 잃은 뒤에는 물고기가 보이지 않았습니다."

"분명 그 사이에 무슨 일이 발생했을 것이다. 그러니 제등이 우선에게 물고기를 언급했을 때 우선의 안색이 그리 일그러졌겠지. 우선이 기억하진 못해도, 그 물고기가 무의식중에 깊은 인상을 남긴 것이 틀림없다."

"그리고 제등은 어떻게 짐독을 손에 넣었을까요? 또 목선 법사는요? 빨리 법사를 찾아가 물어봐야 하지 않을까요?"

"원적하셨다."

황재하는 깜짝 놀라 눈이 휘둥그레졌다.

"오늘 새벽에 광도사로 돌아가는 법사를 서천군이 데려다주었다. 산 중턱에 있는 선방까지 계단을 따라 올라갔는데, 밤이라 어두운 데다가 계단도 미끄러웠던 모양이다. 계단에서 산 아래로 굴렀는데, 워낙 나이도 많다 보니 그대로 돌아가셨다." 이서백이 미간을 찌푸리며 말했다. "나도 아침에 사람을 시켜 법사를 부르려다가 들은 소식이다."

황재하가 목소리를 낮추어 말했다. "제등의 물고기가 혹 전하가 가지고 계신 그 물고기와 무슨 연관이 있는 건 아닐까요? 어쩌면 왕종실 공공과도요."

"아직 남은 의문이 이렇게 많은데 간신히 찾아낸 단서들마저 금방 사라져버리고 마니, 우리가 모르는 거대한 손이 이 모든 일을 조종하는 것은 아닌가 하는 의심이 드는구나. 눈에 보이진 않지만, 그 존재가 아주 명확하게 느껴진다."

이서백은 고개를 돌려 황재하를 보았지만, 자신의 비밀 상자에 담긴 그 부적에 다시 변화가 생겼다는 말은 결국 꺼내지 않았다.

두 사람은 성도부의 길 위에 선 채, 드넓게 펼쳐진 하늘 아래 마차와 사람의 행렬이 끊이지 않는 번화한 도시를 바라보았다. 집집마다 탐스럽게 피어난 부용꽃이 온 성을 가득히 수놓았다. 세속의 풍경이 하나하나 눈앞을 흘러갔다. 생기 가득한 인생, 묘연한 과거, 엇갈린 운명. 그 무엇도 피하려야 피할 수 없다. 오로지 정면으로 맞서는 수밖에.

조용히 유리병 안을 헤엄쳐 다니던 작은 물고기가 가볍게 물 위로 튀어 올랐다. 수면에 잔잔한 파문이 일었다.

(4권에서 계속)

잠중록 3

1판 1쇄 발행 2019년 5월 24일
2판 2쇄 발행 2023년 2월 1일

지은이 처처칭한 **옮긴이** 서미영
펴낸이 김영곤 **펴낸곳** (주)북이십일 아르테
아르테출판사업본부 문학팀 김지연 임정우 원보람
해외기획실 최연순 이윤경 **디자인** 소요 이경란
출판마케팅영업본부 본부장 민안기
출판영업팀 최명열 김다운
마케팅2팀 나은경 정유진 박보미 백다희
제작팀 이영민 권경민

출판등록 2000년 5월 6일 제406-2003-061호
주소 (우 10881) 경기도 파주시 회동길 201(문발동)
대표전화 031-955-2100 **팩스** 031-955-2151

(주)북이십일 경계를 허무는 콘텐츠 리더
아르테 채널에서 도서 정보와 다양한 영상자료, 이벤트를 만나세요!
페이스북 facebook.com/21arte 인스타그램 instagram.com/21_arte
포스트 post.naver.com/staubin 홈페이지 arte.book21.com

ISBN 978-89-509-7951-5 04820
978-89-509-7953-9 (세트)